にっぽんちんぼつ

日本沉没

[日本] 小松左京 著

高晓钢 张平 陈晓琴 译

译林出版社

图书在版编目(CIP)数据

日本沉没/(日)小松左京著;高晓钢,张平,陈晓琴译. —南京:译林出版社,2020.7(2021.4重印)
(译林幻系列)
ISBN 978-7-5447-8298-2

I.①日… II.①小… ②高… ③张… ④陈… III.①幻想小说-日本-现代 IV.①I313.45

中国版本图书馆CIP数据核字(2020)第079535号

日本沉没 小松左京/著 高晓钢 张 平 陈晓琴/译

责任编辑 吴莹莹
特约编辑 宣慧敏 沈 睿
装帧设计 陈忆航 韦 枫
校 对 王 敏
责任印制 董 虎

出版发行 译林出版社
地 址 南京市湖南路1号A楼
邮 箱 yilin@yilin.com
网 址 www.yilin.com
市场热线 025-86633278
排 版 南京展望文化发展有限公司
印 刷 安徽新华印刷股份有限公司
开 本 880毫米×1230毫米 1/32
印 张 15.75
插 页 2
版 次 2020年7月第1版
印 次 2021年4月第3次印刷
书 号 ISBN 978-7-5447-8298-2
定 价 58.00元

目录

日本沉没中地壳变动过程

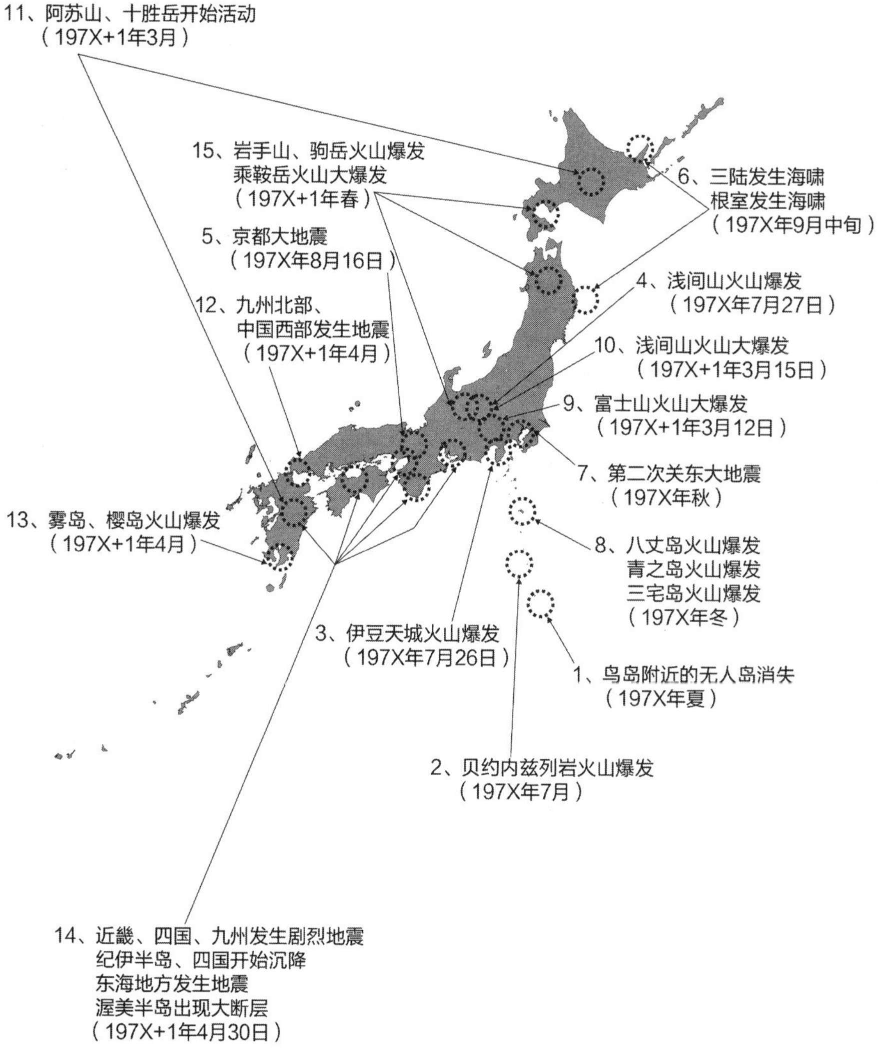

日本海沟

にっぽんかいこう

1

东京站八重洲口内依然是人山人海。到处都安有空调，虽然冷气全面开放，但热气丝毫不减。赶着去爬山、去玩海的年轻人和那些趁着盂兰盆节假期前回家团聚的人流汇织在一起，使站内到处都弥漫着热腾腾的汗酸味。

小野寺俊夫用手背抹了一把即将流淌到下巴的汗水，咧着嘴四下张望着。

梅雨季节那几天气温连续偏低，使人感觉似乎又回到了 3 月。气象厅发布天气预报说今年将会是冷夏，但就在梅雨季节结束前后，老天爷脸色一变，突然间竟暴热起来，特别是这些日子，气温连续超过三十五摄氏度，以至东京、大阪等一些地方有人因难耐酷热发病，甚至中暑而亡。不仅如此，困扰人们的夏季缺水问题也一直没能得到妥善解决。

距火车进站还有七八分钟。

咖啡厅里就像火锅店一般，热气沸腾，拥挤不堪，小野寺根本无意光顾。他在人群中挤来挤去，擦身而过的人个个都像是烤得通红的火炉，汗气冲天。有身着短袖衬衣的公司职员；也有身材矮胖的中年妇女，裹着平时舍不得穿的连衣裙，穿着露出脚后跟的鞋子，提着又大又重的行李，走起路来跌跌撞撞；还有脸腮像煮熟的章鱼一样涨得通红的花季少女，宽条纹衬衣紧裹着硕大胸部，牛仔短裤包着热烘烘的臀部，戴着飘着彩色飘带的草帽，圆圆的鼻头还冒着汗珠——与她擦身而过时，头发的汗酸味和腋下的气味混杂着扑鼻而来。

小野寺一边拨开人群，一边暗自思忖，自己大概也同这帮人一样，浑身热得黏糊糊的，散发着汗腻味儿，说不定里边还夹杂着昨晚喝了一宿的杜松子酒特有的那种怪怪的甜腻味儿……想到这些，他有点烦躁起来，猛地一抬头，发现自己竟不知不觉地来到了墙边的饮水机旁——就像是口渴的潜意识把自己带到这儿来的一样。小野寺嘴对着饮水喷头，踩下踏板，一股清凉的冷水冒了出来。

然而，小野寺并没有喝下去。他弯下身子张着嘴正要喝，眼睛却突然盯住饮水机后面的墙壁惊呆了。

墙壁上有一条裂缝，是顺着墙体垂直龟裂下去的，裂缝不宽，不太引人注意，仔细看，才会发现这条裂缝竟弯弯曲曲地一直延伸到了天花板。由于饮水机挡住了视线，下面的情况不得而知，但裂缝左右两边墙上的裂纹却迥然不同。

裂缝宽度超过一厘米，大约一点五厘米。

“喝完了吗？”一个带着责备口吻的声音从身后传来——站在后面的男人身材魁梧，头戴一顶礼帽，宽帽檐，缀有花边，很有些美国西部牛仔的味道。

小野寺胡乱喝了两口后连忙闪到一边。

“对不起，您请。”

但是，他正要给身后这个男子让位，对方却有意无意地挡住了他的去路。

小野寺吃惊地抬头看了看对方高出自己一头的脸。

“嘿。”

那男人大叫一声，一只拳击手套一样宽厚的巨掌稳稳搭在了小野寺的肩上——翘起的帽檐阴影下，现出一张晒得黝黑的脸，嬉皮笑脸地露出两排白晃晃的大牙。

“好家伙！”小野寺吓了一大跳，待他回过神来，又笑道，“原来是你，老兄……”

“昨天晚上的酒劲还没过去吧？”那男人——乡六郎鼻子里哼哼了两声，“难怪，喝起来嘎巴嘎巴地像条大鲤鱼。”

“不是那么回事。”小野寺反驳道，“不过，昨天的酒确实还真没醒。”

乡六郎没理他，自顾自弯下腰，低头对准了饮水机。只听见饮水机上的水桶咕咕作响，就好像是这桶水要被一口喝干。

“这是去哪儿啊？”乡六郎用布满青筋的大手左右抹了抹挂在嘴角

的水珠，转身问道。

“去烧津[1]。”小野寺答道。

“还是那老本行？”乡六郎弯起手指，做了个俯冲的手势。

“嗯。你呢？”

“去滨松。你也是下趟车吧？”

“咱们好像是一趟车哟。”说着，小野寺给乡六郎看了看自己的车票。

“车快进站了。”乡六郎看了眼手表，“哎，刚才你说不是那回事，是哪回事啊？……”

“嗯？”小野寺被问得一时没回过神儿来。

“我说你酒没醒吧，跟个饮驴似的，你还说不是那回事，对吧？”

“噢，你是说刚才呀！”小野寺笑了，“我刚喝了一小口，就让你给吓回去了。”

“那你在干吗？”乡六郎问道，“你撅着屁股好一会儿了，我当时真想往上面踹它一脚！”

“啊，”小野寺指着墙壁说，“我正在看这个呢！喏，这方面你好像是内行。”

“啊，”乡六郎伸出他那筋骨突出的粗壮手指比了一下墙缝，“就这点，没什么大不了的。”

“当真？”小野寺追问了一句，“我是门外汉，这是不是地震造成的？”

“不，”乡六郎耸了耸肩膀，“我只是说这点小毛病，问题不大！……快走，车进站了。”

来到开着冷气的餐车，小野寺顿感神清气爽了许多，他要了杯啤酒，呷了一口，问道：“去滨松干吗？出差？”

“还是上次的那个项目。”说话间，乡六郎已经两瓶啤酒下肚，然后，煞有介事地皱起了他那张晒得像鞣皮一样的大脸。

---

1 静冈县中部城市。

“流线型超级特快？”

“没错，三天两头出事，基础工程进展不顺。”

“出什么问题了？”

列车启动了，窗外的景物跟着一起移动。不知何故，小野寺的注意力一下子就被窗外的景物吸引住了。

火车开动的瞬间，几乎是同时，小野寺突然觉得站台上的尘土与嘈杂，以及人们那一张张热得快要透不过气来的面孔竟然变得无比亲切起来。

“到底出了什么问题？”小野寺扭过头问。不知为什么，乡六郎手里握着刚刚一饮而尽的啤酒杯，两眼只顾直勾勾地盯着酒杯中正在缓缓消失的泡沫。

“错综复杂啊，一言难尽！”乡六郎的视线仍然没离开酒杯，“眼下还不能说得太多，一旦让媒体嗅出点什么，那麻烦可就大了！总之，错综复杂啊。”

小野寺不再追问，又往自己的杯子里斟满了酒。

“做梦都想不到，当初的勘测会出现这么多漏洞。”乡六郎像是自言自语，“那个工段肯定得重新测量，其他地方也好不到哪儿去，漏洞严重的地段在施工过程中就会出毛病。”

“你的意思是……”

“当然，天塌不下来。不过，依我看，最近好像整个日本都在颤抖——简直就是草绳提豆腐，胆战心惊。”

“是啊。”小野寺颇有同感地附和道，“我记得你不是在搞一个叫什么共振的精密测量设备吗？”

“再来一瓶，还是回车厢？”餐车已经显得有些拥挤了。乡六郎瞟了一眼四周，答非所问地将话题岔开，“嘿，烧津那儿沉了条船吧？这大热天，只有你这份差事让人羡慕呀！”

“还不是一样，有什么好羡慕的。”小野寺苦笑道，“这次是搭保安厅的船到南边去，中途顺便给那艘‘海神号’深水潜艇做一次调试。”

“那最终目的地呢？”乡六郎一边起身，一边问，“还往南？”

“鸟岛东南，小笠原往北一点，”小野寺回答说，“那儿有个岛沉下去了。”

走到车厢门口，乡六郎又转身，“火山喷发弄的？”

“不是喷发，”小野寺推了一把乡六郎，乡六郎的背宽厚得犹如一堵砖墙，“是无缘无故就突然消失了。”

2

小野寺在静冈和乡六郎道别，转乘上了旧东海线的列车。

这趟旧列车从静冈到烧津路段由电气机车牵引而行。好久没坐这种脏兮兮的列车了，小野寺刚一落座就被对面那晒得黝黑的大爷以及他身旁同样一脸黝黑的中年妇女搭上话了。那中年妇女一会儿递上个煮鸡蛋，一会儿又掏出一个像药包一样的丝绵口袋，说那里面装的是她亲手采摘的清香扑鼻的绿茶，每次旅途都带一包，又说静冈是产茶的地方，车站便利店卖的茶哪里能喝呢，说着便从水瓶里倒出一杯给小野寺喝，一旁陪着大爷的，身体结实健康的大眼睛女高中生还给他叙述最近登吕遗址附近新发现的古代居住遗址，并问他到烧津去做什么，诸如此类问题让小野寺应接不暇。一会儿到了该下车的时候，大家依依不舍地道了别。

海风带着浓烈的海腥味从海上刮来，伫立在车站的小野寺回头一望，刚才车厢里的女孩儿在向他招手，小野寺也挥挥手，心里豁然生出一阵感动，为这“古老”的铁道之旅留下的浓浓情意。

接着，他又朝刚刚在静冈分手现在应该已到滨松的乡六郎的方向自言自语地呼唤着——我知道你们正没日没夜地建设着东京至大阪一小时十分钟车程的新“新干线”，可也别忘了这种古老的艺术沙龙般的列车的存在价值啊。

赶到烧津港时，捕捞松鱼的渔船都已经出海了。“海神号”潜艇盖着帆布，静静地躺在保安厅“北斗号”巡逻舰的后甲板上。

“喂……”M大学的地质学副教授幸长看见小野寺，向他招了招手，“真对不起，休假期间把你请来。”

“这就开船了吗？”小野寺看了一下手表，略显困惑。“北斗号”上绞车的转筒声和锚链的“轧轧”声混在一起，完全是一副准备拔锚起航的架势。

“出发时间提前了。”幸长副教授望着码头说，“‘海神号’的行踪不能让报社打探到，不然可就有大麻烦了。”

“他们不是都跑到气象观测船那边去了吗?”小野寺“扑哧”一声笑了起来，“听说A报对这件事的兴趣挺大，专门从航空公司租了条飞艇。”

“小题大做。”幸长副教授耸了耸肩。他的专业是海洋地质学，虽然经常跑船，但皮肤却一点也没晒黑，身体也是绝对棒。“真看不出第一时间赶到现场又有多大作用？还不是一样一头雾水！”

“反正夏天也是新闻淡季，”小野寺没有附和，“持续暴热，到处缺水，山中、海边又挤得一塌糊涂，弄得人连看报纸的兴趣都没了。”

“不过，”强光下，幸长副教授的眼睛有些睁不开，“要是他们探出第二新干线工程受阻的蛛丝马迹，恐怕就真要兴奋一阵子了。”

“啊，”小野寺略显吃惊地瞥了一眼幸长那张白白净净的面孔，“这件事您已经知道了？”

“根据可靠情报，”幸长压低了嗓音，“他们正委托我的一个在地质研究室工作的朋友进行秘密调查。唉，但愿这次只在地基设计或施工方法之类的纯技术范围内打住，不然的话，问题可就要……”

“没错，”小野寺赞同道，“真要和天城山火山喷发搅在一起，一时半会儿是摆不平的。”

就在这时，幸长副教授突然扬起手臂。顺着示意的方向望过去，一个肥胖短粗的中年汉子正沿着码头的混凝土路一路跑来，气喘吁吁，满头大汗。那人不是将拎着的行李撞到晾晒渔网的柱子上，就是一脚踩到散落在路边的烂鱼上，几次险些滑倒，模样甚是狼狈。

“您可真稳得起啊，”幸长笑道，“船都要开了！”

“把我丢下？”胖子愠怒道，“没门，就是游我都要追上来。”

说话间，胖子已跃上跳板，幸长伸手接过行李，随口说道：“来得正好，小野寺君，这位是田所先生。”

“啊，是海底火山的……”小野寺微微点头致意，“我是小野寺，海底开发株式会社的。”

“话得说清楚，郑重声明，本人的专业是地球物理，”田所博士纠正道，“但喜欢涉足其他领域，凡事都想插手，所以，旁门左道上……名声显赫……”

田所博士说着，把行李往甲板上一丢，直奔帆布方向而去。他掀开帆布朝下看了一眼，用手“砰砰”地敲打了几下浮舟的钢板，对小野寺说：

“就这玩意儿，我找你们的山城专务不下N次，希望能亲身体验一下，可他就是死活不答应。”

“好在座位还多嘛……”小野寺赔着笑脸应道，“‘海神Ⅱ号’就要完工了，到时候轮换起来能快不少。”

“和‘阿基米德号’的设计相同，所以下潜一万米是没问题的，是不是？”田所博士点了点刚刮过胡子还泛着青光的下巴，双眼直逼小野寺，“用这样的潜艇来调查海流和鱼礁[2]，实在是可惜之至，完全是杀鸡用牛刀啊。”

“这船很有些讲究，它的潜水深度和潜水时间密切相关，”小野寺抚摸着船体解释道，“如果在五百米以内的话，能轻轻松松下潜一整天；但如果超过两千米，时间就大大缩短，而且船的压载部分总会奇奇怪怪地出些毛病，专家的意见是检查完成之前不能下深海。‘海神Ⅱ号’就不存在类似的问题……”

“你潜过几次深海海底？”

“九千米以内四次，超过一万米的两次——没觉得有多大危险。”

“维塔兹海沟[3]也能潜下去？”教授若有所思地笑着问道。

“‘海神Ⅱ号’的话问题不大，”小野寺答道，“那条船上应该装有海底采泥机……”

“幸长君，”田所博士好像突然想到了什么，转身离开“海神号”对着幸长副教授说，“问你个事。”

说罢，田所丢下小野寺，手搭在幸长副教授的肩上，两人一同进了船舱。士官再次确认乘船人员之后，解开了缆绳。“北斗号”汽笛长鸣，

---

2 鱼类群集的暗礁。

3 该海沟地处马里亚纳海沟南面，1957年由苏联“维塔兹号”观测船首次发现，海沟深度为一万一千零三十四米。

翻起白色的浪花，徐徐驶离码头。这艘重约九百五十吨的巡逻舰，周身涂得青灰锃亮，给人一种十分轻快的感觉。岸上只有寥寥数人相送，出发得干脆利落。

甲板上孤零零的小野寺从皮包里抽出公司给“海神号”的传真，将有关注意事项又重新读了一遍。一切都还正常，他决定待傍晚天气凉爽下来或船驶入洋面后，再开始调试“海神号”。

这时，一个个子不高的人从前甲板那边踱了过来，他嘴上叼了只烟斗，烟斗里的火已经灭了。

“咦？”小野寺惊叫了起来，“你怎么也来啦！”

“因为感兴趣嘛。不过，这次我可只负责传达指令。”矮个子神经质地咧了咧嘴角。此人叫结城，上次就是他驾驶“海神号”出的海，“反正待在陆地上也难受，还不如来这儿给你打打下手。”

“估计到八丈岛之前，能有个大概的结果。”小野寺看了一眼“海神号”说，“要不你从八丈岛坐飞机回去，怎么样，累了吧？”

“但愿吧。”结城在船舷上磕了磕烟斗，又“呸”地吐了口痰，“这条船快，八丈岛说到就到，我们至少要拆开第二螺旋桨，因为转向不大灵了。”

“不是说只是观测舱的肚皮被擦了一下吗？不严重吧？”小野寺一边盯着潜艇的下面，一边问道。观测舱是用超高强钢板制成，呈圆状旋转体，装在潜艇下方，耐压且笨重。

“只是侧面擦蹭了一下，没大碍，下侧面的舷窗也有些擦痕。不过，这次我把备件都带来了。”

“海神号”是受静冈渔业联合会的委托，到骏河湾水域的石花海海底进行海底调查的，正因为如此，才得以搭乘大型拖网渔船，直接到了烧津港。

正在这时，传来消息说清水港南边的一个岛已沉入海底，为此，以气象厅为主组成的一支调查队已乘观测船赶赴现场。据结城介绍，要求“海神号”加入调查队是一个海洋学者提的建议，此人在科技厅颇有些声望，此次也在调查队里。

“后来有没有新的情况？”小野寺迎着海风，望着结城问，“政府部门这段时间对富士山火山带似乎过于敏感，其实，不过就是沉下去一个无人小岛而已嘛……”

“应该说不是完全意义上的无人岛。”结城略显疲惫，双眉紧锁，“岛上听说有卡拿卡人[4]，他们常在那儿躲避台风。”

“这么说，那些人与其说是目击者还不如说是亲身经历的啰？”小野寺有些惊讶，反问道，“他们是在岛上被救起来的吗？”

“嗯，当天晚上，有条日本渔船停靠后……”结城一屁股坐在缆绳上，继续说道，“据说正在将这些获救的人送往观测船……”

“看你的脸色不大好，”小野寺一手搭在结城的肩上，建议道，“回船舱歇会儿吧，反正天黑后才开始修。”

“还是早点动手好，”结城说，“你恐怕还不知道，这条船的平均航速是每小时二十五海里——整个一艘驱逐舰。”

“但下潜时间是定在明天！”小野寺抓住结城的手腕，一把将他拉了起来——结城的身子轻飘飘的，“去睡会儿吧。”

“他妈的！可能是氦气中毒了，都是水下呼吸器惹的祸。”结城做出一脸痛苦状，蹒跚地走了几步，“好，听你的，不过，船上的联络工作我可包了哟！”

4 夏威夷群岛波利尼西亚系原住民。

3

“北斗号”继续快速南下。听从结城的建议，小野寺他们开始着手检修“海神号”。

虽然烈日当空，但检修工作还算顺利。他们先更换了一些零部件，对主机进行了调试，又换了圆锥形观测舱的舷窗玻璃；为预防万一，还对深潜时容易出故障的用于排压的压舱调整开关进行了检查。最后，小野寺跟结城商量，又将压舱罐里的钢球量减少一些，以便将船底辅助压舱的两根导向链连在一起。这样，调节油料时，即使潜艇潜入海底前压舱盖自动开启，钢球放出，潜艇也仍能保持一定的下潜能力。

压舱钢球的数量及油料均由结城确定。对这种复杂的运算，结城只用了一把小小的计算尺，转眼工夫数据就出来了。

午后时分，船已驶入八丈岛海域，但由于接到电报，说原计划在此会合的公司作业母船“巽丸号”先前已去了现场，故此，“北斗号”也取消了停泊八丈岛的计划，改为继续南行。

“看来是一次强行军了，这能行吗？”长着一张娃娃脸的船长过来征求小野寺他们的意见，“地面热气产生的低气压好像已经顺利东移，要起大浪了，这对检修工作有妨碍吗？”

“问题不大，”小野寺回答，“只剩两三次潜水试验了。”

“恐怕没那么简单。”结城一边反驳，一边手搭凉棚，朝五公里之外黑乎乎隐约可见的八丈岛方向望去。

“嘿，那是什么？”

“是信号！”通信官探出头来，“意思是，A 报社的直升机正从八丈岛方向赶过来，有个人要搭咱们这条船。”

“咳，”船长无奈地耸了耸肩，转向小野寺，“看来还是被他们发现了。”

“真够排场的！”结城抬头望着盘旋在头顶上发出巨大噪声的直升机，颇有些不满地嘟囔道，“划个舢板来不就行了……”

船长命令停船。直升机飞到后甲板上空，放下软梯。跟着，一个男子顺梯而下，没等到下到甲板上，帽子就被螺旋桨卷起的风吹掉了，肩上的挎包也摔落在甲板上。

“你这是霸王硬上弓啊！”船长一脸的不悦。

“要是先打招呼，还不早被你推掉了。”来的记者是个年轻人，高高的颧骨，一副大大咧咧的样子。他笑着问道：“听说是死了人才派‘海神号’去的，专门去收尸的吧？”

“好像没死人啊！”船长背过身说道，“‘海神号’的事我们都不清楚，这条船只负责运送工作。”

“两位是‘海神号’的船员吧？”记者话锋一转，又对准了小野寺和结城，“能否告知一二？详情恐怕只有你们最清楚了，那个岛到底是因为什么沉下去的？”

“鬼才晓得。”小野寺耸耸肩，“去的目的就是调查起因，不过我的任务只是驾驶潜艇——下潜到一定深度，然后就是专家们的事情了。”

“随他去吧……”结城顺手抓起掉在甲板上的背包，一边问道，“里边的东西不要紧吧？可是从五米高的地方摔下来的！”

“哎哟，”记者如梦初醒，一把抓过背包，“糟糕，里边是照相机！”打开背包一看，里面的镜头已经是七歪八扭了，他不耐烦地取出来。

“傻瓜！”结城斥责道，“哪有下直升机不摘长焦镜头的道理？”

“算了……”记者脸上又恢复了年轻人特有的那种满不在乎的神情，“反正是报社的财产。”

4

“北斗号”重新启动，以每小时二十五海里的速度朝正南方向驶去。

八丈岛随着“北斗号”拖出的长长的航迹，渐渐消失在北方的海平面下。整个海面就像一只巨大浑圆的水盆，水盆的中心，一叶轻舟欢快地划过水面，以时速不到五十公里的速度缓缓向南驶去。小野寺登上瞭望塔，环顾四周。这时，他才似乎真正感觉到了海面的确是圆弧状的。于是，脚下的“北斗号”几乎是停留在一个巨大的水球上拼命地拨动水面，就像豉母虫一样，在直径超出自己体长十几万倍的一望无际的水球上趔趄着缓缓向前移动。

带着湿气的海风在耳旁呼呼作响，“北斗号”开始晃动起来。航向的东南方向似乎已现出海岛的身影，但靠近后却发现那只不过是一块云团，沿着西南方的水平面，由南向东北方向缓慢地飘动。除此之外，剩下的只是头顶上令人目眩的湛蓝的天空。火辣辣的太阳像是煮开了锅，整个天空犹如一面巨大的、被烤化了的蓝色玻璃，呼呼地喷着热气，倾泻而下。波浪撞击着船头，海风在耳边猎猎作响，脚下的燃气轮机一刻不停地发出有规律的轰鸣声，强烈的阳光反射在海面上，令人头晕目眩，一阵阵难以抵御的困倦向小野寺袭来。

好像听到谁喊了一声，俯首望去，幸长副教授正站在甲板上。

“你怎么跑到那儿去了？”副教授扯足了嗓子，似乎要压住风声和机器声，“看到什么了吗？”

“看到文鳐鱼在表演。”小野寺也喊着回答道，“从你那儿也能看到吧！”

在蓝黑色的波浪之间，这些体格娇小、形似感叹号的银白色生命体，和着风速不断地跃起，一会儿将波浪抛在身后，一会儿又消失在两座浪峰之间。它们的身影简直就是一支支画着圆弧的银箭，既像是抚动波峰的一股气息，又像是在海面上游弋的小舟，体态优雅高贵，行进的速度却又非同一般，而浩瀚的大海则只能默默地叹息，任凭它自由自在地展现自我。一排排闪着白光的好似银针的鱼群刚刚消失，顷刻间，数十倍于它的、泛着红蓝两色的另一个鱼群又堆积在了海面上，虽然它们也是跳跃着行进在海面上的，但却平滑而流畅，几乎不击起一点浪花。

“鲯鳅……”小野寺喊了一声。

“你说什么？”幸长竖起耳朵问。

“是鲯鳅——它们在追赶文鳐。”

“该不是海豚吧？”

小野寺摇摇头。但当他侧脸望去，在西北方向的远处，的确出现了一群黑油油、亮闪闪、行动敏捷、形似鼻涕虫一样的鱼群。它们轻松、欢快地在浪峰之间翩翩起舞，一会儿画着圆弧飞跃而起，一会儿又一个猛子扎入海底。北面是一群泛着粼粼波光的巨型鲸鱼的背影，它们优哉游哉地划着潮水，穿梭于波浪之间。

北纬三十三度被远远地抛在身后，这一带已经是亚热带地区顺着海流向遥远的北方凸出之处。现在，“海神号”这只体积娇小但却透着顽强气势的船只正昂首朝着远方的地平线挺进。那里有马里亚纳、加罗林和常夏群岛，还有环绕地球最热地带的赤道边缘的岛屿。进一步往东南方向是……

南极的浮冰圈向外一直延伸至南美洲南端，这里除了一些尘埃般的小岛外，便是被一望无际的大海覆盖的球面——总面积一亿六千五百万平方公里、平均水深四千三百米的世界上最大的大洋。这个自赤道向东西展开约一百八十度，几乎环绕地球半圈，从北极圈到南极圈跨越纬度一百一十度的巨大海面，占据了地球海洋面积的近一半，占据了地表面积的三分之一。其面积之大，即使把地球上所有的大陆加在一起铺在上面，仍然还要余出两千万平方公里的水面。

“你不下来吗？”幸长在下面问，手里晃动着一听啤酒，“冰冻的，来一杯怎么样？”

小野寺看了看眼前咕噜咕噜转动的雷达天线，然后从瞭望台上爬了下来。幸长靠在甲板的船舷上，早已拉开啤酒罐，大口大口地喝了起来。冰凉的啤酒罐冒着“汗珠”，封口一打开，立刻飞出一堆白白的泡沫，随着海风四散飘去，与海浪融为一体。

“结城怎么样了?”小野寺喝了一口，用手抹了把嘴角，然后问道。

“在船舱里睡着呢。”幸长回答说，“刚才来的那个记者也躺下了，好像心情不太好。”

“田所先生呢？”

“进通信室去了，正在折腾那个通信官呢。说是指挥部已经到达指定地点，想了解一下情况。”

“蛙人已下海了吧？”

“好像还没有。说是先要了解一下海域情况，然后再返回鸟岛。”

“鸟岛那边嘛……”小野寺一口气将剩下的啤酒喝光，然后抡起胳膊，将空罐朝箭一般飞逝的白色浪尖砸去，“有气象观测员在吧。”

“看，那是不是青之岛？”幸长副教授抬手指着东边海平面上现出的一块云状物，“好像是的。够快的，这样下去，日落之前肯定能赶到鸟岛。”

“那是什么？”小野寺指了指船头的方向，“是什么？船吗？”

正南方的海面上，一股淡淡的黑烟袅袅升起。烟柱的上方已被海风吹散，向东北方向拖出一条长线。

“那不是船。”幸长副教授眯缝着眼睛，“是火山喷发的烟云，在贝约内兹列岩附近。”

“是明神礁吗？”

“不是，明神礁这段时间应该已经停止活动了，反倒是史密斯礁最近有点要喷发的迹象，它已经有半个世纪没有动静了。尤其是贝约内兹列岩那儿已经冒烟了，弄不好，过不了多久那一带就会冒出一个岛来。”

小野寺猛然想起小时候听到的关于明神礁喷发的报道。那是昭和二十七年的事（1952 年，已经过了这么久！）。平静的海面突然被火红的熔岩和浓烟撕破，大火在海面上燃烧，黑烟滚滚，覆盖了整整一大片海域——当时对照片所留下的印象是如此之强烈。不仅如此，那次大喷发还将观测船“第五海洋丸号”抛向空中，致使三十一名船组成员葬身大海。而现在，就在这没有半点岛屿踪影、冰凉平静的海面上——太平洋的一块安详的海面上，竟也突如其来地喷出热滚滚的烟雾了。

此时此刻，诧异、惊讶已将小野寺的胸口挤压得几乎透不过气来。这到底是怎么一回事？每每想起这件事，少年时代经历的令人心悸的往事就会浮现眼前，让人不禁发出深深的感叹——大自然简直太不可思议了！而所谓人类对它们了解的全部，也仅仅只是皮毛而已！

“像是鸟岛……”幸长副教授迎着海风，任凭它不停地抽打自己涨红的脸颊，“曾经，那儿也是重灾区呀！明治十九年的大喷发把岛中心的一座山都给吞掉了，一瞬间有一百二十五人罹难，整个岛屿几乎面目全非。”

“最近好像又……”小野寺嘟哝道，“火山带的活动好像已经进入活跃期了！”

“伊豆大岛、三宅岛、青之岛……”幸长副教授有些伤感，“还有天城山喷发的谣传——从目前掌握的情况来看，这些火山的活动彼此之间没有任何关联。可是……”

“可是……可是什么……”

“因为火山带是沿着造山带和地质构造线形成的，所以，不能说它和整个地质构造线的变动无关。”

两人都不再开口，只是静静地注视着海面。

这条船正是由日本的中部向南行驶的。就是说，它的航线恰好是在纵横太平洋海底的富士山火山带的正上方。从本州中央山岳地带北边的白马、飞驒、乘鞍开始，经浅间、富士，到箱根、天城、伊豆诸岛、青之岛、贝约内兹列岩、鸟岛，再往下到硫黄群岛，几乎整个北回归线这一带，都是延绵一千六七百公里的火山带。在这之上，从四千米深的海底隆起的海底火山星星点点地浮出海面——这些不大的、宛如散沙般的岛屿底端的火山岩正在被由南向北、青黑透亮的温暖洋流快速地冲刷着。黑潮从南方遥远的温暖海面一路袭来，将珊瑚，以及南方鱼类、海草、鸟类和植物的种子等等带来留在这些岛屿上。从赤道底下眼花缭乱的热带海洋冒出来，蜿蜒向东呈扇面形张开，托起整个日本列岛下腹的黑潮，沿着北太平洋洋流流向对岸的北美大陆，与位于北向分支最东端的素有“大洋中的黑河”之称的北赤道洋流相遇。

接着，还有……

这些从赤道到太平洋最北端的陆地——呈弯弓状的喷着火焰的列岛——这一串像踏石般连接起来的岛屿，就坐落在学者们称为“真正的太平洋西海岸”的巨大的海底山脉之上。这条海底山脉从遥远的北方西伯利亚东北端垂下来的堪察加半岛开始，到千岛、北海道、本州东北部和中部，一直延伸至富士火山列岛、小笠原诸岛、马里亚纳群岛、帕劳群岛，巨大褶曲构造便隐藏在深不可测的海底之下，再向前甚至延伸到了爪哇—苏门答腊褶曲弧附近。

另外，海底的褶曲构造包含了从南半球汤加—克马德克群岛到新西兰的褶曲弧，我们是把它叫作“太平洋海岭”好呢——如同人们把大西洋中部由南至北的区域称为“大西洋海岭”，还是应该称它为“下沉的海岸”好呢？

就海底山脉的东面和西面而言，其构造情况截然不同。

更为奇妙的是，靠近大陆的更大范围的褶曲弧的外侧，是一系列深海海沟，如：千岛—堪察加海沟、日本海沟、伊豆—小笠原海沟、马里亚纳海沟、爪哇海沟、汤加—克马德克海沟，以及大陆这一侧的沿琉球弧形成的琉球海沟、沿菲律宾褶曲弧形成的菲律宾海沟……在这些奇妙的海底山脉的上面，还有很多东西经过这里。被称为“太平洋火环”的环太平洋地震带、环太平洋火山带，就在这个“下沉的海岸”之上长驱直入，有时甚至连台风都会顺着这条向南延伸的走廊光顾日本列岛。

“太不可思议了……”小野寺望着脚下急速流过的黑沉沉的海水，不禁感慨万分。

“什么不可思议？”幸长副教授头也不抬地问道，他正费劲地顶着风往烟斗里点火呢。

“哎呀……细细想来，这海底下面真有不少东西在流动啊。”

“糟啦……”烟斗上的烟丝被翻起的浪花打湿了，幸长一边敲着烟斗，一边赞同道，“没错，我也一直在思考这个问题。”

“就像民俗学家柳田国男在《海上之路》中描写的那样……”小野寺三下两下就帮着幸长把叼着的第二锅烟斗点燃了，“这儿也有火山带高速公路——上古记载里的那些被称为‘鬼’的人，恐怕就是乘着黑潮、被南风吹过来的密克罗尼西亚的原住民吧。”

“像是这么回事。”幸长副教授一口接一口地吐着烟雾，十分惬意地咂巴着嘴说，“确切的说法应该是‘太平洋海底山脉盘山公路’才对啊！”说到这儿，两人一起笑了起来。

“有什么可笑的？！”

突然，旁边传来一声大吼。田所博士不知什么时候已从船舱里钻了出来，两只毛茸茸的粗胳膊抱在一起，直直地伫立在甲板上。

“在我看来……人也好，植物、珊瑚也罢，统统是一回事，一旦发生突变，都会紧紧抓住救命稻草不放的。即使是原始生命，恐怕也不是仅仅待在水中就能慢慢形成这么简单，它肯定是通过粗糙的分子结构表面附着的高分子胶质起作用，才转化为复杂的蛋白质分子的。”

“又开始探讨先生的高深理论了……”幸长窃窃地笑着说。

“这有什么可笑的！啊，你……是叫小野寺君吧，你怎么认为？从碳酸钙附着后再形成共同骨骼这一点来说，它同人造礁珊瑚以及建设混凝土城市的人类之间又有多大差异呢？”

“原来是那么回事……”小野寺极认真地点了点头，“要真是这样的话，那么，人类的进化形式和未来的命运，其实是在地球生命四十亿年的历史中早就写好了的。”

“不仅如此。我还认为，从素粒子的进化到宇宙的进化，虽然彼此间的阶段有所不同，但肯定隐藏着某种极为相似的共同点。嘿，幸长，你不觉得你刚才说的‘太平洋火环’，这个大洋底下的褶曲构造本身就是过去的造山运动留下来的痕迹，或者说完全相反，它是一次新的造山运动开始前的征兆吗？”

“我不太清楚……”幸长副教授无奈地摇摇头，“说句实话，那是因为数据还不充分。不过，按直线思维可以得出这样的结论，就是说，小笠原—马里亚纳弧一带新的造山运动即将开始。新生代中期[5]的造山运动就是从大陆周边开始的。”

“就是所谓的造山运动东进说？”田所博士有些揶揄地反击道，“这个理论去跟你们所谓的主任教授讲讲试试，肯定给你泼一盆冷水。”

“纯属玩笑……不成熟的想法嘛。”幸长副教授急忙改口道，“您别往心里去。总之，太平洋西部的海底地质调查彻底完成以前，什么都不好说。”

“如此说来，在现阶段，我们可以把太平洋海底的褶曲弧本身看作是绿色凝灰岩造山期[6]的大洋底部的产物喽。”田所博士狡黠地一笑，“赌不赌一下？首先，小笠原—马里亚纳弧附近会出现大规模的造山运动，然后，产生出巨大的岛屿，使菲律宾海底盆地变成内海；使鄂霍次克海、日本海、南中国海沼泽化或部分平原化，华中平原的气候改为内陆型气候，进而沙漠化。”

“这个赌局的结果，由谁来评定呢？”

“肯定是千万年后的后人啦！——如果造山运动的速度提前，有一千万年就足够了。”田所博士大声笑了起来，“不过，前提是一千万年以后人类还存在。”

“是啊，但在这之前……”

幸长副教授正要说下去，这时，船底突然“嗵”地传来一声巨响。

“啊？”田所博士急忙向水下望去，“撞到什么了？”

“怎么会呢，这一带不会有暗礁吧？”幸长副教授说。

此刻，空气似乎凝固了一般，没有一丝声响。接着，远处传来“咚”的一声，像是炮声，从海面上传过来。

船桥那边传来喊声，甲板和扶梯上有人在跑动。

“喷火啦！”结城下意识地站起来。那个叫辰野的记者闻声跑了过来。

“在哪儿？厉不厉害？”辰野急匆匆地问，跟着又狠狠地骂了自己

5 两千五百万年前。

6 前面所指的新生代中新世的造山运动。

一句，“妈的，相机弄坏了。”

“用我的吧！”小野寺说，“在我床上的那个包里。不过，只是个半幅的小型相机。”

这时，上下甲板上已经聚集了不少人。一些船员手指着东北偏东方向的海平面，嘴里喊叫着什么。

就在刚才经过的地方，贝约内兹列岩发出阵阵巨响，并升起一股股灰褐色的浓烟。在烟和水的交接处，能看到红红的火焰。附近的海面被喷出后又落下的火山灰染成了一片白色。

“田所先生！”船长从船桥上叫道，“怎么样？”

“从能量来看，问题不是很大。”田所博士不知从什么地方掏出个望远镜，仔细地观察了一会儿，“距离还远。通知周围的船只注意一下就可以了。我们还是尽快赶到目的地为好。”

“啊，明神礁那一带在冒水蒸气！”幸长副教授从田所博士手中接过望远镜，一边看一边说道，“岩浆喷发得不厉害，还不至于弄出新的岛屿来。”

“刚才的冲击波是不是海啸？”小野寺问。

“好像是。但能量一般，最多在青之岛一带有点振动而已。”田所博士说。

小野寺从幸长副教授手里要过望远镜，举到眼前。只见海面上几道橘红色的火焰正在升腾，山顶火光闪烁，岩石四溅。

不一会儿，周围的水面就像煮开了锅一样，火焰被茶褐色的烟雾和白色水蒸气淹没了。烟雾高高地蹿向上空，然后缓缓落下，盖住海面。滚烫的火山飞石暴风骤雨般砸向烟雾腾腾的海面，激起串串水泡。沉闷的爆炸声此起彼伏，震荡着整个海面。

“的确没什么大不了的。”田所博士又重复了一遍，“看，大火就要熄灭了。”

正如博士所言，浓烟的下端渐渐变淡了。但是，当再次用望远镜观察时，发现岩石之间竟出现了像是浅滩一样的东西，那里正喷出熊熊的火苗，且呈毛刷状。

这时，船体似乎有些倾斜。原来，“北斗号”又加快了速度，船头溅起的浪花高高跃起翻过船舷。波浪拍出的飞沫重重地打在脸上，令人隐隐作痛。船体在上下晃动的同时，已开始出现轻微的振动。船上的工作人员不知不觉都已从甲板上消失了，燃气轮机的吼叫声越来越大，就像是从地下风洞传出的风声一样。

“观察船来电，要求会合时间提前。”船长从船桥上下来说，“会合地点也改为下沉岛屿附近。交接后，船只将赶赴鸟岛接气象观测员。”

“是鸟岛吗？”幸长副教授高声追问了一句，“那里也有喷发迹象了？”

“这个我们不大清楚，不过，好像是观测所所长提出进入戒备状态撤出岛外的。你们会被海水打湿，船头会摇晃，还是回船舱吧。”船长一边走向舷梯，一边回头劝道，“啊，刚才的海啸，好像和那个海底喷发没什么关系，应该是因为小笠原海沟的东部发生了海底地震。刚刚也接到警报了。”

田所博士听到这一情况，不知为什么，紧紧锁住了双眉。

“小野寺君……”辰野一脸沮丧地从船尾那边走了过来，下巴挂满了水珠，衣服的前面全都被打得透湿，“对不起，刚才船摇晃时，一个浪头打来，把你的相机给卷走了……”

小野寺立在舱门口，看着辰野淋得像只过了水的猫，忍俊不禁，“扑哧”一声笑出声来。

“这可要赔哟！”

5

傍晚七时。

“北斗号”已抵达鸟岛东北偏东方向约三十公里的会合地点。

夕阳像燃烧的火焰斜洒在北纬三十度的海面上，海面除了来自东南方向的隐隐约约的微风，便如抹了一层油似的风平浪静。

深海潜水艇“海神号”被转臂起重机连同支架一起吊到海面上，用钢缆拉到气象厅的“大东丸三号”气象观测船上，然后转臂起重机再将“海神号”放到“大东丸三号”的后甲板上。海底开发株式会社的油船好像在不知不觉中就被“北斗号”追赶上，赶到目的地已是半夜时分了。

当船上的作业结束时，黄昏已经逼近平静的海面，无数星光在天空闪烁。“北斗号”拉响告别的汽笛，掉头向西南偏西方向全速前进——他们要去鸟岛接观测员们。

“大东丸三号”昏暗的后甲板上传来田所博士的声音，他不知冲谁问了一句：“鸟岛那边的情况怎么样？”

“具体情况不详，据说地温上升，喷烟量增加，看样子像是喷火性异常现象。”一个颇有些苍老的声音回应道，“听说有人看到贝约内兹列岩在喷发，热闹异常！”

“上次那个小笠原海沟东边的地震怎么样了？”

“问题不大，对本土几乎没造成什么破坏。”

甲板上灯火通明，人声鼎沸——田所博士和幸长副教授的身影出现在灯光下，与大家寒暄之后又消失在座舱里了。

小野寺把指挥固定“海神号”的工作交给结城后，独自一人进了船舱。“大东丸三号”重达一千八百吨，由于是为长期观测定做的，专门配备了客船才有的设施，里面宽敞、整洁。小野寺沿着通道向前走着，经过士官室时，门被推开了。幸长副教授从里面探出头来。

“嘿，正好，小野寺君，请你过来一下，这儿正在开会。”

走进士官室，只见桌子上堆满了海图和文件，十来位学者和调查员正在七嘴八舌地议论着什么，其中一位教授模样的老者颇为抢眼。

“这位是海底开发株式会社的小野寺君，”幸长副教授向大家介绍说，“‘海神号’的操作负责人。”

众人礼貌地点了一下头，便立刻又投入到讨论中去了。

“听说岛下沉时上边有卡拿卡渔民，他们现在怎么样？”田所博士大声地问道，“在这条船上吗？”

“已经派人去叫了，”老者回答道，“明天还得赶着送他们搭美军的船回去。”

啊——小野寺暗自思忖，看来建议租借“海神号”的那位海洋学权威人士必是这位老者无疑了。

“可是，到了这个地步才反应过来，调查一个沉在浩瀚太平洋中的区区小岛，是不是有点过于兴师动众了？”田所博士瞪大眼睛巡视着大家说，“气象厅、水产厅、科学技术厅，甚至专门调来了观测船……”

“反正是暑假期间嘛。”外表有些书生气的年轻技师在一旁调侃道，接着，他“扑哧”一声笑了，“八成是东京连日闷热，大家都想出来避避暑……”

“其实，”气象厅的调查员说，“四五年前这个小岛就被发现了，只是确定领土权是近三年的事，到现在还没有正式名称呢。”

“现在交通这么发达，为什么到四五年前才发现呢？”

“因为那时这个岛还没冒出来。”调查员继续说道，“当地一些渔民早就知道有这么一个岛，但一直只把它当作暗礁，加上它本身又不在航线之内，所以极少有人注意。四五年前，日本气象观测船刚发现这个岛时，它不过南北一点五公里，东西八百米，标高七十米，可以说刚刚长成形——而且当时上面长满了草，还有一口水量充足的淡水泉。”

“在那个岛上？”田所博士说，“匪夷所思，在这汪洋大海之中竟然……”

“作为火山性岛屿，这种情况是极为罕见的。”幸长副教授插话说，“虽然其成因尚不得而知，但是可以推断，它的地下蕴藏着一种蒸馏体之类的东西……”

“所以说就……”田所博士追问道。

“有件事令人十分费解……这个岛屿直属首相府管辖，但领土权确定之后就再也无人问津了。一年半以前，气象厅和水产厅相继提出过要利用这个岛，虽然用于什么不大清楚，但起因却是驻远东美军提出申请，想在这个岛上进行轰炸演练，美国政府已放出话来，如果可能，愿意出资将该岛买下。”

“所以，”另一个调查员接过话茬，“从那时起，调查工作就开始了，水产厅的计划是将它辟为远洋渔船的避风港，气象厅则想把观测站移到这边来。作为活火山，它和鸟岛完全不同，几万年前就停止活动了，不大具有危险性。此外，它还有一个火山口形的海湾，有利于船舶停靠，再加上淡水资源，比起没有停泊港的鸟岛，简直是一个天上一个地下。”

“是不是已经开始建基础设施了？”

“去年的补充预算通过得十分顺利，基础方面总算打好了，今年的预算也通过了。预计从明年开始就要大兴土木了。”

说话间，舱门被推开了，一个五十岁上下的男人走了进来。此人个头不高，但肩膀很宽，皮肤晒得黝黑，露在衬衫外的胳膊粗壮有力，鼻子下面胡子拉碴，也许是长时间烈日暴晒的缘故，他的眼睑通红，似乎看不到一根眼睫毛。

这个一看就是个地地道道渔民的人身上散发着一股鱼腥和柴油混杂的怪味，其后跟着三个人高马大、皮肤黝黑、眼珠滴溜打转的壮汉。其中两人身着晒得发白的硬邦邦的夏威夷麻布衬衫，另外一人身上挂一件布满洞眼、破渔网似的黄背心。他的嘴唇宽厚，头发犹如鹤冠，有点像蒲公英的花絮，也近似佛像身后的光环，松垮垮地包裹着细长的颈部。看似年长的男人胡须已显银白之色，脸上、胳膊上和胸前都刺满了文身。站在前面的矮胖男人摘下沾满油污的工作帽，鞠了一躬，显得有些拘束。身后，三个卡拿卡男人只知咧嘴傻笑，长长的手臂左右摆动，不知放到何处是好。

“这位就是搭救卡拿卡渔民的‘水天丸九号’渔轮上的山本，因为懂几句卡拿卡语，就留下来陪他们。那几个是岛屿下沉时待在岛上的渔民，准确地说，应该是乌拉加斯岛的渔民。”

“麻烦你介绍一下当时的情况，”田所博士一边示意他们坐下，一边说道，“估计你们已经跟别人说过了，只有请你们再重复一遍了。”

“噢。”名叫山本的男人不想坐在椅子上，只是低着头，哑着嗓子回答说，“其实，我也不太懂卡拿卡语。战前时，跟着父亲到过塞班、帕劳、雅浦、安加尔几个地方，每次时间都不长，加上那会儿年纪小，不懂事，所以，只记住了几句。他们能讲点英语，岁数大的那个还能凑合着说点日语。”

“昆尼奇哇[7]……”脸上布满皱纹、文身的卡拿卡人一本正经地点头打招呼。

“啊……”田所博士应了一声，颇有些殷勤地把烟递上，几个人顿时放松下来，吞云吐雾，好不惬意。田所博士觉得时机已到，于是，立即催促道：“那就请说说吧。”

“那是头天的事，我们正在小笠原群岛西北面孀妇岩的东北偏北一带打鱼。”山本打开了话匣子。

“过了中午，天气预报说有热带低气压过来，于是，我们就打算早点收工，谁知道这时发动机出了毛病，动倒是能动，就是速度提不起来。虽然热带低气压不算什么，但如果是从正面袭来，船舵不听使唤，那就不妙了。所以，我们想找个岛临时避一下。这时，船已经漂到离婿岛北面挺远的地方去了，我问是否到鸟岛避避风，二副却说鸟岛避不了风，还不如到鸟岛东北面新发现的那个岛去，那儿的山崖正好形成屏障，最适合避风。于是，借着风力，顺着潮向，船就奔北漂去，最后，总算是到了那个‘无名岛’，但太阳已经落山了。‘无名岛’北面的确是避风的好去处，也适合抛锚。借着余光，我们看见一处像是海湾入口的

---

7 日语：你好。

地方，船长说把船直接开到里边安全，但二副不同意，他说自己只知道这儿有一个岛，至于里边的情况和水路的深浅程度等一概不知，加上发动机故障、时间又晚等不利因素，贸然驶入实属大忌。那天是阴天，一颗星星都没有，再者，不过就是热带低气压而已，就地抛锚也就够了。这样，在距离该岛大约七百米的地方我们抛了锚，当天晚上，除了轮机长大家都睡着了。”

“抛锚地点的水深是多少？”幸长副教授问。

“我想大概是十五米，半夜时候起了点儿风，但刮得不厉害，收音机里说，热带低气压只是路过此地，已经向偏东方向移去，大家才放下心来，睡得很沉，可……大约是凌晨三点，船头好像被什么东西拉住了，直往下垂，那时我正好起夜回来，感觉到了。但其他人都还在睡，好像没觉察到。船长也醒了，尖着嗓子问发生什么事了，值班员也扯着嗓子应了声：一切正常。”

“我又睡下了，再被叫醒的时候已经是四点了，只听值班员在喊着什么，甲板上有人呼应，我迷迷瞪瞪揉了揉眼睛，赶紧跑上甲板，大家早在那里乱作一团：‘不得了啦！’‘岛不见了！’这时，天已经蒙蒙亮，海面上的雾已经散了，我往海面上搜寻了一圈，果不其然，昨天晚上还立在眼前的那个黑乎乎的岛全然无影无踪了。茫茫大海上，只有我们这艘船孤零零地漂着，机器依然处于熄火状态。有人问是不是锚链断了，可是锚链并没有断，虽然有人分析说，肯定是昨天晚上锚被海流冲断了，但领航员坚持说，即使锚断了，在这样的潮流中，一个小时之内船也不可能漂得这么远。领航员似乎觉得岛不见了是自己的责任，就又爬上瞭望台，瞪圆了布满血丝的眼睛想要发现点什么。这时，只听他喊了一声——‘有人在海里’，大家一看，就在离船不远的地方，真有人一边游着，一边喊叫着什么，于是，他们就被我们救上来了，就是这三个人。”

“原来是这么回事……”听罢，田所博士长长地吐了一口气，“这么说这几个人当天晚上都在岛上喽！”

“应该是这样的。不过，把他们刚救起的时候，这几个人几乎是被吓蒙了。当知道命保住了，又兴奋得不得了。至于怎么弄成这样，他们自己也搞不清楚，唯一问明白的就是，他们开始是到小笠原群岛的婿岛附近打鱼，想再多打点鱼，突然一阵大风，把原本就破旧的船帆吹散架了，船也只能随着风向往北漂。前一天中午，他们的船进了那个岛的海湾，准备修一下船帆，人都安顿在岛的高处，晚上睡觉时，岛就沉下去了。说当时的海面上有股很大的旋涡，把那么大的一个岛都吞进去了，船也被海水卷走了，他们不知道身在何处，只好一边祈求神灵的保佑，一边在水里乱划。所以，救他们上船时，嘴里就没停下过。”

“这个问题可能问了好几次，”幸长副教授说，“不过我还是想再确认一下，当时测了水深没有？”

“测了，七百米，但后来才发现，我们的船还是从抛锚地向北漂了有两百米。”这时，山本似乎有些说累了，怯生生地问道，“我，能坐下来吗？”

“请坐，”年轻技师说，“叫后边那几个黑家伙也坐下。”山本用卡拿卡语冲他们吼了一声，呆站了半天的卡拿卡人立刻笨手笨脚地挨着条凳坐了下来，年轻的那两人眼睛依然没有离开桌上那只装满烟蒂的烟灰缸。

小野寺掏出烟，递给他们，两个年轻人咧嘴笑了，忙不迭地把烟抓到手。这几个人鞣皮一样油黑发亮的皮肤散发着海水、烈日、鱼腥混合在一起的怪味，但嘴里吐出的气息，却略带类似槟榔的芳香。他们正要点烟，却被小野寺赶忙制止住了。原来，他们正往“和平”牌香烟的过滤嘴上点火呢。

“后来……”山本也从自己的上衣口袋里掏出一支皱巴巴的香烟，是“新生”牌的，他正要拿桌上的火柴，年轻技师早已替他打着了气体打火机。

“谢谢。后来，船长说这是他平生第一次听说这种事，二副也紧张起来，这时，发动机修好了，船一边进行超声波测深，一边朝南疾驰而去。还没过一刻钟，二副突然喊船长，说是水变浅了，还不到五十米。船长起初还没在意，说这一带本身就偶有浅滩。二副说看一下测深仪的记录就知道了，又把航向向西拨了十度，先是四分之一满舵，后来又改为慢速，开得十分小心。船长则立在船头——他可是领航员出身——两眼死死盯住终于大亮的海面，嘴里却在不停地嘀咕：怎么会有岛呢？突然间，海水颜色变了——就连我这样的人都看出来了。船长刚喊了一声‘注意水深’，二副就从驾驶室里探头惊叫起来：‘船长，下面是个岛。’船长说：‘要真是岛的话，更要格外小心。’二副说：‘突然变浅了……’‘好了，现在没事了。’‘差不多已驶过这个岛了。刚才水深那会儿，估计是通过火山口形成的海湾，有的地方将近一百米，不过，现在经过的应该是岛南侧的顶部，那儿只有十米左右……’”

讲到这儿，山本停了下来，士官室里一片寂静，鸦雀无声。不知不觉中，大家几乎都被这个嗓音沙哑、不擅言词，但描述起来却生动异常的家伙给吸引住了。

“当时的测深记录呢？”幸长副教授问。

“哦……”山本又掏出一支“新生”牌香烟，直接对着刚才的烟头点燃，然后答道，“交给这条船了。那时，太阳正好出来了，于是，我们用天测法测定了船的方位，这和二副判断的正好吻合。然后，又派了两三个人潜入水下，发现的确是那个先前见到过的岛的顶端。我们立即给鸟岛发了电报，鸟岛马上又报告给了本岛，本岛回电批示说，一定要将这几个卡拿卡人或别的目击证人留在鸟岛。‘水天丸九号’上装了不少鱼，航期已满，它的冷冻设备又很简陋，弄不好会全部烂掉，必须立即返航，因为我懂一些卡拿卡语，所以就让我留下了。”

“鸟岛上的那些人最近有些神经过敏，一直闹着要求派调查船去。”海洋学权威在一旁说，语调十分平稳，“正好我们也准备乘‘大东丸三号’到南边去搞海底观测，于是就将出发时间提前了三天，紧急召集各路人马第一时间赶来了。‘无名岛’下沉前后，三十公里外的鸟岛也下沉了一米左右。”

“我想问乌拉加斯岛上的人几个问题，”田所博士将脸转向三个卡拿卡人那边，又追问了山本一句，“你能翻译好吧？”

山本摇了摇头，硬着头皮充当起了翻译。他的卡拿卡语、年长的卡拿卡人的日语和年轻人的英语加在一起，都无法应付具体的细节问题。倒是三个人野人般的丰富表情及绘声绘色的模仿，把下沉时的情景表现得更充分一些。

他们是下午到达岛上的，修理船和船帆一直忙到傍晚，“无名岛”的海湾很深，岩壁陡峭，有些地方还长着一些植物，绝对是个物竞天择的好岛。在海湾正面悬崖的半山腰上，他们发现了一眼淡水泉，以及一个说不清是熔岩洞还是熔岩流经后形成的坑洼处，此处正好形成了一个不大深的洞穴；除此之外，他们还找到了一条崖道和一间刚搭建不久的小屋。他们没破门而入，而是选择了洞穴作为栖身之地。因为他们觉得，从洞穴可以俯瞰到海湾和船。半夜时分，海风乍起，但洞穴里却没受到任何影响，黑暗中依旧保持着静寂——钻木取火燃起的篝火已经熄灭，三人都睡得很香。

这时，不远处突然传来阵阵水声，年长的卡拿卡人先被惊醒，他赶紧叫醒了另外两人。转眼之间，海水就已逼近洞口，黑暗中也不知船在何方。海水的声音不大，只是打了几个旋儿，但岛却在寂静中悄然沉了下去。

“没有振动和巨大的响声吗？”

“没有……也许有一点，但在惊恐中根本没觉察到。”

“下沉的速度如何？”

“就像这样……”年轻的卡拿卡人弯曲着长腿，手掌撑到地板上，然后缓缓地抬至胸前的高度。

“和过去潜水艇注水后的下潜速度一样快。”有人插了一句，“相当快。”

三个人顺着海岸逃到岛的顶端，这段时间里，海水几乎就没离开过他们的脚底。岛的顶端有一个石头垒成的台子，三个人爬了上去，但那里早已不再是制高点了，整个岛已基本沉入海中。石台子在黑乎乎的水面上不过只是一块礁石而已，海浪泛着白沫不断扑向他们，石台子也保不住了，海水已漫过脚趾。三个人抱成一团，呼唤着卡拿卡人的保护神、海神以及祖神的名字，祈求神明的保佑。夜色漆黑，寥无星辰。水很快就淹至腰部，脚下的石块终于还是被卷走了——水面上，拍打岩石击起的白色浪花也已销声匿迹，四周全是或大或小的旋涡，三个人几次都差点被卷走。岛没了，脚底下除了海水还是海水，碰不到任何东西。夜色茫茫，风高浪急，头顶上的天空亦是同样漆黑一团。三个人打算泅水找船，但哪里还有船的踪影！他们担心鲨鱼，万念俱灰，心已被这恐怖的夜色给蹂躏得支离破碎。饥寒交迫中，他们彻底绝望了，只能轮换着抱住一块木板。天空开始放亮，他们终于看见远处有一条船，这下有救了！他们一边叫着，一边拼命地游着，一会儿挣扎着浮出水面，一会儿又沉了下去。所幸，他们终于得救了！的确太可怕了！虽然也听到过海岛下沉的传说，但亲身遭遇，却是平生第一次。他们现在只想尽早回到乌拉加斯岛，回去拜谢众神，岛上的人定会惊愕不已，酋长也一定会举行祭祀，还有女人们，她们肯定想听听整个故事的经过——海岛下沉和这段非凡的经历必将永远在乌拉加斯岛和勇敢的卡拿卡渔民中流传。

“请给我一支烟。”

老者讲述完，出乎意料地吐出一句清晰的日语。他叼住小野寺递上的带过滤嘴的“和平”牌香烟，待小野寺点上火，深深地吸了一口，然后，从他朝上翻着的鼻孔里喷出一缕细长细长的青烟，显示着一位海上老者长谈奇遇后的威严。

“岛屿下沉的例子并不罕见……”田所博士双臂交叉，“我们曾接到过一些报告，也是类似的情况——既不是火山喷发，又没发生爆炸，但就是莫名其妙地沉下去了。甚至有些岛沉下去后又浮了起来，然后几次反复。但是，这次这种情况，这么大的一个岛，以这样的速度下沉，的确是难得一见啊！特别是还有目击证人和亲身体验者。”

“不仅如此……”头发已大部花白的海洋权威以他那不变的声调插话说，“‘水天丸九号’在沉岛上方是放了浮标的，我们赶到的时候，浮标已经被冲走了。你们来之前，我们对下沉地点做了声波测深。”

“发现那个沉岛了吗？”

“发现了……”海洋权威点了点头，“测深仪记录的海底图形和‘水天丸九号’的记录完全一致。我们确定了沉岛的具体位置，但是，它的最高处现在与水面的距离是九十米。你怎么想？田所君，按岛顶端的海拔高度计算，在不到两天半的时间里，这个岛就在这附近下沉了一百六十米……”

6

到了分配住地，一个长着娃娃脸的船员告诉大家，由于来了许多大人物，房间已满，没办法，一句话，只有凑合了。

结城在铺上躺下。

“还生气哪？”小野寺问。

“至于吗？”结城回了一句，“有点儿累了，安装工作准备就绪，明天早晨就能下潜了。”

“辛苦你了。”小野寺一边将随身物品丢到自己的床铺上，一边说道。

这时，辰野一手抓着稿纸推门进来了，样子甚是激动。

“太漂亮了，简直是完胜！小野寺君，你知道吗，抓到‘海神号’起航消息的是我们报社耶！我们在第一时间刊登消息的时候，其他报纸还在炒贝约内兹列岩喷发的新闻呢。‘水天丸九号’的事情和卡拿卡人的事情成了我们的独家新闻了！明天要下潜吧，能不能让我也上‘海神号’呢？”

“不行。”小野寺摇了摇头，“想上艇的专家、学者都快打破头了，潜艇只能上三人，况且，根据气候条件，还不知能下潜几次呢。”

“‘水天丸九号’和卡拿卡人的自述，都是出的特刊。”

“特刊又能怎么样？”结城躺在狭窄的沙发上，望着天花板说，“火山喷发、人员伤亡都是抢眼的新闻，你那个大海最南边的无名小岛下沉之类的东西能有多少人感兴趣？刚才收音机短波报道的本土新闻还说，东名高速公路又发生恶性事故了呢！”

“发生了什么？”辰野瞪大眼睛问。

“多了，爱知县东边的一座桥垮塌了，”结城动也没动一下，“导致一辆油罐车翻到山里去了，简直都闹翻天了；还有，山林大火，死伤无数，连自卫队都出动了，真是爆炸性新闻哪！”

“真的？真有那么热闹？”辰野像被浇了一盆凉水，有些失望。

“如此说来，弄得不好，只好弄到社会版上面了。”

“最好不上社会版，而是作为文艺版的报道来发，让读者慢慢读。”结城说。

“我们来的途中发生的海啸有什么最新情报？”小野寺问。

“啊，房总[8]地区那边有一定的损失，但问题不大。”

“真是运气不好……”辰野满脸沮丧，一屁股坐到凳子上抱怨道，“好不容易抓拍到几张火山喷发的照片，结果相机又落到海里去了。这要再搭不上‘海神号’，那才叫倒霉透顶呢！”

“别灰心嘛！”小野寺拍了拍辰野的肩膀，“‘北斗号’的航海员荻野拍了些照片和八毫米的胶片，他技术没问题，效果一定不错，你跟他无线电联系一下，把胶片借来用用，怎么样？就说是听我说的。”

“真的？”辰野眼前一亮，“那当然求之不得了！”

“‘北斗号’上也配备有传真机……”结城补充道，“如果真要做，就连线太平洋上边的通信卫星，由它中转到铫子[9]，肯定赶得上明天的晨报。”

“太漂亮了！”辰野一跃而起，“可是，保安厅的船会帮这个忙吗？”

“这就不知道了，关键看你自己的本事了。”结城翻了个身，“明天早上我们这儿要派个联络直升机飞往鸟岛海域的‘北斗号’，你先飞过去怎么样？”

“先这么办吧。”辰野挺直了腰，“那就谢谢大家了。”

说罢，辰野一溜烟冲出了房门。他刚一走，结城就捂着肚子笑了起来。

“怎么回事？”小野寺问。

“没……没什么。”结城强忍着笑说，“这小子，把他骗走了他还兴

8 位于千叶县的房总半岛。

9 千叶县东北端的一个城市。

奋得不得了。”

小野寺也笑了起来，结城更是笑得满脸冒汗。

“这儿太热了……”小野寺说，“空调也不起作用，咱们去甲板上吧?”

“大东丸三号”熄了发动机，在夜幕下的海面上随波逐流。在距离下沉岛屿以南约十公里处缓缓地向东北偏北方向漂移。月亮犹如裸体美少女，将华润诱人的月光洒向整个海面。

海上已然无风，甲板上也没一丝凉意，但多少要比船舱内让人感觉好受一些。两人沿着后甲板慢慢地踱着步子。不知是谁，在船的艉舷上轻轻地弹起了乌克丽丽。

夜空像睡熟了一般，寂静无声——就连撞击船腹的波浪也都显得小心翼翼。倚着后甲板的栏杆，结城又掏出烟斗，背着月光点着。橘黄色的火苗跳动了几下，将结城挺拔的鼻尖映得通红。紧接着，一股淡淡的白烟从嘴角处喷出，随着他嘴里不断传出的“吧嗒”声，烟斗锅在黑暗中时明时暗，不时还泛出短暂的火光。

“平静的大海”……南北走向一点五公里，一个完完整整的岛屿，一夜之间竟无声无息地被吞没，压在这安详的、黑暗的海底之下。这是一种多么令人恐惧和变幻无穷的力量啊，简直让人难以置信！不仅如此，同样方向的三千公里外，也是在深深的海底深处，还藏匿着一条流动的火带。它就像一条细长的燃烧着的巨蟒，正在人眼无法到达的泥潭深处，与坚硬无比的岩石进行着殊死的搏斗——说不清什么时候，它就会撕破地壳，冲出海面，威胁善良的人类！而更为可怕的是，这不过仅仅是巨蟒掉下的一滴汗珠或喘出的一口粗气而已！

在这黑暗的海底深处，到底在发生着什么样的演变？小野寺望着无垠的海面，轻轻地问着自己——翻滚着的岩石和火龙巨兽抗争的这一过程，究竟又会给这个世界带来什么新的变化?

“啊……”有人叫了一声，“原来在这儿啊。”

在甲板上，一个细长的白色倒三角形的影子从黑暗中闪出，慢慢地靠近，从眼镜片的反光中可以判断此人正是幸长副教授。虽然天气闷湿异常，但幸长依然保持着往日的风格——西装革履，一丝不苟。白色三角形正是西装背心衬托出来的。

“明天早晨七点开始做准备工作，然后待命等队长的进一步通知。如果七点开始准备的话，几点能下潜？”

“一个半小时后。”结城答道，“如果各项检查没那么复杂，‘嗵’地潜下去，早就见到潜艇的气泡了。”

“需要配备什么特别的探测器吗？”小野寺问道。

“暂时还用不着……”幸长副教授摆了一下头，“虽然带了两三台新型海底地壳探测装置，但都与‘海神号’关系不大。”

“鸟岛那边的情况怎么样了？”结城问，“有没有喷发的迹象？”

“问题不大。‘北斗号’的人员转运工作也差不多结束了。贝约内兹列岩那边的喷发停息了，好像喷出个小岛来。”

“这边沉下一个，那边又冒出一个……”结城把烟斗在船舷上敲了敲，嘟囔道。

一直在弹奏乌克丽丽的年轻船员走到三人的身边，靠在船舷上，又继续弹了起来……三人谁都没吱声，只是静静地听着。

刚才去了通信室的辰野从上甲板的舷梯上下来，显得颇有些惊慌，声音略显焦急。

“获野那边的胶卷已经说好了，谢谢。但传真不让用。不过，说是彩卷，可以上画报杂志。”说罢，连忙又向上指了指，“上边正在播放电视新闻，东名事故，还在烧，挺吓人的。”

三人茫然地望着星光稀疏的夜空。

在三万六千公里高的太空中，国际通信卫星公司的大型通信卫星“摩根·巴特”号，每天只有一个小时的时间向在太平洋上的船只提供国际新闻报道。东名事故甚至登上了全球网络联合公司的特大新闻栏。小野寺想象着定点通信卫星正静悄悄地挂在星光闪烁的宇宙空间的某处，想象着从五百公里外将电视信号输送到这条船上的日本本土所发生的一切——中部山岳地带某个山谷间熊熊燃烧的大火，那天早上与赶往滨松的朋友乡六郎匆匆一别的情景一幕一幕地在小野寺眼前闪过。

“也不知怎么搞的，尽是些烦心事。”小野寺转身对幸长副教授说，“一天里，出了这么多事！”

“这就是寸劲儿！什么事情都在一天里赶上了。这就是常说的‘晦气日子’。”幸长副教授说话的语气里透着一股使人释然的沉稳。

“您认为这种现象彼此之间没任何联系吗？”小野寺追问了一句。

“啊，不能完全这么说。但要证明它们彼此相互关联，就需要证据啊。这种时候，学者们只能说这些现象之间目前还没有必然的联系。”

“可是……”小野寺心里生出一丝焦虑。

“超声波水深探测一直没间断过，不过……”幸长副教授凝视着昏黑摇晃的海面，缓缓说道，“这一带海底的实际深度要比海图上标明的数据深将近两百米。”

“这一带的海底有什么异常吗？”

“不清楚。”幸长副教授摇了摇头，“我们只知道有些异常，而且这种异常仍在继续……但是，到底是什么样的异常以及它的起因都不得而知，而且，从现有的资料中也无法确认。我不知道你怎么考虑，但说实话，我们现在就连地震的起因都还没搞清楚。虽然有很多极具说服力的假设，但没有任何一种假设能证明它是正确的！地底下的事对我们而言，完完全全是一个谜。”

“但是……”小野寺继续刨根问底，“最近，日本海海沟周边的富士山火山带以及包括日本列岛的褶曲构造部分，的的确确都存在大范围的地壳活动，这是事实吧！日本列岛的下面如今正有一种使地壳持续活跃的力量，您不这么认为吗？”

“不知道……”幸长副教授摇摇头，离开船舷，“这个现象也好，那个现象也罢，它们和鸟岛海域的下沉及东名高速公路事故之间是否有间接的关联，迄今为止还无人知晓。想象是件很浪漫的事情，但身为学者，说话必须要有依据，不能仅凭想象啊！”

“问题在于……”结城在一旁嘀咕道，“证明不证明有什么用？事实上地震来了，火山爆发了。”

结城是背对着幸长说的，而幸长副教授早已离开后甲板，奔客舱的方向去了。

还不知道、不知道、没有证据、无法证明、证据不足……小野寺心里一阵烦乱，狠狠地用力推了一把船舷——这似乎还远远不够发泄心中的郁闷，索性几步跨到正在弹奏乌克丽丽的小伙子旁边。

“不好意思，借用一下。”说罢，他抓起琴，指尖拨下之处，一连串急促的音符便从琴弦上滚落下来。

“弹得真棒！”小伙子赞叹道。

小野寺一听，干脆和着旋律，即兴填词，张口唱了起来。

“您这是什么歌啊？”小伙子饶有兴趣地问道，“蛮好听的，从来没听过。”

“刚创作的。”小野寺回答道，语气中含有一股怨气，“名字就叫《什么都不知道》！”

“噢。”小伙子从小野寺手里接过琴，娴熟地拨动琴弦，把刚刚听到的那首歌几乎一字不差地重唱了一遍。

“这个地方这么处理一下可能就更好了。”小伙子说。

“嗯。”小野寺似乎为自己刚才的冲动感到有些不好意思，连忙点了点头说，“没错，是要好些。”

“到下边去把歌词再顺一遍怎么样？”

“算了吧，该睡觉了，下次请你来填词。”

回到客舱，倒在床上后，小野寺突然觉得刚才的旋律着实不俗，于是，索性随手抓了张有字的纸，翻身趴在床上，在背面把谱子记了下来。

7

第二天早上七点，“大东丸三号”在海面低速反复探测了几次深度以后，在下沉岛屿的正上方停了下来。

天气与昨天一样，晴空万里，风平浪静。海底开发株式会社所属的加油、潜水两用船“巽丸号”头天晚上已经赶到了会合地点，这会儿正在距“大东丸三号”三百米左右的海面上进行着紧张的作业准备。

“海神号”先被起重机吊起，然后又被稳稳地放到海面上。小野寺和结城先后跳了上去。“海神号”左右摇摆，晃动得颇有些剧烈。小野寺从指挥塔的升降室钻进吊篮，再跟着结城的口令，慢慢地由升降口向“巽丸号”靠拢。“巽丸号”的船体四周布满了防冲撞的红色塑胶球。有人从后作业平台上抛下一根缆绳，接着，甲板上的固定臂伸出，将“海神号”钳住，固定，随后油管放下，开始向“海神号”注入燃料。

这种1948年由皮科尔率先研制出的巴奇斯科夫型深水潜艇，从其类型上讲已过于陈旧，但就目前而言，靠轻于水的金属锂获得浮力的深水潜艇不多见，美国有两艘，法国有一艘。虽然铝合金及FRP（玻璃纤维增强塑料）材料制造的浮船也已出现，但在二十世纪四十年代，成功研制了同温层热气球“FNRS-1号”、第一次把人类送上三万米高空的著名物理学家奥奇斯特·皮科尔的真正功绩却在于“FNRS-2号”——巴奇斯科夫型深水潜艇，这一发明让皮科尔的名字成为不朽。

“浮力学的天才”皮科尔！

如同气球靠氢的浮力翱翔天空一样，他实现了人类在大海中亦能自由漂浮的梦想。在此之前，所有的深水潜艇都被认为不能离开工作母船，必须用钢缆时时将其系住。1934年，威廉·比勃设计的潜水球创下了潜水九百八十四米的纪录，他的设计竟与公元前亚历山大大帝所采用的方式如出一辙。然而，这个起关键作用的钢缆同时也成了深度下潜的最大障碍！由于钢缆吊下的是沉重的、钢铁制成的耐压球体，需要较大的安全系数，所以，一千米长的钢缆本身就是一个很大的负担，弄得不好，它完全有可能自己不堪重负而发生断裂；这时，如再遭遇暗流，其后果往往不堪设想。

皮科尔的设想是：建造一个能脱离笨重、危险的钢缆的束缚，自由地潜入海底并自由运动，而当压舱物去掉时，又能浮出水面的“水中气球”。是潜水舰吗？不，它显然不能完成这一使命，它的耐压构造达不到要求。在海底深处，当每平方厘米的水压约为一吨时，它的中空构造体就会变得像薄纸一般。就连酒瓶的软木塞在深水层都会被挤压成石头一样坚硬，不再具有一丝浮力。如果增加船壳强度，重量就会增加，浮力就不够。即使使用浮舟补充浮力的不足，也难以满足密封构造带来的浮舟自身的耐压需求。对海水而言，如果采用开放式结构，船体内外的压力就能保持平衡，从而达到减轻船体重量的目的。但是，这种开放式构造又会导致空气压缩。深海处，在几百个气压的压力下，空气体积会急剧缩小为原体积的百分之一，而浮力同时也会随之降为百分之一。这样，水中的气球一旦在水中超越某个极限，它就会像石头一样，自己沉入海底。

于是，皮科尔想到了在高压下体积几乎不会发生变化的另一种物质——液体汽油。用它作为浮力材料，解决浮力问题。1948 年 11 月 3 日，在西非塞内加尔的首都达喀尔的洋面上，无人驾驶的汽油浮舟“巴奇斯科夫 FNRS-2 号”成功地完成了水下九百米的下潜。在此之后，这种型号的“FNRS-3 号”和“特鲁斯蒂 1 号”、“2 号”及“阿尔麦第斯号”，便逐步开始了征服海底世界的历程，最终突破了万米大关。

巴奇斯科夫型的“海神号”虽然比美国的“阿尔米诺德上将号”、法国和比利时共同开发的利丘玛琳型要老一些，但这种型号最大限度地保证了它在水中，尤其在深海中的灵活性以及舱内舒适度，而且潜水时间长。它装有高效、轻质的氢电池，曾在大陆架附近创下两人下潜时间超过二十四小时的潜水纪录。在长三点五米、直径二点二米的耐压舱内，还配备了床具及微型厕所。水中最大航速为每小时七海里，平均为每小时四海里。配备电磁控制的潜水操纵舵，可急速下潜至四百米左右，持续航行能力为一百公里。水下照明弹、全景潜望镜、声呐系统等一应俱全。它的独到之处是：特别配置了与工作母舰保持无线联络的水中 VLF（超低频）通信系统。

“巽丸号”的甲板上，“严禁火种・危险”的红色警告旗随风飘扬，空气中散发着强烈的汽油味。此刻，纯白的船体上分别涂有两道红色和橘黄色耀眼彩条的“海神号”正在慢慢地吞噬着燃料。

没过多久，油箱已满。油路口被盖紧后，“巽丸号”上的红旗立即被换成了黄旗。这时，“大东丸三号”上放下一艘汽艇，六个人从汽艇上来到“巽丸号”上。在这六个人当中，两人负责联络，其余四人分为两组，三班轮流进行潜水作业，视情况改变潜水地点。每次潜水时间为两个半小时，但根据情况可适当延长。

汽艇卸完人后回到了“大东丸三号”上。随即，“大东丸三号”鸣笛驶过“巽丸号”，缓缓离去。考察队队长留在了“大东丸三号”上，指挥观测船和直升机在周边海域进行超声波、重力、磁力测试及海面资料的收集。

“巽丸号”的所有准备工作都已就绪。结城从“海神号”狭窄的甲板上轻身一跃回到“巽丸号”后，朝小野寺挥了挥手，喊道：“我们在上边用水下雷达监视，快去吧，这儿的海底平均深度是四百米多一点，对你来说就像过家家！”

“没那么简单！”小野寺悄悄用手指了指身后立在“海神号”甲板上的田所博士，后者表情凝重得像个舰长，正在那儿踱着方步。“老板干劲大得很，想到再深一点的海沟去调查！”

“海神号”首次搭乘的人员为两人，即田所博士和水产厅那个年轻的科技官。两人进入潜艇后，小野寺竖起了大拇指，让吊臂松开。“嘎啦嘎啦”一阵响声过后，“海神号”被推离了“巽丸号”。潜艇晃动了几下，小野寺弯起食指放入口中，吹了一声口哨，这是上浮或出发的信号。结城在“巽丸号”的甲板上回了一声口哨。此后，小野寺通过潜艇内狭窄的通道，进入舱内，关紧了闸门。

“起航啦！”简单测试完VLF通信系统后，小野寺对坐在身后略显紧张的两人说，“准备好了吗？知道观测窗的位置吧，后面还有一个。嗯，这个是水下电视屏幕，全景，能扫描一百四十度，摄像机固定在潜艇的前边。”

舱内的光线调暗之后，小野寺抓住电磁闸的手柄，打开前后两个储气罐。紧接着，海水咕嘟咕嘟地往上冒，渐渐漫过监测窗——从“巽丸号”上可以看到“海神号”的甲板前后吐出一串串白色泡沫。一会儿，黄白相间的指挥塔便静静地消失在了海水里。

小野寺合上动力开关。

尾翼上方的螺旋桨开始悄悄地转动起来。

“深度六十，目标正下方，全速动力下潜。……请大家抓稳点。”

小野寺把飞机操纵杆模样的掌舵杆向前一压，手柄向右一切，“海神号”便以十五度的斜度，开始呈螺旋形下潜。

正面观测窗缓缓移动的视线里出现了一团黑影，这是从“巽丸号”上潜下来的两个蛙人，他们在目标物上方装了浮标，然后抓住绳索，对着“海神号”做了个交警先生请多关照的动作——他们骑在小型水下圆盘上，尽管使用的气罐含有氦气而不是氮气，但潜入九十米的深度也绝非易事。

小野寺打开水下电视监视系统，超清晰度的水下摄像机的确名不虚传，拍摄的画面不但清晰，而且视角宽阔。

小野寺一边监视着电视图像，一边告诉田所博士说：“如果发现什么重要的东西，就按这个键，VTR（磁带录像机）可以录下来。不过，一次只能录三十分钟。这里准备了三盘录像带。”

田所博士和科技官都没吭声，轮流盯住电视画面或监视窗。

“是那家伙吧……”田所博士突然吼了起来，“没错，就是它。”

上午九时刚过，太阳光照射海面的角度极小，水下不太亮，但水质清澈。所以，在缓慢旋转的电视画面中，朦胧可见深蓝色的海底中耸立着一个黑乎乎的东西——一座巨大的海底孤岛出现在了眼前。只有岛的顶端有些光亮，而侧面则像披了一件长长的黑袍，渐渐消失在深不可测的海底。

“船头对准正前方那个怪物。”田所博士手搭在摄像机的开关上，“能一直保持这个姿势下潜吗？”

小野寺小心翼翼地调整着舵把，停止旋转，对准目标后，缓缓挂了倒挡，待“海神号”停下来，放掉已剩不多的调节平衡的空气后，将船轴心调至俯视十五度角，开始悄悄地下潜。就像舞台的背景一样，电视画面中，“无名岛”的顶部渐渐露了出来。潜艇的位置离它有三百米左右。博士按下启动键，摄像机的磁带开始有节奏地转动起来。

小野寺打开超声波测深仪的开关。

“到差不多的地方就别再潜了。”小野寺死死盯住渐渐逼近红色零度的超声波测深仪的指针和沉降速度计，有些紧张地说，“前面的路还长着呢。”

在距离岛顶部约十米的地方，小野寺猛地挂上后退挡。“海神号”船艏保持十五度倾斜，像鲹鱼似的向上躲开了。

“我说……”小野寺开始问道，“是不是沿着斜坡下潜？”

“别吓我们了。”VLF 话筒里传出“巽丸号”上结城的声音，“撞上就糟了。”

“绕岛顶半圈，”田所博士说，“然后沿斜面下潜。”

“‘大东丸三号’来电了！”扬声器里又传出在船上待命的调查员的声音，“岛附近的海底向东倾斜，斜度三度以上，斜坡长度不详，这和海图上的数据不一样，水深也增加了一百八十米。”

“海底滑坡？”科技官问了一句。

“田所先生……”小野寺一边将潜艇向前推进，一边问道，“两天内下沉了将近两百米却没有发生海啸，这是为什么？”

“不知道！”田所博士几乎是在咆哮，“也许是在哪儿找到了平衡，鬼才知道是在哪儿？什么都不清楚！”

什么都不清楚！小野寺心里“哼”了一声，从昨天开始烦的就是这句话。

“海神号”和岛顶部一直保持着五十米左右的间距，航速控制在三海里，开始下潜。潜到九十米时，海底已明亮了许多，古老的火山口周围的褶痕清晰可见。小野寺虽是个外行，但即使不借助投光器，也看得出这个岛在水下的历史绝非短暂，只是最近才从水中凸起，接受了一点侵蚀而已。然而，这座奇妙的岛屿如今又重新回归到了海底。火山口的直径大约为二百到三百米，内壁几乎都是几近直角的陡坡，火山口上有一处极深的“V”字形裂痕。这显然不是喷发造成的。确切地说，是在火山口形成后，由另一起因崩裂而成。测深仪上面的数字表明，其火山口深度竟有一百余米。小野寺提心吊胆，生怕田所博士一时兴起，非要进到里面去看个究竟。潜艇绕岛转了半圈，并没发现它在下沉的过程中发生过什么火山性活动的痕迹。

“无名岛”像从来就在那里一样蜷卧在寒冷阴暗的海底，悄无声息，充满厚重感……

小野寺给出信号后继续下潜。为了慎重起见，声呐探测器一直保持工作状态，沿着斜坡将船头向下调至近三十度的角度。声呐的回波进入扬声器后，再将 VLF 信号转换到接收器上。

“结城，开始下潜啦。”小野寺对着话筒喊道，“你帮着看好啊。”

“没问题。”结城回答说。

“你现在在它的正上方，看得很清楚哟。”

小野寺转动电阻器的手柄。舱外传来阵阵水流声，舱顶部能感到引擎的振动。田所博士和科技官都系好了安全带，瞪大双眼监视着电视画面和监测窗外的一切。舱内不时响起声呐探测器传出的“哐哐”的回声，“海神号”以两海里的航速绕着山坡开始下潜。

鱼群和巨大鲨鱼的身影不时掠过电视画面，向上游去。右边的监测窗外已能看清楚沉下的岛屿——正确的说法应该是海底火山的半山腰。不一会儿，新近形成的海蚀线便清晰地呈现在他们面前。

“保持船体水平。”田所博士说，“沿着海蚀线转一圈试试看，只要一会儿时间。”

小野寺抬高船头。海蚀的痕迹几乎就是这个岛露出海面的水平面部分。山腰上好几段斑马条纹告诉我们：这个无名小岛已有过数次隆起、下沉的经历。

“有水平仪吗？”田所博士问。

“在记录器的抽屉里。”

博士将水平仪取出，紧紧贴在监测窗上，像是要把窗外的东西一口吃掉。

“看，假如这是三天前的海平面痕迹的话，现在，整个岛已向东倾斜了四到五度。”

“继续下潜？”小野寺问。

博士拍了拍他的肩膀，以示同意。

“海神号”继续下潜。二百米……二百五十米……从下面往上可以看到太阳已升起很高了，但海底的能见度依然良好，只是窗外的水色突然开始发蓝。小野寺顾不上看水压计的指针，驾着“海神号”继续向前。这点深度对“海神号”来说，简直就是小儿科。三百米，他略微将船头调高，山腰斜坡正明显趋缓，将长长的裙带拖向青蓝色的海底。水温十五度，电视画面上几乎是一片空白。小野寺关掉电视，将显示器推上去，跟着，切断艇内的照明。透过监测窗可以看到，淡淡的幽灵般的青光洒满海底。三百五十米，“海神号”的船体已接近水平状态，沿着伸向昏暗的海底、望不到尽头的平缓斜坡前进着。小野寺放出几个压舱的钢球。

“马上就到海底了。”他告诉身后的两人说。

“‘大东丸三号’发出信号，”结城的声音又从听筒里传出，“这里是东西约十公里、南北约十五公里的地貌海隆，由此向东三公里处，有一个十度左右的大陆架斜坡。”

小野寺打开探照灯。在茫茫的水墙对面隐隐约约可以看见海底导航锚链垂挂在船底，传出“咣当咣当”的撞击声。

游过来一群发光类鱼群。在强烈的探照灯光下，海底就像一个巨大的灰色生物，朦朦胧胧地浮现出来。小野寺将船速调至半海里，继续放出几个钢球。锚链不断撞击着海底，将淤泥翻起。“海神号”拖着锚链慢慢潜行，不一会儿，静静停了下来，船的底部距海底两米左右。

眼前的海底并没有什么变化，前后倾斜隐约可见，但是，后座两个人的反应却截然不同，显得兴奋不已。

“有波纹标记……”科技官叫道。

“火山岩和火山弹如此暴露无遗！”博士也兴奋得快言快语。

“看来，最近海底泥土的活动异常活跃。”科技官说，“你看那儿。”

“嗯……”博士点点头，“海底沿着斜坡出现了大范围平移。”

“与其说平移，是不是应当理解为近于滑坡？”

“小野寺君……”博士喊了一声，“沿斜坡向东边的大陆架方向前进！”

“海神号”回到海面后，小野寺他们发现“巽丸号”正陷入争论的旋涡之中。其实，这个讨论早在“海神号”放出压舱钢球准备返回时就已经开始了，VLF 信号将“巽丸号”与“海神号”以及几公里以外的“大东丸三号”之间的讨论连接起来。当固定臂重新将“海神号”拦腰抱住时，“巽丸号”一面开始第二次下潜的准备工作，一面慢慢地向东移动——它要补充下潜的钢球、磁带，更换自动记录仪。即便是在这段时间里，“巽丸号”和“大东丸三号”之间的讨论也没有停止过。田所博士反复强调，类似大陆架斜面和海隆分界线的东西几乎不存在了。科技官也证实直到前不久还存在过。因为海流会冲击斜坡，根据生物种类和岩石就能判断。现在，海隆上滑下来的泥土大面积地覆盖下来，形成一个大大的圆弧。

第二次下潜很快准备就绪。幸长副教授和火山调查官随潜艇赶往大陆架斜坡进行调查——忙得连食品都是带入潜艇内吃的。这次与第一次一样，采用高速下潜的方式，直达六百米处，此后，沿着斜面再潜入一千八百五十米的海底。负责调查的两个人似乎有了令人兴奋的发现，有一次，连从来都以冷静著称的幸长副教授都忍不住扯着嗓子大声叫了起来。

潜艇返回时，海面上起了波浪。于是，“巽丸号”用“人”字起重机将“海神号”吊到操作甲板上，拖着长长的浪花全速前进。

“第三次下潜推迟到明天。”田所博士宣布说，“‘大东丸三号’在离这儿一百二十公里的小笠原海沟附近有了新的发现，所以，我们要潜到海沟去，不知道行不行。”

“理论上讲，‘海神号’可以下潜到十万米。”小野寺回答说，“当然，如果真有那么深的海的话。安全系数设在十倍以上——在I造船厂的冲击波水槽里甚至还做过超级试验呢。”

8

第二天。

在“大东丸三号”的护卫下，“海神号”又朝着光滑无比的海面下几乎深不可测的海底，开始了新的下潜。潜艇搭载人员是田所博士和幸长副教授。显然，这次面临的海底世界非同一般，水下能见度接近极限。在只有一千米深的黑暗之外，更有深达数千米的万丈深渊正张着血盆大口。在那里，水温接近零摄氏度，手掌大的面积上承受着百吨以上的压力。那是一个被寒冷和高压包围的地狱。刚上了“巽丸号”的辰野，用桥式声波测深器向下发出了一道声波，返回的时间竟用了十秒以上。声波在水中的传播速度是每秒一千五百米，所以，水深应该超过七千五百米。

“十秒钟！……”辰野咂了咂嘴巴，“相当于一个电视广告的时间！”

此次的下潜一直被紧张的情绪所包围——小野寺顾不上像前两次那样轻松地变点花样，而是异常谨慎地驾驶潜艇下潜，时间留得十分充裕。

开始深度下潜。顺着亚热带分界线的下降海流，“海神号”以每小时四公里的速度缓缓下沉。刚下潜一百米，就已进入到了一个死水般的世界。“海神号”宛如一只贴在蓝色玻璃上的标本，径直下潜。表层鱼群四下散开，再穿过自下而上纷纷扬扬的海雪层，迎接他们的只有鲸鱼以及形状各异又不知叫法的发光鱼……七百米以下，监测窗外已经不再有原本微弱的暗蓝色光亮；一千米处已是漆黑一团。潜艇内的温度开始逐步下降，水蒸气使艇壁布满水珠。

“还是穿上外衣吧。”小野寺建议道。

整个潜艇内只有仪表盘上跳动着几束绿色的荧光。在一千五百米时，小野寺打开了探照灯。灯光所到之处，看到的都是幔帐一般的水帘，重重叠叠将“海神号”围得水泄不通。偶尔，灯光前面会现出几条奇妙的海洋生物，但它们对眼前的这个入侵者似乎并无兴趣，打个照面便悠然离去。犹如火花般噼啪放电、忽明忽暗的虾群，还有在灰色幔帐的深处蠕动的身份不明的黑家伙……

“三千米……”小野寺看了一眼水压计，“左边就是海沟的斜面起始处，距离十一公里，斜度二十五度。”

“哔哔。”使用声子脉泽、有“水下雷达”之称的超声波测深仪里不时传出刺耳的回声，将远处海底的地形清晰地记录在位于驾驶席前面的扫描仪上。海图上标明的海沟大陆侧斜面是一个极陡的斜坡，但现在看到的情景却截然不同，最大斜度不超过三十度，十分平缓。其另一侧更是近于平坦，只有十至十五度；偶尔一两处深陷海底山谷的断崖地带也只超过五六十度。

当测深仪确认水下四千五百米时，小野寺关掉了超声波测深仪的开关。艇内一片寂静。“海神号”安静得好似睡熟了一般，透过监测窗向外望去，在光的帷幕里，深海浮游生物无声无息地向上游动，通过它们才能感到这个钢铁造就的椭圆体此时正以每秒一点五米的速度迅速下沉。

当目光转回到舱内，只感到像回到了一个凝固了的狭长盒子里一样。室温十六度，水温三度。幸长将外衣的拉链拉至领口处。在吸湿器的作用下，附着在艇壁及管道上边的水滴已基本消失。气压显示为四百二十个大气压，并在不断上升。舱内寂静、昏暗，犹如墓地。这个由超高强钢板制成的家伙，此刻正在这令人恐惧的水压形成的墓地深处痛苦地呻吟着。其实，它本身就像是一个钢铁棺材。五千米……幸长副教授的身体似乎已经感受到了有一股压力向距他不到二十厘米的艇壁紧逼过来。每平方厘米半吨的压力啊！他大口地喘了起来。“海神号”正在承受着几百万吨的压力，它那被巨大的老虎钳紧紧钳住的七厘米厚的耐压壳，眼看着就像要被挤得粉碎一样。听到“吱吱”几声后，幸长副教授悄悄地看了看四周。

“没事的。”小野寺安慰道，他已经察觉到了幸长副教授的不安，

“是仪表的固定处遇冷收缩引起的。要不要开暖气？”

“不用……”田所博士说，“马上就到海底了。”

“深度五千七百米……”小野寺又看了一眼水压计，“离海底还有……”

“嗖”的一声，超声波测深仪发射出声波，回声迅速传来！

“一千九百五十米……地势平坦。”

探照灯的辐射范围内已几乎看不到任何生物了。偶尔几个细长的条状物在远处晃动几下，这恐怕就是在深海中绝无仅有的那些适应性超强的水母和甲壳类生物了。

然而，当灯光熄灭后，窗外的黑暗中却又出现不少星星点点、忽隐忽现的发光微生物——水温已降至一点八摄氏度，室温十三摄氏度。计时器清楚地标明：离开水面的时间已经一小时二十四分。

“七千米……”

“那是什么?”幸长副教授的声音像是被冻住了一样，“是鳐鱼吗?”

左首的窗外，探照灯灯光的尽头，一块巨大的、幕布般的东西掠水而过。

“真不敢相信……”田所博士紧张得声音都沙哑了，“岂有此理，绝不可能是生物。”这东西通过光亮处的时间足足有五六秒，长度不短于三十米。

“用声呐测一下！”幸长副教授建议道。

“已经游过去了。”小野寺说，“一会儿就到海底了。”

说罢，小野寺启动开关，将压舱钢球放出，以减缓下潜速度——但几乎就在同时，潜艇外传来“嘭”的一声撞击，被弹起的“海神号”先是船头向左倾了二十度，随后，又偏右回弹了三十度。

“怎么回事？”幸长副教授厉声问道，“出故障了？”

“没有。”小野寺的回答镇定如故，“是海流！”

“这么深的地方还有这么大的海流？为什么？”田所博士问。

“不知道，但偶尔能遇到。”小野寺答道，“不过，这么大的海流还是头次碰到，它的时速在三点五节以上。”

“简直是……”幸长似乎不相信自己的耳朵，“七千米下的海底会有如此之快的海流？”

“不知道是什么原因造成的。”小野寺摇摇头，“不过，已经穿过去了。”

这股暗流的厚度为一百五十米。“海神号”被稍微冲离了原来的位置，终于穿过去了。小野寺将艇艉的方向控制阀略微开大了一点，使船体重新回到了正南北方向。这样，就避免了侧面再次遭到冲击的可能。

“距离海底……大约还有四百米……”小野寺重新开启超声波测深仪，一边盯住微型流速计和微型沉降速度计的指针，一边慢慢地放出压舱钢球。

下潜速度降至每秒一点二至一点五米，最后，控制为每秒一米。左右电动舵调到垂直方向，然后，轻轻踩下制动擎。潜艇顿了一下，像是要向上升浮，但引擎熄灭后，又开始缓缓下沉，速度约为每秒零点五米。当距离海底五十米左右时，锚链被放下，潜艇随锚链的晃动左右摇摆了几下。随后再次放出压舱钢球，沉降速为每秒二十厘米。

“看到了！”幸长副教授吐了一口气。

潜艇前面的两只探照灯光束的正下方，一个黄褐色的圆圈迎着灯光慢慢地漂上来；圆圈十分整齐。紧接着，两个、三个，油炸圈状的泥水形成的圆圈，呈螺旋式缓缓上升。这是压舱钢球落到海底后撞击出来的泥土圈，混浊的泥土从海底直往上冒。锚链长长地拖到了海底，只有横卧在海底的链条本身的重量能显出一点浮力。潜艇在距海底一点五米的地方停了下来。

灰黄色泥土形成的烟云翻滚了几下，便在秒速一厘米以下——甚至几毫米的海流作用下缓缓散开，这时，寂静、冰冷、褐色的海底沙砾尽显眼前。探照灯调整了几下角度，射出的光线犹如沙漠自身的颜色，灰中带黄，稍远一点，又带点海底的暗蓝色。而从水平方向望去，这两只大功率探照灯给人的感觉竟像是根本没有打开一样。海沟底部深不可测的厚重的黑暗近在咫尺。深海底的海水原本清澈，当泥云团摇晃着渐渐散去后，光线反射出的悬浊物就几乎消失了。

“海神号”抛锚停稳后，就像一只悬挂在空中、处于静止状态下的气球被一把铁锁锁住，悬在空中动弹不得，只能乖乖地向下及四周射出六道强光，颇有些瑜伽行者坐禅的味道……

死一般的寂静从海底的四面八方包围着这个短胖的乘载物，无论是潜艇外壳还是卷叶状的船舱，此时此刻都在承受着每平方厘米八百千克——八百个大气压的压力。在这里，就连海水自身都逃脱不了被压缩的命运，密度陡然增大了百分之四。它的压力也将这一望无际的淤泥沙漠死死地压在脚下。潜艇舱内的温度下降到了十二摄氏度，水温是一点五摄氏度。舱内的三个人被十五厘米厚的钢化玻璃所承受的巨大压力压得喘不过气来，甚至不敢咳嗽一声。

“现在……”小野寺轻声轻气地说，“已经是海沟的底部，深度是七千六百四十米。”

像是被这声音吓醒了一般，两个学者这才开始压低嗓音，你一言我一语地探讨起来。

“就在那儿……”田所博士用手指了一下。

幸长副教授点了点头。海底的表层上面由西向东有几条波状痕迹。

“就在最近，”幸长副教授说，“这里来过能量极大的海底暗流，从西到东。而旧的波纹标记在那边，呈南北走向。”

“那个呢?”田所博士问，“那个长长的沟壑一样的东西是什么?”

“不知道。”幸长副教授摇摇头，“会不会是生物爬行后留下的拖痕?”

“这么深的地方怎么会有这么大的鼻涕虫?”田所博士说，“有好几米宽哟!”

随着闪光灯的不断闪烁，潜艇内不时响起幸长副教授的相机发出的清脆的快门声。田所博士则把带上潜艇的超精密重力计紧紧抱在怀里。

“在这个深度能动一下吗?”幸长副教授向小野寺问道，“船头向右七度左右的方向。”

小野寺打开视屏，然后放出了一些压舱钢球。窗外仍然被泥烟团团围住。“海神号”向上提了一下锚链，没用方向舵，以锚链为轴，启动水下喷射器，船艏对准幸长副教授说的角度微微向前移动了下。

泥烟中一条宽七八米的沟槽显现出来——像是来历不明的生物爬行后留下的，又像是被一块巨大的岩石落下砸出来的。

“前面还有……”幸长副教授小声嘟哝了一句，“而且还是好几条。”

“你觉得像什么？”田所博士问。

“说不清楚……”小野寺摇摇头，“我下过两三次海沟，但这种情况还是第一次见到。”

数条沟槽横在海底——每条沟槽的宽度都在四五米以上，有的甚至达到了七八米，由西向东，长长地望不到尽头。有一样东西在这海底活动过，难道是一个巨大的、尚不为人所知的生物所为？

“这一地带是否与超重力异常有关？”幸长副教授问道。

“不知道，”田所博士一边卷着十六毫米胶卷，一边回应道，“跟踪它走一趟怎么样？”

小野寺没吭声，微微地提了一下升降舵。突然，“嘭”的一声，潜艇被什么东西狠狠地撞了一下。

“又怎么了？”田所博士问。

“不知道……海水中出现振动。”小野寺看了一下仪表盘。

头顶上的指挥塔“啪”地响了一声。紧接着又发出“嘭、嘭”的声音，水波不断地碰撞着艇体。

“海底地震？”

“好像是……”

“真要是地震，恐怕就没那么轻松了。”幸长副教授说，“虽然不知道是什么，但这只不过是微振动而已。”

“简直就是在踢潜艇的肚子，有这种振法的微振动？”田所博士有些不高兴，“你知道振动波是从哪个方向来的吧？”

“好像是正东方向。”小野寺看了一眼振动仪“吱吱”地记录下来的图表，回答说。

“走吧！”田所博士说，“去跟踪那妖怪鼻涕虫爬过的痕迹！”

小野寺将电台功率调至最大，使用最长波段呼叫“巽丸号”。过了好一会儿，接收器里才传出结城的声音，但噪声很大，信号衰减得十分严重。

“什么事？”结城的声音听起来很小，“我看不到你们，到海底了吧？我们刚刚用超声波测了一下你们现在的深度。”

“你们发现海水异常振动了吗？”

“等一下。”

接收器里传出一阵“扑哧扑哧、嘎哒嘎哒”的噪声。

“记录仪上什么都没显示。”结城的声音再次传来。潜艇上方显然聚集了大量的含有金属元素的浮游生物群，所以，才会不时出现这种干扰现象。

“‘大东丸三号’在水下一百米处放了声音接收器，但好像也没什么感觉，我查了图表，记录了不少微振动，看不太清楚。”

看来就只能这样了，小野寺心里对自己说，如果是那种程度的振幅振动，肯定会随着海水密度的不断减少而消散，在冷暖交界层被完全反射掉。

“OK！”小野寺对着话筒说，“我们在海沟底部发现了奇怪的沟槽，马上向东做进一步的调查，请确定方位。”

“明白，”结城说，“请一分钟后发出信号，此后每隔一分钟发送一次声波。”

小野寺盯着秒表，一分钟后，通过设置在“海神号”指挥塔上的超声波振动器向海面上发送了信号。确认方位的信号反馈回来后，他将振动频率调至每分钟一次。然后，驾驶潜艇向前方驶去。潜艇的行驶速度为每小时三海里，目标是第三个沟槽。那里并不是海沟的最底部，只是一个倾斜度大约为二十分的、偏东倾斜的斜坡。“海神号”依靠锚链与海底一直保持一定的距离，随着潜艇不断向前推进，微水压计的指针开始缓慢上升。

大约前进了两公里时，沟槽的宽度突然增大了一倍，深度逐渐变浅。而左边四十米开外的另一条沟槽竟没了踪影。整个潜艇内除了超声波一分钟一响的回声和引擎的振动外，几乎没有一点动静，顶多只有幸长副教授时而转动十六毫米胶卷的“咔嚓”声。

“已经七千九百米了。”小野寺说，“海底倾斜度在突然变大。”

“水质也开始变混浊了。”田所博士说。

的确，此时窗外的能见度极差，灯光中偶尔能见到几团淡淡的泥云向上翻腾。突然“哐”的一声，船头部分被莫名其妙地抬了起来。在惯性的作用下，潜艇原位上升了约二十米。接着，潜艇开始上下抖动，发出“嘎吱嘎吱”的声响。

“没事吧？”抓住座椅的幸长副教授问道。昏暗的灯光下，他额头上沁出的汗珠闪闪发光。

小野寺没作回答，径直提起潜水舵，将潜艇又提升了三十米。在这一位置上，抖动现象大为减弱。这种现象教科书里从来没见过。小野寺暗自思忖，近八千米的海底竟会出现如此大能量的底层流，简直不可思议……这应该是一次新的发现。升到距海底六十米左右时，他将潜艇艇体调整到水平位置。此时，振动也基本消失了。

“再次下潜吗？”小野寺问。

“算了吧，”田所博士说，“沟槽在泥云前面看不见了……这样，沿水平方向向前开吧。”

能见度越来越差，海底已完全脱离了视线。为慎重起见，小野寺一直开着超声波测深仪前行。由于底层流的干扰，反馈上来的信号比较散乱，但仍能看出这一段的海底要平坦许多。刚才的那个上下振动到底是怎么回事？小野寺心里仍在惦记着此事。上面平缓，下面却突然出现波动。真是底层流在作怪？如此推断，在海底的深处或许是密度跃层，而且还可能出现了定常波[10]？

“海神号”又向前行进了三公里。海沟仍望不到尽头，狭窄区域绵

---

10 海水表层会形成冷温水分离带，分离带上一旦出现定常波，就会产生海面上觉察不到的振动。当这种定常波接近水面时，即便是开足了马力，船也难以前进半步。这种现象被称为“幽灵水”。也就是说，由于螺旋桨正好处在分离带上，它掀起的水流根本无法形成推进力。

延数十公里，洋底的缓坡还在遥远的地方。

此时，潜艇距海底的距离仍为六十米，垂直能见度不到十米。自下潜开始，已经过了三个小时。

“停。”田所博士发话道。

小野寺挂了一下后退挡，随后关掉了引擎。“海神号”又开始缓缓下沉。虽然螺旋桨停止了转动，但水下振动记录仪的指针却在不断地颤动，在图表上描出了一个细细的、振幅颇大的波状曲线。

“还去海底吗？”小野寺问。沉降速度为每秒几厘米。

“不……”田所博士似乎有些犹豫不定。

“发射照明弹吗？”

“发射吧。”

小野寺将位于操纵席右边的一个箱盖打开，里面并列着六个手柄。他拉下其中一个，潜艇微微颤动了一下。此时，在小野寺的脑海里已经出现了照明弹射出的整个轨迹——一个银色的筒状物体，斜对着上方，从甲板上的发射孔中吐着气泡缓缓升起，视角上下六十度的电视画面的上方，出现了一个十分炫目的光球，一边吐着一堆一堆的气泡，一边缓缓地向下落去。

“……！”

紧贴在监测窗前的两人吃惊得几乎说不出话来，小野寺也张大了嘴，呆呆地盯住超高密扫描的电视画面。

在照明弹银白色强烈光线的照射下，视线里出现了云团状灰黄色泥云，云峰一座接着一座，绵延不断伸向远方。层层叠叠向上翻腾的泥云团犹如飞机上鸟瞰的层积云云海一样，又翻卷着扑向黑暗的海底。

“小野寺君……”

没等沙哑着嗓音的田所博士把话说完，小野寺早已拉下第二颗照明弹的发射杆。接着，意外发现了超声波测深仪上模糊的海底图像，急忙将声波发振器转换为声子脉泽。

方向性极强的超声波直插水下，潜入六十米处，它描绘出的图像令人惊奇不已：在原以为是海底平面的下方一百米处出现了一个坚硬的、真正的海底平面。而六十至八十米之间则是第一次反射的模糊的云层般的图像。

“是 DSL（深部散射层）！”小野寺不禁大吃一惊。乱了，全乱了！八千米的海底之下怎么能出现深部散射层呢？按常规，在水中上下浮动的超声波反射层被称为假象海底，它最多只能是在水中三四百米至五十米的范围内随着日照的深浅而上下浮动的浮游生物形成的浮游团块。但现在，这一现象怎么能出现在深海海底的淤泥密云层里了呢？

“还能下潜吗？”听完小野寺的介绍后，田所博士问道。

“危不危险？”幸长副教授有些担心。

“要不先下潜五十米左右看看？”小野寺说，“测试水温、密度和盐分浓度的艇外仪表可用缆绳吊到十五米处。”

“小心点。”田所博士吩咐道，“做好随时上升的准备。”

小野寺放出一些小型平衡罐里的汽油，几乎就在同时，“海神号”开始急速下沉，小野寺连忙将压舱钢球抛出，缓解了一下下降速度，但潜艇早已钻进泥云团之中。跟着，便是一阵剧烈的晃动。最后，总算勉强提升了十五米，放下计测器——计测器的钢绳在水中摆动得异常剧烈。

“出现密度跃层，”田所博士说，“温度一点七摄氏度，反而上升了。”

“流向是由南到北，”幸长副教授补充道，“正好与定常海沟底流的方向相反。”

“密度一点零五三！”田所博士惊叫了起来，“嘿，已经超过海水密度的最大值了……”

“盐分浓度……”幸长副教授话刚说到一半又咽了回去。

“比重很大，有大量的金属离子，特别是重金属离子混在里面。”

“海水取样。”田所博士吩咐道。

但是，就在调整采水泵的当口，潜艇又被狠狠地撞击了一下——“海神号”横着摇晃起来——紧接着，下面的泥云团又是一阵剧烈地翻腾，画出几条长线。

“田所先生。”小野寺小声叫道。

“再发射一颗照明弹。”田所博士头也不抬，看一眼仪表又探视了一下窗外，根本顾不上什么碰撞不碰撞了。

就在第三颗照明弹发射的同时，小野寺心里突然有了一种不祥的预感，于是，连忙再次抛出余下的压舱钢球，脚下的泥云团一下子远远散去。

“喂，你，怎么……”

话音未落，第二次底波冲击又横冲直撞向“海神号”扑了过来，艇体被扭转了九十度，且倾斜得十分严重，转眼间潜艇就歪斜着被冲离了几十米。

（地震……）小野寺心里一惊。（在这么深的地方头一回碰到这种倒霉事！难不成……）

“嘎哒，嘎哒，嘎哒。”潜艇发出剧烈的响声，左右大幅摆动着——小野寺继续释放压舱钢球。在判明一部分振动是来自锚链和计测器后，他连忙收起计测器，切断锚链，开动了马达。忽然，振动消失了。罗盘仪显示，潜艇大致处于正南北方向，船头朝南。小野寺再次将船头掉转一百八十度，但上升速度极慢。后来才发现，第二层压舱钢球由于电磁闸出现故障而未能抛出，所幸锚链已被切断，潜艇终于开始上升。

“先生！你看……”幸长副教授叫道。

小野寺将脸转向正面的监测窗，只见底波冲击前刚刚发射的那枚照明弹正远远地漂浮在水中，放射着光芒。在泥云团上方清澈的深海水中，它将滚滚的黄灰色泥云团照得清清楚楚。在光线的末端，有一个巨大的家伙，一面跳跃着向上翻滚，一面迅速向四周扩散。定睛一看，这是一团泛绿的、浓密的泥云，它是从海沟底部遥远的另一端——一个黑乎乎突起的海沟崖前喷射而出的，它在刹那间坠入泥的云海，又毫不留情地推开泥云，掀起惊涛骇浪。

“乱泥流！”田所博士失常地惊叫起来，“这就是丘念[11]所描绘的乱泥流！这么说我们是真正见过乱泥流的第一人喽。”

---

11 荷兰海洋地质学家。

“可是，在这么深的海底……”幸长副教授像是被针深深地扎了一下，“而且，还像是从海沟崖那里喷发出来的。”

“返航。”小野寺好不容易才压制住内心的恐慌，“船上来消息说海面上已起了波浪。”

“海神号”升到了翻滚的泥云团上端八十米处——放眼望去，在海沟最深处，一股来路不明的、遮天蔽日般的高密度泥流正在一路狂奔，不停地翻滚着。“海神号”像一只断了线的气球，在清澈如大气层的黑暗的海底世界里一米、一米地迅速向八千米高的大气与水的分界处——那个充满光明的银色屋顶飞去，这是一个没有呵护、孤立无援的归程。

小野寺为了进一步减轻负荷，将剩下的三颗照明弹一起射了出去，它们像烟花一样各自飞向一方，冒着白烟的火焰高高地悬吊在“海神号”的上方，将漆黑的海底屏障劈开，照耀四方，形成一个方圆数公里的球形亮区。没有哪一个深海生物的磷光能发出如此巨大的光芒。

就在这一瞬间，小野寺第一次用自己的眼睛看清了周围的世界——万道光芒的照射下，前后左右，到处是一望无际的透明的水幕，是一堵随时都能将你击垮、粉碎，让你动弹不得的拥有八百个气压的水之长城。周围数十公里，极目望去，一切尽收眼底。只有潜艇的左面遥远之处，能依稀辨认出蜷缩着黑乎乎身躯的海沟崖的顶端，它朝着西海沟斜坡支出来，又消失在黑暗中。苍白的光亮所到之处，便是一面一点五摄氏度的冰冷透明的高压水墙。脚下，厚厚的带着条纹的泥云团不断散开，云海的上面是“海神号”的厚重而模糊的身影——这个小小的钢铁中空物体，像是一只穿过茫茫云海、向着遥远苍穹飞去的、孤独的气球。

没过多久，照明弹就耗尽了自己的所有力量，亮度开始慢慢地减弱。在三个发光体射出的光亮的尽头，小野寺感受到了宽达近百公里的、巨大的地壳沟槽的存在。船头方向，面对遥远的北方堪察加海面，是延绵三千公里的、黑色的、高压组成的水之长城。它的南端是马里亚纳海沟。从南半球的汤加—克马德克海沟流出的南极海的冰水，通过这巨大的大洋底部的暗渠潜入大海之中，越过赤道，向北半球三十度的方向北上。

日本海沟!

在和煦阳光与海风簇拥下的浩瀚无垠的太平洋下的八千米深处，漫无边际的世界上最大的深海海沟就横卧在此……

在这深达八千米的黑暗世界中，一定在发生着什么！两条长长的由南到北霸占了整个海沟的冰凉的大蟒，已开始不耐烦重叠在身上的巨大压力，它们慢慢抖着上身的皮肤，蠢蠢欲动，它们这是要准备一跃而起了……

但是——那么，那儿到底在发生着什么?

望着三颗拖着长尾渐渐远去的照明弹的身影，小野寺的心里一阵发冷。怪物般隐藏在海底的底流，一切的一切巨大无比，而人类却无法与它们抗衡。人类的知识在它们面前，只能显出可怜的无奈。在这偌大的未知世界中，无限的寂寞和冰冷的海水压力混在一起，已经占满了他内心的所有空间。其他两人应该也是如此，他们一声不吭地静静挤在小小的圆形监测窗前，眼睛一眨不眨。

那儿，到底在发生着什么?

东京（とうきょう）

1

小野寺交了报告，转身刚要离开经营部长的办公室，部长好像突然想起了什么，忙把他叫住。

“小野寺君……”

小野寺停住脚步，回身一看，吉村部长正把报告放到桌上，一边两眼朝天盯着天花板，一边用铅笔的另一头敲着嘴唇，似乎在拼命地想着什么。

“有事吗？”小野寺问。

“啊……算了，你这就要回去？”

“啊，嗯……”小野寺支支吾吾，回答得十分含糊，“打算后天起补休。”

部长从座位上站起，稍稍理了一下短袖衬衣上的领带，顺手又从衣帽钩上取下新买的巴拿马帽，然后对正在用“平假名”输入法打字的打字员说：“我要出去一下，一会儿就不回公司了，工程部的那份报告我已经批过，交给潜水科就可以了。”说罢，离开办公桌，小野寺在一旁连忙把门打开。

“去喝杯生啤，怎么样？”部长说，“去银座吧，嗯？”

“都这时候了，喝了还不是一身臭汗。”小野寺回答道，“不如去喝冰咖啡。”

“就用它打发时间吗？”部长按下电梯键，看起来心情不错，“西银座那儿有一个叫‘密尔特’的酒吧，知道吧？”

“啊，名字听说过，”小野寺应付道，“汤岛水产公司的哥儿们约过我，但没去成。”

“那里的女孩不错哟，年轻小巧，还特别有格调，蛮有意思。”

“他想跟自己说什么呢？”小野寺暗自思忖，“喝什么喝，不如回去睡个觉，早先该这样回了他。”

电梯内弥漫着一股汗臭味，几个大热天还西装革履的人正高谈阔论，一看就是其他公司——确切地说，是商社的人。从二十层下到底层，他们就一直没停下来。

“小诸一带闹地震，整个轻井泽的地价都在暴跌。”

“不如这会儿吃进一些，不会总震下去吧。”

“算喽算喽，别怀侥幸心理了！听说善光寺平[12]一带已出现地盘松动先兆，千曲川沿岸也有火山喷发的迹象。”

“松代那里，算起来闹得也够长的了。到现在还有人在挺着呢。”

小野寺麻木地任凭这些年轻白领漫不经心的话语往耳朵里灌。松代町地震的时间确实持续得相当久。有一阵，算是平息了，没过几年又卷土重来，然后一直延续到现在。最近，地震的趋势正在向着善光寺平的南北方向蔓延。说起地震——哦，不知乡六郎现在怎么样了？新“新干线”竣工了没有？东京至名古屋高速公路上垮塌的桥梁是不是已经修复了？

不知为什么，小野寺现在似乎已没有过多的心思来想这些事了，整个大脑充满了硬邦邦的疙瘩，那是在日本海沟八千米深的海底的高度紧张带来的疲劳的后遗症。东京这地方，到处都笼罩着郁闷、潮湿的浑浊空气。拥挤不堪、数也数不清的人流，以及充斥着繁文缛节、令人厌烦的日常生活，所有这些，同深不可测的海底那面巨大的望不到尽头的水墙留下的深刻印象撞击在一起，产生出一种近似变态的、歇斯底里般的烦躁不安和脓包一样的胀痛。这块硬疙瘩使他渴望得到休息。现在，肉体上的疲劳已经得到恢复，但灵魂却要求得到充分的休息，从而慢慢地化解这块僵硬的疙瘩。

“回家去，好好睡一觉……”出电梯时，小野寺对自己说，“哪怕找个安静的地方听听音乐！弗兰克，或者德彪西……要不就来个一醉方休。”

走出大楼的冷气门，热浪像灾星一样从天而降，犹如一只无形的黏糊糊的热手，掀开领口和袖口贴着刚才一直被冷气呵护着的衬衣，钻了

---

12 长野盆地的俗称。

进来——那感觉像是被一个肥硕无比、散发着狐臭的女人的赤裸身体紧紧裹住一样，在这样一个令人恶心的、热乎乎的拥抱里，禁不住皮奄嘴歪，身上立刻大汗淋漓。

“唉，”部长似乎也是同病相怜，长长地吐了一口气，“真受不了，还是打个车吧！”

他们叫住出租车，刚要上车，小野寺突然感到脚下有一股不易觉察的波动。他警觉地抬头看了看天，又环视了一下四周，在被酷暑折磨的、汗渍横流的人群中，看不到丝毫的变化和骚动。人们只是拖着疲惫不堪的脚步，昏头昏脑地不停向前移动着。

“快上来，”吉村部长在车上喊他，“门敞着，冷气都跑光了。”

“是地震。”

“大概是吧，”部长似乎根本就没当回事，“你来东京几年了？这点晃动还大惊小怪的！”

的确如此，小野寺不觉暗自苦笑（看来自己是有些神经过敏，这大概还是和看到了那个有关）。

“中央区的区域制冷系统是不是坏了？”部长问司机，“真是受不了。”

“好像还在运转。”司机答道，“就是运转着，这副状况也不堪重负啊。本来就缺水、缺电，好像没有全部启动。现在是提哪壶，哪壶不开。市政府的人说明年要整修。”

“晴海的冷却塔，有三座出了故障。”小野寺把刚才听到的新闻现炒现卖，“因为是利用海水冷却，所以，容易腐蚀。”

“要享受东京的凉爽，还得等上两三年啊！”部长一把扯开衣领，看着窗外。

“至少得等中央区的超高层建筑群完工后，才有可能享受吧。”

小野寺转过头，从车后窗朝渐渐远去的八重洲方向望去，八重洲新地铁综合大楼高耸入云。丸之内和银座一带的高层建筑也是鳞次栉比，外墙除了玻璃幕墙就是铝板。在方正扁平的约二十层高的大楼和其他大楼之间，白色通道纵横交错，一条高速公路贯穿大楼的第十层。综合大楼的顶端是一个大型停车场，外观各异的汽车在阳光的照射下闪闪发光，能搭载百人的空中巴士——直升机正在“轰轰”地转动头上的两组螺旋桨，飞向第二空港。

这条街正在不断向空中谋求发展，生活在地面上的人们则渐渐地被抛入建筑群山的谷底甚至地下。潮湿、阴暗的角落里，到处都充塞着废品、剩余物资。垃圾倒翻在地，堵截住四溢的脏水……所有这些，都在一边热腾腾地散发着腐臭，一边悄然无声地向无机物转化，进而衍生出灰白、畸形的生命。

（这条街究竟变到什么程度才能止住疯狂的脚步？）

小野寺突然生出一阵感叹。很久以前，从他孩提时起，东京的变化就没停止过。翻修旧道，铺设新路，开垦丘陵和森林，再在这里那里修建一栋接一栋的高楼。十多岁时，举办奥运会，整个街道几乎面目一新，而以后，各项工程仍在继续：道路被重新挖开，自动卸载车穿梭不停，锈迹斑斑的钢筋绞架和笨重的起重机在这座城市张牙舞爪。这条街究竟还能不能享受到哪怕是一点点的美丽和安宁？

“OK，进左边的地下通道，”部长对司机说，“放心，路是通的。”

驶进地下通道，眼前是一片宽阔的地下街，汽车在这里畅通无阻。右边是一个偌大的停车场，左边是一排浅绿色的无框玻璃门。再往前是人行道和店铺，店铺里摆满了各种高级奢侈品，里面没几个顾客，显得静悄悄的。地板是塑胶合成的，如同油布上又敷了一层天鹅绒；墙壁和天花板使用了大量的吸音材料，听不到一丝脚步声。

部长一马当先，进了珠宝店和饰品店之间的一条小通道，小野寺似乎感到有个“密尔特”的招牌晃了一眼，但也没太在意。刚踏上通道，他突然注意到脚下这块地毯像自动走道一样缓缓地移动起来，灯光有些幽暗，经过一个缓坡，眼前变得一片漆黑，接着便看到了一个入口处，它的四周泛着淡琥珀色的柔光。

“欢迎光临。”墙壁突然移开，身着燕尾服的侍者出现在面前，“有需要寄存的东西吗？”

“没有。”

部长停也没停，径直往里走，侍者一路小跑在前面引路。踩着松软的紫红色地毯，穿过浅茶色、形如波状的墙壁和金黄色细圆柱，前面是一棵巨大的盆栽棕榈树，他们在树旁的沙发上坐下。透过一个像是被扭曲了的竖琴一样的抽象雕塑，聚光灯映照下的表演台展现在眼前，背景音乐轻轻回荡。

“啊，你来得真早。”

不知什么时候，一个穿着仿鲨皮白色短连衣裙、长相十分乖巧的女孩已经立在了一边。

“都是这天气惹的。”部长接过散发着香气的面巾，使劲擦了擦布满青筋的脖子，然后随口问道：“蓼科小姐呢……什么时候回来的?”

“嗯，她没去那儿，说那边最近不大安全。”

“地震？离松代不是很远吗？”

“不过，小诸那一带不也是有些异常吗？先前去的人，车都被滚石砸坏了，所以，只在叶山玩了玩水。”

“来杯杜松子滋补酒。”部长衔了根烟，招呼侍者说。

“我要杜松子原酒。”小野寺说。

“这是我们公司的小野寺君，这位是由里小姐。”

“初次见面，”由里打招呼说，“您从事什么工作？”

“在深海潜艇上。”小野寺回答说。

“哇，深海潜艇！”

“不是军用潜艇，是可以下潜到一万米以下的那种。”吉村部长补充道。

“好厉害呀，这么说您也会用水中呼吸器啰！”

“当然没问题。”小野寺苦笑了一下。

“能教教我吗？一定很危险吧？”

“摩子来了没有？”吉村部长拿起盛满杜松子酒的酒杯问道。

“来了，正在化妆。”

“喊她过来，我想问问她和中川那家伙比高尔夫球的结果如何。”

“应该是惨败，回来一句话都没漏，要是赢了还不得吹个天花乱坠的。”

由里小姐直起了腰，回手搭在小野寺的肩上，盯住他的脸，“喂，真的要教我哟，什么时候？”

“等有空再……”小野寺说。

店里终于连续来了新的客人，女招待们娇小的身影立刻从黑暗中纷纷冒出来穿梭于客人之间。小野寺有点坐不住了，他环视了一下四周，抓起装满绿色液体和冰块，杯壁还冒着水珠的平底酒杯，连酒带冰块一起，两口喝干。

“您再来一杯吗？”侍者问道，小野寺点了点头。

一个女招待走了过来，一屁股坐在吉村旁边，冲小野寺看了一眼，算是打过招呼，随后就小声地叽里咕噜起来，看表情像是在打听哪个客人的什么新消息。小野寺抓了几颗花生，又将第二杯杜松子酒干掉一半。简直是无聊透顶。刚才的那个叫由里的小姐和眼前这个横坐在吉村旁边、戴着褐色假发的女招待都还算是美艳绝伦，穿的衣服都是高级丝绸缝制的，价格不菲。论年龄不过二十三四岁，但仔细看去，脸部皮肤的深处又都隐藏着疲惫之色，少有活力。妆化得很到位，但仍给人一种松弛的感觉。她们的收入恐怕是自己的三倍——甚至是四倍，尽管如此，她们却仍在渴求着什么，竞争、羡慕、嫉妒、金钱、荣华富贵，这些欲望充满着她们身体的每一个细胞，折磨着她们并不坚强的脾胃。不知为什么，只要她们一出现在你的身旁，你就会莫名其妙地生出烦躁和不安来。

这是些年轻、靓丽的女孩——如此年轻，却又贪得无厌，永远不知道满足，整日被来自四周的欲求挑逗，对自己到底需要什么早已经麻木，阴沉、颓废地审视人生。不仅如此，任何所谓高雅之事到了她们嘴里都变得毫无知性可言。小野寺心头一阵悲哀的刺痛，于是，又抓起了大玻璃杯。这，就是银座最高级的去处——是谁将这些清纯、年轻的女孩打造成这般模样？政治家，文化人，还是那些只晓得占公司便宜的报销族？当然，还要加上那帮家伙大把大把抛出来的、能使人疯狂的金钱。

无聊之至，只能靠酒精来打发时间了。小野寺想着，又将杯子里的酒一饮而尽，眼皮有些重了，但心情似乎轻松了一些。

“您真是海量！”依偎在部长身边的女招待感叹道，“身体太好了。”

“噢……”小野寺把玻璃杯放下，“您说有话要说，什么事？”

“噢，”部长好像没有准备，眨了眨眼睛，“啊……对了，本打算待会儿慢慢跟你说……”

“没问题，”小野寺点点头，“是工作上的事吗？”

“不是……”部长摇了摇头，“你，不打算结婚吗？”

“哇，太诱人了，这位还是独身？”女招待近乎狂叫起来。

“好啦，好啦，你到那边去坐一会儿。”部长指着一边哄劝道。

“那说完了告诉我！”女招待起身，有点不情愿地离开了座位。

杜松子酒一个劲地往脑袋上蹿，小野寺有些晕晕乎乎的，赶快又抓了几粒花生。

“喂，你女朋友或者未婚妻什么的，家里没给你说一个吗？”

“还没有……”小野寺一边嚼着花生，一边摇头，心里则在揣摩自己刚才那无精打采的表情是不是让部长看出来了。

“你也许已经知道了，公司这回要扩资，资源开发部也要扩大、增加实力。这话只咱俩知道就行了，你可能要到那边去担任重要工作，这属于破格提拔，推荐人是我。如果真成了，我劝你还是尽早解决终身大事为好，对内对外都可以增加信任度。”

“是陆地上的工作吧？”小野寺已从部长的口气中觉察到了什么。

“是啊，你总不能一辈子开潜艇吧？其实你更适合从事高级的脑力劳动……”

小野寺没作答，用门牙狠狠地咬开了嘴里的杏仁，他感到醉意正在不断地向他袭来，缓缓地蔓延到了四肢；与此同时，刚刚宽松一点的心情一下子又顿然消失了，他暗暗告诫自己千万要挺住。这或许是气压引起的。

“不想见见面吗？”部长身子往后一靠，故作轻松地问道。

“见谁？”

“相亲嘛！”

“啊……”

“愿意的话，今天晚上就……”

小野寺愣住了，正要往嘴里送的腰果停在了半空。

“今天晚上？”他的眼珠子差点没掉出来，“就这身打扮？”

“这有什么，一般见面嘛，对方二十六岁，相当标致，就是有点儿泼辣，但如果是你，不，如果和你的话……我想……”

小野寺已经听出部长的话里有话。这分明就是不动声色的、命令式的请求。

吉村部长是某位大人物的远房亲戚，名牌大学的高才生，曾在政府机关里工作过，但没干几年，就因故半途而废来到了海底开发株式会社。小野寺虽然对这些不感兴趣，却也时常听周边的人谈起，说是部长到公司来，完全是他的靠山，政界的一个权威人士在背后一手操作的。当然，在公司里，他的确也是数一数二的拔尖人才。他身材高大，仪表堂堂，一看就知道有着与众不同的血统。如今，已拥有十亿注册资本的海底开发株式会社动用大手笔，准备再扩资一倍，大干一场。而在这一过程中，据说吉村部长正在沿着某条线加紧活动。劝自己结婚和投资这两件事之间似乎有什么必然联系——小野寺立即觉察到，部长是在培植自己的心腹。

相亲也好，结婚也罢，不过都是些借口而已，其真实目的是想让自己进入他的体系，进而俯首听命。让人称绝的是，这些意思的表达都十分隐晦。万一不被接受，随时都能把台阶下了。小野寺心中哭笑不得，这些政府官员或官僚出身的人总是喜欢玩弄猴子选首领，非上即下的竞争把戏。而这些滑稽的权力之争对小野寺来说，完全是格格不入。但或许是酒精的缘故，他突然产生了一种冲动，想看看那些野心勃勃的人所妄想的、在旁人看来不过是异想天开的构想是如何付诸实现的！

“是哪家的千金呢？”小野寺问。

“地方名门的长女……”部长依然还是一副无所谓的腔调，好像对这事并不十分在意。“家里倒是相当有钱，虽然是地方名门，但家风民主，父亲毕业于欧洲的大学，这个女儿两三年前才从国外留学回来——我这么介绍，会不会引起你的反感啊？”

话罢，部长突然哈哈大笑起来，笑得整个身子前后晃动。接着，又朝一个正走过来的女招待招了招手。

“你好！”娇小玲珑的女招待也招手回应，“好久不见了，我记得从川奈回来以后就没再见到过你。”

“听说输了？”部长有些兴奋地问。

“你知道了？都怪你没陪我，半场打了五十分，打了两次三击球，结果最后一击总打不进。”

“那当然喽，你不能总是化险为夷，像上次那样，直接进洞反败为胜呀。”

“我叫摩子，请多关照。”

这个皮肤晒成几近黑色的漂亮女孩，在小野寺的身边坐下，鞠了一躬，一副小鸟依人的模样。

“这位是小野寺君。”部长说。

“啊……”摩子惊叫了一声，立刻将自己挺拔的鼻尖凑向小野寺露在保罗衬衣外的手臂，使劲嗅了几下，“有海水味！你是驾驶帆船的吗?”

“是潜水艇。”部长纠正道。

“啊，原来是您呀，”摩子瞪大了眼睛，“吉村先生经常谈起您，我一直求他一定要让我见上一面，见到您真高兴。”

“谢谢，不敢当。”小野寺嘴角微微一翘。

“再喝点什么？”部长扬起手，“白兰地？”

“时间还早，喝点威士忌鸡尾酒吧。”

背景音乐停了下来，四周的光线渐渐暗了下去，摆放在桌面上的小饰灯像街灯一样一盏盏地亮了起来，乐队静静地开始演奏，所有的乐器都加了弱音器，所以，乐曲声更加柔和。舞池那边灯光四射。

“再喝点吧！”部长立起身，离开桌台。

只剩下两个人的时候，摩子突然变得像个涉世未深的少女，少言寡语。她看上去虽然已经二十岁上下，但却显得十分清纯，不知是不是日光浴的缘故，妆显得很淡，下巴附近还留有少女般的圆润。

当目光和小野寺碰到一起时，摩子竟显得有点羞怯。

“跳支舞吗？”摩子问。

“不……”小野寺还了一个微笑，“我不会跳舞。”

舞池那里已经有几对男女在翩翩起舞，小野寺很有些不自在，索然无味，只好将目光投向那里。

“这儿真气派。”小野寺本意是想客套一下。

“那当然啦，这里是银座最高级的地方。”摩子笑着说，声音有些不大自然，“都是些政府官员、公司老板，没有谁是掏自己腰包的。”

“你什么时候来的？”

“三个月前，我在读女子大专，觉得太难，就辍学了，我有个表妹以前在这儿。”

“这儿比在大学好吗？”

“嗯，也不完全，不过，我需要钱。”

连续三大杯杜松子酒落肚之后，酒精开始发挥作用了。小野寺意识到现在自己是在一个不可思议的地方举杯痛饮。银座这一带，如此之多的酒吧、商店，不知耗费了多少钱财才得以建成，而每日来这里寻欢作乐、整夜整夜在昏暗的灯光下沉湎于美酒佳肴打发时光的人，又是怎样看待生活、看待人生的呢？

海底般幽暗的灯光，惨白中透着红色的台灯，鱼儿一样翻跃、依偎在舞伴怀中的伴舞女郎。玻璃杯，冰块彼此碰撞时的清脆，优雅柔和的音乐，面对这人工合成的、梦幻般的夜生活，那些年轻可爱但已目光呆滞的小姐又看到了什么，祈求着什么，想象着什么呢？

“您还添酒吗？”摩子问道。

“啊……这次来杯杜松子滋补酒。”小野寺说。

“您喝酒就像喝水一样。”

其实，在小野寺的心底，他真的希望自己能早早地醉倒，这是对部长的一种无奈的抵抗——吉村部长刚才说今晚给他介绍个女人。

“潜水艇，很大吗？”摩子又问。

“嗯……那个潜艇级别算大的了。但绝不会是你想象中的样子，它只能勉勉强强装四个人，不过，它能下到一万米以上呢。”

“一万米？”摩子的表情略显惊异，眼睛睁得滚圆，“我没有具体概念，但你们在海底下干什么呢？”

小野寺条件反射似的咽了一口口水，然后，将目光转向桌子上发出淡淡黄光的台灯，脸上浮现出一种含混不清的微笑。

“那是个什么都没有的世界。”

每平方厘米的水压是一吨。水底照明弹射出的光线下看到的海沟，就像是一条蜿蜒数千公里、开始痉挛的蟒蛇。

“连鱼都没有吗？”

“不，在那么深的地方——没有一丝光线，深不可测，冰冷无比，还有强大水压的地方，仍然是有生物存在的哟，有鱼，还有脊椎动物。”

“啊，那种地方居然还有生物？又深暗又寒冷的地方，能待下去吗？”

摩子的声调让小野寺感到有些诧异，他抬眼望去，摩子的眼眶里竟早已蓄满了泪水。

“你不懂……”小野寺换了副颇为温柔的口气，像安慰小孩一样解释说，“其实，那些生物都活得很自在哦。”

部长说摩子是个不一般的女孩，看来果真如此。小野寺心中暗暗自语，简直太过单纯了，完全和童话《鱼和红蜡烛》里的主人公一样。

“啊，吉村先生呢？”

刚刚离开的那个名叫由里的女招待突然一晃又现身了。

“不知道，好像是刚才离开的，去洗手间的话，也太长了点。”

“不是洗手间，是去收银台打电话了。”话音未落，由里的视线又一股风似的抛向空中。

“哎呀。”由里嘴里喊了一声。

“怎么回事？”小野寺以为她抽筋或发生别的什么事情了。那副表情是那么可怕，好像脸皮下的骨头都要冒出来似的。不过，也就那么一瞬间的事。

“好了，停了……”由里呆立在那儿。

“什么停了？”

“地震，你们看。”

玻璃杯里的水激起一阵阵涟漪，融化得没有棱角的冰块还在微微晃动，发出清脆的碰撞声。

“没感觉到，可能是喝多了。”

“其实我也不是怕地震怕得不得了，只是有些敏感。”由里自己先笑了起来，“有人开玩笑说我是属鲇鱼的，不过，最近确实震得多了点。”

“特别是东京。”小野寺附和道，“有时一天有两三次有感地震。”

“而且感觉挺强的，”由里皱起眉头，“让人心里头不舒服，真想搬到没有地震的地方去。”

话音未落，似乎是从摩子的脸上看到了什么，由里又突然尖叫了一声。

“怎么哭了？小野寺先生欺负你了？”

“哪有的事！”小野寺急忙摆手，“刚聊起海，她就……”

“摩子的老毛病又来了。”由里咯咯地笑了，“她简直就是个孩子，说哭就哭，说笑就笑……”

这时，吉村高大的身躯靠过来，站着说道。

“怎么样，差不多了吧，小野寺君……”

“怎么，这就要走？”由里一副不可思议的表情，“你这是吹的哪股风啊？”

“还要去个地方，车子来了，小野寺君。”

小野寺有些不大情愿，半起着身问道：“去哪儿？”

“到逗子去。”部长说，“刚打过电话，那边已经在等了。”

“现在就去？”小野寺摸摸后脖子，“到底是怎么回事？”

“天还没黑哪!”部长站起身，先往外走去，“从第三京浜公路到镰仓新道，最多一个半小时，我把公司的新奔驰叫来了。”

“欢迎再来。”摩子握着小野寺的手说，“下次，再给我讲点海底的详细情况。”

“啊呀，”部长笑了，“都发展到这个地步了呀！”

2

坐在车中，小野寺只觉得酒劲直往上涌，不知不觉就睡着了，也许是太累了。

睡前，他问了部长一句："是去见她父母吗？"

"不是，她自己住，那儿是个别墅。"部长回答说，"她父母住在伊豆。"

"一个人住？"小野寺嘟囔了一句。

"有佣人，这会儿她正在开派对，叫了些朋友，她喜欢搞这个，以前我也常去，最近忙了点，有段时间没照面了……"

"派对？……"已到嘴边的哈欠硬生生地被小野寺咽了回去，"我可怕那玩意儿。"

"这有什么，不过是热闹点罢了，又都是些有品位的人。"

事已如此，再争也没用了，于是，小野寺索性睡起觉来。

一觉醒来，车子正披着夕阳的余晖沿着海岸飞奔，过了逗子，在逗子和叶山之间有条私人公路蛰伏在丘陵之中，周围是茂密的树林。开到上边，一幢兼有 F. L. 莱特的"溪上之家"风格和霍豪泽"卵形小屋"风格的新颖奇特的建筑物便映入眼帘。庭院里点缀着的花园装饰灯明显带有先锋派设计痕迹，浅蓝中泛着淡绿色的光芒，柔和地射向灌木丛。耸立在半空的椭圆形建筑物都是用新型塑料搭建而成，里面灯火辉煌，乐声缭绕。

车在院子里停下后，部长先下了车，径直穿过对着院子的法式落地大窗，直奔屋内，其熟悉程度宛如在自己家里一般。走廊不算长，迎面走来一个骨瘦如柴的女孩，下身穿着条喇叭裤，上边着一件高领毛背心，眼圈被描成浓浓的绿色，青筋凸显的手上端着酒杯，指间还夹着支香烟。

"嗨，来啦。"说是女孩，看样子应该也有二十七八岁，已经满嘴酒气，"大家都在恭候大驾呢。"

"玲子呢？"吉村部长十分随意地问道。

"在……不过，好像情绪不太高。"

走廊尽头是一扇白色塑钢门，里边应该是这座椭圆形建筑的中心了。推门进去，又是一间椭圆形的房间，面积大约有四五十平方米，地面上铺着碧绿色的地毯，给人以青苔般的感觉，灰褐色的墙壁随着外墙的弯曲形成一面弧形，墙角处摆放着一架象牙色的三角钢琴。房间正中的玻璃台桌极像汉斯·阿尔斯画笔下的奇形调色板，四五个男女围在四周，屁股下的椅子形状怪异，但看起来又似乎十分舒适。钢琴的对面是一个迷你吧台，旁边坐着一个端着酒杯、脸色苍白、长发遮面的美女，她抬眼向这边望了一下。

"你来啦。"她招呼道，声调中几乎没有一点色彩。

"啊……"吉村部长应了一句，"我来介绍一下，这位是公司潜水部的小野寺君。"看得出来，他们彼此间的关系已近到十分随意的程度了。

"这边请……"部长话音未落，已有人站起身来。这是个皮肤白皙、身着淡雅色彩的夏威夷衬衫的小伙子，很给人一种亲和感，"想喝点什么？"

小野寺有些不自在地站在原地没动。在座的这些人，个个都显得风度翩翩、高贵文雅，而且真诚坦率。这同吉村部长的性格，以及从他介绍这里的情况时得到的感觉完全是两回事。站在他们当中，小野寺反倒觉得自己简直就是个老土，气质上已逊色了一大截，一时半会儿无法融入其中。当所有人都被一一介绍完毕后，小野寺更是有些惶恐。这些人的大名或有所耳闻，或在某份书报杂志上见到过。他心里越来越清楚的是：自己像是一个不速之客，误入这个有身份且谈吐不俗的精英聚会当中。特别是倚在钢琴旁的那个眉清目秀的年轻人，竟是自己一次都不曾接触过的先锋派音乐的作曲家。此人在海外的名气甚于国内，几度获奖。再有就是著名少壮派经济学家，小野寺多次在综合杂志上读过他的大作。其余几人名气小些，但也都掷地有声，或是建筑名家，或是人气艺人。

最后一位被引见的是一直站在酒吧那儿的那个少女——这幢别墅的拥有者，她叫阿部玲子，也就是说，是小野寺今天非正式相亲的那个她！小野寺不禁有点心慌意乱起来。

“来一杯吗？”玲子问道，眼神里透露出冷漠和倦怠，随后将一只调酒杯递给小野寺，指着杯中的液体说，“是马爹利。喝吧……”

说话间，玲子已经将玻璃调酒杯举到小野寺的鼻子跟前，酒杯上还罩着过滤网。小野寺慌忙接过沉甸甸的酒杯，嘴里含含糊糊地说了句“谢谢”。不等小野寺说完，玲子仰起脖子，扯着干哑的嗓子哈哈大笑起来。

“第一次见面就这样失礼，真对不起了。”玲子说话时舌头明显有些发直，“主要是没有鸡尾酒的专用杯了，都让我摔碎了。”

“没关系。”小野寺强作笑脸，“那我就不客气啦！”

小野寺将罩着过滤网的调酒杯里的酒一饮而尽，随后抬起手背抹了抹嘴角，再将酒杯放回吧台。

“谢谢，谢谢。”说完，小野寺离开酒吧，朝桌子那边走去。

“请等一下，小野寺先生……”刚才让座的那个年轻人伸手拉过一把椅子，一边十分亲切地说，“听吉村先生说过你的事情，你肯定能驾驶水底观光船吧！”

“大概能行吧……”小野寺答道，随后又问，“是开放式还是封闭式的？”

“封闭式的，虽然有点像玩具，但能下到三百米，是施瓦尔茨型的……”

“哦，那我很熟悉。你们准备干什么呢？”

“想试着搞一个新型海底游乐园，”经济学家接过话说，“规模不算大，但想增加全新的娱乐亮点，有个观光基金会同意为开发这个项目给我们资金支持。”

“我们还打算建一座水下音乐厅。”穿夏威夷衬衫的小伙子把玻璃大桌上堆着的图纸拨拉开，用下巴指了指正倚着钢琴的先锋派音乐家，

"他正忙着搞水下交响乐的试验呢，很有意思。"

"有空的时候来帮帮我们吧！"另一个青年设计师跟着说，"最好能加入我们的团队，反正大家都是搞着玩，如果太正式，人工成本就不得了啦。"

"我只负责海底调查，行吗？"小野寺瞄了一眼图纸。

"啊，这么说吧，也许有点自私，但比如说，如果是正式委托，不但要花钱，还不能和你自由交换意见。你要是加入我们当中，大家无拘无束，想到哪儿就说到哪儿，你还可以把这当作一种消遣，这岂不更好！"

"这个别墅暂时可以作为我们的活动基地。"穿夏威夷衬衫的又发话说，"观光船就停靠在油壶[13]，没错吧，玲子？"

"再来一杯，怎么样？"玲子又换了一杯秦沙诺葡萄酒，眼睛已经有些睁不开了。

接着，房子里的人围着图纸，就新型海底游乐园的开发计划开始大聊特聊起来。小野寺借着酒兴，竟也融入其中，又是调查角度，又是计划步骤，很是发表了一通见解。但是，在这期间，小野寺并没放松对玲子那边的留意，想知道玲子和吉村悄悄地说些什么。吉村部长一会儿说着什么，一会儿又往酒杯里兑些水，咕咕地喝上几口；而玲子则灵巧地以拇指和食指把玩着酒杯，看不出在听吉村讲话还是根本就没听，只偶尔略带醉意地捋一捋落在脸上的长发，从表情上看不出任何特别的地方，最多不过是醉酒者常有的那种耸肩和痴笑——感觉上真宛如一个清纯少女。她四肢纤细，青春味十足，但碎花连衣裙裹着的胸部和臀部却又丰满异常；她个子高挑，虽说是苗条型的，可从骨骼的发育来看，应该说已经显出一个成熟的女人的味道来了。

兴趣所至，海底游乐园……小野寺加入讨论的同时，仍在不停地想着这个事。这是不是一开始就为自己安排好了的呢？或是向在座的人掩饰我和玲子相亲这件事……如此说来，也符合吉村部长的一贯风格，实

13 神奈川县三浦半岛南端一城市。

在是煞费苦心了！

“我不管那些，你们要修就快点……”玲子把吉村留在吧台朝这边走来，步履多了些蹒跚，“我的愿望是成立一个水下风情俱乐部。所以，设计的时候要性感一些，不然的话，我是不会让基金会给你们贷款的！”

男人们都笑了起来。穿夏威夷衬衫的小伙忙上前几步，托住摇摇晃晃的玲子的胳膊。

大家趁此又开始喝上了。有人移向酒吧，有人弄响了立体音响。

小野寺在酒吧调了一杯思考奇酒，然后，走到钢琴附近，刚才一直默不作声的先锋派音乐家突然用下巴点了一下吉村的方向，发话问道：

“那家伙是你上司？”

“啊……”小野寺点点头。

“说句不好听的话，那可不是什么好东西。”音乐家撇着嘴说，“庸俗不堪，什么好事都往自己兜里捞，就顾着扩大自己的势力。像他这种人，再怎么出类拔萃，好像还是缺乏真正做人的感觉，权欲对他来说，就像性欲一样不过是出于本能而已，但凡无利所图，他绝不会染指半步。”

小野寺一时不知如何作答，只得闷头呷酒。

“他根本就没有资格到这种地方来。”这个眉清目秀的音乐家竟如此言辞刻薄，真是人不可貌相，“他最好去陪以前的政府官员或哪家公司的董事长打打高尔夫。”

“我不知道你们之间有什么个人恩怨，但你我是初次见面，请你还是含蓄点为好。”小野寺用手指转动着鸡尾酒杯，一面很沉稳地告诫道，“我不是想说教什么，但你一定要当心我的拳头。……尽管你的话不无道理，但他是我的上级。”

音乐家用一种神经质的眼光怔怔地望着小野寺手中转动的酒杯，好半天才回过神来，忙拍了拍小野寺的肩膀说：

“对不起，是我不好……刚才的话就忘了吧！”然后眯缝着眼将小野寺上下打量了一番。

“你块头不小，看起来蛮壮的。”作曲家调侃地说，“真要挨你一记老拳，我恐怕是吃不消的。”

“外强中干，其实未必能打得过女人。”

作曲家尖声大笑，小野寺也笑了起来。这时候的吉村部长一直在和建筑师、设计师围着图纸高谈阔论。

“他是常客吗？”小野寺问这位叫由井的先锋派作曲家。

“不是，只是最近来得比较勤。他以前读书的时候，借宿过阿部玲子在东京的一个亲戚家，也就是这么点关系。”

“她父母是哪儿的人？”

“眼皮底下，伊豆。”由井下巴一点，“他们在伊豆和静冈一带有地产，还有几个岛。他吉村瞄的还不就是这些东西。”

小野寺感觉心里头有些犯堵。猛然间，似乎对其中的奥妙已经恍然大悟，但随即又想打消这些念头。因为即便真是如此，成功的概率也是微乎其微。或者说，在目前这一阶段，这个目标还过于模糊。

“游泳去！”

玲子突然在房子的正中间站立起来叫道，跟着三下两下已将连衣裙甩到了一边，剩下一件褪色的比基尼泳衣，一瞬间，晒成古铜色的皮肤，以及看上去很健美的腰部和胸部便一一暴露在大家眼前。

“还游啊！”夏威夷衬衫耸耸肩。

“到底要游多少次才过瘾啊？”

“我就免了。”建筑师含着烟斗一口拒绝，“刚冲完澡，一身爽爽的，况且已经是气力耗尽……”

“算了吧。”吉村在一旁颇为严肃地劝道，俨然一个监护人的口吻，“你喝得不少了。”

“都不去？算了，没关系。”玲子说着已向阳台走去，故意显得步履轻盈，“你们就先休息吧……”

“你呢？不游吗？”音乐家悄悄地问小野寺，“最好还是有谁能陪着她，深更半夜的……”

这时，玲子刚好经过小野寺的面前，她稍作停留后迅速转过视线说："您能去吗？小野田先生……"

"当然!"小野寺干脆地脱去短袖T恤，"更正一下，我叫小野寺。"

玲子没有说"对不起"，"扑哧"笑了一声，带头向露台走去，小野寺跟在后面。玲子的背部很美，光滑细嫩，油亮圆润。来到露台，小野寺又脱掉长裤，扔到桌子上。露台一角的松树枝背后有一台电梯，一直通向山崖底部的水面。在狭小的电梯厢里，两人的身体不时要轻轻触碰，小野寺只好尽力往边上靠，倚着厢壁。电梯启动后，渐渐远离房间的灯光，里面一下子暗淡了许多，接着，四周便开始听到松涛和海潮的声音。脚下，轨道接口处间歇地发出"哐哐"的振动声，身旁玲子轻柔的呼吸，使小野寺感到有些透不过气来。没有星光的夜空，又腥又潮的海风。

"在这个笼子里……"快到电梯出口，青白的荧光灯灯光渐渐靠近，玲子突然开口道，"你知道有多少男人吻过我?"语调平淡得像一条直线。

"嗯……"小野寺应了一声。

"只有一个！"玲子的声音像是自嘲般地压得很低。

没等小野寺做出反应，电梯已经停下来了。狭窄的水泥平台前面铺了一块木制踏板，踏板的另一头是一条漆成黄色的、大长方形的软木浮舟，浮舟随着波浪上下摆动。

玲子并不看身后，只顾向前走去，就好像要这样一直走入水中。在软木舟的顶端，玲子纵身入海。小野寺则先是掰了掰手指的关节，又活动活动脚踝，再慢慢试着将脚伸入水中。海水温温的，几乎没有浪。小野寺在水中划动了几下，觉得皮肤适应之后便开始用力划水，他想在水面上找到玲子的身影。腹部感觉到海水的流动，一回神，玲子的头已从他的鼻尖前冒了出来。玲子朝着黑黑的海面，慢慢地游着蛙泳，小野寺下意识地冲到前面，以尽呵护之责。

黑暗中，玲子白嫩的面颊上似乎泛着微笑。

"坐汽艇吗？"玲子问。

"不……"小野寺摇摇头。

又游了一会儿，小野寺提议道：

“回去吧……”

“比赛吧？”玲子有意较劲。

“还是别……”

“我心脏没问题！”

“关键是你酒喝多了点。”小野寺笑着道，“而且我也是。”

两人就默不作声又游了一会儿。但玲子并没向浮舟靠拢，选择了距栈桥五十米开外的一处沙滩的方向。游到沙滩后，玲子没急于上岸，而是把半截身子泡在水里，匍匐在沙滩上。小野寺踌躇了一下，在距玲子不远的地方坐下——也半坐在水中。

“打算和我结婚吗？”玲子突如其来地问道。

小野寺一时不知如何作答，只好不答。

“没兴趣？”

小野寺干巴巴地答道：“我们才刚认识。”

“吉村先生可是竭力成全哟。”玲子将手指伸进沙滩里，小声地嘟囔了一句。

“父亲为我的婚事都快要急疯了，求他帮忙，赶紧找个人……所以，他就把你带来了……”

“今天晚上我才刚刚知道这事……”

“他倒是很有眼力，知道我喜欢哪种类型……这算不算是一种有预谋的婚姻呢？”

“此话怎讲？”小野寺问得直截了当。

“不知道……只是他过于热心，突然有这么一种感觉。”

小野寺沉默片刻，然后，试探着问道：

“听说你父亲有好几个岛屿？”

“是啊，但完全不是拥有者的概念，他只是喜欢而已，而且全是些无名小岛。”

“也包括伊豆半岛的 S 岛吧？”

“嗯，怎么这么问？”

看来已猜中大半了。但小野寺并没将实情告诉玲子，因为从某种意义上来说，这毕竟有关公司的秘密。去年，开发部曾对伊豆半岛和S岛之间的长达几公里的海底进行了调查。虽然他只参加了海底情况的预备性调查，但之后开发部在那里进行了钻探取样，好像发现了某种矿脉。有消息说那是座金矿……毋庸置疑，部长肯定掌握了一些最新情报。

“如果是利益联姻的话，你会拒绝吗？”

“那说不准……”小野寺的回答有些含糊。

“你怎么看我？喜欢吗？”

“不知道。还得进一步接触……”

“喜不喜欢还用进一步接触？反正我挺欣赏您的。”

玲子支起上身，语气甚是坚定。“我的意思可不是说想结婚哟。我对性爱有种特殊的执着，但眼下并没有结婚的念头。为什么非要结婚不可呢？我在性方面非常满足，性伙伴也多的是，为什么只能走结婚这一条路呢？您是肯定要结婚的，是吗？”

“啊……”

“为什么？你是怎么想的？”

“生儿育女呗。”

虽然天黑如漆，但小野寺仍能感觉到玲子的一双眼睛在凝视着自己。与天一色的海水缓缓冲刷着两人的身体，身下湿润的沙子痒痒地被海水一点点带走，玲子的目光停留在小野寺身上，像是被他那简单直接的回答惊呆了一般。小野寺对这种无聊的对话开始有些不耐烦了。

玲子突然长长吐了一口气，气息的尾声中却含有些颤抖。她支起手臂，一转身，滚向小野寺，平躺在他的身边，一阵窸窣声过后，突然响起了音乐声。

“怎么回事？”小野寺吃了一惊。

“集成半导体，嵌在手镯里，防水的……”玲子的胸口剧烈起伏着，声音沙哑地喊道，“你在干什么？快抱住我！”

“在这儿？”

“是，刚认识，太草率？你不是说过你对性爱不讨厌吗？”

小野寺没吭声，望着昏暗的海面，他还在思忖。原来如此，小野寺对部长的手腕钦佩不已。反正部长这月老是当定了。玲子的父亲拥有S岛的产权，同时又是名门望族，无论对渔业联合会还是各种地方势力说话还是有分量的，方方面面都摆得平。不择手段地让自己的部下成为其掌上明珠的乘龙快婿，这中间，恐怕同蕴藏在S岛和伊豆半岛之间的某种矿藏的开采有关，不管事情发展到哪一步，对自己来说都有着巨大的利益。不仅如此，从部长的做法来看，搞不好他还有借此独立门户的野心呢。为实现这一目标，玲子的资本家父亲的财力，不，当然还包括那些聚在别墅里、一半认真一半开玩笑地说要开发海底游乐园的几位年轻名流的研发计划，或许都跟这事有着千丝万缕的联系……想到这位表面若无其事地——简直就是不动声色地——精心编织这张无论成败都对自己有利的关系网的部长，小野寺有些不寒而栗了。部长的老谋深算可谓滴水不漏，这才叫作部长的天性。与小野寺这种性情中人相比，简直有着天壤之别。

事情已经再明白不过了。既然如此，难道自己还要往部长不动声色编织的这张网上扑吗？作为一个工薪职员，为着自己的将来是应该往上扑的。但小野寺对这个组织——所谓的人类社会——从骨子里就不感兴趣。占据着他心里的，只有眼前这片起伏荡漾、漆黑一团、蕴藏着无限生机的大海，远处若隐若现的岛屿，以及永远悬挂在空中、透过大气层给大地投来淡淡光线的繁星。

大海——和那震撼人心的大地……撑起大地的星球，孤零零地飘浮在黑暗的宇宙空间里，没有任何依托地飘浮着，数十亿载如一日无声无息地绕了一圈又一圈……从覆盖这个星球的薄薄的咸咸的海水的空隙中偶尔露出一小块干瘪的土地，在它上面，蔓延着一个肮脏污浊物欲横流的世界，权力、奢侈、阴谋、恋情、虚荣、倦怠、争吵……那些被称为财富的虚无缥缈的东西无处不在……

“抱着我……”

玲子又叫了一声，这叫声里透着一股烈性的疯狂。她那宽广的胸怀在黑暗中急促喘息，她的臂膀已从水浪间伸开，将小野寺的头紧紧地拥在怀里。

“……！”

小野寺憋着气在心里吼了一声，他眺望着海面，突然间一道白光，像幕布一样在黑暗的夜空掠过。瞬间，透过白光伊豆的山脉轮廓依稀可辨。奇怪，那是什么？……小野寺脑子里闪了一下。那绝不是普通的雷电，白得有些异样。等等，那会是什么呢？……那道白光，难道是一个前兆？然而，就在这时，音乐声突然靠近了，一双强有力的臂膀紧紧地绕在他的脖子上，把他往地下拽。黑暗中，玲子热乎乎的嘴唇近在咫尺。他闻到了玲子身上的酒气。玲子早已将泳装的胸罩解开，获得解放的胸部随着自身重量而平摊着，在他的身体下显得更加松软。坚挺的乳头挠得他痒痒的。玲子的嘴唇略带咸味，手臂的力量大得惊人。拉开泳裤两侧的拉链，只剩下一层内裤了。当他将手伸进内裤，玲子已用沙哑的声音喊道：

“吻着我，别离开……我要大声喊叫了！”

两人的身体重合在一起。玲子腹部富有弹性的肌肉，几次差点将小野寺弹到一边，耳边的手镯式 IC 半导体还在放着嘈杂的音乐。不一会儿，有节奏的起伏越来越强烈，疯狂得几乎淹没了音乐声。起伏结束时，玲子仍僵硬地紧紧搂住小野寺的脖子不肯撒手……突然，小野寺浑身一震。

“……遗体……”耳后半导体的声音继续着。

“一星期前报道的失踪人员的遗体已经找到，初步判明是 N 公司建设调查部的乡六郎，三十一岁。乡六郎生前担任 N 建设公司东海道新‘新干线’建设工程的地质调查工作，在最近的工作中似乎处于精神恍惚状态，本月初，从滨松的工程部失踪，从遗体状态看初步认定为自杀……”

“放开！”小野寺想推开玲子的手臂。

“不……”玲子喘着粗气，不肯放开手臂，“不嘛……”

“松开！”小野寺的声音有些可怕，“死者是我朋友……”

“下面播报……”收音机继续传出声音。

那一刻，腹部受到的震撼冲击像是从大地深处滚滚而来。狂风拍打着脸颊，海浪冲刷着身体。两人躺在沙滩上瑟瑟颤抖着。石头从长满枯草的石崖缝“哗啦啦”地滚落到他们身旁。

他不假思索地回头看了看海面。遥远的伊豆山上阴云密布，黑云和山峦之间，几道闪电撕裂长空。

“起来！”

话音刚落，他一把推开玲子，翻身跳起，用力拉起玲子。玲子的肩膀被拉得“咔咔”直响。“快穿衣服，快！”

起初，海面突起的山顶闪过一道橘红色的光，紧接着，一根通红的火柱直冲云霄。这时，闷热的夜空终于“咚”的一声掀起一股气浪从地心腾腾升起。接踵而至的是响作一团的滚雷般的“轰隆”声和连排炮似的“啪啪”声。

“什么声音？”玲子沙哑着嗓子问，“怎么啦？”

“喷火啦！”他答道。恐怕是天城山——怎么这么突然……

“快跑！”

他几乎吼叫着催促玲子。大地不停地“咯吱咯吱”地摇晃起来，碎石、泥沙和岩块不断从崖上滚落下来。糟啦……拉着玲子正想往海边跑去的小野寺心里倒抽了口凉气。

“通往石崖后面的别墅怎么走？”他回过头急促地问。

“绕过石崖，就在背后。问这干什么？”玲子用发抖的声音问道，“这么多的石块和岩石滚下来，多危险！从海上绕过去吧。”

他没吱声，指着脚底的海水——刚才被海水冲刷的沙滩，这会儿已在数米之外裸露着，黯淡的海水开始一点点退去。眼下，海里的岩石已随处可见了。

玲子身体僵直地站在那里，他感到了她内心的恐惧。

海面上空的火柱染红了喷出的烟雾，山顶上，熔岩画着一道道闪光倾泻而下……

3

这一天——197×年7月26日中午11点26分，伊豆天城山出现火山喷发，附近一带也有地震发生。后来才搞清楚，并不是天城山的喷发直接引起这些地震，而是震源在相模湾西南海底十公里处的浅源性地震诱发了早就传得沸沸扬扬的天城山的喷发。这一现象在众多火山爆发中，还是很少见的。仅就地震本身而言，六点五级的较大型地震——在近期日本根本算不上什么。但是，它与普通的地质构造性地震不同，让一直没有喷发征兆的死火山几乎完全突然地喷发，所以才让人感到很有些异常。

天城山喷发八分钟后，伊豆大岛的三原山也开始喷发，紧接着，位于天城山东北的大室山也伴随着一阵轰响显出喷发的迹象。在热川一带，河水的的确确在发热，强烈的高压蒸汽从温泉的泉眼中冒出。伊豆半岛的环岛公路和环岛铁路从伊豆到东伊豆路段停运，熔岩流开始向热川城里涌来。地震和海啸瞬息之间就使整个城市处于毁灭状态，救援工作只能靠海上输送的船舶和汽艇了。震源在北纬三十四度五十九分十秒、东经一百三十九度十四分三十秒附近海底的地震引起的海啸袭击了伊豆半岛东岸、伊豆大岛为中心的相模湾沿海一带，伊东、热海、小田原、大矶、平冢、逗子、叶山和三浦等城市也有不同程度的破坏。虽然地震的强度与昭和五年11月26日的北伊豆大地震相比算不了什么，但作为一个东海道上的巨大城市——在当时集结了高密度投资的太平洋环状地带的中间地区，它的实际损失程度是相当厉害的。加上暑期旅游旺季，住在这一带避暑的游客也蒙受了巨大的灾难。经历了漫长停滞期又突然活跃起来的天城山喷出的烟雾，在后来的很长一段时间里，还伴着远雷般的轰鸣缭绕在空中，随风飘来的火山灰夹杂在雨中撒向湘南一带的各个地方。东海道线、新干线停运，国道一号停运，东名公路部分地段单行，各地停电，部分地区电话不通……大地还在无情地抖动，黑洞般深不可测的海底周期性地发出怪兽般的海鸣声，劫后余生的沿岸民众又陷入无尽的恐惧和不安之中。

当时，小野寺正和那些死活要回东京的同事在一起，乘着气垫船行驶在海面上。位于海面五十米高处的玲子的别墅，除了那个鼓出来的卵形房屋因山崖崩塌而稍微倾斜，以及下海用的电梯被海啸冲得七零八落以外，几乎没有什么损失。但是，由于突然停电，加上山崖崩塌滚落下来的石块堵住下山的道路，所以，大家显得格外紧张，竟不知如何是好。特别是部长，虽然强作镇静，但看见海上燃烧得通红的喷火，也吓得嘴唇都在发抖。茫然不知所措的玲子接到了她父亲从静冈打来的询问电话。几个同伴说是第二天一早在东京有急事要办，大吵大嚷着非要回去不可。由于汽车不通，于是，只能动用小型气垫船，由小野寺驾驶，同他们一起赶回东京去。（这气垫船是威士特兰·M公司出产的交通工具，售价两千万日元，把它作为娱乐之用，未免太过于奢侈。）气垫船吊在车库里，因为有卷帘门遮挡，所幸未遭海啸破坏。小野寺以时速七十公里向前飞驰，火山灰颗粒从天空中唰唰地飘下，不一会儿又夹杂着雨水散落在海面上。灯光照射使直泻的蒙蒙灰尘就像被劈开了一样。小野寺不时地把视线从雷达的荧光屏上移开，投向远处染红了夜空的天城山。心中难以言状的惶恐与不安，就像令人心惊肉跳的黑色潮水，从丹田处哗哗地涌上来……他一时还弄不清楚这到底意味着什么，但却隐隐约约地感到，这同他当初在遥远的日本海沟南端、八千米海底深处所看到的事物之间，存在着某种必然联系。确切地说，与他在深海潜艇中，耐压外壳每平方厘米承受一吨压力的情况下所切身感受到的那种可怕的、巨大的、不可名状的冲动有关。

“小野寺君……”气垫船绕油壶航行时，有人在船舱后面喊他，“东京来的电话，给你的，私人电话……”

小野寺虽然听到了，但仍在那儿犹自发呆，回味着那轻轻萦绕在内心深处令人毛骨悚然的恐怖。过了一阵子，他才恢复正常，喃喃道：“私人电话？”

他想起了：原来，电话电报公司在两三年前终于开辟了欧美国家已经广泛使用的那种定向传呼服务。

“请拨到这边来……”说着他就戴上了耳机，用手旁的开关把海洋无线电转拨到船上电话来。

“喂，喂……”声音有些耳熟，但并不是经常听到的那个粗犷嗓门。

“我是小野寺……”他答道。

“是我，田所……”对方答道，“找你好半天了，天城山的情况怎么样？”

“仍在继续喷发……”小野寺朝被雨水弄脏的船窗瞥了一眼说道，“三原山好像也冒着很大的烟雾。”

“你们公司的山城常务董事听吉村部长说，两星期前搞的相模湾海底调查记录好像在你那儿……”

“哦，本来打算先在家整理一下再转给调查部，所以把一部分复印件带回家里了，原件在公司里。提交报告的时间还早着呢……”

“其中有没有相模湾海底深部最近异常情况的记录？”

小野寺这才恍然大悟。

“有的。”他说道，“只是……因为过去的海底状态详细记录不够清晰，所以这份记录只是同以前观察得到的印象做了一番比较而得出的目测记录而已。的确，海底斜坡深处和以前所看到的海底地形相比，到处都发生了令人吃惊的变化。说是以前，也只不过是大约半年以前而已。当然，这完全是我个人的记忆……”

“不管怎么说，这次搞的应该算是海底地形图和观测记录吧。”

“是的，虽然只是非常粗略地描画了一下，但如果海底发生的异常也包括这次观测中认为异常的地带的话，那范围可就相当广了啊……”

“你什么时候到东京？”田所博士用毫无通融余地的口气说道，“你大概已经够累的了，可是，我希望尽快看到你这份记录。我现在在本乡我自己的研究所里。你住哪儿？”

“青山……”小野寺看了看手表，是凌晨一点三刻，“快的话，可能在天亮时送到。地点是……”

“本乡第二条街。快到时给我来个电话。”

“那份资料……同这次地震有关联吗？”

“这次地震？”田所博士的语气带着一股怒气，“没准我画出的地形图比这更严重！反正我这会儿正为它瞎忙活呢。这需要大量资料，就是把现在手头所有的资料都用上去，也还不够。但是……”

突然，田所博士的声音中断了。“喂，喂……”小野寺以为田所博士已经挂上了电话。

“我也许有些失常了，”这次听到的声音和刚才迥然不同，显得非常无奈和疲惫，“……这很可能是胡思乱想，可我总对它放心不下。就是为了这个，我才彻夜不眠啊。不好意思，拜托了。”

“知道啦。”小野寺回答说。

开大节流阀，气垫船在城之岛的海面画出一个很大的弧形，引擎声和振动声在加剧，英国罗尔斯·罗伊斯公司出产的“塔德X型”空涡轮螺旋桨发动机轰轰吼叫，速度表的指针摇摇晃晃向八十公里、九十公里——进而向一百公里的刻度上攀升。小野寺有点担心，在如此漆黑的夜里，以这样的高速航行，万一被海上巡逻艇抓住可就麻烦了。雨刮器不停地拂去飞溅到前窗的水花，小野寺屏住呼吸注视着前方，同时，两眼不停地扫着雷达荧光屏上的海岸地形，想尽量顺着海岸航行。这样，利用空气流在水面滑行的气垫船，就大可不必担心吃水的深浅了，真是谢天谢地。陆运局那帮饭桶！如果他们不是那么磨磨蹭蹭，而早些制定出气垫船在陆地上驾驶的交通规则，那么就可以在随便什么地方直接驶离水面驶入高速公路了……坐在旁边的建筑师拧开了收音机。地震的新闻已经结束，紧接着是喧闹的音乐。深夜唱片节目的主持人，用带着鼻音的声调，又开始了令人讨厌得几乎起鸡皮疙瘩的饶舌。先是东京深夜节目，例行公事似的播报了一番伊豆的地震、天城山的喷发和相模湾的海啸。然后，像往日一样，照旧开始彻夜不眠地播放起那令人倦怠的歌曲来。

小野寺听着收音机，立刻又想起了乡六郎：是啊，他死掉了，而且是自杀。他到底是为了什么呢？究竟发生了什么事？真的是自杀吗？谁相信他会自杀？他在工作中无论遇到什么困难……都绝不会自杀的！

“开得这么快，没事吧？”坐在旁边的男人不无担心地问道。这一问，提醒了小野寺，他连忙抓起广播用的麦克风：“请大家把安全带系好！”说着他瞟了一眼燃油表，问题不大，到晴海绰绰有余……

2月27日上午，内阁召开例行会议。作为这次会议的临时议题，由首相府的总务长官简单报告了这次伊豆地震的受灾情况。当然，就目前而言，准确的数字还无从知晓，但海啸、地震和火山喷发所造成的房屋倒塌和流离失所已达几千户，遭受不同程度损失的受害者已超过几万户。天城山的熔岩已溢流至热川前沿，铁路、公路、工厂和观光设施等方面的损失总额，估计已超过几千亿日元……

“无论是喷发还是地震，都没发出预报或警报吗？”刚刚出国访问归来的首相，面带倦容地喃喃问道，“政府不是早就拿出一笔相当可观的预算，请人研究地震预报吗？……”

“唉，据学者们说，撇开喷发暂且不论，就地震一项，想在五年十年之内搞出预报是根本办不到的……”阁僚中年纪最轻的科学技术厅长官首先开口，“更何况目前连地震的原因都还讲不清楚呢。特别是现在，地震频发，想在某个地方搞清地震的先兆，绝对不是一件轻而易举的事。”

“气象厅的有关人员也是这么说……”自治省大臣说道，“这次也可能有过什么迹象，就是人们所说的先兆吧。如果用电波术语来比喻，就是说相当于杂音的微震时有发生，而想从中找出明显的迹象却难乎其难，对吧？”

“新‘新干线’的工程是不是又要因为这次地震而推迟呢？”通商产业大臣问道。

“国铁总裁也是牢骚满腹哩。他说什么地震固然是个问题，但是，纳入工程计划的地段接二连三出现地盘偏移的问题，光是重新测量这一项，承包商就已经有些吃不消啦……”世故老人——运输大臣说道，“新干线的治安工作也闹得鸡犬不宁……工期可能要往后拖了。今年，国营铁路和私营铁路都会出现很大的赤字。”

“除了梅雨季节的水灾之外，今年以来，单是因为地震而适用《灾害救济法》规定的，这已经是第三次了……”大藏大臣愁眉苦脸地说道，“从各种情况来看，要总是这样，就非得追加预算不可。明年的预算可就够呛喽。”

“看来，今后在制订年度计划时，都得把地震和天灾这些因素充分考虑在内才行啊……”建设大臣边擦眼镜边说道，“由于天灾，计划的执行出问题，这种趋势在逐年加强。如果每次再出现其他什么岔子，新闻报道方面就要把这说成是‘人祸’了，人言可畏……”

会场静默片刻。建设大臣的一席话，多少又撩起了隐藏在每个内阁成员内心深处的茫然和不安。日本制订了名目繁多的长期规划，在狭窄的国土上层层叠叠地拟订出建设规划或城市、地区和产业地带的再布局规划，比如：运输高速化七年计划、通信器材五年计划、农业结构调整十五年计划、自动控制八年计划、土地重新规划十年计划、社会福利计划、新住宅五年计划等等。经济增长率说的是百分之八点四，实际则为百分之六点九。虽说同几年前相比，增长速度稍嫌缓慢，但用国际水准来衡量，仍然是很高的，而且随着经济规模的扩大，实质性的国民总收入的上升率也在开始增大，各项计划大多可望提前或在年度内完成。近一两年里，“灾害”对中央各部厅来说，几乎不构成什么威胁。去年从整体来看，可以说几乎没有受到什么影响；即使是灾害影响比较大的运输省和建设规划部门，其影响程度也没有超过往常——包括灾害最严重的年度。

可是，今年呢？

新的财政年度刚开始还不到四个月，一种不可名状的暗淡阴影便笼罩在各种计划中，几乎遍及一切领域……

单就每一个个案来说，也许没什么大惊小怪的。像日本这样一个饱受台风袭击、地震频发、雨雪不断的狭窄而历经沧桑的国度，同自然灾害的斗争，历来就是政治的一个重要组成部分。因此，尽管接连不断地遭受天灾，恢复工作进行得还是迅速而积极的。日本民众在长期的历史过程中，已经锻炼出克服灾难的乐观主义精神，连外国人都为此惊叹不已。从某种意义上来说，每经历一次地震和战争的灾难，特别是大灾大难，日本的面目就会为之焕然一新，从而大踏步地前进一步。灾难，似乎还有这么一层意义，那就是：对于从不喜欢新旧事物激烈冲突的这个国家来说，不如说是天然而非人为地把天灾当作上苍赐予的灵丹妙药，用这剂妙方把那些无法应付的旧事物从地面上彻底扫除，并已然成了一种民族特征。

这个国家的政治也并非得益于合理的、理性的、图解式的思维，而是更多地借助于那种非意识性的敏锐的直觉。在这个自古以来高度密集的社会里，似乎天生具备了一种全民性的政治传统：尽管没有任何一个人是有意识地要利用灾难，可结果大家都利用了灾难。但是，这次却迥异于往昔。就局部而言，看起来很像是年复一年的、同自然灾害进行斗争的一个延续，但如果我们把开始受到影响的每一个局部放到一起做个宏观透视，就会发现，它就像一幅琢磨不透的镶嵌画，模糊而略带一点阴影，整个轮廓若隐若现。虽然并非所有的内阁成员都有这样的感觉，但是在一些人的心底里，已经感到了某种扑朔迷离和令人不寒而栗的苗头。

“问题的关键是人心的动摇……”首相刚刚开了个头，就把已到嘴边的话又吞回去了。于是，他把视线移向桌上的茶碗。窗外射进来的光线，反射在那杯已冷却了的黄色液体上，几道小而圆的涟漪在光亮的水面上重重叠叠，微波荡漾。

“地震究竟还要持续多久呢？”首相突然换了副口气，“最近全国各地的地震好像也太多了一些……”

“从统计数字看，一般来说，夏天比冬天多。”自治省大臣回答。

“而且，喷发也多……”首相接过话茬，“是不是到了那个什么大的变动的时期了？是不是啊？”

“曾经有过可能发生第二次关东大地震的说法，”防卫厅长官说道，“但这已经是好久以前的事了，目前，这种说法已经销声匿迹了。”

“总而言之，从今往后，地震是多还是少呢？”首相有些焦灼地问道。他那平素没有表情的脸庞抽搐似的痉挛了一下，“不过我想，没有什么大不了的。但是，如果把这一点搞清楚，那么，在各种计划中，就应该考虑把地震和海啸的对策也制订进去。”

总务长官心中暗想：首相在这方面倒是有些神经过敏。与其说是对付地震，还不如说是为了那事。因为前不久，在嫡系门派中就闹出了涉及某大公司非法融资的丑闻。

“关于地震，是不是先听听学者们的意见？”厚生大臣建议，“我们也想听听学者们的想法。”

“也听不到什么精彩的意见。”技术厅长官苦笑着说，“所谓研究——特别是自然科学的研究，它和技术研究不同，耗费大量资金换来的只是极少的研究成果。能说出个子丑寅卯的，实在少之又少。如果有哪位学者可以断然下结论的话，那他不是江湖骗子，就肯定是个怪物。我在气象厅有一位私交很深的学者朋友，见面时经常问他地震的事，但他也只能给一个含糊其词的回答。”

这位四十出头的科学技术厅长官，是内阁成员中独一无二的研究自然科学出身的人。他在创建宇宙开发和原子能等所谓尖端科学方面表现出了非凡的才华，并因此一步登天，成为所谓“准官僚”的新型政治家。

“那也没有什么关系嘛。”首相的眼光在首相府的总务长官脸上扫了一下，说道，“总之，我倒很想请教一下，地震学者的肚子里到底装有多少东西。但是呢，还不能太兴师动众。要是叫新闻记者给捅出去，可就麻烦啦。挑那么几个人，充分听听他们的意见。请你马上挑选人吧……”

这时，房间蓦地微微晃动起来，一小块灰尘从天花板上轻轻飘下。没过一会儿，又来了个剧烈的震荡，地板忽悠忽悠地摇晃着，伴着地下传来“嘎吱”一声，墙壁和柱子也随着“咯吱咯吱”响了起来，桌上茶碗里的水也溢出来了。

“好家伙，还挺厉害的……”运输大臣面露惊恐地说道。他刚要从椅子上站起来，振动突然停息了。茶碗里的茶水仍在摇晃，花瓶里的水“咣当咣当”地发出有节奏的响声。两三片泥灰渣从墙上剥落下来。

“没完没了的……”厚生大臣唉声叹气道。下面发出无奈的苦笑声和嘈杂声，嘈杂中，远处什么地方“当”地响了一声。跟着，一个秘书敲开内阁会议室的房门走了进来，向总务长官附耳低声嘀咕了几句什么，总务长官的眉头往里挤了挤，点了点头，然后对大家说：“浅间山开始喷发了……”

田所博士的私人研究所坐落在本乡第二条街。坐在研究所二楼的那个露着弹簧和稻草的破沙发上，小野寺感受到了这次地震。盯着摇晃的天花板和积满灰尘的日光灯，小野寺只觉得像做梦一样恍恍惚惚，直到窗户上的一块玻璃“哐当”一声碎了，沙发下面发出断裂的声音，他才如梦初醒，从沙发上跳了起来。这时，地震已经停息，他打了个长长的哈欠，突然听见一群人“叮叮咚咚”上楼梯的声音。

“着火了?”他向一个跑在走廊上穿着件破衬衫的年轻人问了一句。

“不，是浅间山喷发。”

他猛地离开了沙发，跟在年轻人后面，从三楼奔向屋顶。几名男女正抓着栏杆指着西北方向，在那里高声嚷嚷。他们的视线被本乡这一带所特有的那些参差不齐的大楼、伸向山顶的高速公路和市中心的超高层建筑群给挡住了，加上那不断腾起的热烘烘的化学烟雾的笼罩，更使他们眼前的视线一片模糊，很难看清地平线远方的天空。然而，即使如此，也还是可以看见一缕黄烟直冲云霄。“是那个吧?”“不是，那是谁家烟囱里冒出来的烟。”“在那儿，准是那个！”“不可能。离这儿一百多公里，而且，空气又污染得这么厉害，怎么会看得见?”喧嚣、嘈杂的对话声直逼耳膜，小野寺感到自己比刚才清醒了不少。今天早上天亮之前，小野寺就离开青山的公寓把记录送来了。从昨晚到现在，一直没好好休息，本打算上班前在这里眯瞪一两个小时，结果，睁开眼睛一看手表已经十一点了。虽然已经打了请假的报告，但假期是从明天开始的，所以当务之急是，赶紧给公司去个电话。他正向楼梯走去，田所博士无精打采地走了上来。他身穿皱皱巴巴的工作服，脚上趿着一双拖鞋，满脸胡子拉碴，两眼通红，双颊肌肉松弛，和一星期前紧紧贴着深海潜艇观测窗时的田所博士相比，憔悴得判若两人。

“是浅间山啊……”田所博士用他那沙哑的声音说道，“不要紧……”

“可是，它是紧接着昨天天城山的喷发哟！”小野寺说，“社会上又要谣言四起了。”

“社会上的议论嘛，也没什么了不起的。”田所博士把刚到嘴边的哈欠咽了回去，惺忪的眼睛泛着泪花，一边抹着眼角一边说道，“只要平息下来，人们马上就会忘掉的。先不说这个了……”

“那么……”小野寺又看了一下手表，“我先告辞了，刚才睡过头了，今天早上已经迟到了。”

“小野寺君……”田所接连打了几个没有打出来的哈欠，接着说，“如果方便，到下面说几句话好吗？刚才看你睡得正香，没好意思把你叫醒。”

“哦……”小野寺说着，在楼梯旁边沉吟了半晌，“没关系，从明天起，我开始休假，今天不过是办办移交，下午露个面就行啦。什么事？”

“到下面谈吧……”田所博士说着，转身对身旁乱作一团的研究员们大声吼道，“喂，别总是那么吵吵嚷嚷的，去把浅间山喷发的情报收集一下。”

“我得先打个电话。”小野寺说。

小野寺打完电话后，就向地下室走去。一楼和地下室是打通的，这里是田所博士私人研究所的计算机中心。整个建筑物中，只有这个房间是用牢固的钢筋混凝土浇筑的。它的形状像只箱子，在这间屋子里，还套着一间小巧紧凑、用双层墙隔开的单间，配有空气调节设备。单间里放着大规模集成化的超小型电子计算机，墙外则乱七八糟地放着桌子、文件夹、保险柜、绘图板和早期的磁带式存储器等。伴音打字机一边放着录音带，一边“哒哒”地送出穿孔纸带。

底层一个金属板条做的狭窄的走廊向外伸出，把三面墙壁团团围住，这里有几间用塑料板和玻璃围起来的房间，里面摆满了电话机、传真机等通信设备——唯一的一面顶到天花板的墙面上，挂着一幅透明磁性塑料板制成的包括近海在内的日本地图，上面吸附着一大堆五颜六色的磁钉。这个环抱计算机机房而建的三层钢筋混凝土建筑，作为研究所实在是粗糙至极。墙上到处是裂缝，三楼几乎是歪斜着的。整个建筑外表陈旧、破烂不堪，寒碜得几乎有碍观瞻，越看越像是一个吝啬的不动产开发商或小规模金融业者的联合事务所。门口处，还摆放着几辆破旧不堪的客货两用车和老式轿车。

打完电话后，小野寺进了地下室。地下室的冷气设备功率很大，空气凉爽宜人。大概正值午休时间，地下室空空荡荡，只有田所博士一个人坐在室内一角的椅子上，一只胳臂撑在桌上托着脑袋，嘴里不停地在说着什么。小野寺走到博士身旁，田所博士抬起他那血丝密布的眼睛，像盯着陌生人一样看了小野寺一眼。

“啊，是你啊……”田所博士如梦初醒，“噢，是的，刚才幸长打电话说，他马上就来。我告诉他你也在这儿，他说要见你。”

“幸长先生？”小野寺问道。

“那家伙就住在这附近，咱们一起吃午饭怎么样？叫人送来吧。”说着，博士把电话挪了过来。

“有什么事吗？”小野寺问。

“哦……”博士慢吞吞地放下话筒，像是又想起了什么。

“你们公司的那艘深水潜艇……”过了半晌，田所博士才重新开口，“假如长期包租的话，大概要多少钱？”

“嗯，这要根据不同情况具体处理了。”因为事出突然，小野寺一时不知如何作答，“如果有必要，最好请你问一下营业部，根据时间的长短、用途、使用场所和潜水深度，价格会有所不同。因为我不熟悉这方面的工作，所以不大好算。”

“另外，还要打听一下……”田所博士突然伸出他的粗指头问道，“如果现在申请，能够马上就租到那艘潜艇吗？”

“很难。”小野寺毫不迟疑地回答说，“完成那次调查后，‘海神号’立刻就赶往九州调查下关到釜山的海底隧道去了，可能要花将近一个月时间，但之后印尼那边又约好了，然后还有安排……恐怕要几个月以后才能轮到你们。”

“我们这项工作非常重要。”田所博士“咚”地拍了一下桌子，“我们打算租‘海神号’进行一次非常非常重要的调查——怎么样，能不能让我们先用？”

“这，不是我能决定的……”小野寺的脑子里闪出昨晚和自己待在一起的管理部部长吉村的那张脸，“这要根据时间来定。你们打算租多久？”

“半年，或者再长一些。”田所博士明知这个要求不太合理，但仍然不想放弃。“你不是也看到了吗？咱们一起看到的。就是那个东西，我想对日本海沟的海底做一次彻底调查！”

“半年……”小野寺摇了摇头，“那我肯定是爱莫能助了！总不能钻个空子，把船拨给你们来用吧？所以，短时间内这问题解决不了。”

“为什么日本只有这么一艘一万米级的深海潜艇呢？”田所博士终于按捺不住，高声吼了起来，“什么海洋国家，真是岂有此理！”

“如果是两千米级的，我们公司还有一艘，国内总共有五艘到六艘……一万米级的，也只是最近才变得这么紧俏。因为原来最多不过是调查一下大陆架深度而已，一般都是一千到两千米。如果‘海神Ⅱ号’启用的话，就会好安排得多。但是，下水后还要经过反复试验，正式启用起码得在明年了。”小野寺进行了一番解释之后，又接着建议道，“租国外的怎么样？美国太平洋海洋开发公司那儿有两艘阿鲁米诺特级、四艘托里埃斯特级的，如果这些都租不到，那么，法国马兰德海底研究开发财团还有三艘阿基米德级的。”

“这些我也知道，”博士把桌上的一份复印件扔给小野寺，那是世界深海潜艇名单一览表，“但是，我们这次调查不打算用外国船，无论如何非用日本船不可。至于理由嘛，这次调查……总而言之……它关系到整个日本的切身利益，其利害关系太微妙啦！”

刚说到这儿，博士又把话吞回去了。

“田所先生……”小野寺问道，“能告诉我到底要调查什么吗？日本海沟下面到底发生了什么？”

田所博士霍地从椅子上站了起来，头发直立，两眼如燃烧般地直盯盯地看着小野寺。

“你问发生了什么？”博士尖着嗓门喊叫起来，“不知道！什么都还不知道！正因为如此，才要去调查！我已尽全力搜集了各种资料，但还远远不够，所以，只能说无可奉告。你看这个……”

博士拧开开关，另一张地图投影在那个印有日本地图的磁性塑料板的背面，图案色彩艳丽，好像镶嵌工艺品一般精美绝伦，层层叠叠……

“我收集各种资料进行了综合整理，气象、地形变化、海岸线的升降、火山活动、重力场的变化、热能释放的变化、地下温度的分布、地磁场的变化、地电场的历年变化、海底变动，等等，以及能够了解到的所有火山的岩浆活动、地震、山脉的动向……从生态变化到洄游鱼群以及候鸟的异常反应，凡是能够收集到的，都进行了收集。但即使这样，我还是什么也讲不清楚。现在，我准备从全球规模的变动中去探寻那个东西。这是因为，我觉得也许只有站在大背景的角度，才能看清楚它的轮廓。说老实话，的确也出现了一些先兆——只有一点点，但仅凭这些，什么都证明不了。我需要掌握更多的资料，越多越好啊……目前，我最迫切需要的就是有关海沟下面的数据了……”

“您为什么这么急呢？”小野寺问道，“到底发现什么先兆了？”

“那就是……”田所博士摇了摇头，“还讲不清楚……但这正是我内心最放心不下的，我都快要被它逼疯了！”

田所博士拉下开关，两手松软无力地耷拉下来，神态像一个疲惫不堪的老人。

“对不起，我实在是有点失态……”博士有气无力地说，“但是，一句话，我需要资料，同时还需要经费，需要更多更多——事态紧迫！但愿我担心的那件事是我搞错了，错的可能性是非常之大的。也许这纯粹是我胡思乱想，但为了验证它是不是胡思乱想，是要花一大笔资金的。”

“我非常愿意为您效劳，可是……”小野寺说。

“啊，是啊，拜托了！小野寺君，现在无论是谁的力量，哪怕只是一点点，我都想借用一下。下次，如果能借到‘海神号’，我想指名由你来驾驶，没问题吧？”

“当然。求之不得。”小野寺回答说，“可是，除此之外，如果我还能做些什么的话……”

有人从身后的楼梯走了下来。在这么闷热的天气里，幸长副教授依然衣冠楚楚，领带戴得一丝不苟，但在那张端端正正的脸孔上却看不到一滴汗珠。

“嘿。”幸长副教授对小野寺笑了笑。

“来啦，咱们一块吃饭吧。”田所博士说，“到外面去吃还是叫个外卖？”

“怎么都行。”幸长副教授回答道。

“好吧，那就请等一下喽。”田所博士按了几下内线电话的号码键，听了一下，然后歪着头说，“没人接。上面的办公室一个人也没有，你们等一下，我去给你们弄点冷饮来。”

田所博士不由分说，拔腿就“噔噔”地跑上了楼梯。

“多好的先生啊。”小野寺笑道。

“是啊，可惜是个民间学者啊。近来这种人已经很少见了……”幸长副教授的脸上没有一丝笑容，叹了口气接着说，“是个钻牛角尖的勇往直前型天才。国内学术界对他不大感兴趣，但国外反倒对他评价极高……”

小野寺对这些也是一清二楚。幸长忽然间发现了放在室内角落的那台伴音打字机，于是，自言自语道：“好家伙，真够行的，进新式武器啦。”说着，走到机器旁凝神看起来。

“这个研究所还相当不错呢。”小野寺说，“从外面看，样子倒挺寒酸的。”

“光建这么一个研究所就花了四五亿日元。”幸长副教授一边摆弄伴音打字机，一边解释道，“而且经营费用也不得了。总之，先生是花了大力气在搞这项研究的。再怎么精打细算，这样大一个摊子，也是够呛啊。加上持续不降的物价，人员开销的上涨……唉……”

“经费从哪儿来呢?”小野寺问，他从进门起就一直憋着这个问题。

"国际海洋教会……"幸长副教授脱口而出，"这是正向世界范围扩张的一种新兴宗教，亏他们想得出来。过去常听说太阳神崇拜和物神崇拜，但把海神作为崇拜对象却是件新鲜事。他们从渔业到船舶——把与海洋有关的行业集中起来，在世界范围内建立相同的姊妹教团。其相当于国际总部的奥纳希斯机构设在希腊，一切由奥纳希斯机构提供经费，是个资金雄厚的宗教团体。"

"原来是新兴宗教赞助的啊……"

小野寺稍感意外，国际海洋教会？那么，自己所在的公司是否也和他们有关系呢？

"田所先生是个民间学者嘛。"幸长副教授又打开了话匣子，"作为学者，说他单枪匹马，还不如说他是个从不循规蹈矩的叛逆者。只要研究需要，他甚至会不顾一切地向魔鬼伸手要钱。他的信条是，只要不被魔鬼吞了，管他三七二十一。他这种人，日本的学术界当然是不会接纳的……"

说话间，田所博士出现在了楼梯口，他右手提着只冒汗的水壶，左手托着扣着茶碗的茶盘。

"幸长先生，您和田所先生是什么关系呢？"小野寺小声问道。

"从前，他做我们大学客座教授的时候，我听过一点他的课。"幸长副教授说，"不过，我们经常在宿舍旁边的小酒馆里一起喝酒，当时他也住在附近……也不知道是什么原因，我就是喜欢他。他性格豪放，是个真正的天才……过去，像他这样豪放的学者还有那么几个，但如今，与其说是几乎没有，还不如说是绝无仅有。所谓学者，几乎都变得像个小职员或是政客了。"

"田所先生是哪里人？"

"和歌山的。那可是个奇特的地方，不知是不是出过纪国屋文左卫门[14]的缘故，那里重量级的学者人才辈出，比如，南方雄楠啦，汤川秀树啦……"

---

14 江户中期的豪商。

“你们俩叽咕什么呢？”田所博士走下楼梯，一边向这边走一边问，“又在说我的坏话了吧……”

“正在夸您哪！”小野寺“扑哧”一声笑道。

“好，小野寺君这么说，我还是肯相信的。因为你这个人待人真诚嘛。对了，幸长君，你吃什么？寿司、天妇罗大虾盖浇饭，还是鸡蛋盖浇饭？西餐怎么样？”

“什么都行……”幸长副教授回答说，“说实话……”

“先把吃的订下来再说。小野寺君，你呢？”

“我来份鸡蛋盖浇饭就行了。”小野寺说。

“那我也一样。”幸长副教授苦笑了一下，“那个什么，田所先生，我有几句话想私下跟您说……”

田所博士没理睬他，而是拨起了电话，然后高声道：“两份鸡蛋盖浇饭，给我来份炸虾盖浇饭。你们那儿的天妇罗大虾盖浇饭，汤汁可不多啊。听见没有？多舀点啊。”

小野寺趁他打电话的工夫，佯装欣赏屋内的摆设，从幸长副教授身边悄悄地避开了。

“小野寺君。”背后响起了田所博士的粗嗓门，“没关系，就待在这儿好了。幸长，他是个靠得住的人。刚才我请他加入合作，他同意在他力所能及的范围内帮忙。”

“哦……可是……”

“没事，你和他一起坐过潜艇，难道还不了解他吗？他了解自然，也了解海底。他的胸怀是朝着宽广的‘大自然’的——这样的男人，对什么秘密啦、阴谋啦、升官发财啦、拍马屁啦等等这些人世间乌七八糟的东西，即使知道，也是兴味索然的。”

小野寺被博士的这一席话深深感动了，脸上不觉有些热辣辣的。只是短暂的接触，就能很快看透一个人，田所博士的这种天才般的敏锐洞察力确实不是一般人所具备的。学术界为什么竟然容纳不下这样一个人呢？难道就因为他这种敏锐的洞察力？

“我知道了。”幸长副教授有些难为情地对小野寺说，“小野寺君，请你不要介意啊。"

"哎哎，还说废话！你还看不出来？这些小事他根本就不可能往心里去。"

田所博士大概是过于心直口快了。小野寺脑中闪过一念，不仅只对熟人，恐怕对谁都会如此吧。

"先生，您还是这么不给面子啊。"幸长副教授搔了搔头皮，"好吧，那我就说了。事情是这样的，我有个在首相府做秘书的很熟的同学，刚才给我打来个电话。"

"首相府？"田所博士皱紧了眉头，"是当官的吧？"

"是的。据说内阁成员要请几名学者，先在内部谈谈对近来频繁发生的地震的看法。所以，他约我同他一起商定一个名单。"

"是全权委托你决定人选吗？"

"不见得，人选最后还是由总务长官亲自审定。而且，除了我以外，估计还会到别处去征求意见。"

"官员都是这毛病。"田所博士一脸的蔑视，"他们根本就不懂什么叫相信别人。不相信学者，也不相信老百姓，对谁都不相信。嘴上说要集思广益，实际呢，根本就不具备辨别事物的能力，没有洞察力，他们脑子里装的都是怎样才能万无一失，怎样才能四平八稳。正因为只想避开风险，因此，他们一次险也不敢去冒，结果也就看不清什么是真正的未来。最近，那些狗屁不懂的嫩头小子，居然仗着官府，开始不知深浅地对大师们品头论足起来了——和官方打交道，万万不可！"

"我也是国家公务员呀，先生。"幸长副教授打趣道，"先生是绝对不会知晓为官之道的。他们的现实主义——确切地说是现在主义、形式主义以及组织至上主义本身就具有对社会极为有利的一面。所谓政府，就是把运作一个被称为国家、社会的巨大而又庞杂的组织所承受的对一般人而言过于重大的责任巧妙地分解，使之让多数人共同分担的一个系统。因此，官僚对建立国家这样一个组织的安定性而言，是再合适不过了。因为政治家也和流氓帮会一样，它的组织原则是建立在师徒关系和江湖义气基础之上的。这个原则同官僚们不堪重负的平等主义思想是多么一拍即合呀！政府的思路，就是凡事必须绝对避免冒险，在选择中求平衡，在不偏不倚的零风险中求发展。可以说，他们是最适应组织这一形式的人了。”

“这点我非常清楚……”田所博士出乎意料的爽快，“倘若每个官僚都发挥他们的创造性，那么，这个各种利害关系错综复杂的社会的某个方面就会变得不可收拾了……可是，如果把人放在这个长期积累形成的庞大的组织里去磨砺一番的话，大多都会变得没有一点棱角了吧？……当然，偶尔也会有两个超凡脱俗的人才，但我个人对这类人才绝不敢恭维，我特别不喜欢中央机关的那些秀才。他们自视清高，以为自己最聪明最了不起，其实，他们的所谓本事，不过是他们的职位给予的——和这种人不可能做到真正意义上的人的沟通。他们缺少赤裸裸的东西——人类最‘自然’的东西……”

“明白了，先生……”幸长副教授显然已经招架不住了，他无可奈何地摇了摇头，“这样吧，今明两天之内我必须给他们个答复，怎么样，您可以去一趟吗？”

“你说的是我吗？”田所博士瞪大了眼睛，“哼，找我？——没门儿吧。找来的应该是防灾中心的高峰、气象厅的野末、文部省所属地震预报部的君岛、T 大学的山城、K 大学的大泉这些人吧。”

“您……搞得真清楚啊。”幸长副教授惊愕得咽了一下口水，“几乎全叫您给说中了。”

“你以为我就那么愚昧无知啊？官厅要召集的——何况又是他们不擅长的科学领域，大概也就这帮人了。肯定是野末出的主意，Y 大学的中河原之流恐怕也在其中。都是些像模像样的人物哟！作为学者，这些人的确个个都出类拔萃，在各自的专业里也都颇有建树；但不幸的是，他们也都是些故步自封、一叶障目之人。不仅如此，他们还都是些发表意见谨小慎微、太注重别人对自己发言的反应、什么不得罪人说什么的家伙。更何况这回，听证的人又都是对自然科学完全外行的内阁成员。所以，肯定会慎之又慎——在学术界待久了都会如此。一直为官僚机构所支配，本身又生活在与官僚机构极为相似的世界里，怎么做也跳不出这个框框——因此，渐渐学会了说话谨慎小心，明白了适者生存的道理。虽然责任不在他们，但已成为某种共识了。作为学者，如果一不小心超越身份和研究领域，那只能招来厄运缠身。吃了苦头才记取教训……这些话说起来都恶心。但是，这东西好像已经变成第二天性了，已经使他们再难跨领域地施展自己的才华了——咄咄逼人的冲劲就在这狭窄的框架里渐渐消失殆尽。”

“正因为如此，才想请先生亲自出马……”幸长副教授就势插话，“就把您目前正在研究的东西……”

“目前的研究？”田所博士站了起来，“你说的是我……目前的研究？说它有啥用？只会被当作疯子，惹来一阵嘲讽！我没有丝毫的确凿证据啊。我拼命在找的就是这个证据。这个时候，我去讲那些只是处于朦胧状态的可能性，你想会是什么结果！万一传到外边，只能引起混乱。他们会把我当成异想天开的疯癫科学家。算了，别再啰唆了，另外，如果我去，必有很多学者不去。野末，还有山城，他们恐怕都不会去。在他们眼里，我是一个根本不配当学者的江湖骗子。从行为诡异的新兴宗教那里领取经费，不穿做工考究的西服，连领带的打法都不知道。经常不刮胡子，说话粗声粗气。在公开场合当众骂人，只要是自己专业范围内的事，从来都不知道深浅，张嘴就说。你要是过分捧我，对你的将来没什么好处，甚至还要受到你朋友的指责，让你丢尽脸面。我不会去，绝对不去！”

“至于我的前途，您大可不必担心。”幸长副教授耐着性子说，“学术界的那些事您又何必总是耿耿于怀呢？您刚才说的那些话，本身就说明您对学术界是知根知底的。您搞研究工作的目的到底是为了什么？因为这些区区小事就断然拒绝，那可就不像是您的为人了。这对日本来说，太重大……”

“日本……日本吗……”田所博士的表情骤然变得有些怪异起来，像是要哭出来似的哽咽着说，“小小的日本，哈，区区一个国家而已，对我来说它没有任何意义。幸长君，我的概念里只有地球。在几十亿年的漫长岁月里，它从大气和海洋中滋养了无数的生物，造就了人类。尽管它本身的地表一直为自己所抚养的众多物种不断践踏，但却从未终止过对自己命运和历史的缔造。这颗巨大的，但在宇宙中不过沙粒一般的星球，是它，创造了大陆，孕育了山岭，捧托着海洋，缠绕着大气……积冰载雪，自身内蕴藏着不曾被人类获知的众多秘密。就是这个地球。我的心……始终放心不下呀。幸长君，我这样讲，你也许会觉得很可笑。这个温暖、潮湿、凹凸不平的星球……在如此冰冷、没有空气、充满射线和虚无黑暗的宇宙中，用它那湿润的大气温柔地保护着它的肌肤，并用这肌肤的温热滋润大地、滋养植物、耐心地培育着昆虫和那些渺小的生命，这个单纯、温柔的星球……这个太阳系中唯一能够孕育生命的星球……也许地球有其残酷的一面，但是，谁要是想违拗它，那必将是螳臂当车，毫无意义。而我心中独有这地球。日本，不过是个细小得像一节绳子般的岛，无足轻重……”

“可您毕竟是个日本人啊……”幸长副教授心平气和地说，“正像您热爱地球、把地球视为一个温柔的星宿那样，您的内心里也一定在默默地热爱着日本。否则，您为什么不把全部数据都悉数交给国际海洋教会总部呢？又为什么不把您的研究原原本本地告诉给那些喜欢猎奇的记者和善于制造麻烦的周刊杂志呢？”

“等等！”田所博士突然打断了幸长的话，然后严肃地问道，“我向自己的赞助商隐瞒资料这事你是怎么知道的？”

“瞎猜的。先生，不好意思，把您的话给套出来了。”幸长副教授沉吟了一会儿继续说道。

“不过，我总觉得有些蹊跷。以前，我从先生那里直接了解到了许多情况，却几乎没有见到过发给教团总部的报告书。但就在最近，在这儿，看到了它。觉得有些奇怪。虽说没什么了不起的事儿，但那报告书上先生写的英文却令人毛骨悚然。而且，关于海底调查，那上面不厌其烦写的尽是先生并不擅长的生物啦，珊瑚之类的东西……我自己从先生的谈话中感觉到的那件或许非常严峻的事情，却被掩饰得干干净净。细心一读，就会发现一些谨慎的煞费苦心的细节。知道这事情的人，那倒另当别论。碰上不知情的主儿，那简直就像对牛弹琴，注意力全然由这件事情引到别处去了……”

“是吗？好像听你讲过，你在中学时曾通读过英文的《莎士比亚全集》吧？”田所博士晃着脑袋，“我倒把你的英文水平给忘记了。”

“这就是先生您在内心深处一直惦记着日本的一个证据。是这样的吧？”幸长副教授穷追不舍，“您是不想让外国知道日本的事情。不是这样的吗？有些事您还想瞒着国际海洋教会总部。”

“海洋教会你知道些什么？”田所博士反问道。

“几乎是什么也……”幸长副教授继续说，“听说总部好像是设在希腊或其他什么地方的吧？但是，各国的支部好像又是各自独立的，对吧？还听说资金非常雄厚，是个有特殊爱好的教团什么的。”

“幸长君……”田所博士突然改变了语气，“假如您的推荐能够通过的话，我打算出席那个会，那个叫座谈会还是说明会什么的。日期定在哪一天？”

“还没定下来，大概在三四天以后吧。”幸长副教授如释重负，“现在，我们吃盖浇饭吧，不然要凉啦！”

4

为了避开新闻记者，原定于四天后举行的关于地震问题的内阁成员与学者座谈会向后推迟一星期秘密召开，因为总务长官等人不知这些学者将会讲些什么，担心记者据此写出耸人听闻的消息而惹出是非来。

座谈会于晚上八点在平河町新建成的大厦内某俱乐部举行。会上并没有多少耳目一新的发言。防灾中心所长表示，东京抗震结构化计划如能按目前形势顺利推行的话，即使在两三年后发生类似关东大地震级别的地震，也不会造成太大的损失。只是如果按目前的防灾能力推算的话，海啸对以江东地区为主的地壳下沉地带，以及千叶县品川、大森等人工填海地带所造成的灾害将会相当严重。

气象厅的科技官野末阐述说，总体来看，由于以富士山火山地带为首的日本各个火山地段的活动正全盘趋于活跃，因此，应加强火山地带游览区的防范措施。他强调指出，应像对待气象观测网一样，提高目前的火山观测网的密度，同时，力求中央能够对情报及时集中，并自动分析。

T 大学山城教授和 K 大学的大泉教授对日本西南部中央构造线以南地区的地震频发问题做了简短的说明。

中等强度的地震在急剧增加，但这只不过是地壳内积累的能量发生小规模的释放。因此，目前还看不出强震的先兆。然而，如果把火山活动趋向活跃联系起来考虑的话，目前，日本列岛地下发生大规模构造变化亦未可知。虽然还不甚明了，但结合重力异常的大幅波动以及地磁、地电流的剧烈变化等现象进行综合考察，就不难看出这样一种征兆，即在日本的地下出现了某种异常。但今后这种趋势是扩大还是到达某种程度就收敛，不做较长时间的观测是说不出什么来的。

“所谓异常，大致指的什么？”建设大臣问，“不会马上要发生强震吧？”

“不，不是指这个，而是可能更严重的地壳构造变化。”大泉教授答道，“这个嘛，即便如此，也不必过分担心，可能是几千年几万年一遇的序列变化吧。因为从地质年代的角度来看，地壳从新生世初期开始就进入了连续不断的剧烈的阿尔卑斯造山期，因此，包括全球各地发生的地震和火山喷发在内的地壳运动，都可以说是处在新生世初期就开始的剧烈的阿尔卑斯造山运动的延长线上。也就是说，我们的人类时代已经进入了地球史上一个特异的剧烈的陆地变动期。”

“那又会怎样呢？”大藏大臣继续问道，“今后地震是增加还是减少呢？今后是否还存在特大灾害和较大灾害的可能性呢？”

“这个问题很难回答……不能说没有，但也不能肯定地说有。”T大学的山城教授歪着他那张清秀的长脸回答说，“总之，目前对地震的研究，还没有达到这个水平。但是，从两种可能性来看，我觉得，今后地震的次数即使增加也不大会出现强震，这个概率要大一些。之所以这样说，是因为地壳所积累的能量是有限的，接连不断发生的中等强度的地震本身也会释放出相当的能量。因此，也可以认为，不至于会发生强烈地震……”

“但是……”一直闷声不响的田所博士终于发言了，“罗德提倡的所谓‘地震活动指数’那个玩意儿，最近，尤其是近五六年里有极其明显的上升。日本的指数值在世界上最高，过去也就是三百八十到三百九十，但这五六年间就突破了四百，简直是鳗鱼式的直线上升啊。”

“确实如此。”山城教授看都不看发言人一眼，继续说，“从这个趋势看来，指数值还要上升哩。”

“正常情况下，全球每年地震次数平均是七千五百次，而根据地震仪的记载，目前已经接近它的倍数一万三千次……”

“当然，我们也承认它的次数在增加，而且还增加得很多。但与次数形成对比的是较大的地震却在减少。应当说从微震、弱震到中强地震增加很多，强震倒是在减少。”

“嗯……地震受害程度的大小不一定与地震的强弱有关系呀。哪怕是中等强度的地震，如果对策不当，也会造成损失的嘛。”防灾中心的所长说，“因此，今后无论是铁路还是公路，或是建筑物什么的，都应当综合考虑抗震的问题，开辟一条新的路子才是……”

“大泉先生，听说位于日本海沟西缘海崖上曾经出现负重力的异常地带，并且正以极快的速度向东移动，你知道这件事吗？一部分已经从海沟崖移向大洋海底了。”田所博士似乎根本就没有留意别人的发言。

接着，他继续说道：“而且，这个重力异常的程度，正随着异常带逐渐东移而呈减弱的趋势。目前，全部观测工作尚未结束，但是，一部分异常已经消失了。这是‘信天号’观测船在一星期前提出的一份情况简报，目前他们还在继续进行海洋观测。大泉先生，你有什么高见？”

“哦，我十天前刚从国外回来。”大泉教授结结巴巴地说。

“最近，我有机会出去观测了一下。在南太平洋的小笠原群岛的南方，有个小岛，一夜之间下沉二百五十米。”田所博士旁若无人、从容不迫地说，“也就是说，海底在一夜之间下沉了那么多。我坐着深海潜艇，在海沟下面，亲眼看到了密度非常高的海底乱泥流。就整体而言，最近几年之内，日本的深源地震正全面向东方海底移动。还有另外一个显著的现象，那就是陆地震源深度有增大的趋势……”

“的确，日本地下好像正发生着某种变化。”山城教授说，“但是，还没有人能够讲清缘由。同时，今天晚上又不是进行学术讨论，只是为了让首相和大臣大体上了解些情况……”

“当然，我正是为了对首相说明这些情况，才来参加这个会的。”田所博士“砰”的一声合上了笔记本，“我觉得，作为执政者，恐怕还是有充分的决断准备才好。我个人的看法是，可能会发生相当严重的问题，我有这个预感。”

举座顿时一片沉寂。首相不安地把视线投向山城教授。

“能告诉我可能会发生什么事，而且这种判断的依据又是什么吗？嗯，田所先生……”山城教授冷冷地问道，“你的发言非同寻常，这可是科学家对隔行如隔山的政治家介绍情况哟。”

“到底要发生什么，现在还不清楚。至于依据嘛，还相当不足。”田所博士沉着应对，“可是，山城先生，你们，不，是我们大家，好像应当把注意力放在规模更加宏大的地球物理和综合地球科学方面去。我们似乎过于忽视海洋洋底了。当然，缺乏观测手段也是造成这种现状的原因。目前虽然还没有弄清楚，但是，那里正在出现非常微妙的变化。关于今后日本列岛的动向，有必要对海底加以注意。另外，不能保证到目前为止，在过去观测中从未见过的，而且是我们一无所知的现象将来就不会发生。”

“任何事情都是如此。”山城教授仍然看都不看田所博士一眼，“尽管如此，但没有前兆，突如其来的灾难根本就不会发生！”

“但是，也许那个前兆正出现在我们司空见惯的各种现象之中，而我们却只把它当作是这些司空见惯的现象的一个延续而忽略了它。那么，我们怎样才能发现这些前兆呢？”田所博士一边往衣袋里放笔记本，一边接着说。

“还有一件事，也许大家会以为我又在危言耸听了。其实，我们可以在地壳运动中识别进化的形态。这恰是我们经常容易忽视的问题。造山造陆运动发生的周期似乎是随着地质年代的推移而缩短，其变动的幅度也在加剧。当然，对这个问题也是存在着不同意见的……这种地壳运动的进化，在几百万年内，大大加快了速度。这一点，和动物的进化是相同的。我们假设地壳运动从明天开始进入一个转折期，那时，就很可能出现前所未有的、完全崭新的现象，或许会出现根据过去观测实例的总和都无法预测的崭新现象。要知道，我们的科学观测历史还太短。……那么，我先告辞了。因为还有工作，今天晚上还要加夜班……”

田所博士一吐为快后，立刻起身，走出了房间。

“还是老样子。”有个学者嘟囔道，“总是说些云遮雾罩的话，把水搅浑……”

“过耳之言，不必在意。”山城教授笑着说，“他说的也不无道理，那是个非常大的话题，不是今明两天就解决得了的。而且，即使说近期内会发生天地变异也不为过。说它不会发生，也有道理。怎么说都可以。”

“有哪一位同他认识的？”防灾中心所长咬牙切齿地问，“真是个恶名不改的家伙！”

“不能这么说吧，大家都是初次见面嘛。”总务长官说，“他在国外，特别是在美国，好像很有名气呢。”

“诸位有谁知道他在替美国做什么吗？”大泉教授问，“他接受美国海军的委托，在搞平顶海礁哪。喏，就是海底火山的一种。他替美国，对太平洋海底的平顶海礁进行大规模调查。据说，美国海军好像打算把平顶海礁作为核潜艇的海底基地，并在那儿建立浮标。”

正在这时，屋门一响，田所博士去而复返。大泉教授脸色突变，像被什么东西卡住了喉咙似的。

“钢笔忘拿了……”田所博士自言自语地从桌上抓过他那支粗笨的“勃朗峰”牌钢笔，径直朝外走去。

“田所先生……”首相突然招呼道，“刚才，你说执政的人要有充分的决断准备，什么程度才叫充分呢？”

“刚才不是说过了吗？现在还不能肯定……”田所博士耸了耸肩，“不过，最好把日本可能要遭遇灭顶之灾也估计在内。日本完全消失也说不定啊……”

这时，屋里发出了吃吃的笑声。田所博士稍显尴尬，怏怏地走出了房间。

会议结束后，人们散去。首相府的一名秘书，从大厦的地下停车场将自己的车开到外苑[15]附近停了下来，用车载电话拨了个远郊号码，接电话的是个老人。

“会已经开完了……”秘书说，“仍然没有令人耳目一新的东西。我把发言的主要内容大致汇报一下。”

随后，秘书读起了会议记录。

---

15 皇宫外侧的公园。

“只有一个叫田所的学者的发言有点意思。他对日本下沉问题夸夸其谈……啊？叫田所雄介。是的。您对他好像挺熟，啊？”秘书略显惊诧，“知道了，如果您现在方便的话，我马上就过来。”

秘书挂上电话，舒了口气，然后朝遮雨板上的时钟瞥了一眼，是十点三刻。

“担心的事？”秘书在黑暗的车里喃喃自语，“是什么呢？”

他发动了汽车，一边踩下油门，一边又拨了个电话。

“是我。我要到茅崎去一趟，很晚才能回家，你先睡吧。”

然后，他开动了车子。代代木附近的林木和国立体育场的楼房，黑乎乎地蹲在没有星斗、炎热的东京夜空下。一对对恋人躲在黑暗的角落里，紧紧地拥抱着。几辆敞着车门胡乱停放着的汽车，放射着朦胧的白光。秘书扭亮了车灯，一边照着勾肩搭背、沿路边散步的情侣，一边踩着油门踏板。

那次会议以后，又过去了几天……

东京依然笼罩在日均气温三十五摄氏度以上的火炉里，异常闷热。人们晒得油黑乌亮的面孔上，浮现出疲惫不堪的神色，到处人头攒动。今年，由于湘南海岸发生地震，伊豆又出现火山喷发，于是避暑和洗海水浴的人们，多半都选择了比千叶更远的关西、九州、东北以及北海道，因此，这些线路的火车、公路和飞机空前爆满。天城山在大量溢流熔岩后，仍在继续喷烟，但总算暂告一个段落，而浅间山却还在断断续续地反复发生小规模的喷发。地震此起彼伏，一天之内常有五六起相当大的有感地震。老式的房屋墙壁裂缝、倾斜，以及屋檐瓦片滑落的事故有增无减，都道府县各级政府虽都对老朽危险的建筑物进行了一次调查，但紧急的全国性“抗震防火十年计划”，才刚刚进入建设省内部的讨论阶段。

然而，人们似乎被连日来蒸笼般的暑热弄得筋疲力尽，已顾不上把地震的事放在心上了。不论是坐在咖啡店里，走在路旁，还是回到家里歇下来松口气，到处都能感到大地的微微颤动，人们反而变得麻木不仁了。地震频发的东京更不用说了，对于这种程度的地震，那里的人们只不过是把它看作比往年增加了一点次数罢了。尽管如此，当南起九州、北至北海道的全国范围内频繁发生中小地震，以及箱根地区芦湖水温异样上升、鱼类漂浮水面之类的消息不断传来时，这些整天忙忙碌碌、疲于奔命的人的潜意识里已开始罩上了一层扑朔迷离而又略感不安的阴影。这年夏天的交通事故，大大突破了上一年的同期纪录。人们莫名其妙地焦躁不安，斗殴、凶杀事件显著增加。而其他方面，似与往年夏天并没有多大变化——职业棒球和赛马渐趋冷落；游泳溺死者在增加；四国土佐的部分地区，由于连日暴雨遭受严重灾害；情况简报称，今年的大米产量估计可望丰收；十七号台风和十八号台风已临近南方海面；服用麦角酸麻醉剂行凶杀人的青少年犯罪集团在海岸避暑地被抓获。

在关西，旧历的盂兰盆节即将来到；乙型脑炎的第二流行期已经开始；百货公司举办衣料新产品和时装发布会；原子弹爆炸纪念日这天，各团体仍然分别召开了纪念大会；勾起人们对那场遥远的战争的回忆的8月15日（日本投降日）近在咫尺。

座谈会结束约十天之后，田所博士的研究所接到幸长副教授打来的电话。电话中说："您可能很忙，但一定要向您引见一个人。请务必抽空到皇宫饭店来一趟。已经派车子接您去了。"

"要我见谁？"田所博士连日通宵达旦地工作，已经胡子拉碴，他有些不大高兴，"我太忙，而且又是去饭店，还得打领带。"

"并不耽误您多少时间，只要半个小时就行……"幸长副教授极力想说服对方，"听说这个人对令尊大人非常了解。"

"所以才问你是谁呢。"

这时，电话突然莫名其妙地"咔嚓"一下挂上了。与此同时，内线电话机响了："田所先生，幸长先生派来接您的车子，已经在大门口等着了……"

"叫他等着！"田所博士歪着脖子，摸着胡子拉碴的下巴沉吟片刻，然后很不情愿地在鼻子里哼了一下，拿起了上衣。

他在那件满是汗渍的皱巴巴的衬衫外面又套了件皱巴巴的上衣，闯进了皇宫饭店。立刻，一个身穿和服的清秀姑娘迎了过来招呼道：

“是田所先生吧，请到这边来……”

大厅里站满了外国游客、商人模样的人和为参加什么晚会而盛装打扮的年轻姑娘。田所博士刚从这些人中间穿过去，就从高出大厅一级台阶的酒吧里面走出来一个身材魁梧穿黑西装的青年，他向田所博士彬彬有礼地鞠了一躬，说：“恭候光临，请。”

顺着青年所指的方向一看，一个瘦骨嶙峋的老人正一动不动地坐在轮椅上。尽管天气十分炎热，他的膝盖上仍搭着一条毛毯。

“幸长呢？”田所博士转身问那个高个青年，但那青年早已不知去向了。

“是田所吧。”老人的嗓音出人意料地洪亮。他那两道淡淡的却依然神采奕奕的目光，从花白浓密的双眉底下凹陷的眼窝深处发射出来，直射向田所博士的脸。那张笑容可掬的窄脸上皱纹交错，布满褐斑。

“果然不错，有些地方还是长得很像。我认识你父亲，是叫田所英之进吧？他可是个倔强的小子啊！”

“您是？……”田所博士有些惊愕地盯着老人问道。

“坐吧。”老人一边咽下堵在喉头的黏痰，一边说，“叫什么名字都无所谓了。就是告诉你我姓渡，你也不知道。可我已经一百岁出头了，到今年 10 月整整一百零一岁。医学进步了，总不让我们这些老人闭眼睛。本来就任性，随着年纪的增长，就更加任性了。随着知道的事越来越多，也随着接近人生的尾声，早已无所畏惧了，人也变得越发放肆。今天请你来，也正是我在这儿倚老卖老啊。想问你一件事，可以告诉我吗？”

“什么事？”田所博士不知不觉坐了下来，擦着汗珠。

“有件事始终让我放心不下……”老人锐利的眼光逼视着田所博士，“你可能会觉得像是三岁小孩子问的问题，但它却是我这个老人的一块心病呀……就是那群燕子啊。”

“燕子？”

“是啊。以前，燕子每年都来我家房檐絮窝，已经有二十多年光景了。说起来，是去年5月来絮的窝，也不知为了什么，7月就飞走了，刚生下的鸟蛋也扔下不管。今年呢，终于没有再飞来。左邻右舍统统如此，这是怎么回事呢？”

“原来是燕子啊……”

“是的，不仅府上，全国到处都如此。这两三年，飞到日本来的候鸟也在急剧减少。鸟类学者说是因为什么地磁变动，气象发生变化的缘故，但我觉得不只如此。从去年以来，飞来的燕子只是往年的一百二十分之一。不只鸟类，就是洄游鱼类的数量，也正在发生很大的变化。”

“噢……”老人说，“这到底是怎么回事？是将要发生什么事情的先兆吗？”

“目前还不能说什么。”田所博士摇了摇头，“真是还不能说什么啊。我就是努力想把这个东西搞清楚。虽然有一种茫然的恐怖，但还是讲不清楚啊。”

“知道了。”老人咳了一声，“另外还有一件事，也想问问你。对科学家来说，最重要的是什么？”

“敏感。”田所博士毫不迟疑地回答。

“嗯？”老人把手放在耳旁，又问了一遍，“刚才你说什么来着？”

“我说的是‘敏感’。”田所博士斩钉截铁地说，“也许您觉得奇怪，对于科学家，特别是自然科学家来说，最重要的是敏感。感觉迟钝的人绝对成不了伟大的科学家，也不会有伟大的发现。”

“好了，明白了……”老人用力地点了点头，“那么，今天就谈到这儿吧……”

高个青年神不知鬼不觉地又出现了，点了点头，轻轻地推动轮椅。那位穿和服的姑娘和推轮椅的青年的背影，从田所博士那惊呆了的视线中慢慢消失了。

待他回过神来，举目四望，仍不见幸长副教授的踪影。侍者喊着田所博士的名字走了过来，田所博士抓住侍者刚要问什么，他却递过一张字条，是幸长副教授写来的。

"谨致歉意，一切容后面禀。"

一星期后的某个晚上，一个面孔晒得黝黑的中年男子，突然造访了田所博士的研究所。

"听说你们正在找深海潜艇……"这个来历不明的人单刀直入地说道，"法国的'克尔马狄克号'怎么样？潜水深度在一万米以上。"

"你刚才问怎么样，这是什么意思呢？"田所博士紧锁双眉问道，"我倒是喜欢用日本货……"

"不是包租，我的意思是把它买过来，然后借给你们用。"那男子说，"国际海洋教会的工作，您放一放，不碍事吧？您同他们的一系列和约结束后，我们希望您不必马上——而是逐步地与对方断绝关系。然后，把这个研究所原封不动地交还给他们，您看怎么样？其实，我们也知道，国际海洋教会不过是替美国海军的海洋调查部遮掩向你们提供研究费的一个幌子而已。我们也是清楚这一点才决定对你们提供调研经费的，只要您需要，数额不限……成员也可以由您一手挑选，只是保密措施，希望能够交由我们负责。您过去曾为了日本的利益，替我们大家防止了一起机密泄露到国外的事故，我想今后您也会为了日本的利益，协助我们做好保密工作吧！"

"准是幸长搞的鬼！"田所博士在鼻子里轻轻哼了一声，"你是什么人？和幸长是什么关系？"

"当然我们也请他帮忙，至于我嘛……这个……"

那男子从名片夹的最里层掏出一张名片来。"内阁……调查室……"田所博士嘟嘟囔囔地念道。

这时，一名年轻职员从计算机房的楼梯上"咚、咚、咚"地跑了下来。

"你干吗？"田所博士吓了一跳，"不能安静些吗！"

"啊，是先生啊？"满脸孩子气的青年，缩了缩脖子，把手里的纸片递了过去，"现在关西又……"

同一时间，小野寺正同四个大学时代的老同学坐在京都加茂川河边的一家旅馆的晒台上，观看每年8月16日才有的“大文字烧[16]”。小野寺已经好久没这么静静地观看了。加茂川河边先斗町一带旅馆的晒台上，到处挤满了客人，连三条大街、四条大街的桥上和川原的土堤，都被挤得水泄不通。灯火辉煌的四条大街，从加茂川西岸到南座、京阪线的四条车站一带，到处人山人海，车流拥堵。

二十分钟以前，巨大的“大”字篝火已在东山山腰熊熊燃烧了起来。紧接着，从如意山的“大”文字到周边山峦的“妙法”、船形以及最北边的左“大”文字篝火相继点燃……这是盂兰盆节超度亡魂的篝火。

“真不可思议！”最近刚从麻省理工学院回来的学电子工程的木村喃喃地说，“又是发射广播卫星又是建造核动力油船的国家，居然还保留着这类玩意儿……虽说这也没什么大惊小怪的，但是到了8月，到了盂兰盆节，还是那个‘大’火字令人感到亲切啊。”

“听说在信息工程方面，象征符号这东西是个很棘手的问题，是吗？”在当地私立大学做哲学讲师的植田，已经被啤酒灌得满脸通红。他接着说，“信息工程学又是如何解释风雅或风趣这类问题的呢？”

“可真是个奇怪的国家……”木村又把大家拉回到刚才的话题上去，“为什么还保留这些老古董呢？在没有灯饰和霓虹灯的时代，当个热闹来瞧瞧也罢了。但是，如今已没什么可瞧的价值了，还保留它干什么？我想既然一个时代已经结束，它的所有文化也应当随那个时代一同消失，和那个时代一同被埋葬。可是……”

“这才叫日本……”植田抹了把嘴说，“在我们这个国家里呀，叫作万事不灭，万物不死。对不？我的理解是，虽然有些东西暂时退出了历史舞台，但实际上它并未泯灭，它只是从台前隐身到幕后，在世界的某个角落里存在着。在盂兰盆节或者其他传统节日里，那些悄然隐身的人又重新现身。这时，人们要以上宾之礼加以迎接，每逢这一天，都必须把这些隐居起来的神呀祖先呀当贵宾接待。日本真是个令人不可思议的

---

16 大文字烧全名“五行山送火”，是京都夏日有名的重要祭典。8月16日晚上八点由最东边大文字上的“大”字开始，往西依次点燃“妙法”、船形、左大文字及鸟居等篝火，在山上形成巨大的字形或图案，为京都夏夜添上浪漫美丽的符号。

国家，要说宗教，倒是不乏其数，但还没有一个宗教能占主导地位。反过来，人们又是什么宗教信仰都虔诚地接受，规规矩矩地恪守。这种法则本身也可以说是世界上独一无二的精神文化吧！”

“要是没了你那万事不灭的法则，那现在，这么年轻貌美的歌舞伎就不复存在啰。”在大阪某建筑公司工作的野崎一把抱过发育丰满的涂满白粉的舞伎，带着下流的腔调肉麻地说，“怎么啦，现如今，哪儿还看得着这种风情？银座的坐台小姐们就会大口灌酒，一心惦记着怎么掏空你的腰包。钱被掏光，还得替人买单。喂，是不是啊？小乖乖，我来教你咋接吻吧。”

“呀！讨厌！”舞伎一边大笑一边尖叫起来，“拜托，饶了我吧。粉底要掉啦。”

小野寺独自凭栏，一边望着那朦朦胧胧摇曳着的火苗写成的“大”字，一边呆呆地听着朋友们的高谈阔论。他把两周的休假延长到三周，从乡六郎的追悼会到在其原籍四国举行的葬礼，他都参加了。人们发现了类似遗书的文字。对他的死虽然定性为自杀，但从他那不着边际的潦潦草草的字里行间，隐隐约约能感到乡六郎凌乱的叙述中隐藏着某种重大发现。

他为什么会死呢？

“大”字篝火，像是给乡六郎送行的送魂火，在各处忽闪忽闪地一点一点地熄灭。在这个国度里，果真是万事不灭，万物不死吗？果真存在永不泯灭的事物吗？比如京都这座城市，一千余年来经久不衰。时至今日依然我故，既闪耀着过去的光芒，又翱翔于现代社会。但是，今后呢？千年以后还能……

“不喝上一杯？”一个上了点年纪的艺伎跪着挪了过来。

“怎么啦？闷闷不乐的……不喝点吗？”

“来一杯！”来自东京的社会部记者伊藤说道，“不要小杯子，最好装在大玻璃杯或者是其他什么家伙里。”

“呃，好酒量，真行的话，用这个怎么样？”艺伎从身后的方案上取来个红漆茶盘，“刚才那杯你还没干呢！”

“你拿的什么呀？”伊藤早已酩酊大醉，朝茶盘瞟了一眼，“我就用它跟你喝交杯酒吗？”

“那敢情好了。我可没那福气。我说的是把水倒在茶盘里，让‘大’火字映在上面，然后一口气把那个‘大’字干掉，保证不得感冒。”

“京都这地方，到处都遗留着这些装神弄鬼的玩意儿…… ”伊藤嘟嘟囔囔地说，“好，你就替我斟上吧。我可不要水，给我倒冷酒。”

伊藤托着那只装得满满当当的茶盘，一饮而尽，然后抹了把嘴唇。

“爽！都是一个牌子的酒，还是关西的好喝啊！”伊藤长长地喘口气说，“吃的东西也香！”

“哎哎，那倒也是。这是杜父鱼汤，喝点吗？”

“除了鳝鱼和香鱼，我不吃其他河鱼。什么杜父鱼啦，诸子鱼啦，鲤鱼啦，我最不爱吃了。”伊藤似乎故意要说东京方言，然后回头看了小野寺一眼，“怎么啦？怎么不喝了？”

“喝着呢……”小野寺端起他那杯跑完气的啤酒。

“像是没有醉嘛……”伊藤一边让人斟酒，一边这么说，“是为了乡六郎的事吗？”

“唔……”

“我也在想他的事 ……”伊藤的嘴只在满满的酒杯边沾了一沾，马上就把杯子撂在桌上，然后把身子转向小野寺。

“我这儿有他遗书的复印件，也不知是真是假。”伊藤拍了拍自己的屁股兜，“你不觉得事情有些奇怪吗？”

“什么事？”

“依我看，乡六郎说不定是被人谋害的。”伊藤喝醉时的习惯动作就是瞪着眼睛从下往上仰着脖子看人，今天，他又是这样望着小野寺。“他不是那种动不动就自杀的软骨头，我打中学起就知道他了。”

“你说是他杀？”小野寺吃惊地追问了一句，“为什么？”

“这不是明摆着吗？新‘新干线’有人贪污了呗。”伊藤把手放在盘着腿的膝盖上，用力撑开胳臂肘。“测量和地基阶段的漏洞，是乡六郎发现的。因此，一旦事情败露就要掉脑袋的某个上级，为制造自杀假象，把他骗到天龙川上游干掉了。你看这样推理怎么样？”

不是这么回事吧。小野寺呆呆地想着：事情不至于发展到这一步的，而且也没有理由非得把乡六郎干掉不可。

“怎么样，你不觉得是这样的吗？”伊藤说，“咱伊藤虽说是在社会部跑新闻，但因为揭露高速公路的贪污案件，还得了个局长奖呢。这次这件事，等我回去非把它弄个水落石出不可，也算是对乡六郎的一个安慰吧……”

“我总觉得不像是这回事。”小野寺嘀咕着。

“不是？那，你认为他是自杀的喽。”

“也没那么简单……”

“又不是自杀，又非他杀。那，到底是什么呢？”

“我认为是死于意外事故……”

说完这句话，小野寺突然有种恍然大悟的感觉。他在当地所听到的关于乡六郎的死的情形，清晰地浮现在眼前。7 月 22 日半夜，确切地说，是 23 日凌晨二时，乡六郎没有与任何人打招呼，就突然溜出了滨松的饭店。饭店的门童目睹了他乘上出租车之前的整个过程。据后来找到的出租车司机称，他把乡六郎载到了紧挨着佐久间水库前的山路旁边。三天后，在天龙川上游，即距离佐久间水库数公里的下游发现了漂浮的尸体，且头部有裂伤。那份扑朔迷离的潦草遗书是在旅馆里发现的……过去，乡六郎一直有个习惯，当他集中精力开始思考问题时，不论白天黑夜，总是迫不及待地，不是跑向研究室，就是把朋友捅醒。看来，这次无疑是发生了使他在深更半夜兴奋起来的事情，以至在那样的夜深人静之时，还要大老远赶到天龙川的上游去。很可能他是顺着天龙川发现了什么，或是推测天龙川上游有情况而前往观察，拂晓前来到佐久间水库附近。他没有直接赶往目的地，而是在到水库之前把出租车打发走了。然后，下到溪谷，打算看个究竟。拂晓前天色微亮，他不小心被落满露水的野草或什么东西绊倒而坠落下去……事情的经过无疑就是这样。那么，又是什么事情促使他非得深更半夜赶往佐久间水库的呢？

隔壁房间弹起了三弦琴。风突然停了，气温骤然上升。

“小野寺先生在这儿吗？”女招待员从正厅探头喊道，“东京打来了电话。”

小野寺回过神来，从栏杆处起身走出房间来到收银台，拿起了电话听筒。

“是小野寺君吗？我是幸长。”对方说，“有件非常紧急的事要同你面谈，明天能回到东京吗？”

“我是这么打算的……”小野寺答道，“如果急的话，明早我坐新干线回去。什么事？”

“详细情况，见面再谈吧。有件事务必要请你帮忙……”幸长副教授稍微犹豫了一下，“本来是田所先生那儿工作上的事情……”

这时，电话突然“咔嚓”一声断了。

“喂，喂，”小野寺对着话筒大声喊叫，“喂，喂！”

他像喝醉了似的，身子轻飘飘地瘫软下来了。不知什么地方传来了舞伎的尖叫声，隔扇“哒哒哒哒”地发出巨大的声响摇晃起来。惊魂未定时，地底下传来一声轰鸣般的惊人巨响。这时，整个房屋像个巨大的圆规呈水平方向猛烈旋转起来。接着，有东西折断的声音，裂开的梁柱上面的插条“咣当”一声掉了下来，墙壁和天棚，尘土飞扬。在房屋震颤和轰隆的巨响声中，还混杂着犹如来自阴曹地府的鬼哭狼嚎声。小野寺站立不稳，两手紧紧抓住柱子。收银台旁边的储物间的一扇门已经脱落，里面飞出一张看似很结实的桌子来，他一把抓住，把它斜歪着架在板墙边，钻到了桌子底下。就在千钧一发之际，电灯灭了，轰隆一声巨响，有件东西砸在紫檀木桌上。小野寺立即看了一下手表，记下了这个时间。从没有任何微震征兆的情况来判断，震源就在附近。究竟要持续几分钟呢？这时，一种令人毛骨悚然的念头一掠而过。他在桌子下面，勉强扭头朝里间探了一眼。看不清是隔扇、墙壁还是柱子，透过那密密麻麻一大堆东西的一丝缝隙，外面的世界朦朦胧胧隐约可见。

地板周围，显然没有任何动静。

在时隔若干年后又开始活动的火山地震带发生的这次“京都大地

震”实属罕见。由于正巧发生在周边大批人群拥挤着去看“大”字篝火的当口，因此，其规模不用说，单单受灾人数之多，就相当令人震撼了。聚集在河原町、三条街、四条街等处桥上以及先斗町、木屋町附近的人群，不是从桥上和露台上一个一个地掉到河滩下面去，就是被压在倒塌的房屋下，或是被混乱的人群踩死。伤亡惨重，转瞬之间，全市死亡四千二百人，重伤轻伤一万三千人。先斗町、木屋町、祇园甲部、祇园乙部、宫川町、清水一带的建筑毁坏殆尽，南座大桥倾斜，景象惨不忍睹。

从此以后，过去以关东、甲州、信州、越州附近一带为中心呈上升趋势频频发生中强地震的现象，开始逐渐向日本西部扩散……

政府（せいふ）

1

翌年3月春分前，国际刑警组织巴黎总部向设在东京警视厅的日本支部发来了电传打字电报：

比利时古玩商D. 马尔丹，搭20日起飞的比利时塞班纳航空公司三〇一次班机飞往日本。据悉，该人系专门从事盗窃、走私、伪造美术工艺品和收购赃物的国际辛迪加组织的重要人犯，望对其在日行动予以监视。

有关该犯外貌特征和经历的卡片以及照片等，很快就用传真发来了。

“这件案子怎么处理？”主办该案的科员把上述文件递交给他的上司，请示办法，“是不是先通知警视厅外事科一下？”

“是啊。”股长转了转脖子，“从字面上看，倒像是个相当重要的大人物哩。但是，他这次来日本，到底要干什么呢？”

股长马上决定请巴黎方面进一步提供有关马尔丹的详细材料，同时，派人到机场监视。塞班纳航空公司经由南方飞来的三〇一次超音速客机，定于当天早晨到达位于成田市的东京第二国际机场。

出乎意料的是，当这架能容纳二百三十人的巨型波音2707型SST（超音速客机）满载着乘客飞抵东京第二国际机场时，乘客中并不见D. 马尔丹的踪影。他们急忙向塞班纳航空公司客运处查询，才得知马尔丹有可能中途在加尔各答下了飞机。

虽然日本支部迅速对关西方面进行了部署，但是，关西第二国际机场已经到了许多架绕道东南亚的班机，大批旅客已从几个出口潮水般涌了出去。要想从中找出不知搭乘哪次航班的某个人来，谈何容易。

于是，日本支部暂时先对外国人检查站和机场警察署做了一番布置，通知他们在验护照时，如果发现该犯，立即报告。随后，人员编制很少的国际刑警组织日本支部这才解除了戒备状态。

“马尔丹这个古玩商，到底是什么人？”股长问那个美国支部派到日本来追捕犯罪嫌疑人的男子。

“你说的是美术商人马尔丹吧？是安特卫普的D. 马尔丹吧？”这个新闻记者出身、入行已有十年的消息灵通人士眼睛瞪得大大的，“那可是个庞然大物啊，他干这套勾当早已是公开的秘密。他怎么啦？”

“巴黎总部说，他到日本来了。”

美国支部人员霍地吹了一声口哨，“这就怪了。我记得，远东不属于他的势力范围呀。千万得盯紧喽。没有大交易，他绝不会亲自出马。只要他出马，肯定是琢磨着把这个国家的国宝级艺术品一个不留地偷运到国外去。到日本来还是第一次吧？”

股长面色有些发青，再一次指示两处机场严密监视。

但就在稍早一些时候……

印度航空公司的巨型喷气式客机，摇晃着它那三百吨的庞大身躯，沐浴着夕晖徐徐降落在大阪港湾的关西第二国际机场。目标人物从头等舱走下飞机，一边笑容可掬地同戴着纱丽的女服务员应酬着，一边拿着改名换姓的假护照，混过了外国人检查站，轻轻松松地入了关。他把小皮箱往前来迎接他的车里一塞，一溜烟消失得无影无踪。关西机场外国人检查站接到国际刑警组织日本支部送来的通缉令，那已是半个小时以后的事了。这时，马尔丹乘坐的小车早已向北疾驰而去。

飞机降落一小时后，马尔丹已经坐在位于六甲山坡上的一家俱乐部的幽静房间里。他一边观看海港初升的灯火，一边与一个高个、宽肩、看上去很年轻的日本人相对而坐。在这个头发半白、大眼睛、高鼻梁、宽嘴唇、身高一百九十厘米、体重一百一十公斤的人高马大的外国人面前，这个剪着短发的日本人，简直小得像个孩子。

“芳崖[17]和广重[18]，已经拜收无误……”马尔丹用他那乡音很重的英语说，“的确是珍品，我们的专家鉴定过，都是原作。”

“承蒙谬爱，不胜荣幸。”日本人用流畅的标准英语应酬着。

“那几张画，真是送我的吗？”马尔丹不放心地叮问了一句。

“是的，作为见面礼……”

“嗯……”马尔丹鼻子里哼了一声，他琢磨着对方的真正意图，“那么，这次的生意呢？说是可以进手大批日本艺术品……对吧？”

“是的。”对方胸有成竹地回答道，“我们知道您只抓最上等的艺术品，而且数量还相当大。我们觉得，这次搞到的一定完全符合您的要求。”

“东西是……画吗？”

“应有尽有。”对方回答说，“绘画、雕刻、佛像、工艺品……”

马尔丹嘟着嘴思忖起来，事情似乎顺利得让他怀疑其中设有圈套。

“那么，时间呢？”

“目前还不能肯定。正式成交恐怕要在一年或两年之后；但是我们完全有把握，只要需要，随时可以弄到。为了在东西到手时能够马上同你成交，希望能同您保持联系。这次之所以特地请您跑一趟，是想尽量甩开经纪人，也不想为外人所知，实在是因为国宝一级的艺术品太多了。”

马尔丹在心里揣摩着这家伙到底是什么人。此前，香港某大人物曾向他保证过对方的来历。但是，眼前这个人绝不是个偷鸡摸狗、杀人越货的小喽啰。这男子是个老板？抑或其背后还有什么人？

“目前，我们想了解一下成交价格。”这男子开门见山，直奔主题，“不知您肯出多大价钱呢？”

“那得看东西呀……”马尔丹说道，“那么，按照国际价格的……分成比率，你看如何？”

“还得加倍！我们负责把它运往国外，送到你认为最安全的指定地

---

17 狩野芳崖（1829—1888），日本明治前期的著名画家。

18 歌川广重（1798—1858），日本江户时代末期浮世绘的代表画家，擅长风景和花鸟。

点。一切风险，全由我们承担。您完全可以通过自己的独特途径，以高出国际价格很多的价钱，出售给那些有钱的收藏家。由于无须付中介费，省去了一笔佣金，这样，就能充分保证您的利益。而且，您自己也可以收藏这些东西嘛。毕竟它同您最擅长的复制品不同，是不折不扣的真品啊。”

马尔丹端起盛着科涅克白兰地的酒杯，用他那粗肥的手指捻动着。

“一般来说，我只同特定的对手打交道。同你这样的人，我是不直接来往的……”马尔丹说。

“不过……偶尔也不妨赌一把嘛。我向您保证，现货到手之前，绝不跟您接触。”

“可以！那，怎么联系？”

“请联系布鲁塞尔的这个地点。密码在取得联系后，再派人送过去。”

“好啊！我也赌他一次。”

“另外……”男子掏出一个速写本，“这是类似商品样本的册子，里面就有一件现货。”

就在那男子打开速写本时，马尔丹惊讶地皱起了眉毛。

“是写乐[19]的！”马尔丹小声嘟囔道，“不过，真的是……”

“请仔细看看。”男子把速写本拿近一些。马尔丹从西服的手帕袋里掏出折叠式放大镜，仔细地瞧着。

“像是原作……”马尔丹将信将疑，“可是，这玩意儿确实是收藏在国立美术馆里……”

“对，这张当然是偷梁换柱的啦。”男子“啪”地合上了速写本，“我们之间的交易，首先就从这张画开始。我们设法把它运到安特卫普交给你。收到后，请按刚才讲妥的价格，用美金存到我们指定的瑞士银行的户头上去。”

“你们负责送到？”马尔丹满腹狐疑地问，“用什么方法？”

---

19 东洲斋写乐，江户时期浮世绘画师，生卒年月不详。

“这东西不太占地方……”男子不以为然地轻轻一笑，“这不是太困难的事。我们有办法利用外交特权……”

就在同一时间，自从8月16日京都大地震以后就下落不明、让住在神户的母亲和海底开发株式会社拼命寻找的小野寺突然用航空信发来了辞职报告，邮戳是拿波里。

“这究竟是怎么回事？”常务董事两眼紧盯着吉村部长问道，“不是说他死在京都了吗？”

“唔……当时和他在一起的朋友都死了……”吉村部长尴尬地答道，“当然，我们已经对他停发临时抚恤金了……”

“他到欧洲去干什么？而且，也不来同公司打个招呼……”常务董事似乎觉得不可思议。

“先得替航运科尽快补上这个缺，”部长说，“像他这样的老手不在了，可真有些吃不消哩。”

“他到底去欧洲干什么呢？”常务董事还在喃喃自语。

数日后，从完全不同的途径得到了解答。吉村部长在查阅调查部对外联络科转来的简报时，翻到其中的某一页，他惊愕地全神贯注看了又看，然后，咬着嘴唇思考了好久。最后，他拿起了话筒，给调查部打了个电话。

过了一会儿，吉村部长拿着记录去找常务董事。

“小野寺的行踪好像有点眉目了。”吉村部长说，“根据今天收到的情报，听说日本一家海上救难公司收购了法国海军的‘克尔马狄克号’深海潜艇。”

“哪家公司？”常务董事问。

“这可有点意思了。是神户的一家小公司，我正让他们查着呢。好像这家公司不是倒闭，就是关店歇业了。是个骗人的皮包公司。”

“这么一个小公司，买下一万米级的深海潜艇干什么？它只要想租，法国、英国和美国也不是没有空船嘛……”常务董事满腹狐疑，“那么一个小公司，居然有意买下那么贵的船，它的钱是打哪儿来的呢？”

“不晓得。我已经叫他们去查这件事了。”部长看了看记录，“小野寺大概被那家公司给拉拢过去了。他到欧洲大概是去买‘克尔马狄克号’的，因为即使买了船，如果没有了解性能并能够驾驶的技术人员，也是无济于事……”

“就他？”常务董事一脸茫然地问道，“他……还看不出是那种人呢……”

“但是，根据现在的调查结果，‘克尔马狄克号’的交货地点在那不勒斯……”

常务董事扫兴地点起了纸烟。

“真是瞎了眼啊……”常务董事沮丧地说，“没想到他是这种人。”

正在这时，调查部部长走了进来。

“关于刚才所说的神户那公司……”调查部部长说，“那家公司早就洗手不干海上打捞业务了，后来准备建造寻找珊瑚的潜水艇，但最后好像也没有搞起来。注册资金才两千万，是个乱摊子。”

“就那么一个乱摊子，钱又打哪儿来呢？”

“地方上和银行出了一些，但只是一小部分。好像一家金融业者也掺和进去了，但不太清楚。另外，虽然还没有得到最后证实，但有迹象表明好像是通过 K 重工业公司牵线，背后有防卫厅的人参与。”

“防卫厅？”常务董事叮问了一句，“是海上自卫队吧？”

“是的。”调查部部长答道，“好像是这么一回事。本来是防卫厅打算买下来自己用的。不过，要牵扯到预算，而且用途也须保密，用即将倒闭的海上救难公司做幌子，资金上包装一下，让他们买下‘克尔马狄克号’，立刻由防卫厅长期租用……”

“我看，大致是这样的。”常务董事一边用抠耳勺抠耳朵，一边说，“但是，防卫厅究竟拿它干什么用呢？为什么不直接租外国的，要兜这么个大圈子呢？连我们的‘海神Ⅱ号’下水都等不及，有那么紧急的调查任务吗？”

“要不要到防卫厅了解一下情况？”吉村部长问道。

然而，部长的调查就此搁浅了。待他们按图索骥查到一定程度时，就陷入“军事机密”的迷雾中不了了之了。

主动向大学申请停职的幸长副教授，在原宿的一个大楼里租了一层楼，建立了办事处，没日没夜地扑在一个叫作“D计划”的一系列研究当中。毋庸置疑，这个计划的中心人物是田所博士。目前，博士正在为把研究所的资料转移到别处，以及制订新的调查计划而忙得不可开交。

幸长偶尔会突然问自己这是在干什么——为了一件捕风捉影、毫无头绪的事情，竟如此专心致志？如果那件事到头来竟是一个狂热学者的妄想，那么，自己的前途会怎样呢？对自己的恩师要隐瞒真相，对自己的亲朋好友也不能说实话，甚至为了这样一件毫无把握的事情，而不得不把自己人生中重要的时期都搭进去，甚至搞到什么程度才算到头，心里都没个底。如果一直安分守己的话，明年晋升教授的机会就该轮到自己了。自己在学术界的成绩，也逐渐为世人所公认，原本还该在秋季举行的学会上发表重要论文呢。他敬为恩师的一位教授，正大发雷霆，到处在找他。在这个至关重要的时刻，自己为什么会主动卷进这种莫名其妙而又虚无缥缈的工作中去呢？

如果能够公开研究和公开调查的话，也就大可不必走这种曲折迂回的弯路了。而且，研究成果可能会立即引起人们的关注。然而，这件工作的性质就要求调查计划必须在绝密的情况下进行。首相和那位老人，之所以坚持要这样做，是合乎情理的。这是一件不能向朋友和任何人透露，只能暗地里进行的苦差事，更保证不了任何的报酬。纯粹是在自找苦吃，连自己都有些莫名其妙。真的，为什么要为这件捕风捉影的工作，而白白断送自己的下半辈子呢？幸长思忖着，说不定这是因为妻子的事，而多少有些自暴自弃的缘故吧。在前一年刚刚去世的夫人，是他尊敬的一位学者的独生女，娇生惯养，爱慕虚荣，性格冷酷。他们之间没有一儿半女。一年前，幸长到国外出差，她回了娘家，从此分居。归根到底，她可能不适宜于做一个科学家的妻子，因为科学家朴素严谨，性情孤僻，而且又是研究自然科学的，经常出门在外，让人独守空房。

总而言之，假如，有朝一日终于发现这个计划只是一个荒诞无稽的梦想，那我们将会如何呢？即使眼下的计划已经完成，但今后，甚至将来并没有任何的把握。而且，不只是自己一个人，还有几位非常优秀的朋友，也在自己的恳请下卷进了这项计划之中。自己甚至把他们将来的前途都牵扯在其中了。思前想后，一股不可名状的令人不寒而栗的郁闷涌上心头。

“总之，这是一场捕风捉影、荒谬绝伦的游戏啊。”幸长大学时代的好友，才思敏捷、在信息行业堪称当代一流的中田一成，两眼直愣愣地看着文件，若有所思地叹气道，“情况相当复杂啊。只靠 PERT（程序估算和技术评价或指计划评审法）这点东西，恐怕是跟不上啊，必须考虑新的软件。但是，第一，政府只有在我们的调查工作有了一定眉目时，才肯出钱。第二，工作进入一定阶段，将需要大量开支。这时，政府方面就必须想出一个能调拨足够资金的借口。第三，随着调查结果朝着肯定的方向逐步明朗，政府必须，哪怕是缓慢地，也必须不断地制订出对策来。而且，该项调查的性质说明，这种明朗化不会是一帆风顺的。不难想象，在肯定的结果之后还会出现否定的结果；眼看到了接近肯定的最后的节骨眼儿上，又会跳出否定的卡片来，从而推翻前面的全部结论。假如出现这种情况，政府到底会在什么时机、多大程度上参与制订对策呢，况且在绝密情况下做出决断实在是难上加难。第四，对于我们现在进行的这项工作，以及我们所设想的目标值，到底对外保密到什么阶段？你说呢？”

“就拿对外来说，对国内和对国外，其意义完全不同。”内阁调查室的山崎说，“而且，即使在国内来说，对新闻报道的一般对象和对国会的在野党、政府部门和财界等等，其意义也不是一样的。”

“在什么阶段，政府采取什么方案，打算进行到什么程度，这些也还是个问题哩。”首相府秘书官邦枝插嘴说，“进入到一定阶段，恐怕还需要新的立法措施。如果这样，那就会碰到一些棘手的问题，诸如到底能够多大程度保密，到什么阶段需要保密等等。”

问题确实相当复杂。最初，幸长也打算在一定程度内若无其事地公开进行这项调研工作，由国会编造临时预算，委托各大学搞大规模的综合调查，进行到一定阶段，再隐蔽起来。一直埋头于自然科学领域的幸长，从未做过“秘密调查”之类怪异的工作，所以从一开始，他压根儿就没想过什么其他方法。然而，当他最初一筹莫展地把这个打算告诉中田和邦枝时，两人没等他说完就否定了这种想法。假如只有邦枝一人如此，他或许还以为这是官僚的神秘主义作风。但是，那个在信息现象论方面连美国兰德公司的精英们都刮目相看的中田——当然，兰德公司曾以重金聘请他，但遭到断然拒绝——也说不行，幸长终于表示要重新考虑。

之所以反对公开调查，第一个理由当然是因为这件事弄得不好将是左右日本命运的严重问题。中田把田所博士所写的文件粗略地浏览了一遍，直觉告诉他，从当前数据的趋势来看，这件事发展到真正严重的程度，最多只有百分之一到百分之二的可能性。

“但是，坦率地说，百分之一的概率，在现实当中已经算有相当大的可能性了。”中田斩钉截铁地说，“这个世界上——现实生活中，看起来概率极小的事情经常发生，过去的概率理论还不足以说明这一点，我们必须充分估计到在一个现象产生的概率过程当中，这一概率的实现有可能导致另一个性质完全不同的现象发生。”

中田很早就开始关注自然现象的概率分析，他在这上面花了很多精力，在自然现象中的“概率过程的分支现象”、“触发效应”的说明以及生命进化的函数解析等方面取得了丰硕的成果。为什么普遍认为概率极小的现象会在自然界中发生，对它的解释，中田提倡所谓“函数概率论”的观点，但这一观点还没有得到学术界的广泛认同。不过，在一部分人当中，他甚至得到了与“威诺过程”、“马尔克夫过程”齐名的“中田过程”的尊称。

“的确……”邦枝眯缝着眼睛，“或许会有这种事情。我以前曾一个晚上打出了三次五张顶级牌[20]，其中两次还是连续的。真是好事成双，第二天晚上竟又碰上一次。”

---

20 扑克用语，四张相同数字的牌加一张大王。

"没被人当成骗子宰了你，算你命大啊……"山崎冷嘲热讽起来，"打麻将要是打了九连宝灯[21]不被人宰了，都会脑溢血猝死！"

"不过，我刚打麻将不久就遇上一次天和与两次九连宝灯呢。"邦枝接着说，"而且有一次摸了个门前清，带清一色九张叫[22]，但干等了一场。"

"赌博的事儿先放一放，想想正经事吧。"中田说。这个数学天才根本没赌运，打什么牌都输得精光。"在这里，现实的变化因素大致有两种：一是随着调查观测的进程，数据大量集中，事情发生的全貌将渐渐清晰起来；但另一方面也可以想见，我们所观测的现象本身也在不断发展着。我们必须尽早摸清楚在这个多层次现象中，各个层次的现象的矢量将朝哪个方向收敛；所以，第一是搞清楚会发生什么现象，第二是搞清楚什么时候发生。"

这就是这个计划必须秘密进行的第二个理由。根据田所博士极其粗略的计算，那件事的发生，可能最迟在五十年后，最早在两年之内。田所博士在收集资料方面，有他独特的一套方法。尽管凭他的计算，还存在着许多非常模糊的东西，但幸长了解他，他敏锐的嗅觉里虽免不了故弄玄虚之处，但被证实的东西远比这多得多。对幸长来说，"两年"这个最小的数字是一个非常可怕的数字。现在，当务之急是必须立即把博士所搜集的、涉及面广而又不无欠妥当之处的资料进行复审，同时，还必须立即弄清时间这个重要问题。按照两年到五十年的说法，取其中间值，大概可以推算为二十四五年之后。但是，深知大自然残酷无情的幸长不能把事情设想得那么简单。往往一个偶发事件，也会像大雪崩一样触发各种现象来个总爆发。有时，事件刚开始发生，就半途终止了。这也不是个普遍现象，它甚至可能对日本具有某种深刻的意义，如果是这样的话，那就必须做最坏的估计，一切事情都要从这一点出发！

---

21 麻将用语，千载难逢的顶级大满贯。

22 麻将用语，这里指摸上同色任何一张牌都九连宝灯和牌。

按照中田的程序计算，如果对事态做最坏的假设，那么对正在调查的内容，可能的话，对调查工作本身都应绝对保密。将要发生的事件本身还非常模糊，谁也不清楚，但是，如果我们假设，随着调查工作的进展，能够确信事件的发生就算不在两年之内，也是在不久的将来，比如说是几年以内发生的话，这时，就必须秘密地拿出一个尽可能完善的对策，以免引起社会的混乱，尤其是在对外的措施上。因为，在处理这个事件时，如果其规模超越了某种界限，对海外各国的对策自然就成为问题的关键之一了。一旦事态明朗化，那迟早得公之于众。即使不公布，消息也有可能泄露出去。制定政策的一大关键就是在消息泄露之前能够做到哪一步；因此，对眼前的各个环节都应做深入细致的研究。

中田指示先不考虑对策。具体对策这种东西，本来就是不到紧急关头是制订不出来的。制订应急对策的指导思想应当是随机应变。不过，应该尽可能地理顺各个阶段、各种情况下所需要的必要信息是什么，可能的话，还要大致判断出这些信息意味着什么，然后，搞清楚某个问题到哪儿可以问清楚和谁最了解它。

“直截了当地说，就是要心中有数。”中田说，“这不是什么特别新鲜的事吧？总之，就是对每个渠道的信息都必须抓住所谓要点或者叫作关键的东西，当然，还要懂得取舍。”

“哦哟哟，”幸长笑了，“信息论专家居然大讲特讲什么要点啦、关键啦之类，而田所先生呢，又大谈敏锐的洞察力对科学家来说如何如何重要。这些观念也太陈旧了吧。”

“可是，这些东西的重要性，正是从信息论归纳出来的哩。”中田信心十足地说，“话又说回来，敏感的人的确更为重要，而且我们是相当的需要哇。你看有什么办法没有？”

在这个计划的实施中，中田自然而然成为处理理论方面的核心人物了。实际干事的除田所博士外，眼下只有五个人，都是些三十过了大半将近四十的年轻人。

“田所先生的计划我们讨论了一下。”主管会计工作的安川说。他在这儿是最年轻的一个，是从租用这间屋子的建筑设计事务所拉过来的。“内阁调查室拨给我们的预算，眼看就要超支，而今后还得调人；同时，根据这个计划，还得添置大量机器……”

“那是因为买了‘克尔马狄克号’的缘故嘛……”幸长说，“还需要几台电脑？”

“从田所先生那儿搬来了性能较好的大规模集成电路计算机，因此，今后再有一台就行了。对于分部计算，可以合理分散，按小时租用各个公司的计算机也就足够了。”中田说，“只是，无论如何也得再有一艘深海潜艇才够啊。按照田所先生的计划，必要时还得到日本海去做调查。光凭一艘潜水艇，是提高不了效率的。”

“还要一艘，有吗？像那种级别的……”邦枝耸了耸肩，“原则上总不能租外国船吧？不能的话，能否还有像‘克尔马狄克号’那样，凑巧要出售船的好事呢？就是有，能不能弄到钱……”

“等等……”幸长打断邦枝的话，“我听说海底开发株式会社的‘海神Ⅱ号’很快就要下水了……”

“那家伙不错！”中田打着响指，“咱们就租它，如何？事不宜迟，现在我马上派人去办吧？”

要配备的人员，由中田推荐，决定先从防卫技术研究所调一个“机敏”的人。就算眼下能凑合一下，但计划正式上马后，到底需要多少人手，需要多少资金，将来还要往里投多少，大家心中一点底也没有。总之，这是一笔秘密调拨的资金，所以自然是有限度的。

目前，由内阁调查室、首相府和防卫厅凑起了一笔类似机密费的款子，另外，还有一些渠道来路不明的讳莫如深的款项。内阁成员当中，除首相外，也只有首相府、内阁官房和防卫厅三个长官知道这个计划。其中无论从哪个角度看，只有防卫厅最容易做好保密工作，而且还能在神不知鬼不觉的情况下，动员大批机械器材和操作人员。看样子，这个计划迟早要归防卫厅管辖。当前，购置“克尔马狄克号”就是由海上自卫队暗中承担的，但是，如果搞得不好，就会以“浪费国家预算”而受到攻击。而且，防卫厅自身也存在不能过分张扬的难度，如果轻举妄动，这个计划还有可能泄露给美军。

如果只是几亿日元的开支的话，那还能勉强支撑下去。但如果是几十亿日元的开支，面对世人，特别是政界那帮如豺狼般贪婪的人模狗样的政客，究竟能掩人耳目到何时呢？就算依靠民间财团又将如何呢？两年后大选在即，到时候作为执政党的一把手，还得出面向他们筹募竞选资金，因此，现在难以开口。

“资金问题嘛，就交给首相和大人物去处理吧。”中田说，“我们纵然绞尽脑汁，也无济于事。从我们能够做的事情入手，先做起来吧。其他事，咱们是心有余而力不足啊。”安川耸耸肩膀，捧着数字庞大的机械器材的订单，走出了房间。因为都是些深海使用的特殊观测仪器，所以几乎全部都得定做，当前市面出售的或改装过的产品很少能派上用场，正因为如此，才更花钱。

“田所先生呢？”中田问道，“关于实际观测体系和计划，还想同他进一步商讨一下……”

“现在，首相正在某个地方会见他呢，”山崎调查官看了看手表回答说，“很快就要回来了。”

“那么，在他回来以前，喝点什么好吧？”中田建议说，“我到下面喝点咖啡，你们呢？”

“我马上就去……”幸长答道。他没有什么急需留下来要做的工作，而且他多少有些郁闷，不像中田那样轻松愉快。

中田和山崎走后，幸长心不在焉地望着墙上那个画在磁性塑料板上的日本地图，那是和资料、伴音打印机一起从田所博士的研究室搬过来的。在那幅套色的日本列岛地图的东南面，也就是日本海沟的位置，有几处地方新贴上了三角形红色箭头。那是田所博士的计划。

幸长忽然感到，那块塑料板正在轻轻晃动。

又晃起来了啊。他想。

“听说渡老人又把他收藏的一部分画卖掉了……”邦枝一边点燃香烟，一边嘟哝着。

“是用这笔钱来做我们的资金吗？”

“大概是吧。反正那老头儿的画，都是国宝级的珍品……”

幸长在心里嘀咕着，坐在轮椅上的那位饱经风霜的老人，到底何许人也？

这的确是一个奇怪的老人。老人和邦枝是同乡，邦枝进首相府，好像也是老人推荐的。在大城市长大的幸长，对至今仍根深蒂固存在于各地的地方帮派的内情始终不能理解。但邦枝似乎一直同老人有接触。当幸长第一次把田所博士“担心”的内容透露给他视为至交的邦枝，甚至同邦枝一起强行把田所博士拉到那次地震座谈会时，他还根本不晓得邦枝和老人之间的关系，甚至连老人姓甚名谁都不知道。当听邦枝说起这位老人的时候，他好像朦胧地记得，似乎在哪儿听说过老人的名字。毕竟他已年逾百岁，近二十年没有在社会上抛头露面了。

那次座谈会后，他和邦枝被渡老人叫去见了面。当时，幸长简直被这位看上去有些干瘪的小老头儿身上蕴藏着的巨大的精神力量和一个一点不显衰老的百岁老人简短扼要的提问中所反映出来的敏捷才思镇住了。不仅如此，老人还是个外表柔和、气质文雅的好好先生。当幸长在老人家中了解到，实际上，老人的能耐大得连首相都能轻易搬动时，惊愕得倒吸了一口冷气。所以，对邀请田所博士同老人会谈的这份尴尬差事，他只好唯唯诺诺地答应下来，并且……

总之，他心里其实非常清楚，假如老人不关注这个问题，也就是说，假如邦枝没有向老人汇报那次座谈会的情况，那么老人对田所博士就不会如此感兴趣，就不会有皇宫饭店的会见，更不用说会有什么“D计划”的启动了。

这位隐士般的百岁老人，现在还对政治的核心部分具有影响力，这件事本身就让幸长惊讶不已。他亲眼看见老人把首相叫到他茅崎的家中，三言两语就使首相下决心采纳了这个计划。他看到了老人周围那个神秘人物，那个目光机警、保镖模样的男子，还有那个年轻貌美的神秘女郎。那完全是一个神话般的世界，一股强大而高深莫测、令人毛骨悚然的凉气向他的后背袭来。

“说不定啊，那老头儿在我们这个计划之外，还有他自己的特殊考虑呢……”邦枝一边掐灭烟蒂，一边说。

“问你个事儿……”幸长说，“那位老人究竟是干什么的？”

“我也不太了解……”邦枝答道，“我与他虽然是同乡，但即使靠‘同乡之谊’这层关系挂钩，也会马上断线的。毕竟这是不折不扣的幕后操纵政界财界的事呀。单是看一看这位老人的传记，就知道这是个重量级人物。当然，他所从事的活动比传记里记载的要多得多。可是，了解内情的人现在几乎都不在人世了。他最为叱咤风云的时期应该是‘九一八事变’那阵子吧。就算不是直接也是间接地有三四个人或更多人的命案。二战期间过着完全隐退的生活，侥幸逃过定为战犯的一劫。战后最初十五年又活跃了一段时间。但过了八十岁，就自己主动歇手了。只是政界财界的许多人，好像遇事还要找他，听取他的意见，或者请他居中斡旋，进行调停。就拿现在的首相来说，在他还是个普通议员时，老人就认识他，正因如此，才在老人面前也抬不起头。不过，在一次日本政坛的‘水门事件’中，首相的确是被老人拉过一把……”

“这些事儿听起来……”幸长半信半疑地说，“觉得怪可怕的，特别是像我这样的人……”

“我也是一样啊，”邦枝眉端一皱，笑了起来，“老人毕竟经历了明治、大正、昭和三个朝代，对社会的阴暗面，不仅见得多，而且还生活在其中哩。对于像我们这些‘电子计算机时代’的新人来说，确实是难以想象的。在我们眼里，他一定干过许多坏事。可是，在他那个世界真正有势的人，才算得上是坏蛋。有时候，如果没有‘坏蛋和势力’的结合，就什么也干不成啊……”

“人若是活了一个世纪，他会有什么样的人生感悟呢？”幸长说，“活到一百岁，还在幕后握有某种权力，这种人究竟想些什么，又想干些什么呢？”

“搞不懂啊。”邦枝说着站了起来，“现如今，单凭他的力量，就使‘D 计划’走上了轨道，这倒是千真万确的事实。”

邦枝到楼下去了。幸长独自留在房间里怔怔地思考着。这个百岁老人，一个可以随便把首相叫去、使他言听计从的幕后人物……以及内阁调查室、防卫厅、首相府、绝密计划的制订者……这些久仰老人的大名，但又置身于同他的生活毫不相干、与他的生活圈子迥然不同的另一个世界的人。他不由得对这个所谓“组织”产生出一种厌恶的、捉摸不透的，甚至某种强大的黑暗势力卷入其中的毛骨悚然的感觉，同时，作为一个市民，他打心眼里厌恶那股幕后的黑暗势力。没想到，如今他却同那个组织的成员并肩作战，卷入到由这个协同组织实施的地下工作的核心部分当中，成为这项见不得人的、无人知晓同时又必须对外守口如瓶的、事关国家核心机密的知情人。

他咀嚼着如同噩梦般令人作呕的味道，怔怔地想着：我已经卷进这股黑暗的政治旋涡中去了。这算怎么回事呢？像我这号人，一个因为对人与人之间乌七八糟的事不喜欢更不擅长才选择了自然科学的人，居然卷进这场政治较量的秘密当中，甚至置身于它的核心部位。这样下去，究竟会走向何处呢？

2

时间已是9月下旬，也不知从哪儿突然蹦出一个稀奇古怪的词儿——“飞向世界”。这个词儿，首先从国会的休息厅里传出来，不久，便进入一些财界人士和新闻记者的谈话当中。

究竟是谁最先讲出这句话的呢？喜欢刨根问底的记者们做了个调查，好像是首相在一次执政党干部和财界人士的座谈会上讲出来的。很快，这句话被人们半认真地接受了，同时，它的语气中所带有的时代感和使命感，又被人们不无揶揄地挂在嘴边。

讲这句话到底是为什么呢？官房长官在回答政治记者的提问时解释说：最近，首相在一本过期的综合杂志上读到一篇论文，深有感触；于是，在那次座谈会的闲谈之中提起这篇文章，就冒出了这句话。

这篇论文摘要如下：

战前，或者至少在明治时代以前，“家庭”和“社会”构成日本的基本单位。男子长大成人后，不是代表“家庭”同“社会”接触，就是离开家庭走进“社会”。然而，这种状况在战后发生了根本的变化。如今，过去的“大家庭”已分裂为一个个“小家庭”。另一方面，由于人口的膨胀、收入的增加、社会内部各种机构的高密集化、社会福利事业的改善、教育年限的延长等等原因，日本社会对其成员的“过度保护”和人口的“过密”已达到饱和状态，男子即使离开双亲的庇护走上社会，也谈不上是去“经风雨，见世面”。而且，随着社会对其成员的过度保护，大批妇女走向社会。如今，日本社会本身正在逐渐走向“家庭至上主义化”。男人们尽管在生理上已经成熟，但在温暖舒适的“家庭化社会”的环境中，是无法使自己成长为强壮的“成年人”的。这简直如同鲑鱼鳟鱼一样，从河里的鱼卵孵出后漂向海洋，遨游大海之后方能成长为健壮的“成鱼”。但由于地壳变动，河流被陆地截断了，这些鲑鱼鳟鱼就变得像琵琶湖的小香鱼，或者是东北的虹鳟鱼一样，体形娇小，一辈子长不大。或者，就像经历“长途跋涉”才能茁壮成长的候鸟一样，人类社会中那些在肉体上和精神上都经过特殊培育的“雄性”人类，如果不经历“纷乱的外部世界”的凄风冷雨，就永远不会长大成人。如今，日本年轻男人正自然而然地逐步走向“女性化”。在这种逐渐“家庭中心化”的社会里，主动权已被妇女们剥夺，男人们在家庭里永远像一个备受溺爱的孩子一样，软弱、幼稚，或者像个娇滴滴的女人，这也不足为奇了。长此以往，男子就更加变得“小香鱼化”了。如果说，日本社会就这样在任何意义上都处于“饱和”以及“家庭化”，那么，新的“社会”也只能存在于日本“之外”了。也就是说，“国家”变成了从前的“家”，“世界”变成了从前的“社会”。为着日本民族的健全发展着想，今后，日本也应把国内事务交给妇女和老人，男人都飞向海外，把自己锻炼成为新时代的“世界水平的成年人”，云云。

“这也就是说，所谓‘飞向世界’是个新的青少年政策了？”记者们问。

“可以这样理解，但事情并不这么简单。”官房长官装作糊涂的样子说，“不管怎么说，日本经济必须依靠与海外的联系才能维持。日本整个国家已经到了不飞向世界、不飞向海外、不到外面寻找为人类做些贡献的新的事业，就没有出路的时候了。如果一味地陷入国内事务之中盲目乱撞的话，那就只能是自毁家园。”

“但是，‘经济动物’飞向世界，可就树大招风了，不会被当作新的‘侵略’吗？”有个记者问，“而且，国外也已经没有多少发展空间了。”

“那，接下来只好飞向宇宙了。”长官这句话，引得记者们哄堂大笑。

“嘿，真行啊……”中田一边读官房长官在记者招待会上答记者问的传真简报，一边若有所思地笑着说，“看样子要开展一场‘飞向海外’的轰轰烈烈的运动了。”

年轻的安川问：“这也是中田的方案吧？”

“哪里哪里，这是了解内情的政治家和官僚们绞尽脑汁独自想出来的高招……也可能参考了我的建议……”

“可不能掉以轻心哦。”邦枝用手指着传真简报的一角说，“不怕一万，就怕万一，说不定群众中已经有人觉察到了。”

邦枝指的是一篇打着花边的读者来稿。那是一首模仿昭和年代初期日本兴起“大陆热”时期的一首老歌写成的打油诗：

动荡扶桑岛，
实在住腻了。
你走我也走，
成群往外跑。

“‘飞向世界’？……”中田吃吃地窃笑着，“还真有这种敏感的人呢，会把它同地震联系在一起。日本的老百姓真够聪明的了。”

“今天，首相召集经济方面的阁僚们开会。”邦枝一边翻笔记本一边说，“后天要临时召开经济审议会。首相今晚在赤坂饭店同经济计划厅长官和通产大臣碰头。接下来该是讨论海外开发共同投资 N 年计划吧？”

“这样的部署应该万无一失了，手腕高明啊。”中田一边用嘴咬着指甲一边说，“但是，如果操之过急，恐怕会引起内外冲突，反而适得其反。弄得不好，还会暴露我们的动机。要想做到两全其美，真是太难喽。”

安川说：“但是，作为实际问题，即使 DX 不是零[23]，海外拓展也没

23 D 表示日本沉没，X 表示数学中的未知数。DX 不是零，指的是日本不会沉没。下面的 DX 等于零，表示日本会沉没。

什么损失。”

“万一失败了，撤回来就是了。以此为契机，日本民族也许真的能大规模走上国际舞台，或许还会因祸得福哩。”

邦枝嘲讽地说：“你好像根本就不相信DX等于零的可能性哩。”

“说实在的，我实在不信这是真的。”安川转动着眼珠说，“再说了，日本毕竟是个庞大的岛屿啊。还有日本阿尔卑斯山[24]……南北长达两千公里……”

“可是……”中田摇摇头，“假如国土的百分之八十……”

正说着，大地又微微振动起来。最近以来，人们对这种程度的振动已经见惯不惊了……这时，山崎像是踩着地震的点儿跑了进来，把巴拿马草帽往桌上一扔。

“阿苏山和雾岛喷火啦……”山崎叫了起来，“电视新闻正在播报，小诸地区有强震。”

“旅游资源怎么办？”安川冒出一句，“听说伊豆、箱根、轻井泽一带都在抛售土地。”

“不仅是中部的日本阿尔卑斯山，整个日本的旅游景点都在叫苦连天啊。”山崎边说边用手绢擦着脸，“今年好歹能挺得住，但这种状况持续到明年的话，那可就闹翻天了。中小企业会纷纷倒闭的。”

邦枝问道：“防卫厅的态度如何？”

“防卫厅长官好容易才把自卫队总部参谋长给说服了。”山崎一边解开衣领一边回答。他是个爱出汗的人。“会谈好像很特别。自卫队总部参谋长说，研究那种作战方案毫无意义。从军人的角度来看嘛，就算防卫厅长官发出命令要求日本国民全体疏散，在战略上也是做不到的；而且，事态也不可能发展到这一步。因此，一切都是徒劳的。因为在制订第五次防卫力整备计划时，防卫厅长官曾受到种种刁难，煞是紧张了一番。正当长官据理力争——最后还是一筹莫展的时候，参谋长突然有

24 日本本州中部山岳地带被称为“日本阿尔卑斯”，包括飞驒、木曾、赤石三大山脉。

所醒悟地说：‘明白了，就这么干吧。’长官心里一块石头总算落了地，他问道：‘您愿意为我们干啦？’接下来，就心照不宣了……所谓心领神会嘛。”

“真的明白了？”邦枝问道。

“绝不会的。只不过有那么点感觉而已。……最后决定拉一些参谋部和技术研究所的精英来制订‘D–2 作战计划’。机密程度是特A级……”

“这个计划是根据什么设想制订的？”幸长问道，“难道是……”

“放心好了。设想为一场氢弹战。”山崎答道，“虽然表面上看起来有些脱离现实……不过，大家即使猜出个八九不离十，也不能透出半个字哦。”

房门“咣当”一声打开了，田所博士气势汹汹地像一辆坦克似的闯了进来。

“‘克尔马狄克号’怎么搞的，还没到吗？”这句话博士已重复好几遍了，“干吗这么磨磨蹭蹭的，是船出事啦？”

“没事儿！已经过了冲绳，明天就到门司了。”中田手里晃动着小野寺发来的电报。

“门司？”博士涨红着脸望过来说，“你说什么？怎么绕到那儿去啦？我们调查的不是日本海沟吗？赶到西边那么大老远的地方，返航还不得耽误整整两天的时间呀？”

“那是为了避人耳目嘛，我的博士……”中田耐心解释道，“神户和横滨有新闻记者的耳目，很讨厌的。至于门司，即使让当地记者看到了，也只不过是作为地方新闻来发发罢了。海关检查后，当场就可以转运到自卫队的军舰‘高月号’上，直接开往伊势方面去，然后在鸟羽湾和熊野滩进行潜水试验。”

“我也到伊势去！”田所博士说，“总之，要抓紧时间。你们看，最近，陆中海岸的部分地带正以每天零点五厘米的速度继续下沉，三陆海面的海底，每天发生几次浅源的小型、中型地震。问题首先就出在这儿。日本海沟是离本土最近的地方，不抓紧时间怎么成？观测仪器什么时候到？”

“一部分仪器已经在门司和鸟羽装运完毕，但是，全部到齐、安装完毕，最快也得一周到十天。”

“十天？……”博士野兽一般号叫起来，“畜生，得加紧工作才行啊，哪怕加班加点！日本列岛下面的某个地方，无时无刻不在发生着什么变化呀！虽然还不清楚会发展到什么地步，但我们必须争分夺秒，尽快弄个水落石出啊。如果，这个 D-1 计划来不及实施的话，那可怎么办？”

“我们也担心这个呢……”邦枝嘟囔着说，“但是，光抓紧时间也无济于事啊。”

大家的目光投向挂在墙上的进展情况表上。他们把装有电子发光装置的发光板当作显示屏，这样，进入大型集成电路计算机的各种作业进度情况会通过发光的曲线显示出来。显示屏上还有很多空白的项目，日期这一项有一根纵向的红线，几根线条眼看着就要触到计划测试的预定日期了。

“怎么样，诸位！”田所博士用手背“啪”地拍了一下手中的文件，“总而言之，我们的任务是要同时间竞赛……”

蜂鸣器响了。安川去接电话，接着有些吃惊地说：“‘克里斯蒂娜号’来电话了……”

“用的是外国船？”田所博士显然有些不满。

“是荷兰船。没有日本船那么打眼。”中田举起了电话对大家说，“是小野寺打来的。”

幸长下意识地抬起头来。对那个言语不多、高个子、有着大海般胸怀的年轻人，他已不知不觉生出一种钦佩之情。尽管这个年轻人是个不可多得的人才，但最让幸长感到内疚的还是把他也拉进来蹚这浑水了。

“好，明白了，我马上通知防卫厅技术研究所的片冈，让他在门司待命。没问题的。你可能根本不认识他，他是这次计划的策划者之一，在机械方面绝对是个天才。”

说罢，中田挂断电话，然后在电脑示波器的显像管上用电子笔发了个信号。

“阿山君，把片冈君叫来。他现在在横须贺的工厂里。”中田一边写着一边吩咐道，“让他飞长崎，不，还是直接飞门司吧。途中不许换航班，以免张扬出去。让他在前来接应的自卫队军舰‘高月号’上待命，‘克里斯蒂娜号’明天上午十点到港。”

“怎么啦？”田所博士略感不安。

“听说‘克尔马狄克号’的部分机械装置出了点问题，小野寺正抓瞎呢！”中田说得若无其事，“不过，片冈可是个天才，在他手上还没遇到过修不好的东西。”

片冈正在横须贺忙着电子监测船“吉野号”的改装工作。这条船是两年前海上自卫队从美国海军手里买下的，在美国本来是作为海上工作船的，后来被改变用途，在上面安装了军用通信卫星导航系统以及舰队、编队、空军和核动力潜艇的通信中枢系统，还有补给作战用的计算机类装置，最终改造成了活动的海上补给指挥船。但是，由于美国海军改变了对外战略和补给方式，只得让其退役，作为特殊船只转售给日本。而日本海上自卫队从来就没有进行大型海上作战和登陆作战的计划，因此，这条船除了用于研究、训练，便无用武之地了。把这条船改装用作 D–1 计划的指挥船就是片冈的主意，所以，他正在赶着完成“克尔马狄克号”的装载、发射用的特殊装置及部分电子设备组装的工作，但彻底完成改装，至少还需要半个月的时间。

“小诸地区看来没遭受太大的损失。”邦枝一边用手拉着传真机送出来的长长的纸条，一边自言自语道，“佐久地区出现了山体滑坡，但愿可以平安一段时间，希望大家一定要沉住气，千万不要乱了阵脚。”

自从 7、8 月份相模、京都地区发生两次大地震以来，引发大灾难的火山喷发及地震收敛了好一阵子。季节由夏入秋，在日本正是地震平均发生率最低的时候。虽然天城山的火山云烟仍在持续，但目前大的喷发已平息下来，浅间山整个山顶虽下降了数米，倒也算暂时处于稳定状态。这会儿，夏季以来笼罩在人们心头的不安也出现了些许的平静。

“先生……”幸长拿起刚刚完成计算的数据纸，从桌前站了起来，“情况果然如此，今年一年发生在日本列岛的地震及地壳运动所形成的总能量和我们所用的理论推测出的上限相比，只超过了一点点。”

“那么，剩余的能量又来自何处呢？”田所博士抓过数据纸，两眼紧紧盯在上面，“来自何处呢？不对，是由什么提供的呢？”

幸长盯着桌子上摆放的日本列岛模型。这个模型是用透明塑料制成的，各地质结构层由颜色区分，甚至连地幔也标出来了。

由于各种原因，诸如地层涌出的热量、板块重量的变化、地表的风化侵蚀以及板块运动和地幔极缓慢的对流等等，使得日本列岛内蓄积了巨大的能量，一旦这种能量在一定的地壳体积内超过其弹性界限，就会对该体积的地壳载体形成巨大的破坏，或改变其结构，从而使其能量得以释放——这就是人们通常所说的构造性地震的原因。

根据地壳的平均弹性界限可以计算出蕴藏其中的能量的界限，同时还可以推导出一次地震所释放的能量的理论界限值。就地壳的某一部分而言，蕴藏其中的理论能量，无论是靠缓慢的地壳运动或若干次小地震一点点释放，还是通过几次大地震一举释放，其能量的总和应该不会超过根据已知数据、性质、理论等推算出来的地壳的一个弹性单位所能蓄积的能量的理论界限，即 5×10^{24} 尔格，相当于震级八点六级。

然而，超越其界限值的这种能量的存在正在朦朦胧胧地显现出来。

这究竟是从哪儿冒出来的呢？

“管不了那么多了……”幸长说，“看来，只有做一个地球整体的和亚洲大陆板块东部的地幔以及日本列岛板块的地壳运动的模拟实验了。除此之外，别无他法。哪怕只是粗略的实验，也要把这东西弄出个究竟来。”

“日本板块的模拟实验已在这里面了。”田所博士手指敲着桌上的电脑说，“现在的问题是数据不足，就是启动这个实验，恐怕也不会有明确的答案……总之，关键是数据。”

说罢，田所博士突然抬腕看了看手表。

“嘿，中田君，我要去趟门司。能安排一下吗？”

“可是，先生……”中田瞪大了眼睛，“您即便去也……”

“就是想看一看西部日本的情况嘛。”博士一边穿着上衣，一边像个撒娇的孩子似的说，“万一西日本那边……尤其是阿苏山、雾岛火山带的情况，总让人放心不下啊。”

“真拿你没办法……”中田吧嗒着嘴说道，“安川君，给横须贺那边挂个电话，跟片冈说田所先生要一起过去。”

“是搭空客吗？”田所博士问。

“会派海军联络飞机的，D–2计划好像已经OK了，这样一来，用海上自卫队的直升机和联络机做该计划的专用飞机就名正言顺了。你不正想在阿苏山上空转一转吗？”

田所博士从鼻子里哼了一声，但看得出来，他心里颇为满意。

“先生……有件事我也有点担心……”幸长说，“有消息说，文部省的地震预报学会合搞地球物理的那帮人以及气象厅的有关人员，有可能与国会议员小组联手对日本列岛地壳变动情况开展综合调查。”

“学术联席会议主席已经知道这个动向了。”邦枝在一旁补充道，“不过，学术联席会议那边的意思是，如果问题进一步扩大，从他们的立场出发，也不会坐视不管的。”

“不仅如此，地球化学、地球物理以及地质学、地震学的专家们恐怕也会从各自的角度关注这件事的。”幸长接着说。

“那是当然……”田所使劲握了握拳头，“科学这东西也不过如此了。再机密的事情也瞒不了谁。就算日本的学者没在意，外国学者中也会有人注意到的。如今，科学这玩意儿已无秘密可言了。”

“对我们唯一有利的就是这种关注的滞后性。”中田说，“关键看我们能抢先对手多少，能否甩掉对手率先到达终点了。”

“多少有些办法能扰乱对方的步伐……”山崎说，“这办法嘛，就是尽一切手段拖延对方采取行动的时间……”

“这一招要灵的话，当然是最好不过了。不过，要是处置不当，恐怕就会弄巧成拙。”邦枝继续说道，“不择手段去阻止对方，反而会让对方越战越勇，最后落得个被人无端猜疑……”

“会做得天衣无缝的，不过，先得了解一下情况再……”山崎说。

“我们需要一个人，一个必须拉进来搅浑水的人。”中田抱着一只胳臂，嘴里咬着手指说道。

“谁合适呢？”邦枝问。

“找个科技记者！”

“那不行！”山崎几乎喊了起来，“找这么个傀儡掺和进来，也太冒险了吧？你不知道，记者那帮人，无论你怎么交代也不会守口如瓶的……”

“身边有个这样的人，绝对有用！不，这种人是必不可少的。”中田继续说着，“也就是说，需要一个能自由进出协会、靠近学者以及与科技部门相关的议员，了解那帮人知道多少我们的秘密的人。这种人跟我们是一条船上的人，万一翻了船，就会跟我们一起把下半辈子搭进去……”

“我倒是知道N报有一个合适人选，叫穗积。”幸长怯生生地说。那种良心的不安再一次刺痛了他。“前不久才总算干上了自由记者，不到四十岁，但也算是个风云人物……”

“穗积？这个人我也认识。”中田打了个响指，“他是个合适人选，是个特立独行、嘴很严的人。曾经只身独闯蛮夷之地……精明能干，是个国际级记者。去说服他！”

“有把握吗？”山崎迟疑地问。

“只能赌一把了，我和幸长一起力邀他进来！此外，如果哪个学者自己发现了这件事，也只好强拉进来。”

“看来是越来越要花钱啦！”安川有些担忧。

“室长已在叫唤啦。”山崎说，“毕竟是调查室内部的绝密工作。如果在预算方面再增加压力的话……”

“不管怎么说，要马上跟首相谈。”邦枝坚定地说，“到时就拜托大家啰。”

田所博士风风火火往横须贺赶去之后，幸长叹了口气，从桌上拿起一本综合杂志。杂志上正好登载了一篇题为《首相展望“飞向世界”》的文章。

“真是服了！”幸长翻开这篇文章，感叹道，“政治家就是政治家，脑筋不是一般的好使……想推出一件事之前，总是先把理由想得充分得不能再充分了。噢，这文章该不是你张罗着让人写的吧？”

“没有的事儿！”中田窃窃地笑了，“我可没那时间。杀猪杀屁股，各有各的杀法。也许是秘书或官房长官偶然发现了这篇文章，让杂志登出来以便派上用场，这些人都是人精。”

“写这篇文章的学者是个什么样的人物？”

“不大清楚，好像是关西那边的年轻学者，估计是社会学家之类……听说干得挺不错，评价相当高……”

幸长一边浏览着杂志上的文字，一边思忖着：看来早晚得需要社会学家了……什么时候物色才合适呢？

3

在赤坂一家日本料理店举行的聚会上，首相若无其事地对经济计划厅长官和通商产业大臣说："怎么样，今天虽然不想谈过于严肃的话题……不过，关于包括政府和民间在内的日本资本的对外投资，你们认为将来的前景究竟如何？"

"这个嘛，正在全力以赴地进行……"通商产业大臣答道。

"虽然尽了最大努力与强大的国际资本积极竞争，但是，来自海外的阻力也不小，因此，有些停滞不前。对发展中国家也好，对欧洲和美国也好，如不采取一些外交手段，只能是越来越糟。"

"在巴西已注入了很多资本，但现在差不多已处于饱和状态了吧。对方也该暂时歇口气，把投资进去的资本消化消化，不这样做的话，就可能再次发生通货膨胀……"经济计划厅长官一边用热毛巾揩着手一边说，"虽然我们的投资项目广泛，遍布世界各国，但是，现在我们必须探讨新的出路，因为强大的国际资本的反扑已经正式开始了。美国的跨国公司因其雄厚的实力和一整套完善的经营管理，今后必将发挥出它的强大力量，欧洲共同体也开始走上轨道。今后日本如果不创造优越条件，那才是苦不堪言哪。"

"要说开采阿拉伯石油，在印度和中南美洲开办炼钢厂，开采非洲的铜，以及家用电器、汽车、石油化学、金属精炼等方面嘛，还算打下点基础……"通商产业大臣边吃点心边说道，"可是，日苏共同开发远东的项目才刚刚起步，日中经济合作还没什么进展。接下来，大概要算轻工业啦。纺织品方面，发展中国家大有迎头赶上的趋势，至于日用百货和塑料加工之类的轻工业，日本采取在发展中国家建厂，雇用当地廉价劳动力制成成品，然后再予出口的办法。但就总体而言，对外投资已经开始萎缩。"

“技术输出方面，处于大幅度增长状态……”经济计划厅长官说，“但是目前还不算投资主流。……总而言之，对发展中国家投资有可能资本冻结时间较长，还款期限也长，加上政局不稳定，因此，如果没有企业保险和政府保障的话，搞不好多数会半途而废的。如果我们不能像美国那样，用军事援助和驻扎同盟军等形式做这个国家的后盾，那就应该根据对方国家的具体情况，以‘企业迁入’形式来做保障了。”

“输出技术人员的形式是很普遍的……”通商产业大臣一边嘘着嘴，一边这么说，“我说的是提供技术人员和工程师，不知这可不可以叫作输出？意大利南部有许多劳务移民国外，他们家乡观念重，在外挣钱的人向国内家中大量汇款，对本国来说，是一笔相当可观的外汇收入。也有一些国家对此非常反感……而日本人呢，在外待不了几天，就想回国内的‘总部’，大大降低了他们在当地的信誉，日本资本和日本企业开始不受欢迎了。”

“坦率地说……”首相开口了，“我认为日本已经到了必须痛下决心向国外发展的关键时刻。防卫性的闭关自守，也就是说，一味地追求扩大内需已经于事无补了……”

通商产业大臣板着脸一言不发，目光始终盯在茶碗上。

“就是那个‘琵琶湖小香鱼’的井底蛙理论吧……”经济计划厅长官逗趣地说。

“有这层意思……不过，还不只如此。在我看来，日本人将来不能只待在日本国内，必须分散到世界各地求生存求发展，这是很多日本人面临的选择……现在已经到了蹲在国内苦思冥想也无济于事的时候了。美国资本向国外扩张，刚刚结束第一个回合，第二个回合即将开始。他们的战术，我们早已领教过了。第一个回合，越南问题的节外生枝，使我们侥幸赢了一盘；第二个回合，对方胜券在握。这样的话，我认为与其再次扩大内需、打防御战，还不如制定一个积极向外扩展的国家方针，哪怕让对方的资本在一定程度上得到一些份额也不要紧。我们要的不是‘两败俱伤’，而是‘你中有我，我中有你’的双赢。即使国内在一定程度上遭受损失，但把遍布世界各地的日本人和日本资本加在一起，对日本民族而言，这笔账算起来还是划得来的。我是这么认为的……”

“可是，这个嘛……”通商产业大臣有些支支吾吾。

“要想做到这一点，用过去那套办法是行不通的。因为，发展中国家已经变得聪明起来，他们的领导人也开始认真抓国内建设了。为了企业的海外迁移和对外投资，国家必须制定方针政策，从各个方面给予强有力的推动。”首相的表情严肃起来，“这恐怕需要有一定的思想准备，做长期牺牲。在国内，我们必须咬紧牙关，卧薪尝胆，积蓄一切智慧和力量，为真正意义上的海外迁移打下坚实的基础。”

“正如首相所言，今后，日本社会不可避免地要走国际化道路，而且，某种程度上已经到了非走不可的地步了。”经济计划厅长官点头表示赞同，“技术和交通通信手段在不断进步，或者说是势在必行嘛。因此，应当逐步让日本的产业适应这种趋势……”

“不，你这话就错了。”首相充满激情地说，“如果我们只是静观事态发展，那就太晚了。倒不如在客观现实严峻之前，走在形势的前面，主动出击。这不是政治是什么？凡事要周密布局，宁愿付出牺牲和冲突的代价，也要抢先一步为日本的今后铺平道路。这种付出，换来的正是最大限度的日本利益和最小限度的无畏牺牲。政治就是这么回事。政治家维持国家现状，并肩负着暂时掌舵的责任；但仅仅做到这一步是远远不够的，他还必须对日本民族的前途这样的大事业担负一定责任，所谓心中装着百年大计嘛。我想，考虑这些大政方针才是政治家应有的本分啊……”

经济计划厅长官有些吃惊地望着首相，心想，眼前这个人变了，而且好像是突然变了。想法也变了。以前在这种轻松愉快的场合，从来没有过这种演说般的讲话；而且，对政治也没有过这样积极的看法。这是一种什么样的心境变化呢？到底发生了什么事？难道是那位老人或是其他什么人施加的影响？

我们的首相，怎么看都属于那种平凡而没有个性的人物。

他不属于那种靠坚强的信念和意志来操纵政治的类型，而是六十年代后日本社会所需要的那种类型的首相之一。就是说，他对任何事情都不会采取积极的措施和办法，而是顺应复杂的急剧的社会变动，善于和稀泥。

他精明强干，善于处理问题，具有世故而老到的政治嗅觉，但却不露声色。因此，在野党的国会议员和尖酸刻薄的新闻记者们经常背地里说坏话，他们说就是把首相和官房长官换个位置也是一码事儿。几年前，战后第三届联合内阁执政不到半年即告解散。其后，这个之前一直不大引人注目的人物，居然先在执政党的总裁选举中当选，继而又在大选中获胜，一举收拾了混乱不堪的政治局面，使得本届内阁走上了正轨。人们对他的政治手腕虽然也给予高度评价，但政局一旦稳定下来，舆论又认为他作为一国首脑，还是缺乏号召力的。舆论的焦点是认为他谨小慎微，善于平衡各方力量，循规蹈矩，按部就班，绝不贸然发表过激言论。

就是这样一个人，如今却要主动积极地提出某种方针来，而且还有些动真格儿的味道——尽管在“飞向世界”论的初级阶段，人们还看不出这个设想是福是祸。

这是一种怎样的心境变化呢？在这种一百八十度的转变迹象的背后，隐藏着什么呢？

“但是……”通商产业大臣低着头不解地说，“在如今技术进步和社会变化日新月异的时代里，要迈出这一步是相当相当困难的。十年、二十年以后，形势会发生什么变化，谁也不得而知……”

“正因为是这样一个时代，不就更有必要了吗？”首相说。

“话虽如此，不过，像你刚才所说的那样，今后在一定程度上牺牲国内内需，甚至把这种牺牲作为跳板，积极推进企业和人员的对外输出，我认为走这一步还为时尚早。与其这样，不如对过去海外扩张的盲目性进行纠正，调整好风帆，然后静观各国的发展动向。这才是我们的当务之急。”

“我刚才的话也有这个意思。作为国家，作为企业，乃至作为一个老百姓，日本的上上下下都应当认认真真地考虑这个问题，也就是说，要走同世界各国、各民族、各地区文化相融合的路子。这也关乎日本民族的精神健康，以及它的光明前途啊。”首相突然恢复了他平时的侃侃而谈，“至少，对于我刚才所说的‘无摩擦的海外扩展’方针的可行性，还是有值得认真讨论的价值吧。大家是怎么看的？”

“我赞成讨论一下。”经济计划厅长官说，“我觉得这个问题很有意思。”

经济计划厅长官是个无党派的民间人士，以其聪明伶俐在阁僚中出类拔萃。他马上领悟到，首相一番话的意思是：要求他们想办法拿出实现这个计划的数字依据来。

他甚至觉得，首相这次看来是要动真格了。尽管还摸不清他出于何种打算，但总而言之是发自内心的。他甚至到了不惜一切全力以赴的可怕地步。这究竟是为了什么呢？

“先在厅里成立一个小组，叫他们具体研究一下。”经济计划厅长官说，“作为特急件……”

“这样我就放心了……”首相爽快地说。

走廊里响起了脚步声，隔扇门打开了，干事长走了进来。高个、蒜头鼻子的干事长一屁股坐了下来，随即问道：“一定要那么急着出国访问吗？听说要在11月国会结束的时候……”

“可能的话，想这样做。”首相说，“不必那么兴师动众。不过，也想尽量同各国首脑会晤，就国际形势和日本问题交换一下意见。得马不停蹄呀，到底是超音速时代嘛。”

“可能的话，可不可以考虑放在明年4月大选以后呢？这次选举，照例得全力以赴大拼一场，否则就悬了。这次出访，也没有什么特别重要的问题，不一定要那么急吧？”

“所以嘛，只是快去快回。不过是个短期旅行嘛。”首相回答。

“这一阵子，正是出国热嘛。”通商产业大臣说。

“是啊，”首相说，“我最小的女儿也到欧洲留学去了。这么一来，孩子们都‘飞向海外’了。我这是叫牛给拖着飞向海外去啊。[25]”

---

25 日本民间传说。从前有一个根本不相信神佛的老太婆，一次因为晒在房前的一块布被邻家的牛角给挂跑了，她为了追赶牛，跑进寺庙，从此受到佛的庇佑，修得来世。

首相放声大笑，大家也跟着笑了起来。经济计划厅长官发现，在首相的笑声中，隐藏着强烈的不安。

随着一声掌声，身着艳丽服装的女人们依次来到门边，行跪拜礼。房间里一下子好像亮堂了许多。

就在这时，家具发出“吱嘎吱嘎”的声响，电灯开始悠悠地摇晃。而这一切早已淹没在女人们娇滴滴的欢声笑语中，谁也没有觉察到。

4

进入10月不久，在执政党、在野党国会议员的提议下，“众议院地震对策特别委员会”正式成立。此后不久，文部省测地学审议会和气象厅又组建了“日本列岛地壳变动特别调查组”。与此同时，日本地学会也设立了相关的研究联络机构。

特别调查组的办公室设在地震预测部门内，他们通过文部省向国会提出了紧急临时预算，然而，由于前几年预测部门在全国筹建无人观测站网络已经投入了大量的预算资金，国会那边面露难色。特别是这次的调查计划有点狮子大张口之嫌，看样子在国会会议期间将难以获得通过。于是，众议院地震对策特别委员会匆匆忙忙地委托地震多发地的执政党和在野党议员从中斡旋，但这些议员很大程度上只是在当地作秀而已，所以根本就靠不住。这样一来，中央政府对日本列岛的相关调查就处于停顿状态，在临时预算尚未落实的情况下，他们只能从以前收集到的信息入手进行综合研判。

日本的秋天就要到了。每年的秋老虎总是要持续到9月的秋分时节，有时甚至更长。秋老虎的威力消去，秋色渐浓，碧空如洗。夜幕下，空气略带湿润，在灯火的映照下，人们的心绪终于从充满烦嚣、灾厄的夏日记忆中慢慢地恢复到平静。

今年，虽然接二连三地发生地震和火山喷发，但是从全国范围来看，台风和洪水来袭不多，总体情况还好。有好几个地区，像长野县松代町曾发生过的地震一样，余震昼夜不断。9月中旬，三陆地区遭受了两次强大的海啸袭击，北海道根室地区也因其他地域的海底地震而引发海啸，蒙受损失。九州的火山还在不断喷发，樱岛火山也有活动迹象，气象厅已经正式发出了警告。然而，这些消息都被当成了地方新闻，并没有成为人们谈论的中心话题，街谈巷议的内容已经转移到棒球联赛、秋季时装、迪斯科、中非动乱、中国政局、拉美革命，以及屡屡受挫、终于在今秋得以重启的美国火星登陆计划等方面。

日本国内也是麻烦不断，核电站贪污事件频发；吸食 LSD[26] 替代品的青少年人数猛增；国内发现的特大国际走私毒品犯罪集团让人们震惊不已；秋季汽车展，时速一百六十公里的电动汽车和某公司新上市的家用空气动力车成了热门话题。

日本全国范围内的有感地震，每天有好几百次，建筑物出现裂缝、倒塌，地基损毁，高楼倾斜。但是，人们对地震似乎已经习以为常了。秋天的出游活动开始了，好几个海外旅行团已经出发，外国观光客也纷至沓来，旅游胜地到处都是旅游包车。秋高气爽，蔚蓝色的天空下，群山开始变红，好似被镶上了红色的绫边；年轻徒步旅行者的快乐歌声在山间回荡；沉甸甸的稻谷耷拉着金黄色的稻穗；近来普及到农家的小型收割机——自动收割脱粒机的引擎声，像蜜蜂一样不停地“嗡嗡”鸣叫着。农林省宣布，今年又是丰收年，稻谷收成超过去年，创历史最好水平。

日本同往年一样迎来了秋天。街道、人群、气候、自然似乎都那么和谐……是啊，表面上，大自然也……

小野寺结束了在熊野滩的一系列潜水实验，在正式进入潜水测试的头一天晚上回到了东京。“克尔马狄克号”的故障也基本排除。除了行动能力以外，在其他性能方面，“海神号”要更胜一筹，但在深海潜水能力上，“克尔马狄克号”毕竟是法国老牌造船厂建造的，所以，仍颇具优势，虽说是半新，却也一点不用担心安全问题——而且，还有天才技师片冈始终不离左右地对它进行调校和改装。工作船“吉野号”已改装完毕，在它承担 D 计划指挥船的任务之前，暂时利用“高月号”进行潜水调查。他们预定今天深夜前往鸟羽湾的第一个潜水区域。京都大

26 一种迷幻剂。

地震之际，从先斗町倒塌的瓦砾下爬出来的小野寺立刻用刚修复好的电话与东京取得了联系。根据中田的指示，小野寺没顾得上回家，就直接奔赴欧洲购买“克尔马狄克号”。小野寺一直打算回青山公寓取一些行李，他已经一个多月没有回去了。这会儿，他趁着测试结束与调查正式开始的间隙，终于抽出一个晚上的时间，乘坐自卫队的水陆两用联络机从鸟羽回到了羽田。他必须在第二天同幸长和中田一起，乘坐同一架联络机返回到犬吠埼以东一百五十公里处的“高月号”上。这一路可谓行色匆匆。

回家途中，顺便去了原宿总部，不料刚一进门，就被中田、幸长等家伙拖住，卷入了一场关于通信系统、计算机程序等的无休止的争辩中。

太过分了！小野寺心里有些不悦。按理说总部与一般公司的工作效率相比，这些问题早应快速处理完结，然而，眼下仍有一大堆永远干不完的活儿，小野寺无言以对。这帮家伙竟打算用这几个人手干完那么一大堆活儿？简直是异想天开！

“地测学审议会和气象厅终于行动了。”幸长指着传真过来的新闻说，“不急不行啊。毕竟他们在实施‘第三次 UMP[27] 计划’以来，观测网和观测设备得到了极大的改善和充实，参与合作的大学和科研机构很多，取得了丰硕的科研成果——其覆盖领域很广啊。说不定已经有人注意到了日本列岛地壳异常运动的数据。”

“没关系，随他们去，他们做得越多越好啊！”中田吃吃地笑着说，“穗积会帮我们，学术会议的会长也在暗中安排。反正，只要进入他们网络系统的观测调查数据，观测站所观测到的第一手数据和他们终端统计的数据就会原封不动地进入我们的系统。也就是说，他们不知不觉地在帮我们的大忙。田所先生早就建立了这样的组织架构，最近又将组织体系加以完善……加上他们对于海洋底部的研究目前还处于弱势，在该领域，我们的研究遥遥领先。”

---

27 地球内部结构科研计划——1961 年由国际大地测量学与地球物理学联合总会通过的国际计划。日本的第一个计划是 1964 年开始的“三年计划”，主要从事地震预告及原因的研究。

“有件事本不想告诉幸长，就是我们这边新开发的装置已经稍稍派上了用场……”山崎耸耸肩膀，“你猜是什么？是计算机的窃听器！”

“真是了不起啊。”幸长感叹道，“这种事都敢做？”

“只用于关键的地方……”中田咬着手指，一面悻悻地解释说，“哎呀，那也是不得已嘛。是一个简单的小机器，装在计算机输入输出接口上捕捉数据，将数据接收机连接在自动打印机上，就会获取相同的数据。如果把数据输入计算机进行分析，就会大致判断出他们在研究什么问题，有什么样的结论。”

“行。关于你讲的那些，我就不再多嘴，也不问了。”幸长显得很大度地说，“他们的活动情况就拜托给你们了……只是，根据我的情报，还有一件让人担忧的事。据说 IUGG[28] 有一些人对日本列岛最近的地壳变动情况异常关心。假如世界学者的眼光都关注日本的话……”

“关键是时间！幸长。只要有时间就一定会获胜。”中田拍拍幸长的肩膀又说道，“如果只是 IUGG，那问题不大，因为我们的同行多少还是要给世界上最领先的日本地震学界一点面子吧，问题是好管闲事的外国大企业、军方机构，假如他们对此也感兴趣，那可就麻烦大了。嗯，不过嘛，我坚信还有时间！——几年、几月、几周、几天、几小时……几分几秒，关键是我们不能放弃。”

“说到担心的事，还有一件……”邦枝开口说，“那个‘国际海洋组织’似乎正在拼命搜寻田所先生的行踪。虽说调查报告提交了，合同也到期了，但好像还有一些善后工作……对方连‘无情无义的人’这种话都说出来了。”

“在人情世故方面，我和幸长都跟他差不多。”中田伸了伸懒腰，一边“嗵嗵嗵”地捶肩，一边说，“我们这位小野寺先生才是真正了不得，一流公司出类拔萃的工程师，从地震的那一刻起，就人间蒸发了……”

一想到这事，小野寺心里就有些过意不去。吉村部长姑且不论，常务董事和专务董事……两人恐怕已是恼羞成怒了。

---

28 国际大地测量学与地球物理学联合总会。

“反正怎样做也干不完，明天就要开始调查了。”说罢，中田把文件“砰”地一扔，打了一个大哈欠，“今晚好好睡一觉，怎么样？小野寺君，出去喝一杯吧，就当是催眠酒。与大家沟通沟通——虽然这话听起来有些别扭，但还是出去轻松轻松，喝一杯吧。明天起，你可就一时半会儿回不了东京啰！”

“好吧。”小野寺看了看手表，站起身来，“一两个小时没问题。”

一行人扔下安川，去了代代木刚建成的超高层大楼最顶层的观光酒吧。酒吧里光线十分昏暗，彼此间几乎无法辨认面容，虽然已是十一点了，但酒吧仍然座无虚席。桌上红色、蓝色灯罩下，烛光摇曳，乐队演奏着轻音乐，衣着时尚的男女在低声私语。女人们细嫩的脸蛋、裸露着的胳膊和肩膀、胸前挂着的项链，在昏暗的光线中像漆黑海底的鱼腹一样泛着白光游弋摆动着，打火机的火苗犹如迷你闪光灯，时不时忽明忽暗地发出橙色的光亮。

五个人在靠窗的位子坐下，点了白葡萄酒，然后轻轻地碰杯。

“那么……”邦枝说，“为明天即将开始的壮举……”

“壮举倒谈不上……”小野寺微微地笑了一笑，“祝调查成功……”

“祝‘克尔马狄克号’平安顺利，载誉而归……”幸长说。

“还有……”中田最后补充道，“为日本的前途……”

玻璃杯发出轻微的碰撞声，接着，冰凉芳醇的琼浆顺着喉咙，一饮而尽。小野寺斟满第二杯酒，从大家的低声交谈中退出，靠在椅子上，透过宽大的落地玻璃俯视着夜色朦胧的街道。

东京的夜晚依旧还是流光溢彩。在水银灯照射下的冷冷青光之中，车灯的白光、尾灯的红光汇成一股涌动的光流，黄色的钠灯照亮了巨蛇般蜿蜒游动的高速公路。到处都是超高层大厦，它们像黑色巨人一样耸立着，夜色已浓，但灯火通明。

从四十五层大楼的最顶层俯视，远处的赤坂、六本木到眼前的银座一带尽收眼底。暮色中，红、绿、蓝、紫等色彩斑斓的霓虹灯闪耀着，乐此不疲地变换着广告牌上的文字，整个天空被映照得通红透亮。凝视着那灯红酒绿的夜空，夜色下那些寻欢作乐的喧闹声似乎充耳可闻。

地上地下，不计其数、迷宫般的银座酒吧……酒吧里的小姐们个个面容姣好、身材修长、穿着入时，她们同穿戴得体的客人们一起干杯，仰面将酒倒入滑嫩的喉咙；她们讨人喜欢地微笑着，把橄榄抛入涂有唇彩的口中，有节奏地扭动着腰肢……大街上接送客人的出租车开始集结等待。地铁、电车、私家车，其中不乏拉着小姐去热海、箱根的客人。六本木、赤坂的夜生活现在才刚刚开始……东京——这个拥有一千二百万人口的世界上最繁华的大都会；东京——这个聚集着无数风流倜傥、游戏人生的快活男人和女人的大都会，将与承载着它的巨大的日本列岛一起……

谁能相信会发生那样的事！

那样的事可能发生吗？这座城市，是世界上最繁华的都市之一，虽然承载着这个都市的陆地并不辽阔，但她从南到北绵延三千公里，面积三十七万平方公里，有好几座高度超过三千米的山峰，还有山脉、森林、原野和河流；她拥有一亿一千万的人口，以及维持着人们生活的城市、工厂、住宅和道路……

怎么会——琢磨那些不合常理的事！小野寺透过深色玻璃，眺望着窗外的夜景。夜空中，国内航线上宽体空中客车闪烁着红白两色灯光，像一头黑色的怪鸟，掠过被彩灯装点得闪闪发光的东京塔的顶端，向羽田机场方向飞去。

所有的一切，如果像田所博士担心的那样……假如真的是那样的话……那么，这座大都会以及与之相关的生活究竟会变成什么样呢？在这个岛屿上，在这块土地上，在这个历史积淀下的成熟社会中，一亿一千万大众对于明天的小小希冀——盖房屋、生孩子、上大学、去海外。姑娘们憧憬着成为歌手，小伙们则梦想成为艺术家……夜幕降临，华灯初上，男人们在美酒和女人的调笑中寻欢作乐，他们从钓鱼、高尔夫、赌博中体味快感……如果是那样的话，一亿多国民对明天的那些期望又将会怎样呢？

尽情去享受吧……小野寺凝视着流光溢彩的东京，默默地祈祷着。至少现在，大家尽情欢乐吧，这是无法替代的快乐时光。尽管这快乐在记忆中微不足道，但总值得留念。现在，好好享受快乐吧，明天，也许一切都将不复存在。

“走吧。”中田说着，看了看表就站起身来，“今晚，大家都睡个好觉吧。”

“公寓那边，我想已安排好了。”幸长说，“安川已拜托管理员，房费也包含在内。”

来到结账的地方，一个身穿今秋流行的橄榄色套装的瘦小姑娘盯着小野寺，突然“哎呀”一声，“那个……这位，大概是……小野……”

“哎哟……”小野寺终于想起来了这姑娘是谁，“是摩子吧。”

“是的。还记得我呀！好感动哦！小野田……不，小野寺。”

“是的，你那店，是叫海松户吧。”

“那以后，你压根儿就没再来了。由里最终也没教我潜水，好遗憾哦。”叫摩子的姑娘甩开体格魁梧的男伴，凑过来要搂住小野寺，她说：“再来哈，哦，好像是吉村说的吧，说你辞职了。”

小野寺阴沉着脸，点点头。

“那么……”姑娘说，“来玩……给我打电话，一定哟……”

邦枝带着调侃的语气说，“多可爱的女孩呀……女招待？”

“嗯，在这儿被她看到，真是太糟糕了。”小野寺嘀咕道，看着那姑娘小鸟依人似的一边跟男人说个不停，一边朝里边走去。小野寺小声说道：“别再说了。”

“好吧。看那样子也不咋样。”中田说，“而且，明天还得去海上，不，是海底。”

回到青山的公寓楼——这里原来是高档公寓，由于卖不掉，就改成普通公寓了。小野寺想跟管理员打声招呼，但管理员好像出门了，房间上着锁。他乘电梯上了三楼，来到自己许久未归的房门前，感觉里边有动静，一看，锁已被弄坏了。他想都没想，打开门就冲了进去。

房间里开着灯，灯火通明，一对半裸的青年男女正搂抱着躺在地板上。

"干什么的？你们这些家伙！"

在他吼出声的一瞬间，后脑勺被人重重地击打了一下——朦朦胧胧之中，只感到有女人的尖笑声在回荡。

迷迷糊糊的感觉好像只持续了片刻，回过神来时，有人正把一条脏手绢塞进他的嘴里。他的双手被反捆在背后，脚也被绑了起来。但仔细一看，却发现绳子松松垮垮，胡乱捆绑的。

房间里大约有五个男女——都是十几到二十岁的年轻人。他们一个个高挑的个子，弱不禁风的样子，穿着皱巴巴的带味儿的衬衫。男的留着邋遢的胡须，两个女孩一个穿着紧身牛仔裤，一个穿着吊带衬裙，里面还没穿内裤。男人中，一个脱了裤衩，露着干瘦的臀部，蜷曲着身子，"呜呜"地边哭边在地板上乱爬；另一个弹着断了两根弦的吉他，看着在地板上爬的家伙哈哈大笑。穿紧身牛仔裤的女孩脱下沾满污垢的灰色T恤衫，跑到睡眼惺忪、弹着吉他的男子身边，去解他的裤子。床上那个仅穿吊带衬裙的女孩不停地挑逗另一个头发披肩、身体瘦瘦的家伙，但那家伙并不理会她，径自把装有肉或是其他什么的罐头倒在床上，用手抓着，大口大口地吃起来。

看着他们呆滞的眼神和没有光泽的皮肤，小野寺心里顿时明白，自己遇上了当今的社会毒瘤——"多皮士族"。这些吸食LSD或新型合成毒品后在街上东倒西歪、摇摇晃晃的年轻人，早就成了社会一大问题。最近，这个群体的人数不但没有减少，反而还有所增加。

过去，吸食毒品的人大都是因为优裕的物质生活而迷失生活方向的都市年轻人，随着年龄的增长，这些人慢慢地开始懂得生活，自然而然地变得规矩了；然而最近，年过三十还沉溺于毒品不能自拔的人有增无减——从安眠药开始，眠药、大麻、稀料[29]，直至现在的LSD，这些毒品演绎了他们吸食麻醉剂的整个历史，成为他们现在所崇尚的一种"文化"。最近，流行一种由美国联合犯罪集团走私进来的新型麻醉剂，麻

29 也称信那水，由醋酸酯、乙醇、甲苯等稀释的溶剂，是一种致幻剂。

醉剂的英语发音为“毒呋[30]”，于是，人们便把英文“毒呋”和美国“嬉皮士”这两个词语组合起来，称那些吸食人员为“毒皮士”。以前，毒品吸食人员一般不骚扰他人，但最近却渐渐变得穷凶极恶起来，吸毒后，他们开始袭击私家车，非法闯入私人住宅——由于他们的行为属于非理性状态下所为，所以，即使被抓住了，假如没有其他劣迹，往往会对他们网开一面，年纪小点的还可适用少年法。

现在，就是这样一帮人霸占了房间，房间被搞得乱七八糟：音响坏了，唱片碎了，床断裂了，电视机翻倒在地，冰箱底朝天，倾倒一空，地毯上吐得一塌糊涂。

看着这种情景，小野寺并没感到特别的生气。他稍稍使使劲儿动了动手，这帮家伙腾云驾雾时绑在胳膊上的绳结便打开了，随后，他又慢慢地解开了脚的绳索。这伙人只是呆呆地以一副不可思议的表情看着他。

“不行!”穿吊带衬裙的女子用嘶哑的声音叫着，“绳子解开了。”

小野寺慢慢地从地板上站了起来，一伙人怯生生地看着他——吉他男最先用吉他打了过来，小野寺一把夺下吉他，就像喜剧电影里经常出现的场面一样，他把吉他套进那家伙的脖子上。接着，没用一分钟，就让另外两个小子也尝到了苦头。对付这些萎靡不振的瘾君子简直是小儿科，小野寺心里暗自发笑，一边毫不留情地将尖叫着扑上来的两个女孩撂倒在房间的角落里。

“借用他人的房间，是不是应该把房子打扫得干净一点……”小野寺对着筋疲力尽、喘着粗气的年轻人说着，“叫你们给我扫干净……我看你们就这副熊样，说了也白说。不过，至少得把弄脏的地方给我舔干净吧。”

小野寺把几个小伙子一个个拉了过来，抓住他们的头发，使劲把他们的脸往床上的剩罐头和地板上的呕吐物上蹭，两个女孩吓得面如土色，也被小野寺抓着头发拖过来，将她们的脸摁在秽物上。

“来，给我吃掉，”他说，“给我舔了……你们这些家伙不是经常玩

30 麻醉剂 dope 的音译。

这样的游戏吗？”

他听到了女孩的哭泣声，但还是没有松手——一想到自己的性格中隐藏着如此强烈的暴力倾向，他忽然感到不寒而栗，令人生厌。过去，他也经常打架。青春年少时，谁没有那样的经历——在愤怒和憎恨无处发泄的情况下，常毫无道理地动粗……

“我不会报警……”小野寺说着，像扔垃圾一样地把那些家伙扔出走廊，“赶快滚。你们尽情地醉，尽情地享乐，然后，痛痛快快地去死吧！”

公寓里发生了如此大的冲突，左邻右舍的房门却一个都没打开，四处寂静无声，如同高档公寓一样地冷漠。

关上门，他叹了一口气，环视了一下房间，决定找清洁工收拾。他只拿了点必要的东西塞进行李箱。有很多信件，无关紧要的全部扔掉。有公司发来的传真，还有结城写的便条和信件，好像结城曾多次造访过这里。小野寺感到一阵难过，他没拆开结城的信，而是将它撕碎扔进了垃圾筒。

其余的信息，大都在录音电话里。按下播放键，大部分是公司来的。最后，是一个女人的声音，再听，是玲子的。

“来东京了，所以给你打电话……”玲子说，“前些时候多谢了。父亲在那场地震后不久就去世了。我呢，葬礼结束后，准备去欧洲。我打算 9 月 15 日以后走。假如这之前听到了留言，请给叶山的家打电话。也没有什么特别的事……”

然后，声音中断了一会儿，小野寺想录音结束了，正准备倒带的时候，又听到那急切而稍带嘶哑的声音——

“想和你，再睡……一次……再见。”

他停下磁带，又倒回去，然后，想了想，按下了消除按钮。这时，他忽然感觉门好像开了，回头一看，刚才穿衬裙的那个女孩战战兢兢地探出又小又圆的脸，脸颊和下巴上还有污渍。

“干什么？”他问。

“那个……鞋忘了……”小女孩说。

显然是药性过了，那女孩的脸，稚嫩，呆板，苍白，冷冰冰的。想到刚才不顾一切地发泄怒火惩罚她，小野寺心里有些过意不去。他从床下捡起后跟压扁的鞋，交给了女孩。

“谢谢……”女孩说。

“等一下……”他说。女孩怯懦、僵硬地回过头来。“去洗一下脸吧。”

女孩站在房门口迟疑不决。小野寺抓住她的手腕，拉着她去了洗手间，给她打开水龙头——女孩哆哆嗦嗦地洗脸，洗着洗着，突然抖动着双肩哭了起来。那单薄的肩，就像幼女一样娇嫩。他递过毛巾，同时把另一条毛巾打湿，帮女孩弄掉她红而稀疏的头发上的污渍。他告诫自己：无论如何，态度要强硬。

女孩抽抽噎噎来到大门口，小野寺把手搭在女孩的肩上。

“还在闹别扭？”他说，不等女孩回答，就从口袋里掏出所有的钱，放在女孩手里。

“拿着，去玩吧……”小野寺说，“想怎么玩都行。但是，不要再给别人添麻烦了。”

女孩呆呆的，两手拿着钱——他示意她可以走了，然后，关上了门。今夜，他自己也不得不找个地方过夜了。他把钱交给刚刚回来的管理员，请他找清洁女工来打扫房间。

小野寺提着行李箱来到走廊，刚才的小女孩已经不见了人影。从走廊的窗户往下看，在昏暗的树丛旁，有一对男女正在车里搂抱着。他叹了口气，离开窗户的时候，听到“嗡嗡”的轰鸣，建筑物开始摇晃起来。电灯蓦地一齐熄灭了，不知什么地方传来了窗户玻璃破碎的声音。有人在黑暗中叫喊。大地发出“隆隆”鸣响，建筑物“吱吱嘎嘎”振动，他使劲抓住窗框，承受着一次又一次的摇晃。他心想，这不是小地震啊。在黑暗中摇动，反复摇晃，已经好多次了。黑暗中能够看见破碎的玻璃，像闪电一样发出了银白色的光亮。大地像是要震撼黑暗一般，一次又一次、不停地颤动着……

5

护卫舰“高月号”。

这艘基准排水量为三千零五十吨的舰艇，搭载有反潜直升机，在“第二次防卫力量整备计划”时期曾作为同级别中最优秀的舰艇开始服役，此后列入保管舰退居预备役，一年前作为特务舰被重新启用。舰艇前后还保留着五英寸口径的大炮，但是撤除了原来配备的反潜直升机以及用来发射反潜自动导航鱼雷和博福斯式双筒自动高射炮的发射装置。在宽敞的后甲板上，铺设了两条水雷专用的钢轨，上面横跨着一个台架，以备搭载“克尔马狄克号”用。不用说，这是防卫技术研究所片冈的主意。这个片冈除了本专业电子兵器外，曾参与过海上自卫队的造舰计划，特别是还从事过舰船特殊改装工作，所以对舰船的紧急改装可以说是得心应手。

舰型已经落伍但仍在服役的“高月号”让它的两个六万马力的汽轮机发挥着威力，以三十节到三十二节的时速驰骋在日本列岛东部的洋面上——在这片从东经一百四十二度到一百四十五度，北纬三十四度再北上至北纬四十五度附近的辽阔海域上，“高月号”按照田所博士的指示，将“克尔马狄克号”深海潜艇下放到日本海沟的不同斜面上，创下了两周内下潜二十次的最高潜水纪录。在三陆地区的海面上，“高月号”遭遇到了南下的千岛寒流，在浓雾和波涛中颠簸翻腾；“克尔马狄克号”深海潜艇也无数次遇上交汇的冷暖流，像漂浮的树叶一样被卷入到海底，浑浊的海水让人无法看清海底的状况；同时，苏联巡逻艇形影不离地徘徊在“高月号”周边，警惕地注视着。连日来的潜水，使得小野寺皮肤苍白，眼睛布满血丝，面庞憔悴，胡子拉碴，同时，关节痛和失眠症也开始困扰着他。加上“克尔马狄克号”同自己驾轻就熟的“海神号”相比多少有些不顺手，这也给他平添了几分紧张。但不管怎样，他都得在海上一边与汹涌的波浪搏斗，一边驾驶着像浮标一样飘摇不定的深海潜艇，下潜到七千米甚至八千米的深海海底，并按照田所博士那近乎歇斯底里的指令操作潜水艇，打开照明灯，发射水中照明弹，拍照，录像，向海里投放观测仪器，在海沟底、海沟崖上安装自动监测装置。这一系列的作业多的时候一天要重复两次，足以让他心力交瘁、疲惫不堪。在两三摄氏度的冰冷的深海海底，四周的机器冻得像冰块一样，潜水艇里充满了湿气，每下潜一次都必须更换吸湿剂。而且，由于改造匆忙，潜水艇里安装了各种观测仪器，活动空间极为狭小，以至于在下潜的数小时里身体几乎无法动弹。

“好好注意身体啊，”幸长担忧地说，“我们倒是能够相互替换，而你现在可没人能替换呀。”

幸长很担心，动用联络机从横须贺调来了潜艇部队的随军医师。经过治疗，小野寺的关节痛有所缓解，但失眠却仍然摆脱不了。

“高月号”从南向北，复又从北向南，在日本海沟上方往返游弋三千多公里，不断地把“克尔马狄克号”放入海底。白天，“高月号”停在洋面上，指挥潜水作业；晚上，又急速地向下一个目标移动。就这样，深海潜艇像小探针一样一点一点地探查着日本列岛的腹肋，但是，从西南到东北长达两千公里的日本岛毕竟体量巨大，“克尔马狄克号”这小探针所探测到的只不过是它的九牛一毛。

这叫什么工作！幸长时常会对自己所做的这项工作束手无策而感到烦躁。这简直就像是巨人腹部的跳蚤——瞎撞。

在铫子海域，他们在海沟底遇到了好几次浅发性地震——在每平方厘米一吨的水压下，突然发出“砰”一声巨响，像是被什么东西撞击似的，巨大的能量让潜水艇滴溜溜地直打转，听到潜水艇发出“嘎吱嘎吱”的声音，即使明知有十倍的安全系数也会不寒而栗。就是这样的环境中，他们照样开展工作，所幸好天气比较多，观测工作基本顺利，工作进度只比预定计划滞后一点。随着工作的推进，田所博士的脸庞也渐渐变得苍白起来，头发也乱蓬蓬的，只是那双眼睛依然炯炯有神。

第十七天——“克尔马狄克号”由于连日来的超负荷运转，部分机械终于无法正常工作，潜水只得暂停。田所博士抱了一大摞资料，一头闷在军官室；小野寺则拖着一身的疲惫，一声不响地同机械师一起开始对“克尔马狄克号”进行检修。

第十九天——比预定的时间稍晚一些，特殊工作舰“吉野号”终于到达了集结地。当三根雷达桅杆和用于航天通信的巨大的抛物面天线出现在地平线上的时候，大家不由得欢呼起来。在曾经搭载飞艇、地势稍低的后甲板上，滑动式机库的两侧立起了巨大的起重机，艉部船舷边安装了缓冲防撞杆。两台联动式起重机能轻松地将“克尔马狄克号”从水中吊到甲板上，下水时，也能利用滑动台架自由操作。相比在干舷较高的“高月号”的甲板上收放深海潜艇的那份艰辛，现在的操作变得轻松多了。

片冈是乘“吉野号”来的，他个子不高，有一张棕色的娃娃脸，两眼炯炯有神。

“耽误了时间，对不起。”片冈笑容可掬地用扩音器从舰桥上喊话，“马上就转船，中田君和邦枝君都在上面，山崎君马上坐联络机来。……是要在这儿开会吧？”

大家正要换乘汽艇的时候，来送行的“高月号”舰长收到了一封电报。舰长瞅了一眼电报，立即原封不动地交给了田所博士。

“说是箱根有喷发的征兆，”舰长小声嘀咕道，“好像三宅岛也有地鸣声。正好，本舰立刻奔赴三宅岛。”

橘黄色的“克尔马狄克号”早已浮出水面，它在波涛中摇摇晃晃，被慢慢地拖上“吉野号”的后甲板。“高月号”匆匆结束了工作交接，立刻乘风破浪，急速远航而去。小野寺、幸长他们向远去的舰艇挥手告别。

“看样子接风宴是没戏了……”中田说，“怎么办？马上就开会吗？”

“当然。”田所博士当即答复道。

“我到舰长那儿打个招呼，然后马上到管控区开会。房间呢？”

“请大家先把行李放到各自的房间里，”邦枝说，“然后，我带大家到 D 计划指挥部的办公室，会就在那儿开吧。”

二十分钟后，大家都集中到前甲板上方的指挥部办公室里。墙上的计算机使整个墙面光亮闪烁，记忆装置上的磁带、磁鼓都在转动。房间的另一面墙上，悬挂着用电子发光板制作的进程表和用磁性塑料模块拼制的日本列岛地图；房间的中央放置了一个巨大的长方形透明塑料模块。乍一看，塑料模块里什么东西都没有，但是，当片冈打开设在控制台上的开关时，那里面立刻呈现出色彩斑斓的日本列岛立体图像。大家不由自主地发出了一片赞叹声。

“漂亮吧。”片冈露出白亮的牙齿说，“这是防卫技术研究所开发的全息图用的投影屏。它还能消掉虚像，作为实像展示用的荧光显示屏，这大概是世界首创吧。不过，虽然它看起来很透明，但实际上这塑料模块中却含有某种金属微粒。”

“航空摄影能这样立体成像吗？”幸长问。

“不行，那还办不到。它必须先利用视差从高空拍摄出红外线立体照片，再由立体照片制成彩色立体模型，然后，对模型进行激光扫描做成底板。立体成像模块的原理是什么呢？其奥妙就是利用立体激光反射光源的相干性。瞧，这就是模块。”

片冈从控制台下拿出一张扑克牌大小的集成模块给大家看，上面没有什么影像，只能看到闪烁不定的单色旋涡状或云状纹路，以及相互渗透的多重环状叠纹。

“真是不可思议的东西……”小野寺低声说，“把激光打在这上面，就能看到那个彩色立体画面了吗？”

“是的，根据立体影像制成立体模型，现在非常简单。只需要把有视差的照片扫描，再对其进行解析，得出照片素材的解码数字就行了。最近，有人不用相机拍摄，而是让两架飞机按一定间隔距离飞行，用摄影机录下地貌，同时将获得的数据进行信息储存……的确，制成全息图，有利于储存大量的立体图。”

只要切换开关，屏幕的立体图像便不断地变换不同比例的画面，有些画面还附带海底地形。

不仅如此，在片冈的操作下，屏幕的立体图像上还出现了各种各样的符号、光点、箭头和直线等等。地热流、重力异常、地磁分布、地壳隆起、沉降、水平运动以及火山活动，几乎所有的资料都能投影在立体画面上。

“连接计算机，储存的信息便能原原本本地投影出来。真是了不起呀。”中田说。

片冈最得意的是安装在中央办公区域的投影屏，屏幕能显示数千张用微型胶卷拍摄储存的地图和图表。

“我把为自卫队司令部专门开发的试验品原封不动地带来了。”片冈笑眯眯地不断切换选择键给大家演示，“技术研究所所长恐怕饶不了我。”

“那么……”邦枝说，“现在就开会吧。先生，请您谈谈今后的计划和具体操作……”

在指挥部办公室的一个角落，田所博士面壁而坐，他双肘撑着膝盖，抱头沉思——幸长正好斜对着田所博士的后背，能瞧见博士的脸孔。博士满脸胡须，脸色铁青且泛着油光，表情异常痛苦。

“田所先生……”中田喊了一声，“除了山崎君，D-1 计划的全体成员都到齐了。在这儿，请您再向全体成员简单介绍一下计划的目的，以及目前已掌握的大致情况。”

“田所先生……”幸长走到博士身边，把手搭在他的肩上，“是不是有点不舒服？”

博士被人碰了一下，好像触电似的抖了一下，接着从椅子上跳了起来。

“啊……”博士喘着粗气说，“啊……是吗？”

博士慢吞吞地来到大家围在一起的桌子边，呆呆地望了望墙上的计算机、投影板、操作盘，又好奇地看了看巨大透明的幕墙上所显现的日本列岛三维立体模型。看着看着，博士那呆滞的目光渐渐地开始发亮了。

“这装置真有意思……”博士目不转睛地盯着用于全息投影的屏幕，小声说，“除了显现日本列岛，还能显现出更大的区域——从西太平洋到东南亚整个地区吗？”

“目前，这是最大的区域面积了。”

片冈调整了投影机，整个画面呈现出以日本列岛为中心，包括小笠原群岛、冲绳、中国台湾、菲律宾以及朝鲜半岛和俄罗斯的滨海边疆区的一部分海域的模型图。

“好，就投影定格到这儿。”

博士离开荧光幕墙，站在绘有日本列岛的磁性塑料模板下。

“诸位请坐。”博士用他那低沉而又嘶哑的声音说，“现在……我就开始介绍。”

大伙围着桌子坐下。博士站在巨大的塑料模板下，两眼盯着地面，好像在沉思什么。幸长看着博士的身影，突然胸口感到一阵刺痛。

幸长在想，只不过才两三个月的光景，博士竟苍老得如此厉害，像是老了十岁：头发添了几许白发，面色铁青，皱纹加深，两眼红肿，神情困顿。

“D 计划就是……”田所博士语气平淡，没有往日的抑扬顿挫，他说，“根据迄今为止我所做的各项调查和研究，对日本列岛地质大变动可能性的调查计划，我田所脑子里已经初步有了一个大致轮廓。”

田所博士稍稍停顿了一下，眼朝下，喘了一口气，接着说。

“所谓这种可能性——是指可能给予日本这个国家以颇具规模打击的大变动，甚至是……让日本列岛毁于一旦的大变动……”

大家闻声不由得浑身发凉。田所博士拿起圆珠笔敲打着磁性塑料模板上的地图。

“目前，D 计划分为 D–1、D–2 两部分。根据事态的发展，也许还要增加很多项目。D–2 是研究最坏情况下，日本国民的安置以及资产处理的问题，D–1 则是我们目前正在进行调查的项目。”

博士把手放在头上，做出一副思考状，然后又继续说道：

“还是从头说起吧。本人是从事海底火山研究的，特别是对太平洋海底的平顶火山，我持续了十多年的研究。但是后来，我的兴趣慢慢从海底火山扩大到了海底山脉、海底地质学，还有海底的一般地质构造方面。”博士把两手撑在磁性塑料模板上，“我发现的第一个怪异现象是，最近日本近海重力异常带的分布与十年前所进行的调查结果有很大差异。从地质学的角度看，作为地下数十公里处的地幔层的变化，这个十年的变化周期实在是太短，且变化过于巨大。部分地区的重力异常值从数十毫伽[31]到上百毫伽不等，范围竟有数百公里，异常带逐渐向东面移动。随之而来的是地电流、地磁也出现了异常情况。关于地热流方面，本来就很强烈的日本海地热流，现在开始变得异常强烈了。这箭头所指的地方是小笠原的北方，在那里，有一个岛沉没了。仅一夜之间，海拔数米的岛屿就在海洋中消失殆尽，这的确太奇怪了。”

田所博士看着小野寺。小野寺下意识地咽一下唾液。

“我在调查的时候，还注意到另一个现象。这个现象一直在我的脑海里萦绕，我尽力想弄清该现象。本次调查将全力以赴针对这个现象进行考察。我想调查的是，沿日本海沟地下的地幔对流是否正在发生急剧的变化？”

“地幔对流是什么？”邦枝问，“请解释一下好吗？”

“嗯……”田所博士咬咬嘴唇，沉思了一会儿，铁青色的脸庞上又重新浮现出一丝生气，“好吧。虽然这里有像幸长那样了解地质学的专家，但也有不太了解的人吧。那么，我就简单扼要地讲一讲。”

博士按了一下开关，黑板从天花板上徐徐地降落下来。幸长忽然想起，以前曾听过博士离题万里却十分有趣的课。博士用粉笔在黑板上画了一个漂亮的圆，像圆规画的一样，然后又在里面画了一个小圆。

“地球的内部构造，中心部是像蛋黄一样的地核，周围是像蛋白一样的地幔，最外层的叫地壳，薄薄的地壳，这些都是中学就学过的。”

博士用粉笔“咚咚”地敲打着那个圆。

“正确地说，地核分为内核和外核，地幔也有上层和下层之分，地壳是由花岗岩层和玄武岩层组成的。地壳同地幔之间，有一个叫作‘莫霍洛维奇不连续面’的十分明显的分界面，不过，这些细微之处倒无关紧要。人们一般认为地幔是固体，外核是液体，内核还是固体。这是从地球内部地震波的传播方式所推定出的。当然，地核里聚集的是重物质，地幔次之，地壳则是由最轻的物质构成的。地球中心的压力推定为三百万个大气压，温度是六千摄氏度左右，地幔与地核分界面附近的温度是四千二百

31 重力值的单位。

摄氏度，在地幔与地壳分界面附近，大陆板块地下的温度是六百到八百摄氏度，而在海洋底部的温度最多是两百摄氏度左右。顺便提一下，地幔的厚度大体上是地球半径的一半——两千九百公里；相比之下，地壳的厚度最小，大陆部分仅有三十公里，海底更薄，最多只有五公里。大陆板块像冰山一样悬浮在地幔上方的玄武岩层上。也就是说，在喜马拉雅、安第斯这些高山所处的地带（这里包括露出地面的部分和洋底的部分），它的形态就如同是大陆板块深深插入地下一样……这就是所谓的地壳均衡说。而且，构成地壳表面的‘板块’被很多‘裂缝’所分割。”

听了这一席话，小野寺总觉得脚下的地板好像已经融化一样软绵绵的，心里不禁有些害怕。虽然人们常说“如大地一样安如磐石”，但实际上，人类却是站在一个直径一万二千七百公里的岩质行星表面的薄膜上，连同他们的文明、历史以及生物的全部进程都在……大洋底仅厚五公里的……只有地球半径的一千二百五十分之一的厚度上——如同站在一个厚度仅为 0.2 毫米、直径 50 厘米的气球上！

“再说地幔，其构成的物质一般都认为是橄榄石。从地震波传播的方式看，尽管通常认为它是固体，但从超长时期——地质年代上看，它似乎是像液体一样发生着对流，这一点，最近已经越来越明确了。最早在 1929 年，在魏格纳有名的‘大陆漂移说’最为流行的时候，爱丁堡大学的霍尔姆斯就对大陆漂移的原动力进行了假设，此后，随着魏格纳学说不再时兴，这个假设也被遗忘了。最近这十四五年间，随着大洋底调查的深入，又出现了许多现象，这些现象只有通过那些假说才能解释。虽然有人认为这种现象与二十世纪五十年代——英国的兰凯和布莱克从古地磁学领域重新证明了地球曾发生过‘大陆漂移’——有所不同，但多伦多大学的威尔逊却再次把它与大陆漂移的原动力联系在了一起。总之，地幔在地球深部，每年以一至二厘米的速度流动，在地表附近的某些地方，甚至以二至六厘米的较高速度在地壳下流动，这就带动了地壳表层板块——尤其是大洋板块的移动，并且带动巨大的大陆板块移动，从而导致大陆边缘地带形成高大绵延的大褶皱山脉……片冈君，世界地形图……”

片冈操作按钮，投影台上立刻出现了色彩斑斓的世界地图。

“要不要投到大屏幕上？”片冈问，“那样更容易看一些。”

黑板旁降下的大屏幕上显示出清晰的地图，田所博士站在前面，两手背在身后，继续讲解道。

“全世界的大规模的深海海底调查，不过是从二十世纪五十年代初才开始的……”博士用圆珠笔指着大西洋，“而且，由于发现海底的地热流量同大陆板块的地热流量几乎相等，而这一事实又与过去所提出的预测相悖，因此‘地幔对流说’再次被采纳……复杂的理论在此就不多说了。大陆板块上的花岗岩中所含放射性物质的热量是地热流的最大成因，但只含有微量放射性物质的海底玄武岩地壳也存在同大陆板块一样的热流量。对此，我们只能认为是：地球深处的内部热量由于地幔的对流而被搬运了上来。大家都知道地幔内部几乎不含放射性物质，而且，即便是地幔含有放射性物质，其热量也只能通过热传导极小的地幔以传导的方式输送到地壳。如果是这样，那么，地球诞生之初——四十五亿年前地下仅数百公里处所产生的热量，经历漫长的岁月后，现在才终于到达地表。因此，我们不得不考虑，大洋底的地热流是由于地幔的对流从地球深部带出的东西。请看这儿……”

博士将圆珠笔沿大西洋的中心地带滑动着。

从北极圈冰岛附近开始，在南、北美洲大陆与非洲西海岸之间形成“S”形的人西洋中心地区，巨大的中央大西洋海岭纵贯其间，其跨度逾千米，高度逾三千米，且呈完全相同的“S”字形，延伸至遥远的南极圈。

欧洲大陆、非洲大陆西海岸同北美洲、南美洲大陆的东海岸的凹凸部分正好能相互拼合在一起。魏格纳的“大陆漂移说”——南、北美洲大陆在白垩纪以后，从欧洲、非洲分离向西漂移的假说最初得到的启发就在于此。

“从北极圈到南极圈，纵贯南北大西洋中央的巨大的海底山脉，也就是大西洋海岭，它以其怪异的特性备受关注。就是说，在这个海拔三千米的山脉中部有一条深深的纵向断裂谷，沿着断裂谷的中线一带，地壳热流量大得异常惊人，大西洋海底地震的震源几乎都集中在这些山脊处——如此等等。根据这些特性，威尔逊提出，大西洋海岭正处在地幔对流的上升通道，地幔对流从地壳深部上升到地表，再向两侧分流致使板块移动，而板块移动导致魏格纳所说的古代大陆——‘泛古陆’——形成巨大的裂缝，并成为将南、北美洲大陆向西挤压的原动力。后续的调查越来越印证了这一学说的正确性。我们知道，地壳挤压出断裂，断裂带上形成的海底山岭——因地幔对流而隆起的部分，它将遍及世界各大洋的海洋底部。”田所博士稍稍停顿了一下，环顾四周，低声道，“但是，迄今为止，地幔对流和海底山岭的相关结论都只是通过一些旁证归纳推理得出的，能够揭示其对流真相的更直接的、权威的证据还在探索中。不过，根据我自己研究的尚未发表的方法，不但能够制作出极为详尽的地幔对流示意图，还能综合分析过去不曾认知的众多新现象，并在研究分析的基础上，预测未来将出现的全新现象，对此，我很有信心。”

幸长隐隐感到有点心跳加速。田所博士的理论和发现……如果现在向全世界的学术界发布的话，那将会引起怎样的轰动！然而现在，是绝不可能的。不仅如此，田所博士的预测，简直就是天方夜谭。追溯历史，可以说，自人类开始对地球进行观测以来的短暂时间里，还从未出现过——但是，那样的事情真的可能发生吗？……至少现在，幸长实在不敢相信……

“那么……”博士按了一下调节器，把世界地图的太平洋部分推至画面的中央。“那么，太平洋的情形怎样呢……”

小野寺颇感兴趣地探出身子。

太平洋！

宽阔宏大的海洋！从东经一百二十度到西经八十度，东西跨度几乎绕地球半周，从北纬五十度到南纬六十度，其南北跨度也绕地球的半周，如此广袤的球形海洋……如果沿北纬六十度这条纬线来横切地球，那么，有半个球几乎被圆拱形大洋水面所覆盖。

在这片汪洋大海上，除了几处像米粒一样散落的岛屿以外，全无陆地踪影，它的周围被若干块像彩带般垂落的弧形陆地包裹着。大洋东边是南、北美洲大陆凸起的西海岸线，其中南有落基山、安第斯山的大褶皱；北有像金丝带一样悬挂着的阿留申群岛，顺势而下，千岛群岛、日本列岛、琉球群岛镶嵌在欧亚大陆的东边；从日本列岛中央再向南，有小笠原—马里亚纳群岛，它们与台湾岛、菲律宾群岛共同组成了宽广的菲律宾海底盆地。南半球的东部呈纵贯南北的弧形地带，北有新几内亚、所罗门、新赫布里底群岛、新喀里多尼亚列岛，南有萨摩亚、斐济、汤加、克马德克和新西兰……这一系列太平洋西岸的弧形列岛，在其海底形成一条巨大的海沟，深深地嵌入大洋底部 。

“壮观之至……”片冈看着色彩斑斓的海底地形图，抑制不住地感慨道，“真没想到太平洋底竟有如此多的褶皱。”

小野寺回过头看了一眼片冈。

“那是因为按惯例对垂直线方向，也就是高度，进行了特殊处理……”小野寺说，“其实，数千米高的大山脉横贯海底数公里，并不少见。”

小野寺尽管嘴上这么说，但还是被神秘的太平洋牢牢地吸引住了。在巨大的深蓝色太平洋上，集中在东半球的众多的海底山脉群——露出洋面的高高山脉，几乎都是火山列岛或火山群岛。东经、西经一百五十度附近，北起北半球的夏威夷群岛、西北的圣诞岛，南至南半球的马克萨斯群岛、土阿莫土群岛、社会群岛、奥斯托拉群岛——这些在地图上几乎用肉眼看不到，散落在太平洋中部像沙粒一样的小岛下面，静卧着雄姿各异的海底山脉。

不仅如此，在南半球国际日期变更线以东到澳大利亚大陆板块之间，其海底地形之复杂令人难以想象！

新几内亚岛、俾斯麦群岛、所罗门—新赫布里底、新喀里多尼亚、贺尔爵、萨摩亚、汤加—克马德克—新西兰这一线海底，几座海底山脉平行排列在这狭窄的海域里。在那儿，是的，如果那片海域没有海水，就完全可以被认为是高山地带。而在赤道的北边，虽然耸立在海底的山脉不像新西兰海域山脉那样险峻，但它们依然支撑着吉尔伯特、马绍尔和加罗林等群岛。

“太平洋东北部的海底山脉并不太多啊。”片冈小声说，“但是，北美大陆到夏威夷、圣诞岛的海底却延伸着好几条像沟壑一样的东西。那到底是什么？”

“是海底断层带。”小野寺心情沉重地答道。

的确，从遥远的阿拉斯加湾到南面的土阿莫土海底山脉，其间的海底像大平原一样平坦而宽广。但是，就在这平坦的海底上，西起北美西海岸，沿纬度由东向西平行排列着数条细长的断层裂缝，几乎占了太平洋一半的地域。从北半球到南半球的海底，断层带有规律地间隔排列着，犹如地壳发生皲裂一般。

“心里真不是滋味……”片冈说，“总觉得地球好像是被切成了碎片。”

“最北边的那个不知道吧？沿北纬四十度呈东西排列的是有名的门多西诺海底断层。断层自北向南北长达一千多公里，被东西走向的断裂带挤压。此外，它的下方是：一直被当作典型的海底断层研究的马来断裂带；从墨西哥海域延伸过来的克拉里昂断裂带；紧靠赤道北边，从北纬十度附近向南面倾斜，在这几条断裂带中最长的克利珀顿断裂带。它们从西经一百五十度到一百四十度，蜿蜒三千多公里。南半球的那些断裂带就不知其名了。”

“请注意……”

田所博士拿起一根小棒，指着南美洲智利海域。

“太平洋之如此广阔，是有其原因的，目前，海底调查还没有进行到那一步。但显而易见的是，太平洋中央海域由地幔上升而隆起的山脉是与大西洋海岭、东太平洋海岭连成一片的。正如大家所看到的那样，海底山脉从印度洋的中部北上向印度半岛西海岸延伸，形成了马尔代夫、拉克代夫两个岛屿。依据威尔逊的理论，那就可以解释为，正是致使海底山脉隆起的地幔上升以及地幔向山脉两侧移动的板块运动，将之前从亚洲分离的印度大陆向北挤压，使之与亚洲大陆碰撞，造成其边缘处隆起，才形成了喜马拉雅大褶皱，现在，它恐怕依然是喜马拉雅山脉增高的原动力。印度洋海底山脉的分岔进入红海，在这儿形成阿拉伯半岛与非洲大陆间的裂谷，目前，这条裂谷还在不断扩大。这个分岔从埃塞俄比亚的阿比西尼亚高原向南，经乌干达、肯尼亚、坦桑尼亚、马拉维、莫桑比克穿越赤道，又在这儿形成了南北跨越四千公里的，包括有‘大沼泽湖群’之称的洛多夫湖、阿尔伯特湖、维多利亚湖、坦葛尼喀湖、尼亚萨湖和肯尼亚、乞力马扎罗等火山在内的东非大裂谷地带。也就是说，东部非洲是被裂谷沿东西方向撕裂的。那么……”

博士用小棒指着东太平洋的辽阔海面。

“根据刚才的观点，东部太平洋板块运动便可以理解为：导致东南太平洋海岭上升的地幔，向西北方向形成了表层地幔流。其证据之一就是土阿莫土、圣诞、夏威夷等东太平洋的系列岛屿群都呈东南至西北走向，而且，越往西北方向走，其火山的年代越古老。该板块与西太平洋板块相撞后陷至地球内部，下陷的裂缝形成了西太平洋弧形列岛特有的长海沟。海沟一带存在着负重力异常带和地热流异常带，这证明了比地壳重且热量大的地幔物质就是在这儿被吸升到地壳上的。那么——从阿留申弧形列岛到太平洋近亚洲边缘一带众多特有的弧形列岛的形成究竟意味着什么呢？我们怎么解释日本、东南亚、大洋洲东部海底那极其复杂的海底地形？又如何解释沿着众多的弧形列岛而形成的火山带和地震带呢？”

房间里鸦雀无声，谁都没有动。田所博士“叭”的一声切换了按钮。屏幕上出现了放大的西太平洋北部海洋和包括日本、千岛以及东南亚在内的大陆。

“我们很早就知道，在太平洋沿岸一带，即环太平洋地震带上，不论是新大陆还是亚洲大陆，地震的震源越靠近弧形列岛就越浅，越靠近大陆就越深，在这个地方形成了一个震源分布斜面，即震源距地表浅的地方呈三十度的角度，距地表较深或深的地方呈六十度的角度。比如，在南美，深源性地震的震源可达南美大陆内部安第斯山东侧的地下深处，更为显著的，比如在苏门答腊、爪哇、班达海的弧形大褶皱地带，震源朝着弧形褶皱的内侧，也就是朝着婆罗洲岛[32]方向越来越深。日本

32 印度尼西亚语为加里曼丹岛。

列岛也处于太平洋至大陆的浅源、中源性地震带的一个斜面上。不过，日本列岛的现状是，处于地下三四百公里至七百公里的深源性地震的震源与马里亚纳、小笠原、伊豆的富士火山带平行，北上至中部地方、中央大地沟的西面，横跨本州岛到达日本海，又在日本海的对岸符拉迪沃斯托克（海参崴）的附近，向东北方向几乎拐了个大直角，最后抵达鄂霍次克海的中央，形成一个极为狭窄的震源带……请大家务必记住这一点。总之，在西太平洋的弧形列岛的地下有一个插入大陆中央区域的地幔物质不整合面，这个不整合面也叫地幔断层带或破裂带。地幔断层带嵌入大陆地下深达七百公里，而大陆一侧的地幔物质，恰好沿着这个斜面，顺势而上，如同逆向断层一样，向太平洋一侧延伸。而且，在这些断层面接近地表的地方，有很多弧形列岛及大褶皱，火山带和浅源、中源及深源性地震的'巢'就出没在这条弧线上。"

博士把小棒指向上方，然后又从日本海向下慢慢移动，最后指向中国南海和菲律宾海盆。

"可是，为什么这个弧形列岛靠大陆一侧好像还有继续扩大的海盆呢？而且，为什么在这个海盆中央通常都有地热流量异常大的区域呢？特别是日本海，在 1965 年的 UMP（国际上地幔计划）观测之际，根据破坏性地震小组的详尽观察，我们了解到，除大和堆以外，日本海海底的地壳构造，其地壳层只有 12 公里，是极为浅薄的大洋型海底。还有，日本海域的海底地热量为平均每秒 2.17 微卡，与每秒 1.5 微卡的世界平均值相比，高得离奇，北海道日本海域的有些地方实际热量甚至高出世界平均值 1.7 倍。菲律宾海盆的状况是——这只是我个人的部分测定——从马鲁古海峡，经过帕劳、安加尔群岛，北上至冲鸟岛、大东群岛方向，这一线的帕劳—九州海岭一带，属于地热流异常带。在北边，鄂霍次克海盆也同样存在着地热流巨大的地段——这些到底意味着什么？我认为，在日本海海底存在着非常典型的内部地幔局部上升流，并且，这一地幔上升流在海盆的中央海底形成流向太平洋方向而非大陆方向的地幔流，将日本列岛向太平洋方向挤压，使日本列岛中央地带严重弯曲，而且，从地质学的年代看，其形成速度相当惊人。也就是说，我们可以认为，在古生代第三纪，即距今不过两千五百万年前，日本列岛的中心在遥远的北部，即北纬四十度附近，与滨海边疆区平行，其形状并不是现在如弓形一样弯曲，而是呈一条直线。由于日本海的扩张，即日本海底表层地幔朝东南方向流动，致使日本海向正南方挤压日本列岛，于是，日本列岛在中部地区的大地沟带折弯变形，形成了像现在这样的东北日本与西南日本弯曲的地貌。据最近的观测，日本列岛现在仍然以每年一至三厘米的速度被日本海向南挤压，可以认为，富士火山带就是在这个断裂处喷发的。若是如此，为什么会在海盆地方出现部分地幔上升的现象呢？这个你知道吧，小野寺君？”

“啊，不太清楚。”突然被问及，小野寺略有些慌张，忙结结巴巴地回答道，“是不是因为大洋一侧的地幔流潜入大陆板块下面的时候，地下深处的部分地幔被潜入的地幔流向上挤压的缘故？”

“是的，跟我的想法基本一致。就像给容器里的水加热一样，温度低的时候，水面正中为上升部，四周为下降部，形成缓慢的对流；而高温沸腾的时候，整个水面都形成升腾点。”

“请问……”片冈举手说，“如此说来，地球内部的地幔现在不是处于沸腾状态吗？”

“好问题……”田所博士回头朝片冈看了看，“的确，从漫长的时期看，地球内部的地幔对流发生了很大的变化。不过，这问题在后面更具重要意义，我待会儿再讲。在此之前，介绍一种能够说明日本海底地幔局部上涌的原理。正如前面所讲的那样，日本海的海底并不是大陆构造沦陷形成，而是大洋型地壳发生剧烈运动所致……关于这个原理，幸长，你有没有注意到什么？”

幸长默默地摇摇头。他开始有点朦朦胧胧地明白田所博士所持的观点了，但却没有勇气说出来。如果不是田所博士这位纯粹民间的学者，有谁又敢这样断言。“什么领域最能清楚地说明地球上不同温度的流体团块的运动轨迹呢？”博士穷追不舍地继续问道。幸长的内心被震撼了。是的……还是……

“是气象……”幸长沙哑着声音回答，“但是，先生……”

“好了。是不是想说气体、液体和固体，彼此的形态各不相同？但是，既然在超长时期里，固体的地幔是以液体的形态运动，并且超越了物质形态的界限，那么，认为它们以同一种形态表现出来的观点也就不足为怪了。这样的话，能够在短时间内进行充分观测的，变化速度极快的气团运动现象——气象模式，将它作为一个类似现象来解释地幔运动，应该是行得通的。也就是说，既然地幔有对流，那么，地表层的地幔就会分布着不同温度的地幔团块，这些团块在漫长的时期里宛如气团一样运动着。这解释有何不妥吗？”

大家都愣愣地看着满脸胡须的田所博士。

气团运动与地幔对流的相似性？——那个轻飘飘的、从不停留的大气的流动与沉重而坚固的大地深处那炽热的岩石运动之间，竟有如此相似之处！这，又有谁能想象得到呢？

“关于其逻辑推理的合理性，在这就不去证明了。但是，不管怎样说，如果它们都是以流体的形态表现出来的话，那么，它们之间大致的逻辑关系自然就应该显现出来。因此，要解释地幔局部涌出引起日本海地热流量的增大现象，就可以使用冷空气前锋潜入暖湿气流之下的气象模式来加以说明。”

“原来如此……”邦枝小声地嘀咕，“好像有点明白了。”

博士在黑板上画了一条横线，沿横线画了一条半椭圆形的曲线，在曲线的内侧标上一个左箭头。

“这是冷空气前锋的纵向剖面图。下面的直线表示地表，右侧是冷气团。冷气团潜入左边的暖湿气流下面。暖气团被冷气团推向上方变冷，沿着锋面生成云而降雨。暖湿气流前锋的情况正好与冷空气前锋相反，暖气团慢慢爬到冷气团上面。这种状态下，锋面剖面图不像冷空气前锋那样形成幅度较大的弧线，而是形成缓缓的坡面。请大家记住这一点。”

“那么，这右边的就是从太平洋一侧潜入亚洲大陆底下冷的板块和地幔块，左边则是大陆底下的地幔啰？”小野寺问。

“是的，大陆板块几乎都是由花岗岩构成的，形成地壳热源的放射性元素几乎都集中在这儿。也就是说，我们不得不这样认为，与地壳浅薄且放射性元素含量稀少的玄武岩质的大洋底部相比，大陆板块对地下地幔的保温效果更佳。在这儿，地壳的平均厚度为三十公里，是大洋底厚度的六倍，而且，由于大陆板块自身也发热，所以温度的上下波动不大……”

“这样说的话，大陆边缘地区由于受冷地幔潜入影响，才引起了暖地幔的上升了？”片冈问。

“可以这样理解——就好像冷气团追逐暖气团形成锢囚锋一样，地幔的一部分在大洋地幔与大陆地幔的交汇处被向上推挤，在这儿开始形成海盆。地幔自身的上层被大陆板块所覆盖，且重量巨大，因此，地幔上升至地壳时已到极限，便横向溢出。从形态上看，它属逆断层，就像骑在冷地幔块上一样。受逆断层挤压，太平洋的古大陆边缘开始形成弧形列岛。弧形列岛和大陆间断裂部分开始形成内海、海盆。”

大家津津有味地听着田所博士的讲解——大地那涌出升腾、四溢横流、炽热的岩石！如此说来，弧形列岛不过就像流动的岩浆锋线上的积雨云，而我们就住在那云端上，难道真是这样的吗？

“从大洋底千里迢迢移动而来的、充分冷却了的地幔与大陆板块的地幔碰撞后嵌入海底深处，形成海沟。那儿的热流量极小，是局部负重力异常带的缘故吧。”小野寺问，“如果是这样，为什么新大陆沿岸几乎没有海沟那样的地方？”

“这个问题嘛……你可以想象一下冷空气前锋和暖湿气流前锋的剖面。在冷空气前锋地带，锋面垂直向下，深度很深；而在暖湿气流前锋地带，暖气团则是顺着冷气团坡面徐徐上行。南北新大陆处于太平洋内侧、大西洋中部，呈南北走向，它被中央大西洋海岭下方的地幔流向西挤压，因此，大西洋一侧形成了波多黎各海沟以及较深的阿根廷海盆，而太平洋沿岸则没有出现。不过，东南太平洋上，在地幔上升的东南太平洋海岭的前面，同样出现了地幔下降的锋面，从而形成了南美大陆北部的秘鲁—智利海沟。”

田所博士掸了掸身上的粉笔灰，回头看了一下地图，又面向大家深深吸了口气。

“那么……”田所博士像是下了某种决心似的，“大家对刚才所讲的已经有所了解了，接下来，我想说说在日本列岛附近出现的地幔对流的骤变征兆……”

海上好像起风了，“吉野号”开始缓缓地上下摇动，房间时而慢慢地向右偏，时而又向左倾斜。

话音刚落，船体的“嘎吱嘎吱”声、呼呼而过的风声以及波浪撞击船舷的声音就清晰地传了过来，顿时，阴郁的气氛立刻在房间内悄悄弥漫开了。

小野寺觉得有点奇怪，侧耳细听了一下外面物体的撞击声。“吉野号”以十五海里的速度向西驶去。应该马上就要靠近伊豆海面了吧？三宅岛有爆发征兆，那儿的人怎样？“高月号”能及时赶到吗？

“田所先生……”一直沉默不语的中田小声地说，“请再说明白一点，要发生什么事？是地震吗？”

田所博士凝视天花板沉思着，慢慢地摇摇头。

“地震？是的，地震也会发生吧。或许还有很多……但是，假如是一般的地震，以前日本也发生了不少，我们早已熟知它的特性。一次地震所释放出来的能量最大值，根据地壳的性质，一般不超过震级八点六级，即 5×10^{24} 尔格。一个单位的震源体积，其直线距离为一百五十公里……迄今为止，日本记录在案的最大地震是 1933 年的三陆海大地震，震级为八点三级。但是，大家必须铭记在心的是，人们开始科学地观测研究地震的历史还不到一百年，对地球整体进行科学调查才一个多世纪，对地球进行真正意义上的大规模观测，则是在 1950 年以后……”

“这么说，也许在人类开始观测之前，就发生过八点六级以上的地震了？”幸长问，“但是，这个数值应该能从地壳的断层物质判断出来……”

“这个不好说。现代人类的出现也不过只有数万年。从之前的几千万年到几亿年中，发生过什么异常的情况，依照我们现有的经验，谁也不清楚。而且，就是地壳变动的痕迹，也并没有在全世界范围内进行过调查。地球绕自转轴自转，地球磁极以四十万年为一个周期逆转，现在地磁气日趋减少，两千年以后，地磁气将消失殆尽。地球上的生物受到宇宙射线——特别是太阳光释放的高能电荷粒子的直接照射……所有这些现象，无一例外都是在短短的十年间对地球进行调查后才知道的。我们对地球的了解仅仅是九牛一毛啊。幸长，这一点你也应该清楚。尤其是……尤其是，我们对地球过去所发生的情况以及现在的状况，还不完全了解……”

田所博士像痴人说梦一样不停地说着，一边摆弄着按钮。胡乱按了一气之后，投影画面完全变了，屏幕上出现了普通的地球剖面图。内核、外核、地幔、地壳……在每一个界面上都着了颜色。博士用呆滞的眼神盯着那些画面。

船舱倾斜得很厉害，不知哪儿的门发出了“砰砰”的响声。

“连以前所发生的情况都不太清楚……”田所博士含糊不清地小声嘀咕着，“更何况……今后将发生什么事呢？或许今后发生的事，对于具有四十五亿年历史的古老地球而言，还是个崭新的未知的东西……”

“到底是什么事情呢？”小野寺问，“是不是说今后将会发生过去从未发生过的事情？”

“等一等。”中田插嘴说，“过去从未发生的事情……果真会发生吗？”

“历史就这么回事。”田所博士回过头说，“不是简单的重复，它会出现全新的形态。这就是各种现象的进化史，我们应该从地球的角度去看它的进化历程。太阳系中诞生了十个行星，虽然大小各异，但它们诞生的形式几乎是一样的。它们有相同的开端，只是其中一个行星上突然诞生了生命——这是其他任何行星都未曾有过的经历。在生命出现之前的阶段，就算有观察这十个行星的意识，但要预测十个行星中，哪一个将会诞生生命——假如生命出现以前，对生命是什么东西都不知道的话——那么，预测是根本不可能的。”

“先生是要预测那些无法预测的东西吗？”邦枝一脸复杂的表情。

“完整的预测是办不到的，但还是有可能性……”田所博士抬头看着地球的剖面图说，“不过我要大家明白这样一点，那就是，我们不能够凭借短时期观测得到的、贫乏而不完整的数据来断定某类事情绝不会发生。过去也许没有发生过震级八点六级以上的地震。如果基于以前的认知理论，我们或许会认为超过那个震级的地震是不会发生的。但是，在将来，也许会发生过去从没发生过的事情。比如，若干个贮存相当于单位震源体积 5×10^{24} 尔格的巨大能量的地壳排列在一起，当这些地壳同时释放能量，其结果将会怎样呢？谁能断言那样的事就绝对不会发生吗？在完全明朗化之前，未来是不可预测的。即使像拉普拉斯魔神一样，对过去、对现在都了如指掌……”

“先生，”幸长看了看挂钟说，“马上就到用餐的时间了。请进入正题吧。”

“好的。”田所博士好像终于醒悟过来似的点点头，“那么，简单地说明一下。依据地球内部地震波的传导速度变化被认定的固体地幔，实际上是长期处于缓慢对流的物质。这一点大家都清楚吧。日本海沟正好处于那个大型地幔流上方的太平洋板块的沉降部，而日本列岛处在地幔对流界面——不连续面上，在太平洋一侧受插入列岛之下的板块作用被向下拉动，由于来自大陆一侧的地幔上升，致使列岛又承受着推向大洋板块之上的挤压力……由于这巨大能量，致使日本列岛在过去数千万年间由大陆向南挤压，向南移动了五六百公里，从第三纪初算起，日本列岛已从其中部弯曲了近四十度……”

博士拨弄了一下按钮，出现了日本列岛的地图。

漂浮着的日本列岛！

日本列岛现在仍然以每年一至两厘米的速度整体向东南偏南方向移动，然而，在它移动的正前方，地幔流正以每年四厘米的速度迎面奔来。日本列岛是一个逆地幔流而上的列岛！如果按博士的分析，那么，在新生代第三纪之初，那时的日本列岛并不像今天这样弯曲成东北、西南走向的弓形状，而是紧挨着俄罗斯滨海边疆区呈笔直走向的。五千万年间，日本列岛向南移动了五六百公里。按每年一至两厘米的移动速度计算的话，有那么长的时间，足以移动这点距离。

来自大洋的冷地幔流，像一枚楔子一样插入大陆板块，使骑在上面的日本列岛像积雨云一样渐渐地活跃起来。同时，由于它是朝着地幔流的顶部向上攀爬，致使地幔沉降部逐渐被挤压，随之形成海沟，而且越来越深。

另外，一个由菲律宾海盆中心部涌出的地幔形成的地幔不连续面的弧形锋面，由南向北与日本列岛的中央部相交——形成马里亚纳—小笠原弧形列岛。沿着这个弧形锋面生成了火山列岛，在距热流量极高的列岛弧形线以西约二百四五十公里的地方，有一条与弧形锋面平行的、通常在地下四百公里的深处发生地震的深源性地震带。富士火山带驻足在日本列岛中央部，而深源性地震带则横贯日本列岛，并且穿越日本海的下方延伸到符拉迪沃斯托克，在那儿向东折了一个近九十度的弯儿，沿俄罗斯滨海边疆区海岸直达鄂霍次克海。

马里亚纳—小笠原火山弧和深源性地震带的地表之间有一个大约二百四五十公里的错位，它与地下四百公里的地震带之间形成了一个六十度左右的切入斜面。这正好与日本东北部地下深处震源分布斜面的角度相同！

这样的话——幸长心想，也可以认为，在日本东北部的中源、浅源性地震带上，有一个角度为三十四度的斜面，而日本列岛恰好就横跨在这个大洋板块上。现在，日本列岛火山带虽然与俄罗斯滨海边疆区向东北延伸的深源性地震带相距五六百公里，但是，在日本向东南方向漂移数百公里以前，日本列岛火山带与地表还是有二百多公里的错位——不，它一定更邻近且与俄罗斯滨海边疆地区平行。只有日本列岛被日本海涌出的地幔向南方挤压而移动，致使震源带和火山带之间有一个倾斜界面，该界面的地下深部倾斜度达到一定限度之时，与表层部形成更小的角度。

这么一来——幸长想到这儿，浑身不由一紧——还是让我不幸言中了。7月初去小笠原群岛调查“一夜之间沉没的岛”的时候，当被田所博士问及原因时，自己不经意间说出的那个回答肯定没错。

大洋上的弧形列岛是由持续的造山运动所形成的，也可能是大陆西移被留下来的吧？至少可以说，马里亚纳—小笠原火山弧还在延续。当这岛弧受到菲律宾海盆中央以帕劳—九州海岭为中心涌出的地幔挤压，更是经过数千万年的岁月向东移动之后……也许，那儿会隆起形成巨大的列岛，如果那里的地幔对流的形态在之前没有发生变化的话。

是地幔对流形态变化——幸长想到这儿，不禁吃惊地再次注视着田所博士。

原来如此！那个……发生变化吗？进展迅速吗？要多长时间？

“可是……”田所博士向幸长投去了犀利的目光，“纽卡斯尔大学的兰凯先生从古地磁学的角度再次提出‘大陆漂移说’的时候，就举了一个奇怪的事例，说美洲大陆向西移动的大陆漂移现象是在近期——距今仅两亿年的中生代侏罗纪到白垩纪之间突然发生的。那是个什么学说？你还记得吗，幸长君？”

“记得……”幸长感到喉头有点刺痛，“是钱德拉塞卡极限……”

“是这样的。印度裔美籍大天文学家钱德拉塞卡做过一个很有趣的计算。大家再看看地球的剖面图。地球中心在地幔的下面有一个像鸡蛋黄一样的东西，那是地核。现在，这个地核的大小已超过地球直径一半以上，大约有七千公里。但是，地核在诞生初期应该是很小的，随着地球因自身重力而产生收缩，其内部的压力和温度升高，继而地核发展壮大。但是，随着地核的不断增大，其外围的地幔对流状况也会发生改变。最初，比如它是从南极上升，在北极下降，形成一个大旋涡，随着地核直径的增大，这个旋涡又从赤道开始向两极分流，使之变小。但这个变化不是连续性的，当地核的大小达到一定程度的时候，旋涡会突然被搅散，生成若干个新的小旋涡。这一点通过钱德拉塞卡的计算得到了证明……”

田所博士指着世界地图的大西洋部分，像辅导孩子似的，用缓慢的语气一句一句地讲解着。

“大约距今两亿年前时，紧紧连在一起的南、北美洲突然与欧洲、非洲呈东西向分离的缘由就在于此。虽然那时大陆移动的痕迹在地质学上还没得到承认，但是，这个时期聚在一起的陆地之所以突然分割成几块，开始向四周漂移，是因为在中生代时期之前，地幔对流的旋涡很大，地幔上漂浮的陆地向一个地方集中，但突然间，旋涡的状况发生了变化，地幔内生成了许多小的旋涡，于是陆地便被分成几块，开始向四周漂移。这样的解释是成立的……”

田所博士的语调比最初时降低了许多，变得柔和了。

但是，对于听者而言，还是清晰地感到博士的讲话声愈来愈大。室内一片寂静，大家都屏住呼吸，紧紧地盯着博士不断张合的嘴角。博士的背后，计算机的灯光不断闪烁，室外呼呼的风声和波浪撞击声渐渐变得大起来。

小野寺发觉自己不知什么时候手心已捏出了汗。他条件反射连忙去擦额头，结果也是汗淋淋、滑溜溜的。

是啊……小野寺想。是这个道理呀！

自从小笠原之行第一次见到田所博士以来，今天才终于明白这位像着了迷似的、近乎癫狂的学者，到底是在寻求着什么。博士沉迷其中的那个意象的东西慢慢地显示出了全貌。小野寺也已经大致明白那到底是什么东西了。但是，尽管如此，他仍然还是没有揭开最后面纱的勇气。他的整个身体变得僵硬，紧张得浑身发凉，腋下渗出了汗，不知不觉中，正一步步地向着真相迈进……

向着黑沉沉的、让人感到某种巨大恐惧的那个未知真相迈进……

“且说……”田所博士长长地叹了一口气，低声说，“大陆漂移始于两亿年前，其结果是，中生代和新生代交替时期，引发阿尔卑斯造山运动，地壳变动从最鼎盛时期到衰退大约在六千万年前；绿色凝灰岩造山运动引发地球史上最为巨大的火山喷发活动到结束大约在两千五百万年前……我们是不是正在迎接一个新的大地壳变动期？更令人毛骨悚然的是，地球诞生后的四十六亿年历史长河中，地表状态完全重新改变，从海上、陆地的地貌到生物的形态，全部更换一新。这种巨大地壳变动的间隔时间按始生代、古生代、中生代、新生代的排列顺序渐渐地缩短，而且，不仅是变动与变动的间距在缩短，随着时间的推移，其规模也逐渐变大。虽然有人从地球变化的宏观角度对此提出异议……其实，不单是造山运动的规模，气候变化、岩浆岩的特质、生物的进化形态同样如此。虽然人们普遍认为，生物进化的速度是生命诞生后，到生物体形成所花费的时间的平方数。但我认为，地球变化的过程是从地球的核心部至地表，随着时间的推移，其变化速度加快，变动的幅度加剧。地球的地貌以及地壳在其变迁、变动的过程中，不是一种简单的、过往周期性的重复，而是将其‘进化’的形态展现出来。而且……”

“日本列岛附近地幔对流也出现了新的变化征兆？”片冈忍不住插嘴道，“请告诉我们，日本列岛究竟要发生什么？”

“这件事，我再次希望大家能够铭记于心。诸位！”田所博士将拳头“咚”地一下砸到桌上。

“对于我们所要面对的未来，完全可以从过去历史的延续中做出某种程度的推测。但是，在未来的历史当中一定有未知的、黑暗的东西，这些东西仅凭过去的历史延续，是绝不可能推测出来的。谁敢断定过去从未发生过的事情，将来就绝对不会发生？！何况，在短短数万年的现代人类的历史中，我们又体验过多少‘过去’呢？在不到两个世纪的近代科学研究中，我们对‘人类以前的历史’到底知道多少？对于地球史上划时代的几次大的造山运动，对于我们人类哺乳类时代的新生代中新世[33]——甚至对于两千五百万年前发生的绿凝灰岩造山运动，我们也只能通过地下遗留的痕迹，模糊地将它剧烈的变动描绘出来而已。而这些活动最剧烈的时期，到底发生了什么，我们没有直接的体验。说到‘过去地壳大变动’，我们也只是看到变动留下的遗骸，却全然不知那些生命在活着的时候，吼叫着在荒野上狂奔的情形。在现代的灾害中难道不是同样如此吗？地震、台风、洪水引发的灾难，不也是在发生后，我们才得知灾害所带来的巨大损失吗？就是这个道理。各位，我们对过去所发生的地壳大变动的情况一无所知，而且，所了解的只不过是反映在地质学、地球史上的时间和空间上的变动过程，而不是以十年、百年为时

33 地质年代第三纪的第四个世纪，距今约 2330 万年～距今约 530 万年，由查理斯·莱尔所命名。

间单位对人类生活体验的影响。从1944年开始隆起的著名的北海道昭和新山，在一年多的时间竟升高了三百多米，上升速度最快时达到每天一点五米。但是，如果把这个对人类而言绝对异常的变化放到地质时代，恐怕就不会被发现了。1815年，史上最大的火山——印度尼西亚的松巴洼岛坦博火山爆发，导致五万六千人死亡；1883年，有名的爪哇喀拉喀托岛火山爆发，死亡人数达三万六千人，火山喷出的火山灰直达两万七千米的平流层，让全世界整整三年处于火山灰的笼罩之中，地球上的日照量减少百分之十，导致冷害造成世界范围的粮食歉收；1902年，西印度群岛马提尼克岛珀列火山大爆发，高温冲击波和运动速度达每秒一百五十米的火山发光云，瞬间就使圣彼尔的两万八千名居民丧生。此外，还有我们记忆犹新的关东大地震，造成十万人死亡。但如果用地质年代的尺度来审视这些对人类而言可以称为巨大的地壳变动，则恐怕只能算是忽略不计、微不足道之事了。现在看来——我们对史前地壳变动的历史知之甚少，极为模糊。而且，必须强调，我们用现有的地壳变动的历史知识，对未来即将发生的与过去的地壳变动完全不同的、处于崭新纪元、呈全新状态的地壳变动进行预测，那是极为不够的……”

“那么……”中田盯着田所博士问，“先生，不能沿用过去的数据来进行推测，您又怎么预测呢？”

“直觉加想象力……”田所博士激动地大声说道，“中田君，概率过程的相位空间概念，对你来说应该很清楚吧。严格意义上讲，科学是不接受人类的直觉和想象力的，但同时又可以说，科学还没有发展到将‘二者’作为一种‘方法’，严密地引入到科学范畴的地步。尽管如此，实际上，促使近代科学或者近代数学的飞跃发展的原动力就来自这两个方法……无论是数学还是理论科学，绝不是单纯地依据所得知的数据的演绎、归纳而发展起来的。相反，正是人类从微小的数据中，发现过去难以想象的新的关系和形态，具有这样的自由奔放的联想、深邃的想象力，才促使科学基本认识有了飞跃发展。虽然其中也有过成千上万的谬误，但是，在几个从根本上改变近代科学的基本认识的理论中，几乎所有的理论都是基于极少的证据直观地引导出的灵感和假设，这种假设以假定理论的形式发表，而针对假定理论的论证则是之后的事。孟德尔的遗传定律如此，爱因斯坦的相对论、普朗克的量子论也同样如此……没有人怀疑达尔文的进化论，但是，虽然有诸多旁证，却仍然不能'证明'其完全性、科学性。这是因为，一个理论的认知，需要一个超长期的生物进化时间。而且，生物进化是一个毋庸置疑的事实。我不打算自己为自己辩护，但是，作为科学工作者，我非常清楚地知道，由于自己在某些场合过于无视组织体系，过分地蛮干，方法简单、粗暴，所以，我的观点很难被人接受，但是，从表现出的很多征兆看，我越来越强烈地感到，我直观感知到的情况一定会发生，尽管它还没有被科学证明。再重复一遍，也许迄今为止，这个情况在地球长时期的地壳变动过程中从未发生过，或者也许发生过，但所发生的证据还没有出现在我们文明世界所收集的资料中。但是——过去从未发生过的事情并不代表将来就绝对不发生！也许，地球史正迈进一个全新的纪元，新生代第四纪的地壳变动正在掀开崭新的一页——它在过往的所有变动历史中还不曾留下任何记载。这，都是隐藏在我们脚下数十公里深处的地幔运动惹的祸！"

田所博士"咚"的一声在地板上跺了一脚——大家不由得吓了一跳。

"可以认为，在目前我们所收集的资料中，那些征兆显得非常模糊。即使将这些征兆和过去所有异动的前兆现象一一对照，恐怕也无法发现能够对应的东西。我已经尽力这样去做了。结果，我把一切还原到白纸上，把那些彼此毫无关联的、分散的、不确定的征兆连接起来，看看能描绘出怎样的图形来。我用各种假设对这些毫无关联的征兆进行论证。日本列岛是由于日本海海底的地幔块的局部涌出而被推向太平洋一侧而形成的，这推论只不过是我的假设。用气象现象的模式来理解地幔对流的原理，这也是我暂时的假设。目前，还没有足够的证据证明这假设是完全正确的，因为还有很多数据缺失。但是，上述的种种假设最终得到了一个将那么多离奇征兆关联在一起的辅助线。沿日本海沟大陆斜面的负重力异常带急速向东移动，随之而来地磁气异常带及地热流量异常带的移动，日本海沟底部有向东移动的征兆，大陆板块部分倾斜面快速下沉——伴随而来的是以每小时十几米的速度下沉的岛屿……”

“有一个问题……”邦枝说，“那么大的异动为什么没有引起海啸呢?”

“即使是急剧的变动，在现阶段还与地震不同，它不是冲击性的。因为一小时数十厘米到十几米的变动是极为平缓的活动。”博士说，“在水中，假如动作幅度不大，水表面是不会起波浪的……这是相同的道理。虽然没有人相信地壳具有如此大的弹性，但是，事实上，它的变动非常平稳，且不间断地进行着。只要查一下潮汐表的大数据，这变动就可以被发现。……虽然除我之外，还没有人发现这个问题，而且，对于我们还没有建立精密海底地形观测网的日本人来说，竟未注意到它是那样平静地运动着，这也许是全新类型的地壳变动现象从未表现出来的特征。但是……”

田所博士不经意地咬住嘴唇，专注地看着日本列岛的模型。沉闷的一分钟过去了，两分钟过去了，博士仍然沉默不语。

“田所先生……”年轻的片冈忍不住哑着嗓子问，“那又将会怎样?日本列岛附近下面的地幔对流形态发生急剧的异动……那到底会变成什么样子?”

“啊……”田所博士如梦初醒般抬起头，“啊，我正在想为什么现在的地幔对流形态变化得这么厉害……为什么被看作固体的地幔会如此剧烈地变动?”

“正如先生刚才讲的，地核的扩张，引起了对流形态急剧的、非连续性的变化吧。”幸长说，“地幔对流旋涡被分割得很小……再说明白一点，太平洋一侧的地幔的某个地方——大约地下数百公里的地方，地幔块分裂得很小……或者也许正要分裂。”

“这我知道。……可是，它为什么那样剧烈地活动?我不明白。”

“由于地幔内部物质的不均衡，导致了很多热流不整合面的出现，并在那儿积存热量，当积存达到某种程度时，部分地幔的黏性不就急剧下降了吗?”幸长说，“我真不明白了——但是，从温度、压力的关系看，由于地核的变大，深部的地幔温度升高，当其中一部分地核熔化至液态的外核中的时候，来自上面的压力瞬间急剧下降，与此同时，内部地幔储热面随压力的下降而熔点降低，即使不熔化，其黏着度也会急剧下降。对流块也许就在那儿被分割……或者也许不仅仅是这样……”

“不管怎样，目前日本列岛在太平洋一侧的地幔块都在急速地缩小。”博士敲打着投影立体地图的屏幕，“这也许是整个地球全新类型的地壳变动前兆，或者也许是仅限于这一区域的特殊事例。但是，有一点很清楚，现在对日本列岛太平洋底的地幔对流急剧变化的了解还仅限于局部。虽说是很急剧的变化，但其变化的质量总量与影响日本列岛构造的地下表层地幔的总质量相比较，仍然是微乎其微的。不过，我们应该清楚地认识到：按现在这样的速度和方向持续移动的话，当变化量累计达到一定程度时，现在的地幔—地壳构造的力学平衡将被打破，这将给整个日本列岛带来毁灭性的影响……”

“如此说来……将会怎样？”感到嗓子眼发干的小野寺嘶哑着声音问，“日本列岛……将会怎样？”

“不知道。但是，必须考虑到，整个日本列岛正承受着来自日本海方面的、每年以一厘米以上的速度向东南方向移动的压力。除此之外，加上日本列岛整个重量的平衡移动以及地下各处不平衡的温度压力，日本列岛地下每年所储存的能量一般不超过 25×10^{23} 尔格。这与日本列岛一年地震所释放的能量是相等的。日本列岛以地震的形式释放它所储存的能量，以维持着它自身的平衡。但是，假如所有储存的能量都来自日本海的挤压力……也就是说，日本列岛被挤向太平洋一侧的地幔块，以逆断层的方式发生叠加……假如太平洋一侧，支撑压力的地幔块对流形态急剧变化，而来自太平洋的压力骤然减少……”

小野寺怔住了，呆呆地看着图像。如果支撑日本列岛的太平洋的支柱突然垮掉……那日本将……

“能预测到有多大规模的变动吗？”中田用冷静的语气问。

“不知道！”田所博士大声嚷道，焦躁不安地握紧拳头在屏幕前面走来走去，“那是不可想象的，我们要抱有不惜一切代价去调查的精神。

目前，对它的规模还无法想象，也全然不知什么时候发生。但是，异常变化绝不会一直等着我们，待我们能够完整地用科学知识去预测后再发生。另外，还有一点是明确的，最近，整个日本列岛每年所释放的能量已远远超过它一年储存、释放的地震总能量的上限。即便是火山爆发，单次的最大能量纪录也不过是 1.0×10^{27} 尔格。而这段时间，整个日本列岛释放能量的总量已超过 1.0×10^{30} 尔格。当然，这能量不会像大地震那样从一个地方释放出来，也不大会在同一时间一起爆发出来。不过，我们必须考虑到，地震发生形态与过去相比将有很大的不同，比如，震级八点五级或八点六级的地震在各个地方呈并列状连续发生。这种现象是以前从未有过的，但是，今后可能就会发生……地震只不过是异变的附属现象。我以为，今后发生的异变将是更大规模的，它将引发连续性的大地震，给地球带来惨烈的灾难，而这些表象只是异变的部分表现而已……”

“那更大规模的现象是什么？”邦枝迫不及待地问。

“最坏的情况……”田所博士咽了咽唾沫说，“这与地震造成损害程度没有关系……最坏的情况——就是日本列岛的大部分将会沉入海底……”

房间内鸦雀无声。

风依然不断地呼啸着，波浪使劲儿地拍打着船舷，房间内到处都发出“吱吱嘎嘎”的声音。尽管船颠簸得很厉害，但是屋里充斥着沉默和寂静，像掉下一根针都能听见似的令人感到窒息。小野寺用眼角的余光瞟了一下与计算机相连的通信仪器，通信仪器上显示来电信息的红灯不断闪烁，因为没有人接听，便自动开始记录，但是，包括小野寺在内所有人都没有打算去接听。在电报机发出的“喀哒喀哒”和传真机发出的“咔叽咔叽”的声音中，大家全都呆呆地坐着。

这时，船舱又向一边倾斜过去，不知是谁的铅笔掉在地上，发出清脆的响声，滚落到了墙边。大家几乎都以为船被波浪推到浪尖上了，但是船身却依然倾斜着，并没有恢复原状。船体比刚才斜得更厉害了，大家全都倒向一边。

哦呀？小野寺想。

左满舵，船转了个方向……急转弯。是不是快接近目的地了？小野寺条件反射地抬头看了看时钟，离预定到达目的地的时间还有一个半小时多。船又左满舵，接着又转了一个急弯。满舵……满舵……一百八十度的大转弯。好像遇见了什么紧急情况。

不一会儿，船舱恢复了原状，好像将大家推向一边的力量突然消失了一样，大家的紧张情绪稍稍得到点缓解，彼此面面相觑。“吉野号”掉头后，加速前进。浪涛声、风啸声，船舱上下颠簸，左右摇晃……

这时，走廊上突然传来一阵急促的脚步声，接着，舱门就被敲得“咚咚”响。屋里谁应了一声，小野寺还没注意是谁，门就打开了。进来一个面孔晒得黝黑的年轻士官，他敬个礼，满脸紧张，手中的纸片在微微颤抖。

“横须贺舰队司令部发来的电报……”士官一边看纸片，一边有些结巴地读道，“关东地方发生强烈地震——震源在东京湾海面三十公里处，震级八点五级……东京湾、相模湾一带遭受海啸袭击，东京都内震度达到六至七度，损失相当严重。根据海上自卫队司令部的命令，本舰前往救灾。现改变航线，向东京方向进发……”

日本列島

にっぽんれっとう

1

地震发生时，山崎正准备离开位于原宿某大楼的六楼“D-1 计划总部”。

时间是下午五点多。按计划，山崎要搭乘海上自卫队的高速直升机，赶往位于远州海面上的“吉野号”。直升机抵达晴海码头的时间是傍晚六点。

女办事员下午五点整的时候被打发回家了，办公室里只剩下会计安川和山崎两个人。在和内阁办公厅联系妥当之后，山崎把文件整理好塞进公文包里，接着给自己的情人住的地方打了一通电话。山崎的情人二十八岁，身材臃肿，是一个女招待出身的服饰设计师。山崎和她的情人关系，早在她做新宿酒吧女招待的时候就开始了。

这个女人虽然辞去了女招待的工作，却依然改不掉睡懒觉的习惯，平常这个时候，她都会待在公寓里。但是此刻，电话通了却没有人接听。考虑到这次离开的时间比较长，所以，山崎打算事情一完就先来个幽会，谁知怎么打也没有人接，弄得山崎心里很不爽。

“或许和包养她的人一起出去了。”山崎这样想。

“时间……来得及吗？”安川一边看表一边对山崎说，“快到下班高峰了，要塞车哟。”

“不要紧。高速公路到汐留那一段我可以开快点。”

说完，山崎很不情愿地挂断了电话，接着伸了个大懒腰，把公文包夹在腋下，对安川说道：“那，我就动身了。今晚得待在海上了。”

“是够呛。”安川敲着电脑键盘回应道，“今晚我也得熬通宵。”

“喂，我说，你也得注意身体哦。”山崎一边戴帽子一边说，“年纪轻轻的把身体累坏就什么都完了。还有，我把车停在码头停车场，你明天或者什么时候抽空打的去码头帮我把车取回来。备用钥匙在我抽屉里。”

山崎一边说着，一边走到窗边，往下看了看公路上拥挤的车流。

入秋之后，白昼变短了。此时临近黄昏，暮色已经开始慢慢降临在东京的上空。

天空的西面映照着火红的晚霞。而从头顶上方到东边，铅灰色的乌云黑压压的低垂密布，天气黏糊糊的让人厌烦。在这片乌云笼罩的天空下，霓虹灯和水银灯开始闪烁起来，在闪烁的灯光里，开始透出阵阵秋意。

东京这座拥有一千两百万人口的大都会，正准备着迎接一天之中的第二次交通拥堵的高峰。

几十万甚至是几百万人，一齐从办公室、工厂和商店里蜂拥而出，朝着火车站、大街、闹市和汽车站进发；同时，几十万辆汽车——卡车、公交车、出租车和轿车，全都发动了引擎；紧靠办公大楼前面的原宿火车站的站台上也是人头攒动；通往神宫的大道上，汽车的红色尾灯交相辉映。

连日来超负荷的工作，再加上联络不到自己的情人，山崎心中有些郁闷，他看着窗外的景色，不由得长叹了一口气。

这时，从代代木森林以及从四处的树丛中，一大片黑色的东西像抛撒芝麻粒一般，乱哄哄地腾空而起——鸽子、麻雀、乌鸦……鸟儿们突然发狂似的一齐飞了起来。

“……？！”

山崎惊诧得张口结舌。

就在几万只鸟儿一齐飞向天空的同时，东边天空，数道刺眼的闪电划过被暮色笼罩的铅灰色云层，直插大地，随即“啪、啪”闪出极亮的白光。

“喂，安川君……”山崎目不转睛地望着窗外，不由自主地朝安川喊道，“快来看！——那是什么？”

虽然弄不清这些白光到底是从哪儿迸发出来的，但是，特别是东边，白色闪电仿佛要把地面劈开似的，从街道中央直奔云端。不只是一道闪电，闪电之间隔有一定的距离，相互离得很远，两道、三道……在空中闪过。突然，一个微微闪耀的红色光球从其中一道闪电中被弹了出来，画着弧线飞了上去，接着又砸向地面。

“那是什么？”安川大吃一惊，从桌子前面站了起来。

“轰——”随着一声巨响，转瞬间，一股巨大的冲击波自下而上袭了过来。

还没来得及反应，这股冲击波已发出隆隆巨响，像巨人的铁锤一样，不停地猛击地面。每当冲击波袭来，茶杯和墨水瓶就会从桌上跃至空中，装有图钉的盒子画着弧线飞了出去，“砰”地落到地板上，里面的图钉被倾倒一空。

“是地震！”山崎叫了出来，猛地瞄了一眼时钟，“这次……比以往要大得多！”

纵向震动——“初期微震”就来得如此凶猛，那么……山崎把最近学到的地震用语都用上了。……震源就在附近，而且是大家伙……

纵向震动过后，正式的横向震动——主体地震便会随之而来。两者之间间隔极短。因为引起上下震动的 P 波——纵波传到地壳的速度比引起左右震动的 S 波——横波的速度要快得多。就地面破坏力而言，后传到的横波要大得多。离震源地越近，上下震动与左右震动的时间间隔就越短。

当剧烈的、仿佛向上翻涌似的震动稍稍有所平息的时候，山崎的脑子里猛地闪过一个念头。

“要不要利用这短暂的间隔逃到楼下去？”

但是，已无时间可逃了。隆隆的、万炮齐发般的、巨大的轰鸣在远处震响，几乎同时，所有的建筑物都一起发出“轰”的响声，剧烈的横向震动开始了。山崎的脚好像被什么东西绊住，重重地弹到墙上，然后又被余震颠到地板上，手掌也被散落一地的图钉刺中了两三处。慌忙中他想跪着保持平衡再站立起来，但是别说站立了，就连趴在地上也趴不住。地板像发了疯似的左摇右晃，将山崎撂倒。

“山崎君！”年轻的安川尖声喊道。

“到桌子下面去！”山崎大声地喊着，“躲到桌子下面去！”

“咚”——沉重的书架倒了下来。裂缝爬上了天花板和墙面，水泥的碎片夹杂着尘土“噼里啪啦”地落下来。山崎埋着头，艰难地向前爬行，总算爬到一张桌子下面。这时，镶嵌在牢固窗框里的窗玻璃开始“砰砰”地裂开，随后飞向空中，看着眼前的这一切，山崎完全惊呆了。突然，所有的灯光瞬间全部熄灭了，灰色的天空中，只留下一道道不停闪耀的、咄咄逼人的闪电光。

横向震动似乎稍稍减弱了一点，紧接着，来势更加凶猛的震动又开始了。电脑带着连接线从桌上飞起，“咚”地砸到了山崎紧靠着的墙壁上。这次的震动似乎比刚才还要强烈。整栋建筑拼命地摇晃着，发出“哗啦哗啦”的声响。棚顶上的水泥块开始“扑通扑通”地往下掉。山崎觉得地板也“嘎嘎”地向上翘。

恐怕楼快倒了吧？山崎暗暗想着，反倒冷静了许多。自己现在的位置是这栋七层建筑物的第六层，如果整栋建筑倒塌的话，必死无疑，自己将会和混凝土块一起重重地砸向大地……

“嗒嗒、嗒嗒嗒——”

窗框还在不停地晃动。山崎眼看着窗框从窗口掉下，飞出窗外。我会死掉吧……他异常冷静地在心里念道。不过，他觉得如果就这样死去，自己的一生也太没价值了。

刚才响彻四周的轰鸣声渐渐地平息了下来。地板倾斜了将近七度，昏暗的屋子里尘土弥漫。山崎想从桌子下面爬出来，却发现前面被什么东西挡住了。原来是掉下来的一块天花板正覆盖在桌子上面，把前面的出口挡住了。

借着窗外透进来的微微亮光，山崎发现整个屋子几乎在刹那间变得惨不忍睹。在这尘埃笼罩的房间里，裂痕爬满了四壁和天花板；不知从哪儿飞来的混凝土块东倒西歪遍地都是；书架和柜子全被掀倒在地；桌子也被压扁了。刚才房间里的井然有序转瞬之间已经荡然无存，剩下的这个房间既荒凉又杂乱，像塌陷的洞穴一般。刚才还隐藏在色彩淡雅的喷涂、几何图案以及平整的室内装饰下面的东西，转眼间便都毫不掩饰地露出了粗野的面孔。

“安川……”山崎嘶哑着嗓音喊道，“你没事吧？”

“哎哎……”安川声音微弱地答道，“被什么砸了一下脑袋，但是没有大碍。”

两人正说着，屋子又开始晃晃悠悠地摇晃起来了。本来已经摇摇欲坠的天花板，“咚”的一声掉在了地上。

“怎么办？”安川像孩子一样怯生生地问，“该怎么办呢？”

外面“乒乒乓乓”的碎裂声响个不停。这时，窗外忽然泛起了红褐色的光。这个时候，渐渐从远处传来了人们的呼喊声和惨叫声。一股焦臭味儿混杂着尘土味儿扑鼻而来。出于本能，山崎感觉危险正在步步逼近。

“无论如何得先逃到楼下去。”山崎说，“余震可能还会再来。待在这里很危险。”

“不能乘电梯了，走楼梯行吗？”

“不知道。如果门没有上锁的话，从外边的安全楼梯下去最好。”

山崎在桌子下面一直低着头，不知被什么重物的棱角死死地抵住了腰部。为了从桌子下面出来，他只好弯着腰，往后退，好不容易才爬了出来。在爬出来的时候，衣袖不知被什么东西挂住，“嗞啦”一声撕破了。

“你出得来吗？”山崎嘶哑着声音问。

“对不起，请你帮我把这个……文件柜挪开。”

山崎看到一个钢制文件柜开着门，扭曲着，正好卡在安川藏身的那张桌子和墙壁之间。山崎把桌子拉开，抬起文件柜，安川才总算从桌子下爬了出来。在微弱的光亮中，山崎看到安川的额头划了一道口子，流出的血把半张脸都染红了。

“你流血了。”山崎掏出一块手绢。

“没关系……”安川用手背擦了擦受伤的额头，“我们出得去吗？”

“无论怎样，我们都得出去。”山崎踩在倾斜的、落满瓦砾的地板上，这很容易滑倒，他用力站稳脚跟，然后指了指门那边，“如果余震再来的话，这楼怕是挺不住了。”

“钢筋混凝土建的，居然倾斜成这副样子了……”安川觉得难以置信。

“还不是偷工减料！”

“或许会崩塌。”

窗外已是一片火海。不能再眼睁睁地看着事态这么发展下去！山崎心里想着，往窗外探出身子。三辆小轿车撞在一起，喷着火红的烈焰。三辆轿车中间那辆出租车的液化石油气被点着了，发出了巨大的爆炸声，瞬间燃起了熊熊大火。

“不能走楼梯了！”安川尖声喊道，“天花板正在往下掉，好像有一部分楼梯也被毁坏了。”

这时，一股股焦臭味儿从楼下蹿了上来，而且越来越浓。山崎猛地想起一楼厨房有间开放式餐厅——要是这家餐厅的油点燃的话，那可就糟了。该怎么办呢？突然，一个念头从山崎的大脑闪过，他忍不住大叫了起来：“走安全楼梯！”

安全楼梯的门就在短短的走廊尽头。山崎和安川踩着满地的碎玻璃前行，每走一步都会发出“咯吱咯吱”的响声。山崎在微弱的光亮中看见天花板和墙上那长长的裂缝，不由得打了一个寒战。

山崎和安川终于走到了安全楼梯门口，却发现铁制的防火门已经变得扭曲了。两人试着把门打开，但却怎么也打不开。山崎立马用身体撞门，撞了两次终于把门撞开了，就在准备冲出去的时候，安川忽然惨叫了一声，随即抓着上衣角——门刚一打开，令人窒息的白烟和热浪就扑面而来。旁边三层木结构小楼的一楼咖啡馆着火了，熊熊燃烧的火苗从窗户蹿出。天色已暗，到处都是人们来回跑动的脚步声、尖叫声和悲鸣声。眼前的原宿车站已经是一片凄凉。电车脱轨，惊慌失措的人们沿着早就变得弯弯曲曲的电车轨道东跑西窜。消防车的汽笛声回荡在四周，到处都是黑烟。

“快跑！”山崎向安川大声喊着，然后沿着铁制的安全楼梯往下跑。楼梯的铁板上响起了山崎急促的脚步声，安川紧随其后也跑了下去。因为整栋大楼已经倾斜，所以稍不留神就会摔下去。五楼、四楼，两个人沿着旋转而下的楼梯拼命地往下跑，好不容易下到三楼，天地间又发出了隆隆的轰鸣。

“山崎君，危险！小心！”安川高声惊呼道。

可是，山崎脚下一滑，仰面朝天地倒了下去，腰重重地摔在梯子上，沿着楼梯“哧溜哧溜”地一级级滚了下去，最后，在楼层间的平台上停住了。山崎刚想站起来，脚下的铁板像敲响的铜锣似的剧烈地颤动，差点失去重心滑倒，他伸出手去，好不容易抓住了栏杆。这次余震来势汹汹，仿佛天地都在咆哮一样。旁边几米之外涂了白灰的木结构建筑，简直如同纸牌堆砌的城堡一样不堪一击轰然倒下。在强烈的震动中，瓦片、白铁板的碎片“嗖嗖”地掠过脸颊，火星“嗞嗞”地往上蹿。在暗灰色的轰隆作响的空气中，响起了震耳欲聋的噪声，安全楼梯因震动而颤动着。埋在混凝土里的几百根钢筋好像马上就要被折断一样，“嗒嗒嗒”振动着。

“安川！”山崎声嘶力竭地喊道，“你要抓紧了，安川！”

这句话到底是说给安川听的还是说给自己听的，山崎自己都不清楚。他紧紧地抓住像空气锤一样震动不停的管道，这会儿却显得出奇的冷静。他抬头看了一眼墙壁，心想，这个安全楼梯不会散架吧？往下看去，山崎简直不敢相信自己的眼睛，脚下的道路到处都是裂缝，上下错位了几十厘米。地面的裂缝一直朝着国营电车轨道的方向延伸。电车轨道扭曲变了形，软绵绵地瘫在地面上。空气中弥漫着煤气的臭味儿。也许是从煤气管道裂缝中漏出的气体遇上火星引起爆炸，伴随着振聋发聩的巨响，银白色的火焰从地面喷射而出，铸铁制成的下水道盖子像轻薄的纸片一样在空中飞舞。山崎吃惊地张大了嘴，呆若木鸡地注视着这一切。五十年代初期修建的筒子楼房，随着地面的倾斜越发倾斜了。

黄昏时分，从千叶、茨城县南部到东京和横滨一线遭到地震袭击，由于地震发生时间正好是交通的高峰时段，所以，人员伤亡的消息首先在东京站、丸之内、有乐町、神田、两国、上野、池袋和新宿等交通中转站传出。塞满街道的人群遭到地震的突然袭击，几乎站立不稳，剧烈的震动在瞬间就引起了人们的恐慌。从楼房窗户上脱落的几万块玻璃、装饰墙和广告牌，像雨点一样倾盆而泻。车站里人满为患，人群从站台上涌了出来，每隔几十秒钟，就会有电车冲进站台，一个急刹车，紧跟其后的车厢便会撞上来。此外，街道上行驶的一辆辆失去控制的出租车相互撞成一团，其中的一部分已被挤到人行道上去了。

地铁站瞬间停电。黑黢黢的地下，到处回荡着被剧烈震动所惊吓的人们的哭泣声和叫喊声。就在这时，不知是哪里的河床发生了溃泄，和着泥浆的污水顿时涌了进来。交通中转站网络密布的地下街道发生的火灾、化学建材燃烧产生的“毒气”和人们的恐慌，使整个城市变成了“人间地狱”。在八重洲路口前面、银座的第四巷、日比谷的十字路口、新宿、涩谷、池袋、上野和两国等地——这些意想不到的地方，相互冲撞的车辆先是引燃了油箱，燃烧的火焰又引发了装有液化气的汽车爆炸。

在高速公路上，急速飞驰的车辆相继发生撞车事故。首先是在几个地下通道交会处，有的是司机没控制住方向盘导致车辆撞到了立柱上，有的是在超车过程中发生的撞车事故。就一会儿工夫，地下通道便成了烈焰熊熊、黑烟弥漫的烟道。只要有车辆急刹车，时速七八十公里的车辆就会紧跟其后冲过来撞到一起，引起连环追尾事故。

高架公路上的情形也是如此。有的司机没有抓稳方向盘，导致车辆越过较低的中央隔离带，和迎面而来的车辆发生了正面冲撞；也有的车在转弯时撞到了护栏上；在急转弯和上下坡道较集中的西神田附近，因为刚好遇上地震初期的纵向震动，有的车辆甚至像过山车一样飞到了半空中。与此同时，填河修建的高架公路的部分桥墩也因经受不住强烈震动而倾斜变形了；公路严重扭曲，几百辆汽车像溢出的沙子一样被倾倒在地面上。汽车冲撞后溅出的火花，与泄漏出来的汽油相遇，立刻燃起了熊熊烈火。东京的天空下着火焰之雨，还不时掉落下被掀飞的汽车。

正如之前人们所预料的一样，从江东区开始，台东区、中央区、品川区和大田区靠近海岸的人口稠密带与文京、新宿、涩谷等住宅地区，以及江户川、墨田区的中小工厂地区的一部分，在转瞬之间就燃起了大火。和 1923 年的关东大地震一样，引起火灾的原因是家庭烹饪用的燃气——只不过关东大地震发生在午餐时分，而这次是发生在准备吃晚饭的时候。在江东区，有几座桥垮塌了，由于地面严重下沉，形成了许多低于海平面的低洼地带，致使堤坝多处决堤；因地基变动涌上地面的水淹没了街道，顺水四处漂流到街道上的木材很快就堵住了人们的退路。仅在江东区一个地方就发生了几十处火灾，部分水面上漂着熊熊燃烧的油料。在发生火灾的地方，大火烧着了各种塑料制品以及聚集在这里的小规模化学树脂加工厂的原料，散发出氯气、氰化氢、碳酰氯、一氧化碳等有毒气体，让那些想从火中逃生的人一个接一个地倒了下去。后来的调查显示，仅仅在这些地区，就有约四十万人几乎是在同一时间失去了生命。

除了这些地区之外，灾难甚至蔓延到了晴海、品川、大森等一带的港口地区。

地面开裂使大森海岸的几个石油储藏罐遭到了破坏，后来由于火花飞进储藏罐而引发了一系列火灾。执飞国际航线的喷气式客机在羽田机场着陆的滑行途中侧翻，也引起了火灾。在港口处，即将靠岸的船舶撞到了岸壁，致使芝浦仓库地区也发生了火灾。接着，可怕的黑黢黢的海啸又袭来了。

按照惯例，震灾的各种形式在极短的时间内，一齐发生在偌大的东京的各个地方。保存相对完整的只限于千代田区、涩谷区、代代木一带和港区的部分地方，以及稍微远离东京都中心一点的地区。地震发生时，正好是几百万人一齐拥向车站和闹市的时候，加上迎送客人的出租车和小轿车也在这一时刻蜂拥而至，所以受害情况更加严重。在东京中央地区，由于斜坡和窄巷格外多，地震中一段围墙或者一根电线杆倒在马路上，也会立刻导致车辆无法行驶。宽阔的街道上，车辆发生了多重冲撞，尤其是十字路口的车辆冲撞导致了的交通瘫痪。此外，还有不少汽车从立交桥上掉到了桥下的马路上——其中的一两辆汽车，没能逃过着火的厄运。

现在到处都在燃烧，街道已经变成了火的海洋。许多狼狈不堪、急于逃生的人将引擎启动的汽车弃之路面，仓皇而逃，这也成为起火的一个原因。

从地底突然来袭的地震，瞬间使人们感知到失魂落魄的恐怖，在刹那间让人们的理性和思考变得麻木。恐怖的刺激，只是一味地引起了人们没头没脑的、盲目的条件反射。在这个特殊的时刻，不管是谁都无法冷静。而且，在所有人都失去理性的几秒钟时间里，发生了许多决定性质的事情，使灾难走向了更加无法挽回的境地。

在日本，曾经有一种可以称作“灾害文化”的东西。这种文化历经几百年——直到二战前还留存于日本。它是指人们面对大火、地震和水灾等灾害过程中形成的在短时间内处理危机的应变能力。可是在战后三十几年间，面对巨大的灾难，日本人尤其是大都市的人们已经完全丧失了这种文化。如今的人们，一旦遇到灾难，只知道自救，而对于如何将自己身边可能会扩大的各种灾难隐患消灭在萌芽之中，几乎完全没有实践知识和作为“市民义务”的意识，特别是在东京这个有着沉重负担——几百万“上班流”的大都市……另一方面，在尔虞我诈、醉生梦死中不断膨胀的大都会，尽管有人反复呼吁，但是几乎所有的领域在应对“突然来袭的大灾难”方面，都没有相应的防护措施和预案。

在郊外的住宅密集地区，也因做晚饭使用的火源引发火灾，交通车站和繁华商业街上的人们瞬间陷入了恐慌之中。建筑物的碎片、商店的招牌、广告牌、呼啸着的玻璃板和镀锌板，纷纷“噼里啪啦”地从空中坠落，甚至在有的地方，数层高的建筑物也轰然倒下。人们惨叫着，争着挤进大楼里藏身，但是，这潮水般的人群，又与那些从漆黑的、部分燃烧着的地下通道里的人们以及从还在摇晃的大楼里逃生出来的人群冲撞在一起，一时间，悲鸣声和怒吼声不绝于耳，惨景一片。狂乱愤怒的人们互相殴打，混乱中有几百人被活活踩死。在平民区，人们从火里抢出又随之丢弃的什物家具，反而助长了火势的蔓延。畏惧烈火和热气的人们不断地跳进散发着恶臭的阴沟和河里——由于建筑物倒塌砸进河里，跳进水里的人因此纷纷溺水身亡。阵阵吹来的晚风和大火自身产生的灼热旋风，令火势更加肆无忌惮。大火把整个夜空烧得通红，仿佛要将平民区彻底烧光。

在震灾发生的同时，东京都所属的消防部门都接到了紧急出动的命令。但是，只有受灾较轻的地区可以快速展开施救行动，而受灾严重的地区，救灾工作进行得极不顺利。在这些重灾区，道路被燃烧的车辆、倒塌的房屋塞满，真正能够赶到城中心各个火灾现场的消防车少之又少，而且，即使消防车赶到现场，由于河道被堵塞没有水源，加之水管破裂、停电，无法使用的消火栓比比皆是。另一方面，失魂落魄的逃生人群和车辆的阻碍，又使消防作业变得极为艰难。逃生的汽车发了疯似的在人群中横冲直撞，碾死碾伤多人，最后撞到电线杆上——狂怒的人们立刻把司机从车里拉出来，拳脚相加，直到那个人化成浑身是血的肉块。

“队长，我们无法靠近火灾现场！”消防队员握着水带跑了回来，脸色苍白地叫道。

“照这样下去，灾情就无法控制了！”小队长面如土色，拿起指挥车里的电话。

“还没准备好炸药吗？在干什么呢？消防车被人群围住开不了？那抬也要抬过来！快！！”

余震中，大地仍然来回地晃个不停。尽管这种晃动和刚才比起来已经轻微了许多，但是，人们已经被地震弄得神经错乱了，人群中有亢奋的，有惊慌失措的，还有大叫大嚷着四处乱窜的。

“此处危险，请大家离开！请速到竹桥方向躲避！”消防车的扩音器里不停地重复着这几句话，“为防止火势蔓延，我们将安置炸药炸毁建筑物。请大家赶快离开！”

消防队爆破班终于赶到了。队员们抱着炸药，冲进了火星飞溅的爆破地。爆破的目标是桥对面的两层木结构的大仓库和钢混结构的工厂。这时，火苗已经蹿到了仓库的屋檐上。

“万一火势蔓延到桥上的话……”小队长用嘶哑的声音说道。

“那还能逃出去吗……”一个队员边回头看边说道。

“没问题的，你们尽管去安置炸药就行了……”小队长低声说道。

“是上级的命令。”

拿着水枪的队员冲过桥躲了起来。消防车往后退了一段距离，其他队员藏到了车身后面。随着一声震耳欲聋的巨响，仓库倒塌在一片灰色的烟幕之中。

国家公安委员长和厚生大臣面如死灰地走进满是断壁残垣、尘烟滚滚的首相官邸，首相和通商产业大臣、防卫厅长官早已在此等候。

“在神田、新宿一带，巡逻队同群众发生了冲突。”厚生大臣说道，“我们也知道人手不够，但是，巡逻队是不是做得也有点过分了。”

“在这种时候说这些干什么。”通商产业大臣说道。

“那就把巡逻队的部分人手和自卫队调换一下吧。”防卫厅长官说，“刚才东京都知事和防灾委员会都提出了这样的要求。第一师团的工程大队和运输大队已经出动了——步兵连队也会参加，但不准携带武器。”

“那岂不是很危险？”公安委员长皱着眉头提醒道，“人们已经陷入极度的恐慌中了。”

“问题不大——我告诉他们，他们是去拯救自己的同胞。如果出现什么特殊情况，要甘愿献身，到时候我亲自去给他们收尸……”从来都很固执的防卫厅长官眨了眨眼睛说，“你说要进行调换，我是坚决反对，只是要做好换防的准备；但是，在这个时候，是绝不能越过灾害派遣这条底线的。习志野的第一空降团、霞之浦的直升机大队的任务都只能是抢险救灾……”

“但是，刚才听警察厅长官介绍说，局势相当不稳定呀……”公安委员长看了看首相说道，“首相官邸好像也换成自卫队了吧。”

“只有大门内侧和院子里。”秘书说道，“外面是交给警察负责的。”

“我也坚决反对出动部队维持治安。在这一点上，我同意防卫厅长的意见。”

首相说道：“航空自卫队的直升机就停在后院。如果发生万一的情况，撤离就是了。”

“连东京市内都很难对付，千叶和横滨方面又怎么办呢？”厚生大臣担心地问道，“听说因为海啸，这两个地方破坏得相当严重。”

这时，地下又“轰隆”响了一声。房屋也随即摇晃了起来，不知从哪儿传来泥沙或什么东西的崩塌声。

“虽然还没有得到准确的消息，但是这次地震确实来者不善……”首相一边看表一边说，“据说从东京、千叶到三浦半岛一带的海岸地区几乎被毁坏殆尽。外房一带损失不是很严重，海上自卫队已经开展了营救行动。”

窗外一片漆黑。广袤的夜空中，火光冲天。人们急切奔走的脚步声，汽车引擎的轰鸣声，门外盘查和制止的斥责声，响彻四周的警笛声，人群中发出的犹如从夜的深处飘来的幽灵的悲鸣声和呼喊声，随着夜风忽远忽近。

“议员们开始集中了。”通商产业大臣把耳朵贴到电话听筒上，回过头说，“大藏大臣有消息吗？平安？什么时候到？直升机到现场了吗？三四十分钟后，将举行内阁紧急会议。”

这时，秘书走进来小声报告说，第一大在野党领袖和其他在野党的两名党首要求见面。

“糟了，”厚生大臣紧锁眉头，“马上就要召开内阁会议了呀……”

“马上就去，”首相说道，“都这种时候了，还有什么好说的。”

这时，首相官邸机要室一名机要员跑来，递给首相一封墨迹未干的电报，首相看了一遍，不禁微微皱了皱眉头。

首相“哼”了一声：“可是，现在哪还顾得上这个。”

首相把电报交给秘书说道：“总理府长官来了后，马上把这个拿给他看，让他保管起来。”

不知是消防车还是救护车鸣着汽笛，发出像怪鸟一样的声音，经过首相官邸门前，向三宅坂方向疾驰而去。首相一边侧耳听着这声音，一边快步向在野党党首等候的房间走去。

地震反复发出的可怕鸣响虽然在夜幕降临时逐渐平息了下来，但是，在几乎没有一丝光亮的黑暗中，灾难仍然在不断扩大。东京都内几百处地方在地震中发生了火灾。由于不能及时灭火，火灾持续蔓延。随着天空渐渐黑下来，只觉得整个夜空已被大火烧得通红，仿佛四面都被炽热的火焰包围着，景象甚是恐怖。海岸地带重油罐、石油罐、装有化学材料的容器以及仓库都在燃烧，向天空吐出阵阵黑烟。风向一变，燃烧产生的灼热气流又向远处飘去，甚至在芝浦、日比谷一带也能感觉得到。为了躲避这滚烫的热气，人们纷纷向东逃去。皇宫前已经聚集了好几万人，但还有更多避难的人群向这里拥来。

东京这座不夜城的灯光全都熄灭了，在黑暗中，唯一的光源就只有救护车的灯光了。丸之内的几座建筑物也启动了备用发电装置，但也是寥寥可数。地震的冲击太大，以至于相当部分的家用发电装置都被摧毁了。在芝公园、代代木一带，因为恐惧而神情呆板的人们相继汇集到树林和广场上避难。最初的一批人潮是下班的人流，接着是遭遇火灾而无家可归的人们，他们仅带着一些随身物品……

国有铁路和私营铁路都已经处于停运状态。地铁方面是一部分线路起火，一部分线路泡在水中。火灾中倒塌的房屋和被烧毁的车辆堵塞了街道。高速公路也封闭了。西神田、芝浦附近的高架桥的桥桁变形严重，其他地方也出现多处路面下陷，高速公路几乎完全瘫痪。不仅如此，高架桥上到处是燃烧的车辆，这种持续的燃烧导致路面沥青熔化，路边的护栏也像被烤熔的糖果一样歪歪斜斜地倒了下去。隧道中不断喷出的、令人无法睁眼的滚滚浓烟和灼热的烈焰，也把路面的沥青烧得像沸腾的开水一样流动起来。下水道里充满了瓦斯，窨井盖不时被气体冲开。破裂的自来水管喷射出的水，一遇到熊熊烈火，转眼就变成了水蒸气。

山崎拖着一只扭伤的脚走在神宫的树林中。刚才只顾往前走，直到这会儿才注意到自己的左脚伤得很厉害，每走一步脚踝都疼痛难忍。他往旁边看了看，突然发现安川不见了，自己的周围都是些正在逃难的人。有的一边喘着粗气，一边赶路，也有的在不停地抽泣。还有人在树荫下大喊着往前奔跑。在山崎的身后，也就是这片树林的背后，火光冲天，一股焦臭味儿夹杂着浓烈的木香扑鼻而来。表参道方向好像发生了火灾。

自己是怎么脱险的呢？山崎拖着疼痛的腿边走边暗暗地想着。刚刚逃离的那栋楼房肯定是在那个时候倒塌的。当时，他们还在逃生楼梯的平台上，就像身处梦境似的经历了大楼的倒塌过程。由于地裂而倾斜的楼房，像电影里的慢动作一样，缓缓地朝着马路压了下去。那时，他自己的身体也和安全楼梯一起，随着楼房的倒塌慢慢地往地面摔去……然后？从地面反弹起来，被什么东西狠狠地砸在背上，满眼金花，焦煳味儿和尘土味儿灌进鼻子里……整个身体像一个球，上下蹦弹，有人发出绝望的惨叫，那声音像气管要被切断似的……然后？

突然，一下子失去了所有的气力，全身一阵阵发痛，脸上有种滑溜溜的感觉，眼睛被白色的尘埃蒙住了，外衣的袖子像被剃刀划过一样断开，连穿在里面的衬衣和内衣也都撕破了。露在外边的手腕沾满了鲜血，左边的裤腿自膝盖以下被撕成碎片，小腿满是擦破的伤痕。一身的伤痛让他忍不住叫了起来。突然，心脏跳动的频率加快，而且越来越急促，耳朵也嗡嗡发响。

刚穿过树林，山崎就站不住了，不由得跪在了地上。他突然不停地冒冷汗，呼吸急促，全身发疼，意识开始模糊。嗡嗡的耳鸣声，渐渐消失了。身边亢奋的人群发出的声音像涟漪一样传了过来。山崎深深地吸了几口气，脑子终于清醒了过来。神宫外苑的树林里，已经汇集了成千上万的人群。在一片漆黑中，人头攒动，时而有火光透过树木照射进来，给这个因恐怖而变得扭曲的夜晚带来一点朦胧的光亮。

“住宅区已经全毁了！”有人高声喊道，“赤坂、涩谷……还有青山附近的住宅区也差不多了！”

“听说东京湾已经变成一片火海了。”一个人边说边从山崎身边走过，他的语速很快。

“听说从筑地到品川一带……还有银座也全毁了……”

山崎撑着那只没受伤的腿站了起来，他突然担心起住在祖师谷住宅区里的家人来。疲惫不堪、爱发牢骚的妻子；留着时髦长发、长着青春痘的长子；一点也不像父母、面容姣好、青春期躁动不安、已上初三的长女；患有轻度小儿麻痹症、大脑发育迟缓的小女儿……

“请问……”山崎向一个不认识的过路人问道，“电车还没有运行吗？”

“哦？还电车呢！”那个男人极为冷淡地吐出这几个字，“电车轨道都变形啦，就像软糖熔化一样歪歪扭扭的。都是地裂和塌陷造成的，现在别说修复路轨哟。刚才我在涩谷——离开涩谷的时候，看到一辆满载乘客的国有电车在高架线上脱轨了——尸体、物品什么的都还原封不动被搁置在那里。这是我刚刚亲眼所见啊。”

“高速公路被破坏得惨不忍睹！”有人用哭丧的声音高声说道，“霞关那边非常糟糕，隧道里……”

“警察都在干什么？”另一个人愤怒地说道，“现在他们都到哪儿去了？平时一个个神气活现的……”

汽车的灯光从树叶的缝隙中透了过来，这时，一阵喊声传了过来，不知道出了什么事。

“停下！”有人大声叫道，“喂！你给我停下！”

一辆汽车开足马力想要冲过人群，但却被人群拦了下来。这是一辆出租车。

人们把车团团围住，你一言我一语地大声叫嚷着。

“请把我拉到世田谷吧！给多少钱都行！”有人在恳求着司机。

也有人在拼命地追问：“大宫那边怎么样了？还在燃烧吗？”

“不行呀，到处都是火和倒塌的房屋，车子开不过去呀！”被人们从车里拽出来的司机带着哭腔恳求道，“求你们别砸车！这车是公司的……我也是好不容易才冲过大火闯到这里来的。”

“拜托你把伤员带走吧！”又有人请求道，“受伤的人太多了。有骨折的，有严重烧伤的……还有失血过多的。”

“听说救护班已经到达体育馆了。”有人在远处高喊道，“自卫队好像已经出动了。”

“快把收音机打开！”说着说着，就有两三个人钻进车里去了。

“把声音开大点！”周围的人们嚷了起来，“让我们也听听！”

收音机里正在播送 NHK[34] 的节目，播音员高亢的声音划过天空向四周散开……

---

34 日本广播协会。

"东海道新干线、中央线、信越线、东北本线停运……旧东海道线在热海以西列车往返运行，受灾的有千叶县、茨城县、东京都、枥木县、埼玉县、神奈川县东部、群马县南部等关东地区……东京湾一带遭到海啸的袭击损失惨重……京叶临海工业地带在发生火灾，大部分人工填海陆地因地表崩塌而浸水……海啸还波及了神奈川县相模湾沿岸和伊豆半岛东部沿岸一带……"

"东京都内受灾的情况如何呢？"不知谁焦急地问道。

"政府召开有国家公安委员长宝田出席的紧急内阁临时会议，收到了东京都内以及各地方府县的灾情报告，并于今晚六点二十分，在东京都地方政府还没有提出申请之前，决定成立紧急灾害对策总部。"

播音员的声音从广播里传了出来。

"因东京都知事现在下落不明，现暂由宇野副知事代行知事权力，采取紧急措施。但是，由于都厅[35]工作人员基本上都已经下班，且都厅附近街面的火灾导致群众聚集到都厅内紧急避难，所以，目前都厅已经陷入瘫痪状态。首都区域防灾会议临时在自治省[36]举行……下面一条新闻。防卫厅已命令驻扎在东京练马的陆上自卫队第一师团、霞浦空降兵一团、海上自卫队第一舰队和第四航空军团紧急出动，进行抢险救灾。陆上自卫队东部方面总监部，正在考虑派遣群马县的第十二师团投入抢险。目前，暂时还没有考虑派自卫队维持社会秩序。受灾的民众已聚集在东京市中心，避难民众间有骚乱发生。有消息说，东京都公安委员会已经向政府申请派出部队维持社会秩序。防卫厅认为，根据形势的需要，会考虑派出部队参与救灾，或维持社会秩序……现在播报本台刚刚收到的最新消息：据消息灵通人士透露，政府考虑到首都的重要性和此次地震灾害的严重情况以及事态的进展，目前正在召开内阁会议，研究是否要宣布战后首次处于紧急状态。此外，参、众两院也根据首相的要求，紧急召集了国会议员，但是出席的人数还不到法定人数的一半。下

35 东京都政府。

36 日本国家行政机关之一。

面继续播送东京各地区的受灾情况……”

人们正在聚精会神地听着广播，突然从远处传来了欢呼声。紧接着传来发动机的嗡嗡声，刺眼的灯光从树枝间透过来，照亮了聚集在树林中的人群。三辆大卡车停了下来，头顶钢盔、身穿卡其布军装的士兵纷纷从卡车上跳了下来。

“大家请注意，我们是陆上自卫队的救护班。”广播喇叭里传出洪亮的声音。

“有需要急救的伤员吗？我们将立即进行救治。勉强还能行走的，请到代代木室内体育馆、游泳馆或者是涩谷的日本广播协会那里去。我们在这几个地方设置了临时救护所。请大家务必保持冷静，有秩序地行动。地震已经停止了，对于火灾，我们正在采取措施。铁路线的恢复还难以预计，但是，市内各区的主要道路，自卫队的工程兵部队正在进行抢修，相信过不了多久就可以通行了。”

“能不能搭个车？”有人大声喊道，“我们住在三鹰……家人正担心着呢。”

“再过一会儿，运输班就要到达代代木体育中心了。请大家到体育中心去吧。因为前往的人众多，所以请大家务必保持冷静……体育中心会播报各区的灾情和交通恢复的消息，同时，我们也会尽量为大家提供一些喝的东西。……请大家保持冷静，有秩序地到体育中心去吧。我们的队员会给大家带路。”

探照灯亮了，人群里发出轻微的欢呼声。再也没有比这时的灯光更令人感到亲切和愉快的东西了。山崎借着探照灯反射的灯光，瞧了瞧正在讲话的救护班班长。他好像还不到三十岁，脸被太阳晒得黝黑，看起来很精悍。虽说他有着现代青年的模样，但奇怪的是，这张脸让人觉得还残存着孩子般的天真神情。头顶上又响起了直升机震耳欲聋的轰鸣，好像是空降兵一团的运输直升机。这时，阴霾的天空刮起了一阵风。山崎扭过头看了看背后熊熊燃烧的烈焰，脑中闪过一个念头：直升机现在飞行是很危险的。

升腾的黑烟弥漫在空中，冲天的火光把天空都映照得通红。油罐爆炸的声浪，回荡在夜空中。

突然，山崎想起一件往事。战争时候……东京大空袭……那时，他不过十六七岁，品川被烧毁的那个夜晚，母亲和年幼的弟弟都死了……眼前的场景让他仿佛又回到了那个年代，那种眼睁睁地看着熊熊火焰不断蔓延，却只能呆呆站在防空洞外面的无助感再次被彻底地唤醒了。该怎么着就怎么着吧，山崎跟自己赌起气来……和空袭时不同，现在政府没有把城市人口向乡村疏散，而且，人们也不像以前长期处于紧急状态的战争时期那样有所准备，现在的人们，在物质和精神两方面都没有做好承受灾难的准备。和当年空袭的时候比起来，东京已经在不断的膨胀中，变成了一个不同寻常的、怪异的大都市。山崎知道灾情肯定十分严重。一旦东京湾流出的柴油被点燃，后果将不堪设想。不仅如此，即便是灾害得到控制，由于东京过于庞大，产业过于集中，其瘫痪的状态必然还会持续一段时间，局势也会越来越不稳定。

就灾害而言——那是因为战后社会长期混乱，才导致如今面对灾难无计可施——在野党和国民大众肯定会严厉追究政府的责任，说不定还会引发倒阁运动。那样的话，不稳定的局势就会波及全国各地……

“真是糟透了！”山崎一边想，一边拖着伤腿随移动的人群向前走着，“如果内阁倒台的话……”

探照灯的光柱里有白色和黑色的东西在飘飘忽忽地飞舞。山崎猛地抬头向暗灰色的夜空望去，发现有无数的黑点好似乘风而飞的千万只蝙蝠一样，在空中随风飘动。

“天上开始落灰了……”旁边一个五十岁上下的男人小声地说。

“得赶快走才行呀。……按惯例，会下雨吧。大火过后必有一场雨。对吧？大空袭的时候也是这样的……”

“这简直糟透了。”山崎已经变得麻木了。这时，开始有雨点一滴滴地落在他脸上。“真是太糟了。如果内阁现在倒台的话，那‘D 计划’该怎么办呢？”

“嗒、嗒”地断断续续落下的雨滴突然间变大了。人们像受了惊吓一样，赶紧跑了起来。

“危险！别跑！危险！不要挤！”

正在为伤员进行医治的年轻队员哑着嗓子声嘶力竭地喊道。但为时已晚，人们已经奔跑着拥到碎石子路上，踩得石子发出清脆的响声。眼看着雨下大了，随即蒙蒙水雾笼罩了四周。夹杂着灰尘的黑雨从天而降，在白衬衣上留下了点点黑色污渍。

“实在是太糟了。”山崎靠到路边，躲开奔跑的人群，嘴里反复嘟哝着这句话。

他是对眼前的景象说的，也是对自己担心的事情说的。这样下去究竟会变成什么样子呢?

2

黑色的暴雨猛烈地袭击着这座在黑暗中遭到严重破坏的大城市。

这场大雨浇灭了市内几百处着火点，但是还有一百多处着火点由于火势过猛，熊熊的烈焰仍在继续燃烧。在风雨交加中，狂风更助火威，但滂沱的大雨也使人们减轻了对火势蔓延的忧虑。

不过，储存在东京湾沿岸的几万吨原油、柴油和化学药品，因泄漏又引起大火。由于火势太猛，雨水在半空中就蒸腾掉了。因此，这一带正在慢慢变为高温缺氧、毒烟弥漫的无人地带。高达八至十米的特大海啸接踵而至，把燃烧着的易燃物卷向四面八方。晴海地区死亡和失踪的人数之多，仅次于江东地区。大火和水灾的袭击，使芝浦、品川、大井、大森和川崎等沿海低洼地带几乎毁于一旦。堆积在晴海、芝浦和品川码头上的大型货物也未能幸免，起火燃烧；被海啸卷到陆地上的货轮和燃烧着的油轮，翻倒在人工填筑的地段上。首都高速一号线海岸的高架桥桥墩，在被海啸卷来的浮游物的直接冲击下，几乎毁坏殆尽。

位于江东的煤炭装卸码头和梦之岛也在燃烧。这两处地方长时间地冒着浓浓黑烟，给东京海岸的重建工作带来了极大的困难。

海啸名副其实地“直接袭击”了东京湾。汹涌的浪波不仅侵袭了房总半岛的馆山，三浦半岛的三崎、浦贺等地，沿途还袭击了富津岬，冲毁了富津市的大部分地区。海啸登陆时正遇上满潮，更助长了它凶猛的来势。它一路席卷了横滨、川崎、千叶等城市，此后，又转移到东京湾正面的船桥市、浦安町以及江户川、江东、中央、港品川、大田等多个地区。葛西、砂町、小松川等地势较低地区转瞬间就被巨浪吞没了。荒川的泄洪道发生了海水倒灌，淹没了千住火力发电站。

这堪称“第二次关东大地震”，叠加了诸多的不利因素。首先，地震正好发生在傍晚下班的高峰期，也刚好是人们做晚饭的时候；其次是恰逢满潮；再次是从下午开始一直刮着强劲的南风。新月生成后三天半，潮汐本来算不上大潮，但这一天黎明时分，人工填筑地的满潮水位记录显示是二点二米。

海啸带来的巨大冲击，毁灭了可称为东京心脏和动脉的所有地区。东京电力所属的丰洲东京火力发电站，品川第一、第二火力发电站，川崎市的川崎火力发电站，潮田、鹤见火力发电站，还有石油、煤气、造船、制铁等各行业的工厂、码头、仓库、道路、铁道、机场等，无一幸免。海啸轻而易举地越过防波堤，冲击泥沙泵浇筑的人工填筑地，形成泥沙墙，再横扫沿海岸一线的平坦地带。在羽田机场，因雷电以及飞机着陆失败引发的火灾还在蔓延，而海啸又在此刻袭来，一下子吞没了飞机跑道和飞机库，地面上的众多机械设备也因此遭到破坏。那时恰逢国内航班高峰时段，办完事准备乘飞机返家的人们和到机场接机的人流，把候机大楼挤得水泄不通。就在这时，紧跟着地震而来的海啸袭击了机场，也使高速公路和单轨铁路瞬间被毁，由于桥梁倒塌，这一地区变成了孤岛。附近石油加工厂发生了火灾，借着海啸向四周蔓延，渐渐地向燃料贮藏库一带逼近。好在刚刚投入使用不久的成田机场受灾并不是特别严重，所以一部分航班转移到了成田机场着陆。但是成田机场的国际航线关闭，原定着陆成田机场的国际航班开始折返到大阪、首尔、台北、马尼拉和香港等地降落。

从伊豆海面返回东京湾的“吉野号”，于深夜十一点多穿过了浦贺海峡。当“吉野号”还行驶在三浦半岛海面上时，舰艇上的人就远远地望见了相模湾沿岸和浦贺的大火。舰艇刚驶进浦贺海峡，一股说不清的奇特臭味儿就随着海风被带到了船上。大约在穿越观音崎的时候，一直稀稀拉拉下着的小雨突然之间变大了，雨点开始“啪啪”地砸在甲板上，能见度骤然间变得很差。即使如此，在甲板的瞭望塔上，还是可以看见浓烟下面燃烧着的、地狱之火般的熊熊烈焰，火光把北边的天空映得通红。

“东京发生了重大火灾……”站在小野寺旁边的片冈小声说道，“还有川崎和千叶……”

“而且大约在三个小时之前，还遭遇了海啸袭击。”小野寺站在舰桥头，拉了拉橡胶雨衣的帽檐说道，“从傍晚就开始了，我想肯定损失惨重。”

“吉野号”放慢了速度，以每小时七至八海里的航速行驶。大雨中响起了汽笛声。不知是川崎和横滨哪个地方附近的液化天然气还是城市煤气罐发生了爆炸，忽然间火焰冲天，传来了振聋发聩的巨响。

“好臭呀！”中田使劲抽动着被雨淋湿的鼻子，紧锁眉头，“船暂时驶入横须贺。虽然横须贺的街道也被破坏得一塌糊涂，但如果再向北行驶的话，听说可能会遇到有毒气体、燃烧的柴油和海啸遗留的物体残骸，非常危险呀！”

这时，船身周围漆黑的水面上，不知从什么时候起，已经布满各种各样的漂浮物，箱子、榻榻米、汽油桶、木材和其他东西的碎片，甚至还有尸体……

“左舷前方发现漂浮物！”站在船头的警戒员大声喊道。

舰艇上的探照灯亮了起来，船头的螺旋桨轰鸣着，“吉野号”急速掉转船头往回开。航行途中遇到一艘数千吨位的沉船。船身绝大部分已经沉入水中，只剩下少许的船身露在水面上。“吉野号”的左舷擦着这艘沉船开了过去。

舰艇在下着大雨的黑暗中航行。突然，对面传来了隐隐约约的叫喊声。

“右舷前方发现落水者！”又是警戒员在雨中呼喊。

“向后倒!”船长低声对大副说着，打开了舰艇上的通话器开关。

“从右舷放救生艇，营救落水者！”

探照灯掉转方向，把右舷前方的海面照得透亮。可是除了打在浑浊水面上的光灿灿的雨点外，什么也看不见。只听见起放救生艇的“嘎啦嘎啦”的链条声。

“前方好像有不少漂浮船。”正用雷达观测着洋面的航海师说道，“可能是被海啸击毁的渔船或者是平底货船。舰艇即将通过第二海炮台。”

“救生艇回来了……”站在舰桥上的水兵叫道。

“怎么样？……找到了吗？”有人在船舷旁问道。

“找到了……”救生艇上有人说道，“但是……他已经疯了……”

“田所先生……”小野寺转过头对田所博士说——此时，田所正直挺挺地呆站在他身后，连雨衣也没有穿。“京浜、京叶地区好像受灾严重。而东京的海岸地带，几乎全毁了。”

“这仅仅是开始……”田所博士小声嘟囔道，任凭雨水打在自己满是胡茬的脸上，“这……只是个开头而已……”

“家里的人不知道怎么样了……”片冈落寞地说道，“田町的房子……”

“是呀，也不知道山崎和安川怎么样了。”幸长说道。

“他俩平安逃生了吧……”

经历了毁灭、火灾、海啸和黑雨蹂躏的这个夜晚终于过去了。天亮了，雨也停了，放晴的天空下只剩下惨不忍睹、满是残垣断壁的城市。海岸地带的大火仍在持续燃烧，黑烟像巨龙一般低沉地飘在海面上，然后往四周扩散开去。

田所博士、幸长和小野寺一起乘坐从横须贺起飞的直升机赶赴总理府。小野寺坐在窗边，目不转睛地凝视着地面上的凄惨景象。横滨、川崎和东京市内都还弥漫着火灾过后留下的薄烟。地震过后，天气变得晴朗起来，碧空中飘着白云。可是，晴空下这片集中了日本总人口近百分之二十的广袤地区，却出奇地寂静。如果抛开还在燃烧的海岸地带，坐在机舱的座位上乍一看，会发现市内各区都还有许多楼房和高塔伫立着，以至于会产生一切如常的错觉。但是，如果探出身子往外看看的话，就会立刻明白这次灾难带来的破坏是多么严重，简直可以用“满目疮痍”来形容。

鳞次栉比的房屋有的坍塌了一半，有的彻底倒塌，随处可见丑陋发黑的焦痕。在街道和高速公路上，到处搁置着被烧得面目全非的汽车残骸，残骸周边是一片片黑黑的烟迹……隧道的墙壁也被烧得漆黑。路面的沥青熔化后变成了泛着黑光的块状物，从里面还冒出阵阵轻烟。因为足柄附近的地方发生了断层，东京一名古屋的高速公路全线封闭，昨晚的新闻已经报道了这一消息。

大型工厂的部分建筑物在地震后大都保存了下来。但是，石油联合企业的很多精馏塔和输油管要么被烧毁，要么发生了爆炸，只剩下一小部分。此外，海啸之后，有很多地方都浸泡在了水里。海边的驳船不可思议地搁浅在民居的屋顶上——房屋因此被毁坏。再看看街上，已经是人头攒动。东京都和自卫队的供水车越过倒塌的电线杆和瓦砾，倾斜着驶进受灾后的居民区。等着取水的人们已经拎着水桶排起了长长的队列。

烧毁的DC-8型飞机残骸依然躺在羽田机场的A跑道上。靠海一侧的跑道浸泡在水里。燃料罐的大火已经被扑灭了，但是要恢复机场的功能，看来还得花上很长一段时间。直升机刚过羽田机场，令人揪心的场景便多了起来。和平岛、大森及附近海面上的人工填筑地犹如泥海一般，泛着黯淡的光。几艘中型货轮和驳船撞到了单轨电车和高速公路的桥墩上，高速公路好几个带着沥青的桥桁掉了下去。另外，用于人工填筑的翻斗车和从运货站冲出来的卡车挂在一起，堵在了桥桁中间。单轨电车道上有一辆电车脱轨后，悬挂在半空中。小野寺从飞机上俯视着这辆电车，暗暗地担心：车上的乘客会怎么样呢？

飞机飞到了浜离宫一带上空。海水和柴油流进了浜离宫，正“噗噗”地冒着烟。这一地区的仓库和大楼，或是布满了裂缝，或是微微倾斜着矗立在地面上。高层酒店、贸易中心大楼、东京铁塔和霞关大厦等地方也……

“千代田区还算保存得比较完整了……”小野寺高声说道，“京浜第二道路上有汽车在跑着。”

晴朗的秋空下，东京开始动了起来——推土机在清理倒塌的房屋；大型卡车满载着救济物资，从周边地区向灾区疾驰而来，与挤满返家人员的自卫队卡车和大巴擦肩而过、背道而驰。小野寺看见这一情景，情不自禁地流下了热泪，他在心中暗自思量：日本人面对灾难，已经习以为常了。德川幕府末期，一个逗留在日本的德国人曾经亲眼看见了江户的大火。他极为惊愕地记录下了火灾当时的情景：房屋被烧毁了，而人们丝毫没有灰心丧气，依然笑脸盈盈；虽然浓烟弥漫，但已经可以听到人们振奋精神、重建家园的锤音……

然而，这次灾害的规模实在是太大了。如果弄清这次地震所造成的灾害，如果直面灾后所出现的巨大问题并给予处置，那么，这种面对灾害，一时的“传统性”的振作精神……究竟又能持续多久呢？但是，也许说不定……

“政府发表了灾情报告，”正在收听广播的幸长说道，“死者估计已经超过了二百万人……损失的总额可能已达到十兆日元以上……”

“那是什么？”小野寺小声嘀咕道。他发现高层建筑的窗户时不时有一闪一闪的发光物体掉下去。

“是窗户玻璃。即使是地震结束后，由于某些惯性作用，窗户玻璃还是会继续掉落的……”田所博士看着大楼的正面说道，“秘鲁大地震的时候，就有人被坠落的玻璃切掉脑袋，地震结束很久后，还有很多人因此而丧生……”

小野寺他们乘坐的直升机降低了飞行高度。在他们的下方，安川正拖着沉重的脚步走着。他半边脸上的血已经凝固了，衣服破破烂烂，裤子裂开，脸和裸露出来的手臂上沾满了煤灰。因为头被掉落下来的什么东西强烈击打过，他一直感觉到阵阵疼痛。

前天晚上，安川终于从原宿的大楼里逃了出来，为了寻找山崎，他逆人流而行，迎面而来的人一边喊叫着一边跑。在漆黑的大街上，他跌跌撞撞、漫无目的地走着。他不知是被电线杆还是什么东西绊倒在地，人流从他的身上踩了过去……当他清醒过来的时候，才发现自己已经不在神宫参拜大道，而是在青山墓地里。在大量墓碑倒塌的墓地中，每当余震来时，都有很多拖家带口的人发出恐惧的叫声。在那里，他感到身体异常难受，随后便失去了知觉。当他被雨淋醒睁开眼睛的时候，周围几乎都没有人了，好像没有人注意到他 。

在雨中，他哆嗦着前进。

“冷啊……”安川自言自语说，“好冷啊……”

安川走到一个建筑物的房檐下，哭了起来。

“受伤了吗？”旁边有个年轻的女士问道，说着，她点燃了打火机，“要去哪儿？”

“不知道……”安川答道，“我觉得好难受。”

“青山大道那边有救护队，”打火机的火灭了，声音飘远了，“去治疗一下吧。”

他是在第二次清醒过来的时候，才想起那些话的。天已经亮了，但是，他感到身体很烫，非常难受。青山大道？他模模糊糊地想起了，开始向前走去——青山大道，到底在哪里？

他沿着青山大道来到了赤坂，自己都不知道身在何处。一木大道已经全烧毁了，留池附近已经变成了噩梦般的景象：倒塌的房屋、倒下的电线杆、坠落的霓虹灯，还有横卧在地铁入口的死尸。然而，这一切对他来说，只不过是一种很模糊的、不明缘由的难过。这是什么地方？我为什么会在这里？该去哪儿呢？

到底……我是谁？

“行了……”安川摇摇晃晃地边走边嘟哝道，“怎么都行……我什么也不想做……”

3

震灾发生的第二天，东京都立即展开了重建工作。有关部门在进一步了解灾情后，才开始认识到问题的严重性。

仅东京都内，死亡、失踪人员的人数就将近一百五十万，其中，绝大多数死于平民区的煤气中毒、火灾、交通事故，以及车站高峰时间的拥挤踩踏。据说，如果把受海啸袭击严重的千叶、神奈川、静冈县东部、茨城和埼玉的灾情也包括在内的话，死亡、失踪人数将达到二百五十万人之多——日本总人口百分之二点三的生命，顷刻之间就消失了。

大正十二年[37]九月，关东大地震时，东京市的人口约为二百二十万，死亡十万人。与当时相比，现在市内人口增加了约五倍。原来的二十三个区如今在白天所达到的人口密度，在大正时期是无法想象的。特别是千代田区，白天的人口大约是夜间人口的六倍，中央区则增长了四倍。这些地方的机动车、可燃物的密集程度，是大正时期所不能比拟的。与第一次关东大地震相比，这次地震的最大差异就是，大正震灾时相安无事的新宿、池袋、涩谷等地发生了火灾——我们都知道，这些地区属于战后发展过快、人口过密的地区。

与大正震灾相比，另一个显著的不同点就是海啸引发的灾情更为严重。上次地震是海水退潮的时候，海啸正面冲击相模湾沿岸一带，由于地震引起地面隆起，地面抬升了一至一点二米，除了伊豆半岛东部、馆山市、相浜、伊豆大岛北岸和三浦半岛的前端以外，其他地方都没有太大的灾害。但是，这次地震正值满潮、南风，与这些恶劣因素契合，加上震源位于东京湾口的正面，所以海啸直接冲进了东京湾内。震源为东经一百三十九点三五度，北纬三十四点五五度，深度九十公里，在房总

37 公历 1923 年。

半岛洲崎的西南偏西海面大约二十公里处，正好与浦贺水道在一条直线上。上次关东大地震的震源是在相模湾西北角，初岛海附近，在那里生成的海啸，由于被三浦半岛阻挡，没有直接侵入东京湾。

但是，这次地震是正面冲进来的。海底释放出来的能量快速冲进狭窄的港湾入口，在浅湾内，有些地方甚至出现了高达十五米的巨浪。

测量记录显示，大正时期的大地震，使相模湾底的地层出现了宽约二百到三百米的升降现象；而这次的地震，在大岛东北二十公里处附近的海底，横跨南北长达数公里的地面隆起了一百多米，而紧靠它东侧的断层又下沉了五十米。

伊豆半岛伊东以南的东岸与上次地震时的情况相反，地面隆起了五十厘米到一米。房总南部、三浦半岛、神奈川县南部则和上次地震时一样，地面隆起了近一米。北边的整个东京都，隔着六乡川断层，即从老市区往西，朝八王子、山梨方向，形成一个东西方向延伸的细长地带，这一地带下沉了四五十厘米，沿海岸部分则下沉了近一米。整个东京都和山梨，再加上山岳部一带，都是大正震灾时的下沉地带。总之，相模湾沿岸、多摩丘陵上升了，而它北边的武藏野台地又下沉了。因此，架设在六乡川的桥梁都发生了严重扭曲，位于六乡川和町田之间的东名高速公路出现了大断裂，东海道新干线的一些地方因出现了上下幅度达七十厘米的错位，当时就不能使用了。虽然安装了自动制动装置，但是接踵而来的高速列车，还是发生了脱轨、翻车和冲撞事故，共计有六辆列车发生事故，当场死亡人数超过千人。

东京都内三百七十万户居民中，约有四分之一的人失去了家园。房屋出现倒塌、半倒塌、烧毁、冲毁的人家，仅东京都内大约就有九十万户，加上千叶、神奈川、埼玉三县共有一百四十万户；露宿街头的，东京都内有九十万人，东京、千叶、神奈川、埼玉加起来约有近三百万人。尽管如此，也有这样的议论：与大正震灾时相比，当时的二百三十万的人口中，有一百五十万人——近七成的人员被烧伤，而从本次的受灾比例来看，灾情还不算很严重。大正震灾时，房屋遭受破坏达七十七万户（其中烧毁四十万户），相比之下，由于防震耐火等建筑材料的进步，虽然今天的人口增加了五倍多，但是受灾程度能处于这样的水平，已经相当不错了。不过，实际问题是东京都内有近二百万人无家可归，如何处理依然是一个大问题。

受灾特别严重的是江东、深川地区，这两个地区也是大正震灾时灾情最严重的地方。大正时期，在市内六万人的死者中，实际上有六成以上——近三万八千人是在一个有名的服装厂内被烧死的。这两地死亡人数约占整个死亡人数的百分之四十。这次很不幸的是，又刚好有约百分之四十的人死于这个狭窄的地区。这次的规模扩大了十倍……而且，如果把江户川地区、千叶县浦安、船桥加在一起的话，死亡人数已经超过了百分之五十。火灾、毒气、海啸，然后，截断人们逃生的后路的——遭毁坏的消防……

“这简直像是江东的奥斯威辛……”一位进行受灾调查的人员面如土色地说道。

这次受灾，损失达数十兆日元。约占本年度GNP[38]的百分之十，国家预算将近一半的财富，顷刻间毁于一旦。全国五十万个企业中，有四分之一遭到了破坏。约占全国总生产力百分之四十的石油精炼设备、钢铁、造船、电力及其他工业都无一例外地受到重创。仅东京都内的工业生产值，就占全国工业生产总值的百分之十七，加上东京—横滨、东京—千叶在内，占到全国工业生产总值的百分之二十以上，然而，现在这些地区，百分之六十以上的生产设备都因遭受严重破坏而不能使用。也就是说，日本整个国家的百分之十以上的生产能力受到了毁灭性的打击。全国石油储备量约百分之十，即二百五十万升化为乌有。一般来说，重建工作进展无论多么迅速，也需要五到六年的时间才能完成，因为仅灾害处理就需要一年半左右的时间。

大批的人群开始向县和地方移动，他们除了身上穿的，一无所有。干线铁路除了东海道、新东海道线以外，修复得花费一两天的时间，因此每辆列车的乘客都惊人地爆满。不仅如此，因为担心朋友、亲戚的安

38 国民生产总值。

全，或者是怀着看热闹的心情，从其他地方涌向东京的人数也大幅度上升。于是，第二天，国有铁路在全国范围内开始限制销售前往东京方向的列车票。道路上车辆拥挤混乱，针对这一点，设立了临时检查站，开始限制进入东京的人数。有趣的是，编造借口到东京来看热闹的、无责任感的人与阻止他们的警察和铁路职员发生了打斗事件。那些冒失轻率的报纸还把阻止行为责难为“警员蛮横”。所谓“大众社会”，就是指社会整体上是反对“统治”的，而统治者又软弱无能，对于“紧急事件”没有应对准备，是一个很难管控的社会。平常没事的时候倒无所谓，但是一旦整个社会陷入危机的时候，奢靡、任性、傲慢的人们将在各个地方引发混乱和无政府状态。

尽管如此，身处受灾中心地区的人们却非常冷静。因为在经历了瞬间降临的大灾难后，像附体邪魔一下被赶走了似的，人们的心情变得莫名的平静。而且，在这里，被称为“灾难一代”的人们，他们熟知战争和战后的灾难与穷困社会，对灾区社会的稳定起到了镇静作用。新闻已经多次重复报道过有关震灾的规模，但是大家从自己身边却找不到与震灾规模的关联，人们非常关注事态的发展，但越听新闻，反而变得越麻木了。幸运的是，地震时下了大雨，雨后持续晴天，郊外房屋完好的住宅区的人们，每天都来到户外，呆呆地看着还在冒着黑烟的都市中心的天空。

都市中心安静得让人难以置信。地铁除了一小部分外，几乎全部烧毁，而且还被水淹没——在水里，成千上万的尸体开始慢慢腐烂。神田、茶水附近的环形路上出现了多处断裂；高速公路上没有一辆汽车；由于汽油、液化石油气很难搞到手，在四处散落着水泥块和广告牌的道路上，除了卡车、翻斗车、公共汽车以外，基本上看不到轿车的影子。人们走在路上，脸上呈现出一副苦涩的表情。

到现在为止，这个世界上最纷繁混乱、人口最多的大都市，好像突然出现了一个长长的“休假”。当你呆呆地看着马路的时候，虽然没有风，但会看到从倾斜的大楼上突然坠落的广告牌或玻璃，它们慢慢地落下来，无声无息地碰到地面又静静地弹起来。即使建筑物受损不大的地区，也有无数倾斜的、随时可能倒塌的建筑物。楼房周围已经拉起了警戒线禁止入内，但还是阻止不了人们回到半倒塌的家里取回自己财物的行为。这些地方还出现了多次余震，特别是地震的三天后，在内陆北多摩附近发生了震级为六点一级的地震——这次“余震”使多摩丘陵平均下降了二十厘米，武藏野台地反而上升了二十五厘米，出现了上升下降的“交替”情况。当地震发生时，几百栋早已倾斜的房屋倒塌了，同时又增加了几十名“死伤者”。

国会召开紧急会议的通知发出四十二小时后，总算达到了法定人数。在国会休会期间返乡的众议员们，由于交通中断不能及时赶到东京——特别是几条交通主干道被切断，羽田机场处于无限期关闭中，成田机场虽然已经限制了国际航班的起降班次，但仍处于最大极限的运营状态，使得他们一筹莫展。留在东京都内的众议员中，有的死亡，有的下落不明。东京都知事由于身负重伤，需要绝对静养，现在由副知事代行职责。

在紧急状态下，随着《灾害救助法》的实施，为了研究大幅度扩大救助的对策，执政党与在野党在国会共同组建了“第二次关东大地震灾害对策特别委员会”。东京都、受灾各县和首都圈整备委员会三方一起重新组织召开了“首都圈紧急复兴会议”。特别委员会向国会提出请求，希望在治安、物资、供给、物价管理和限制人员进入东京等方面得到为期三个月的特别权限。在出动抢险救灾人员中，自卫队破例投入了两个师的兵力，除特种部队以外，部队靠人海战术，重点恢复地面交通。

生命危殆的状况趋于稳定，随着“日常”生活的渐渐回归，这座巨大都市被破坏的真实程度渐渐浮出水面。在首都圈内还有近八百万的幸存者——其中有四分之一的人失去了家园——“物资不足”的问题日趋严重。

在旧二十三区内，还没有恢复供水、靠送水车提供饮水的地方，一周后上升到了两百多处。受伤者超过一百万人，医院设施和药品严重不足。由于海啸和火灾，东京电力在海岸地带的大容量火力发电站有百分之七十以上遭到破坏，现在依靠外地送电，灾情发生一星期后，也只能维持重要设施的紧急供电，市内百分之四十五的地区——尤其是百分之七十五的市中心区域，一天只有三个小时的夜间供电。市中心其余地区，有百分之四十的地方三天内完全处于停电状态。

一到晚上，市中心就被巨大的黑幕所笼罩，只有公共设施和一部分大楼有灯光，其余就是施工用的照明灯、卡车等零星的光亮在黑暗中若隐若现。特别是笼罩在银座、新宿、赤坂一带的黑暗，让人觉得如同噩梦一般，这里曾几何时还是被五彩斑斓的霓虹灯所包裹的、车水马龙的繁华世界，而现在，却只剩下寥寥几座大楼了。西银座一带在地震的同时发生了火灾，混乱中，西银座全部被烧毁，其惨状目不忍睹。

“连银座的酒吧街也毁于一旦了……”巡逻的警官走在被烧黑的并木大街上说道。

“也许……”年长的警官低着头回答道，“过两三年，这儿又将恢复原样……人就是这么执着。他们还会重新建造同样危险的建筑物，真可谓好了伤疤忘了疼。”

“听说这一带死了很多女招待……”年轻的警官跨过掉在路上烧焦的霓虹灯，“她们慌慌张张地跑出去，被车撞倒，被人踩倒……有好多人被关在房子中闷死，好可怜啊……那些年轻漂亮的姑娘……”

“这儿的入口很窄，上上下下的人挤在一起，也难怪发生这种事儿。”年长的警官用电筒照着被广告牌和电线杆堵住的地下入口说道。

“总觉得有什么味儿……”年轻的警官抽着鼻子说，“尸体还有很大部分没有处理吧……”

“不只是这样，听说各处的尸体都已经开始腐烂了……据有关部门说，被遗弃尸体的具体数量还不清楚。”年长的警官又开始向前走，“地震没有发生在夏天，已经算幸运的了。如果是在六七月份的话，肯定会爆发传染病。……医院早就已经人满为患了，再加上病，那实在是吃不消啊。”

“不过，眼下还算平静……”

“也许是因为现在还处于虚脱状态吧。但是，一旦度过这个时期，大量不安定因素必然会出现。没有住的地方，不知道该怎么维持生计，找不到解决的方法——日本确实是一个非常富裕的国家，但是国家、社会、个人都过着紧张的生活。大家——特别是有孩子、老人和伤病员的家庭，生活会开始变得拮据。在这种情况下，不安和不满就会一触即发。这样一来，就会出现信口胡说、煽风点火的人。在关东大地震时，朝鲜人要暴动的谣言就是从震灾后的第二天下午开始的，持续了半个月左右，有上千朝鲜人被民众自发组织起来的自警团给杀害了……”

“听你这么一说，我想起昨天在新宿和涩谷，据说也有三个年轻人被杀了。”年轻的警官在黑暗中皱了皱眉头，“有两个是学生，这两个笨蛋，在头盔上插上旗子，上面写着解放区、都市游击队等字样，好像具有煽动性质。另一个是嬉皮士，据说由于他看着倾斜的大楼说了‘太酷了’之类的话，就被附近的群众围攻，被打得体无完肤……看到他尸体的人都快吐出来了。尽管如此，这样的蠢事……大家竟然是在不安情绪终于平静下来的时候，做出的傻事。”

“这些年轻人什么都不知道。像这种事情，在社会和家庭里，数都数不清……可怜啊……下次这个时候，如果不注意，会有更多年轻人被市民杀掉。平常，人能约束自己，在表面上说些支持的好听的话，但是在这种特殊事态下，人会突然爆发出憎恶的情绪。人与人之间，所谓攻击本能就是……特别是针对‘平常做出一副傲慢自大姿态的人’在突然间采取的攻击行为。”

“这个时候，如果出现像希特勒那样的人物的话，结果可能会好一点。”年轻的警官很天真地说道。

年长的警官转过身去看了他一眼。“嗯……可能吧……”他想了想，说道，“确实，必须警惕的是右翼方面啊……也许在日本不会出现希特勒。但是，如果最终能够压制住暴力胁迫的话，也许会有一个好的前程吧。在上次关东大地震时出台的《治安维持法》，本意就是如此，但最后被滥用了……”

年轻的警官回过头，把电筒照向正前方。

“谁在那儿……”

二十米开外的正前方，有一座被烧得只剩下钢筋的小楼，小楼前面有一个男人抱着个小包蹲在那里。

“喂……”年轻的警官走近后，对他说道，“怎么啦？这附近还有很多东西会落下来，晚上也很危险……”

这个五十出头的男人，穿着皱巴巴的、沾满污垢的衣服，蹲在那里一动不动。他一副都市人的长相，看上去很文雅。但是半白的头发蓬松散乱着，苍白的脸上挂着的泪珠还泛着光。

“请给我一拳吧……”这个男人挪开放在肩膀上的双手，哭着说道，“这里是我的家，是一家店铺。我的妻子和女儿就在这下面……”

“你的妻子……”年轻的警官不知该说什么才好，“可是，即使店子烧毁了，也不见得啊。说不定她们逃出去了，在什么地方避难呢。这儿附近，在日比谷公园，有个临时寻人中心……”

“不，已经死了。我从山梨出发，好不容易今天傍晚才回到了这里。天还没黑之前，我在倒下的房梁下面的焦土堆里看到了妻子的衣服和脚。看上去妻子好像在保护什么似的，我想那一定是我的女儿。女儿只有十六岁……她的心脏和腿不太好……几乎一直都躺在床上……”

男人捂着脸哭了起来。他的衣服被煤灰和烧焦的泥土弄得很脏，双手上的血已经凝固了——大概他是想一个人把烧焦的木头和钢筋挪开。

“我，好不容易，才，才开了这家店……已经什么都没有了……”五十出头的男人抽噎着断断续续地说道，“如果你们不愿意帮我把妻子和女儿的遗体抬出来的话……那么请打我吧。我……会整个晚上都待在这里。妻子和女儿，就她们两个人……搁置那儿不管的话，太可怜了……”

“好了……”年长的警官开始发话，“刚才说了，这周围很黑，很危险。站起来。如果今晚没有住的地方，我帮你找……如果连你都病了，那该怎么办？”

警官抓着哭泣的男人的手，安慰着他，帮助他站了起来。

“很多人都失去了家人。我在锦系町也失去了妻子，连妈妈也……”年长的警官说道，“在那场战争中，我的父亲和哥哥都死于空袭。但是如果一直沉陷于过去，就无法生存下去。这种时候，大家如果不坚强的话……”

“啊？”年轻的警官抬头看了看没有星光、漆黑一片的夜空，说，“好像下雨了。”

雨淅淅沥沥地下了起来，风也开始吹起。有东西落到地面上，发出巨大的响声，那声音在死气沉沉的街面上回荡。

“看，是那个理儿吧。稍稍刮风或者是一点余震，就会有东西倒塌或者坠落……”

年长的警官一边拉着像孩子一样“嗯、嗯”哭泣的男子，一边自言自语说。

“天气越来越冷了，这下麻烦了……”

建造在人工填海地带上的中央市场和芝浦、品川附近的冷冻仓库已经被破坏殆尽，东京都内的新鲜食品供应呈现半瘫痪状态。港口的各项功能遭到破坏，海面漂浮着柴油和其他一些物品，危险性很大。所以，在相当长时期内，从外地运进的大部分物资只能依靠陆运。此外，因干线铁路和高速公路中的有些地段已经不能使用，不得不启用旧铁路线和公路，致使旧公路连日出现了“二十四小时阻塞”的现象。然而，公路的运输能力毕竟有限度，再加上石油价格猛涨，运输状况不容乐观。

为此，中央政府和东京都地方政府立刻颁布了《紧急物价管理条例》。但是，尽管政令和东京都地方条例双管齐下，全国范围内的罐头、调味品、粮食、面包、医药品和建筑材料等的零售价格，仍在“瞬息之间”一齐飙升。由于外地奸商投机倒把，加上消费者的疯狂抢购囤积——有的抢购者在地震中并未有任何损失——商品一个个地从市场上销声匿迹，最终，部分商品出现了“黑市价格”。

前年，关西地区发生了大地震，至今尚未完全恢复元气，因此，不能指望该地区成为物资供给地。同时，由于全国范围内紧急调拨物资，各地普遍受到很大影响，本已日渐上升的物价，现在更是猛涨不已。短时间内陷入瘫痪状态的中央金融和结算功能，虽然还不能说已经到了恐慌的地步，但已出现金融不稳和信用危机的局面。事实上，现在已经开始出现恶性通货膨胀的先兆，这是显而易见的。特别是社会上所谓大银行总部用电子计算机管理账户发生了错乱的谣言，几乎酿成一场经济恐慌。幸亏政府动用大量外汇储备紧急进口新鲜食品、建筑材料以及其他物资，同时，对内采取金融特别措施和广泛的“特别信贷”保证，才使局面有所缓解。但是，要彻底摆脱已出现端倪的通货膨胀，至少还需要两三年的时间；而且，金融界、经济界从接二连三发布的紧急措施法令中，也嗅出了“统制经济”的味道，因此都对此怀有戒心。

大藏大臣说：“现在日本生产力和国力资本强势增长，与二战刚结束时的状况是不能同日而语的。”他就因这话而备受责难。

政府对房地产的登记过户实施紧急冻结。鬣狗般的奸商和凭借敏锐的“政治嗅觉”而动的一些大财团开始对废墟进行投机牟利性的争夺战。他们借重建工程之名，进行“非法侵占”，搞“假建设”等，甚至还谎称有外国资本介入。“首都迁都”的谣言，更是煞有介事地四处流传。东京附近各县的地价，本已攀高，如今更加暴涨不已，山梨、群马、枥木、长野各县的部分地价，均已飞涨三至六倍。

4

小野寺、幸长和中田三人穿过乱糟糟的、满是报社的帐篷和电视台转播车的国会议事堂前庭，向站岗的警官出示了通行许可证后离开正门，慢悠悠地向大藏省走去。位于永田町、霞关的国家政治中枢，除了部分古老建筑物上有裂痕、有些道路凹陷以外，看起来几乎没有受到震灾的什么影响。绿色的大内山在秋天湛蓝的天空下，沐浴着温暖的阳光。千代田区的灾情主要集中在有乐町附近和神田一带。

从议事堂前的高处眺望东边，可以看到梦之岛方向依然黑烟滚滚，但从日比谷、丸之内到大手町一带，建筑物的轮廓却与地震之前几乎毫无差别。但是，仔细观察后就会发现，大楼的玻璃窗上到处都是黑色的洞孔。由于平板玻璃缺货，很多建筑物的窗户都还没有及时修理。铝合金饰板或玻璃幕墙的现代建筑周边和用木头或锌铁板临时搭建的人行道上，“头上危险，小心”的警示牌随处可见。尽管如此，也有突然从窗户上脱落的玻璃碎片像树叶一样飘落而下，伤及路人的事件。在众多商品价格上涨的同时，一些很奇怪的东西也出现在了人们的生活中——玻璃纤维头盔就是其中之一。由于人们都害怕头顶上飞来横祸，所以，出门戴头盔就成了理所当然的事了。

“东京市民怎么转眼就都成了建筑工人呢……”中田看着身边东躲西窜的黄、白、红等颜色的头盔，禁不住笑道，“感觉好怪——曾经，头盔可是参与暴力斗争的学生的象征啊……”

“不过，现在怎么办？”小野寺在挂有“全面封闭中”条幅的霞关高速公路前站住，回头看了看后面的两个人，说道，“去总理府看看吧，说不定山崎回来了呢。”

“就算去了，也还是不能发挥D计划总部的作用吧……”幸长用低沉的声音说道，“为了应对这次震灾，官厅的所有部门都乱成了一团……”

“总之，还是过去看一下吧。”中田说道，“也许有‘吉野号’的消息了。”

右转，向总理府方向走了没多久，正好碰上从溜池方向过来的山崎。小个子的山崎好像一瞬间苍老了很多，脸颊瘦得凹了下去，眼睛周围出现了黑眼圈，满脸胡须，面带铅色，显得十分疲惫，衬衫的衣领沾满污垢，领带皱巴巴的。

“啊……”山崎看了他们三个一眼，有气无力地问道，“田所先生呢？”

“还在国会里磨呢。”小野寺答道，“跟他说了，不管怎么磨，不找到秘书长，要见首相是根本不可能的，但他就是听不进去。”

“我们每天都来这里，都快十天了……”中田耸了耸肩。

“对了，找到安川君没有？”

山崎一一看了他们三个，微微点了点头。

“在哪儿？”小野寺急切地问道，“没事吧？”

“我去市之谷自卫队营地的时候，很偶然地在医疗班看到他了。……伤不是很重，但可能当时没有得到及时治疗……”山崎指着头，“这儿，丧失了记忆。据说不是因为刺激过度，而是被什么东西猛烈撞击造成的。”

“如果把他带来就好了！”小野寺说道。

“不行。不只是记忆的问题，好像头脑真的有点不正常了。……如果他能清楚告诉医疗班自己的身份，至少他们可以联系到他的哪位亲戚吧。就算他是我们的伙伴……如果把他带过来的话，只会成为我们的累赘。想想看，现在每个医院都住满了伤员和精神失常的病人，有自卫队的医疗班照料，算是件好事了。”

的确如此——小野寺心里不禁有些伤感，他的脑海里浮现出安川那张娃娃脸。医院、医疗设施都面临严重匮乏，连一流酒店的头等客房都在收容病人。紧急手术在市内无法进行，只有用直升机把重病患者送到邻近的县去救治。

“进去坐会儿吧？”中田说道，“你看上去好像很累……”

“是啊。我是从市之谷车站一直走到这里的……”山崎精疲力竭地盯着满是尘土、早已被磨烂的鞋，“从经堂始发，经停新宿的电车很混乱……也是，毕竟地铁只修复了百分之三十，市内运营的出租车还不到七千辆，而且大多又都是以包租的形式……你们猜从市之谷到这里与其他人同乘一辆车，每个人多少钱？四千元啊！”

“都内国铁的修复率是多少？”幸长嘟囔道，“震灾已经过来两个星期了……”

“现在不是百分之七十左右吗？……”小野寺说，“从御茶水到水道桥的地段受灾特别严重，其次是京浜线。”

“现在看来，当初取消东京都的有轨电车真是个错误。”山崎苦笑着说道，“人都喜欢方便快捷。到现在这个地步再来呼吁有轨电车也无济于事了……不过，有轨电车还真是个不可或缺的代步工具啊。”

总理府的走廊里熙熙攘攘，乌烟瘴气，人声嘈杂。挤过人群，中田一边向“D 计划”专用的办公室走，一边问山崎：“同‘老人’联系上了吗？”

“好不容易才……”山崎叽叽咕咕地说，“听说‘老人’在箱根，地震时也待在那儿。昨天晚上，‘老人’派他的部下到我在经堂的家来了。现在邦枝也在‘老人’那儿。”

“这太好了！田所先生与其去见首相,还不如请‘老人’出面说更好一些……”

“不管怎么做，在相当一个时期内，恐怕‘D 计划’要处于歇业状态了。”山崎手扶房门，回转身子说，“这种乱哄哄的劲头，要持续一阵子哩。事情不告一个段落，甭想干什么。首先，那件事恐怕也不会那么快就发生吧，四年、五年，或许还要往后拖些时间吧？”

“难说……”中田平心静气地说，“根据‘高月号’的调查结果，粗略推算一下，最坏的情况，得出的最低限度 D 值为二。”

“二？”山崎惊讶地张大了嘴，“当真？”

“不是说过了嘛，这不是精密的计算，是最坏情况的最小值。”

“可是……”山崎用他那失去神采的目光环视着三个人，说，“令人难以置信啊。像我这样的人，这回下功夫学习了一番……也认为这次地震释放了相当多的能量，以为今后很长时间内将平安无事了。是否如此，幸长先生……”

“这些话还是进房里说的好。”小野寺说。

根据首相直接指示保留下来的“D计划”的秘密联络室，除了几张粗糙的桌子和椅子、上锁的书橱及文件柜以外，还有一套带茶几的旧沙发，四五个人进去就满当当的，空间非常狭小。门口也没有标志。本来还要多调两名联络员，但一直拖延，没有调来。除了长官的秘书因为去其他办公室要经过这间屋子而偶尔借过外，这里几乎没有来客。

“D计划”的重要成员中，除幸长和安川以外，其他人都没有来过。原宿的办公室现已不用，重要文件的副本都保存在这儿，这里已经成了“D计划”的落脚点。

“外线电话临时被掐断了，实在不方便……”山崎用下巴朝桌面一指，“乱哄哄的，连杯茶都不能喝。你们要不要来杯水？”

“算了吧，”中田笑着说，“还不如想想办法，赶紧同箱根那位‘老人’取得联系吧。如果可能，最好想个办法，直接闯到那儿去……”

“搞不到车啊。汽油管控得太厉害，真够呛！电话也才刚刚修复百分之六十。”山崎一屁股坐到桌前，懒洋洋地打了个哈欠，“昨晚，隔壁进小偷了……”

“睡眠不足啊……”小野寺也连锁反应地打了个哈欠，“我也筋疲力尽……”

“再就是……我那里又来了亲戚和朋友两家人。他们深更半夜都还在哭……声音虽然不大……但挺吓人的……根本睡不好……”

小野寺目不转睛地看着瘦了一圈、正在擦脸的山崎。他长期从事治安工作，经历了生活的磨砺，从某种意义上讲，从他的身上已经找不出一点精明强悍的影子了——他拖家带口，已从中年步入五十岁的行列，留下的只是一身的疲惫。小野寺苦涩地感慨：拖家带口可真是一件苦差事儿。像我这样，真是一身轻松啊。但是，日本成年男子的大部分都跟山崎一样是有家室的，他们像花蕊似的慢慢萎缩，为了养活妻子、供养孩子从小学读到大学，拼命地工作。他们住在狭窄的屋子里，为了履行责任，压抑自己的欲望；为了生存，为了社会和谐，艰难地忍耐……

“片冈家人全都遇难了吧……”中田独自在说，“他们住在田町。”

山崎蓦地停下了他那只正在擦脸的手，说：“有烟吗？”

小野寺一声不响地掏出了“和平牌”过滤嘴香烟。山崎用力吸了一大口，然后，缓缓地吐了出来。

“不管怎么说，这次地震可真够厉害的……”山崎皱紧双眉说，“对日本，真可谓打击不小啊。”

“是啊。”中田答道，“但是……”

“我有点不大相信……”山崎边看窗外边说道，“究竟，那件事是不是真的会发生呢？对我而言，这次地震所引发的严重灾害，就好像做了一场噩梦。那件事，究竟是不是真的？说什么很厉害……比这次地震……还要大几百倍的规模……经历这次地震，我倒不大相信那件事了。不会是那位头脑有些昏聩的癫狂老学者的妄想吧……”

“大家都有这种想法吧……”中田说，“包括学者在内。可我呢，反倒是越来越深信不疑了。那件事和这回地震，在性质上是完全不同的，是至今尚未观察到的新型地壳变动。也可能会发生地震……但是，真正的变化，不是发生在爆发地震的那一层，而是在更下面的一层里。”

“实在令人难以置信……”山崎呆呆地重复着这句话，然后问，“真的会发生吗？幸长先生……”

幸长绷着脸，微微点头。

“这……如何是好？日本有一亿多人口，还有工厂、家庭……”

“在我的想象中，最坏的情况就是大部分人死掉。”中田说，“因为所有人几乎都不相信这回事，或者是半信半疑，采取观望态度。假如很幸运没有发生，这当然求之不得。然而，我们可就要受到舆论的围攻，受到来自各方面的嘲笑和谩骂……骂我们是疯子、骗子，我们将被社会所唾弃，甚至还可能以造谣惑众、浪费国家钱财等罪名受到指控。即使是政治家，某些人也可能会受到牵连，他们或许早已做好了充分的思想准备。但是，政治家是善于保护自己的。在那些可能受到牵连的人员当中，他们只有在得到‘有人安排后路’的承诺后，才会充当这种‘牺牲品’的角色。至于你我之辈——没有任何背景，最容易落得替罪羔羊的下场，还有可能受到私刑拷打而送命。如果那件事在人们半信半疑和议论不休的时候发生了，由于毫无准备，大家只能坐以待毙。而且，发生得越晚，死的人也就越多。”

“原来你是个虚无主义者啊……”山崎小声地说道。

“为什么这么说？我是个乐观主义者哟！万一，我们从不知晓的某种平衡机能起了作用，不会发生那件事呢？或者发生了，但没有那么大规模，那时的我们呢，不是受到舆论的围攻，就得亡命他国，总之，一切倒霉事都要轮到我们头上来。到时，我们干脆向日本社会和日本国民道声‘恭喜’算了。但是，如果真的发生了那件事……那么，我们按事先所制订的步骤继续推进，至少能把损失减少百分之一二。这就是我的想法。即使是百分之一，也绝不是个小数字。我们那些可怜的日本同胞，将有一百万人获救。至于我们预测对了，也绝不会变成什么英雄。如果预测对了，我们将面对地狱。在地狱里，为自己的预测成功而自豪？那有意思吗？！”

“可我还有妻子呢……”山崎掐灭了纸烟，哽咽着说，“你们怎么想的，我不清楚……可是，我一想起家人来，就……我想总该有人给我们想想办法……能让他们逃到国外去，可是，现阶段还……”

山崎拿起听筒，等了好半天接线员才搭话，他把电话号码告诉了接线员。

“要等半个小时，才能接通箱根的电话……”山崎挂上电话，转过身子说，“可是，太难令人相信了……真的会……发生吗……”

“凡是能够设想到的模式不但都做了，而且已经对它进行了研究，似乎难有新的进展。”幸长说，“如果能收集到更多的资料，再稍微……”

“但是，到底在什么时候发生，那是绝对没法预言的。这件事能否发生，如果发生了，会是怎样一种状态？多大的规模？其结果如何？对于这些问题，无论收集到多少资料，都绝不可能准确预测，发生概率这东西大概也难以预料吧。但是，凭直觉，我会把赌注押在会发生的上面。输就输吧，豁出去了。”

“你的直觉灵吗？”

“百分之五十以上，应该可以了吧。但是，每次赌注都下得不小，所以，输了的话，可就不得了了！”

山崎微微笑了笑，站起身来。

“最好还是把田所先生从国会那边叫回来。得想办法搞辆车。把谁的车骗来……汽油配额怎么办？”山崎推开门，一边往外走一边嘴里念叨着，“搞不好，也许落个撤职查办。”

“中田先生是单身吗？”幸长小声问。

“不，已经结婚了，但没有孩子……”

“不惦记太太吗？”

“哦，她现在一个人到欧洲去了。去玩……”中田突然大笑起来，“请不要让我联想到那些无聊的事。突然想要做爱了。很长时间都没有消息了……”

“不会是分居吧……”

“怎么这么问？不是我想炫耀我们夫妻俩的事，我们确实互相深爱着对方，现在都还处在热恋中，如胶似漆……”中田耸了耸肩膀，“只是岳父大人是位学者，也很有钱。我虽然差点，但从小到大也没吃过什么苦头。所以……对那些棘手的差事能毫不犹豫地承担下来，而且还认为本该如此。”

“原来如此……”小野寺说，“恐怕你才是个真正的虚无主义者呢。”

“也许吧……”中田爽快地点了点头，“我时常怀疑自己是否真的对日本、日本人……人类充满爱心。但是，爱心和拯救是两码事啊。即便没有爱心，但只要是为了救日本同胞，我仍然会努力地拼到底……鞠躬尽瘁，死而后已。”

通往箱根的每条道路都受到了不同程度的损坏。最严重的地方，竟从中间断开，呈倾斜状态，到处都是断层，错位达几十厘米。因此，这一段路十分难走，车子的平均时速只有十多公里，到箱根的时候已经是半夜时分了。

箱根的灾情也相当严重。在塔之泽附近，有些旅馆和民房倒塌了一半，部分地区还在持续停电。尽管如此，旅馆、避难营地还是被从神奈川、东京方向过来的灾民塞得满满的。周围的道路上，到处都是崩塌的岩石，道路要么不能通行，要么只能单边行驶。不仅如此，虽然地震后大涌谷的火山口喷气现象突然戛然而止，但强罗附近火山口的喷气却更加剧烈了，致使地面裂开，管道断裂，所以行驶途中，还可以听到地下颤动的地鸣声，令人毛骨悚然。

从姥子到湖尻山顶的途中，一条不太惹人注意的私家小道被杉树林包裹着。爬过弯弯曲曲的陡坡后，幸长一行看到了一座隐蔽的平房，四周是木板做的栅栏。车停靠在冠木门[39]旁边后，用对讲机通报一下，木制的大门随即自动从中间打开了。

在略带荒凉的庭院里，地上的落叶好像故意没有清扫，织部灯笼[40]倾覆在地，青苔上还留有灯罩摩擦过的痕迹。看起来，这一带在地震时也摇晃得厉害。

最靠里有一间十叠大小的屋子，里面装有一个嵌式被炉[41]。老人把脚放在被炉里，茫然若失地呆坐在搭有紫绫靠背的椅子上。他的结城绸[42]和服上面套了件古铜色藏青条纹的棉坎肩，脖子上围条白麻纱围巾，缩成一团，孤零零地坐在那儿，显得分外瘦小干瘪。银白的眉毛覆盖着轻合的双眼，似睡非睡地打着盹儿。包括田所博士在内一行五人，走近拉门，行了个礼。老人好像根本没有看见他们，照旧前仰后合地打着瞌睡。

“到底还是箱根冷啊。”只有田所博士照例旁若无人地一边大声嚷

39 两根木柱上搭一根横木的门。

40 武将、茶人古田织部所设计的石灯笼造型。

41 日本的一种取暖工具。上面有棉被盖着，里面有一火炉。

42 地名，该地区以丝绸出名。

着，一边不请自入地走进屋去。他穿着一双不合脚的大袜子，油亮亮的，走在榻榻米上，“吧嗒吧嗒”直响。

一位穿戴整洁的姑娘招呼他们走到被炉旁。这姑娘的打扮非常朴实，和她的年龄极不相称，穿的是秩父铭仙绸[43]的短襟和服。她把浓密的头发往后绾了一个发髻——一张素面朝天的脸，大大的眼睛。她身材高大，双唇紧闭，看样子性格刚毅，但偶尔嫣然一笑露出的酒窝和一对虎牙，显得十分天真烂漫。

“也没躲过啊……”田所博士踮起脚尖向老人身后的壁龛望去。在古老的北山杉木壁龛顶端的墙上，出现了新的裂缝，沙砾剥落在黑木壁龛下面。

幸长出神地看着壁龛里的山水画，情不自禁地问道：“是……田能村直入的画吗？”

“眼力还不错嘛……”老人微笑着说道，“但是，这张是赝品……仿得还不错吧？喜欢南画吗？铁斋怎么样？”

“不，不大……”幸长结结巴巴地说。

“哦，我也不大喜欢他的画。到这种年纪就不大欣赏这种画了。”

那姑娘端着茶盘，很优雅地翻着白袜子的足尖轻盈地走了过来。幸长觉得她走路的姿势，就像能乐舞蹈一样，美得醉人。大家面前的茶碗里泡的不是茶，而是几片茶色的植物花瓣，花瓣沉没在水下。

是兰花，小野寺喝了一口。

壁龛上摆放着一只孟宗竹花瓶，里面的地榆红得浓郁热烈，透过袅袅上升的热气，小野寺看出了神。

“那么……”老人一边轻声咳嗽一边说，“日本将来会怎么样呢？田所先生……”

“啊……”田所博士往前凑了凑。

“东京方面的事，已经听了很多，就不必谈了……”

“明白，”田所博士将兰花茶一饮而尽，“我现在的结论，还是和当

---

43 秩父地区产的铭仙绸，用双宫丝纺成，致密结实。

初跟您谈过的一样，今后……为了更确切一些，不仅需要进行大规模的调查，同时，也需要得到更多科学家的合作……问题是，应该以怎样的方式去做这件事，怎样同政府谈这个计划。”

老人用他那皱巴巴的、犹如枯枝一般的双手捧着素陶茶碗，摇了摇茶碗里的水。他那埋在凹陷眼窝深处的眼珠，也不知道在看什么，只是像小孩似的，心不在焉地望着杯中摇荡着的水，茫然若失地沉思着。室内一片静寂，能听到窗外黑压压的树林刁刁作响，远处的深山似乎也在低声呜咽着。

“从今往后……”中田突然嘀咕道，“要是总像眼前这种状态，恐怕干不成什么。就靠目前这么几个人，按现在的做法去搞，当然也可以继续搞下去……反正在那一天临近时，什么样的人都会觉察得到，并且也会发出种种警告。……但是，没人相信会发生那种事。然而，那东西该来时必然会来……”

老人又摇动起茶碗来了，他那叠满皱纹的喉咙，发出轻微的咳嗽声。人们的眼睛都随着老人的茶碗在转动，老人的手停下来，“哐当”一声放下了茶碗。

他颤抖着那满是皱纹的手，向椅子下面寻找着什么。房间里鸦雀无声，气氛十分凝重。

“田所先生……”老人抬起头，用下巴轻轻指了一下花瓶，说，“你看见插在花瓶里的那朵花了吗？”

田所博士抬眼望了一下。挨着壁龛的是一个博古架，格架后面的柱子上，挂着一个用葫芦做的小花瓶，那朵娇小殷红的花，由两三片绿叶衬托着，静静地开着。

“是茶花啊……”田所博士喃喃地说道。

“是啊，今年秋天……花开得不合时令啊。田所先生……最近，日本的自然界好像到处都开始乱套了。在学者看来，也许无所谓，但是……对于像我这样和大自然一起生活一百年的人来说，特别感到日本的大自然——无论是花草树木还是鸟兽鱼虫……不知是恐惧什么，好像一切都有些反常……”

走廊里传来一阵轻轻的脚步声，在拉门外面停下，“是叫我吗?”姑娘问道。

“花枝!”老人吩咐道，“把门拉开，玻璃门也拉开，全都拉开……”

“可是……”女孩的眼睛瞪得溜圆，疑惑地说，“外面很冷……”

“没关系，拉开吧……”

女孩哗啦哗啦地把玻璃门、拉门统统打开了。这十叠大小的房间里，除了那个大被炉外，全无半点热气。箱根秋夜的冷风，寒气逼人。虫声唧唧，昏暗的树林，飒飒作响。

从院子的前缘，穿过树林，脚下的芦湖遥遥在望。这晚正是阴历十七，皓月当空，皎洁的月光洒满湖面，阵阵的山风吹起涟漪。箱根的外轮山层峦叠嶂，黑压压的像一面连成一片的屏风，它的顶端浸满了银色的月光。

“田所先生……”老人令人吃惊的、洪亮的声音，从陶醉在这凄美景色的众人背后传了过来，“怎么样?仔细瞧瞧吧！尽情地领略一下日本的湖光山色吧。正像你们所看到的那样，日本是辽阔的。从东北到西南，纵横二千七百公里，四周布满大小岛屿，三千米以上的高山连绵不断，国土面积三十七万平方公里。在这上面居住着创造了国民经济总产值居世界第三位的一亿一千万人民。这样的一个日本……这个巨大的岛屿，现在，你还认为它真的会下沉吗?真的相信，它在不远的将来，会发生迅速下沉的惨剧吗?”

“我……”田所博士深深地叹了口气，“我相信……通过这次调查，更深信不疑……”

小野寺整个身子颤抖了一下。

这并非仅仅是夜晚的林寒涧萧的寒气所致——面对倒映在水中的巍巍群山，面对泻满银光的万顷湖面，他不由得产生了一种异样的、莫名的感动。

的确……这个满载着崇山峻岭、森林湖泊和城市居民的巨大岛屿，会在顷刻之间下沉吗?

“好了……”老人开了口，“我就是要听这么一句话……花枝，行了，把门关上吧。”

望着万里无云的天空中清澈皎洁的明月，小野寺眉心突然扭成一团。透过晴朗的夜空所看到的那轮皓月的鲜亮轮廓，突然无常地变成了两层，而且还有些摇摇晃晃。侧耳静听，一直若断若续鸣叫着的虫声也戛然而止，甚至风的呼啸声和树林的沙沙声也停了。周围死一般地沉寂。

昏暗的树林，蓦地传出乌鸦刺耳的嘶叫。不知是什么鸟，不是一只，它们齐刷刷地从四面八方的树林中惶恐不安地鸣叫起来。山脚下、周边、湖对面，狗开始狂吠起来，中间甚至还夹杂着雄鸡的喔啼。

“来啦……”田所博士嗫嚅着。

话音未落，眼前的树林和山峦就开始轰鸣起来。瓦片在响，柱子和门框随即也“咯吱咯吱”地响了起来。最后，整个房屋都“轧轧”作响，沙土从墙上脱落下来，不知是什么东西“哐啷”一声，轻轻掉在了榻榻米上。姑娘战战兢兢地小声叫了起来。

“不要紧……这是下沉的箱根和丹泽山板块，为了取得平衡重新隆起而发生的一次余震。没有什么……”黑暗中，田所博士沉着地解释道，“但是，我所说的地壳变动，和这类地震性质完全不同。当然——也可能伴随大地震和火山喷发……”

当所有的人都缓过神来时，地震已经停了。于是，好像刚才什么事也没发生过似的，大家又安静地坐在幽暗的房间里，眺望那被皎洁月光映照着的静谧的芦湖夜景。月亮渐渐爬高，洁白的月光已经照到客厅的一叠榻榻米上了。

“是中田吧？刚才说话的那位年轻人……”老人在背后的暗处说道。

“是我……”中田回答说。

“你，下一个阶段什么最重要，有何见解？”

“有个腹稿。”中田不慌不忙地答道，“虽然还不完善，但是，大致有些条理了。”

“好！请尽快把它整理出来。明天我打算给首相打个电话，见一面。

另外，你们明天谁去趟京都……去两个人。京都有个叫福原的学者——虽然还年轻，但是，读了他写的东西，就知道他是一位真正有作为的学者。带上我的信去，向他说明原委，希望得到他的合作。具体见面后怎么说，明天再告诉你们。也得请他考虑一下这件重要的事情。东京这批学者，很早以前就是今天这副样子了，他们对于长远的大问题，不善于深思熟虑……这类事，也只有京都的学者才行……”

“福原……”幸长小声重复了一句，随后问道，“是搞比较文明史的吧？您从前就认识他吗？”

“不认识。”老人一边轻声干咳一边说，“只和他通过一两次信，但是，他应该明白……”

灯光映照在里面的隔扇门上——另一个隔断旁边的隔扇门敞开着，姑娘点燃古式纸罩烛灯后，走了进来。

“哎呀……”姑娘皱了皱眉，“茶花……”

小小的茶花从柱子上掉落下来，在纸罩烛灯泛黄的光照下，浮现出像血一样的点点红色。

第二天早上——

小野寺和早上从某个联络站回来的邦枝拿着老人的信去了京都。新干线行驶路线还是静冈以西折返，出于安全考虑，从静冈到新大阪花了三个多小时。包括旧东海道路线在内，所有列车都是严重超员，连软席车过道都坐满了人。

小野寺站在拥挤不堪的过道上摇晃着，在通过天龙川的时候，突然，一种颇为复杂的感触油然而生——一年前，他正是在这儿附近的东京站八重洲口的茶室里，偶然遇见了来这里调查新“新干线”测量误差的朋友。

那个时候，小野寺正好去“海沟探险”。现在回想起来，那便是所有事件的导火索。

此后，他的朋友——乡六郎丧命于天龙川上游。两人共同熟悉的记者朋友，凭其社会部记者的直觉，推测有可能是由于施工不当或掩盖施工差错而导致的他杀。但是，最终还是被认定为自杀。也许被认定为事故死亡更为贴切一点。后来发现了乡六郎的笔记本，加上小野寺去小笠原出差时寄来的一封挂号信（因为是挂号信，与其他邮件不同，所以迟迟没有送到小野寺的手上）——把笔记本和信的内容关联着一起看，事情的真相就一目了然了。这个乡六郎……根据缜密的计算和精辟的模拟实验，发现了一个令人震惊的事件中的些许端倪。他在惊愕之际，又感到十分困惑，因为他知道，如果说出这件事的话，别人一定以为他是个怪人，这让他骑虎难下——特别是根据“模拟实验”，乡六郎得出了“新‘新干线’不能施工”的结论，他被这个结论的责任感折磨着，在极度的睡眠不足、精神过度紧张以及一直以来的兴奋状态下，只身一人去了上游的危险区——最终死于正常状态下不可能发生的意外事故。

这家伙，居然在那个时候就已经发现了一些蛛丝马迹！小野寺心里这样想。然而，依据推算做模拟实验，并把它放大……一个令人难以想象的、巨大的危机全貌便呈现在眼前，这让朋友不能，也不敢想下去。就像康托尔沉溺于“集合论”不可自拔而自杀，图林想要从理论上证明“万能图林机械”的可能性而自杀一样，在人世间就有这样一些“不堪理论性归结”的人，他们绷得过紧的理智之弦，最终会伴随着“咔嚓”声断掉。

小野寺忽然想起来，自己为了祈求朋友能够在九泉之下瞑目，曾到京都去和做记者的朋友讨论过自杀还是他杀的问题。而此时，自己又向京都方向走，他不由得感到有点头晕目眩。没错，那个时候，在加茂川沿岸的“河床”上……突然遭遇了“京都地震”……后来，故意失踪……后来……再后来，过了很长一段时间。那个时候，日本将来会发生那种事情也好，自己被卷进这项工作里来也罢，都完全没有想到。但是，现在……他是知道关于日本命运的绝密情报的极少数人之一。……而且，危机感和“秘密性”的双重压力已经让他难堪重负……多么可怕的事情！小野寺擦去脸上的汗水，心里呐喊道：啊！我的天啊！

京都市内大部分地区已经从去年的“京都大地震”创伤中恢复了元气。但是，祇园、先斗町等号称“京都精华”的花街柳巷、倒塌烧毁的平民密集住宅区，仍然还是一幅荒凉的景象。

当小野寺和邦枝到达那位学者在京都北部的住宅时，得知他从前几天开始身体状况就不太好，一直闭门谢客。

学者身穿捻线绸的短外套出现在客厅，他虽然年过五十，却是黑发童颜。学者反复看了几遍老人的亲笔信，歪着头一边听小野寺和邦枝的说明，一边努着嘴绞尽脑汁地思索着什么，随后，嘟嘟囔囔地挤出一句话：“太了不起了……”便踱步走出了客厅。

就这样，三十分钟，一个小时过去了，始终都没再看到学者出现。两人等得不耐烦了，忍不住悄悄地向女佣打听学者在干什么。

“先生正在二楼睡觉。”女佣答道。

“什么事……京都的学者就可以这么欺负人吗？……”邦枝小声地抱怨道，“两个大男人专程从关东赶过来送达重要信件，而他却只撂下一句‘太了不起了’就跑去睡觉了，这叫什么事嘛……”

即将沉没的国度

しずみ　ゆく　くに

1

数日不分昼夜地连续工作，使首相骤然间消瘦了不少，显得十分憔悴。此刻，他正愁眉苦脸地同官房长官、总务长官坐在受强烈地震袭击，至今尚未完全修复的首相官邸的一个房间里，三人的桌前摆放着一张打印纸。

“这个问题，到底如何处理才好呢？”首相的声音有气无力的，“我接到报告，说要进行更详细的调查，还需要追加十亿到一百个亿的预算……”

“没有办法，只有让防卫厅去办了。”官房长官说，“D计划的基础研究已经启动——行动总部紧急扩充，人员和设备的预算经费都需要增加。”

“可是，明摆着这个计划单靠防卫厅一家是完不成的。”总务长官说，“保密费用一旦超支过大，经费就会成问题，而且，尽管疏散预案可以拟定很多套，可问题是我们需要彻底调查，去弄清楚那件事究竟会在什么时候、以什么形态发生，这无论如何都需要为数众多的科学家的合作，然而，这些科学家又从何而来……”

“我看，还是从学术会议上……”首相紧抱双臂说，“对大会主席和组织者要适当交底，请求他们予以合作。气象厅、国土地理院、地震研究所、防灾研究所这些部门，迟早有人会慢慢察觉的……”

“怎么说呢，现阶段大家的注意力主要还是集中在这次爆发的大地震上，”总务长官说，“而且，那件事本来就是个天方夜谭，所以，反而不易被人察觉——即使有一两个人察觉，估计连他们自己都难以置信，因此，也不便张扬出去了，就算万一说出去了，别人肯定也会认为这人脑子有毛病……”

首相仍然两臂交叉，双眼紧盯着桌上的纸片。

“我都是半信半疑。唉，老实说，我真不太相信……”首相喃喃自语道，“实在太离谱了。就算日本是地震频发、火山众多的国度，可偌大一个国家……会在那么短的时间里……”

其余两人也把目光投到桌上的那张纸片上。在这张厚实的打印纸的正中，只打印了一行字：

$$\overrightarrow{\mathrm{min}}$$
$$\mathrm{D}\div 2$$

“无稽之谈……”总务长官用他那肥厚的手掌用力搓了搓脸说，“果真如此的话，那可就是件骇人听闻的大事了……但是，如果这本身就是个荒唐的推论——或者说只是田所那个古怪学者的臆断，计算有误……”

官房长官死死地盯着首相。这位与首相共同走过漫长的政治生涯、名副其实地由首相一手栽培的部下，同时还是旧制高中校友的官房长官，此刻最担心的一点就是：一个国家的最高行政首脑，万一由于某些奇怪的“错觉”而陷入难以收场的大骗局中去该如何是好。这种担忧从一开始就一直缠绕着他。当然事情还没到这一步。到目前为止，整个事情的运作还只是在政府内部秘密运行，万一真是一场骗局，也好就此罢手。但是，下一步该怎么办……如果继续深入调查，财政预算、组织机构势必要逐步“公开”，假如到了那一步，万一弄错了，不但覆水难收，还会被追究政治责任。弄不好，不仅首相本人，甚至连整个执政党的政治生命都可能被葬送掉。

到那时，谁将是牺牲品呢？官房长官根据自己政治生涯中所具备的“常识”，迅速在大脑中物色人选。万一出错的话，谁来承担责任？谁作为替罪羊拯救首相？至少自己是难辞其咎吧……然而，如果承担责任就可以解决问题，那还好说……

但是，万一事情真的发生了……

“根据目前的调查情况看，还不能得出明确的结论……”首相把交叉的双手放了下来，抬起头说，“不管怎样，还是要继续调查下去。再增加一些经费和人员怎么样？”

首相的话，表面听上去似乎很是慎重，不过是在原有的基础上继续调查而已，但官房长官瞬间便恍然大悟，他明白，首相是拿定主意要大干一场了，甚至不惜冒一定程度的“政治风险”……

“那好吧……”总务长官摇晃着肥大的身躯点点头，“这事就算定了。明天的干事会……”

“开会前有些事情……”首相沉思了片刻，“现在能联系到副总裁和干事长吧……”

“副总裁也许睡下了。”官房长官看看手表回答道，“叫秘书吗？”

“算了，等等再说……”

首相站起身，从架子上拿了一瓶白兰地酒和三只高脚酒杯。

“有点累了……”首相一边将白兰地倒入酒杯，一边小声说，“剩下的事明天再说，好吗？”

“没问题，”总务长官端起酒杯点点头，“您还是休息一下为好。我要说的是统计局的事情，明天再向您汇报。”

三个人一言不发地碰了一下杯。身材高大的总务长官酷似职业摔跤选手，他将杯中的酒一饮而尽，站起身来，行了个礼便向房门走去。官房长官起身跟了出去，接着首相也立即追了出去。

在官邸的过道里，官房长官离走在前面的总务长官数米之远，他边走边对首相耳语道：“是内阁改革吗？”

首相一脸从容。“目前的骚乱告一段落之后……”首相绷着脸严肃地说，“某种意义上说，我认为是一个绝好的时机。明天见到副总裁和干事长再说……”

两名内阁成员离去后，首相一人返回客厅，又喝了一杯白兰地。地震后，他的家人去了信州，宽敞的官邸里只有中年女佣和全权处理私人事务的管家以及警卫。首相吩咐这些人暂不露面，所以，官邸中好像只有首相一人似的静得出奇。

太不可思议了……醉意中感到一阵倦怠，首相用手揉揉眼角，闭上眼睛，倦意一下便从脑后袭来，像有一种无形的魔力从身后将他拉向无底的深渊。片刻，他把头靠在椅子的后背，任凭身体往下坠落，这种坠落之感使他隐隐约约看到远处深灰色浑浊的雾气中飘浮着某种东西。

那东西就是奇妙的“抉择”。

职业“政治家”，应该说是“孤身抉择”的专家。所谓“权力”，其实也是“抉择”中的产物。所以，“权力者”骨子里必定具备着千百年来所积淀下来的“超凡感召力”。这便是这位不到六十五岁的“年轻”首相确信不疑的理念。也许政治从来就不能够“合理化”，至少政治的过程变成一种“逻辑——涵盖概率的意义——过程”还为时尚早。就算计算机突飞猛进地飞速发展，政治演变为一种游戏规则和选择公理融为一体的自动化机器指日可待——然而，即使到了那一天，某些具备超凡能力的人以其敏锐“感觉”和强大感召力的“决断”，在某种特定的场合，一定会战胜庞大的计算机系统的。这是因为在所谓“政治抉择”中，有时候必须直面连计算机都不能完全预见的黑暗未来而选择勇往直前。计算机常常是依据“过去”和“外围”的数据，按概率的百分比的形式来预测“未来”的。但是，在某种情况下，人类却能够凭第六感惊人地发现计算机所不能描绘出的“捷径”。如果按计算机提示进行抉择，那么“情况”模式发生变化，其概率也要发生变化。因此，计算机只有在变化中重新进行新的预测和计算，然后再决定新的抉择方向……即使与“Z”字形“布朗运动”[44]的实际运行方向完全吻合，其结果也不过是在宏观上描绘出“可预期的最佳抉择”的轨迹而已。但是，假如计算机一开始就能锁定“最终预期”的最佳状态，朝着这个“最终预期”以“最短距离”的运行模式进行选择，那么，在充满强大惯性且错综复杂的现实当中，巨大规模的“布朗运动”在运行中所付出的各种各样的“代价”岂不是可以减少到最小吗？更何况，“现实”是一个由大大

44 1827 年，英国植物学家布朗（1773—1858）用显微镜观察到水中的花粉，发现花粉微粒不停地做不规则运动，这种运动后来被称为“布朗运动”。

小小的、振幅和运行速度各不相同的“现象体系”相互影响，呈模糊状态的、巨大而复杂的“复合体系”。在当前，计算机还不能容纳所有的“现实”，它还处于不成熟阶段，在它的历史记忆中也还没有积淀那么多的“实践成果”。即使把所有的数据输入计算机，未来一定还会留下“不可预见”的黑暗部分，就像“拉普拉斯魔法”所展示的那样……

首相曾憧憬过，如果出现可以做出任何“决断”的计算机的话，那该是多么美好啊……到那时，人们已不需要“政治家”这个职业，也许那才是真正的幸福时代。人类犹如依靠机械从“繁重的劳动”中解放出来一样，也从“政治责任”这个痛苦的精神负担中彻底解脱出来，这一天会到来吗?

“这样的时代恐怕永远不会到来……”首相想。

计算机以及庞大的善于运作的官僚群体反而使“抉择”控制的事态日益扩大，让“决策者”所承受的压力越来越大。曾经无数次出访国外、与各国首脑会晤的首相想起了一段令人触目惊心的经历。那天，在白宫的一个午餐会结束后，大家正在轻松地交谈，总统先生与日本代表团的成员谈笑风生，首相趁着谈话间隙离开了一会，与高个子的特别助理闲聊，这时他无意间回头，正好从侧面看到总统先生扭向一旁的无奈苦笑。他从这位拥有世界最先进的情报系统和组织严密、出类拔萃的内阁成员的美国总统那优雅的苦涩微笑里，读到了一种隐秘的、常人难以想象的凄然的孤独。

那一刻，首相看到的是总统习惯性微笑的嘴角和不笑的眼睛之间流露出来的冷酷无情……就像从不太合身的衬衫袖口窥视到不洁的内衣袖口一样，让人不忍去正视的凄惨孤寂……尽管职业的训练使总统从容淡定，但在看到他的一霎，纯属个人的愧疚像来自心底的寒意浸透了整个身体。这一刻，首相就像看见总统露出毛茸茸的屁股坐在马桶上一样，而自己无意中闯入了他人龌龊的隐私中，这种令人作呕的感觉让他狼狈不堪。

那种“丑陋的孤独”也是首相自身的写照，只有站在相同的位置上才能体会得到，在这面特殊的镜子里，首相似乎看见了自己。

首相独自一人坐在客厅里。心想，或许自己的这张脸同那天在午餐会上看到的美国总统的脸别无二致——一张丑陋的、如同施魔法的巫婆一样的扭曲的脸……他想，那时候，比起美国总统来，作为日本首相要轻松得多。因为那时的美国正陷入战争的泥沼，美国总统的“决定”关系到美利坚合众国和他的敌对国成千上万人的生命。

但是，现在自己被推到了比美国总统更为复杂的境地。……首相摸着他那刚长出胡茬的油脸，陷入了沉思。日本这个国家可能消亡。也就是说，日本国土的物理形态将丧失，多数国民将会死去，活下来的人也将从此失去“故土”……或许漂泊到地球上的另一块土地上，一块由“别的国家”指定的拥挤不堪的“异国他乡”。

而且——尽管发展到这一步的可能性在增大，但不发生的可能性也还是存在的！如果会发展到那一步，那么，从现在起就必须立即着手准备，否则是绝对来不及的。假如是 D÷2 的话，也许已经来不及了。但是，万一没有发展到那一步，而准备工作又已经开始……那么，日本的局面将不堪设想，对此他也难辞其咎。

这样的决断让人不堪重负，首相一边想着，一边摇动着装有白兰地的杯子。这种决定绝非一般人能够做出。不论政治机构多么现代化，计算机和官僚体制有多么发达，“权力”终究是靠着近乎“神”的旨意一般的“超凡感召力”，以非理性的、非人性的“冷酷疯狂”来行使的。面对如此残忍的现实，任何一个普通人都不具备做出“决断”的勇气。随着事态的不断明了，这种勇气也就逐渐丧失殆尽。这时，就必须有人挺身而出替大家做出“决断”，承担责任。只有在芸芸众生中独具决断能力，冷酷、坚毅、果敢，能代替“神”行使非人性职责的人，才能担此重任。这使“权力”带有非理性的恐惧进而上升为恐怖。当然，当事态过去，或当初的决断有误，那么，所谓的“神圣疯狂”的执行者就会随即沦落为替罪羔羊，以牺牲为代价来平息“命运之神”的暴怒。而且，往往就是那些“明知山有虎，偏向虎山行”的人，才会被推上权力者的宝座。首相想，自己不过是一介俗人而已。他曾经为自己缜密的、合理的计算考量而暗自得意。在刚刚踏入政界之时，他到处宣扬自己的理念，认为带有明治色彩的、颇有时代感的、夸夸其谈的政治家时代已经终结；政治也可以依靠庞大的数据和处理系统，像“企业”一样合理经营。然而，这样一个“自己”却不知不觉地从周边的同僚中脱颖而出，连他自己都不敢相信。直到他在与执政党的长老级人物的竞选中获胜，当上了首相的那一刻，才恍然大悟：自己竟然具备一种特殊的才能——一种对他本人而言谈不上引以为豪的才能。周围的人称他为“勇敢大胆的男人”，政敌攻击他是“冷酷无情的算计者”。他渐渐明白，人们对他之所以既信任又畏惧，是因为他不知不觉地扮演了他的同僚所不能肩负的无情“决策者”的角色。而且，那种敏感和决断力在很多情况下都是正确的；即使有误，也由于处理得当，总能把损失降到最小，甚至会因祸得福。有时，他反省自己与其说是“勇敢大胆”，还不如说是缺少某种情感，比如“恐惧”之类的东西。当然，不仅如此，在他身上还有一种感召民众的人格魅力，这种人格魅力与超人的胆略结合在一起，便造就出了一种不可思议的、带有“神秘感”的气质……

不是自己想要成为“最高权力者”，而是不经意间被推上政治舞台的。这种想法在他进入第二个任期后，始终挥之不去。从某种意义上说，那是一条“牺牲”之路……不知道自己为什么会成为这种类型的人。或许是血统的原因，或许是养育他的父母、祖父母的原因。他知道首相选举的时候，背后推举他的是那位老人，那位老人早就注意到他了。但是，他并非特别在意那位老人。当然，他并非视老人为等闲之辈，偶尔，也会去拜望一下老人，听老人说说过去的事情或聊一些有关艺术品的话题。作为一国的首脑，他一点都不觉得这是在寻求某种“保护”，甚至认为老人所看到的世界和他日理万机所应对的世界几乎不在同一个层面上，没什么可交流之处。从政绩上讲，他可以说是奉行“单打主义”，作风朴实、埋头苦干。尽管如此，作为近年来政治史上少见的“政绩不突出的首相”，他还是在处理实实在在的诸多问题中，积累了丰富的政治经验。当然，他也曾经历了无数的难题和政治危机，但对他而言，这些都不是什么大不了的事。他认为，日本是一个稳定的国度，自己的政治生涯大概就在这种平稳中结束吧。

然而，现在局势骤变。被称为首都圈大震灾的政治“大难”直面扑来，更有甚者，眼下，这种难以置信的大变动已开始给这个国家的未来蒙上了阴影，假如大变动真的即将发生，那将掀起一场前所未有的政治波澜。

一个众多人口、经济发达、历史悠久的强大国家将不复存在……世界历史上有哪个国家遭遇过如此离奇的灾难？又有哪个政治家直面破解过这骇人听闻的巨大难题？

面对这种“决断”，或许自己力不从心了。……首相继续摇着白兰地，呆呆地望着天花板。自己有能力支撑这困难局面吗？无论如何，至少要着手工作吧，但能否坚持到底呢？这期间，找一个比自己更有能力、更有魄力的人来接替自己也不失为上策呀。

不过，自己熟悉的范围内有这样的人物吗？

想了想，不能马上想出谁来。只有一个人在脑海中一闪而过。此人是少数派在野党的领袖，他的势力正在逐渐扩大。战争年代，此人曾被关进监狱，战后面对组织内部的残酷斗争，他不屈不挠坚持抗争，承受着来自四面八方的辱骂，建立了牢固的政党组织。但是，此人有些令人捉摸不透，难以判断……而且，现在一时还找不到他。首相将白兰地一饮而尽。事态再进一步扩大，国内开始不稳定的时候，也许会乱世出英雄。在没有找到更加合适的人选之前，要顺利地渡过危机，自己将不得不承担责任……并不断地做出残酷的“决断”。

想着想着，首相的内心有一种莫名其妙的感觉，那就是一点也激发不起来的所谓“英雄”气概。自己根本就不是什么“英雄”……也不想成为“英雄”。只是在没有找到合适人选之前，自己不得不承担那样的“重任”而已。眼下，不是说能否干好的时候。只要比自己更合适的人选一出现，这个接力棒就自然而然地交出去了。但是，在接班人出现之前，“命运”仍然会让自己肩负起这个重任……就像这个国家的所有政治家都心知肚明的那样，首相始终还是抱着一种任何事物不是“干出来”的，而是“顺其自然”的信念。政治上的“意志”也好，“努力”也罢，实际上不过是“命运”洪流中的一滴水而已……尤其是面临人算不如天算的巨大变动的时候，更是如此……

即使如此，每每一想到今后必须应付令人胆战心惊的巨大恐怖事态，就会心烦意乱，感觉像快要被压垮似的。勇气是不可强求的，这是首相的信条。但是，有时为了不使判断出现偏差，勇气也是必要的。首相盯着杯子，他想，看来有必要抽出一两天——哪怕从繁杂的事务性工作中挤出一点时间——去一个安静的地方，盘腿、打坐。也许这样，才能镇定自若，看清黑暗的那一边……是的……也该拜见一下那位老人了……

2

第二次关东大地震——人们已经习惯称它为“东京大地震”，新闻媒体后来也沿用了这个称呼——已成了近来世界各国关注的焦点。东京是世界上人口密度最大、人口最多的城市，从某种意义上讲，它也是一个癫狂的现代化都市。大地震疯狂地袭击了这座大城市，使它的大部分区域在瞬间荡然无存，其破坏程度让人触目惊心。

“东京将变成第二个广岛！”

一家拉丁语报纸甚至使用了这样一个煽动性的标题。

各国的有识之士不得不开始重新审视：面对自然灾害，这种在无序膨胀中成长起来的现代化超密度都市，将有致命的危险。当然，这致命在很大程度上是一个“日本式的例外”。这次震灾中的死者之多、受灾人数之庞大，实在让整个世界为之震惊。

世界各国首脑的慰问电雪片般飞来，乐善好施的美国媒体发起了“多种形式”驰援日本的援助活动。在国外的日本人耳边每天都充斥着同情的语言，但人们的话语中却流露出幸灾乐祸之意，那分明是：“都看到了吧，活该。”随着时间的推移，可以隐隐约约地看出，人们同情的语气里隐藏着另一种奇怪的、执拗的关心和好奇心，他们很想知道：大灾之后，日本将会怎样？在今后较长的时间里，这样的灾害将给日本带来什么样的影响？

位于远东一隅的日本，是唯一率先实现现代化，发动过以世界人民为敌的世界大战，最后以惨败告终的国家。战后又迅速崛起，GNP登上了世界第三位——是通过勤奋劳作和疯狂生产，开始对世界经济产生巨大影响的“令人生畏”的国家……而它的首都竟遭受到有史以来最大的灾难，从某种意义上说，算是“罪有应得”吧，连英国的某家报纸都刊登了一篇《罪人有恶报》的文章。

文章中说道："凭借着无视人性、轻视生命的剖腹自杀的武士道精神，以神风般的速度保持经济发展的日本，打造了世界上最野蛮、最无视人权、犹如战舰般的庞大都市，并叫嚣着'日本万岁，进攻'冲进世界经济市场。但是，这种没有空中护卫战斗机、无视常规战术的做法，犹如'大和号'巨舰，最终以牺牲大多数人的生命为代价——这个民族，其性格不会因一两次的失败而改变——自二十世纪的日俄战争的要塞攻防战起，经过第二次世界大战，直到今天，日本总是以'同样的失败路线'重蹈覆辙。日本从沉痛的教训当中真正学到点什么，还需要一段相当漫长的时间，更需要经历无数次的同样失败……"

尽管在表面上，全世界深切的同情声像旋风般呼啸而来，各国政府的慰问金、捐款源源不断地寄往日本，但是，对待受灾的日本，世界各国所表现出来的态度却是复杂的。美国政府无偿援助两千套移动住宅和医疗用品；苏联表示愿意提供远东海域两万吨级半新的客船供灾民居住，只是，苏联的科特林级导弹驱逐舰作为先导船，进入东京湾——这一行动刺激了右翼分子和防卫厅有关人士的神经。因为有人清楚地记得1923年的"关东大地震"之后，美国军舰以救援的名义进入日本，趁乱到东京湾探测水深的事情。

除了从美国政府得到无偿援助以外，日本政府还向国内、海外紧急订购了移动住宅一万五千套、预订装配式房屋五千套。快入冬了，必须采取应急手段解决受灾民众的住房问题。在日本国内被称为"胶囊住宅"的库存量最多不过三千套，月生产能力只有七八百套。而且，有一半生产设备在关东地区，已被地震毁掉了，还有一部分是使用日本品牌在美国、加拿大、欧洲等地生产的，其中在美国包括房车在内有五千套的库存。除无偿援助以外，政府之间还达成了协议，紧急进口所有的库存物质。虽然胶囊住宅、移动住宅等在世界上已经成为"贸易品种"，但此次大量订购在世界贸易史上却是史无前例的。

与此同时，日本政府开始在世界各地抢购二手客船。对船龄在二三十年的老船，南从巴西、澳大利亚，北到斯堪的纳维亚，按开价收购了十几艘，而且还不惜重金到处搜寻购买。受此影响，世界各地造船业的股价，在新的订货利好预期的刺激下，便一路飙升——当然，这一切都是打着紧急支援“受灾者住宅”的旗号……

同已经关闭的羽田机场相比，成田机场的灾情还不算严重，还保留有一条跑道。地震后的第三天，成田机场重新开放后，各国政要和经济界人士为了来日本“视察”，纷纷从海外飞抵成田机场。

总之，包括远东地区在内，日本在整个世界经济中的地位都是不可忽视的，因此，日本政治、经济的中枢遭到如此大的破坏，势必会给各国对日贸易带来极大的影响。为了掌握受灾情况和预测今后动向，各国的重要人物们纷至沓来——因遭到震灾的东京都内的酒店大部分都不能住，他们大多住在成田机场附近新建的酒店以及千叶县海岸旅游胜地的酒店里。

在这些外国旅客中，有两个不大惹人注意的人物。他们身材高大，风衣的衣领竖起，帽檐压得很低，戴着墨镜，提着公文包。一眼看去，很像商人。前来迎接他们的三个人机警地扫视过四周后，一起钻进了一辆挂着使馆牌照的黑色林肯轿车。

林肯轿车行驶在拥挤不堪的京叶[45]大道上向北兜了一个大弯，在足立区附近穿过临时搭建的浮桥，又跑了一个半小时，最后驶进坐落在东京市中心灾情较轻的千代田区北部的某国驻日使馆。十分钟后，在使馆的一个密室里，这两个人同该国驻日大使、秘书等人顾不得寒暄就直奔主题。

“我们打算彻底调查一下这次东京地震对日本今后的影响。”一个四十岁上下的秃顶男人毫不客气地对大使说，“当然，我们部里的人，已经开始动手进行了。但是，我还是打算派一个得力助手在这里长住一段时间，这位就是……”

秃顶指了指一起来的同伴，一个三十岁左右的金发男子。

“的确，灾情很严重……”大使从壁炉架上的酒柜里取出一瓶葡萄酒，边倒酒边点头说，“你也来一杯吧，是东京葡萄酒……不过，日本是经济大国，我认为，这点儿天灾算不了什么，日本很快就可以恢复元

---

45 东京至千叶。

气。说不定，这次地震对日本社会反倒是一个强有力的刺激。”

“但是，去年的关西大地震还没过多久啊……”秃顶从大使手上接过酒杯说，“那次是局部地震，只是京都和大阪一带损失很大，经济整体上并没有受到多大的打击。但是，间隔时间不久，这个国家的两大中心城市相继遭遇了大地震，我想，对这个国家和社会，特别是对人情世态多少都会带来一些影响。”

“的确如此。”大使说，“社会动荡和不安，会在不久的将来逐渐显现出来的。目前，在野党虽然暂时停止了对执政党的攻击，但是，他们将很快与工会一起组成新的阵容，发动新的攻势。”

“现在的执政党能挺得过去吗？”

“一旦复兴工作有了眉目，城市功能恢复了正常，在野党会以‘防灾预警计划不完善’为由，发动大规模的攻势，追究执政党的责任。我的看法是：半年以后，也就是明年夏天到秋天，或者是地震一周年的时候，可能会掀起推翻政府的高潮。在地震周年之际，报纸肯定要大张旗鼓地报道这件事。假如我是在野党，我也会那样做的。现在，为了渡过眼前的难关，大家彼此都心照不宣，团结合作。只有在目前的‘非常事态’告一段落，日常生活恢复正常，有了考虑各种问题的充裕时间之后，民众的情绪才能被煽动起来。”

“那么，你看会怎么样？执政党能应付得了吗？”

“不知道……”大使摇了摇头，“恐怕没那么容易。”

“据说地震的直接损失有八兆日元，或者是十兆日元，但是，据我们估计，从远期的影响来看，损失可能是它的好几倍。”秃顶男人从衣袋里掏出一支雪茄烟，放在鼻子下，从一头嗅到另一头，“首先，这个城市集中了这个国家所有的重要机构，要将城市综合机能从瘫痪的状态中完全恢复过来，需要五六年的时间，这次地震在相当长一个时期内将对日本的经济发展产生影响，这是毋庸置疑的。其次，恐怕还会出现通货膨胀，而且是在经济滞胀情况下发生的通货膨胀，这可能会出现空前的混乱局面。”

“关于这个问题，我们也曾经研究过。”秘书一边记笔记，一边说，

"尽管日本政府已经采取了紧急措施，但是，钢铁、水泥和石油等物资的市场价格仍然在大幅度地上涨。首先，大工厂的最新设备在海啸中损失惨重，开工率不会马上提高。可能很快就会正式实施严管吧。但是，不管怎样，这仅仅是东京一个地方的局部问题，政府的对策出台可能会滞后；而且欧洲、美国已经进入经济高涨期，钢铁在世界范围内走俏，所以，日本不能只是简单地依靠紧急进口。眼下，在全国范围内，生活必需品的价格猛涨。其次，在日本有一个很特殊的习惯，每到年末，都有一场年度仪式般的奖金大战，这个时候，全国各地都需要大量的现金，更何况，有近一千万人又要从银行提取数额可观的存款。然而，目前有很多银行的计算机终端遭到破坏，出纳业务几乎处于瘫痪，企业家根本无法取出现金向灾区支付慰问金和津贴……"

"通过社会动荡的局面可以预见，明年开春，在野党势必会发动一场强大的政治攻势……"秃顶说，"假如是这样的话，你们看会怎样？"

"日本政府好像已经开始对在野党进行分化瓦解工作了……"大使皱紧眉头说，"但是，还不知道进展如何。要笼络在野党的话，只能拉拢中立的两派……不过，一旦他们感到政府靠不住，也许会抛弃政府。引他们上钩的诱饵是成立联合政府和多党派组阁，但是，在当前这样的局势下，在野党拥有强大的势力，他们会不会上这个钩呢？"

"当今的执政党首脑，能够演好这出重头戏吗？在我看来，现任首相不具备这样的政治能力。"

"目前，在这个国家里，可以说还没有合适的人选能担当得起这样的重任……"大使耸耸肩说，"日本作为国家而言，目前正处于一个十分危难的境地。长期以来，政府一直对社会的各种思潮、行为放任自流，甚至学生也乘机胡作非为。一步走错，就可能改写历史发展的进程。因为在相当长的一个阶段内，这个国家的经济和国民生活始终承受着最大限度的压力，也许就像一个吹得鼓鼓的气球撞到针尖上一样……"

"没必要把问题看得那么严重吧？"年轻的调查员说，"灾情的确很严重。所谓'后遗症'，一般是要经历较长时间后才会暴露或显现出来的。但是，地震毕竟是地震。从日本经济的规模来看，即使今后的

GNP 增长率会放慢一些……”

“恐怕不仅仅是一场地震这么简单吧。”大使再次向杯子里倒入葡萄酒，用手摸着胡须说，“那已经是半个世纪以前的事了……那时的我，比你们都年轻，就在这个日本大使馆工作……二十世纪二十年代中期到三十年代中期，我在日本待了十多个年头……在我赴任前夕，日本发生了近代史上第一次关东大地震。那时的东京比现在破旧，到处都是木头和竹子搭建的房屋，可怕的大火导致十余万人丧生，数千朝鲜人被听信流言的民众所杀。同时，一贯被天皇政权仇视的社会主义运动者也遭到暗杀。日本民众对自然灾害已见惯不惊，在这样的特大灾害面前，他们也一样能鼓足干劲，重建家园。尽管如此，日本社会还是面临着巨大的危机和严重的动荡不安。为了防止革命家借机蛊惑民心，增加社会不安的因素，政府强化治安管理法，即禁止反政府的思想活动。这次地震灾害引发了金融危机，使经济出现了衰退，加上受到国际危机意识的侵扰，政府增加了军部的发言权。他们最初谋求通过紧缩政策来恢复经济，但是，事与愿违，于是，便采取军备扩张来恢复经济，通过侵略中国、企图吞并中国的东三省来缓和国内危机，于是就陷入那场不幸的战争中去了……”

“总而言之……你说关东大地震是造成日本这个国家走向法西斯的重要原因吗？”

“据说的确存在这样的观点。至少那场地震确实给日本社会带来了动荡，也的确给日本以后的历史进程带来了一些变化……”

“但是，无论从日本的社会形态还是从经济规模来说，战前都不能与现在同日而语。”年轻的调查员争辩道，“我既不认为法西斯主义很快就要抬头，也不认为在目前的情况下，能够修改宪法。更何况，日本现在的行政机构，具有战后长期致力于经济复兴的经验。我倒是认为，就像第二次世界大战结束后的情况一样，这场灾难说不定还会促使日本社会恢复它的生机呢。”

“地震和战争是完全不同的啊。”秃顶点着雪茄说，“战败之所以给日本带来了意想不到的发展机遇，是因为战败让日本甩掉了明治维新之前和之后都不愿放弃的旧的社会理念，规定了日本不能公开拥有军队。

但是，地震却是另外一回事。地震不能促使社会结构和国家性质发生改变，因此，各种矛盾和危机也就不会通过社会结构的变化而被消化吸收，而是更加尖锐化……”

“连我们都能做出这样的分析，更何况是大智慧的日本政府和执政党。”大使紧接着他的话说，“那么，为了渡过这个危机，政府将从社会的各个层面来强化本国的社会制度。这种强化——加强统一管制，取缔各种违背社会制度的东西。如果在操作的过程中出现一点差错，就会扩大社会危机，说不定会使日本陷入难以控制的局面。”

“从我们这方面来讲，也想做进一步的深入调查……”秃顶说，“因为日本国内形势的变化会给远东的局势带来极大的影响。至少，目前对东南亚经济扩张的速度会放慢，其影响力将减弱，对美国、欧洲和非洲的出口也会大幅度地下降。问题是，谁来填补它撤离之后的空缺呢？中国自然会向东南亚出手吧。苏联如今是内患无穷。我们真正想要知道的是：日本经济增长率下降，对海外扩张减弱，这既是坏事，又是好事——欧洲和东南亚已经出现大量抛售日元的征兆。本周，欧洲的日元牌价是一美元兑换二百五十五日元，日元还将继续暴跌……”

“你觉得亚洲的军事形势会不会因此发生什么变化?”使馆秘书问。

“不能说不会发生变化。假如乘人之危进行强烈的‘反击’，势必让日本社会更强硬起来，引发新的反攻。我们需要了解的是，这次地震对世界各个方面所产生的长远影响。我们想对日本的经济发展、向国外扩张的速度进行评估以后，再制定我们长期的经济和外交战略。如果日本局势发生变化，我们就有必要对战略方针进行一些修改。”

“如果日本在国际上的影响力削弱的话，我们的国家将得到什么好处呢？”调查员问。

“不能说我们的国家会直接得到什么特别的好处，因为可能会有其他的国家代替日本。不过，这么说好像太冷酷无情了。不管怎样吧，一般的社会规律是，强国必衰，物极必反，这对我国而言总是好事。”

大使抿嘴一笑，举起酒杯。

“哎呀，差点忘了。今天中午日本政府宣布改组内阁。”秘书从旁边桌上的文件夹里拿出了三张打印文件，随即递给了那个秃顶男人，“按照您的吩咐，我们尽了最大努力，详尽调查了新内阁成员的履历。”

“好家伙！”秃顶刚看了一眼文件，就努着嘴说，“外务大臣，任命了一个重量级人物。对他，我倒是了如指掌。战前，他曾在中国的东北待过，之后当过日本驻法国、澳大利亚的大使。”

“不过年纪似乎大了一点吧？”大使说道，“听说他不太爱讲话，但却是个了不起的理论家。不知道是英国的麦克米伦还是什么人到澳大利亚堪培拉时，他还就亚洲问题跟对方发生过争论……”

“建设大臣、自治大臣，原来是这些人员啊。唉，臭名昭著的通产省来了一个有才干的人啦。运输省任命了一个学经济出身的大人物……”

“您看，地地道道的超派系组合。”秘书说，“完全没有按比例照顾各个派别。看起来，首相在调整这次灾后复兴的内阁成员时，至少把党内各派都处理得很完美。”

“等一等……”秃顶咬着手指关节，目不转睛地盯着那张名单说，“有点奇怪哩。今天公布的改组名单中，没有把各部省的人事调动包括在内。”

“我听到了一点风声，”秘书说，“说是可能要在一周后公布。这次地震中，高级职员的死亡人数和受灾人数占有相当大的比例。”

“如果人事变动公布了，请把科长以上的干部情况一一调查清楚。”那位秃顶男人仍然咬着手指关节接着说，“官房长官和首相府长官还继续留任。防卫厅长官……哎呀，弄了这个老奸巨猾的家伙来啊。”

“你熟悉他吗？”大使也凑过来看名单。

“当然熟悉！山本五十六对美开战前夕，在向墨西哥大量收购石油的时候，就是他在幕后操纵的。这事虽然最终没有抓到确凿的证据，但是，他毕业于海军管理学校、干过特工却是千真万确的事。”

“唉，现在的执政党里面，不，还包括在野党在内，要是查一查他们战争期间的履历，不干净的人多得很呢。因为战时的日本军部，特别是海军，把国内优秀的青年人都笼络到了自己麾下。”

"你下日本象棋（将棋）吗？"秃顶问大使。

"不会。不过，国际象棋的话，我恐怕要让你儿子……"

"组阁比国际象棋要复杂得多，而且，也很有意思。因为，吃了对方的棋子后，可以把它作为自己的棋子来用。就像毛泽东、武元甲[46]的游击战理论一样。棋子布局也各式各样，很有意思……"

"那又是怎么回事呢？"

"是啊。我仔细琢磨了这次的内阁改组，觉得有些奇怪。你想，假如你是日本首相，为了渡过震灾危机，在人事安排上，你会把重点放在什么地方？"

"首先是国内治安嘛。"大使回答说，"要强化治安，最好是起用在媒体方面很有影响力的重量级人物。没有新闻媒体的通力协助，想治理好这个国家恐怕不会太容易。其次，当然是建设、运输和厚生三位大臣了。为了控制通货膨胀，还需要加强国家银行和大藏省的力量。当然，通产省也要加强。在恢复生产以前，还特别需要依赖进口。此外，农林省也……"

"那是理所当然的啦。"秃顶点点头说，"为恢复国内的秩序，这盘棋的布局，首先应该把重点放到内政上来。"

"大致说来，好像是这样的。"秘书插嘴说，"刚才大使所列举的几个部门，都配备了得力干将。"

"那些，都是就国内而言的嘛……"秃顶突然沉下脸说，"但是，日本国民并不具备从外部的视角来判断这次人事变动的能力，即使是政治记者也不例外。然而，从国外的角度来看，这次的人事变动却具有某种'外向性'的特点。就拿外务大臣来说，在日本国内名不见经传，但在其他国家看来，他却是一个相当精明强悍的人……"

"大概是先安内，后对外吧。"

"不对，事情不是那么简单。从我们的角度看，这次人事安排，特别把重点放在了外交、通产、运输和防卫几个方面。而且，这四个新大

---

46 越南游击战的领袖。

臣，都是国际问题的专家，对他们的评价国外比日本国内还要高。从日本国内的角度看，也许会觉得是以内政为重点，但是，从这些人物的分量来看，虽然表面上是注重内政的人事安排，然而，我认为，这不过是在掩饰强化外交的一种策略……”

大使放下酒杯，沉思了一会儿。

“大家不觉得奇怪吗？”那位秃顶男人在大使面前晃着那份名单说，“这个任命，让我有这样的感觉，日本准备在今后展开一个强大的外交攻势。为什么这样说呢？因为日本国内已经不安定了，既然如此，为什么还要出台这样一个偏重外事的人事安排呢？你们不觉得有点超出常规吗？”

“您那么一说，我倒想起来了。”年轻的调查员插话说，“我们从国内出发前，调查部收到了一份莫名其妙的情报，因为觉得不是什么了不起的大事，也就没有详尽地去询问……调查部主管经济事务的科员，对这个情报感到有些迷惑不解。这份情报说，地震后，日本对外投资的速度，仅一个星期有所下降，随后便立即恢复到原来的状态，而且一直保持着稳定的态势。虽然民间投资的实力大幅减弱，但是，政府却在暗中替他们垫付资金，用这种方式来弥补对外的投资……”

“看起来，这的确有必要调查调查……”那位秃顶咬咬嘴唇，喃喃自语道。

“另外，还有 件怪事。这也是我最近才搞清楚的。日本政府制造了一个假象，以一种极为巧妙的手法一直在收购海外的土地。不久前，我看到了一个统计数字，日本在世界各地已经购买了相当面积的土地。”

“是在海外购置不动产吗？”大使皱紧了眉头，“我也知道他们在非洲、澳大利亚购买了许多矿山……”

“岂止这些，还购买了很多未开垦的平原呢。”

“这是打算要移民吧。”大使说，“是为了减轻人口增加的压力……还是要将难民……”

“不，等一等。”那位秃顶打断了大使的话，说，“日本人口增长的比率，从前年起就开始下降了。这举动实在是让人费解……我们必须做进一步的深入调查才行啊。”

“日本人究竟要……”大使在口中念念有词，“到底在想什么？……虽然跟他们打了半个世纪的交道，但是，我还是有很多事情搞不清楚。”

“发生了什么事……”秃顶又咬起指头，沉思片刻说，“我总觉得日本这个国家发生了什么蹊跷的事。在政府的行为背后……好像隐藏着什么可疑的事……”

3

灾难的伤痕还未愈合，寒冷的冬季又降临到东京。

时至年末，雪上加霜，寒流又袭击了东京。失去家园的近二百万灾民中，有一百多万分散在各地。惊魂未定的人们，有的借住在亲戚家，有的租借房屋；而剩下的灾民则住在东京都内以及周边的板房或可移动的临时房屋内，其中还有一些人住在废墟上搭建的木板棚内迎接严冬。全国的国土工程几乎全部停工，经水陆运抵的土木机械，夜以继日地轰鸣着，忙着恢复家园，但是，高速公路的修复率不到百分之二十五，地铁的运营率只覆盖了损失的百分之十。灾后恢复的重点是住宅和与港湾设施有关联的工程，品川第二发电站终于恢复了一半运行，开始发电，但是，东京都内继续停电，石油燃料严重不足，让遭受寒流袭击的人们更加觉得前途暗淡。代替石油的煤炭，作为供暖燃料开始受人青睐——虽然筑丰山脚下有试验性的石油液化工厂，但其储存量根本就满足不了需求。这个冬天，煤烟已无处不在，各大楼的烟囱都冒出了滚滚的黑烟。

寒冷的天空纷纷扬扬地飘落起细雪来。小野寺把大衣衣领立了起来，从溜池出发向虎之门方向走去。本来打算从总理府直接去海上保安厅，但是，由于国会大厦被震灾后最大规模的游行队伍所包围，一部分学生与军警发生了正面冲突，所以，就只好另辟蹊径，绕过专利局的前面，从虎之门转道去霞关。大学的受灾情况，相对来说比较轻，已经有一大半学校开始复课；但是，一部分学校还有滞留的受灾人员，教员或因受灾，或因死亡，停课的很多。不少学生无处可住，也有一些人震灾后就回老家至今未归。游行的人们都戴着传统的防护帽、蒙着面，拿着四方木棍，但因人数较少，显得没什么气势。尽管那样，也有工人、市民加入的游行队伍与军警发生了冲突，在国会大厦附近已发生了两三起这样的冲突事件。虽然没有投掷燃烧弹，但是，也有因投掷倒塌大楼的水泥块和瓦砾而被军警驱赶的人群。

与学生们相比，暗中自发组织的一般性的游行就显得非常消沉。在这样哀怨、绝望的氛围中，小野寺感到惶恐不安。人们打出“给我住宅”、“开放大楼”以及“给受灾者发放过冬费”等标语，脸上透出的恐惧与严寒交织在一起，使整个游行的气氛笼罩在怪异的不安之中。

也许这些人预感到了什么……小野寺想。他知道，日本大众对于“大局势”是极为敏感的。日本是经济大国，虽然这场震灾的确不小，但从数字上看，正如政府所说的，数年后，一切都将恢复原貌。可是……这个“社会”是不是开始在某些地方难以正常地运行下去了？是不是要发生决定命运的大事呢？整个社会弥漫着这种不祥的预感——这种通常属于杞人忧天的预感，开始像幽灵一样在人们的心底飘荡。

报纸也大肆宣传，与平时一样以警世预言的措辞引导人们，唤醒人们。假如是平常，对报纸这种接近谩骂的所谓大声“警告”，人们反倒不以为然，对它置若罔闻。在信息泛滥的时代，大众对“大吵大嚷的大标题”已经具备了一种精神免疫力，认为新闻界就是那回事。无论报纸上灰暗的、恶性的新闻报道如何铺天盖地，只要能够切身感受到这个“社会”整体上还处于良性状态的话，人们对那些渲染得惊心动魄的报道是不会放在心上的。他们不会刻意与媒体作对，被采访时，还会用报纸标题一模一样的口径谈自己的看法。这就是一种“应酬”，就像参加普通朋友的葬礼，情面上履行的一种吊唁。在信息爆炸时代，人们一方面学会了从铺天盖地的媒体报道中处理垃圾信息，另一方面，又锻炼出了从错综复杂、喋喋不休的炒作中寻找“事实真相”的敏锐的洞察力。

但是，小野寺想，这回情况有些不同，好像人们开始察觉到什么似的。游行人群的上空笼罩着某种奇特的晦暗气氛，好像存在什么模糊不清的、朦朦胧胧的东西，人们的眼睛里流露出不安和焦虑的神情，它好像在告诉我们，人们对经历过的那种“总的形势还是好的”的社会已经开始失去信心。仅从神情里就能看出，人们一边打出了过激言论的标语，一边在平静的表情下面，好像要努力嗅出某种东西——一种“不祥”之兆：某个地方要发生大事……虽然人们仍然不会盲目地相信那些“大萧条来临？”，“新鲜食品黑市价大涨百分之四十，明春可能出现粮食危机”等耸人听闻的“大标题”，但已开始比以前更加关注新闻背后的真相，想从新闻“里面”读出某种前兆。

敏感的国民……小野寺这样想，与游行的人群擦肩而过，尽管自己也曾是其中的一员，感同身受，但忽然有种痛楚的感觉。……假如，这些人……“把只言片语巧妙地组合在一起”；在静默之中，凭借“肌肤感觉”越来越敏锐地感知……一旦知道发生“那件事”的概率在百分之五十以上……那到底会怎么样呢？那才真会引起极大的恐慌。

在海上保安厅的一个房间里，小野寺见到了先来一步的片冈。短短的一段时间，就使这位晒得黝黑、一张圆圆的孩子脸的青年人判若两人。他那露着白齿、如大海般粗犷、明快爽朗的笑颜没有了，炯炯有神的目光也消失了。疲惫、稍显松弛的脸上毫无表情，眼神呆滞，好像一下老了十岁。他也和D计划小组的所有成员一样，超负荷地日夜奋战，而住在田町的家人全部遇难，更是给这个曾经阳光的年轻人以致命的打击。

“遇见游行队伍了？”

片冈语气很平淡地问。小野寺点点头。

“新闻记者快要嗅出什么来了吧……”片冈凝视着堆积着雪花的窗台，小声地说，“今天，有个男的来了防卫厅。当然，D计划的主要人员谁也没有见他。那人缠着要采访首都圈复兴会议，从地震研究所跑到防卫厅，在宣传负责人那里泡了很久……”

“采访程序有点怪啊……”小野寺小声说，“怎么把防卫厅钓上呢！”

“好像幸长先生和田所先生已经被盯上了。那个记者对幸长先生似乎很了解，连他突然辞去大学职务的事都知道……”

“在事情还没泄露给媒体之前，我想应该采取一些措施……”小野寺说，“邦枝悄悄告诉我，今晚官房长官要秘密会晤各大媒体的社长，在野党领袖同首相的秘密会谈也即将付诸实现……”

“但是，能隐瞒到什么程度呢？”片冈不冷不热地说，“我担心用不了多久就会闹得满城风雨。就拿今年的年终奖来说吧，认为‘时局不稳’的声音很强烈……还有人说经济萧条和生活必需品的价格猛涨必然导致萧条下的通货膨胀发生……”

“可是，好像电视机、收音机挺畅销的啊……”小野寺说，“真是很奇怪的事呀。据说销售上受到最大打击的是汽车。”

“听说今天外务省来的那个男的和总参谋部的一个年轻人为‘D–2计划’的事差点动手了。”片冈两手蹭了蹭脸，有些厌烦地说。

“人员不断增加，即使团队再精干，麻烦事也不少，还可能无意中就把计划泄露出去。”

“‘D–1 计划’好像遇到了点麻烦。年轻的学者和技术人员还可以，但是，从学术机构来的年纪大的学者，根本就不相信田所先生所说的见地。他们非常傲慢，压根儿就讨厌这位‘民间学者’。”

“为什么派那些人来？田所先生本来就性子急……”

“啊，他倒是从不介意。好像满脑子装的全是‘那件事’，其他事压根儿就不去想。”

“那个从京都请来的叫福原的学者呢？”

“在箱根的渡老人那里……”

“在做什么呢？”

“不太清楚。”小野寺苦笑道，“邦枝气得不得了，说他每天只知道睡觉。”这时，门推开了，航运部的次长走了进来。

“不好意思，让你们久等了……”说着，次长把手上的文件放在桌子上，“所有的手续都办完了。‘青龙丸号’，明天傍晚六点进入横须贺港。”

“谢谢……”小野寺把文件挪到自己面前，“那样的话，明后天机器和人员就能上船了。”

“已与研究小组取得了联系……”次长用下巴指了指文件，“老实说，迪布克公司的深海探测船和海底实验舱临时变卦，不能借了，说是美国海军在给他们施压……但是，运气好，正好国内企业的探测船空了出来，因此，就强行包租了。海底实验舱也一起……”

“国内的?”小野寺很吃惊，“是哪个公司的？”

“是海底开发株式会社的‘海神Ⅱ号’。”

小野寺惊讶得倒吸了一口气。“海神号”……海底开发株式会社……是自己工作过的，又单方面辞职不干的公司。

“美国海军要深海潜艇？”片冈若无其事地问，“迪布克公司的作业船应该正在马里亚纳开采石油。海军要在太平洋海域使用潜艇吗？”

“是的，我是这样认为。”次长耸了耸肩说，“说是两三天前，第七舰队的舰艇就已经来接船了……迪布克公司的技师说，好像是要在日本近海进行紧急调查。大概是想调查地震对北极星级潜水艇所用的水中航标的影响吧？”

小野寺和片冈不约而同地将目光投向对方。

“他们是不是觉察到什么了……”小野寺拿起文件，出门时小声地嘀咕道，“他们对日本近海的海底情况早就掌握得一清二楚——总之，他们从来就没有停止过战略调查……”

“短时间还不会知道。”片冈说，“即使知道了海底的变动情况……估计也不会马上意识到吧。”

“但是，对方可是有专家的啊。比起日本来，他们拥有更高效率的情报分析系统……也许分析一些数据就能发现征兆——说不定啊，情报会从国外的渠道泄露出去。”

“这些事，中田君会估计到的。即使泄露了，那也没有办法。总不能夜黑风高时，偷偷地把调查船潜入海底吧？”

刚出保安厅的大门，突然蹿出一人来，照着小野寺的胸口就是一拳。小野寺惊恐之下停住了脚步——眼前是一个长得很黑的矮个子男人，双目圆睁，怒不可遏地挡在了路中。接着，一阵闷响，小野寺的左脸飞来一拳，随后，右鼻梁上“砰”的一声又挨了一拳。

“干什么！”

片冈大吼一声，一把抓住了那个男人的手。

“片冈……别动手！”小野寺喊道，任凭拳头砸向自己，“拿上文件，先回去。……别管我！”

路人开始聚集过来了。小野寺被打得退到了大楼的旁边，他用眼角的余光瞟到片冈离开时回头瞅了自己一眼。拳头打在眼睛、鼻梁和腹部上，最后，小野寺仰面朝天摔倒在地。

“起来！你这个混账东西……”

矮个子男人站在那儿，喘着粗气大声斥责道。

“好久不见了，结城……”小野寺呈“大”字形倒在地上，鼻子淌着血，“大家，还好吧？”

背脊梁贴在冰冷的地面上，小野寺感到一阵阵寒气袭来。他仰面倒地，凝视着从灰色天空飘落下来的带有黑色的尘埃一样的雪片，眼窝和脸颊上虽然阵阵疼痛，身体内却有一种久违的爽快。

“混账东西……”结城气喘吁吁地看着地上的小野寺，“你这个混账！……我……连我都不知道就辞职了……被别的公司挖走了……”

小野寺慢吞吞地站了起来，结城从裤兜里掏出一条皱巴巴的手绢递到他眼前。小野寺使劲睁开那只已经肿起来的眼睛，笑眯眯地接过脏兮兮的手绢，擦去鼻血。

“混账！……哪怕是告诉一声也行啊！我……还以为你在第一次地震中失踪了……担心死了，去了好几次京都。后来……听说你瞒着公司，被其他公司拉走了。给你写了很多信，可你连一句话都不回。房子搬了……你把朋友当什么了？！”

“对不起！”小野寺两手重重地搭在比自己整整矮一头的结城肩上，发自肺腑动情地说，“是我不好。看到了你的便条，但是，因为有特殊原因，跟谁都不能联络……”

“是要搭乘‘海神号’吧？”结城把视线移向别处，“有人看见你近来在官厅街一带转悠，正好防卫厅急着包租了‘海神号’，所以，我想你一定会来这儿。”

“吉村君怎么样？还好吗？”

“部长辞职了，好像是遇见什么不顺心的事，去了家外国的公司……好像和你的事有些牵连……”

不知不觉中，天色已暗，两人漫无目标地走在街道上。忽然，小野寺的脑海里又浮现出吉村的身影，那个美男子的确是个能干之人。像他这种有野心的秀才，无论到哪儿都不会被埋没……

“喂……”结城停下脚步，抬头看着小野寺，“出什么事了？肯定有什么事。我知道，你小子从来都不是那种拖泥带水的男人，而且，如果不是大得不得了的大事，你不至于东躲西藏……我一直都是这样想的。现在，见到你人了，还是觉得你一定遇到了什么事。你呀，你，怎么啦，完全变了呀。”

“是吗？”小野寺的眼睛越来越肿，他尽力忍住疼痛，勉强地笑着说，“打那以后，没打算要老得那么快……”

“到我家去。”结城说，“喂，来吧，好好聊聊。五反田的房子已经烧掉了，现在我住在巢鸭这边，虽然房子很窄，但无论如何你都要来。可以的话，给我讲讲你的遭遇……”

小野寺正不知如何作答的时候，结城又将视线移开，像个赌气的孩子一样嘀咕道：“我想加入‘海神Ⅱ号’。已经决定辞去公司的职务了……”

“什么？”小野寺吃了一惊，停住脚步，“你已经递交了辞呈？”

“明天交。我已经下定了决心。怎么样，你考虑考虑。没有我和你的黄金搭档，谁能随心所欲地驾驶那个‘海神号’？我们俩当中肯定得有一个在舱里，一个在船上的通信设备旁……”

“太谢谢了……”

小野寺脱口而出。就在那一瞬间，他已经拿定主意。反正，也要使用“克尔马狄克号”，“D-1”的成员要大幅度增加。如果是他……结城的话……绝对是最佳人选，完全可以信赖。

“那么，就是说没问题了……”

结城的手不知什么时候已经被小野寺紧紧抓住了，他有点不好意思，急忙松开了手，突然露出了笑脸。

“又要和你搭档啦！”

"明天，你来防卫厅。"小野寺再次紧紧地握住结城的手说，"不要说我的名字，找作战室的八木三佐就行了。"

"防卫厅？"结城有点疑惑不解，"你与那种地方有联系？"

"去你家吧……"小野寺向前走了几步，"好久没见你太太了，想见见。"

"那么……"结城追上来问道，"你……认识一个叫什么玲子的女人吗？她来公司找了你好多次。"

玲子？小野寺一时没有反应过来。但几乎就在同时，记忆的闸门突然开启：昏暗的海边，扶梯，码头，黑暗中，紧贴在身边的女人，洁白的牙齿和滚烫的身体。一幕幕从记忆中倾泻出来……夜幕下，波浪翻滚的海边，被海水浸湿的女人，赤身裸体，喘着粗气，紧紧地搂住他；耳边响起手镯式收音机发出的声音，"来……来……"那充满热气的呢喃呻吟。

叶山的那个特别的夜晚，融洽和谐，年轻的精英们的派对。自感与气氛格格不入的小野寺……那个夜晚，对今天的他来说，似乎非常非常遥远。相隔的岁月虽然不长，却恍如百年，命运已经彻底改变了他。玲子那叶山的别墅，不知现在怎么样了？虽然由于震源的关系，海啸对湘南地区影响不大，但是……

"你同那女人有什么关系？"结城叽叽咕咕地问，"前天，她还到公司的临时办公室来打听你的消息呢……"

"前天？"

小野寺很惊讶地反问了一句。这个时候，玲子那轮廓清晰的面孔浮现了出来。

这时，大地又开始晃动起来。脚下已无法站稳，大街两旁的建筑物"哗啦啦"地抖动着，"轰轰"的声响一声接一声地从地下传出，房间里和街道两旁的灯光一齐熄灭。各种各样的喊叫声不绝于耳，尤其是女人们的尖叫声更是清晰可辨——"大地震"。

结城在一旁吧嗒着嘴。

"又是余震？真让人讨厌啊。"

4

“气象厅发布的封口令，实在是糟糕透顶。”邦枝放下电话，一边嘟囔道，“这反倒给媒体暗示了什么。”

“地震观测所自然是跑不掉……”中田一边监督计算机上的程序调试，一边漫不经心地说，“地震预测委员会的成员也被记者弄得鸡犬不宁。”

“不过，好像文部省大地测量学审议会还没有被太注意。因为大家所关注的地方是社会部门，像这样的地方还无暇顾及。”

“就算无暇顾及，最近，社会部的记者好像也变得擅长采写自然科学的新闻了……”中田一边摸着脸上粗硬的胡须，一边说，“他们好像知道，大地震爆发后，除了余震以外，短期内不会有大的地震发生。”

“关于迁都的可能性，好像他们想抓住点什么。”邦枝浏览了一下传送过来的剪辑资料，“怎么，好像在野党那边已经流传开了。或许是故意散布的……筑波大学城在这次地震中几乎安然无恙，据说是那儿的国立防灾科学中心的所长以个人观点的形式透露出来的……”

“国土地理院被媒体死缠烂打得无法工作……好啦，可以了。”中田把最后的一页纸交给操作员，使劲揉了揉发红的眼睛，说，“鹿野山地震观测所受灾相当严重，目前基本瘫痪。”

“不管怎么说，地学研究的有关人员中总有意识到什么的人吧。”

邦枝翻阅资料的手稍稍停顿。“气象厅相关的技术官和现场研究员都不知为什么……”

“有不同寻常的报道吗?”中田喝着放凉的茶，回过头来看着邦枝。

“哎呀，不太清楚，不过，这一条有点意思。IASPO（国际海洋科学协会）就地震后关东海底地形的变化问题，提出进行合作调查。说是看到日本的学会忙得不可开交，愿意帮帮忙。”

“IASPO是国际大地测量学—地球物理学联合总会的下属机构吧？”中田正要喝水，闻声放下手中的茶杯，稍稍皱了一下眉，“哎呀，是啊。一不小心，海外就传来这么多消息呀。”

“对美国恐怕必须格外小心。因为以前他们海军对远东海域的海底研究就倾注了很大的力气，而石油公司的调查船大部分也集中在远东呀！”

“不仅仅是美国，最近苏联也很积极啊！”一位防卫技术官从旁边插嘴道，“从千岛到三陆海，苏联的巡洋舰和测量船近来一直都在那一带游弋。根据海军总部所获得的情报，好像还有两三艘核潜艇。”

“核战略进入了导弹潜艇时代，真是棘手难对付啊……”邦枝喃喃地说，“谁都想多设一些海上航标！”

电话响了，D计划总部所属的技术官拿起电话。“是国土地理院，”技术官说，“听说那台TW型重力测定装置现在已经由H制作所运过来了。”

“几台？”

“一台。后两台好像要稍稍晚一点。测试正在航空测量部进行。就这些……”

“让他们测试完毕就去横须贺。”中田按下对讲机的蜂鸣器，站了起来。

“是的！让他们稍等一下……从目黑到横须贺，能不能请海军总部的直升机给运送一下？这边派一个人上飞机，在运送途中进行空中测试？”

“又是急活儿……”邦枝苦笑着。

“测试什么时候结束？”

“今天下午……”

“OK，那么，下午转乘飞机去。”

“中田先生，中田先生……总理府次官来了。”对讲机里的声音说，“人员已经到齐，准备开会了……”

“等十五分钟！”中田按下讲话的按钮，大声说，“刚才的计划表已经输入计算机了吗？会议室有CRT终端吧？很好……”

片冈进来了。棕色的脸庞更加消瘦，因为过度疲劳，眼袋也出现了。

“片冈，对不起，你下午乘飞机由目黑去横须贺。TW到了。在运输途中，想由你做一次空中测试。”

“即使再着急，安装也得明天进行啊。”片冈小声地说，“在横须贺的PSI（潜艇警戒飞艇），其BLC专用辅助发动机出现故障，现在，正争取把在舞鹤的飞机弄过来。”

“磁气测定装置的安装结束了吗？”

“是的，P2J（潜艇警戒机）有三架已经安装好了。MAD（潜艇磁气探测装置）在拆卸的时候，员工打碎了一台，被狠狠地训斥了一顿。这是检讨书。”

邦枝面前的电话又响了。

“是科学技术厅……”邦枝撇撇嘴，“海上开发技术协会……发表了房总海大陆架异常下沉的消息。哎，海洋开发计划总部……要连续派出调查队。”

“说到调查，不是那么容易去的。深海探测潜艇，全部由我们把持着。”

中田一边站起来，一边说。

“技术协会有能下潜三百米的海底实验舱哩。”片冈说。

“那东西恐怕自己潜不下去吧？暂时还不要紧。但是……”中田站在门口，沉思了一会，“快要进入佯攻阶段了。”

“佯攻？”邦枝回过头来，“什么意思？”

“已经提出了方案，”中田推开门，小声解释道，“D计划的相关人员已经突破了百人大关，不久将成为千人的团队。那样的话，怎样做也是隐瞒不住的，所以……”

中田的背影在门后消失了。刚才中田讲话的时候，一直在一旁静静地接听第二个电话的技术官把记录交给了邦枝。邦枝看了一眼就皱起了眉头。记录的原文是——

“明神礁、贝约内兹列岩、史密斯岩爆发。青岛开始喷火，八丈岛西山（八丈富士）西北部鸣动，出现喷火征兆，两岛居民开始撤离。”

八丈岛喷火的消息，小野寺是在鸟岛西北约五十公里、深度两千米的海底听到的。从海上的“吉野号”发射的微波语音信号，因为噪声太大，听得不很清楚，但总算还是知道，岛民一万二千人，多数已经遇难。

当听到两千米上的“吉野号”发出的消息时，小野寺正好在“克尔马狄克号”里，在每平方厘米二百个气压的海水中，他感到了一种不同寻常的冲击。

“不对呀……”小野寺语气有些慌张。他对身边来自气象厅的技术官、一脸学生稚气的小白脸助手说，“你不觉得这一带海底有点异常？”

“欸？”

刚把自动探测器放入海底，正专心致志地调试仪器的技术官十分惊恐地回过头来。小野寺用眼神示意他，他急急忙忙切换了遥测器的频道。

每间隔五公里或十公里安放在海底的测定用探测器，会将海底的温度变化、振动、倾斜、地磁气变化和重力异常等情况，通过 VLF、微波信号两种方式传送过来。技术官开始捕捉最近处的探测器的遥测信息，进行测定。

“太危险了。”技术官嘶哑着声音叫道，“地温在急速上升。倾斜度也在增加。地磁气也……”

“要发生地震吗？”

“比起地震更严重，这个变化，弄不好要爆炸！”

高锰钢制成耐压舱，“咚”地发出像寺院钟声一样的沉闷声音。“克尔马狄克号”好像被什么东西推动似的，摇晃着慢慢改变了方向。

“快结束了吗？”小野寺打开照明灯，从观察窗向外看，“这一带开始有焦煳味了。”

“差一点……”技术官说，“好了，结束了。稍等一下……这下面的海底好像正在发生某种变化……”

“没有观测的时间了。”小野寺启动了螺旋桨，说，“关掉灯。我打水中照明弹，你从那边观察窗看，看能不能看到什么。”

“克尔马狄克号”在海底拖着锚链，慢慢地离开刚才放置的探测器。小野寺操纵舵轮，将照明弹瞄准要观察的范围，按下发射按钮。连续发射四次后，冲击带来的振动使“克尔马狄克号”舱壁发出一阵沉闷的回响，黑黑的潜水舱里，六个大小不同的圆形窗孔发出了耀眼的白光。

“啊……”技术官在嗓子眼儿里叫道。

“看到什么没有？”小野寺问，“在哪个方位？”

“正前方右四十度……”

小野寺在脑子里计算着上浮的速度，又向相同的方向发射了余下的四枚照明弹。失去了八枚照明弹重量的“克尔马狄克号”立刻上浮到一个相应的高度，它的锚链前端还拖着少量的海泥。靠着仅存的一点推动力，“克尔马狄克号”以水平速度慢慢地向上漂去。

“你来看一下。”技术官说，声音异常低沉——仅凭声音就能猜出，此时此刻，他的脸不会有一丝血色。

小野寺离开驾驶席，来到观察窗旁。四枚照明弹将海底照得如白昼一样，正对面是昏暗迷蒙的海丘缓坡，喷吐着气泡的海泥正从缓坡的一部分地块中不断涌出，向着遥不可及的海面漂去。每当大量气泡爆发性地喷出时，“克尔马狄克号”就会随之被振动摇晃。

“会发生爆炸吗？”小野寺回到驾驶席问道。

“我想还不至于……”技术官一边忙着核对海水温度和海底温度，一边回答，“也许有一些小的爆炸，这舱本身不会有问题。”

小野寺推了一下操纵杆，放开锚链。“咣当”一声后，“克尔马狄克号”开始向上浮去。接着，小野寺急忙联系上面的“吉野号”，打开电磁阀，将压舱物一个一个地扔掉。他的脑子里飞快地计算着上浮速度的安全极限，同时又在考虑水平速度对这一极限所能达到的控制程度，心里多少有些发虚。因为如果上浮速度过快的话，压力将急速降低，深海潜艇极有可能会出现异常情况。这样一来，几吨重的深海潜艇就会原封不动地滞留在两千米的海底，失去重返海面的希望。为了控制蓄电池的消耗，小野寺不断调整水平舵，最大限度地降低水平速度，接着又忽然想到可以试着使用水平舵将上升的速度转换成水平的分力。这样一来，效果凸显，“克尔马狄克号”略呈倾斜状，继续向着斜上方移动。但是，如果一直保持这种姿态移动的话，随着上升速度的不断提高，深海潜艇可能会发生侧翻，所以，有时还必须将舵倒回九十度，以保持合适的水平速度。

“抓稳，”小野寺对身后的技术官说，“会摇晃得很厉害……”

小野寺在深度一千三百米的地方，又丢掉了一些压舱物。“克尔马狄克号”像离弦的箭一样快速盘旋上升。小野寺担心位于深海潜艇上部的专用阀能不能承受急速的减压过程，因为这个专用阀下面储存着汽油和压缩空气。此时，上升速度已经超过了每分钟一百米。“克尔马狄克号”已经超过了过去安全上浮速度每分钟八十米的极限。深海潜艇上部储存的空气温度在迅速地下降。空气到两百个气压就会被压缩，在海底被冷却，由于绝热膨胀，空气开始变冷。因此，在深度八百米时，要打开专用阀，再放掉一些空气。考虑到空气释放后会产生急速膨胀，所以在放慢上升速度的同时，不能让汽油从深海潜艇底部的开口溢出，流入海中。小野寺本想关上阀门，但没能完全关严，结果导致空气不断地往外溢出；不久，汽油也开始泄漏了。小野寺立即封闭了舱内的泄漏区域。

“小野寺！”技术官在背后尖叫，“水……水漏出来了！”

上浮到较浅深度后，一旦外压减弱，与外部接触的连接部就出现松动，有时甚至还会进水。显然“克尔马狄克号”已经使用过度，这次上去后，必须大修……

“是从窗口进来的吗？”

“唉，不知道从哪里进来的……已经积水了！”

“没关系。马上就到了。”

汽油还在继续流出，上升的速度降到了每分钟八十米。小野寺看看剩下的压舱物，脑子里浮现出阀门的构造。深度五百米的时候，他回转推进器，全速前进。但是，全速前进要消耗很多蓄电池，现在蓄电池仅剩下百分之三十了。因此，在浮出水面前，要尽可能保持水平速度。“克尔马狄克号”开始上下颠簸，再加上偏航，小野寺按住舵把和左右推进器，足足两分钟没敢松手，直到作为动力的蓄电池几乎消耗殆尽。从“吉野号”的声呐系统传来的“B……B……”超声波音在舱内回响。小野寺将通话切换到 VLF，呼叫“吉野号”上的潜水指挥部。

“拽住它！可能会冲出海面。”

“知道了。已经就位。保持方向。用倒挡接近预定水面。”

“海面和天气怎么样？”

“浪大。浪高一米五，西北风……小心晕船。水下十米处抓舱。”

在水深一百五十米处时，由于阀门故障，第三只油箱的汽油几乎全部泄出。小野寺为了保持平衡，又放出了第一、第二只油箱的汽油，把上升速度降到四十米。后面的行程还有三海里半，只要利用潜舱自身的惯性，适当地调节释放残存的空气就行了。受水面波浪的影响，“克尔马狄克号”上下左右摇晃，颠簸得十分厉害。

“抓紧。”小野寺对技术官叮嘱道。“吉野号”上的工作人员像魔术师似的几下就将“克尔马狄克号”牢牢地拽住。两名潜水员在水下十二米处用磁性锚栓将拖航索固定在潜舱体上，再用金属线拴住。小野寺放出残存的空气，用水平舵位控制上升的速度。在五米的地方，工作人员安装好吊钩，在潜舱上插入软管，开始回收汽油。

“波浪太大，起吊很危险！”“吉野号”上发出指令，“‘克尔马狄克号’直接上台车，所有操作都在水中进行，你们从上面的舱口上来！”

在水中，“吉野号”起重机的吊臂牢牢抓住了“克尔马狄克号”。得到信号，两人打开舱口，登上摇摇晃晃的舷梯，来到上甲板。海上波浪很大，两人浑身上下都被飞溅的浪花弄湿了。他们刚一离开舱口，吊臂就把“克尔马狄克号”拉入水中，随后拖至舰艉，再吊到台车上。

眺望远方，宽阔的海域上漂浮着不少火山浮石。

“据说胶州堆在喷发，”有一个水手在说，“渔船受灾程度不大，但是，连那种地方都喷火，太不可思议了！”

“看样子，还是早点离开这片海域的好。”小野寺一边用毛巾擦着身上的海水，一边说，“听到消息了吧。在那么深的地方，也不安宁。”

“据说是水中探测器获取的信息。”水手说，“潜舱安放结束，我们就离开这儿。”

喝了一杯热咖啡，来到通信室的时候，“克尔马狄克号”已经安放完毕，“吉野号”开始掉头，朝着东北方向，开足马力，乘风破浪，全速撤离这片危险的海域。

“‘青龙丸号’在哪儿？”小野寺问通信官，“能联系上吗？”

“北面五十海里。试着呼叫一下吧。”

“八丈的情况怎么样？”潜舱的搭档、技术官探出头来问。

“西山的喷火，据说已经死了两百人。但可能还有大的喷发，渔船和自卫队舰艇正在营救岛上的居民……”

“是全部的岛民吗？”

“是的。第一批是中小学生，总共一万两千人，决定全部撤离。岛民事先都毫无准备，只穿着身上的衣服。除此之外，伊豆群岛也出现异常，开始向静冈方向转移……”

一万两千人……如果是豪华客轮，三四艘就能解决问题了。但是，一想到那个靠近亚热带、被绿色密林所覆盖的美丽小岛，滋润着岛民生活的观赏植物栽培地以及用卵石垒起的古老的墙垣，心中便不禁泛起阵阵刺痛。虽然爆发的程度和规模难以预料，但是，如果连那样的小岛都会毁灭消失，那么，人们在漫长岁月里所构建的人类历史必将成为不堪重负的累赘。岛屿不仅仅只是露出海面的岩石，它还是生命和人类发展的沉积，那些岩石充满了活力，人、草木、鸟兽在和谐中共存，孕育着“生命的历史”。岛是植物、动物和人类共同栖息的“家园”，它的全部主题就是——生命。岛一旦被破坏，生物被残暴灭绝，岛的存在也就没有任何意义了……

仅仅是因为曾去过八丈的一个岛屿，便有如此的感受，对于岛上世世代代居住、生活的人们来讲，失去家园那该是怎样的一种痛楚呢？更何况，那……

"'青龙丸号'有回话了。"通信官说。

"如果方便，请叫一下'海神号'驾驶员结城。"

结城很快接过了话筒。

"'海神号'的状况怎么样？"小野寺问。

"非常好……"结城回答说，"已经进行三次海底潜水了。不能一起干，真是很遗憾呀！"

"也许马上就能一起干了！"小野寺说，"'克尔马狄克号'出毛病了，必须要进行检修，先进船坞。大概需要一个星期吧。"

"那么，你到这边来吗？"结城的声音听起来很兴奋，"什么时候？"

还没有来得及回答，其他的信息又进来了。通信官急忙中断了与"青龙丸号"的通话。呼叫好像是来自空中飞机。

"海上自卫队潜艇警戒机马上要过来！"通信官对着士官说，"很快就到。说在水上着陆，获取数据资料，希望给予引导……"

通信士官向舰桥报告，呼叫雷达室。空中雷达捕捉到靠近的飞机行踪，通信室担任导航，引导飞行。"吉野号"开始放慢速度。

"小野寺君……"那个与飞机通话的通信官喊着，"警戒机上有一个叫片冈的人，说叫你上去……"

"片冈？"刚要走出通信室的小野寺又回过身来。

通信室外，两三个船员跑了过来。头顶上方，轰鸣声越来越近。

上到甲板，风急浪涌，波涛翻滚。一架四引擎的飞机，在不远的海面上盘旋降落。

"这么大的浪，不要紧吧……"小野寺小声问。

"PSI（四引擎飞机）绝对没问题。"一个士官回头笑着说，"机身前有减震装置，即使三米五的浪高也能降落。日本的飞机技术是世界一流的。"

飞机迎着海浪俯冲，划出一道白色的水幕，转瞬间就降落在海面上，随后便向这边滑行过来。它随着波浪上下颠簸着，慢慢靠近。

"小野寺君，下到小船上去。"甲板上有一个嘶哑的声音在喊，"坐上去。”

浪很大，小野寺穿着救生衣，坐上了冲锋橡皮艇。皮艇剧烈颠簸，如果不抓牢，就会被甩出去。小野寺绕到皮艇的侧面，使劲抓住入口的横栏，此时他已是大汗淋漓。当接过包有观测数据的防水袋后，PSI 就开始滑行。让人惊讶的是，滑行距离非常短。刚越过三四个浪尖，就听不见波浪拍打机身的声音了，回过神来的时候，飞机已经盘旋在“吉野号”的上空了。

飞机上塞满了各式各样的机械设备，沿着不太宽敞的通道向机首走过去，有一个通信室，片冈正挤在一个机组人员的身边进行观察。小野寺拍拍他的肩，他回过头来。

“来啦……”

他仅招呼了一声，又回头去看机组人员身边的测量仪器。

“没错！”那个机组人员喃喃地说，“是大型潜水艇。四千吨级……可能还要大点啊！”

“四千吨级，当然是核潜艇啰。”片冈嘶哑着声音说，“跟着‘吉野号’的吧。距离八百……靠得相当近。”

“潜水艇？是不是‘珍潮号’？”小野寺问，“它也投入到这次的 D 计划了吗？”

“如果是‘珍潮号’，现在它应该在纪伊半岛，”片冈说，“而且，没有这样大。它只有一千八百五十吨级。”

“在干什么呢？”那个机组人员歪着头，一副迷惑不解的样子，“在跟踪我们的行动吧？”

“有那个可能。最好用密码告诉‘吉野号’。告诉他们，最好只用被动式声呐系统，以免惊动它。”片冈说。

“看来有些国家挺关注咱们的嘛，是吧？”小野寺小声地说。

“一点不错。直到刚才，还在距‘吉野号’两公里、深度四十米左右的地方，一直尾随着我们。你在潜水舱中没有察觉到？”

“什么也没……因为怕海底又有喷发，所以费了九牛二虎之力才浮了上来。”

“这里的MAD（磁气潜水艇探查装置）的指针都快要摇断了，反应非常强烈。请你到这儿来，是想尽量缩短飞机着水时间。如果只是拿数据，用盒子系上绳索递过来就行了。让你乘皮艇过来，是为了把声呐装置放入水中，弄清情况。”

“于是乎，我就成了诱饵？”

“当然，不只是这些。幸长让我转告你，今晚总部要开紧急会议，请你尽可能出席。而且，反正‘克尔马狄克号’要进船坞修理吧？你和‘青龙丸号’通话说的吧？”

“左前方，有喷烟！”扬声器里传来喊叫声，“正在爆炸……”

小野寺他们跳到飞机两侧的观察窗。只见白色云块被狂烈的西风吹散，星星点点地映在蓝黑色的海面上。海那边古铜色的烟雾，像《一千零一夜》中神灯里的神魔一样，从海面上的一小点慢慢地一缕一缕向上蹿，像秃头妖怪一样向着天空不断地膨胀，穿过积云层，向着高空涌去。高度为五千米的大气层，被地底下发出的“轰隆轰隆”的爆炸震得微微颤动，放眼望去，海面上隐隐约约可以看见在烟雾中摇曳不定的火苗。白色和银灰色的火山灰或浮石之类的粉灰，随着喷烟从空中撒落在东边的海面，就像薄薄的纱幔一样挂在天边。盘旋上升的滚滚浓烟中，电光在闪烁，雷声在轰鸣——蓝色的海面被四处飘落下来的火山弹和浮石划破，泛着白光，唤起一波又一波的海啸，呈圆弧状慢慢地向四周散去。

“是须见寿岩礁吗？”小野寺问。

“呀，是青之岛，”片冈说，“从昨天开始，已经是第二次大喷发了。这样下去，那个岛差不多就要消失了？”

“是青之岛吗？”小野寺死死地盯着前方，“岛上有人吧？”

“有二百七十人左右，估计全部没了，也许在海上逃生的渔船上还有生还者……但还不能确定。”

“那，就见死不救吗？”

“附近的海域几乎没有船舶。岛上的人用无线电报告说有喷火的征兆，仅十分钟后，就爆发了第一次。这是国际航线的客机通知我们的。”

片冈用非常平淡的语气说，“与八丈岛不同，青之岛太偏僻了……”

小野寺想，这样的喷发，今后会有很多吧……他感觉胃里有冰凉的东西在蠕动。……今后发生的喷发，规模将是青之岛的几万倍、几百万倍。

“富士火山带，来了个总爆发呀……”片冈皱着眉，向窗外扬扬下巴，“以前也发生过富士火山带连环喷发的情况，可这次是动真格的了。瞧，那边能看见八丈岛的喷烟。”

飞机倾斜着机翼向上拔高。机翼的一端能看见另一股腾起的喷烟。飞机继续盘旋，这时，在青之岛的南边也出现了淡淡的烟雾，烟雾在海面上断断续续地向上飘浮。八丈岛北边更远的地方也在冒烟。

“那是什么？……”小野寺感觉喉咙被卡住似的。

“是三宅岛。两小时前，从赤场晓[47]一直到雄山一带又开始喷发了……禽鸟早有预知，今年大水薙鸟一直没有迁徙过来。”

“原来如此。”小野寺嘀咕道，语气同片冈一样平淡，“难道伊豆群岛……同时喷发啦？大岛那边呢？”

“大岛的三原山也有三次小规模的喷发，还降了火山灰。因为有可能再次喷发，居民已经开始撤离了，大岛上空的国内航线也已经关闭。”

PSI 高度达到了八千米，还在继续爬升。随着向北移动，云层减少，出现了晴空万里的冬日最壮观的海上光景。飞机向左，向右，继续缓缓地盘旋着。向右倾斜时，从机右翼的舷窗放眼望去，视野所及的范围内，能看见蔚蓝色的海面上，呈南北向星星点点连成一片的伊豆群岛。那些岛屿中，有五个正在喷发，滚滚黑烟向着万里无云的上空徐徐升腾。西风吹拂，黑烟飘向东边，像排成一路纵队的巨型舰队，浩浩荡荡一路北上。

然而，那喷着黑烟的并不是骁勇善战的战舰——这支点点相连的岛屿舰队，现在正一齐遭受海底的攻击，被前所未有的破坏力撕碎，翻滚着走向沉没。而且……想到这，小野寺不由得闭上了眼睛。当他再次睁

47 三宅岛上一地名。

开眼睛的时候，连成一线的恐怖黑烟正向北飘去，就在它正对面，出现了富士山。富士山下部云雾缭绕，在湛蓝天空的衬托下，犹如白色的幻影飘浮在半空中。冬季的第一场雪使得银装素裹的富士山有一种超然之美，镶嵌在冬日的晴空里，如梦幻仙境。如此秀美的富士山，世间任何东西，任何巨大的力量，都不可以玷污她的一丝美丽。但是，海面上那长长的黑烟正在向北，成一条直线，向着气度不凡的、美丽绝伦的富士山挺进。而隐藏在万丈深渊的海底下面的巨大火蛇，正在向海面吐出火焰、黑雾、水蒸气和火山灰，它翻腾着、扭动着，时时刻刻朝着这个象征日本的秀丽山峰逼近。

“高度九千……”扬声器中传来了驾驶员的报告，“换成水平飞行。”

“怎么啦？”片冈回过头来问机组成员之一的电子技术员。

“还有充足的检测能力……”中年技术员摆弄着庞大的机械，自信地说，“照这个样子，飞行高度一万五，不，两万都能检测。”

“是 TW 型重力测定器……”片冈向正在观察的小野寺解释道，“是东京大学地球研究所和国土地理院航空测量部共同开发的。日本的这种装置很先进。日本是第一个在行进的船只上成功进行重力变化检测的国家，但是，将它安装在飞机上，在一万米的高空进行检测，这还是第一次。且不需人工操作，全部是电子自动化。这些设备能够利用电子消除飞行中所有细小加速度的噪声……现在，虽然是在测试阶段，但很快还要装备在另两架飞机上。此外，还要将 2V 和 P2J 检测装置装备在潜艇警戒机上，对地磁气的变化进行监测。”

“检测出的数据在记录的同时，经过实时处理，发送到地面接收站，这些数据再通过专线汇集到 D 计划总部的计算机里。”技师说。

“那么，怎么样？”小野寺一边看一边问，“重力变化情况……”

“说来吓你一大跳……”片冈神神秘秘、若有所思地露齿一笑说，“回头让他们在 3D 显示屏给你看看就知道了。日本海沟附近的负异常带从三陆海到九十九里海，目前，正以惊人的速度向东移动。在富士火山带的东侧，又反过来向西移动。这就是让伊豆、小笠原爆发的元凶。关东海面的负异常带活动每时每刻都在增强。日本海沟的沟底，在其东侧，已经下陷了两三百米深。到这边来看看。”片冈把小野寺拉到右侧的窗前，指着说，“是在东边的海上。知道吗？”

“出现了好多浓雾啊。”小野寺说，“它的前锋停滞不动了吗？啊，亲潮[48]居然南下到那种地方了呀……”

“看起来有点像，但是却不同。看看气象图吧。”片冈说，“在上层气流，西伯利亚高气压早就经过那一带了。亲潮的前锋还没有到达常陆[49]海面。一般人大概会认为，亲潮的暗流会以冷水旋涡的形式表现出来。但是，只要与这边观测的数据对照一下，就非常清楚了。重力的大异常带同那边的浓雾发生区域几乎是相重叠的……”

“重力异常和浓雾？”小野寺一时间几乎愣住了，“彼此有什么关联？”

“由于重力在坡度很大的倾斜面上减少，所以，从大地水准面看，那附近的海面有相当程度的下陷。”片冈耸耸肩膀说道，“海水温度的垂直分布也有很大的差异。因为重力小，深处冰冷的海水向上涌来——或许一部分是因绝热膨胀而来的。所以，沿着负重力异常带，出现大的冷水旋涡，冷水旋涡与黑潮[50]相遇，就形成了浓雾。”

是重力浓雾？……小野寺凝视着东边地平线上的灰色幕墙，在心中嘀咕道。各种征兆几乎都出现了……

飞机继续盘旋，开始降低高度向东京湾方向飞去。在记录富士火山带重力异常的长长的纸带上，扫描仪画出了锯齿一样的图形，测试记录仍在继续中。

“我们做这种测试工作的时候……”电子技术员对站在旁边的片冈悄悄地说，“恐怕某些国家早就抢先一步进行更大规模的调查了。在这期间，美国连续发射了三颗测量卫星，其飞行轨道全都在日本上空，只是角度不同而已……”

“人造卫星吗？我们也想拥有那样大型的观测装置啊……”片冈说，

---

48 日本寒流，也称千岛寒流。

49 茨城县内一地方旧名。

50 日本暖流。

“虽然以前在发现整个地球大的重力分布变化方面成绩斐然，取得了成果，但是，要建立一个完善的系统来预测它将引起什么变动，还要花些功夫。”

“但是，那也只是时间问题……的确，美国由于削减军事预算，其情报的收集能力暂且不说，就是情报的综合能力都有所滞后……但即使是那样……”

“新潟、富山地区发生地震，”扬声器里又传来声音，“震度为四，震级七点零级，震源在新潟以北六十公里，深度五十公里。观测船报告说大和堆异常隆起……”

“这回轮到日本海沿岸了……”片冈向上瞅了一眼扬声器，嘟囔着说，“真是四面楚歌呀……”

在澳大利亚堪培拉市郊外的红山上，某政府高级官员的一幢私人别墅里，澳大利亚总理毛茸茸的双手交叉着手指，撑着下巴，足足沉默了将近五分钟。澳大利亚的 2 月酷热无比，这幢别墅的主人——一名政府高级官员和另外一名浅黑色皮肤、身材矮小的客人，都一样的神态凝重。整个房间充满严肃的气氛，只有房间角落的大型空调机发出轻微的“呜呜”声。

总理似乎想努力克制住涌上心头的想法，只把手指交叉着，弄得“咯咯”直响……继而，好像被拔起的大树根似的，他从躺椅上站了起来。他身高超过两米，雄壮魁梧。总理背着双手，低着头，开始在屋里缓慢地踱着方步。走到墙角，停下，深深地叹了一口气，猛地一回头，又朝相反的方向走去。房间墙角处有一台空调机，空调喷出的冷气，轻轻地吹拂着总理头顶上所剩无几的稀疏头发。

“日本……”总理面对空调机，喃喃地说，“这台空调机也是日本货……”

然后，他摸了摸上衣的商标，又转向那位身材矮小的客人。

“这真是做梦也没想到的事啊，野崎先生。”总理说道，“而且……也是一件极为棘手的事啊。”

那个被称为野崎的日本人，身材矮小，头发花白，脸颊和眼角布满了慈祥的皱纹。他的眼睛炯炯有神，发出异样的光芒，令人感到不管走到哪里，他的眼光好像都始终聚焦在你的身上。这位矮小的日本老人，是通过这里的某位高级官员，来此与总理举行秘密会晤的。凡是这位高级官员介绍的客人，总理一定不会拒绝。而知道这一秘密的，不要说在英联邦内，就是在澳大利亚政府内部，也只有屈指可数的少数几个人。总理并不知道野崎老人怎么会知道这一秘密的，也不知道他是通过什么手段让那位高级官员同意引见的。一定花费了一大笔钱财吧。而且，在见面时，老人递交了日本首相的亲笔信和外务大臣的秘密信函，不但开门见山地直奔令人吃惊的主题，而且还提出了让人惊讶的请求。

"你大概也知道，近十年来，澳大利亚的人口增加了将近一百万。现在的人口已突破一千二百万了……"总理在地毯上来回踱着步说。

"我知道……"目光深邃而明亮的老人点点头说，"在相同的十年间，日本人口大约增加了八百万，现在的总人口接近一亿一千万。"

"等于我国人口的十倍啊……"总理皱着眉头说。

"按人口密度来算，是贵国的两百倍。贵国的国土面积七百七十万平方公里，则是我国的二十多倍……"

"但是，我想你也知道，这其中的百分之七十以上是不毛之地的沙漠啊……"

总理一边向窗外眺望一边想，说这些也是无济于事的。蓝紫色的天空，留下一抹晚霞，一轮明月冉冉升起。别墅山脚下公路上的汽车来来往往，红色的尾灯和前大灯为夜色增添了一抹鲜艳的色彩。

"日本……"总理又嘟哝道，"真是一个了不起的国家啊。一个远东及西太平洋地区最大的工业国，一个高度现代化的国家，与我国同处'东经一百三十五度的邻邦'。还记得1970年大阪举办的世界博览会，澳大利亚馆的主题日吗？我国愿同贵国友好相处，并愿意与贵国合作，借助贵国的工业力量和资本，开发澳大利亚大陆和大洋洲。我国北部的铁矿石、内陆的石油以及东部的工业，无一例外都是与贵国合作的……丰田、日产、马自达，以及贵国的很多汽车，正如你所看到的一样，在这里到处奔跑着。日前，在澳大利亚有六万日本人……”

“我知道。”野崎老人点点头说，“在这二十年间，澳大利亚是我们最友好的邻邦。承蒙您——这个友好国家的最高首脑，对日本所表示出的特别的友谊，我们对此表示极大的钦佩，并寄予很高的评价。”

“我一直在为这个大陆变成面向世界、开放的‘最具潜力的大陆’而努力。但是，我的祖父和父亲都是所谓的‘白澳主义者’……”总理从上衣口袋里掏出雪茄烟，从这端嗅到那端，低声地说，“本世纪初，在这个大陆的北端，掀起过一场小小的淘金热。刚开始的时候，东南亚的华裔劳工蜂拥而至。我想，我的祖父和父亲绝不是极端的种族歧视者。但是，请你想想看，澳大利亚是一个只有袋鼠和土著居民，是一个被作为流放地的大陆啊。那些被放逐到这里的白人，在相对来说还称得上是无限辽阔的空间里，放羊、牧牛，悠然自得地慢慢扩大自己居住的领域。他们同忙碌的华裔劳工格格不入。正当白人为此而焦躁不安的时候，国际上盛行一时的排斥黄种人的运动也蔓延到了这儿。紧接着，就因限制移民发生了许多惨剧……所以，日本开始以惊人的速度向东南亚和大洋洲扩展的时候，我再三提醒明智的日本企业界的领导者们：‘不要急，要稳……要稳……’”

总理竟然不知不觉地主动卷入最重要的话题中去了，当他发觉这一点时，不禁苦笑了一下。总理对那个少言寡语，却在神不知鬼不觉中把话题诱导到谈话主题上去的野崎老人，甚至感到有点憎恨。总理直到青年时期一直住在墨尔本，他的英语非常接近伦敦口音，又夹杂着澳大利亚的本地口音，而这个矮小的日本人，不仅能讲一口流利的标准英语，而且还时不时地，颇为得体地使用一下牛津、剑桥那种温文尔雅的语调，这让总理感到自愧不如。

“那么……”总理终于开始点雪茄烟了，他问，“贵国所希望的大概是多少人？”

“第一批，一百万人。”老人安之若素地回答，“如果可能的话，希望再接纳二百万到五百万人。”

总理沉默不语。花了好长时间，他才用火柴将雪茄点燃。五百万人？这等于澳大利亚现有人口总数的百分之四十五。这样一来，澳大利亚将变为三分之一是黄种人的国度了！

“就一百万人而言，大约等于我国总人口的百分之九。”总理大口地吸着雪茄说，“而且……还在两年以内？”

“或许还要提前一些。”老人的脸上开始呈现出懊恼的神色，“如果可能的话，希望年内就迁一部分过来。哪怕是十万也行。采取内地垦荒移民的形式也可以……”

“那样的形式，也许反而更有难度。”一旁的高级官员开始插话说，“假如不讲明意图，移民的事，恐怕国会很难通过吧。在我们国家，对于‘自己的行动步伐’是坚定不移的。”

“唉，也许能行。”总理好像猛地想起了什么，把叼在嘴里的雪茄拿开，说，“有了……就是那个纵贯南北的中央铁路。”

“不错。”高级官员点头说，“从西奥多到纽卡斯尔湖之间的铁路建设，计划还没有敲定。可以按国际招标的形式，以优厚的条件让日本中标……”

“在这之前，大概有必要以推进现行经济合作协定的形式，签订诸如‘日澳内陆开发协定’之类的什么协定吧。”

“恐怕来不及了。”老人说，“能否这样运作：日本以提供最优惠贷款的形式来参与，请以最快的速度促成那个计划的落实。器材当然由日本提供，日本还会把最新的铁路技术投入进来……总之，请贵方争取在半年内，取得国会的批准……”

“但是，搞得太急了，条件又对我们过于有利，也许反而会引起国内的怀疑。”那位高级官员插嘴说。

“理由总是能找出来的，比如说，日本由于不断遭受地震的袭击，需要重新对在全国铺设‘新干线’铁路网的计划进行全面的研究。新的‘新干线’计划，事实上是处于停顿的状态。因此，可以用最有利的方式，向澳大利亚提供日本这方面的资源。当然，不论在非洲还是南美，我们都将用同样的形式进行交涉。日澳双方可以通过签订贸易协定，诸如日本从澳大利亚长期大量进口羊毛和羊肉的协定，巧妙地避开有人提出的倾销的抗议。事实上，羊肉对难民来说还是需要的吧。现在，日本计划在联合国托管的东伊里安加亚，建设一个大型冷冻基地，羊肉就贮存在那儿……”

这个方案值得一试，总理心里暗自盘算——这绝对是一笔有利可图的交易，不但如此，还同时能够接纳精力充沛、受过高水平教育、勤劳而有技术的日本工人，以及最先进的机械、材料。日本政府给他们送行之际，就意味着他们从此将无“国”可归，而且，在经济上应当与之结算的当事国——日本也将不复存在……但是……还是会留下很多不稳定的隐患。铁路工程结束后……这些人怎么办呢？他们对于这个国家的“未来”会产生怎样的影响呢？

“即使如此，一下子就来十万人，恐怕还是难以办到。”总理摇了摇头，“更不用说要来一百万的垦荒移民了……即便从人道主义的立场来考虑，也需要特别立法。联合国那边什么态度？不用说，贵国的工作已经开始了吧……”

“已经同秘书长进行了三次秘密会谈，联合国教科文组织那边还要等一等。我们即将开始与常任理事国进行私下接触。尽管联合国能制定出国际性的‘人道原则’，但是，在这个问题上到底又能发挥多大的能量呢？……目前，我们正同美国总统以及南美、非洲几个国家进行秘密磋商。至少——我们希望至少在那件事发生之前，贵国能让我们实现请求，哪怕是几十万人移居到海外也好啊。这些完全是我们单方面的希望。我个人——不，是整个日本，向您，向贵国，向全世界下跪求情，恳求对生命予以拯救。无论如何，请救救濒临毁灭国家的人民的性命……他们的未来……”

老人的声音里充满了激情，令人感到他就要控制不住自己的感情了，满腔的热情会顷刻喷泻出来——这不由让人联想到，他会不会跪倒在地，紧抱总理的腿，痛哭流涕地苦苦哀求呢？

然而，事实上，老人却正襟危坐，两手放在膝盖上，表情恬静，甚至脸上还流露出一种近似于微笑的神态。只是他的两只眼睛比刚才更加有神，恳请的目光中饱含悲怆。总理想，这老人真是具有惊人的自制力。具有如此克制力的人，实属罕见。这个根植于整个民族的奇异特质，至少在与人面对面的交往中表现出来的性格，正是将一切喜怒哀乐隐藏在“东方式的微笑”下面的高度自制力。或许正因为如此，才会因不擅长高声地、激烈地宣泄自己而使得他们在国际社会交往中吃亏——甚至不能淋漓尽致地释放自己的情感……

“尽管如此，这确实是件令人震惊的事。”总理好像要从这令人窒息的空气中逃离似的，深深吸了一口气，在烟灰缸里掐灭了雪茄。“真的，日本……会像古大陆一样下沉吗？贵国的科学家们明确肯定这件事了吗？”

“就连我本人，也还不能说是很明确。”野崎老人第一次表现出困惑的神情，“我们正在夜以继日地秘密进行着调查研究，至今还没有向国民透露任何消息。如果不小心泄露出去，那引发的混乱是可想而知的。东京大地震后，社会上曾出现过不安定的苗头……幸亏地震转移了国民的视线。现在，我只被告知，‘那件事’在两年内发生的概率已经超过了百分之七十。要扩大调查规模，提高预测的准确性，还需要一些时日。而在这期间，事态也在发生变化。现在看来，随着调查工作的深入，发生‘那件事’的概率似乎越来越高，发生的时间似乎也在提前。我想，我们的计划已经晚了。随着时间的推移，‘那件事’已经开始明朗化了。”

“明白了，野崎先生。”总理把他那毛茸茸的大手放在老人瘦小的肩上，“我们这方将尽力而为。我们承诺一点——将同其他英联邦国家的首脑磋商这件事，至少，在英联邦内进行积极斡旋。当然，作为贵国最近的邻邦，也是一个大国，我们将独自发挥最大的作用。”

“谢谢。”老人鞠躬致谢，他的眼角噙着泪花。“我暂时还要在日本使馆逗留一些时间。我对阁下的宽宏大度以及平素对世界所表现出的崇高的仁爱，表示由衷的钦佩。”

“同苏联的磋商已经开始进行了吗？”高级官员问，“那个国家在亚洲也拥有辽阔的领土。”

“我想已经开始了吧。”野崎老人恢复了原本的平静，点头说，“坦率地说，我们对那个大国还有很多地方不太了解。但是，我们期待他们能妥善处理历史遗留的少数民族问题。”

“这不包括犹太人的问题在内。”那位高级官员小声地说，“中国大陆大概也不敢寄予太大的期望吧？因为他们拥有八亿人口……而且，考虑到两国人民在历史上的交恶和未来……”

“我带来了赠送给阁下的礼物……”野崎老人起身说，“这礼物不仅是首相个人的，更是我们日本国的国家礼物。”

老人从摆放在房间角落的桌子上，拿了一只高约五十厘米的木箱，然后轻轻地打开箱盖。

“这是……”总理对东洋古代美术品具有相当渊博的知识，他惊讶得一时说不出话来。他从上衣口袋掏出眼镜戴上，“真是太漂亮了，是十三世纪左右的作品吧？”

“你说得对，是镰仓初期的作品。作为佛像类，它是国宝级的。虽然它还没有被指定为国宝……”老人低声说，“这是从地方寺院买来的。像这类的东西，还有很多分散在全国各地。我们愿意把它赠送给阁下作为纪念。”

总理同野崎老人约定两天后在官邸会晤。老人离去后，总理又仔细端详着那尊高三十五六厘米的佛像。

“看来，他们已经开始偷偷把文物运往海外了。”那位高级官员一边调着酒一边说，“今年下半年，在欧洲和美国将举办三个日本古代美术的大型展览，将有大量的珍贵艺术品运往国外。把这一系列事情联系起来考虑，看样子同‘那件事’有关。好像有些文物已经暗中携带到国外，或出售，或馈赠给有权势的人了。如果到了最后关头，想要运出文物之类的东西，可就没那么容易了。”

“趁现在这个机会，我们能不能买他两三座寺院？”总理念叨说，“有许多建筑实在太可惜了。”

“恐怕早一点下手为好。因为，一旦成为这样的格局，美国博物馆和财团肯定会不择手段地弄到这些东西。”

“如果只是接受这样的佛像，那倒挺不错的……”总理摘下眼镜，长长叹了一口气，“要接收一两百万的日本人……怎么办？如果接纳五百万人，那就等于在我们的国家里新建了另一个国家。这些人要住，要吃……还要生儿育女，这个数字还将不断扩增，而生活的水准又那么高……”

“难民营……强制收容所……贫民区……不知将会变成什么样子？总之，将来，我们要承担相当棘手的责任……”那位高级官员把酒杯放到总理面前，喃喃地说，“最好的良策是隔离。内地有大片未开垦的荒地，把五百万人分散开来，让他们开垦沙漠或其他……”

“即使是这样，怎样来安置这一亿一千万的移民？世界上哪块土地，能接纳如此庞大的人口？”总理茫然地望着窗外的天空，“如果你作为日本国的领导者和负责人，你打算怎么办？仅船舶一项，你认为需要多少艘？”

“也许有一半的人……得不到拯救。必须狠心才能做出这残忍的决定。”那位高级官员抿了一口酒，像是在说给自己听似的，“就是能移居海外的人们，今后也将作为世界的累赘饱尝艰辛吧……受迫害……遭遗弃……自相残杀……那都是因为自己的国土在这地球上消失了的缘故。在那个闭关自守的东洋小岛上，一直悠然自得生活过来的民族……他们今后也要尝尽我们犹太人几千年来在世界各地所饱尝的屈辱和辛酸了吧。”

“更为重要的是，那个巨大的地壳变动会不会给我国带来什么影响？”总理端起酒杯，低声说，“还是让我们的学者做些调查吧。”

5

小野寺走进D计划总部的总务室，发觉室内特别嘈杂喧嚣。人们在奇怪而不和谐的气氛中，三三两两地围坐在办公桌旁交头接耳，窃窃私语。

“发生了什么事？”小野寺边脱掉外套，边问身边的工作人员。

“你还不知道啊？”一位二十几岁的年轻工作人员抬头看了小野寺一眼，然后伸手从桌子那边拿过一本杂志递给小野寺，“这个，昨晚刚登的。”

递过来的是一本周刊杂志，在通俗周刊杂志中也属于高级出版社发行的刊物。虽说是昨晚刚发售的新杂志，但是，辗转数人之手后，已经破损不堪了。翻开的那一页，头条通栏标题耸人听闻：

日本列岛即将沉没？！
海底火山权威田所博士的预言

小野寺条件反射地一把抓起那本杂志，他意识到自己的脸色都在变。他的眼睛贪婪地追逐着杂志上的铅字。由于刚受到的刺激过大，以至于他一时无法读懂文章的意思，同一页内容不得不反复读了几遍。这篇文章虽然对田所博士“地幔对流异常”理论的表述不太准确，但还是基本上进行了全面的阐述，而且，还带有通俗周刊杂志惯用的危言耸听的笔调。

“这可是件泄露国家机密的重大事件。”一位工作人员说，“那位田所先生，作为学者，也许是出类拔萃的。不过，真是一个糊涂透顶的民间学者——据说是喝醉了酒，稀里糊涂地把话漏了出去……”

田所博士醉酒？小野寺惊出了一身冷汗，恍恍惚惚地回味着那位工作人员所讲的话。虽然同田所博士相处只有半年，但是，却从来没见过他喝酒……

小野寺再次读了一遍文章，最终发现文章不仅只字未提D计划以及计划总部的所在地，就连暗示性的东西也没有。那篇文章的后半部，援引了气象厅的一段话：

> 最近以来，日本列岛的确集中性地发生了大地震等特大灾害，日本附近的地壳变动和造山运动也趋于活跃。对此，有关部门正全力以赴地对今后可能发生的异常变化和灾害进行调查。尽管如此，抛出所谓的日本列岛即将沉没的言论，是不符合现代地质学的常理的……

而且，在文章最后还刊登了著名学者的谈话内容。小野寺早就熟知小泉这位学者的大名。小泉称：对于田所这位学者的研究是不可偏信的。在日本学术界，他很孤立，受美国海军的委托，他从事过一些军事研究……总之，他是一个喜欢哗众取宠的人……他抛出这样的言论，完全是神经不正常所致吧。即便他是在理智的状态下说出这番言论，也只能认为，他想借近来所发生的大地震和伊豆群岛火山喷发而引起的社会不安之机，沽名钓誉，出风头。这种对科学极不负责任的言论，将助长社会的不安定因素。为了维护社会的安定，对于这样的人应当严加管束……

除此之外，后面还附有一些诸如不动产公司的社长、家庭主妇、著名的表演艺术家、科幻小说家等不太负责任的讲话。整篇文章以嘲讽的口吻，给人留下这样的印象：田所博士的言论，纯属异想天开，荒诞无稽。

“他应该受到惩罚。你认为呢？”陆上自卫队派来的那个身材魁梧的年轻校官，走近正在看周刊杂志的小野寺，搭讪道：“要在以前，如果泄露了国家重要机密，那立马就会遭逮捕，投进监狱……”

小野寺一听对方讲话的口气，便断定他一定是军人。他强压心中的怒气，装作没听见，继续看那本周刊杂志。

“那么，田所博士现在……”

“昨天下午，醉醺醺地出现在气象厅，通过D计划的有关人士向总部递交了辞呈。”那个魁梧的年轻校官双臂交叉在胸前说，“他本人到底还是感到要负责任，没脸到我们这儿来。”

去气象厅辞职？小野寺有些迷惑不解。

“如果批准了他的辞职，反而会更麻烦。”从防卫厅技术研究所调来的年轻工作人员插嘴道，“这以后，新闻媒体肯定不会善罢甘休的，如果他站在完全不负责任的立场，乱说一通，那麻烦就大了。反正职也辞了，讲什么话也不受限制。”

“所以说，最让人头疼的就是他这样的民间人士了，”那个魁梧的年轻校官看着小野寺，语气十分傲慢，“对国家没有一点责任感，根本就不知道约束自己。为了防止他继续不负责任地乱说，泄露机密，管他什么非法不非法，只有先把他拘禁起来。”

“上面的人应该对他进行了说服工作……”

“光靠说服，能制约那乡下野蛮人的行动吗？像他那样的野蛮人，说不定倔脾气一上来就为所欲为地乱来。依我看，除了采取特别的手段，别无他法。”

“等一下……”小野寺插嘴说，“单从这篇报道看，田所先生只是陈述了他个人的意见，只字未提我们这个计划和总部的事情嘛。”

“所以，就看怎么说了。假如新闻媒体已嗅出什么，那么我们迟早要被洗白。”

“已经闹得不可开交了。”那位年轻的工作人员说，“他已经被公安部门盯梢了，今天下午，他要上电视节目 。”

“你说什么？”校官皱着眉头问，“什么节目？”

“据说是民营电视台，下午的访谈综艺节目。”

“混账东西！”校官拍着桌子骂道，“能不能设法阻止他？应该出动反间谍部队了。”

“还是袖手旁观的好。”那个从外务省调来的、看起来像个秀才似的人，带着嘲讽的口气说，“弄得不好，反而会弄巧成拙，引起人们的猜疑，以为真出什么事了。暗中监视他的行踪，要是媒体采访，最好一问三不知，变相拒绝。”

“不过，话虽如此……”小野寺小声地说，“田所博士……为什么突然这样……”

小野寺身边的四位工作人员，都一齐转过头来看着他。

这四个人好像刚刚才察觉，小野寺早在这个“计划”正式启动之前，就已经同田所博士在一起工作了。

“那个人有点不得志吧。”外务省来的那人说，“的确，就这件事本身而言，我们承认他是一位相当敏锐的预言家。而且，在事态还处于模糊不清、大家都不知所措的时候，他起到了很大的推动作用。但是，当那件事被正式作为国家大事，有组织地展开工作的时候，像他这种单枪匹马、独断专行的民间学者，反而会成为这个组织的绊脚石。因此，不知不觉中，他会从‘计划’的领导核心中被淘汰出局。甚至在调查工作方面，一旦以组织的形式进行工作时，他也很难再抛头露面。毕竟他对发生异常变化的可能性研究，纯粹是为了证实他自己的理论……甚至可以说，他是从纯学术的角度，或者是从个人求知的好奇心出发，力求弄清事态的真相。他根本没有把日本国面对这种异常变化该如何应对这样的问题联系起来。他是一个十足的‘书呆子’。同时，他又是个陈腐的旧式学者，不大会使用计算机，甚至不知道什么是系统工程。所以，他很自然地要脱离D计划的核心层——或许他希望自己一直坐在这个计划的核心位置。他满脑子都是观察‘自然这个大舞台’的大计划，为此，他想自行其是，调动整个组织。但是，这与他观测日食之类的事情完全是两码事……因此，随着问题日趋凸显，他就越发显得没有地位，于是他的不满情绪就爆发出来了……”

“会不会是因为后来的中田先生抢夺了‘计划’的领导权而窝火呢？……”那位年轻的工作人员说，“最近有人听到，他们两人在中田先生的办公室里吵得很厉害。”

“那种没教养的学者，真是拿他没有办法。”校官咂咂嘴，“做一个预言者还马马虎虎，但是，涉及国家大事……”

“不是的！”小野寺在心中呐喊道。他再次把眼光投到周刊杂志上。说什么田所博士是受“D计划组织的排挤而发泄不满的”，这完全是政客和官场的托词。田所先生绝不是那样的人。他是一位真正的“学者”，但是，又是一个根本不懂“现实”的“狂热的科学家”，他既不是“书呆子”，也不是“幼稚无知的学者”。甚至可以说，他的心比那些象牙塔庇护之下的学院派大教授更宽厚豁达，更懂得“自然”、“人类”，一切的一切……但是，尽管如此，为什么他要干出那样的事呢……

“哎呀！打起来了！”有人打开隔壁的房门叫了起来，“田所先生，在电视节目里，对持不同意见的嘉宾动手了。”

“什么？”屋里的人一下活跃起来，“打了谁啦？”

“T大学的山城教授。”有人回答说，“他现在正在推搡前去劝他的节目主持人呢……”

“好极了！”有人向隔壁的房间跑去，嘟嘟哝哝地说，“那家伙这下可好啦！”

哪个混蛋说的？小野寺禁不住火冒三丈，回过头去看，却找不着是谁。但是，他心里明白，不是那个陆上自卫队的校官，就肯定是外务省的那个秀才。

小野寺没有跟随那些工作人员拥进有电视的隔壁房间，而是一个人独自站在办公桌的旁边。他感到两腿无力，全身发软。

这是怎么一回事呢？小野寺不由得在心里自问。……他的脑海里浮现出田所博士那高大伟岸的身躯，以及怜爱“大自然”的博士所独有的大度、宽厚的仁慈面容——一张能唤起人们感伤的极具情感力量的面容。记得在本乡町那个杂乱无章的研究所，自己被幸长引荐，第一次见到田所博士时，博士说：“这个人是可以信赖的，因为他一直在关注广袤的大自然，而且了解它。”小野寺一想起这番话，心里就热乎乎的。

这件事奠定了小野寺对田所博士绝对信任的基础。他同田所博士一起，在一万米深的海底，承受着一平方厘米十吨的压力，亲眼看见了那个宏大的“场面”。而且，田所博士在他所观察到的那个宏大“场面”的基础上，凭着他“丰富的阅历”，更广泛、更深入地诠释“人类”、

"社会"和"组织"。他的学识深奥精微，小野寺深感自愧不如。

田所博士心中有一个广阔的"自然"。因此，他不会沉溺于狭隘的人世、社会组织和集团机构之间的"权力之争"，即使被疏远也不会怨天尤人；甚至被迫退出组织，也不会对组织内部的"对头"进行任何恶意的报复。他具有不计较个人得失，随时能够退出争斗的宽容和豁达。这是小野寺同博士长期共事的过程中不知不觉所感受到的。就是这么一位田所博士——来到这儿，为什么要这样做……难道他这个"民间学者"真的与这个充满钩心斗角、尔虞我诈的"有组织的社会"格格不入吗?

从另一个房间跑来一个男子，把头伸到隔壁的房间大声嚷道：

"田所先生好像被逮捕啦！"

"什么?"小野寺不由自主地大步追上那个男子，一把抓住那男子的肩膀，"你说他怎么啦……"

"据说节目结束后，在电视台一楼大厅，好像他又打人了。恰好遇上来现场办事的警察，就以'暴力现行犯'的罪名把他逮捕了。"那男子说，"警察也被推了几下。好像上节目之前，他就已经喝得酩酊大醉了。"

小野寺难过得直想把耳朵堵起来。大家从隔壁的房间陆续回来，用兴奋的语调愉快地议论着。小野寺觉得在那里一分钟也待不下去了，急忙跑向走廊，没想到在那儿突然碰上了幸长。

"过来！"幸长表现出少有的激动，以至于脸部肌肉都有些抽搐，他铁青着脸，横眉怒目。"非揍中田那小子不可。"

"怎么啦?"

幸长使劲地拽住小野寺的胳膊，小野寺惊讶地望着他。这是小野寺第一次看到这位和善而又略显懦弱的学者，居然有如此冲动的一面。

"你冷静一点。"小野寺一边挣脱被幸长拽住的胳膊，一边问，"你说什么，要揍中田先生?刚才田所博士不是因为在电视台打了人，被抓起来了吗?"

"正是为了这个。"幸长再一次拽住小野寺的胳膊，"无论如何也不能饶恕中田。他把田所先生害苦了……"

幸长粗暴地推开中田的办公室门，径直向中田走去，正在同中田谈话的工作人员吃惊地回过头来。小野寺拍了拍他的肩膀，让他躲开。幸长一把拽住中田的衣领，一手紧握拳头，两手都在颤抖着。小野寺看着幸长痉挛的面孔，心想，他那样能打人吗？

“为什么把田所先生……”幸长提高嗓门吼道，“你小子……太过分了！”

“不是我让他去的。”中田的语气如往常一样冷静，“是他自己主动要去的。是真的。他与渡老人说了些什么，然后就……”

“你应该阻止他！”幸长叫喊道，“他可是有功之臣呀！而且，还是我的恩师！为什么不事前给我打个招呼……”

“要是告诉你，你能制止得了他？”幸长仍然拽住中田的衣领不放，中田朝小野寺瞅了一眼。“……说实话，没有比田所博士更合适的人选了。只不过他急于求成，做过头了。的确，在听到田所先生提出承担此事时，我就在想，如果他出场，那真是再好不过了。但是，我再强调一遍，不是我请求他的。是他偶然听到那个计划，主动请缨承担的。”

“我知道，是你设了个圈套，故意让他上钩……”

“你认为他是那种稍微使点花招就上钩的人吗？——你认为我是那种对他耍手腕的人吗？”中田大声回应道，“而且，除了他，还有更合适的人选吗？幸长，你怎么样？你能代替田所先生，把那场戏演得更好吗？”

幸长松开了抓住中田衣领的手，脸色变得更加阴沉，浑身像发疟疾一样不断地抽搐，他用手捂住了脸。看到这情形，小野寺上前一步站在两人中间。

“好像有点明白，但到底是怎么回事？”

“田所先生……”中田刚开口，便有些哽咽，“关于这件事……是他主动承担了D计划的‘佯攻’行动。”

“是向周刊杂志泄密的角色？”

“同时，还向电视……”中田痛苦地背过脸去，“没想到他会搞到那种地步……”

“已经作为暴力现行犯被捕了。”

"我们从事的工作已经快要无法隐瞒下去了……"中田依然背着脸在说，"因此，想采取惯用的手法，放个试探气球，不留痕迹地让媒体嗅到消息，用这种方式把这件事泄露出去，同时，观察社会的反应。最好不在大报上刊登，而是在通俗周刊杂志上，以闲谈的方式登载出去，这是我出的点子。但是，究竟用什么样的方式合适呢，正在考虑具体的方案的时候，田所先生就……"

"你是说田所先生主动承担了这个丢人现眼的差事？"

"这是一个非他莫属的角色……"中田难受地干咳了几声，"他的表演效果超出预期好几倍。尽管没想到他竟然会闹到那种程度……"

小野寺感到从舌根处涌起一股苦涩的唾液。原来是这样！当事情到了实在无法掩盖的时候，就利用一个在学术界狂言乱语、声名狼藉的民间学者，以耸人听闻的方式在既非一流媒体也非学术性刊物的"通俗周刊杂志"上发布"爆炸性"的言论。这样做会收到两方面的效果。一方面，人们不过把它看作一个"惯例"，是周刊杂志哗众取宠的炒作，因此，人们只是"有限地"去接收信息；同时，来自公众机关的委婉的否定以及学术权威对"古怪"学者的冷嘲热讽，大大缓解了信息的"冲击力"。虽然人们对这种"奇谈怪论"多少会感到震惊，但还是能在一定程度上心安理得地接受下来。在精心策划下，最后以"电视节目上的暴力"事件来掩饰事实真相。另一方面，当人们最初接触到被掩盖的"事实"时，自然会产生"这样的事或许会发生"的想法，这样的运作就好比打了一剂解毒疫苗，让人们获得了"免疫力"……

"这么说，是先生主动承担的了。"小野寺说，"我明白了……"

"他这个人——真是个古怪的……但却是一位了不起的人物啊。"中田坐在椅子上，喃喃地说，"当然，大概也是因为他没有家庭这个后顾之忧，对社会地位、名誉，什么都无所谓……"

"不仅仅是这些……"小野寺很肯定地说，"这一点，我还是比较了解的。当然，他这个人从来就不在意地位、名誉之类的东西。但是，我觉得有一件事比这些更让他伤心。"

"更让他伤心？"幸长从窗前转过身问，"是什么？"

“他自己毕竟是这个异常变动的发现者……”

幸长和中田非常惊讶地注视着小野寺。一时间，大家都沉默无语了。这时，传来了玻璃窗“哗啦啦”的振动声。对于这样的小地震，大家都习以为常，也不介意了。而现在，这小地震正撼动着防卫厅的大楼。

而且，这地震也正是整个日本列岛走向最后大变动之前的零碎的脚步声。

这时候，小野寺忽然想起了田所先生还在拘留所。这位了不起的人物……毕竟是酒后犯事，大概早晚要保释出来吧。但是，保释以后又怎样呢……

“他的表演总算暂时转移了社会对这个计划……这个总部存在的注意。”小野寺喃喃地说，“这个人不会重返这个计划了吧？他是不是也认为自己的使命已结束？我们再也不能同他一起工作了吧？”

“他自己关上了重返工作岗位的大门。在电视节目里动手打大学教授，这是我们始料不及的……”中田用手搓着脸颊，含糊其词地说，“可是，到现在为止，我总觉得，他在什么地方，想和我们取得联系。我想我们会联络上的。渡老人会出面处理善后的。”

“那位老人还在箱根吗？”小野寺突然皱紧眉头问，“不知那份报告送到了没有？富士火山带正从南边……”

“哎呀！我差点忘了。”中田突然很吃惊地望着小野寺，“大约一小时前，这份报纸就转到我这里了，你还没看到吧？”

中田打开抽屉，取出一张折成四叠的报纸，递给了小野寺。小野寺接过报纸，翻开一看，三行广告栏的边上，用红笔勾画了出来。大号字刊登出的《寻人广告》跳入小野寺的视野。

小野寺俊夫：

母逝世，速归。

兄

那一瞬间，小野寺并没有感觉受到多大的打击，只是觉得有些发愣，好像在脑子里的某个地方还有另外一个自己，他对发愣的那个自己感到很诧异。

“你母亲……今年高寿？”中田盯着自己放在写字台上的双手，关切地问，“已经很久没有见面了吧？”

“六十八，不，已经六十九了……”小野寺声音很低沉地回答，“父亲去世后，她很明显地衰老了……一定是心脏出了问题。”

“快回家看看。”幸长说，“你老家在关西吧？羽田机场已经通航了……”

“唉，到处都爆满，飞机票很难搞到手。”中田拿起电话，说，“自卫队的运输机每天都要从厚木飞往伊丹，你就溜上去吧……”

“听说富士一带已经发出了警报。”邦枝面色苍白地说，“据说大泽坍塌处喷出的水蒸气在加剧，宝口火山正下方也开始喷气了。除了特别人员外，山顶观测所的人员已经全部撤离了。”

“这儿不能看到火山喷发吧？”老人好奇地笑了，“如果是箱根的驹岳一带有火山喷发的话，就能看得见了。”

“我们在这儿一直准备了三辆汽车待命。这是首相的死命令。怎么样，请您早点回东京吧？万一发生了什么……”

“不要紧，我还不想死呢。”老人说，“我知道。两三天内没问题，而且，今晚那件事也应该有个结果。”

“工作有进展吗？”邦枝有点焦急地询问，“他们白天就是散步之类的，好像很悠闲……”

“你别看他们白天那个样子，那是在思考呢。”老人用锐利的目光看着邦枝，说，“他们倒是很操心那件事哩。三天来，他们连眼睛都没有闭一下。前些日子，他们好在白天能睡上一觉，可是，现在这样的工作强度，也不知道他们的身体能不能支撑得住……”

老人所说的那些人，指的是学者福原教授主持的小组。福原教授来自京都，他一直住在这幢别墅里。还有另外两人，好像是福原教授邀请来的。其中一人，脸色白净，面无表情，看不出究竟是多大年纪。他平时穿一身和服，像是一个僧侣。另一个人，上了年纪，已经满头银发。此外，还有从总部派来的三个人，他们主要是帮助做记录、传送资料，与总部进行联络，一直同小组一起工作。有时，百忙之中的首相也会突然造访，同他们谈论个通宵。那时，邦枝也在隔壁的房间陪同。邦枝利用送茶点打开隔扇门的机会，偷偷往里瞧，只看见包括老人在内的五个人喝着茶，议论着庭院的名花异草，谈论着品茗茶具，悠闲自在地闲聊着。有一次，有谁讲到他在国外所遇到的尴尬事，首相和老人都大声笑了起来。

邦枝曾多次怀疑，这些人到底在想什么？在做什么？他无论如何也想不到，这些人是在思考有关日本和日本人“未来”的大事。

老人坐在轮椅上，透过玻璃门向庭院眺望。身着酒红色结城绸衣的姑娘出现在楼廊尽头，她穿过走廊来到老人的身旁，跪下，把嘴贴在老人的耳边，轻轻说了几句什么。老人微微点头，于是，姑娘绕到老人身后，推着轮椅向楼廊走去。

“你也来一下……”老人回过头招呼邦枝。

转过走廊的拐角，能看见树木半掩着的另一幢房屋。过了回廊，再往里走，隔着一个四张半席子大小的候客室，里面有一个十叠大小的房间，旁边还有一个八叠的房间，隔扇门没有关严，留了一道缝。

虽说是严冬2月末，隔扇门和玻璃门却敞开着，放眼望去，芦湖的风光尽收眼底。屋子中间摆了一张根来漆[51]桌子，桌子上散乱摆着许多纸片。旁边是漆有泥金画的砚台盒，砚台盒的盖子斜开着，里面端放着一个青黑色、呈蜿蜒状、质地厚重的龙尾砚——是歙砚啊！邦枝瞪大眼睛，心里惊叫道。很早之前，他在墨砚展览会上曾见到过。龙尾砚的一端，墨汁已干，浮现出一颗美丽的金星来。墨块上的竹叶，用金粉点缀着，像是中国清墨，实际上却是日本墨。那支粗粗的毛笔，好像刚蘸满墨，搁在砚台盒边。

房内四周堆满了书籍、文件，还有一些散落在榻榻米上，其中，混

51 日本有名的漆器，颜色为黑色或朱红色。

杂着外文书、线装汉书。年鉴、百科词典等书很显眼，地图也不计其数地散乱堆放着。

在房里的一个角落，像是做记录工作的中年男子，疲惫不堪地耷拉着脑袋坐着。桌子旁边坐着两个人，那个身材矮小的人，穿着黑红色大岛绸和服，双手交叉在胸前，眺望着外面的景色。另一个僧侣打扮的人，穿着青灰色棉布衣衫，手指交叉至丹田，闭目打坐。两人面前的桌上有三个大信封，每个信封上都还留着新鲜的墨迹，上面写着汉字数字。

“计划大致已经……”眺望外面景色的那个人，放开交叉在胸前的胳膊，轻轻行个礼说。

“已经做好了吗？”老人在姑娘的搀扶下，从轮椅坐到了榻榻米上，也微微地回了个礼。“那么，皇室成员还是去瑞士……”

“是……”那个身材矮小的人回答说，“皇室成员中，一人去美国，一人去中国，可能的话，非洲再去一人……”

这时，那个面朝庭院的人才向邦枝这边看了一眼。他的样子惨不忍睹，给人一种酸楚的感觉，邦枝不由得鼻子一酸，咽了一口唾液。仅一周左右的光景，福原教授仿佛换了一个人。他曾经红光满面、充满童趣的面孔，如今，已是面容憔悴、两眼凹陷，土色的皮肤近似于铅色，满脸胡须，简直像一个极度瘦弱的晚期癌症患者——只有眼睛显露着残存的活力和光亮，异常地耀眼。

“恐怕近一半的人要死去……”福原教授语调很低沉，口气淡漠地说，“即使活下来的人……也会很惨的……”

“分作三份啊？”老人看着桌上的信封说，“是吗？……”

“我们没有按地域，而是按事情的严重情况来分的类……”福原教授的喉咙好像被痰堵住似的，他接着说，“第一种情况是，日本民族的一部分，在某个地方建立一个新的国家；第二种情况是，日本民族分散到世界各地，归化到所在的那个国家；最后一种情况……是世界哪个国家都拒绝接收……”

“犹太民族的事例，对我们没有多大的参考价值。”那个僧侣打扮的人仍然闭着眼睛说，“我认为，这个岛国的人民，两千年来，闭关自守过着幸福的生活，他们不会立即就沦落到犹太民族两千年颠沛流离的境遇中去。日本人向海外迁移之后，经过若干年，他们学到什么……到那时，日本人还能不能继续保持日本民族的……”

“宇津木先生呢？”老人问。

“在隔壁的房间休息呢……”福原教授回答说，“刚才还在这儿，不过……他已经筋疲力尽……”

“我们在第三个信封里，还装了一个信封，里面有我们提出的非常极端的意见。”

那个僧侣说：“说老实话，我们三人都倾向于这个意见。但是，由于这些意见与这次行动的宗旨背道而驰，因此，我们作为特殊的意见，把它放到另一个信封里。”

“这个意见，也就是——最好什么都不做。”福原教授哽咽了一下说，“顺其自然……以不变应万变……”

去你的！邦枝在喉咙里怒吼道。他由于过分激动，浑身泛起了鸡皮疙瘩。那么说，日本民族……一亿一千万人民，全部消亡也是可以的了？这帮学者到底在干什么……

“是吗……”老人把手放到膝盖上，身体倾斜，看着桌子上的信封说道，“到底还是提出了这样一个想法……”

“这也许正是——日本人同其他民族截然不同之处。我们有这个念头……”那个僧侣半睁着眼睛，好像在自言自语。

老人用犀利的目光盯着两人说：“你们三位，产生这个念头的时候，是否考虑过自己的年龄？”

“这个……”福原教授看了一下外面的景色，低声说道。

“花枝……到这边来。”老人朝坐在房间角落的姑娘示意，“请好好看看这位姑娘，才二十三岁呢，还不知道什么是男人。她水灵娇嫩，是未来的希望。这样的姑娘……或者是孩子们的未来，你们都想过了吗？”

“这……”福原教授说。

邦枝不知什么时候，放在膝盖上的手，紧紧地攥住了裤子。手掌上出的汗湿漉漉的，胳肢窝也沁出了冷汗。这些人……太可怕……

“不管怎么说，那是一个极端的想法……”僧侣还是闭着眼睛说，“但是，如果不那样极端地去设想，就很难得出全盘考虑的基本态度……”

“概括我们的基本想法就是：不向世界——日本以外的其他国家谋求什么，要求什么……”福原教授的声音低沉而沙哑，“我们的基本认识是：外面的世界——还没有发展到能让日本向他们谋求什么的程度。这个地球上的人类社会，还没有进步到能够保证一个国家的人民在自己本土以外的土地上拥有生活的权利。……而且，这种状态还将长期地、相当漫长地持续下去。失去国土的日本民族将在世界各地过着寄人篱下的生活。……然而，如果寻求不到，千万不要强求。即使要生存，也得靠自己的力量……”

“世界人权宣言……”邦枝忍耐不住，脱口而出，“……任何政府都必须保证，作为人最基本的生存权利……”

“宣言只不过是宣言罢了……”福原教授喃喃地说，“遗憾的是，人类中的个体能够向整个人类社会要求他的权利，这样的体制还没有形成。就是在一个国家里，政府和国民之间的权利、义务关系，也才刚刚建立不久……”

“即使能够幸存下来，我们的子孙……也将饱尝艰辛啊……”老人慢慢点点头，嘴里念叨着，“不管是继续传承日本血脉，还是放弃日本血脉……今后无论选择什么方式，只靠日本国内的力量来解决，那将于事无补。因为，这已是一个受外部力量牵制的问题了……如果真的要将‘日本’这个国家灭掉……将现有的日本人灭掉而使日本国消亡，那问题反而简单了。但，这毕竟是不可能的……因为，文化和语言是历史性的‘行为’……如果日本这个国家，她的民族、她的文化、她的历史、她的一切的财富都统统与日本国土一同消亡，那倒痛快……但是，日本民族还是一个年轻有朝气的民族……充满着奋发的干劲，生存‘行为’还没有终结……”

“那个……”坐在房间角落里一直默默不语的记录员，沙哑着声音说，“如果可以的话，请让先生们休息一下好吗？因为他们昼夜不停地……”

“邦枝，把那封信……”老人一边说，一边用眼神示意姑娘，“大家辛苦了。好好休息吧。”

邦枝和姑娘把老人扶上轮椅，那三人仍纹丝不动地坐在原处。

“马上去东京吗？”邦枝推着轮椅问，“那几位先生方便的话，也可以一起……车是现成的，而且，这儿也越来越不安全了。”

“花枝……”老人转过身来，果断地说，“立即叫医生来，给他们三位检查一下。”

老人决定，三辆车留下两辆，立即和邦枝带上计划去东京。做好了出发前的准备，老人坐着轮椅来到大门口，这时，寒冷的天空开始雪花纷飞。特制的奔驰600型轿车的车灯已经打开，正往里放轮椅的时候，“轰隆”一声，像放炮一样的巨响震撼着灰蒙蒙的天空。有人在别墅下面呼喊。回头望去，接近富士山顶的坡面，已腾起一缕白烟。

“宝永火口终于喷发了……”老人沉着地说，“但是，这种程度，没什么了不起……”

这时，身后传来了纷乱的脚步声，花枝姑娘神色慌张地跑近车旁。

“隐居老先生……”姑娘跑到老人的身边，双手掩面，“那个……福原先生，他……”

“怎么啦？”

邦枝大吃一惊，朝房屋那边望去。只见那个僧侣不慌不忙地从大门出来，从衣袖里掏出佛珠，合掌。

“快！”老人对正准备把轮椅装上汽车的邦枝说，“花枝，你立即通知先生的家属。龙野先生，以后的事就拜托你了。”

那位名叫龙野的僧侣，照旧合掌，缓缓地鞠了一躬。

富士山的方向，还是像炮声一样隆隆震响，火山灰夹杂着细雪发出“沙沙”的声音，飘落在奔驰车的顶上。

6

小野寺的母亲出殡那一天，大阪、神户一带发生了轻微地震。因此，有关方面宣布，山阳新干线的六甲隧道禁止通行。微震，虽然震度极小，但是，六甲山脉的坡面上出现了很多断层，由于断层的错动，与那些断层成“十”字交叉状的长长的隧道，出现了两道裂缝。

阔别已久的关西原本比大震灾后满目疮痍的东京沉稳安详。但当自卫队的运输机飞抵伊丹前，在大阪上空盘旋时，小野寺感到眼下的景致有一些异样。这些异样的缘由是他们将母亲的灵柩送达滩区火葬场之后，哥哥告诉他的。

“这次，我打算换换工作。”哥哥在回家的车上说，“在关西，很多开发计划不是中断了，就是悬而未决。看样子我也快没有事情可做了。”

“为什么？”小野寺问，“是因为东京的震灾致使关西的开发计划受到压制的缘故？”

“你还不知道呀？最近，关西一带地面下沉，闹得很厉害。”哥哥双手抱胸，一副痛苦的表情。“关西地面下沉，不是现在才开始的。这次的下沉很厉害，不像经济类事情那样言过其实。真的，有的地方，以一天两厘米的速度下沉……”

“真的？”小野寺呆滞地喃喃自语。自己虽然待在计划总部，但是，整天忙于日本海沟的调查，对整个日本的情况却是一无所知。

“是真的。一年前开始的，渐渐地越来越严重了。而且，也不仅仅是一两个地方，整个日本西部的平均潮位都在上升。说来也许有些危言耸听，我觉得整个日本西部都在下沉。由于下沉，大阪、神户海面的人工填海地带和大阪湾沿岸地带面临很大的威胁。虽然构筑了应急的防汛堤坝，但是，如果目前这种下沉速度继续加快的话，半年之内，就可能超过一天十厘米，防汛堤坝根本就防不胜防。十天就是一米啊。有学者说，不会发展到很严重的程度，在这之前，到一定的时候，地面会自动停止下沉。但是，到什么程度才能停止呢……”

小野寺咬着拳头。日本列岛西部和东部的基本构造是不同的，所以，发生变动的性质也不会相同。但是，现在日本西部也……

“到机场。”哥哥对司机说，“我们公司有架直升机，你坐飞机看看，到底是怎么一回事。”

“你……”坐在司机旁的嫂子回过头说，“今天是葬礼。你是丧主呀。”

“没关系。只是亲朋好友参加的葬礼，而且，明天早上才拾遗骨[52]呢。你先回去，收拾收拾。我们马上就回来。”

阪神高速以及名神、大阪高速都还畅通。到伊丹机场前，哥哥已经用车载电话与机场取得联系，提出了飞行计划。因此，到达机场后，只花了十五分钟就起飞了。

从空中俯瞰大阪湾沿岸，能清楚地看到大海侵蚀的痕迹。除了以前构筑的加高防洪堤和刚刚竣工的应急堤坝以外，大阪市沿海地带和阪神地区人工填海的一部分已经被海水淹没了一半。堺市临海地带的一部分也受到海水的侵袭，神户港海面，本应完工的用于关西新国际机场扩建的人工填海地，也不知是不是因为工程停工，泥土被海水冲刷，浑浊的泥流向大海的深处漂去。

大海，好像要用她那巨舌般的海浪，将人类依靠技术力量从她那里攫取来的东西重新索回。

那泛着白色泡沫、宛如白色蕾丝一样的浪尖，开始一点一点地吞噬着陆地。

有好几处大河入海口，由于满潮，海水倒灌，大面积的土地被浸泡在水中，工厂、仓库和房屋都进了水；在无法排水的废弃的地区，被淹没的建筑物饱受海水的缓慢腐蚀和坍塌的侵扰，任凭风吹日晒。大阪的大正区、西淀川和尼崎市等低洼地带也不得不废弃了。特别是西淀川一

---

52 日本的一种风俗。

带淹没的两层楼房顶，零零星星地从黑沉沉的海面上露出来，这情景，一看就像是大洪灾的痕迹。

“明白了吧。并不是我们无能为力，那实在是需要有相当大的财政投入。但是，目前，关东地方在重建家园，这儿就暂时没有什么指望了……”哥哥说，“同我打交道的公司，也因为新机场停工而一筹莫展。”

“你说要换工作，打算做什么？”小野寺一边揪心地俯瞰着下面的情景，一边问道。

“现在也不需要照顾母亲了，我决定到加拿大去工作……”哥哥略带孤寂的口吻说，“在曼尼托巴油田，有开发新城市的工作。我打算带全家去，可你嫂子不大赞成。”

“去那儿，太好了！”小野寺不由得把手放到哥哥的手上，大声地说，“那简直太好了，哥哥……你打算什么时候动身？”

“对方希望早一点去，但是，要把杂七杂八的事处理好，得需要一两个月吧。下周，我打算先去看看。”

“还是早点去的好……”小野寺用力捏着哥哥的手，说，“善后工作就算了吧。还是尽快动身去加拿大，不管嫂子怎么说……都要带上全家……”

“说起来简单，可这都四十的人了，还换工作地点啊。”哥哥刚笑出声，突然很疑惑地望着小野寺，问道，“为什么你这么热衷地劝我？”

“是呀……日本要……”话刚说到这儿，小野寺就打住了。

偶然得知骨肉兄弟能先行一步逃离灾难，小野寺极度兴奋，竟然差一点说漏了嘴。对“那件事”，即使是血肉相连的兄弟姐妹，也要缄默不言啊。

小野寺下意识地把眼光移开，去俯瞰下面的景色。他在心中喃喃念叨着，逃命吧！哥哥。他现在的心情，是想大声喊叫，在哥哥的背上猛击一拳。逃走吧。越快越好……带上家人……哪怕是一无所有……日本即将沉没……不仅是沉没，在沉没前后，还将发生难以想象的混乱……到那时，能不能获救，只有听天由命。然而，现在是绝好时机……

当小野寺发现自己内心还潜藏着以前从未思索过的“骨肉之情”的时候，多少有些震动。小野寺从上大学到工作就生活在东京，直到今天，他一直是一个人生活，说到“亲情”，也只限于朋友这个程度。然而，朋友也会随着时间的推移而变化的。大学时代的好友、公司共事的伙伴，虽然有不同时期的“亲朋好友”，但是，随着生活环境的变化，不知什么时候同朋友的交往也变得疏远了。二十多岁的时候是以新的“社会”视野不断谋求变化的时期，何况那个时期的人都不容置疑地投入到了时代巨大的潮流中，随潮流前行。说起来，那是完全没有“自我”这个概念的生活。父亲去世的时候，虽然与家人和亲戚见了面，但是，那个时候由于母亲身体非常硬朗，自己也没有那么悲伤，拾遗骨后，很快就回了东京；七十五天后，哥哥寄来了十万日元，说是遗产，小野寺说自己有工作，于是，便把钱重新寄还给了母亲。那以后，所有的日子全都投身在冰冷昏暗的海底、空中飞行、同机械的抗争等没完没了的工作中。他所面对的是巨大的——三十七万平方公里的干涸的岩石群；是满盈盈一望无际的大海；是潜伏在大地底部难以驾驭的大火蛇，以及操纵火蛇，想要捏碎这个巨大岛屿的“巨人”之手。在这样的工作中，不要说亲情和友情，连自己身边的事情都无暇考虑——那些情分就好像从他的“人生”中消失了一样。

但是，现在，同哥哥议论“那件事”时，一种意想不到的强烈的“骨肉之情”油然而生，他在心底倏地领悟到了生存下去的真正含义。俗话说，兄弟终归要分离的，分离之时，也意味着兄弟之间“友情”的开始。在他们兄弟中间，原有一个姐姐，但很早就死了。记忆深处，年长十岁的哥哥欺负他、打架之类的事渐渐淡忘了，留下更多的还是哥哥在各方面关照、庇护、宠爱他的那些记忆——蹒跚走路的时候，掉进沟里将他救出的记忆；去乡下庙会，回来时在哥哥背上睡着的记忆……那时哥哥的木屐带被磨断，是赤着脚把他背回来的。……哥哥帮他捉独角仙的记忆；钓鱼、游泳、做模型、体育运动、哥哥什么都教他的记忆；小学的时候，怀着敬畏之心端详着上大学的哥哥读的外文书和难懂的小说的记忆……这一切的一切好像忽然之间全都复活了，一一涌上心头。

面对兄长——面对在心中永世难忘的、幼时给予自己切肤之爱和温馨记忆的哥哥，却不能告诉他“那件事”，这种欲言又止变成了一种焦虑烦闷，一股脑儿涌上他的喉咙。

就一句——哪怕告诉他一句话也好呀——逃命吧！哥哥……日本……已经无望了……这些话像火球一样让喉咙生出针扎似的剧痛。小野寺一边从直升机的挡风玻璃向外看，一边干咳了好几声。但是，现在，就在这儿，假如他附耳私语一句的话……

哥哥一定会受到强烈的冲击，不顾一切地开始准备，嫂子也会强硬要求解释这一切吧。假如在焦躁不安之中，将这件事作为“夫妻间的秘密”透露给嫂子一句的话……再假如，在离开日本之前的告别酒会上，向哥哥的亲友、哥哥工作上无话不谈的伙伴透露一句的话……再假如，出于哥哥的秉性，他有带上身边多年的部下一同离开的念头的话……那“秘密”将立刻一传十、十传百，无限地扩散开来……嗨，难道这样不好吗？小野寺一边咬着拳头，一边想着。就这样，哪怕是多一个人，让他们自发地逃离，就意味着多救助了一条人命。为什么就不能这样做呢——这样做不是更好吗？

刹那间，小野寺想起了不能说的唯一理由，因为那是“组织秘密”，如果泄露出去，必将打乱秘密进行着的更大的计划。然而……是彻底依靠国家这个“组织”，还是民众小道消息最终像大雪崩似的来个总爆发，哪种途径更好，小野寺也无法做出判断。

总之，既然都属于“D 计划总部”的人，那就得服从组织，保守秘密吧。小野寺一边用牙齿咬住拳头——拳头被咬得要渗出血来了，一边想着。他的内心有一种真正的男子汉的自豪感，与此同时，又有一种用冠冕堂皇的“组织原则”来回避棘手的人情事故的内疚感。小野寺突然觉得自己是不是成了官僚主义者？但是，他很快又打消了这个念头。优秀的资深官僚对这种事不会这样忧心忡忡的吧。然而，像自己这样为情所动，在是否泄露秘密间摇摆不定的情形，这种情形都应该会显现在与“D 计划”相关——或者是部分相关的上千名知情者的身上。一想到这儿，小野寺就感到喉咙发干。中田说的“秘密快要保不住了”，那是再自然不过了。或许已经有好多人为亲情所动——不，是出于一种义不容辞的责任——坦率地把真相告诉了家人，正在做逃离的准备。

总之，自己守口如瓶也只不过是人格上的“审美态度”吧。当小野寺意识到这一点时，不禁吓了一跳。自己年纪轻轻，为什么竟有那样陈腐的观念？这到底是从谁那儿学来的美德，而且那样根深蒂固？他很诧异，但又不能马上弄明白。也许，其他比自己更具修养的同事，说不定还认为利用“秘密”是理所当然的事呢。我不知道那样做是否正确，但我不愿意对任何人泄露这个秘密。而且，对于自己的亲哥哥更应如此。“大义灭亲”这种有些陈词滥调且又冠冕堂皇的词语，在平常自己的潜意识里压根儿就没想过。尽管如此，在这个关键时候，仅仅出于不愿意这个不成其为理由的理由，而去做类似于大义灭亲之事，小野寺对这样的自己感到毛骨悚然。

直升机避开正常的航班，从机场的东北方降落。他避开哥哥的视线，俯视下面的景色：密密麻麻的红、蓝、灰色屋檐的民居；戴着小黄帽、穿着鼓鼓囊囊的低年级儿童放学的队伍，以及陪伴引导儿童过人行道的母亲模样的女性。还有，晴朗的午后，朝南的民居窗户上，晒的被褥和洗的衣物泛着白光；穿着烹饪罩衫，头裹着头巾，像是采买东西的一群主妇；指着下降的直升机，对怀里的婴儿说着什么的年轻的母亲……这些似乎轻易就会被揉碎的画面，瞬息之间从眼前掠过。看着那些情景，小野寺感到很悲哀，心里堵得慌。他想，也许对自己来讲，还不知道“家人”和“家庭生活”的分量。而哥哥的家人——嫂子和两个孩子，他们对于哥哥的生活所具有的意义，在他的心中变得越发的深厚了。开始发胖、疲于跳健美操、争强好胜的嫂子……上中学一年级的大儿子，以及在哥哥的眼里——拿在手里怕摔了，含在嘴里怕化了的掌上明珠——小学四年级的女儿……女儿在县内的比赛中，弹奏车尔尼钢琴曲目得了二等奖，哥哥提出把立式钢琴换成三角钢琴，一反常态地同嫂子发生争吵等等，这样的“亲人”和“家庭”给哥哥带来的是满满的幸福。

然而，这样的“家”——由妻子、孩子及老人构成的两千万户以上的“家庭”以及他们的“生活”，就依附在这个濒临灭亡的危险岛上……小野寺想在飞机着陆前再看最后一眼下面的景致，他踮起脚尖、伸长脖子环顾四周。鳞次栉比的民居、住宅区、简易公寓、小高楼掩映在绿色的小山丘和森林里，望不到头。它的一端一直延伸到笼罩在茶色烟雾下的大阪市区。在这一个个有些陈旧的笼子般的小房子里，人们抱着微弱的希望，在快乐和不安的交织中知足地生活着；一个一个的房屋里，深深地烙上了厚重而晦涩的家庭历史。在日复一日平凡的生活中，尽管人们完全没有意识到，那些微不足道的磕磕绊绊——诸如夫妻不和、收入减少、孩子生病、亲人离去的生活中所平添出的厚重的亲情，这亲情的纽带将……

我们一定要拯救活着的人们，延续他们的生活，一定要转移两千万户家庭——这样一项工作能不能顺利进行？真的能让民众丢下好不容易付清一半按揭的房屋，留下为女儿咬牙买下的钢琴……大举迁移到陌生的“异国他乡”，去面对前途未卜的生活吗？

“怎么啦？降落了。”坐在旁边的哥哥解开安全带，拍拍肩膀说，“时间还早，吃点东西吧。河豚生鱼片怎样？”

“可以开戒了吗？”小野寺心不在焉地问。

“出殡完了就可以吧。我昨天一整天和今天中午都吃的斋饭……”哥哥轻快地从飞机上走下来，接着又说，“对我老婆要保密哈。她最近突然变得爱唠叨了，上年纪了吧。”

两人来到北新地的一家饭馆，据说这里的河豚做得好，特别是能喝上好酒。兄弟俩好久都没有这样痛快地喝了，但都没有喝醉。两人喝完来到街面时，新地大道已经是灯火通明，在光怪陆离的灯火中，车流和醉客乱成一团，拥挤不堪。关西也由于承担向大震后的关东送电的任务，以及海岸地带的下沉致使一部分发电厂停工，造成电力不足，因此，一些酒吧自行关闭了霓虹灯，但即便如此，在透着灯光的酒吧门口，迎送客人的女招待们娇滴滴的声音，依然与往常一样喧闹嘈杂。

哥哥说吃完后去酒吧，今晚就住下吧。小野寺告诉他，自己无论如何一定要乘坐明早的航班回东京，所以就在饭店前告辞。酒店订在机场大楼内，飞往东京的早班飞机也订好了。

“明天，给母亲拾遗骨就拜托了！”他对哥哥说，“真是于心不安，亲戚朋友又要说什么吧。”

“没关系。都交给我好了。”哥哥结完账站起来说，“那么，暂时不能回家了？”

“啊……”小野寺想到明早就要开始的那个没完没了的神秘工作，含含糊糊地答道，“是这么打算的，过几天再告诉你情况。”

哥哥在小房间的门口停住了，从胸口的衣袋里掏出一个细长的纸包放在他的眼前。

“那么，这个就交给你了。”哥哥说，“是母亲的遗物。”

接到遗物，他没有放进口袋，只是拿在手上呆呆地站立了一会儿。一种不可名状的情感油然而生，他有些语无伦次，说出的话和他想要说的完全不同。

“最好还是去加拿大，哥哥。”他又说了一次，声音里带有一种奇妙的、充满挚爱的情感，“那绝对是最好的选择啊……”

“真是怪怪的家伙呀！”哥哥开怀大笑，转过身来往外走，扔回一句话，“别替他人操心了，你自己的事打算怎么办？也该成家了吧。三十好几还单身一人，变得邋邋遢遢的。”

两个人在饭店门口道别，哥哥沿着新地大道向南面的御堂筋方向走去，他则朝相反方向的樱之桥走去。远处一幢大楼新近安装的大屏幕滚动地打出了“富士宝永火口喷火”的字样。

2 月末，冰冷的寒气笼罩着街道，细雪纷纷扬扬，晚上八点钟的新地大街热闹繁华，与两三年前没有什么区别。临近决算月[53]，大道上充斥着参加宴会的私家车和公务用车，有喝醉了大声唱着军歌、步履蹒跚的一帮男人；有穿着袒肩晚礼服、哆嗦不已的年轻女招待——她们被一名恶作剧醉客弄得发出一连串惊叫声。有鼓鼓囊囊地穿着上等大衣、蹒跚行走的绅士；有卷起和服的袖子、在寒风中瑟瑟发抖、踩着碎步疾行而

53 日本以 4 月为新的财政年度，所以 3 月为决算月。

去的女招待；有头上裹着围巾的卖花姑娘；有弹着吉他、拉着手风琴的流行歌手。在这里，寿司店，还有专门为女招待开的烤章鱼店——已摆出了摊子；这条街上仅有的一家大众口味的中国餐馆，锅里挑面的热气儿从门帘缝隙处冒出，向着路面飘去。

漫步大街，迎着扑面而来的凛冽寒风，小野寺恍恍惚惚地意识到：是啊，奈良二月堂的取水仪式马上就要开始了。这种意识的突然出现，令他不寒而栗。

这里的生活——迎来严寒，送走立春，等待不久将至的春天的生活……在日复一日的生活中，人们都在心里描绘着各自的“明天”。严冬之后，春天来，樱花开，孩子们长大，新学年开学，工薪阶层们有一天会成为科长，女招待们会找到资助者为自己购买一家店铺，或者寻到理想的对象幸福地结婚。在一路蹒跚走来又匆匆而去的缓慢且真实的岁月足迹中，人们装点着朴实的希望，享受着季节的乐趣，感受着人生的悲欢，他们在描绘各自的人生。小野寺一想到这些，就感到一种令人窒息的痛苦，就像在直升机上所感受到的一样。此前，他一直被一堵透明的墙搁在了“生活”之外，这种“生活”是自己期盼且愿意投身其中的生活，而这堵墙就是“死亡的屏风”。从墙的这面望过去，那粉饰太平的温暖景象的背后却分明藏着死亡和毁灭的杀机。沐浴着灯光的街道上，有无数成双成对的脚步在无忧无虑地移动着，这一对一对的脚步丈量下去的就是无数的“人生”。每当想到这儿，小野寺便感到身体中有一股热流在涌动。

大家快逃吧！小野寺想大声地呼喊。

春天很快就要来临。但是，夏天不知道会怎样，秋天更没有定数，明年，或许会从你们脚下踩着的大地上消失。你们坚信只要迈着轻盈的步伐继续往前走，就会真真切切地感受到的那个“明天”……已不再是你们所描绘幻想的那样。你们做梦都想不到的巨大变化，将把你们如坚信大地恒久一样深信不疑的“明天”彻底摧毁。未来将会怎样？眼下，谁也不知道。同胞们，快抛开所有的顾忌，马上从这块灾难深重的土地上逃走吧！

刚才喝得再多也没有一点醉意的他，这会儿酒醉的感觉突然袭来。他忽然陷入一种恐惧之中，担心自己会不会真的站在纷乱的人群中大声呼唤，担心醉醺醺没有自制力的自己会向行人乱叫乱喊，最后干脆朝着周围的人们，不管是谁，摇着别人的肩膀，揪住别人的胸襟，拼命地大声喊：快逃吧！……

醉酒释放出来的冲动和冲动驱使下干傻事的恐怖感交织在一起，小野寺不由自主地边走边抱着头。步履蹒跚，东倒西歪，快要撞上人了，他避开了，又来一个人，快要正面相撞了，总算又躲了过去，但是，那人手上滑落下来一个像手袋之类的东西，落下的时候，手袋上的搭扣开了，里边七零八碎的小东西散落了一地。

“这……”脸部有些浮肿的小野寺摇晃着昏沉沉的头说，“实在对不起。”

他想弯腰去拾起散落在地上的口红、粉盒、手绢，但有些站不稳，身子摇摇晃晃打了个踉跄——终于站稳住，又险些朝后面倒去，最后只有蹲在地上。

“小野寺先生……”头顶上飘过来一个声音。

“哎？”

他的头无力地向前耷着，眼前是一双黑色漆皮的女鞋，再往上是黑天鹅绒喇叭裤，慢慢抬头望去——一只温柔的手已经放在了他的肩上。

“找了你好久啦，小野寺先生……”那人忽然深情地说道，“我，有话要对你说……”

在脑袋快要爆炸似的浓浓醉意之中，小野寺终于仰起了头，勉强地睁开了有点浮肿的眼睛——头上系着发带，皮肤微黑、略显沉稳的面孔向他微笑着。

是阿部玲子。

7

D 计划总部共占了防卫厅三个楼层中的十一个房间，而且都是靠里比较僻静的。在最大的一间里，刚安装了比“吉野号”搭载的装置大了一圈的 3D 显示装置。安装之前，中田到底还是把睡袋搬进了办公室，晚上也守在显示器前。

这个 3D 显示装置相当于为启动 D 计划而设置的天线，它能够利用发光点和偏振光装置，把日本列岛的地下构造和正不断对其产生作用的各种能量的情况反映到大屏幕上。大约五年前，一家光学电子厂家就研制出了这种产品，由于它与计算机的连接比较复杂，而且在模拟功能上存在着精密度不足的问题，加之价格又贵，当时市场对它几乎没有什么需求。

中田早在 D 计划启动之初，就坚持让厂家生产这种仪器，并按他的意图，对其与计算机的连接方式进行彻底改良后，把试制品 1 号装在了“吉野号”上。现在安装在总部中枢部的，是已经定型的 2 号机。

分散设置在日本列岛周围海底的无数个自动监视器，将获得有关振动、地热、倾斜磁重力的变化等数据，并通过地面台站的中转，不断地传送到这里。为了能够在海面上获取超低频和超声波定向传输的信号，二十多艘大小不同的高速舰艇和十架 PSI 飞机，正繁忙地工作着。同时，由十三架反潜机和十架 HSS-2 型直升机从空中检测出的地球磁力变化数据，两架 PSI 机从空中检测出的重力异常的宏观模式，也将被传送到这里。另外，根据地震预测计划而设置在日本各地陆上的无人监视器的数据，则将由气象厅传送过来。

要解析传送过来的数据并编入三维模型，再将其转换为能输入 3D 显示装置的信号，防卫厅内的计算机已经有些无法胜任了。于是，日本电信电话公司的电讯通信研究所，也被要求加入其中。为信息共享系统

DIPS-3 研制的带全息图存储器的大容量计算机，目前虽然还处于试验阶段，但它们同样被可供 60 兆赫超多重线路使用的同轴电缆连接起来，使之与防卫厅的 IBM300 能够并用。这项电缆连接工程，以令人吃惊的速度在短期内被突击完成。

技术研究总部不断壮大。地处横须贺的第五研究所，被全面编入 D 计划。护航舰中除了“高月号”外，“山云号”、“春风号”，以及自卫舰中排水量达四千七百吨的最大的新型舰艇“春菜号”，也被调集进来。一个月以内，破冰船“富士号”将在北方海域加入计划；半年前在神户竣工后，刚刚结束试航和训练的潜水艇“海流号”，也将加入这个项目。此外，海上自卫队现有力量的三分之一，都被划归到 D 计划总部下面听候调遣。

从线路施工完成三分之一左右时开始，随着显示装置逐渐启动、监视器数量增加和线路的不断连接，以及观测数据的累积，每时每刻进来的信息总量及其累积都呈几何级数在增加，在日本列岛的地下正在发生的现象也开始逐渐清晰。随着这种变化，中田整日感到浑身发冷，心里充满了难以名状的疏离现实的恍惚感。

“来自日本海一侧的横向压力，正在迅速增加……”

看着 3D 显示装置的大屏幕里所呈现出来的日本列岛的三维图像，以及环绕在其周围的各种颜色的光点和曲线，中田嘀咕道。

“这可真没想到啊……”

“大和礁的地热流量和隆升，在这一个星期，增加到了过去的三倍。”从气象厅来的年轻人小声说道，“或许会发生火山喷发吧。”

“能登半岛积存了大量的能量……”地震研究所的真下副教授，正一边用偏光示波器观测显示装置器的内部一边说，“以羽咋至七尾区间为界，其北部正向东移动。最近也许会发生地震吧。”

“沿着糸鱼川—静冈结构线所积存的能量，怎么样了？”从国土地理院来的职员手指着大屏幕，声音有些沙哑地询问道，“按计算值的话，它早已超过了地壳的弹性限度，但却几乎没有什么能量释放，而是在超过理论限度的情况下不断积蓄。就目前来看，沿中央大地沟带，只不过在松本每天出现了轻微地震，在大町、高田一带产生了一些土地隆升的现象而已。”

“中田，你怎么看？”真下问道，“这样看来，似乎只能理解为：在日本列岛的下面，正在发生迄今为止我们全然不知的某种情况。好像地幔中往下降落的熔岩流，一部分正穿过日本列岛的下面，而开始向日本海一侧释放能量……”

“也不能说是我们完全不知道的类型。”中田用粉笔粗略地在黑板上画出了图样，“发展到这个阶段的模式，应该是我们经常都遇到的。”

“是锢囚锋[54]吗？”气象厅来的人小声地叫了出来，“地下七百公里的地方，怎么会发生这样的事……”

中田说：“也许在比七百公里更浅的地方，出现了横向的洞穴吧。今天晚上，搞一个正式的模拟吧。”

显示装置的房间里，加上幸长总共有五个人。由于要利用防卫厅的电脑空出的夜间做复杂的计算，所以总免不了要连续熬通宵。虽然隔壁就有临时休息室，但两三天前，幸长还是把睡袋搬进了这里。

当天也是从傍晚开始做准备，开始模拟的时间大约是深夜两点多。显示装置的房间里，有七台 CRT 显示器终端，每人分别负责两台。幸长除了操作一台终端外，还负责操作摄像机。这台摄像机的任务，是从三维坐标的各个正面方向和斜面方向，对中央的 3D 装置进行拍摄。中田站到了显示装置的巨大屏幕前面。

开始工作还不到两分钟，中田就惊叫起来：“停！大家过来一下。”

幸长敲打了一下主控板的一个键，让模拟在此停住，然后跑到显示装置跟前。另外三个人也从各自的岗位凑了过来。望着像细长大水槽一样的大屏幕，幸长不禁目瞪口呆。

由发出蓝色磷光的曲线绘出的日本列岛图案，在 3D 板上从中央部

---

54 气象现象，指冷锋蔓延到暖锋的后面，并追上冷锋而将暖气团与地面隔离推往上空的状态。

完全裂为倾斜的两部分。能量分布的显示光屏，由橙色过渡到红色，环绕着倾斜的日本列岛，在忽明忽暗地闪烁着。

幸长颤抖着声音说：“这么说，日本已经开始沉没了吗？”

“完全是在沉没……”中田用生硬的声音嘟哝道，“而且，在沉没之前就断裂了……”

“会不会太早了点儿？”真下副教授脸色苍白地抬头看了看挂钟，“是不是时间标尺出错了呢？”

“不会的。”从气象厅来的小伙子，说着回头看了看自己负责的终端，“时间标尺和通常一样，为三点六乘以一百零五倍 ……即三万六千倍。一秒钟大约相当于一百个小时。”

“把达到这个状态前的时间读出来。”

“一百一十二点三秒……”小伙子说，“换算成实际时间的话，是一万一千二百三十小时。”

“一万一千二百多个小时……”幸长小声地重复道，“也就是说……”

“一年零三个月多一点……”中田用力地敲了一下显示装置，“我们从最开始，再来仔细检验一遍。这次把时间标尺，降到它的四分之一。即零点九乘以一百零五倍 ，一秒为二十五个小时。”

大家立即跑回各自的岗位，大屏幕中的图像消失，返回到了最初的状态。各种仪表的数字均归零，一切又重新开始。

电子钟的指针又开始转动，秒针的声音在安静的室内冰冷地回响。四处立刻响起了敲击终端键的声音，以及电子打印机开始启动的声音。立体光图像的变化比刚才慢了许多，宛如慢镜头一般分散于各处……红色、橙色、黄色的光点，像鬼火一样忽明忽灭地慢慢移动。在光点之间，类似极光的彩虹光幕，缓慢模糊地出现了。它一边飘动起伏着，一边缠住细长的弓形光图像而逼近过来。那情状，俨然一条发出美丽而不祥光芒的海底毒鱼，正向蓝色光线绘出的日本列岛袭来……

图像的变化，最初似乎并不明显，而光点的间隔，却渐渐缩小后形成了虚线，黄色和橙色的光点减少，红色的光点逐渐增加，伴随着光屏的变化，其光的亮度也逐渐增强。

“停！”中田又喊道。

“就是从这里开始的。时间是多少？”

“二百零二秒……”

“幸长，接下来的部分，除了摄像外，请用同样的像素把照片也拍下来，每隔两秒钟一次……再把时间速度降到一半。零点四五乘以一百零五倍……”

“这样行吗？不用再降到四分之一吗？”对方回应道。

“就是再降，恐怕细节也不会更清楚了。设定好之后，大家都过来看看。开始。”

开关被打开，电子钟又开始转动，这次大家提心吊胆地慢慢集中到了显示装置的周围。

光点闪烁的间隔变得更加缓慢，光屏的摇晃也变得梦幻般的舒缓。六台照相机每间隔两秒钟按下快门的声音，“咔嚓咔嚓”地响个不停。红色光点的亮度更加强烈并互相靠近，在日本海和伊豆、小笠原群岛的两侧像彩珠一样地排列着。在靠近太平洋一侧，沿着日本海的海沟，朦胧地出现了上部为绿色、下部闪烁着浓烈红色的光点团，而且亮度正一点点地在增强。

“那是什么？”地理院的人小声问道，“刚才没有注意到呢……”

“质量损失将负重力异常，进行积分化之后，通过屏幕的光而反映出来了。”幸长说。

“快看，就是现在。”中田低声地叫道。

“瞧，快看日本列岛的地下。”

在地下二百公里处，位于绿色光点团下部的红色光，突然穿过日本列岛的地下，忽地一下变成了浅红色的条纹并开始向侧面流动。粉红色条纹在往日本海一侧过渡时，粉色的光亮不断增强并在那里形成了模糊的光斑。

“那横条纹，到底是怎么回事？”真下副教授嘀咕道，“究竟为什么？能量在地下二百公里的地方，就那么早地向日本海一侧移动？”

“不知道到底为什么。”中田摇了摇头说，“在地下深层发生的事，弄不明白。不过，好像是电脑从监视器传来的数据里，发现了我们不知道的模式，制作出了合理的模型。”

真下副教授焦躁地说：“可是，为什么在地下会积存那么多的能量呢？从理论上看，这是不可能的，它已经超越了地壳可以承受的限度。”

“开始了……”气象厅的人用冷峻的口吻说，“日本列岛……裂开了……”

耀眼的红色光线，从位于日本列岛中央部位的富山湾的东边一带，突然蹿向了南方和北方。与此同时，日本列岛的许多地方出现无数细细的红线，列岛的整个形状都歪斜扭曲了。变化并没有就此停止，屏幕上太平洋一侧的光点群在以波动的形式向东边扩散的同时，其下方也不断下沉。穿过下方的斑纹活动越发激烈，日本海一侧的粉红色光点群越变越大，并开始像生物一样摆动起来。

通过蓝色光条而显示出来的日本列岛，东边一半向东，西边一半向南，它们慢慢地、一点点地脱离主体并开始微微倾斜。

秒针的嘀嗒声和类似咳嗽的快门轻轻的声音持续着。大屏幕里，蓝色日本列岛微微倾斜着身体，喘息着不断滑过大屏幕而往下沉去，不一会儿就停住不动了。

日本海一侧的粉红色光和太平洋的绿色光都已经变弱，曾经密密麻麻地排列着的红色光点的数量也大大地减少。所剩的光点由红色变为橙色和黄色，光也渐渐变得微弱，缓缓地在那里忽明忽暗。

“时间怎么样？”

“从再启动到现在一共六十二秒……”有人接话说道，“换算为天数的话，是三十二天多。”

“如此大的变动，就发生在一个月之间……”真下副教授的声音中饱含着叹息。

幸长问道：“列岛部分的移动距离是多少？”

“水平移动最大为三十五公里，垂直移动为负二公里。东部日本对着海平面，沿着俯角大约为十三度的面，向东南移动。西部日本沿着俯角六度的面向南偏移，九州则整体性地按逆时针方向转动，南部却朝东滑移。”

“垂直移动两公里……”来自地理院的男子自言自语道，“那么，高山部分应该可以保留下来……”

“就算保留下来，你觉得还能住人吗？”中田说，“肯定会山岳崩塌、火山大喷发的。而且，这一切并不是最终结果，下沉还将会持续……”

“没错。”气象厅的人看着录像上的数字说，“在地壳大变化结束后，下沉和水平移动仍会按一天几厘米的速度持续。”

真下副教授指着大屏幕里的图像，提高嗓门说：“不过，这个模型是否真的准确呢？照我看，有点难以置信。从太平洋沿岸向日本海沿岸，穿过日本地下的能量移动究竟是什么？通过了地下好几百公里坚硬的岩石区域后，我不认为，如此大规模的能量移动还能那么快。况且……我前面也陈述过几次同样的意见，超过地壳的弹性限度而积存那样大量的能量，其可能性也不大……”

“等等……”中田说，“客观地说，模型本身也许不够完善。地面一百公里以下的事，详尽的情况谁都弄不明白……不过，那样的能量移动，并不是不可能的。你知道隧道效应吗？”

真下副教授有些激动地说：“中田君，我承认你很有天分，可是，这么想当然地把各种模型照搬到这里来，恐怕也不太合适！隧道效应，不就是原子核的模型吗？能把素粒子级的共鸣吸收模式，用到如此宏观的地壳现象上吗？”

中田用手扶着大屏幕的平台，摇了摇头说：“等一下，我也没说要生搬硬套这个模式。不过，我要说的是，在岩石区域，这种高密度固体上的能量移动，不应该仅仅考虑它是热传导和弹性振动。即便是高密度固体，也有可能出现类似隧道效应那样有意思的模型。”

“什么样的模型？”

“固体液体二相在临界状态时，发生的能量移动。”

“你是说冰吗？”

中田说：“是冰河。据说在冰河的巨大板块内部，到处都会产生接近零度的水孔。由于压力的一点点偏差，板块里就会形成由固相转化为液相的管状部分，水便通过这个管状水孔而流动。当然，因为水中含有冰块酱，经过这样小小的状态变化后，它们马上就会回到冰的状态而堵住管状水孔。尽管如此，实际上在冰河板块里，似乎产生了相当长的管状水孔，并存在较快速度的水流……"

"你是说，那样的情况……正在日本列岛的下面发生吗？"真下教授显得很吃惊，"证据呢？"

"怎么可能有证据！……毕竟是模型嘛。"中田抱着胳膊说，"不过，你想想看，地下的岩浆为什么能凿出隧道状的孔穴而喷发出来呢？一般认为富士山上的风穴，是未熔化而残留的熔岩，后来流出之后留下的痕迹。那么，液相熔岩为什么能够那么厉害地凿出隧道呢？"

真下副教授一阵沉默。

幸长屏息静气地听着两人的对话。

"有道理……"过了一阵后，真下这么嘀咕了一句，"有可能存在这样的模型。在高温高压的岩石区域中，形成液相的隧道，热能则随着液体的流动而高速移动……就算是这样吧。可是，向日本海沿岸移动而积存在那里的能量，是怎么回事呢……"

"其实，那与有名的壶井唯男博士的地震体积模式并不矛盾……"中田平静地说，"按壶井的模式，地壳内积存能量的范围是既定的，地壳不会无限地积存大量的能量。从地壳的弹性率和迄今为止所发生的地震的最大能量来考虑，大约半径为一百五十公里的球体，便是一个单位的'地震体积'。按照这种学说来理解，也是没有问题的。即使每一单位地震体积所能积蓄的能量是有限度的，但在多个地震体积块中，极限点以下的能量分散地被积蓄，其总量远远超过每单位体积所能积蓄的能量，也并非异常。是这样吧？况且，如果在此情况下，地幔也和能量积蓄有关的话……"

"又是地幔地震吗？"真下副教授用略带揶揄的口气说道。

"我没这么说……"中田用下巴示意了一下大屏幕说道，"不过，以高速热流的形式向日本海沿岸移动，恐怕会以地幔为缓冲物，而向地壳内以及更广范围内积蓄能量，其大部分将成为把日本列岛往东南方推动的力量，而被释放。”

“那地震呢？”

“当然会发生。一单位地震体积内所积蓄的能量，就像多米诺骨牌一样，一个接一个地被触发。然后，又以极快的速度再积蓄另外的新能量。……其释放的能量总和，会相当惊人。”

“总而言之，作祟的还是这个能量通道啦……”幸长叹了口气，离开显示装置走到黑板前拿起了粉笔。“说到底，就是这么回事。在太平洋沿岸，从地震发生源垂直分布可推测的地幔流下降分支。在下降开始的层面，在超过了二十三度、一百公里的地带，它将突然加大角度，以大约六十度的倾斜角度钻入大陆。可是，假如它在倾斜的中途又通过日本列岛底部，并向日本海一侧急速释放能量的话……”

幸长在图上画了一个大大的箭头。

“地幔下陷部的褶皱部分的温度压力，急速下降收缩，凹凸不平的褶皱突然变得平滑，且倾斜也会有所缓和。它凹陷下去多少，日本列岛便会被拖入海底多少。以前我始终没弄明白，在日本海的海沟东侧为什么不会发生海底隆升，从这个模型来思考，就能明白了……”

“也就是说，日本将被微微旋转着拖进海中……”中田又往图上添加线条，同时这样说道，“而且……沿着这个能量通道，恐怕还会产生从日本海一侧，到日本列岛深部倾斜着的逐渐加深的破碎带。或者，形成以液相岩浆为润滑剂的滑面，致使日本列岛将向海沟滑下去……而且，是在被积蓄在日本海一侧的能量，向侧面挤压的情况下……”

“这种说法，似乎也太无破绽了……”真下怀疑地摇了摇头，“要是那样的话，在太平洋一侧呈正数和在日本海一侧呈负数的潜在能量，通过日本列岛斜下方的移动，基本上可以互相抵消。由此，发生爆炸性地壳大破坏的可能性，也就会消失。就是说，也许在日本的地面上，会发生相当程度的地震，但日本列岛却如土壤鼓起一样，只是斜着往下滑落，而不会发生给周边造成重大灾害的爆炸性能量释放。你不觉得这样的解释，过于完美合理了吗？”

中田说："倒不如说，自然本来就是欲趋于平稳地活动的。即便如此，日本列岛裂开的时候，所释放出的能量总量将会相当惊人。地面上的建筑物，大概没有什么能留存下来。"

"不管是哪种情况，日本列岛终究会沉没……"幸长哑着嗓子说，"那么，是什么时候？大变化什么时候开始？"

"从现在的模型来看，是从三百零二秒开始的……"气象厅来的人颤抖着声音回答，"换算成实际天数的话——到沉没开始为止，还剩下将近三百一十三天……"

"还剩下不到一年了……"地理院的人呻吟般地说道，"十个月……多一点……"

大家像被冰冻僵了一样，呆立在显示装置的周围。

只剩下短短的十个月……

幸长感到自己体内的血液都在往足下倒流，不禁一阵恶心，似乎地板也正在不断地被融化。再有十个月，就要开始了。如果这一切是真的……十个月又究竟能干什么呢？

中田仰头望着黑板，抱着胳膊像木头杆子一样呆立在那里。过了一会儿，他猛下决心似的突然拿起了电话。

幸长问："你要叫醒长官吗？"

"是叫首相……"中田生硬地这样说着，同时按着电话键。

"你真是的……"真下副教授胆怯地小声叫了出来，"你把顺序弄反了。首先，你不再研究一下这个模型，就……"

"已经顾不上再讲什么顺序，以及进行模型的推敲啦。如今只有考虑最坏的结果了。"中田不为所动，专心听着话筒里的呼叫声。

"这个时候，会给你转电话吗？"幸长嘟哝道。

中田呆望着空中说："我有首相床边热线电话的号码……"

幸长有些尴尬，悄悄地离开大家，去了唯一的窗户边。

在厚厚的挡光窗帘外面，死寂的夜空，一部分已经露出了灰白。

清晨七点如此早的时间，各大报社、通讯社的社长和社论主笔、东京都内电视台的社长及节目编辑局长，纷纷集中到了位于永田町的喜来登饭店。这里没有摆放公司的旗帜，完全像是参加早餐会一样的随意气氛，大家在大厅里碰了面，似乎也不怎么打招呼。

在饭店靠里边的贵宾厅，年轻的秘书们和内阁的官房次长，把社长们迎接进去。东京大地震时，这里曾受到很严重的损害，但现在几乎已经全部修复了。

一位秘书说："首相和官房长官马上就到。内阁会议稍微延长了些，不过我想那边马上就会结束了……"

"内阁会议？"一位社长皱起了眉头，"在这样一大早召开？"

"是啊……"秘书回头瞧了一眼次官后回答道，"今天早上五点钟，大家就被召集起来了……"

围在桌子边的人不由得面面相觑。

"中田先生……"一位社论主笔向次官招呼着，"事态相当紧迫了吗？"

"的确……"平常既能干又开朗的次官，表情阴郁地说，"让我们也感到有些措手不及……"

"最后再问一遍……"首相环视了一下集结在官邸的阁僚们之后说，"公开发表，定在这两个星期之内，根据形势需要也可能提前……这一点没问题吧？"

内阁官僚中，外务、大藏、防卫三位大臣，面露难色地抱着胳膊坐在那里。其余的成员则低着头，既不表示赞成也不表示反对。

大藏大臣摸着下巴，轻声地叹息说："事态变得如此糟糕啊！到灾难降临所剩的时间，一下子就少了一半多……"

"一个月……至少给我三个星期的缓冲时间，行不行？"通商产业大臣还不肯放弃，希望再争取些时间。

"我与财界的一部分人士，已经内部交流过。对他们来说，要谋求对策并形成方案的话，两个星期也是不可能的。在这些工作还没完成之前，人们听了公告就陷入大混乱的话……"

“总之，混乱是避免不了的啦！”官房长官说，“到了这种地步，倒是要警惕外国突然把消息走漏出去。”

运输大臣问：“这种可能性有多大？是不是有外国的学术团体会发表什么？”

总理府长官回答说：“总部的人说这种可能性很大。现阶段，虽然还不清楚究竟哪些国家，多大程度地掌握了情报，但最近在日本列岛周围调查的外国船只、飞机和人造卫星，却突然开始增加了。当然，这也与我国开始秘密向四处派遣密使试探移民问题有关。所以，有些国家的政府首脑，虽然现阶段还没向外披露，但却是知情的。”

防卫厅长官说：“我认为还是先别公开，把消息封锁到最后阶段比较好。参谋总部的人也是同样的意见。在社会上没传开之前，要彻底保密，利用这段时间来全力做准备。否则，结果可能无法收拾。”

“在我看来，两个星期比较妥当……”大藏大臣终于这样说道，松开了抱着的双臂。“在国际金融投资方面，日元已经被大量抛出，外债中也出现了即将抛售的苗头。本以为是大地震灾难造成的影响，可是股票市场在年底曾经一度出现买进而停止下降，在刚才谈到过的派遣特使以后，又逐渐开始出现抛出的苗头了。在欧洲，停止过一段时间的、面向日本进行的结算，又开始出现。……似乎可以判断，在我们派去过特使的地方，情报已开始被泄露了。有鉴于此，我们还是先争取主动比较好。两个星期为限，也许比较恰当。”

外务大臣说：“最好还是早点通告韩国和中国吧。特别是韩国，它也会在相当程度上，遭受到实质性的灾害。另外从国际信义的角度，我们还应该在这一两个星期内，可能的话，向他们通告我国新近所掌握到的有关地理大变动的预测数据。”

首相回头问外务大臣：“联合国的托管理事会，估计什么时候开会？”

“应该在三个星期以内吧。在事务所的协助下，对理事国做的事前工作，也基本上结束了。不过，最大的障碍还是澳大利亚。另外，作为有利害关系的当事国，印度尼西亚当然也可能会提出某些要求……因为毕竟是非常事态嘛。即便联合国托管理事会，设法让各国达成一个基本一致的意见，但这样做在安理会和联合国大会上，却未必能站得住脚。托管是为了谋求各地区的自治独立，而这种做法，却违背了联合国托管的神圣理念，意味着实质性的侵犯和占领。要是出现了这种批评意见的话，恐怕就相当难办了。”

“实际上，倒真会变成这样啊……”通商产业大臣小声地说道，“设想一下，如果在居民仅有十几万人口的新几内亚，一下子拥进千万以上的日本人的话……”

“多田君，战争时期你不是在巴布亚新几内亚吗？”防卫厅长官略带嘲讽地说，“很怀念俾斯麦群岛和新不列颠岛吧？”

“要是怀念那儿，又会被说成是军国主义喽。”外务大臣说，“对方既然非常敏感，就要小心点儿才行……”

秘书进来对首相耳语了几句。首相点了点头。

“那么……在两个星期以后公开发表这一点上，已经没有异议了吧？”首相说着站起身来，“另外，你们对新闻记者可要当心点儿。接下来，我们要去和他们的上司见面……”

“国内宣传，当然也是必不可少的。不过，主要的问题还是国际舆论。”A 报社的社论主笔，边说边用手里的汤匙搅拌着杯中的玉米片。

“的确……”官房长官附和着说，“外务大臣就很担心这一点。”

M 报社的社长说：“与几家报社的大记者，比如《纽约时报》的古拉哈姆、法国《世界报》的科瓦路斯基，谈一谈怎么样？”

“两个星期，倒刚好是一个勉强能敷衍得过去的时间。”Y 报社的主笔说，“自东京大地震以来，外国报社及通讯社便一直让特派员在日本盯着。……而且，近来更有加紧注意的势头。外国记者已经渐渐地嗅出味道，就算我们跟他们达成协议，并且他们也愿意合作，没准儿什么时候就被泄露出去了呢。前一阵子，不是刚发生过一家大众周刊杂志，登载了一位醉酒的科学家的发言，让大家捏一把冷汗的事吗？现在，仍有外国记者对那位科学家紧追不舍呢！”

H电视台的社长问："就是那个叫田所的人哪，是个消息通吧。他被保释后，听说就不知去向了……要是再出那种事的话，麻烦就大了。"

"是不是可以考虑，让外国的报纸或通讯社，做一个独家报道呢？"首相突然冒出这么一句。

"很久以前，关于缺陷车的问题，就让美国的报纸抢先报道过。国内的新闻机构，这回退让回避一下吧。有意见认为，倒不妨利用'外国'机构这个工具来报道的效果更好。"

在座的沉默了一小会儿。曾作为国外通信部部长而扬名一时的S社主编，用略带焦急的语气问：

"总理，这是什么意思……我觉得还是政府对内外，同时发表比较好。即使采取些小动作，能发挥作用的期间也是很短暂的……"

"另外，什么时候能听到避难计划的详细内容呢……"N电视台的理事长，冷不丁地突然问了一句，"因为电视网络……毕竟是要依靠设备的产业呀。"

"这次日本要和越南、中东、孟加拉国一样了……"同一电视台的节目编辑局长，不停地搅拌着加进牛奶和砂糖后还一口都没喝过的咖啡。"日本……可就要成为世界注目的焦点了……过不了多久……"

编辑局长茫然地望着空中，似乎陷入了回忆之中。他在越南、中东战争最激烈的时期，曾担任过报道部长。也许在他的脑海里，正在闪现当时所看到的一个个镜头吧：被战火纷扰的越南贫民的生活；收留巴勒斯坦难民和孟加拉国难民的难民营实况；那些带着家里值钱的东西，疲惫而忙于逃难的无名百姓；那些在简陋而破烂的难民营中，没有希望地苟且偷生者的那种黯然而绝望的眼神……他似乎在脑子里，把那些画面中的人物置换成了自己国家的同胞。

"可是……"在座中最年长的一家通讯社社长，边清嗓子边说，"从现在开始的十个月内……将日本国民全体……一亿一千万同胞……即便是什么行李也不带只穿着衣服，从日本救出全体的可能性，又有多大呢？"

"山下……"首相用平静的声音说道，"恐怕你不该问这个问题吧。身在我们所处的立场，我们是不能做出'不可能'这样的回答的。想来你也明白，我们只能说：要竭尽全力地去做。”

这时，秘书又进来，对官房长官耳语了几句。

“那么，碰头会就到此结束吧……”官房长官站起身来，“因为在众议院议长官邸，接下来还有一个与在野党四派党首的会谈……”

“什么时候能让我们看到避难撤离计划的全貌呢？”K党的负责人说，“绝大部分应该都已经出来了吧。如果在两个星期后宣布的时候，还不能把计划概要公之于众的话，恐怕免不了会引起恐慌。”

“当然，在国会要设立由多党派组成的专门应对委员会……”在野党第一大党的党首，皱着眉头说，“我们得到了一些令人不太愉快的消息——据说执政党政府在告知我们在野党以前，很早就把消息秘密透露给了财界和产业界，部分产业已经悄悄地把资产转移到了国外。作为应该对国民平等地承担责任的政府，难道不觉得这是极其不公平的、偏袒财界和产业界的做法吗？在我看来，这种做法是当今政府一贯的不良作风。就这次避难计划来说，救助全体国民的生命，这一点是否已经作为最优先的目标呢？在多党派进行监督考察之前，首相，首先能否请您谈谈对这个计划的决心或信心呢……”

“当然，不管在什么问题上，首先将全体国民的生命一个不剩地从这场灾难中救出去，是最大的目标。这一点是毋庸置疑的……”首相说，“我们正为此而竭尽全力。然而，与此同时，在这场灾难后，如何让一亿一千万国民生存下去，这也是我们政府必须担当的责任……”

“但是……”M党的党首说，“从迄今为止的执政党的工作作风来看，却让人感到，你们虽然嘴上喊着尊重人权，而实际上是重视保全财界、产业界的财产，甚至可以说，更加重视的是国家以及国家机构。较之国民，较之一个人的生命，国家机构的存在似乎更加重要。这种价值观，一直顽固地贯穿于从战前到现在的官僚政府中。为了维持国家的权威，牺牲五万或十万人的生命也在所不惜。这种思想和意识，是不会突然转变的。总之，今后的事情以后再做考虑。不管权威、手续是否被当作官僚主义借口的形式性的公平主义，我们暂且抛开这一切。我们现在只想知道，政府究竟有没有不讲究形式，而不顾一切地拯救全体国民生命的决心……”

“国家机构的问题，对我个人来说，也是一个非常头疼的问题。”首相低声说，“在某些情况下，确实有不拘形式的做法，牺牲损失更小。可是，从战争时期到战败后，以我自己在大陆和国内的一点经验来考虑的话，我觉得从长期的角度来看，如果出现社会秩序彻底崩溃，牺牲将会更大。绀野，你或许会说这只是见解不同。不过，我个人始终抱有这样一种信念：搞政治的是‘幕后工作者’。当然，不讲究形式的事，也必须竭尽全力去做。但是……这次外国确实具有非常重大的意义。所以，在进行一些不拘形式的工作的同时，还必须有人不惜粉身碎骨，去把关系到日本民族的长远未来的事情做好。或许我们无法做到万无一失，或许我们会遭到来自内外的攻击，受到冷淡的对待并被追究责任。但是作为‘幕后工作者’，我们有尽力而为的义务，而要求你们做的，就是对‘幕后工作者’的支持。”

“绪形君……”

突然，一直沉默不语的在野党第三大党的党首，嗓门低沉，如同牛在咆哮似的喊了一句。这是一种在长期的政治生涯中，通过不断大声演讲和辩论而锤炼出来的声音。

“你刚才说，政治是‘幕后工作者’。可是在我看来，固执地认为光靠‘幕后工作者’就能把政治搞好，恰恰是战后日本执政党政府最大的失误。这也是为什么它给国民留下一种阴险印象的原因。当然，幕后工作者也是必需的。不过，在政治中，‘前台工作者’才是绝对需要的，更何况处在这种堪称‘国难’的危急关头呢！能够给不安的人民带来光明，指引方向，激励全体国民，坚定地带领着大家脱离苦海，有这种坚强力量和不退却决心的‘救国英雄’式的人物，越发变得必不可少。包括你在内，在当今的执政党政府里，是否存在能在危机中发挥‘前台工作者’作用的人物呢？哪怕是成为恶魔阿修罗，也要带领人民摆脱这场前所未有的灾难。你觉得，自己具有完成此项使命的力量和声望吗？恕我借着曾经同窗共读的情面，坦率地直言一句，你的政治风格是官僚式的，圆滑而周到。尽管冒昧，但我不得不坦诚直述自己的看法。你身上还没有能彻底渡过这样的大危机的决断能力……”

“你的意思是说，你要来充当这个角色喽？”首相脸上浮现出一抹生硬的笑容，“渥美，你是否会被指定为多党联合内阁的首席人物，我现在还不知道。我也并非认为，自己便具有担此大任的魄力。但是，到‘救国英雄’出现为止，我只能尽最大努力去履行我的职责。是不是‘英雄’就由国民来决定吧。不过，我觉得在当今日本，对战争的记忆还没消退，很多人非常讨厌所谓的‘救国英雄’。因为‘英雄’和‘英雄主义’，曾如何把日本这个国家和国民的生活弄成一团糟，对此他们可是有切身体会的……”

在野党第一大党的党首插话道：“不管怎样，D计划的全貌以及避难计划到现阶段为止的全貌，希望能尽快地让我们的代表知道。这不会也要等到两个星期以后的国会吧？”

“当然，我们在这方面已经做好准备了。”同座的官房长官说，“待由干事长级别的官员商量并把成员确定下来后，我们随时都可以提供。”

首相说：“两天内能商议出来吧。原定是两周的，可现在的局势是，什么时候从什么地方会走漏消息完全无法把握。国外的机构更是特别危险。既然如此，便必须下决心尽快正式公开发表。希望大家能通力合作。”

说完，首相向大家鞠躬致谢，与会者便纷纷站了起来。当在野党的党首们一个接一个地走出开会的房间时，有一个声音在官房长官的耳边小声地说：

“还没有向天皇汇报吗？”

官房长官回过头去，试图寻找声音的主人。结果却没能弄明白，究竟是哪个党的党首提出的这个问题。

“欧洲的投资机构，似乎已经觉察到了什么……”大藏省国际金融局的局长说，“今天早上，开始出现大量抛售日本公债的情况。我们的经纪人现在倒是在支撑着买进，但如果照这样再继续被大量抛出的话，恐怕会对收购黄金的资金有影响。”

“我认为这个时候还是顺其自然比较好……”一家汇兑银行的总裁

说，“再降一点，让民间投资家也吐一点出来。为了保守‘秘密’，把资金用在支撑买进上已经没有什么意义了。等市场价格进一步降低，如果再不用于回收的话……”

大藏大臣问道：“目前的回收率是多少？”

“快接近百分之五十了。”

“也许到百分之五十五左右时，停一阵比较好吧……”大臣嘀咕道，“然后，就看它跌落到多少而定啦。”

“关于买进黄金的事，现在还没走漏消息吧……”日本银行的总裁说。

局长说：“不好说。为了不刺激市场，我们的确按照缓慢购进的方式去做了，但份额还是逐渐变大。我们不能断定，黄金和欧洲通货的涨价，与美元及日元的逐渐跌落有关的事被察觉，和这次的抛售公债有没有关系。”

“想想欧美市场机构的投资手段，我们的公债回收，倒真像是对敌人讲仁义呢。”汇兑银行的总裁说道，“虽然不一定让他们到赔了夫人又折兵的程度，但这倒也是一个撒撒气，让他们吃点苦头的机会。”

“如果不是现在这种事态的话，你所说的也许还不错。”日本银行总裁冷不丁地说了一句，“可是，哪怕是被那些既狡猾又吝啬的家伙算计，我们还是应该为即将失去国土的日本人的未来着想，而重视国际信义。外国的民间投资家就不用说了，就是对国际投资机构，我们也不能做趁机把损失转嫁到他们身上的事，因为我们不能把他们树为敌人。尽管我们不会沦落为乞丐，但是能够带走的东西都要带出去。同时，即使现在非常艰难，也应该努力，尽量做到：不要因为日本沉没，而给其他国家造成大的危害。我们这样去做，尽管一时比较艰难，但在不远的将来，它会加倍地回报回来。明治时代，我们的前辈就是靠着这个，从赤手空拳一直发展到赢得了国际信誉……”

国际金融局长说：“只是这样的洁身自好，在国际社会能不能行得通呢？”

满头白发的日本银行总裁，无比自信地说：“当然能行得通。如果没有这种信念的话，政治姑且不说，恐怕连国际性的企业都无法生存。从长期的角度来说，更是这样……这是我的信念。”

“遗憾的是……”经济协会的会长，带着沉痛的表情说道，“如果只有这么点儿时间的话，通过民间转移到海外的固定资产额，不过只占总额的百分之五。就算加上到现在为止隐秘进行的资产转移份额，沉没后日本在海外的资产，也不足总资产的百分之十啊。”

“而且，船只调度的统一管理也要彻底透明化吧。”一位干事用有些生硬的语调说道，“刚才会长所说的数字，是以能让我们自主调度大量船只为前提的。假如按照运输大臣的意思，由政府来全面调度分配船只的话，恐怕百分之三都比较困难。关于运输能力的分配，特别是关于船只的分配，希望能听听我们的意见。”

“这毕竟是非常事态嘛……”首相用干巴巴的声音说道，“运输必须最优先考虑国民，并且还不能让这些人只穿着身上的衣服，像十六世纪的奴隶那样被装进船底。怎么也得让他们能够带上最低限度的随身物品，以及暂时能够满足基本生活条件的物品吧。要运送的，可是一亿一千万人呀……”

“可是，人可以用飞机运啊。”

“飞机运输相当有限。目前，我们正在就大型载人运输机的协助问题，与美国和苏联的空军进行接触和磋商，但靠这些根本不够。大家别忘了，现在并不是日本在主宰世界。日本并没有权力把全世界的商业航空机都动用起来，在相当长的期间使之专属日本支配，以至于使世界的政治经济瘫痪。船只的情况也一样。再说，由于前不久发生的大地震，东京、横滨港口设备能力的百分之四十都还没有恢复……”

运输大臣说：“后天我要去伦敦。今天，我已经让次官开始和国际船主协会开展试探性对话了。据我们估计，为了将资产向国外转移所能包租的船只，可能不会太多。因为欧美市场已进入兴旺时期，且非洲各国的开发也开始走上轨道，目前是世界性的船只不足。半年后的租船以及新船当然已售罄，甚至连不定期航班也开始被预订了。”

“况且，运送恐怕又是在相当混乱和危险的状况下进行的……”首相低声说道，“虽说还有十个月，但学者们认为，无法估测在十个月内会发生什么样的变动……”

桌上的杯子一齐轻轻地晃动了一下，杯中开始融化的冰，微微颤动发出了清脆的响声。这种程度的轻微地震，最近谁都不去理会了。这里是城市中心地带，受地震破坏最少的超高层摩天楼的最顶层，在餐厅附设的会议室里，财界代表和首相及运输大臣的非正式午餐会正在进行。然而，摆出来的菜品却一直无人动用。

“统一管理船只的命令，估计会在什么时候发布呢？”有人试探性地问道。

运输大臣说：“两星期以后吧……”财界人士中出现了一阵小小的骚乱，有几个人慌张地交头接耳了一番。

首相叮嘱似的说：“请大家别误会……两星期并不意味着在此期间你们就能自由安排。在没正式公开发表的两个星期内，如果掌握了这个消息的大企业，争先恐后地开始筹备船只而引发船票和运费的国际性暴涨的话，政府可不答应。这是一年前的约定，你们应当遵守‘接受统管行动’条款。不过，以前所说的‘两年多’，已经缩短为十个月了，请在这两星期内做出相应的调整。至于国内部分，开始着手准备也无妨。不过，这个时期要注意别泄露消息给外国。这一年里，财界已经极力控制新的国内投资，动用政府资金作为经费和报酬，并通过政府默许的股票操盘来伪装景气。同时在此期间，提高了海外投资比率，并且很侥幸地得以让地震灾害带来的损害，在某种程度上减少到了最低。也许我们的政策显得不够宽松，但我们却一直在努力通过这些举措，给财界和产业界一些利益补偿减轻损害。我认为，日本的企业界，拥有世界上最优秀的人才和体系。历代执政政府，都对这样的财界、产业界的发展给予了不遗余力的协助。不过，我希望各位要理解的是：政府不仅要对财界、产业界负责，还必须对日本这个国家、对全国人民负责。所以，恳请财界、产业界，也能作为日本这个国家社会的构成部门之一，全面地协助我们。”

会长站起来嘴里嘟囔着：“国难当头。……严厉的统治时代，莫非又到了吗……”

首相苦笑着说道：“那也是在你们自愿合作的前提下，才成为可能的呀。如今的政府已不像战时的政府一样，拥有依靠军事力量的巨大权力了。再说，如果国土丧失了的话，政府统治之类的东西，很大程度上也就没有意义了吧？企业可以在国际社会自由地发展，而失去国土和财产的政府则……”

这时会长站起身来，以为他要去卫生间，却见他走近窗前俯瞰着窗外。

“我倒是觉得让民间自己去面对更好啊，绪形……”会长背对着大家这样说道。从他宽阔的肩头，可以感觉到一种坚定和顽强的信念。那是从战前开始，便作为一个自由竞争主义者、反独裁人士而战斗，战争中曾被军部投进监狱，饱受过铁窗之苦的明治年代出生的人，才可能具有的风范。

“我认为，日本的官僚到底还是不能理解求生活的人，以及服务精神这样的东西。这次的事情也一样，在我看来，政府的严格统治只会跟往常一样，产生出官府式的恶性平等，而这反而会成为一种阻碍。要是让民间的力量发挥出来的话，反而能够采取一些更人性化的措施……”

“我承认你们很优秀。”首相说，“可是，一旦产业界因为追逐利益而出现失控的局面的话，还是你们所能管得了的吗？”

“富士山在喷发浓烟……”会长一边望着外面一边说，“是雾吧?”

一位出席者站起来，走到会长的旁边并排站着朝外望去。“看来确实是烟雾啊……”那个人用手推了推眼镜说，“是宝永火山口。嗬……喷发得很厉害呀。箱根、御殿场一带，又会降火山灰了吧。”

随着说话声，又有两三个人离开座位走向窗前。

进入3月份以后，晴朗的好天气一直难得地持续着。西边的地平线上虽然笼罩着云彩，但富士山却从其中脱颖而出，以纯白的身影跃然于空中。在其山顶附近，略带灰色的白烟团，正往上升腾。它们消失后，又有两三烟团升上天空。从超高层大楼的最顶层俯瞰到的东京街景，虽然许多地方都还残留着半年前发生的震灾的痕迹，但在早春阳光的沐浴下，又萌动着一种万物复苏、跃跃欲试的气息。

“这座城市……”不知是谁，这样小声叹息道，“十一个月后，就要被彻底破坏而沉入海底了……简直难以置信……”

“看来我们必须得考虑，富士山的大爆发，有大大提前的可能呀！”幸长熬过通宵后充血的眼睛，紧盯着二十英寸显示器的终端，突然说道，“从甲府盆地到静冈，局部性的地震正在激烈地爆发。在静冈—糸鱼川结构线的南部，已开始大量的能量积蓄……地温也出现了异常上升……结构线的西侧，正向南东南的方向水平移动……”

电传打字电报机的声音，毫无间断地回响着。XY 绘图机在墙面上滑过的同时，以超常的速度画出了图形。

“预测值是多少？”中田问道。

“240 小时 ±10……从趋势来看，现在微呈增加状态。估计其形式将表现为：连接宝永山和爱鹰山的山腰，将会发生喷火。不过，也很难说，大爆发的可能性依然很强。”

“如果是宝永—爱鹰这条线的话，沼津也将全面受灾呀……”中田拿起话筒拨动了号码。“据传来的信息，位于甲府北边的茅之岳的地温上升，已开始喷气了。浅间山系，前不久也开始大规模地喷火。如果富士火山带全面爆发的话，日本的东西陆上交通就要被切断了。”

这时，小野寺带着一脸的疲倦，走了进来。

“嗨……”幸长从终端器前，抬起头来招呼了他一声，“回来得挺早嘛，还以为你要在那边待上两三天呢……”

小野寺一言不回，一下子坐到空着的椅子上，然后用手揉搓着自己留着邋遢胡须的油腻腻的脸。

幸长稍微降低一点声音问道：“你母亲的后事，办好了吗？”

小野没回答，而是两手按住眼睛低声说：

“听说只有十个月了……”

幸长按住终端器的删除键回过头说：“你也听说了吗？据说政府的正式发表，要在两周之后呢。”

小野寺揉着脸庞，用有些含混不清的声音问："幸长，接下来我该干些什么呢？监测配置计划，倒还剩下一部分没做，不过，到了如此局面，做也已经没有多大意义了吧？我嘛，不过是一个深海潜水艇的工程师而已。以后在这个总部，大概没有什么我能帮上忙的事了吧？"

幸长关掉终端器的开关，拿出放到了嘴边的烟。他擦了几次火柴，都因为手指过度颤动怎么也点不着。突然有一束火苗被送到了自己鼻尖下面，抬头一看，原来是小野寺打着了手里的打火机递了过来。

"似乎要宣布非常事态，然后，在国会成立由多党派组成的撤离计划实行委员会……"幸长一边吐出呛在嗓子里的烟，一边说道，"委员长是首相，在野党各派的党首和书记长、干事长，全部都将参与其中。各部的大臣也会成为成员，就是实质上的多党派联合政权。"

"我们这个总部怎么办？"

"不知道。也许将被吸收为委员会的下属机构，或者被编入其中吧。官房长官已经下达了内部指示，要求中田和我进入正式设置的计划总部科学组。……当然也打算让你一块儿去……"

小野寺的脸上，出现了淡淡的笑容，说："我又不是公务员……甚至连聘请的公函也没收到过。虽然跟大家像同僚似的组合在一起而共事，但我不过是一个从民间公司擅自退职的流浪汉，说起资格，也只是一名临时雇用的潜水艇舵手而已……"

幸长有些动容，停住了手中已开始吸的烟。对呀……幸长因为睡眠不足像被贴了薄膜的脑子，终于动起来了。这个年轻人由于一种巧缘，在这项工作的初始阶段就被"挖"到这里。此后，便从"工作计划是有关海洋还是山川都不明确"的时期开始，一直被当作核心工作者任用至今。而他本人也的确是以一名正式成员的责任心，勤勤恳恳地工作着。可是，小野寺的"身份"却依然和当初没什么两样，没有得到任何适当的调整和解决。那时调查由田所博士负责，经费出自内阁调查室的"机密费"。当初的成员，除田所博士、小野寺以及年轻的临时工安川以外，几乎全都是公务员。也许正是这一点，导致了自己对这个问题的疏忽。田所博士倒是享受特殊待遇的，而小野寺在资格上则与刚从大学毕业的安川一样，被当作“临时雇员”对待，并且这种状况一直持续到进入D计划总部。具有潜水员和海洋工程师资格的小野寺，只要本人提出来，应该随时都可以聘请他为特邀人才或正式雇员的。

然而，他虽然长期在核心部门工作，却一次也没提出过这样的要求，也没有谁替他考虑到这一点。尽管这是执行隐秘计划过程中常有的事，可总部设置后的“临时雇员”的工资待遇究竟是多少呢？关于这个问题，幸长却是连想都没想过。

这样想起来，到现在为止，自己居然没有注意到：这个青年竟然一直充当着义工啊。幸长呆住了。在他原来就职的公司，他可是一名已经积累了相当经验的、有为的年轻人，应该是前途无量。然而，为了要保守“秘密”，却让他连正式的退职手续都没办理就“神秘失踪”，然后便被拖进了这种既隐秘又不耀眼，还十分辛苦的工作里。而且，幸长对他的“人生”、“职称”之类的事全然不给予任何照料，只是一味地给他分配繁重的工作。另一方面，小野寺自己也没让任何人感觉到他存在着这样的问题，而一直兢兢业业地工作着。是因为单身一人的生活无牵无挂的缘故吗？或者是由于他不同于幸长他们这样的“贫穷一代”，从未品尝过与贫困为伍的“生活的艰辛”的缘故吗？那种让人变得渺小、伴随着不为人知的种种烦恼，而把自己搞得愈益悲惨的滋味，那种对“未来”的不安和恐惧，他也许从来不曾体会过吧。在这个青年的身上，似乎全然感觉不到对“生计”的不安，以及对将来的“安定的社会地位”的执着追求。也许他是那种迄今为止幸长从未接触过的、生长于物质丰富时代的“新型”青年吧。虽然他的工作作风绝不马虎草率，但却十分轻松地丢掉了在一家公司的业绩及安定的职位，而全身心地投入到下一项工作中去。至于金钱与地位，至于是否被认可，他似乎没有任何贪婪之心……能够做到对物质及地位满不在乎，一定是因为他在“物质丰富的时代”长大的缘故……

“那么你的意思是……”幸长有些茫然地问道。

小野寺说：“是否还有非我做不可的工作呢？到了现在，我们的工作——或者说我的工作，应该说已经结束了。要发生的事以及发生的日期，已经大致清楚了，政府也开始全面地行动起来。‘有志之士’必须远离尘世而进行隐秘工作的阶段，也过去了……从我的角度来说，对于日本这个国家曾给予过自己的教育，所应有的‘回报式奉献’，似乎也已经竭尽所能地去完成了。当然，这仅仅是我个人的主观感受。不过，这样的问题，本来就是这么回事吧？”

听到“回报式奉献”这一说法，幸长的脸上露出了微笑。这样的想法，确实是战后的青年才会有的。他虽然作为一个日本人，而来到这个世上，却似乎对“祖国”、“民族”、“国家”等，并不感觉到有一种阴暗的、摆脱不了的宿命性羁绊。与此同时，与国家之间的“贷借”两清意识，却牢牢地存在着，但又并不是完全感觉不到国家的“恩义”。这种“恩义”，并非以对民族和国家感到无限的责任，或者将其视为一种从“命运共同体”无法逃遁的纽带的方式而表现出来。他们极其理智和冷静地认为：“只要偿还了借贷，便随时都能享受自由生活。”现在，小野寺认为自己已经还清了自己向国家所借的东西。而且，在他们的眼中，彼此之间不仅仅是一种单纯的借贷关系。他们认为：自己是带着对出生的国家的“好感”而在偿还了超出所欠“恩义”的情况下，还充分地表达了感恩。这是一种多么柔和的冷静心态啊。幸长发现：被“强制”、“义务”、“强加于人的恩惠”、“被强迫的忠诚和义务”、“血缘”等各种纽带束缚着的，到战前为止根本无法想象的那种“日本人”，此刻就在眼前。他在有些困惑的同时，又感到一种亲近了“柔和”后的喜悦油然而生，与之伴随的还有难为情的微笑。“战后的日本”，虽然常被说这说那的，但从民主主义和经济富饶中，毕竟也产生出了这样的新型青年。

他们理智冷静却又待人和蔼可亲并富有爱心，没有被成人社会烙上扭曲的“伤痕”。他们既无对物质和权力的执着，同时对生活的欲望也极其淡泊。如此洒脱的青年们，应该可以说是战后的日本所创造出的“杰作”吧。他们在感觉自己是“日本人”之前，首先感觉自己是“人”。作为日本人而出生的意义，他们也只是作为诸如皮肤的颜色和脸形的不同、身材的高矮之类的，一个个普通人所具有的极其理所当然的“个体差—群体差”，来进行理解。他们并不认为自己“只有在日本才能生存下去”，而是觉得到地球的任何地方，自己都能生存。由于活下去，和想要在特定的社会内“出人头地”的执着之间，没有必然的联系，所以不管在什么样的地方，过着怎样的生活，他们都不会因为感觉自己的人生是“失败的”，或自己是“差劲的人”，而让自己去承载凄惨的感受。

也许这是一类新型的、可以被称为“有教养的自然人”的人吧。对于他们的豁达、宽宏和柔和，老一代人又有谁可以妄加指责呢？

幸长问：“你要辞职吗？”

“我要结婚。”小野寺微微有些脸红，“我对国家已经奉献得够多了，想要给自己点奖励。我们打算在国家正式公布之前，两个人一起逃到国外去，没关系吧？”

幸长突然笑了起来。

“结婚可笑吗？”小野寺问道。

“不，恭喜你。”幸长强忍住又要笑出来的冲动，终于这样说道，“其实，是因为我自己一周前，才刚刚办理了离婚手续……”

小野寺吃惊地问：“那么，你的孩子呢？”

幸长说：“他妈妈带着他，昨天动身去了洛杉矶亲戚那儿……我老婆的伯父住在那边，而他家又没有孩子……”

“是吗？”小野寺松了口气地嘀咕道。

幸长一边摁灭手中的烟，一边说道：“你会辞职吧……你走了，我们会感到寂寞的。到时候叫上中田和邦枝，给你开个欢送会什么的……”

“田所先生后来怎么样，你知道吗？”

“不知道，渡老头儿应该知道……”

小野寺点了点头站起来，背后传来了幸长的声音。

“要当你妻子的人有多大了？”

小野寺吃惊地望着空中：“不知道……应该是二十六七岁吧。没准儿再大点儿……”

望着快走出去的小野寺的背影，幸长不由自主地站了起来，还想说一句。他本想劝告小伙子一句：能早点逃到国外当然好，但是考虑到万一实现不了的情况，最好还是现在别辞职，再仔细考虑考虑。然而，小野寺那高大的身躯已经大步地从门口消失了，没机会把话说出口的幸长又坐了下来。

“来吧……”玲子在耳边这样低语道。一听到这句话，在他生活中似乎已经成为遥远过去的叶山之夜的记忆，突然又浮现了出来。那时候他们相拥在一起，在耳边鸣响着的不是便携收音机的大声音乐，在狭小的机场宾馆的房间里，背景音乐充满整个屋子。从玲子那棕色的肌肤上，他嗅到了熟悉的被晒得灼热的沙子的味道。就在那一刹那，从沉醉的心里一下子涌起了一股强烈的欲望。他将玲子紧紧地抱在怀中，狂野地揉弄乳房，攫住对方舌头深深地接吻。他们彼此水乳交融，激情迸发，直至好多次不断地发出长长的号叫呻吟也停不下来。

“和我结婚吧……”满身是汗的玲子，枕在他的手臂里喘着粗气说，“那以后……我一直想跟你说这个，而四处寻找你来着……”

他把脸贴近玲子白白的乳房，问道：“为什么？”——它们上面还残留着夏天日晒的痕迹，胸罩的印痕清楚可见。“为什么是我？你有过很多不错的男朋友，而和我只是见过一面……”

“然后，在相遇的当天晚上，就在海滨跟你上床了……”玲子笑了，“我那晚也的确喝醉了，可是到底为什么呢？为什么我会愿意同突然出现的初来乍到的客人在夜晚的沙滩上做爱，而与当时去那里的建筑家们虽然早就成了熟人，但却与谁都没有睡过呢？”

“原来你那时候喝醉了呀……”小野寺笑了。

玲子轻轻拧了一下他的背。

“那以后……我觉得非常难为情。我担心你会把我看成与谁都想睡觉的色情狂……不过，我马上就知道了。与你上床后，我就感觉到了，你不是会那样想的人……”

可是，为什么……小野寺重复了同样的问题。为什么选择了他？

“不知道。不过……第一次与你做爱时，总觉得……”

感觉似乎看见了大海，玲子低声说道。她喜欢背着水中呼吸器潜水，并保持着平女子潜水纪录的成绩。她说：自己最喜欢独自一人逆流而行，并在可以上下左右无限展开的、暗淡的沉寂世界里潜沉下去。在冷冷地压住自己身体的水压中，所感觉到的那种孤独，简直奇妙得无法比拟。

“那样的时候，我在感到极度的寂寞和忍不住要哭出来的孤独的同时，又很幸福。……感觉自己似乎就要燃烧殆尽，而像星辰之屑一样地坠入宇宙之中，但却十分幸福。被冰冷的水牢牢地拥抱着，广阔的大海里尽管只有自己孤身一人，却能感觉到与深蓝的海水、摇曳的海藻，以及像银色的云彩一样摇摆着游动的鱼群，融为一体。小时候，我非常喜欢杜米埃《失乐园》的铜版画。你看过吗？在那里面有这样一幕：天使中最美丽的露西法，因为傲慢地违背了神的旨意，而被打入地狱变成了恶魔，胸中燃烧着向神复仇的怒火的他勇往直前地朝伊甸园飞去。在版画里，这个虽被变成了恶魔却依旧俊美的青年，正穿过束束阳光射入的宇宙，朝着下面遥远而清晰可见的伊甸园，张开像蝙蝠一样宽大的双翼而俯冲下去。不知为什么，看到那幅画我总会掉泪。周围全是悬崖和深不见底的深渊，海底略带灰色的清清的水流，无限地向四方扩展而去。每当远离海岸，独自一人往水中深潜下去时，我总会想起这幅画。有时候，甚至还会在潜水面罩里流下眼泪。在那一瞬间，我总是有一种顿悟的感觉。究竟明白了什么，却不能十分清楚地表达出来。那是一种在像宇宙一样的……比如地球、自然这样的空间里……自己虽然只是如沙粒般大小的非常渺小的存在，但却是与这巨大的世界融为一体的。尽管只是一粒尘埃，却能清楚地感觉到这一点。明白了自己究竟为何物。该怎么说呢……在顿悟到这一切的时候，我会有一种既孤独寂寞又想放声痛哭的幸福感。第一次被你抱在怀里的时候，不知为什么，我有一种同样的感觉。那时我还不知道你是深海潜水艇的舵手，却从你身上感觉到了‘海洋’的存在。啊，一定是这样的。肯定是我为了得到它的拥抱，而常常去的深沉广阔的巨大的海洋，看见了我平日在面罩里流下的眼泪，而化身成青年来拥抱我了……”

说完这些话后，玲子两手轻轻地拨开小野寺伏在自己身上的头，牢牢地凝视着他的眼睛，以一种少女式的表情问道：

“你会跟我结婚吗？”

他未作回答，却用一种几乎要将骨头揉碎似的蛮力，紧抱住她裸着的身体，狠狠地吻她，并不由分说地再次进入了她已经湿漉漉的身体里面。犹如屏住呼吸，面向蓝色玻璃般湛蓝而温暖的热带海水中，猛烈地钻进去一样。……用脚踢打海水，用手拨动波浪，让身体蠕动起伏。只要呼吸还能持续，便深深地潜下去。眩晕中，他似乎感觉到，自己在接不上气而即将爆发的昏暗的底层，摘取了闪烁着金色、红色、蓝色光芒的各种海底之星。在一瞬间，那些星星又绽放出五彩光点向空中飞散而去。

玲子不出声地闭着双眼，剧烈地喘着粗气，瘫软在旁边。他从精疲力竭地躺着的玲子那大汗淋漓的热烘烘的腹部上，感觉到了一种终于从海底浮出水面后，躺在海滩上的安详和宁静。趴在那里喘着气的他，琢磨着玲子的身体所带来的诱惑和安宁。到这时候他才想起来，自己已经有相当长的时间，至少一年以上都没与女人睡过觉了。那次喝醉了，被玲子挽着手而拉进出租车时，还并没有要与她睡觉的意思。如果在车里玲子没有突然亲吻过来的话……而且如果亲吻只有一次，没有第二次的话……他也许还不会有要跟她上床的心情吧。在第二次长长的热烈的亲吻中，他体内沉睡着的某种东西突然觉醒，在他的心底涌起了阵阵战栗。第二次亲吻后，当玲子离开他的身体，用闪亮的眸子凝视着他时，他体内的震颤逐渐高涨，犹如在心中开始燃起的灼热的火焰一般，慢慢地由胸口而向胸腔、向肩头蔓延开去。以至于到最后，他的肩、手臂和躯体都哆嗦起来。为了让这样的颤抖能够停下来，这次他不得不主动强劲地抱住玲子的身体，开始牙齿碰牙齿地狂乱而贪婪地亲吻了。

然后，在重复了几次“潜水”和“浮出”后，如游泳之后放纵地让身体瘫软在皱巴巴的床单上时，他才意识到：自己这一年多，不仅没和女人睡过觉，甚至连碰都没有碰过。而且，他之前最后一次睡过的女人，并非别人，正是这个玲子。他不由得对此大吃一惊。从那以后的一年半，他日复一日地坐在异常狭窄的钢铁球体里，往又冷又暗的海底潜降。每天摆弄着机器，在机器中跳来跳去，与因大声吆喝、疲劳过度、心情烦躁不安，而变得眼神凶巴巴的伙伴们，一起进行着永无止境的操作。为了能稍稍缓解过度的疲劳，咕嘟咕嘟地喝几大口酒，困极了，则只能睡在狭小的船舱里面。即便是在岸上，也仅仅是在被夹在机器堆中的简易床上，打一个盹儿。这样的生活竟持续了一年半。酒虽然能让肌肉放松，但随之却让你觉察到一种从未有过的疲劳。而女性的身体，则让你体会到某种力量，它能慰藉其他任何东西都无法消除的疲劳。在与玲子有过几次云雨之欢后，他注意到了这一点。到那时候为止，他甚至从未意识到自己的疲惫。而随着最初的疯狂和逐渐表现出的温柔，玲子的身体让他慢慢觉察到自己有多累，他深切地感觉到了迄今为止自己是如何的疲劳。猛然意识到这一点，他才发现，原来自己的身体，已经在那种无休止的高强度工作中，僵硬得几乎要发出“嘎吱嘎吱”的声音了。而且，这样的疲劳已经郁积成瓷实的疙瘩，开始结成厚厚的外壳。这样可不行……他俯卧在床上将脸贴着枕头，这样想着。一旦疲劳形成坚硬甲壳的话……筋骨肌肉和灵魂，都将失去柔软和娇嫩而逐渐硬化老去，而变得冷酷。然后，便风化得连自己枯萎荒芜的心，都无法感受了……然而，就在现在，玲子那湿润温婉的眼神，那略微沙哑的声音，以及向他伸出的手臂，那摆动着划出柔和光影的丰满的乳房，它们以女性特有的方式，温和而柔顺地开始抚慰和化解他已积结成难看的疮痂般的疲劳。仅仅躺在她旁边，让温热的身体互相贴靠着，便能感觉到内心的宁静和彻底的放松。不过，在长时期超负荷的日子里，不知不觉积存下来的疲劳，似乎并不是立刻便能消除的。就像走过了头，到达目的地之后脚的疼痛会加剧一样，他现在反而开始感觉到一种更加尖锐的疼痛。他像一个回到家后，趴在母亲膝上哭泣的孩子一样，在玲子的身旁感觉到这一年半来从未有过的安详的同时，禁不住想放声大哭起来。我好累！我是多么疲惫！

“你累了吧……”

玲子忽然这样说道。只见她用好看的嘴唇，轻柔地吸住了不知不觉间滑落在他脸上的一行泪水。他再一次，这次是温柔地好像是在撒娇似的抱住了玲子，并对自己自言自语地说道：是啊，我得休息了。我要同这个女人一起休息了。也正是在这时候，他明白了自己感到疲劳的真正内容。其实，那是面对日本即将沉没这一骇人听闻的巨大灾难时的悲哀、恐怖和伤心。所有的意识都围绕着要如何面对这场灾难而僵化了，而疲劳则是这些僵化了的意识的集合。不过，他并没有过多地去深究这个问题，而只是在内心反复地对自己重复着这样的话——我要休息。我再也不愿以佯装出来的毕恭毕敬的假勇敢，去勉强自己面对“日本灭亡”这样的惊人事态了。我要放下这一切逃遁而去，与这个女人共度闲适的生活。这样做丝毫也不是卑怯，而是作为人的最好的选择。超过限度的努力和苦恼，反而会把人变成顽固而丑陋的怪物，所以现在我要逃离，我要尽情地休息，直到让身体彻底地放松下来。然后，等待着自己的心灵和肉体再度焕发出滋润感和自然的活力，这样，于己于人都是一件好事。他不断地向自己这样重复强调着。

玲子在父亲去世后，接着又失去了母亲。她把留给自己的不动产全部换成了钱。尽管因为地震而有所贬值，但她仍然拥有足够多的财产。“结婚后，我们俩去欧洲吧。”她建议说。

“赶紧把存款全部取出来，”他说，“然后尽快把它换成宝石和外币。飞机票也最好立刻先买好。明天立刻就去办……”

她神情有些恍惚地说道：“不动产还剩下一些山林，那些也要处理掉吗……”

“那些也尽快把它变成现金吧，就算便宜些也无所谓……”他说。他甚至还说道，看情况吧，就是扔下不管也不妨。那样的东西，马上就要变得一文不值。因为它们就要被烧掉或破坏掉，而沉入海底了……

在成田机场道别时，他握着玲子的双手说：“坦率地说，我不知道自己是不是爱你。结婚到底意味着什么，我原本就不太懂，对我来说这又是第一次……不过，我想我与你是能够互相理解的。”

“这样就够了。”玲子也一边用力握住他的手，一边这样说，“这样就足够了……”

在政府做出两个星期后正式公布的决定之后，还不到四天，不知由谁开始的传言，便在街头巷尾流传开来了。比上次的地震灾难更大的大地震和火山喷发即将袭来，这次东京会被彻底地破坏。千叶及湘南会沉入海底。要躲避灾难，只有暂时逃往国外……虽然报纸没有一行字提及，可传言却迅速扩散，人们在办公室、家里、街头，带着恐惧的神色在窃窃私语。各大航空公司以及全家海外旅行的报名申请蜂拥而至。在日本所开通的国际线，所有的航班都开始满员。即使有追加的临时航班，也是挤得满满的，并且无论哪一条航线，未来三个月的机票都预约满了。客船所有的船票，也都销售一空。震灾之后，股市在平均下降两千五百日元后，再次开始进行交易。由于经济低迷而长期性地持续跌落的股票，转眼间便跌破了平均下降两千日元的大关，并出现了进一步暴跌的兆头。终于在第三天，关东关西方面的股市都被关闭了。其间，不知是哪里动用了资金，股市又从一千八百日元再次开始交易。虽然疯狂的抛售依然还持续着，但这次似乎动用了相当的资金，不知从何处又拥进了大量的买家，让这种观望状态保持了两天。其后，股市出现了虽然缓慢却明确的下降趋势，并且这次所表现出的，是一种令人担忧会跌至谷底的不祥之兆。随即，近期内股市将会长期关闭的谣言，开始在兜町和北滨逐渐流传开来。虽然也有许多人感慨这次会是真正的恐慌，已经毫无办法了。不过，因为还不能真切辨明事态方向，便只能在不安中默默观望。

在政府部门内部，尽管也有人要过问，究竟是从哪里泄露了情报，但在政府公开发表前的忙乱中，根本没有精力深究此事。稍晚些时候，又有人推测：或许那是政府方面有意散布出来的。不过，由于过了一周后流言越发升级，连关西方面也开始被卷了进来，在政府和多党派的联合会议上，要求尽早发表的呼声逐渐强烈起来。

“在我看来，倒是推迟一周发表也许比较好。”在野党干事在会上这样说道，“只要国外不曝光的话……在这段时间，自己有能力逃出去的，应该有很多都能离开日本吧。”

“只有一两个星期的时间，多少人能跑出去，可想而知。”在野党第一大党的书记长，手敲着桌子说，“能逃出去的都是有钱人。一般老百姓怎么办？还是应该早点发表，马上进入管制状态。”

一位成员这样说：“就是发表之后，能逃出去的也还是有钱人吧。如果不尽快在议会上发表，采取防止混乱状态扩大的非常措施的话……”

来自各方面的有关传闻的询问，纷纷涌向政府及相关机构。新闻记者们的神色日渐严峻，眼睛也熬得通红。在政府各部的记者俱乐部，电话铃声开始响个不停。尽管离召开临时国会还有几天，国会议员们却接二连三地拥到了议会。各省厅的局长、次长级别的干部，为了逃避每天蜂拥而至企图打听情况的议员，可真费了不少力气。在街头巷尾，特别是在东京，各种各样的流言开始四处传播。上班的工薪族们，在公司也无心手中的工作，动不动就凑在工作场所的一角议论纷纷。在震灾过去的几个月后，在灾难中幸免于难的家庭，以及住进受灾者临时住宅和设施的家庭，好不容易才勉强安定下来。然而，在灾害的恐怖记忆之外，还得为生活的不便和物价飞涨而伤透脑筋的主妇们，因街头的传言，再次陷入了深深的不安和疑虑之中。到底会怎么样？该怎么办才好？政府是否会为我们做些什么？甚至连出租车司机，也是一看到乘车的客人就问“东京真的会沉没吗”。就是在中学生和高中生之间，也开始流传许多流言，街上的书店里，与地震及地学相关的一般解说书卖得飞快。人们已经很清楚地意识到，不久之后会有“大事”发生。而且，对会发生什么“大事”这一点，已经没人怀疑了。

经济界在与政府首脑秘密会谈后的第二天，便开始了秘密行动。而这些动态作为某种“征兆”，在社会上开始表现出来，则还不到一周的时间。在世界各地，日本开始用大把钞票买进旧船和报废船只的行为，引起了这一年来已经警觉的世界海运业界进一步的关注。当然，在买进过程中，也采取了冒名等手段以掩饰船籍，但日本的巨量购买，导致了世界船舶价格及旧船折价的上涨，国际船主协会收到了许多投诉。而且，租船合约在这一个星期开始集中到了日本，租船的价格随之开始被抬高。同时，日本船业的资金向海外分店、海外总社、合资公司的流动也在急剧增加。财界把两周前的“预告”，视为两个星期的自由操作时间。这种看上去似乎是与首相的约定背道而驰的举动，却是出席那次碰面会的全体人员，谁都心照不宣的事。政府给财界一个“准备期”的预告，表面上是严厉地叮嘱“其间不可擅自行动”，但却被理解为“在混乱还未开始的时候，赶快处理”的忠告。表面上说“别干”，其实就是在说“可以干”。这样，政府既可以在出现万一的情况下，获得顾全大义的名声，又能够以违反公约为理由而在今后严加管束。同时，还能要求财界向政府提供一定数量的因“预告”而获得的利益……这种做法，虽然已经成为一种常识性的交易，但由于这次是在“政府”的性质、力量和将来都不知会如何变化的非常事态之下，所以这种程度的行为，可谓是把握住了分寸的举动。

可是，财界的新动向，却再次引起了国际社会的关注。要求查明日本财界真实意图的指令，接连下达到了在日本的外国公司分店和各调查机构。在国外的股票市场上，恐怕是由于某种错觉吧，有那么短暂的一阵，把这些理解成了购买日本公司股票的依据。

日本又在策划什么……在远东的一角，有什么正悄悄地发生……在纽约、伦敦、巴黎，通过交易市场和经济情报网，日本正重新引起全世界的注目。日本国营公司债券的下降，一部分日本公司股票的暴涨，以及在国际海运业界所造成的影响……人们不禁要思考：日本到底要干什么呢？

“发表要提前两天……”

为了避免因“串线”造成情报泄露，通过一条特殊电话线路，在东京都内的某地，有一个声音向电话另一头这样说道。

对方的声音问：“已经决定了吗？”

“对形势进行研究后，基本上倾向于就是这样了……”

几个小时以后，声音又再度通过电话线传来。

“似乎发表需要再提前二十四小时的可能性很大……”这边的声音

说道，“那么，国会也要随之提前召开吧，议员们现在几乎都集中到了东京都内……”

“这样的话，有两三个计划就实现不了啦……”对方说。

“要比发表先下手才行……”那个声音不为所动地继续说道，“在欧洲，不是已经有所透露了吗……就让政府的声明，借着这样的形式而发出去……”

8

3月11日，也就是当初政府所预定的发表期限的前三天，由美国大地测量学会所发表的消息，像炸雷一样震撼了整个世界。

在亚洲东部的大陆架，特别是以日本列岛弧为中心，地壳正发生巨大的变动。

这则消息在美国发表的时间，是东部时间的下午两点，主要通过大地测量学会会长尤金·柯库斯博士和卫星观测部门的负责人之间紧急对话的形式，进行了发表。

尽管他们的谈话极其谨慎，却表达了这样一个事实。综合近几个月由地测卫星和观测船进行的各种调查来看，远东大陆架的一部分，特别是在进行着最活跃的地壳和造山活动的弧状列岛附近，发生迄今为止人类从未经历过的大规模地壳变化的可能性正急剧增大。这种变化的区域，将以东经130°～145°、北纬30°～45°的地区为中心，估计最迟也会在这一年内发生。

而且，对于记者团提出的“这一地区应该是包括了日本领土全域”的问题，他们还明确地说明，从地质学角度来看，极其特殊的日本列岛弧，以及它附近的地下地幔流的活动将是这次大变动的主角。

对于“是什么类型的变化”的提问，柯库斯会长虽然回避用明确的措辞作答；但是，他说“我们在考虑亚特兰蒂斯大陆传说”的可能性，这句话让记者们紧张不已。

“日本列岛附近发生地壳大变化，日本会成为亚洲的亚特兰蒂斯吗?”

通过电波和报纸，这条新闻在美国和欧洲各国，很快就传播开了。不过，由于时差的关系，在日本仅仅在稍晚出版的早报头版下方，登载了那么五六段而已。在美国发表这一消息的三个小时后，作为从“可靠消息来源”处获得的情报，法国通讯社从巴黎，将“日本灭亡的日子逼近”这一极具冲击性的大标题，抛向了全世界。欧洲各国和美国，都以头版大标题大规模地登载了此条消息，各电台也对此问题争相报道。法国通讯社的报道长篇大论，在美国大地测量学会发表的报道的基础上，又增加了更进一步的解说。日本列岛的主要四岛，由于在列岛下层正发生的地幔流变化，近期会急速地沉入海底。在此之前，因为地上的火山爆发和地震，日本的国土也许将遭到毁灭性的破坏。该报道甚至附上图解，做了详尽的说明。

虽然变化将发生在以日本列岛为中心的地区，但其规模之大，却是历史记录上未曾有过的。如此规模的变化，当然也免不了会对远东及西部太平洋诸地区带来很大的影响，所以，联合国当局非常重视事态的发展。关于已被预测出来的此次大变动将给东亚和西太平洋地区带来的危害，几天前就已开始在秘密会议上进行讨论。据事务局方面透露的信息，估计会在这一两周内，就此问题专门召开紧急安理会。

作为欧洲中央时间晚上十一点的新闻，首先被发出的这一冲击性报道，在日本早上八点，作为上班前的新闻而通过收音机和电视一齐传向了全国。其后三十分钟，作为插播新闻，各媒体又预告当日下午一点，首相将在临时国会发表重要讲话。

关东和关西的证券交易所，已经获悉早上三点由美国发出的“日本大变故”消息，委员会从黎明便开始商议，并随着早上八点追加的新闻，而做出了当日终止交易的决定。有关海外经济市场对此消息所做出的反应方面的信息，也陆续传来。当日中午十一点召开的临时国会，除了在东京大地震中遇难的人以外，几乎全员出席，会议持续到还差十分钟到下午一点左右为止，才终于进入了中途休息。所有的报社都做好了发行号外的准备，各电视台、电台也分别在国会会场内，设置好了摄像机和麦克风。外国的新闻记者、摄影师，甚至连外国电视台都拥到了这里，整个日本都在关注着下午一点的“日本首相重要讲话”，其紧张程度逐渐增强。在公司里，人们都在谈论早上的新闻，整个上午几乎看不到一家公司进入工作状态。一到中午休息时间，人们便纷纷挤到了电视机前。从外电的报道中，大家已能大致猜到政府要发表什么。然而，因为想要清楚地知道政府的正式发表，究竟要对议会和国民说些什么，所以还是坐到了电视机或收音机的前面。各家电视台早早地结束了中午的娱乐节目，从一点差一刻开始，便安排了特别节目，由学者、评论家、记者等人出席，就清晨通过美国及欧洲所传出的报道进行简短讨论。聚集在电视机前的人们，全都不同寻常地闭口不言。震灾以后与日俱增的不祥预感，以及这一周以来迅速流传的可怕谣言即将成为现实，大家不安地等待着这一瞬间的到来。这天从早上开始，便有几次轻微的有感地震袭击了东京地区，据说地震源在西部，可是谁都没去注意这些。

国会主会场不同于往常，在一点还差十五分时，国会议员们就已经几乎全部进场。一点整，主持会议的议长宣布开会，首相立刻表情凝重地走上了前台。刹那间，闪光灯闪个不停，电视台的摄像机一齐对准了首相。首相拿出讲稿，轻轻清了一下嗓子，用略微低沉的声音说："各位议员，我现在以日本国政府最高负责人的身份郑重地告诉大家：我们的国家，正面临着一场前所未有的堪称国难的危机……"

正当首相在国会开始讲话的时候，小野寺身穿外套，手提行李箱，出现在了 D 计划总部的 D-1 房间。本该是下午工作时间，但是部里的人几乎都跑到有彩色电视机的会议室，去听首相讲话了。3D 显示装置房间隔壁的工作室里空空荡荡的，只剩幸长和中田在房间的一角，一边用便携式收音机收听讲话，一边沮丧地抽着烟。

一看到小野寺的身影，幸长便挥了挥手。

"今天出发吗？"

"对，两点半从成田机场起飞，经由莫斯科……"

小野寺这样说道。虽然他的脸上带着微笑，可他的面容却让人感觉到一种莫名的忧伤和烦躁。

"太好啦。要是等到这个讲话发表之后的话，机票和外币都马上会变得难以到手的。从今天早上开始，外国航空公司已经是非美元现钞不卖机票了。而且据刚才的新闻说，在海外似乎已停止兑换日元了……”

小野寺说：“发表比预定的时间提前了三天，这真是让我大吃一惊……我们倒是刚刚赶上时间。”

“运气不错啊……”中田说着拍了拍小野寺的背，“准备在哪里落脚?”

“暂时先到瑞士。她几乎把全部的财产都存进了瑞士银行。”

中田说：“瑞士啊，瑞士的话，应该有你工作的地方……尽管那是个山地国家，对海底调查和海洋开发却异常地热衷。他们不但建造深海潜水艇，深海潜水纪录的保持者好像也在那里……”

“真的开始了啊……”小野寺用下巴示意了一下收音机。

“正如诸位今天早上，通过国外的新闻所听到的那样……”首相的声音从收音机里传出来，“在即将到来的未来，以日本列岛为中心的区域，将发生大的地壳变动，日本的国土很有可能会因此而遭受到毁灭性的破坏和打击。这一点，通过我国的科学工作者及政府所属的机构的调查，已经被确切地判明了……”

“日本首相的讲话，通过配有同声传译的卫星实况转播，传送到世界各国的电视及收音机中，这恐怕还是第一次吧……”中田小声这样说着的同时，不由得笑了，“也就是说，我们的工作就此告一段落。不过，实际上这以后才真正够呛。接下来该是大混乱吧，恐怕全世界都会卷进来……”

“……这次大变故的全貌及发生时间，是最近才确定的。据调查机构的预测，这场变故将会在一年内发生。其结果，估计不仅会因地震等带来国土的全域破坏，而且还可能造成日本全域性地沉入海中……”

幸长低声感叹道：“一国的首相，在国会上的演说以地学为主题，这样的事恐怕是历史上闻所未闻的吧……从这种意义上讲，日本这个国家真是极其特殊。”

中田说：“这样看来，日本早些在政治中引入自然科学的观点，或许更好。今后全世界或许都会朝这个方向改变吧。随着环境问题、公害问题、地球管理问题等逐渐扩大……以人类集团对人类集团间的交易和策略为焦点的马基雅弗利[55]主义时代，正走向灭亡……有关人类社会和自然环境的科学知识，应该会成为未来政治家所必须具备的基本修养吧？”

“那可不一定……”幸长摇了摇头，继续说道，“在我看来，在相当长一段时间，政治的最大课题，依然还是如何处理各种人类团体之间相冲突的利害关系。只要比现在更好更有效的集团内、集团之间的交流方法，还没被发现……政治家的工作，就应该还是调整利害关系之类的事。不过，像目前这种仅调节利害关系就几乎消耗掉所有能量的、低效率状况，是否能适应形势，就不好说了。因为民主的特征主要体现为：为实现调整而造成的能量浪费和低效率，转化成了防止事态加剧的手段或预防措施。而相反的高效率，却往往导致独裁……”

首相的讲话还在继续着。

“历史上，任何国家都没有面临过这种前所未有的灾难。为了直面和处理这场从古至今都未曾有过的国难，作为行政最高负责人，我已向各党请求协助，并在各党首脑充分理解事态的基础上，成立了多党派联合体。另一方面，在人类史上从未有过的国土崩溃沉没之事态下，为了能从这场灾难中救助出全体日本国民的生命和一部分财产，政府已经向联合国及全世界的政府提出请求，希望他们对援救日本国民的计划给予帮助。联合国及各国政府，站在人类共同的立场上，正不断向日本提出申请，要为救援日本国民而提供尽可能的援助……”

“这之后，好像首相要中途从议会退席，然后通过电视和收音机而直接对国民讲话……”中田说。

“如果是美国总统的话，一定会一开始便通过电视，直接向国民发表讲话吧……在日本这样可行不通……”

“……政府为了保障全体国民的生命和生活，让大家顺利地逃往海外，目前正竭尽全力地考虑对策。在此，我作为行政最高负责人，衷心地恳求诸位国会议员，为了把我们所热爱的祖国日本和一亿多同胞，从

55 马基雅弗利（1469—1527），意大利著名政治家。

这场前所未有的危机中救出去，希望你们能够充分理解事态通力合作，行使自己作为一个国民代表的义务……”

“你时间还来得及吗？”幸长问道。

“我们一点钟在成田高速的站台碰头。”小野寺抬头看了一下时钟，语气低沉。

“你似乎并不怎么高兴呀。”幸长说，“怎么啦？不是去瑞士度蜜月的吗？你可应该更兴高采烈一些呀！”

“那倒是……”小野寺一脸难过的表情，“幸长和中田，你们怎么办呢？这以后……”

“问我们怎么办呢……”幸长回过头望了一眼中田，“大概会进入灾害对策总部，继续进行观测，直到撤离结束吧。听说，中田没准儿会被调到避难撤离计划部去……”

“真可笑……”小野寺的脸上带着苦笑，“在这之前，我一直是一种终于能够解脱的心情，而从昨天开始却怎么也不想走了。”

“你可不能这样想。”幸长用很重的语气说道，“这可不像你。前不久，你不是说过要‘自己给自己发奖金’的吗？到了这样的时候，靠自己的力量逃出去，拥有这样的机会的人，越多越有益，哪怕多一个也是好的……在这种情况下，逃出去反而是为日本着想的举动。这样，便相应地减少了国家的负担，同时也意味着会多一个日本人在这个地球上生存下来。如果要想为日本做点什么的话，在欧洲也同样可以做啊。”

“可是，幸长和中田……你们会一直留下来吧？”

“我们的事，我们自己会妥善解决的。”幸长脸上露出了微笑，“我们不是孩子，也还没有到自己不能管理自己的年纪，尽管上了岁数，不能像你那样敏捷地行动……但是声明一下，我可没有任何要悲壮地与日本列岛共存亡的意思。到了应该逃的时候，我会不顾一切地逃出去的。”

无人的邻桌上的电话响了起来。中田大步走过去拿起电话，讲了两三句后又挂断了。

“富士山很快就会开始喷火……”中田边往回走边说，“宝永火山口下，两三处已开始喷出气体。似乎箱根的神山和大涌谷，从今天早上起，也开始喷出气体并发生小规模爆炸了。”

“是富士山啊……”小野寺轻声叹了口气。不知为什么，他感到一道不祥的黑影突然掠过心头。

“箱根、御殿场、小田原、东富士方面一带，应该从昨天开始避难了吧，因为塔之泽一带，每天正以两厘米的幅度隆升。而爱鹰山的北边，则每天以五厘米左右的幅度在隆升……”

“那我就告辞了……”小野寺说着站了起来，“多保重，希望我们会在世界的某个地方再相见。保持联系。另外……结城就拜托给你们了。听说他已让家里人去了台湾……”

这时候，桌上的杯子和墨水瓶发出“哒哒”的声音，开始摇晃起来。一支铅笔从桌子边缘滑落到地板上，随即传来了笔芯被折断的声响。

“真的开始了吧。”

中田回头望了一下窗子说道。

“……好像是。”

幸长站起来，指了指窗外。

虽然从房间西边的窗子不能直接看见富士山，3月浅蓝色的天空下，却可以看见巨大的灰色云团，正滚滚地膨胀涌现。三个人同时跑到了窗边。

这时，好像是最初冲击波的空气振动，窗玻璃被摇得“哗哗”地响。

“这可是相当大规模的喷火呀……”中田说。

“我们到屋顶去看看吧……”

身后电话又响了，这次是幸长去接的。似乎很难听清，他提高了声音。可等明白了对方是谁后，马上又以非常吃惊的表情，将电话递给了小野寺。

“找你的……”幸长说，“好像是个女的……”

小野寺猛地一下跳到电话旁。

“喂……”小野寺对着听筒叫道，“喂！”

话筒那边很嘈杂，能听到轰隆声和有人叫喊的声音。

“喂……”玲子的声音遥遥地传过来。

“你在哪里？”小野寺用一只手捂住耳朵大声问道。

“在……在刚出真鹤大道的地方……堵车了……”

“真鹤大道？”小野寺的声音不由提高了，“为什么会在那儿？三点半可要从成田出发的呀。”

“昨天……为了……去了伊豆……”由于噪声和背后的吼声，玲子的声音时断时续，“火车……因……今天早上……坐汽车出来了……却塞车……”

“喂喂！”全身冒出湿淋淋汗水的小野寺大声喊道，“喂喂！听不见！”

“到达这里后……喷火……石头……道路……”

在玲子声音的背后，响起了轰隆声和硬东西与什么东西当当相碰的声音。继而传来了女人的惨叫和孩子的哭号声，同时还夹杂着树木折断以及玻璃碎裂的声音。

“很烫的灰从空中落下来。外面已经一片灰白，在地上越积越多……甚至还有烧烫的石头飞过来……”玲子的声音忽然变得很清晰，“小野寺，机票早先已给你了，你先去瑞士吧。我今天怎么也赶不上了，你一个人先坐今天的瑞士航班。无论发生什么事，我都一定会跟着过去的。”

“说什么呢！”小野寺攥紧手中因掌心渗出的汗水而变得滑滑的话筒，一边高声喊道，“说什么傻话！”

“轰”的一声长长的轰鸣，占据了整个话筒。惨叫、大地震动、什么东西落下的声音……然后，终于听到了一句玲子极力要盖过其他噪声而拼命叫喊出来的话：“……日内瓦……”

话筒里传来一声巨响后，电话便戛然而止。此后除了微微的电波杂音外，什么都听不见了。

小野寺放下电话，呆站在那里。他感到自己全身的血液正往下流。他浑身满是黏糊糊的汗水，恍惚地走向窗口，睁大的双眼猛地涌出了泪水。

“怎么啦？”中田问道。

“喂，你去哪儿？”幸长说。

小野寺已经跑向门口。到底要去哪里，他自己也没有头绪。总之，他只想尽可能地靠近玲子所在的地方，哪怕只有一点点也好。在距离市中心八十公里的真鹤海岸，玲子陷入了不停降落的滚烫的石沙之下。这种莽撞的冲动让他丧失了理智。

“小野寺君！”幸长探出头，对着走廊大声叫道，“行李！你的行李怎么办？”

然而，小野寺的身影，已经消失在楼梯下面了。

“所以国民们，希望你们保持冷静……”在幸长的背后，传来首相的声音。结束国会演讲后，他正通过电视、收音机直接对国民讲话，“……遵守秩序，与我们一道，来把因混乱造成的牺牲降低到最小。政府和国会无论在什么样的情况下，为了从这场灾害中拯救全体国民的生命和生活，都将会竭尽全力……”

在火山爆发几分钟后，最初的爆炸声越过八十多公里的距离，“咚”的一声撼动了大气底层，房屋也随之晃动了一下。站在门口的幸长，不由得回头望了一眼窗外，西边的天空已经完全被笼罩在喷发出的灰色烟雾中了。

这一天，3 月 12 日下午一点十一分，正值首相在国会发表讲话时，在宝永火山口正下方，海拔两千五百米附近的山腰处，富士山开始了大爆发。它首先摧毁了位于其东南山麓两千七百米高处的侧火山宝永山。继之，通向御殿场方面的山腹上，大大小小二十几个火山口，开始一个接一个地爆炸并一齐喷发出气体，同时还不断地飞溅出火山灰和火山熔岩弹。这是自宝永四年（1707）的大爆发以来，相隔二百多年后，休眠火山富士山再次开始的大型活动。

在山腰喷火后不久，东南山麓的越前岳、爱鹰山、箱根神山等，也开始发生爆炸。东名高速公路在御殿场一带，因附近降落大量的火山灰和火山熔岩弹，致使道路通行受阻。同时，在铁路方面，东海道线及东海道新干线、沼津—富士段和三岛附近的架线被截断，并发生列车倾覆事故。而且，因为火山熔岩弹的缘故，富士与小田原之间的列车运行也被迫停止了。富士山的喷火大约持续了两个小时，在短暂停歇了一阵后，下午三点四十分左右，在山顶附近再次开始了大爆炸。这次在大泽崩溃带发生的大爆炸，彻底把山顶炸飞了。在第二次大爆发的时候，与箱根—爱鹰方向相反的、位于山梨县东北部的太宝山，也出现了火山口，并从这里喷发出了大量的熔岩。自永保二年（1083）的大爆炸以来，太宝山整整九百年，都未曾有过这样规模的爆发。随后，岩浆开始流向山麓，青木之原林海再次化为火的海洋。岩浆在吞没了鸣泽附近的街道和旅馆群后，又气势汹汹地涌入了西湖和本栖湖这两大湖泊。

不过，这两次大爆炸，只不过是尾随其后的更大规模的大爆炸的序曲而已。据说它远远超过贞观六年（864）的那次喷发。第二次喷火大约持续了六个小时，其后的四个多小时，又再次进入了平稳状态。在这十个小时里，从箱根、小田原到神奈川县西南部一带，一直在下夹杂着火山灰、如泥水一样浑浊的大雨，这也是伴随着火山爆发常常发生的现象。3 月 14 日凌晨一点二十六分，在丹泽、甲府、沼津、静冈一带，再次发生强烈地震。三分钟后，富士山又发生了使山顶部飞溅三百多米高的大爆炸。山顶由西北偏北，向东南偏南产生的裂缝，将富士山彻底分成两半，山貌瞬间就变了个样。

后来被称为“古富士喷火”的这次喷发，是由古富士山发生的爆炸。它隐藏在富士山下两万多年都没有活动过，被认为不会再喷火。其爆炸的能量为 7×10^{24} 尔格，前后两次的喷出物总量为六十七万立方米。仅山梨、静冈、神奈川西部地区，因三次爆发所带来的火山灰、火山熔岩弹、熔岩、冲击波而死亡的人数就超过了两万人。富士山在山顶被炸飞后便开始陷落，整体下降了七百米。在发生喷火之后，富士山附近地区下沉了一米多，山的形状也发生了变化。那座美丽的圆锥形的火山，自万叶时代便被不断讴歌和颂扬、被称为“日本的象征”的名山，如今已面目全非。呈锯齿状的火山口壁，以及直径达数公里如地狱之斧般破损的火山口，被从西北向东南蔓延的火山口壁的裂缝，改变了模样。从神奈川和山梨县望去，它已变成了两座山。在小田原附近降落的火山灰厚达两米，在甲府一带厚达一米半。就是东京都内的东部，有些地方也厚达十几厘米到二十厘米，甚至连远在一百四十公里外的成田机场跑道，也同样被薄薄地铺上了一层。

这之后，发生了更加奇妙的现象。在富士川的河口处，其右岸和左岸，竟水平地出现了一米的偏差。在富士川上所修建的铁路桥，也因为这个倾斜而变得危险起来。富士川的东侧，朝南移动了几十厘米，同时还垂直下降了近三十厘米。即使这样，这次富士山大爆炸，也只是接着要发生的大变故的序曲的导入部分而已。在富士山发生爆炸三天后，浅间山也发生了大爆炸。这次的爆炸能量为 4×10^{24} 尔格。先流向东边的熔岩，在很短时间内便淹没了被山体猛挤出来的公路。随后，南方的石尊山，离山附近的火山口也被炸开。熔岩和火山灰吞没了从小诸至轻井泽的地区，离山的爆发所带来的火山灰和熔岩，还堵塞了碓冰山的山岭公路和信越隧道。除此之外，位于浅间山西北麓的新鹿泽温泉旅馆下面开始喷火，它引发了乌帽子岳的山腹喷火，从而使由孀恋山穿过鸟居山岭而通向信州上田的这条道路也被封锁了。

在浅间山持续喷发的这一个星期里，群马县北部的武尊山也开始活动。大量的火山灰和熔岩，袭击了洞无湖，而利根川上游则被阻断了。同时，地震和地裂使得藤原水库溃决，从水上温泉到沼田市附近一带，被洪水淹没，上越铁道线也不通了。另外，武尊山北边的隧岳、日光深处的白根山、那须高原的大佐飞岳等，位于北关东的火山群，也一齐开始活动了。

将本州分割为东、西两半的关东山脉下面的富士火山带，现在已经全部处于燃烧状态。连接关东地区、中国地区[56]，以及西部日本的陆上交通干线全部被切断，现在只剩下航空路线和海路可以使用了。与此同时，房总半岛、三浦半岛和伊豆半岛的突出部分，开始出现一天几厘米到十厘米不等的下沉，有的地方甚至还出现了一天几厘米向东南方向的水平移动。地表的倾斜愈来愈严重，在关东南部一带，已开始连续数日不间断地发生震级为三至四级的地震。

---

56 日本的广岛等五县被称为中国地区。

西日本和东日本以中央大地沟带为界，正以相当快的速度开始错位。D-2 中部地区小组，3 月 20 日将这个情况报告给了防灾委员会。报告中说，虽然现在错位的速度为一天几毫米，但它在不断加速，估计在 4 月份内，会达到每天几厘米的速度。

9

日本列岛将在一年内沉没。

日本政府的这一公开发表的报告，使全世界无比震惊，而日本国民的反应却出乎意料地平静。也许是一种异常的沉默和茫然若失的感觉侵袭了大众，任何城市都没有出现跑到街上大哭大叫的人。聆听首相在议会上的讲话，在国会认可的情况下公布非常事态宣言，以及后来通过收音机、电视而向国民发出号召，在这个过程中，人们脸上的表情渐渐僵化了。广播结束时，只听到四处发出了一些轻微的叹息声，几乎没人有什么过激的举动。也许是因为太骇人听闻了吧，大家虽然受到冲击感到无比震惊，却不知该立刻做出何种反应。

继首相讲话之后，电视里作为特别节目，又开始播放新闻及相关的解说，大部分人就像被施了催眠术一样，在工作单位一直盯着画面。过了一会儿，有些人才开始压低脚步声，三三两两地走出了房间。

首相讲话结束一分钟后，整个日本的电话，全都一起响了起来。在一天之内，全国便有几十个地方的电话交换机的保险丝被烧断了。由于富士火山带的爆发，东京以西地区的电信公司的微波线被切断，东京与大阪区间的通话容量，在那天因此减少了二分之一。除了使用邮政通信卫星的全国电视网，因为电话、传真及计算机的通信线路都要优先满足紧急重要的通信，所以普通的用户几乎全被停止了。然而即便这样，在东京都内、东海地方、名古屋、关西及濑户和九州区域内的几千台电话，依然还是响个不停。

——看电视了吗？……听广播了吗？……听说日本要沉没了……你怎么认为？……你打算怎么做？……怎么办才好呢？……喂，是我……听到新闻了吗？……好，我马上回来。总之，我马上回来……把孩子们从学校叫回来吧。

不可思议的是，在工作场所人们并不怎么议论这件事。大家尽量不去接触别人的视线，而是要么抓住电话不放，要么眼望着空中，用手指烦躁地敲着桌子沉思。

似乎大家凭直觉感觉到，这个问题不同于美元危机等社会性事件，并不是靠工作场所或街头的议论，就能理出个头绪来的。这件事冲击到了日常社会生活的根本。所以，大家都只能顾自己，各自去面对“要怎么办”的问题。

自下午两点左右起，在全国各处的交通中枢，出现了与平常时间段不相称的“早退高峰”。在东京，西边的富士山继续轰鸣作响，喷发烟雾。银座、丸之内、皇居的绿荫、高层建筑、公路和铁路等，都被纷纷降下的灰白色的火山灰所笼罩。护城河水上，浮着一层小石子碎后的白灰，天鹅们胆怯地躲在水中的石墙角落里，一动也不敢动。踩着在人行道上“哗啦哗啦”作响的火山灰和小石子，听任不停地掉下来的火山灰把肩膀和头发都弄得一片灰白，人们表情严肃、低头快步地往电车站赶去。

电车、列车、公共汽车和出租车，是不是能把自己送回家呢?

到什么时候，道路才能重新通畅呢?

自从那场让这座巨大都市的交通、通信功能在瞬间瘫痪的大震灾以来，恐怖的记忆，让人们条件反射地采取了急切“回家”的行动。在平常工作日的下午两点，形成这座大都市的“日常”表层，却像被加过热的油脂薄膜一样，突然融化而开始流动。假如是以往傍晚下班时间的话，在溶解于此“液体”的表层下面，霓虹灯会开始眨眼，夜晚大都市特有的活力和熙熙攘攘的欢乐场景，也会涌现出来。然而，现在却只有往眼睛和鼻子里钻的热灰，它像是要再次包裹和固定已开始熔化的表层似的，开始慢慢地覆盖下来。

人们像是害怕被天上降落下来的灾难性的泥灰粘住了似的疾步走着。出租车则疯狂地飞奔，好像怕被客人叫住一样。因为这些司机听了车载收音机的广播后，也由一个“工作人”变回了“普通人”，纷纷想着自己的家庭而匆匆忙忙地往回赶。

回家！

在微带浅茶色和灰白色颗粒降落的天空下，这座大都市似乎正用一种惊恐的声音，在这样叫喊着。

不管怎么说，先回家！

回到家之后呢？做什么？怎么办？虽然谁都在心里乱哄哄地翻腾着这些问题，但似乎又并没有谁在那时真正考虑这些。首先是全家人必须在一块儿，该怎么办那是以后考虑的事。

也有没早退的人，比如那些未成家的，或在别人家中租住房子的年轻人。学生一般都先跑到学校去，找到自己的同伴后，便谈个不停。当然，坚持观看追踪报道电视特别节目的，也是他们。在咖啡店及工作场所，随处可见忐忑不安而寡言少语的年轻人围成的圈子。包括学生在内，在没结婚的年轻人里，大概只有百分之几的人，决心返回家乡并奔向车站。

可是，往西边去的交通线，几乎都断了。在铁道方面，小田急线和国铁平塚以西的运行，已经停止。东名线，目前虽然还可通到厚木，但很快就会被封锁在涩谷这道关口以内。中央线上，八王子以西已停止发车，从关西来到东京的二十五万旅客，现正被困在东京都内。“东海道巨大都市”，终于在偏东的地方被分隔成两部分，东西日本的交通仅剩下航空和水路了。羽田机场在被海啸袭击后，曾一度开放过，但最近附近一带的整体性下沉加剧，涨潮时海水开始侵入跑道，目前因为在进行防潮施工，又被关闭了。成田机场要同时承受国际线和国内线的运输，差点就要被挤破了。在木更津和人间这两个航空自卫队基地，临时对国内线开放，也不过是三天前的事。但由于跑道和地上设施的限制，只有中型飞机能起降。民间飞机因为无法适应在基地起降，只好动用运输部队的飞机。长途渡船载着挤满甲板的乘客，离开海啸后尚未彻底修复的东京港，不断地驶向关西，驶向九州。

不久，富士山开始了全面大爆发，东京都内有的地方，掉下了一公斤重的石块，地面上覆盖着厚达十厘米以上的火山灰。除了地铁，都内的交通开始拥堵。利用除雪车清除积灰以后，出租车和汽车虽然可以勉强行驶，但由于汽油不足，东西交通的隔断越发严重了。

大震灾三个月后，曾一度被解除的“非常事态宣言”，在事隔两个月后，又再度在全国范围内发布了。

在撤离计划实行委员会上，海运局局长面色苍白地汇报：“船只调配计划，也许需要做部分调整。由于这次的富士山火山爆发，一部分外国船主迟迟不让签约的外国船只返航。他们声称船员工会认为接近日本有危险而不愿前来，并提出了增加特别津贴的要求。据我方的调查，这不过是一个借口。他们似乎知道我们在政府公布事态之前，包租了定期航班的豪华型船只，了解实情后，想以此提高租船费。更恼火的问题是，国际船主协会内部出现了赞成这种做法的倾向。”

委员长说：“现在政府特使正在和美国总统商洽，希望除第七舰队以外，能再增加一部分第一舰队的力量……在国际船主协会，有没有能为我们说话并起作用的人物？”

“当然有。不过，这种时候要让船主协会点头同意，恐怕就得在现有的基础上再进贡才行。”

“听说在理事会上已经撒了不少钱了……在这之外……还要给吗？”一位委员插话说。

“就是说，还得追加吧……”

“是啊。问题是出现这样情况的还不止这一件事。事态的发展比预想的快了许多，在海外筹集到的黄金、白金及各国货币，仅仅达到目标的四分之三。那点钱再被这种事一点点吃掉的话……”

“这也是万不得已嘛。”另外一位委员补了一句。

“无论如何，要是不能保证目标吨数的话，就靠日本自己所拥有的两千六百万吨商船吨位，根本不可能把一亿一千万人全都运出去，这一点是非常清楚的。油轮倒是有许多，可一艘油船也运不了多少人呀！”

委员长说：“国际民间航空组织那边怎么样呢？那边没出现这种情况吧？”

“目前阶段还没有问题。不过，如果做最坏估计的话，也许不能太指望用飞机运输。”来自民间航空公司的委员这样说道，“统计上的运输成绩，去年的确达到了四千三百亿人公里，其中有偿的为二千五百亿人公里。然而，其统计快速上升的部分，主要集中在对社会主义国家圈内国际线的开放和国内成绩上。由于发展中国家的机场建设进展缓慢，越海和全球运输能力并没有增加到想象中的那么多。日本尤其薄弱的是机场这个环节。关西新机场还是那么一种状况，在现阶段，国际线大型远程飞机能够使用的只有成田、伊丹、板付和千岁这四个机场。把勉强可用的也算上的话，宫崎、鹿儿岛、熊本、小牧、丘珠这几个机场也许可以用吧。不过，巨型喷气式、超音速、道格拉斯-10 和洛克希德·空中客车的越洋型飞机，它们能够起降的机场，只有成田、伊丹、板付这三个。如果这些机场也遭到地震和浸水的破坏的话，到底能使用到什么时候就很难说了……”

“能筹集多少飞机呢？”

“和各航空公司接洽的结果还没出来，现在还不能具体确定……在最高峰时，可以集中全世界飞机拥有量的百分之三十。要想超出这个数，非常困难，因为不可能让全世界的飞机营运为了日本而停下来。不过，这仅仅指的是远距离和中距离商业飞机，并且在‘事态 A’最紧急的时候，能在一周左右调派过来的。即使能够这样，机场的容量还是很有限，成田机场二十四小时一千架次、伊丹机场二十四小时六百架次的起降，恐怕就已经到极限了。虽然美国的战略空中运输军团，愿意为我们派遣巨型运输机 C5-A，但我们的机场承接不了……我方希望能充分利用各地的航空自卫队基地的机场，为此，我们已经向对方申请派遣大量的中型运输机。”

海运局长说：“印度尼西亚海军、中国政府等，都主动提出要提供帮助……但在量上也许不可能期待太多。苏联还没有回复，不过，有情报说他们的运输船正从北冰洋海域向太平洋海域返航，所以近日内应该会做出某种回答吧。”

“苏联、朝鲜、中国……离日本这么近的国家……却不能如我所愿地让日本人撤离到那里，倒是挺讽刺的。”一名委员自言自语地说。

“所以说，在很早以前，就该与这些地区建立起强有力的友好关系，并相互交流。”在野党的一位委员，敲着桌子用无法排泄愤怒的口气吼道，“明治维新以后，日本把这些最靠近自己的所有近邻树为敌人。要么进行经济侵略或军事侵略，要么盲从冷战外交，成为别国的军事基地。这一切，都是在重蹈帝国主义侵略的覆辙。我们自己主动进行过像样的持续的睦邻外交吗？日本的做法让自己沦落成了亚洲孤儿，所以这一切都是咎由自取。而且在战后，日本一直缺乏对国民进行教育，没有引导他们要与亚洲各国保持友好。对于在国民中形成的，在亚洲各国面前所表现出的令人生厌的傲慢和优越感，听之任之也不进行任何纠正。在国民的国际意识里，对亚洲周边各国该有的常识被忘得一干二净，只剩下大肆挥霍、搂着女人的观光客的印象，或者轻蔑地将亚洲诸国国民视为穷光蛋的经济动物的感觉。这样的人，如果全部移居到对方国家的话，将会是什么样子？”

“现在说这些已于事无补了。”委员长说，“的确，迄今为止，日本只考虑与欧美国家为伍，自明治以来一直如此。就是在战后，这一点也没能得到纠正，而且政府并没有做出要去纠正的努力。日本拼命地要成为‘现代化国家’和‘欧美列强’的伙伴，在社会、军事、经济产业方面，这一点倒是成功了。被亚洲近邻孤立也无所谓，都是因为这些成功让日本具备了在孤立的情况下也能生存的条件。一旦出现什么糟糕的状况，日本便随时逃回这四个岛上，只要与远在一万公里以外地球另一半的欧美圈进行贸易就行。可是，这次是可以躲藏的岛屿要消失了……“作为将来要面临的局面，这肯定是一个重大的问题。不过，目前需要大家发挥智慧的，还是如何将一亿一千万人从这个岛上运出去。”

“这一点似乎让移民对策委很头疼。”一名记者委员说，“据调查机构对国民的希望移居地进行调查的结果显示：选择美国、澳大利亚和欧洲的，占绝大多数。选择南美、非洲的次之，选择东南亚、苏联等地的，总共加起来还不足百分之十。其中，指定中国香港、新加坡、曼谷等城市的很多，也许是由于通过观光而对这些地方比较了解的缘故吧。”

一位在野党委员说："极右分子们散布恶性谣言恐吓国民，说中国和苏联会向日本发动进攻，如果移居到那样的地方，会被当成奴隶使唤之类的，对此是否应该进行打击呢？法律允许那样的家伙逍遥法外吗？说到底，其根源还是在于历代执政党政府过于盲从美国的反共政策，从而长期以来，让这些家伙有了某种被默许的心理做后盾。"

委员长皱着眉头说："这个问题，在最高指挥委也引起了注意。的确，必须采取措施了。不过，虽说是在非常事态下，这些举动却并不适用治安维持法，也不可能因此再恢复'流言蜚语罪'而对其进行追究。事到如今，也只好采取与暴力行为扯上边的策略。"

"在这一点上，反美运动也同样如此，因为这些问题涉及宪法……"

来自外务系统的执政党委员说："迄今为止，能够容忍对其他国家如此为所欲为地进行诽谤，其实正是日本作为一个国家，根本没能融入国际社会的一个佐证。如果对即将前去的地方还那么挑肥拣瘦的话，到对策委强制分配移居地时，那不是会发生大混乱吗？"

委员长说："必须让他们从心里认识到，这不是观光旅行，而是人命关天的逃难。"

"对了，还请继续汇报吧。"

"关于机场问题成为瓶颈的具体情况是这样的：这十个月能从日本输送到海外的人员，按最理想的计算估计，也不到五百亿人公里。也就是说，能将一千万人运送五千公里，两千万人的话，能运送两千五百公里。日本是位于远东的岛国，所以每位乘客的平均飞行距离较长，为世界平均值的四倍，即四千公里以上。而且，这里讲的还是理想状态，而实际上，却要看机场能全部使用到什么时候来确定。"

航空局长插话说："大阪机场处于那样的状况，成田机场也有弱点。供油也是一个问题，从鹿儿岛引来的输油管，在震灾时被破坏得一塌糊涂，目前只有百分之七十五可以工作。如果这十个月再发生几次大地震的话……情况最糟糕的时候，恐怕连燃料也得空运了，水路运输线路也许会再度无法使用。油轮不能停靠，离港口远的内陆机场就比较麻烦了。"

“港口也存在着同样的问题。”海运局长说，“据港口局的报告，太平洋沿岸有码头设备的港口，已经有百分之三十的功能瘫痪了。面向日本海的地区，虽然目前瘫痪的港口仅有百分之十，但太平洋沿岸的下降和日本海沿岸的隆升，照这样的速度持续下去的话，恐怕用不了四个月，日本全国码头设备的大部分，都将变得无法使用。如果这样的话，只好在海面上装载了，而用舢板运送，效率将会降低……”

“那就启用登陆用船艇。”委员长低声说，“只有拜托海上自卫队和美国海军的军事海上输送司令部啦。他们的大型舰艇里，有一种叫水陆两用舰的，可装载两千五百吨左右……甚至还能装坦克。”

“在越南战争期间，就是用它从横滨往西贡运送军需物资的吧?”

“对，战争结束后，我就是坐着它从南方退下来的。这家伙既摇晃得厉害，设备又差，再加上热带的暑热和营养失调，很多病号和伤员都死了……”

“那时候从外往回撤退，”来自外务省的委员说，“包括军队在内，也不过一千几百万人吧。”

“而且，时间跨度很长。前后花了近十年吧……”委员长说，“十个月要运送一亿一千万人，简直难以想象……”

日本列岛的微型地震依然持续着。南起九州，北到北海道，震级为二到四级的地震，在全国各地接连发生，不久在本州岛弧的两端阿苏山和十胜岳，几乎同时开始活动了。青函隧道由于隧道的地下水大量涌出，一个月前就已停止使用了。4月初，袭击北九州和中国地区西部的震级为七级的地震，使关门海峡的地底，产生了逆向断层。由东东北向西西南走向，高为六公里，水平错位两米，垂直错位达七十七厘米。关门海底隧道的铁道以及三条公路，都被切断了。关门大桥被轻微扭曲，但勉强保存了下来。可是，靠近山口县一侧的桥塔顶部，向东北倾斜了一米半，重型车辆已经禁止通行了。

没过多久，在九州，雾岛、樱岛也开始喷火了。在太平洋沿岸，当海岸的下降平均超过三米时，速度有所减缓。不过没多久，半岛的前端部分，又开始以更加激剧的速度下降了。

在中部地方，烧岳、立山开始喷火。

人们表面上看起来很平静，沉默地等候着政府的指示。在关西地区，由于与东京之间的交通被阻断，周刊与一般类杂志已无法送达，只有靠电视、收音机和报纸专用的电传线路这三种方式，来勉强连接这两个地区。一般撤离计划的大纲虽然已经发表了，但具体的指示还没出来。

通知说，一般群众往海外的撤离将于4月2日开始，通过各都道府县、市町村，按地区再另行公布就近机场、港口的集合地点和时间。可是，时间一天天过去，追加的有关细节内容却一直没有发表。国际航空线路在政府发表公告的同时，就停止了受理普通旅行顾客。不过，已经开始优先输送海外要员病号，前往海外已具备接收条件的地区。住在机场周围的人们，纷纷拥到机场去观望繁忙起降的飞机。他们那乍看似乎毫无表情的眼睛里，逐渐流露出越来越多的不安、焦躁和怀疑。

一般海外旅行的受理工作已经终止，但每天不是还有那么多飞机满载着乘客在空中飞行吗？乘坐在上面的是什么样的人？说不定政府置我们这些平民百姓于不顾，而正在把那些政府要员的家属、有钱人和在衙门有关系的人优先送出去吧？那我们不是要被扔在最后，直到最危险的时候到来吗？不，真的到了最后阶段，我们也许干脆就会被抛弃吧？

虽然谁的嘴上都没有这么说，但从他们望着向远方飞去的飞机的眼神里，已经看到了令人恐惧的不安和焦躁。

人们还依然信任日本这个国家和政府。不，是努力去相信，盼望着能相信：政府定会为我们想办法的……绝不会丢下我们不管的……在他们的心底还有另外一种东西，那便是一种根深蒂固的历史意识：政治家和官僚，同样也是日本人。

由于历史上长期锁国——对一般民众来说，明治、大正、昭和的时代其实就是一种锁国——由此培养出来的难以根除的“同胞意识”，至今依然十分牢固地存在于大部分民众的心底。天皇一声召唤结束了战争，战后政府虽然在口头上大肆谴责军阀，但在对十三名甲级战犯行刑时，却让人们感受到他们的内疚和内心的痛苦。像这种与“政府—指挥者”之间的、远远超过乡党意识的“共同体感觉”的一体感，倒不如说更像孩子认为父母“最终会为自己做什么”，并通过这种认识，而来保证彼此之间的联系纽带。这种“对国家盲目信任”的思想，至今依然在大部分国民中根深蒂固地存在，让他们采取了“危机时的柔顺和懂事”式的基本行为方式。

不过，虽然日本人的意识底层中存在这种“盲目信任”思想，但在他们靠近意识表层的部分，却存在着另外一种“行为模式”，即在现代社会的得与失、遭受损失、受到侮辱等充满尖锐对立的利害关系和紧张关系中所形成的行为模式。尽管动不动就相互吼叫，在群体中冲撞、怒号、损坏器物、大肆地指责，然而，由于这一切实质上是建立在处于集团意识深层的、对社会和负责人的一种“盲目信任”的基础之上的，所以除了一部分领导人物之外，采取此类行动的人，并非全都是百分之百真想这么做。他们往往等感情的发泄一结束，就又恢复到“友好关系”的状态，并调节和改善与对方的关系。可是，这次情况非同寻常，如果对政府的不信任和不安郁积，而使他们采取过激的行动的话，那这种不信任便会扩张，甚至有可能会发展成一种恐慌状态。

在步步逼近的危机氛围和日渐增加的不安之中，人们失去了镇静，而用期望抓住什么救命稻草般的无助眼神，呆望着空中。一旦碰到这样的眼神，似乎彼此的不安就会加倍一样，人们会赶紧转移目光。可是，不久之后，无论脸朝向哪里，都会碰上这样的眼神了。人群中间不知不觉地开始弥漫出一种野兽被困一样的气氛。

全社会都已开始呈现出一种灰色的佯装坚强的表情，而同时似乎像要煽动这种情绪似的，不间断的小地震频繁发生，火山爆发所喷出的火山灰也不断往下降落了。

各地区之间的主干线铁道和公路，阻断的地方越来越多，支线也开始无法通行了。在大城市地区，马上出现了明显的粮食不足问题。在东京都内，自震灾以来，物价和食品统管命令发布后，就一直没有解除。

在非常宣言发布的同时，包括交通、通信和运输在内，食品、生活必需品以及销售价格，都进入了政府的全面管制之下。然而，作为统制管理政策的一种常态，往往是在统管命令公布的同时，货物就会从各地小卖店的柜台一齐消失。

不过，通过政府全面介入批发市场、各地的生活合作社和超市连锁店、百货店等，在大型公司企业的协助下，这一个星期到十天的期间，总算勉强撑过来了。可是，因全国交通网的崩溃所带来的物流停滞，很快使大都市的粮食不足问题更加恶化。

“配给制度呢？”刚进入壮年的丈夫强憋着怒气，对面带倦容迈进家门的妻子问道，“什么时候开始？”

“听说这周末停止销售，配给从下个星期开始。”同样也已是中年的妻子，从购物篮里，将很少的一点蔬菜和方便面拿出来，用沙哑的声音说道，“就是到这周末，也还有三天呀。”

丈夫抬头望着墙上的挂历又问：“有存货吗？”

“只有四公斤米。包括星期天在内还有四天……肉和蔬菜几乎没有了，就剩下点儿罐头……”

“你为什么不多买点呢？”丈夫尖声喊道，“明明知道会变成这样嘛！”

“可是，从两个星期前开始，商店里就已经没有什么东西了。每天外面都排着长队，就这点儿东西，也是好不容易才弄回来的。”妻子用手把散落到面颊的蓬乱头发拢了上去。“那情景，不由让人想起了小时候。……战争结束时，我还是个小学生。在一片废墟上，人们排着长队……妈妈排在里面。……可是，还是饿得难受。我还以为到了现在，那些都已经是遥远的过去所做的噩梦了呢……现在又遇上了这样的悲剧，真是没有想到。”

说着，妻子拿起了一包方便面。

“这也是好不容易才到手的呢。店主说只剩下够自己家里人吃的了，怎么也不肯卖给我。我都绝望地打算往回走了，可一想到家里三个正在吃长饭的孩子到底该怎么办，就又呆站在那里发愁。这时，那家食品店的老头儿凑到我耳边小声说：夫人，如今拿着现钱也没用，你要是有宝石戒指之类的东西，倒还可以把我家要吃的换一些给你……”

“后来呢……”丈夫激动得嘴唇直哆嗦，“你换了吗？用哪个戒指换的？”

“有一回我过生日的时候，你中了什么特别奖，给我买的那个……”

“是那个钻戒吗？”丈夫哑声说道，“那个……虽然并不太贵…… 可也是花了五六万日元呀。你就用那个……换了七袋方便面……”

“对不起！”看着丈夫涨红的脸，妻子用怯怯的声音小声道歉，“可是，我那时候想不出什么好主意……恍恍惚惚地就……”

“妈妈，吃饭吧！”二楼传来了重重的脚步声，最小的读小学五年级的男孩下来了。高中一年级的大儿子和初二的大女儿，也跟在后面，“肚子好饿啊，今晚吃什么？”

丈夫和妻子面面相觑，他们想起来了，最近一个劲儿地长个儿的老二，能吃得吓人。丈夫突然站起来，开始解和服衣带。

“老公……”妻子吃惊地望着丈夫。

“我出去一下……”丈夫边换衣服边说，“今晚我不吃晚饭了。让孩子们多吃点。”

“可是这时候，你上哪儿去……”

冲到外面，在黑夜中快步朝车站走去，丈夫意识到在自己体内突然涌出的冲动之愚蠢，禁不住对自己很生气。他是想到外面转转，什么都行，总之要买点吃的回去。战争结束时，他读小学四年级。从战争末期在空袭下参加劳动到战后，每天都惶恐不安，脑子里只想着不要被老师打和“有东西吃”。那些日子的记忆——那些本以为已经成为遥远的过去，早已消失殆尽的记忆，居然还留在心中，现在又条件反射地被唤醒了，真是不可思议。那个时候，自己与父亲一道背着背包，拖着沉重的身体，吊在挤满人的火车门上到农村去。走好几公里远的山路，卑微地恳求农民，终于在背包里装满腐烂的土豆带回家。啊，土豆、土豆。今晚可有好吃的啦。面带菜色、骨瘦如柴的年幼的弟弟妹妹们，只有在那天晚上才那样欢欣雀跃。母亲总是悄悄地啃着土豆的皮，脸上露出疲惫的微笑，不停地说着："妈妈够啦，已经吃饱了，你们全吃了吧。"他回忆和想象着母亲那黯淡的、明显出现营养失调症状的脸，在那天夜里才高兴发光的模样，于是抓紧比来时更沉地陷入肩上的包，咬紧牙关地在夜路上快步走着。……肚子饿啦……最小的孩子那悲哀的喊声，在脑子里响起来。这叫声与战争时弟妹们的声音重叠在了一起。只有这么一点吗？有什么吃的？……

"别叫了！"

他伫立在黑暗中，捂住耳朵大声喊道。

他被自己这声叫喊惊醒过来，环顾四周，因全面节电路灯也变得昏暗稀疏的街上，一个人影也没有。他再也不想听到那种声音了。在那个噩梦般的年代和地狱一样的世界，他熬过了漫长的岁月。这十年、二十年，好不容易才在梦到那段历史时，不再满身大汗地惊醒……难道这一切又要重演了吗？每每回想起那个年代，他都曾在心中暗暗发誓：无论如何，绝不能让自己的孩子，再遭受那样的痛苦。难道现在又要重新……

真的，那样的情景会重演吗？他伫立在一片黑暗中，抬头呆望着远方薄云笼罩着的微明的夜空。自己不辞辛劳地不断努力，牺牲一切"想做的事"，而用廉价的酒去冲淡自己心中的执着，流着汗水坚持公司的工作……与年轻的妻子刚结婚时，只住着六张榻榻米大的一间房子，然后搬入了期待已久的一套二的集体公寓……孩子们出生、成长、上学，租一套更大的房子。终于存够了首付，割肉似的买下了昂贵的土地修建新家，不断偿还银行贷款，直到半年前彻底付清。奋斗到现在，为了享受这样的生活，三十年如一日地努力着。那种仅回想一下都会不由得渗出冷汗的辛劳，那些必须牺牲掉的青年时期的梦想和希望，不，应该说是青春本身的快乐，都未曾体会过。有时夜深人静突然想起这些，便会因无法忍受而只好用冰冷的酒，来冲淡那几乎要"嘎吱嘎吱"发出声音的郁积的疲劳和痛苦的回忆。有时候，对桀骜不驯的孩子们说教，批评他们那种浪费东西的坏习惯时，刚开始说到"战争时期……"，便会受到孩子们"跟我们毫无关系"这种轻蔑的回击。那种时候，虽然使劲地控制着自己别让全身的肌肉绷紧，尽量在脸上露出微笑而忍着不去揍他们，但内心却更加感到自己的悲惨和卑微。然后为了忘掉这一切，又更起劲地喝酒。不过，这样也没什么。只要不让那几个家伙去体会那种艰辛和痛苦，不去经历那种为了一块土豆而像虎狼一样互相仇视的地狱生活，自己——我们这一代人牺牲再多，忍耐再多的痛苦，也是值得的。孩子们既无法想象也不能理解那样的地狱，这正是我们努力的“成果”。自己一直在心中默念：绝不让“我的孩子”再遭受那样的罪。从如今的“成果”看来，好像已经达到目的了。于是，他常吞饮着苦涩的酒，而对酒吧的老板娘开些拙劣的玩笑，发发酒疯……有时为了发泄，又忍不住与邻桌的同龄人一起唱几句军歌，年轻时尚的工薪族们用蔑视的眼神盯着自己——那也无所谓。总之，我，我们努力到了现在。因为我们的努力，日本发展了，人们的生活变富裕了。让孩子们能够打扮得整整齐齐了。让他们想吃什么就吃个够，能够过上根本不用在意吃饭之事的生活。他一个人醉醺醺地走在街上，自言自语地这样说着……在自己修建的家门前，他忍不住高呼万岁却被老婆骂了一顿，也招来了孩子们的嫌弃。然而……

那种终于丰富的、有了该有的一切的生活……又要化作一场梦，难道今后眼前又要开始那种“噩梦和地狱”了吗？

日本将会沉没……虽然难以置信，但报道的确是这么说的。也就是说，这意味着：战败后，一亿人在战中、战后的地狱般的环境中，费尽千辛万苦所逐渐积累下来的一切财富，牺牲了自己大半生而奠定的生活，再过几个月，就会沉入海底。然后将来，在大家唯恐无法坐上撤离用的轮船和飞机的凄惨经历之后，又不得不在从未到过的异国他乡所借来的土地上，在难民营的临时住屋或帐篷里，去开始那种颜面尽失、寄人篱下的生活。

未来，到底是一种什么样的生活在等待着我们？带着年幼的孩子和精疲力竭的妻子，流落到陌生的国度，是否还能再一次重建生活呢？是否有找到工作的机会？是否能每天赚到哪怕一点点的钱拿回家，给妻子去购买当天的粮食？

我都五十岁了……他一边垂头丧气地往家里走，一边在心里这样想道……我真是太累了。不过，我还是会努力的。我是那些孩子的父亲，是妻子的丈夫。我是男人，正值壮年。为了他们，牺牲曾梦想着的靠退休金安度晚年的生活，哪怕再一次牺牲自己的生活，也在所不惜。

反正至今为止，也几乎都不曾知道什么叫快乐，不曾有过什么像样的人生。我们似乎生不逢时，注定了有受不完的苦。

大地发出轰隆隆的巨响，地震又袭来了。本来就光线暗淡的照明，蓦地一齐熄灭，黑暗中似乎哪里的窗框脱落了。接着，传来了玻璃碎裂的声音，房上的瓦片也“哗啦啦”地掉了下来。他努力地踩住摇晃的大地，自顾自地继续往前走。怪自己运气不好也没用，许多人过去吃了不少的苦，却根本没过上什么好日子就死去了。世界各地，在更加糟糕的生活中离开人世的人也不计其数。越南和巴勒斯坦的难民、印度的国民，也大都过着并不幸福的生活。有幸生在日本和这个时代，我们也曾有过一段相当富裕的生活。笨拙地玩过高尔夫，去国外出过一次差，也搂抱过便宜的艺伎。人到五十还要再重新考虑人生，也是迫不得已呀。他心中酸酸地这样念叨着，迈步走在摇荡的夜晚中。

虽然在黑暗中看不见，但他知道一把年纪的自己，现在脸上定是没出息的扭曲的又哭又笑的表情，同时还伴随着汩汩流下的泪水。

10

“中国有回复了……”在撤离计划委员会的办公室，邦枝对中田说道，“回复表示，到 8 月为止暂时可解决两百万人……总共可接收七百万。好像还在交涉，希望能有所增加。”

“不大可能吧?”中田摇了摇头说，“不管国土有多广大，但国民平均生产总值小的国家，恐怕难以承受吧。首先粮食问题就得考虑。”

“对方国家也希望接收农民，还有高级技术员……”

“那么，指定安置区在哪里呢？广东省吗？”

“不，先定在江苏省。据报告说，为了将长江河口部的崇明岛安排为居住区，目前正在着手准备……”

“崇明岛？”中田突然仰起脸，望着空中。

“怎么啦？”

“不，我是在想，那里刚好在吴淞的对面。”

“是啊，有什么不妥吗？”

“不……不……没什么。”中田说，“苏联呢？”

“也是在沿海的州。至少萨哈林的南部和千岛群岛，这些地区会受到影响，对方也正在拼命撤离那里的人。所以看样子，是指望不了对方派舰艇给我们了。”

联合国成立了日本救济特别委员会，而且终于开始活动了。

配备船只和筹备救济物资等实际工作，已经由日内瓦难民救济高级专员署为中心的组织负责展开了。日本的撤离计划，无论如何都少不了各国海军的支持。所以，联合国秘书长宾博士极力否定了大国代表们提出的，希望将其设置在难民救济高级专员署下面的意向，而设立了直属联合国的特别委员会。特别委员会成员国，包括各大国在内的世界各地区的十七个国家，由联合国非洲经济委员会成员，曾进入过经济社会理事会的坦桑尼亚代表恩比先生就任委员长。美、苏两国分别派出副委员长，在高级专员署担任副专员的马耳他代表出任秘书长。像约旦、孟加拉国这类小国，之所以也夹在英、德、法这样的发达国家及印度尼西亚等亚洲诸国里而成为成员国，是因为有宾博士特别的关照。他希望在有实力的大国中，加入一些虽然没实力，却在历史上尝到过被压迫的痛苦和辛酸的新兴国家，以彰示道德意义。

特别委最大的工作，就是承接到现在为止，日本独自与许多国家之间开展的接受难民的交涉工作，向世界各国分配要接收的日本难民。作为海空紧急运输的专家，具有柏林空运及六十年代向刚果派遣联合国军队经验的美国布朗·巴格海军中将，作为特别顾问，到特别委赴任。而日方作为没有否决权和交涉权的特别成员，曾担任外务省特别顾问的野崎八朗太，以及曾担任过有关核问题和资源问题的联合国科学外交特使的小此木咲平博士，也加入了委员会。

特别委员会的工作一开始，便必须解决该如何向全世界进行难民分配这一极其麻烦的问题。第一次秘密会议刚召开，加拿大代表本森便提议：作为思考分配方法的一个试行性步骤，不妨考虑一下针对世界各国人口实行比例分配法。相对于全世界四十亿总人口，而均等地分配一亿一千万日本人口的话，就该均摊百分之二点八。因此，先按各国人口百分之二点八的标准来均等分配，然后根据国情，再做不超过上下百分之一范围内的比率浮动调整。

这个提案倒是非常具有本森代表的特色，他一直从事加拿大及联合国食品统计工作。不过，提议立刻遭到了以小国和发展中国家为代表的国家的反对。本森似乎早就预料到了这一点。另一方面，西北欧诸国、美国、苏联和澳大利亚的代表，则表示这个提案不失为一个考虑问题的标准，因而消极地予以支持。本森自己对这个方案的基本可行性却似乎很有信心。

小国的代表委员，理所当然地列举了世界各国的国土面积与人口比、国民所得、生活水平、生活方式等诸多显著的不均衡因素，对无视这些实际状况而机械性地按人口比例进行分配的方案提出了反驳意见，认为作为基本思维这是不值得考虑的。世界上的新兴国家及发展中国家，依然存在着许多经济上的困难。其中十多个国家的财政和经济即将崩溃，仅前年一年，就有六个国家发生了武装政变和革命。从某种意义上说，加拿大是提议国，这也是引起发展中国家反感的一个原因。因为加拿大虽然每年要接收十多万移民，但它却拥有美洲最大的国土面积，约一千万平方公里，而其人口不过才两千五百万左右，所以一直被视为人口密度过疏国家。加拿大代表对此进行了辩解，说其国土近三分之二为寒冷地区，若把这个数据加进去予以修正的话，则绝不是过疏。按此比例来计算的话，加拿大要接收的移民将是七十万人。从其可居住地面积的广阔和国民平均生产总值较高这个角度来看，这个数字过小了。在大厅里，这样的意见比较强烈。加拿大在与日本的交涉中，已经初步表示，愿意接收一百万移民。应日方所提出的二百万人的要求，加拿大又表明在不久的将来，还可从撤离到加拿大以外地区的日本难民中，接收五十万人。按照加拿大所提出的计算方式来衡量的话，加拿大已经表明将接收按此方式来分配的两倍以上的移民，在道义上也起到了带头的作用。

小国代表则提出，不能机械地分配，而应该将每个国家的国情、政治、经济以及接收后的长期性展望等，各种具体条件都考虑进去，由联合国来直接进行有关接收移民的交涉。

恩比委员长说："这也许是比较理想化的做法。可是，这样做显然已经来不及了，稍后，我们再请布朗·巴格中将为我们谈谈，关于将来输送计划的一些考虑。在这里，我要先公布一下由日方特别委员野崎先生所提交的报告里的一些重要数据。这一年来，由日方单独进行交涉的结果显示：至此，有十八个国家同意接收日本的难民，答应接收的总数达两千万人。除此之外，已经居住在海外或已完成了退避的日本人，有一百几十万。同时，日本还得到了联合国托管委员会的临时承诺，计划向由联合国托管的东伊里安及密克罗尼西亚等岛上，输送五百万至六百万人。不过，就是加上至此日本在海外合法取得的，或者向受委托的地区移住的一百五十万，这样获得安定移居地的日本人，也还不到三千万人，日本民族一亿一千万人中的四分之三还没有着落。当然，关于移居地，也许还可以考虑先让他们紧急撤离，然后再花长时间来进行交涉和寻找更合适的区域。不过，问题是：各国还只是同意接收短期性的难民，而并非同意移居其国家的‘移住—居住许可’。也就是说，仅仅提供一个临时避难的场所。关于这一点，也仅仅做出了接收上面所列人数总额的承诺。关于移民的接收及居住许可，除了在公开发表变故前日本已经有支配权的部分，几乎所有的国家都没有做出回答。我们这个委员会的当务之急，便是在这不满一年——确切地说，是在六至八个月的时间内，与全世界各国交涉，无论如何都必须得为剩下的那八千万人落实避难场所。完成了此项任务后，接下来还必须开始替一亿一千万人寻找永久居住地。”

约旦代表茨格皱眉摇头说：“可是，虽说是短期避难，如果延长期限的话，接收国家将有可能受到很大的影响……当地居民的反感、帐篷的贫民窟化、疫病、冲突、犯罪以及与官厅间的矛盾，这些麻烦事都将会发生。”

“虽然这样说实在有些不妥，但关于这一点，我们还期待着约旦那些痛苦而宝贵的经验能派上用场呢。茨格委员……”恩比委员长用黑黑的手掌托着下颌说道，“约旦的巴勒斯坦难民经验……”

“说实在的，没办法预测……”

茨格代表取下眼镜，用手揉了揉又黑又粗的眉宇，然后耸动了一下肩膀，把手放到了桌上。

“这种规模的难民……真是前所未闻。我国的那点儿经验，恐怕发挥不了什么作用吧。七十多万巴勒斯坦难民，就这个数目也是我国人口的百分之三十五呀，已经足够让我们焦头烂额了……我要提醒大家一下，我国人口现在只有不到二百五十万人，而目前我们必须要安顿的人数，是它的四十六倍。这样规模的人员移动……”

茨格代表的肩头，好像不由自主地震颤了一下。

孟加拉国代表似乎准备举手要求发言，但列席秘密会议的布朗·巴格中将已抢先举起了手。

中将说："我倒没什么特别的发言……第二次世界大战结束时，我曾作为一名少尉，担任了帮助日本人从中国本土撤离的工作。就我的印象，我觉得日本人在那样的场合下相当听话，不会发生混乱。"

苏联代表德尼金插了一句："是的，只要手中没拿武器，日本人作为集团，是极其顺从和好管理的……即便发生了内部冲突，他们也能在内部自己处理好……"

布朗不理会苏联代表的插话，继续往下说："在其他地方，虽然也听说发生了一些麻烦，但似乎是监视扣留方存在问题的情况比较多。正如大家所了解的，联合国军队进驻日本，也奇迹般地顺利。"

印度尼西亚的阿路郡先生插话说："不过，也不能说日本人在任何时候都是和平的，这是在前一次世界大战中有目共睹的。他们很团结，是一个精力非常充沛的民族……撤离后，日本的自卫队怎么处理呢？解除武装吗？总不至于把这些也带到避难地去吧？"

斯珀波洛斯事务局局长回答道："从展开撤离工作的阶段开始，它将暂时归入联合国救援总部的指挥之下。目前所考虑的方案，是先归入安理会之下，听候指挥。不过，即使做警卫工作，指挥官也必须由联合国派遣的军人担任。"

恩比委员长黑黑的脸上，洋溢着激动和热情。他说道："总而言之，现在不是害怕日本的时候，而是必须拯救日本的时候。所以在我看来，本森提议的计算方式如何姑且不论，但作为基本精神是应该关注的。诸位，这并不是民族和国家彼此之间的历史性对立，或利害冲突之类的人为灾难。这场灾难对日本国民来说，也不是自作自受或因果报应。这是一场将袭击全人类的百分之二点五，这样一个巨大人口比例，亘古未有的自然灾难。三十七万平方公里，这个巨大的由这个世界上优秀勤劳的民族辛辛苦苦耕耘出来的、承载着多达几万亿美元财富的陆地，将要被破坏殆尽。迄今为止，联合国曾经经历过好几次需要国际援助的大自然灾害。希腊的地震、孟加拉国的台风、叙利亚的蝗虫灾害，以及最近发生的秘鲁和尼加拉瓜的大地震……关于这些，难民救济高级事务署的斯珀波洛斯应该很清楚。可是，这次是远远超过了以上我们经历过的，除了传说中的亚特兰蒂斯外，应该是有史以来人类从未经历过的巨大灾难。就像专家学者们一致预测的那样，这场灾难仅局限于远东的一角，对居住在其他地域的人来说，的确是一件非常幸运的事。但是，从受害人数和对世界的影响来说，我们可以认为：对这场大灾难的救援工作，是对我们人类的一个考验。有效的救援，当然也会理所当然地考虑地域差别、过于悬殊的收入差别、各国存在的问题等因素，但作为大前提，与核武器问题、宇宙利用、海底的和平利用等问题一样，如果全体人类不团结一致地来应对这场灾难的话，单从灾害的规模来考虑，恐怕难以战胜。因此我认为，首先应该在各地区，确定要团结一致地来面对这一问题的一致姿态，在此基础上，再从各地区、各国各自的角度，来开始进行对这场灾难所能做到的最大限度的援助。不，准确地说这是一场战斗。各国应该在统一意志的前提下，来商谈分配人数的问题……"

在传统上热衷于非洲统一运动的坦桑尼亚共和国，恩比委员长年轻时，便加入了亚的斯亚贝巴的非洲统一组织。他的演讲的确富于理想主义，慷慨激昂。委员会的成员们，都正襟危坐地聆听着委员长的讲话。

"不要单纯地认为，这是发生在日本这个远东特殊国家一国的问题，应该有一个基本认识：这是一个地球史性的、人类性的事件，是对全体人类的一次道义考验。关于这一点，希望我们委员会内部本身，首先要实现意志统一……"

委员长说到这里时，一个小蜂鸣器响了一下，从秘书长身边的高速传真机里轻轻地吐出了一张纸片。秘书长拿起来扫了一眼后，把它递给了委员长。很快读完那些紫色文字的恩比委员长，微笑着向委员们说道：

"虽然还在开会，但想先告诉大家一个好消息。自这个特别委员会成立以来，这还是第一次得到直接向委员会提出的申请。蒙古人民共和国政府发来报告表示：他们已准备暂时接收五十万名日本难民，根据形势还可考虑增加……"

会场上响起了有所节制的掌声。苏联代表德尼钦脸上带着微笑说："那个国家有一百五十六万平方公里的国土面积，却只有一百二十万人口，极度的劳动力匮乏让他们很伤脑筋。虽然该国国土主要是沙漠和草原，但由于比较重视工业化，优秀的日本技术人员一定会对他们有所贡献的。”

“另外，据说韩国代表也向联合国大会和特别委员会提出了请求，希望就所预测的韩国南部的受害情况，共同探讨对策。”委员长读完第二张纸片后，这样说道，“关于周边地域的问题，我们当然已经准备了一些议题。下面……”

当拿起第三张纸片时，委员长不解地皱起了眉头。他大致浏览了一下后，把纸片叠好，放入了胸前的衣服口袋里。

“对不起，这是赞比亚代表团写给我个人的……”

11

联合国特别委员会充满理想主义激情的会议，极富活力地继续着。而在国际新闻界报道之外的世界舞台幕后，理智而无情的力量匆忙地开始行动了。在华盛顿、莫斯科、北京、巴黎、伦敦……各国首脑官邸之间所架设的热线电话，铃声响个不停，各种国家的语言和同声翻译的声音，纷纷在电话线上传递。尽量打扮得不引人注意的次官、次官助理级别的外交官，或者军人、国际问题的专家们，乘坐特别航班，在欧洲、亚洲、新大陆、大洋洲之间穿梭往返。他们要么故弄玄虚，要么若无其事地透露点什么，要么利用代表国家利益的通讯社抛出试探性的气球，有时候又召见记者发表一下声明……用尽了那些惯有的手腕。国际记者们已经非常清楚，这些国家匆忙行动的主题到底是什么。

日本沉没后的远东及世界形势，将怎样变化？

尤其是军事形势，将如何变化？

位于远东的日本，某种程度上在近代史中的政治和经济方面，都发挥过重要作用。曾给近邻诸国带来过很大压力的日本这一存在，即将面临几乎可以称之为灭绝的命运。这一大变故，将会给东亚，甚至全世界造成怎样的影响？对世界的长期性平衡稳定，具有政治、经济和军事影响力的一些国家，急于要弄明白这一点，并急于看清各国的应对方向。在某些势力的均衡和交易的基础上建立起来的这个世界里，互相把握对方内心的想法非常重要。关于大变故所造成的直接影响和之后状况的变化，各自的对手在如何理解局势，以及有怎样的应对设想，这些都是彼此迫切想知道的。

亚洲大陆东部——特别是朝鲜半岛、沿海的各国及中国的黄海、东海沿岸和台湾地区，因为地震和海啸将遭受什么程度的灾害，美国、苏联和中国都已经就此开始了调查。于是，来自各种途径的人，开始接近被认为拥有更多情报和预测信息的日本政府、防卫厅、D 计划总部。一些调查资料突然间便从由于通宵达旦加班而被弄得杂乱无章的 D 计划总部消失了。或者负责某项工作的人，被在“某某休息厅”等候的某大人物叫出去，被施压要求提供情报。在通向防卫厅的 D 计划总部“非工作人员禁止入内”的区域，外国记者和外交人员频繁地进进出出。最后，甚至终于发生了职员失踪的事件，一名中枢部门的工作人员连同资料，和一名地理学者一起消失了。

他们被某些人带走，已不在日本了。得到安全部门这样的报告时，疲劳困倦的幸长终于歇斯底里地发作了。

“在这危急存亡的时候，这些外国家伙把日本当成什么了！”这位一向温和的学者，对着前来告知结果的片冈大声嚷道，“这两个人都是我们现在的工作最需要的人！因为超负荷的体力劳动和脑力劳动，这个班子里有五分之一的人都倒下了！”

“别那么生气嘛……”中田劝住幸长，“到了这时候，生气也无济于事。你看，这么混乱，对方想要知道什么的话，什么手段都能使出来。不过，他们并不能了解到什么太秘密的东西。等他们了解到我们这里并没有比提交给国际地理学会的报告更多的信息情报时，又会再搞什么动作的吧！不管怎么说，反正我们是没有时间和精力去调查对周边国家的影响了。”

邦枝说：“调查计划倒是有过，在很早的时候……”

“结果还是没能做到那种程度，”中田摸着胡子拉碴的油腻的脸，歪了一下嘴说，“他们也可以自己调查后，再对受害程度进行预测呀……”

虽然中田这样说，其实，对周边地域造成的灾害也许会意外地少。在制作沉没状况模型的过程中，邦枝已了解到了这一点。可是，现在的情况却根本无法如此夸下海口。邦枝提前一步将家里人转移到有亲戚投靠的温哥华后，便从总理府搬进了撤离计划委员会的办公室，几乎是夜以继日地继续工作着。D 计划总部在原有状态下，变成了名为“实行委”的下属机构，考虑到系统的效率，人员和场地都未作变更。计划委的副委员长兼任总部的部长，邦枝则成了配给总部长的专属联络员。事态每时每刻都在加剧，喷火、地震、太平洋沿岸的下降、水平移动等逐渐显著起来，日本这个社会的各种活动都开始走向停顿。人们在接受食物的配给和担心即将爆炸的不安中，等待着来自市、町、村政府声明里公布的集合地点和疏散顺序……

另一方面，与这种状况完全不同的国际强权政治的领域里，已经开始各种各样的讨价还价。美国总统在白宫的例行记者会上，提到了日本问题。他透露，为了救出日本国民和进行全面的援助，政府除了包租的船只外，已让太平洋方面的第七舰队开始全面行动，并准备近日内再投入太平洋部队中的东太平洋防卫第一舰队的其中一部分。另外，总统还暗示：远东空军以及除第五空军外的第七和第十三空军的运输部队，也将会投入救援活动。美国还没有最后发表估算出的接收难民的人数，暂时会在从中央太平洋到北美大陆太平洋沿岸的区间，在政府的权限范围内，接收一百万到二百万人。总统还说，近期打算请求议会，同意第一次在本土接收难民。

“相对于投入的运输力，暂定的接收人数是否太少？”当有记者提出这样的问题时，总统介绍：美国海军以及政府的雇用船只，已经在向日本联系好的避难地运送撤退人员。仅海上运输舰艇就已经运送了五十万人。

记者团中有一个军事通，他列举了最近在太平洋地区有相当数量的大型核潜艇正在行动的情况，以及核航空母舰“艾森豪威尔号”从所属的第二舰队（大西洋方面）返航后，出现在了泰国军港的消息，并追问这是否也和救援日本的行动有关。总统回答说：“核潜艇是为了调查大范围的海底变动并探究其影响，而‘艾森豪威尔号’则是为了支援太平洋军队的行动。”

其实，这些行动的实质是：要牵制在日本列岛的大变故征兆出现前后，立即在北、西太平洋活跃起来的苏联北洋和远东舰队的活动，这一点是毫无疑问的。仅阿拉斯加海岸警备队便目击到四艘以上从北极海出发，通过白令海峡的苏联核潜艇。此外，通过对马海峡的苏联海军舰艇，也在急剧增加。特别是当应该在地中海服役的直升机航空母舰和两艘卡辛级导弹驱逐舰通过朝鲜海峡时，从日本防卫渠道接到报告的美国太平洋军司令部，着实紧张了一番。那两艘导弹驱逐舰的编号是属于波罗的海舰队的，不可能由直布罗陀海峡进入地中海而通过苏伊士运河。所以这两艘导弹驱逐舰，一定是由欧洲的北波罗的海来到北海后再从大西洋南下，中途在海上进行过数次燃料补给而绕过遥远的非洲好望角，在印度洋与航空母舰会合后再来到远东的。

波罗的海舰队通过了对马海域！

如果是在过去，人们定会大为震惊。不过，现在国内的状况已让人们根本顾不上这些了。日本海上自卫队下属的佐世保警备区的自卫队，正在营救因云仙、樱岛喷火、大隅半岛的大地震和海岸下降而陷入困境的难民。第五航空团的 MU-2E 型飞机，在拍摄五岛列岛中的福江岛的鬼岳山喷火受害状况的空中照片时，发现了这两艘舰艇。结束摄影后升高飞行的 MU-2E，注意到有异样的舰艇踪影，它正靠近领海线并快速地由西方海域北上。于是，MU-2E 才赶紧低空接近，拍下舰艇照片并电传给了总部。

被推测在朝鲜的罗新或苏联的海参崴入港的这三艘舰艇中的一艘驱逐舰，一周后又做出了惊人之举——它在没有任何通报且不悬挂舰旗的情况下，以三十五海里的高速通过了津轻海峡，简直狂妄至极。在仅有二十公里长的白神、龙飞海角地段，从两岸发现了它。它几乎撞上了青函海峡间的渡轮和渔船，而且无视接到通知后从三泽紧急赶来的 F4F 军机发出的停船警告，一个小时后，大摇大摆地在太平洋一侧生成并涌过来的浓雾中消失了。

防卫厅在立刻向政府报告的同时，为了海上船舶的安全，还建议就其侵犯领海提出严重抗议，外务省也完成了抗议的相关手续。谁知就在磨磨蹭蹭即将发表时，中国却就苏联潜水艇在青岛方面的挑衅行为提出了强烈抗议。尽管出现了以上这些让周围国家神经紧张的事，但苏联的海军舰艇、运输船、海上船队的客船和货船，却从留萌、秋田、新潟、直江津、富山、敦贺、舞鹤、境港等这些日本海沿岸的港湾，开始向纳霍德卡运送难民和货物，他们的行动有了堂堂正正的理由。

虽然苏联在想什么不得而知，但围绕日本地壳变动的影响，对远东方面表现出异常的关心，这一点是千真万确的。这些行为，显然是在刺探与此地域有关联的诸国的反应。美国对苏联以上的举动，尤其是对朝鲜半岛的局势，非常敏感。在日本发出非常事态声明二十四小时之后，韩国便发布了戒严令，国内的紧张气氛极度升高。一个星期后，韩国政府终于开始动员一部分预备役人员。虽然在韩国南部发生的地震，到那个阶段为止都极其轻微，但如果大变故真正开始了的话，在东南部海岸地带，因出现震灾将不可避免引起民心动摇。北九州岛屿部的居民，未经许可就已经自己准备好船只并源源不断地向韩国南部、朝鲜以及中国等地撤离。由于这些人的影响，流言更加扩散，南部海岸地带的韩国居民也开始往北迁移。

韩国政府强硬地向日本政府提出抗议，扣留了未经许可的登陆者。沿岸的警备队还向偷渡船射击示警，同时通告说：今后未经许可的登陆者，根据情况会交给军法会议即时审判，并无条件地击沉未得到许可侵入韩国领海的船只。然而，虽然海上保安厅的巡逻船在声嘶力竭地叫喊制止，但渔船偷渡事件却依然不断，最后终于导致了几起不幸的事件。韩国向日本政府通告，称已将“非法侵入”的日本人和家属数名，以“扰乱特工”的嫌疑扣留在军中。目前军事法庭还未审判，很明显其真正的目的是想以此作为某种交换的条件。

从韩国的角度来看，由于日本东南海岸地域的不稳定和日本的大变故，一段时期他们可以说是腹背受敌——如果趁着大变动的机会，从“三八线”和海岸线偷偷渗透入内的话，那麻烦就大了。不仅如此，尽管日本不能向海外派兵，但对韩国来说，这个各种意义上的巨大“后方”日本如果“消亡”了的话，或者说如果这个从后方间接地支撑着来自北方压力的支柱被撤走了的话，那半岛的平衡将会被严重破坏。那样的话，唯一能依赖的便是美国的海军力量了。

美国当然也看到了这一点，在投入很大力量去“拯救日本”的同时，也进一步极力显示它的海军威力。然而，对于美国来说，因为亚洲全域经济增长太快，它自 1970 年以来，一直奉行减少在亚洲的高额经济负担的政策，让亚洲诸国内部自己保持一种均衡关系，这种事态，也意味着美国要再次面临重大的选择。

对美国来说，只有中国能作为在远东对抗苏联压力的最大“防波堤”，代替美国发挥很大作用。相应地，美国自己也得以转换策略，将其方向调整为：减轻在欧洲、亚洲两个正面的其中一者的负担。拥有从西藏到东北地区国土的中国，是从印度到远东筑起的一道对抗来自北方压力的第一“防波堤”。从东欧方面到远东，作为对抗苏联南部的突破口，分别有巴尔干的希腊、亚洲的土耳其、中东的伊朗、东南亚的越南共和国、远东的韩国这道“保险”。而且在此基础上，还有从后面来支撑“保险”所受到的压力，并且有安全度较高的“保险阀”存在，即意大利、伊朗、泰国以及日本。针对此种局面，苏联展开了果敢的突围策略，借着对阿拉伯的援助而向中东和非洲中央部，把介入印巴之间的冲突作为机会而向印度洋地区，通过对越南民主共和国的援助而向东南亚，以朝鲜为跳板而向远东方面，分别在策略性地挺进。

然而，目前在这里支撑韩国这一“保险”，起着“保险阀”作用的日本，如果真的“消亡”了的话……而且，如果是从背面动摇“保险”并把它拔掉的话——尽管朝鲜半岛南北两方的对话最近发展非常的快速——考虑到将来的变化，那么，它所承载的压力，以及当预测到这种状况后而日渐增强的压力又会起什么作用呢？

世界正不断地复杂化、多元化和多极化，不过，在一些关键的领域，依然是单纯的实力具有重大的意义。正如走钢丝的杂技师的惊险杂技一样，无论他能怎样地达到像在地面上行走一样出神入化的境地，但是如果钢丝绳断裂了，等待他的仍然只有一个遵从简单物理规律的结果，那就是坠落……

随着时间的推移，时时刻刻，可怕的振动的幅度越发增大，三十七万平方公里的弧形列岛越来越快地走向破碎与沉没。像坐在一颗定时炸弹上一样，正凝神地谛听没有刻度盘的时钟“咔嚓咔嚓”地记录着时间。任何情况下都不会丝毫让步的、无情的“力量”的虚实较量开始了，它关系着一亿一千万人的生命。无论怎样的破坏、怎样的灾难、怎样大量的生命丧失和悲惨，都只会被视为“游戏机器”的齿轮，朝着“预测的新事态”开始了转动而已。连人道主义也会像一颗棋子一样，被牢牢地摆进冷酷的棋局……现在一颗棋子快要从棋盘的一角消失了。因为这颗快要被吃掉的棋子，中国、朝鲜、韩国、菲律宾，正被卷入新的恐怖中。首先到来的危机，正危及这颗棋子所保护着的“棋子”。和1950年不同，现在苏联已经是仅次于美国的海军大国。

它将手里的这一颗棋子——舰艇挪到东方，企图在那里再弄出一个目前还不明意图的布局。只要有企图，以朝鲜为幌子而攻陷韩国的条件，较之从前变得容易了许多。在这种形势下，韩国首脑部的举动变得有些慌张，总统特使访美和军队访问夏威夷都挤到了一起。

继对青岛方面的领海侵犯表示抗议后，北京广播这次又谴责了苏联陆军势力往东北国境方向的移动。关于边境冲突的经过，官方媒体反复登载了《警惕修正帝国主义的威胁》这篇文章。法国通讯社从北京发布消息，就华北兵团调兵迹象做了报道。刚巧这时候，发生了停靠在仁川港而沿黄海南下的核动力导弹驱逐舰，救助中国海军小型舰艇的这一幕。驱逐舰属于美国第七舰队，刚好碰到了因初春从东海吹向北方的小型台风而遇难漂流的中国舰艇。核动力导弹驱逐舰“特拉克斯顿号”舰长向中国通报，要送还被救乘务人员，却意外地被请求从山东半岛的重要港口威海返航。舰长通过司令部向本国请示得到许可后，一进入威海港，便受到了几万民众的热烈欢呼和舰艇云集的隆重欢迎。到了这时候，“特拉克斯顿号”舰长和副舰长，才终于觉察到所救助舰艇的遇难状况有些疑点。那是一艘警备用的小艇，里面却有一位讲一口流利英语的英俊军官。不过，关于这一点，他们当然没有讲出来。

各国已经开始向远东各自集风结云地布局，另一方的欧洲也急忙采取了一连串措施。4月以来一直被推迟的北大西洋公约组织大演习，最后决定在5月初举行。同时，在莫斯科、华沙、巴黎、日内瓦还举行了各种磋商。当今的课题是，围绕日本列岛沉没，一切军事行动都要暂时地被冻结。关于这一点，东西方之间必须达成共识。如果拥有巨大经济和技术力量以及潜在战斗力的一亿一千万人口的日本，这一存在消失了的话，围绕着美中苏的远东战略态势，将如何变化和如何稳定的问题备受关注。各国在盯住对自己有利点的同时，又对对方心怀畏惧。于是，便利用手中的棋子，在认为各自的设想会达到某种均衡的时候，企图在各当事国之间就新体制的架构达成默契。

面临艰难选择的，是美国的北太平洋战略。如果从西南向西北，包括琉球弧线在内、长达三千公里以上的、以“包围”欧亚大陆的形式而排列的日本列岛消失了的话，美国必须以台湾岛为防卫线西边的据点，以中途岛为北限，在广阔的北太平洋，与苏联远东西伯利亚的海岸直接对峙。对苏联来说，情况也一样。针对远东西伯利亚的防卫线，日本列岛起到了相应的缓冲地带的作用。因为巨大的弧状列岛，在作为攻击基地对苏联形成压力的同时，由于居住在这一地区的人口众多，它又是非常容易被攻击的脆弱地带。若是亚洲大陆东部长长的海岸线没有缓冲地带的话，就形成两个庞大的国家直接对峙的局面了。打开远东、北部太平洋地区的地图看看，就可以知道，如果用手指把连接欧亚大陆东部边缘的列岛弧遮盖起来，便会发现在那里出现了一条裸露的海岸线。从朝鲜半岛到苏联沿海的各州，亚洲大陆完全处于太平洋潮流的直接冲击之下。如果设身处地，站在苏联远东地区防卫负责人或美国太平洋防卫负责人的立场上的话，就不难理解这条新的毫无遮挡的海岸线上的防卫和均衡问题了。

……在苏联的航空母舰进入海参崴港一周后，中国突然在内蒙古自治区的达里湖北方沙漠地带，进行了战术性小型核武器实验。三天之后，苏联发表了向印度提供新的中程导弹的消息。而且，就在当天，在科隆坡举行的由印度、中国、苏联和美国四国的副部长级别参加的会谈也结束了。会谈公告说：关于“远东问题”，有可能会在近期内举行相关诸国的“首脑会谈”。

日本问题的影响，正出乎意料地波及地球的另一半——在巴西，日本移民中残存的“好战者”们，乘机在日本人中间散布谣言，说日本的“军队”很快要进驻巴西。此外，余波甚至还对非洲大陆的西南部也产生了影响。

在特别委员会连续数日，每天安排八次会议的稠密日程中，恩比委员长抽空会见了赞比亚代表团的克托瓦参赞。两人曾经因商议坦赞铁路建设问题有过会晤，为了非洲统一运动也经常交换意见。

“看样子，事态会变得比较麻烦……”克托瓦参赞在联合国大楼休息厅的一角，环视了一下四周后，皱着浓眉这样说，“有情报说，南非已向纳米比亚派驻了为数相当多的秘密部队，尽管还未得到证实……”

“是设想方案泄露了吗？”恩比委员长闭紧厚厚的嘴唇，将脸凑过来。

“不可能。因为纳米比亚理事会现在甚至还未进入事前准备工作阶段……应该说，是南非政府在由联合国大会决议成立特别对策委时，预料到了这种可能性吧。”

在德国占领时，曾被称为“西南非洲”的纳米比亚，位于非洲大陆的西南部，其北边与葡萄牙占领下的安哥拉，东边与赞比亚和博茨瓦纳，南边与南非共和国分别相邻接壤。在第一次世界大战后，1920 年经国际联盟同意，“西南非洲”成为南非共和国的托管领地。在第二次世界大战后的非洲殖民地独立解放运动中，扩大到此地区的南非种族歧视政策受到指责，加之埃塞俄比亚和利比亚又提出了控诉，联合国大会决定 1968 年西南非洲独立。但是，南非对此强烈反对。1968 年，联合国设立了解决此问题的理事会，并将其作为联合国大会的下属机构。从此时起，这一被称为“西南非洲”的区域便更名为纳米比亚。虽然在联合国大会上，决定了理事会由赞比亚、智利、印度尼西亚和南斯拉夫等十一国组成，取消南非的统治权而由联合国直接管辖。但是，南非却反对此决议，不承认联合国的管辖，并采取缩小本地区的自治权等手段，反而加强了对它的支配。尽管海牙国际法庭在 1971 年 6 月，判决南非不从纳米比亚撤退是违法行为，但南非的军队依然为了既得权益而继续留在纳米比亚领土上。

可是，另一方面，联合国已按照决议，由纳米比亚理事会任命了高级专员，由此导致了双重统治局面的出现。

曾为南部非洲民族主义运动的一大据点，甚至狂热到为南边的罗得西亚黑人游击队提供基地的赞比亚，与邻国的坦桑尼亚一起秘密研究着这样一个计划——依照联合国大会的决议，将大量的日本难民在“有护卫护送”的情况下，迁移到名义上为“联合国直辖地”的纳米比亚。想一想坦赞铁路是在中国的援助下建成这一点便能知道，在东部非洲，虽然排斥被叫作“亚洲人”的印度、巴基斯坦系的居民，但对远东人种的亲近感却比较强。往纳米比亚大量迁入技术力量较强的日本难民，既为人道主义之举，也可说是一箭双雕甚至三雕的办法……

“如果南非开始那种行动的话，这个问题还是早点在你们的理事会提出来比较好……”恩比委员长边站起来边说，“在这边的委员会，我们也马上着手准备提出议题。总之，关于这一点，应该和秘书长商量一下……”

这时，休息厅里突然嘈杂起来，人们吵吵嚷嚷地开始向出口处移动。

恩比问路过的职员：“发生了什么事吗？”

那个职员稍微停了一下脚步回头说：“哥伦比亚广播公司六点钟开始实况转播，好像是实况播放日本西部发生的地壳变动。听说尔多·霍金斯去了当地，规模好像非同一般。”

职员说完，便匆匆离去了。

“去看看吗？”

克托瓦参赞朝大家去的方向走了一两步。

“等一下，”恩比委员长用宽大的手掌，用力地抓住参赞的手腕，“你看那边……”

在委员长悄悄用眼神示意的休息厅的一角，静静地站着一位身材矮小、头发斑白的东洋绅士。他完全不理会像退潮般往出口处涌去的人流，而是转头望着从窗子能看见的、像鲜血一样红得刺眼的纽约的落日。他那瘦削的肩头，仿佛被什么击中了似的下垂着，在他们两人站立的地方，就能看见他手上的眼镜腿在微微地抖动。老绅士拿出手绢，轻轻地擦着在夕阳映照下刻满深深皱纹的面颊和眼窝。

恩比委员长用美国人特有的浑厚声音低沉地说：“他是作为特别成员进入特别委的、来自日本的野崎先生……站在他的角度想想看，现在，他的祖国就要沉没了。国土……他的祖先们代代居住、祖先们的灵魂安眠的日本的山、水、森林、草原等，连同家禽、鸟兽一起，就要从地球上消亡了。家园、村落、东京、先祖的坟墓……还有连猴子与河马都会……”

克托瓦参赞小声问：“日本也有猴子和河马吗？”

他的语气里不但没有丝毫的玩笑和揶揄，甚至还流露出一种深深的同情。

恩比委员长把手放在参赞的肩上说道：“那位老人很伤心，这是很自然的事。想到他的悲哀，还有在亚洲的一角遭受灾难，而在恐惧中东奔西窜逃命的一亿多日本人——尤其是想到害怕地在哭泣着的孩子，以及保护着孩子而拼命往安全处逃跑的母亲们……就再也不想在远离那里的如此安全舒适的大楼，通过插入广告之类的电视画面，来看热闹似的观看那样的场景了。你不这样觉得吗？”

“深有同感……”克托瓦参赞深深地点了点头，“电视这个东西，纯粹是一个娱乐用的匣子。电影或喜剧等还说得过去，新闻这样的栏目，本来就不该播放。在我的祖国，也正因为电视播放了总统的讲话而议论纷纷。有人批评说：‘一国元首本是倾注了自己的灵魂来传达信息的，这么一个电匣子能传递灵魂吗……’”

“我们去他那边吧……”看到野崎老人将擦过眼窝的手绢收进胸前衣袋里，恩比委员长拍了拍参赞的肩说道，“别安慰他。毕竟他也是一条‘汉子’。我们去就刚才的问题，在内部听听他的意见吧。”向站在窗边的老人走去时，两人的背后传来了正穿过走廊的人们的对话。

——什么地方开始下沉了？

——不大清楚，好像听说是“四国”。画面还没被传送过来，只是从现场传来了播音员尔多的声音……

日本沉没

にっぽん ちんぼつ

1

4月30日凌晨五点十一分，最初的巨大“悲剧性结局”向近畿地方袭来。这一天，同时又是在世界地震观察检测史上，第一次在西太平洋地区记录下“超大面积震源地震”的日子。这种类型的地震，迄今为止还不为人们所知道。

要在往年的话，这一周应该是从4月下旬开始的“黄金周”。连续几天，到处都会出现很多家庭和成群结队的朋友们一起出行的景象，热闹非凡。然而，今年随处可见的，却是因不安和恐惧而脸色苍白、因挨饿疲劳和睡眠不足而面容憔悴的人群。他们提着行李，背着婴儿，手牵幼儿，不分白天黑夜地，没完没了地向集合地点移动。一般私家车已被禁止，只有小型船舶、火车、公共汽车、卡车以及营业用的出租车，才被允许使用。它们昼夜二十四小时，从居住区的集合地点到港口和机场，进行着连续往返运输。为了保障在崩溃、毁坏或塌方不断发生的情况下，道路依然能够畅通，在各地都配备了推土机。

从4月1日开始的这一个月，近畿地方两府四县的三千万人口中，已经有三百五十万人从航空渠道和海运渠道撤离到海外了。取代严重进水的新机场而重新成为主角的伊丹机场，通过比举办世界博览会之前更疯狂的突击施工，终于在4月1日黎明，结束了对因地震受到损害的跑道及地面导航设施的整修，从而达到了能满足重量为三四百吨的巨型喷气式飞机起降的要求。

从4月3日开始，被关闭的地方机场的机械师和地勤工作人员，从日本关西紧急集结起来，终于使机场能够二十四小时工作，一天的起降次数达到五百架次。在远东美军运输部队的援助下，创下了一个月空运五十万人的纪录。

与此相反，海上运输方面，则由于太平洋海岸一侧的沉降和日本海沿岸一侧的隆升越发显著，致使无法使用的码头越来越多。在这样的状况下，船舶装载虽然增多，但其业绩却依然低于计划。大阪港由于此花、大正两个区完全进水，加之变天码头也沉入了海中，所以只能使用安治川、新淀川的上游和堺市方面的码头。在兵库，除了旧神户港和摩耶码头外，御影、鱼崎、芦屋方面的码头，要么已经不能使用，要么就不得不使用浮动码头。在和歌山、三重县的南部，港湾的破坏和损伤特别严重，其吞吐量不及原来总量的百分之十。尽管这样，政府还是全方位地利用长长的海岸线和众多的河口，甚至还使用自卫队和美军登陆用的船艇、搬运矿石用的平底货船和驳船，来保证船运能昼夜进行。一个月运送一百二十万人，这一数字，按观测总部（过去的 D-1 已被正式改成了这个称谓）的预测，撤离期限紧张地按十个月来估算的话，首先应该说近畿方面是顺利的。当然，近畿撤离计划总部打算尽量在 5 月份再提高效率，并计划在高峰时一个月撤退五百万人。另外，近畿总部还接受了承担冈山县和德岛县的一部分居民撤离的任务。考虑到 6 月份的梅雨将使航空运送量降低，8、9 月的台风将造成整个运送力的降低，必须加快速度才能完成计划。

那一天，4 月 30 日的凌晨，终于等到乘船和乘坐飞机顺序的撤离的人们，从半夜开始便源源不断地向机场、港口集中。还没轮到自己的人，则听从官厅的安排，收拾好身边的衣物和随身的日常用品，准备随时都能出发或紧急避难。在此期间，他们在各自突然间显得荒芜的住所里，经常被连续不断的微型地震吵醒，在不安的浅浅的睡眠中煎熬等待着。

大阪机场周围，不断有大型公共汽车和货车到来，许多人拿着行李默默地走进机场大楼。在机场大楼的入口处前面，搭建了几个帐篷，上面放着写有乘机号码的大牌子，人们按照号码去办理登机手续。大楼前出现了长长的队列，警官和职员在那里维持秩序。大人们面色铁青，沉默寡言。由于时间还是清早，婴幼儿都伏在母亲背上酣睡，而小孩子们则像要出门去玩儿似的欢蹦乱跳。

在神户港、摩耶、御影、鱼崎、芦屋等已经进水的码头，以及淀川、安治川和木津川尻等地，都能看到同样的情景。日本、美国、澳大利亚、荷兰、英国、希腊、巴拿马、利比里亚、瑞典……各种国籍的客船、货船、将内部临时改造过的货船、矿石船、满满装载着活动房屋的集装箱船只等，在这些浮动码头陆续迎接难民。几艘船只同时拉响汽笛，船艉喷着螺旋桨带出的泡沫，慢慢地改变航向穿过纪伊水道。拖船在这些船只间穿行，尖厉的汽笛声在阴霾的空中回响。

清晨五点过十分，在大阪机场，比利时萨贝纳航空公司的波音 707 飞机，已进入由东南方面着陆的状态。它已经收起襟翼，放下起落架，经过外线，经过中线，快速降低高度，越来越接近 B 跑道。

在西北边的上空，刚刚起飞的荷兰航空公司的 DC–8–62 型飞机，开始在空中盘旋。在跑道旁边的一块空地上，泛美航空公司的喷气式飞机，正在等待萨贝纳航空公司飞机着陆。导航道上，日航的 DC–8 型飞机和汉莎航空的 B–707 飞机，满载着旅客进入了起飞前的慢速滑行。此外，在候机大楼的卫星登机堡通道，已有三架飞机开始办理登机，有两架飞机正被引导到停止位置。所有的通道都被等待登机的人们挤得满满的，大厅里也是人山人海。虽然天已大亮，但正像天气预报预告下午要下雨那样，天空被厚厚的云层笼罩着。尽管云层高高的，但周围却被乌黑的云团包围着。

萨贝纳航空公司的飞机安全地降落到了地面上。人们透过通道的幕墙玻璃，望着从眼前的跑道上飞速而过的萨贝纳飞机的影子。在它滑向右边很远的地方后，逆向喷射装置的轰隆声又在周围一带响了起来。

这时，在窗子边的人们，看见灰色浓云里“啪”地闪烁出了银亮的白光。

在神户、摩耶及大阪和神户之间的港湾上船的人，更清楚地看到了这道光。从东边延伸到西边像屏幕一样的白光，穿过南方的天空，从地平线朝空中“啪啪”地闪动着，转眼便消失了。因为这闪光，金刚、葛城、二上等更远的群山，甚至连四国和淡路的群山的影子，都清晰地显现了出来。在白光的里面，还夹杂着许多带紫色和绿色的光，那些光的“屏幕”由东向西、由西向东移动了两三次。那一刻，在舢板和船上，响起了人们的高喊声。

两万六千吨级客货两用船“大隈丸号”的船长，正在芦屋码头载客，他揉着没睡醒的眼睛向船桥爬上去。在他接受了值班船员的问候，打着哈欠的一刹那，突然听到了甲板上的工作人员的叫声。他从船桥上环视了一下南边，一发现白光，便立刻冲过去，亲自按动了紧急警报的按钮。

“启动引擎！”船长对值班船员大声吼道，“准备紧急避难！”

值班船员惊慌地呼叫引擎室。

“乘客，还剩多少没有上船？”船长向事务长粗鲁地喊道。他因听到响遍船内的警报，吃惊地飞奔过来。

“还剩三百人左右，现在正在上船。”

“清点人数，让他们以最快的速度上船。五分钟后收起舷梯，紧急出航。叫通信官，快向航运事务所报告我们紧急出航。拉汽笛，通知其他船只，退避到海洋中心地带。”

“发生什么事了吗？”事务长摸不着头脑地眨着眼。

“笨蛋！海啸要来了。大概是这样吧……”

“大隈丸号”船里响起的警报，让正在上船的乘客们惊呆了。船员们开始东奔西跑地对着码头用喇叭和扩音器喊叫，同时还敲锣催促人们。“咚”的一声，最早的轻微振动袭来，就在这时候，从完全被水淹没的一楼候船室，通过浮动码头上船的乘客间，传来了一片惊叫声。由于人们激动地上下摇动，惊慌失措地互相推挤，有两三个人掉进了海里。船甲板上亮起了启动引擎的信号。

“准备开船！”船长对值班船员说，“还是柴油机好啊……要是汽轮机的话，恐怕就来不及了……”

“大隈丸号”的汽笛声，像可怕的怪兽的叫声一样在灰暗的空中回荡。船长自己抓起便携式扩音器，飞奔到靠码头一侧的船舷，大声叫道：“快把落水者救起来！还来得及。下一次地震就要来了。别慌张，慢慢上！”

然后，他又对船艄的甲板员叫道：“解下缆绳！往后传令！做好放下缆绳的准备！”

在大阪机场，当泛美航空公司的波音747E型飞机装满定员四百九十人后，推力为二十一吨的四台发动机，一齐转动并摇晃着它那三百五十吨的巨大身躯，开始滑行时，第一波地震袭来了。在指挥塔台里面，放在桌上的杯子，被弹起翻了个个儿，两三盏电灯随即蓦地熄灭了。

“地震！”有人这样叫了一声，“让泛美航空107航班停下来！停止起飞！”

然而，泛美航空107航班的目测速度，已经超过了一百二十公里。透过摇晃着发出声响的窗玻璃，只见它巨大的身躯晃晃荡荡地上下摇动着，轮子在微微地跳颤。值班的管制员铁青着脸，咬牙握紧了麦克风。

“怎么不让它停下来？！在干什么！快点！”

一个人涨红着脸跑了过来，伸手要去抓麦克风。可是，管制员粗暴地扒开了他的手，更紧地护住了麦克风。这位管制员，他经历了羽田机场那次在客机着陆的同时发生的大地震。后来，在东京也遇到过好几次地震，他以亲身感受记住了地震的特性。如果这时候命令速度已达到一百二十公里的机体紧急终止离陆起飞的话，启动逆向喷射装置在长达三千二百米的B跑道上，也许能勉强停下来。可是，如果在那时候第二波大的横向地震来了的话……从初次振动的规模来看，其震源地应该相当地近。管制员迅速地做出了判断。假如第一波和第二波地震之间只有十几秒钟的话……泛美航空107航班达到了一百五十公里、一百七十公里，速度不断增加。其间，上下振动依然持续着，刚看到轮子离开了地面，结果又接触到地面，机体猛地弹了一下。

上帝保佑！

平常并不迷信的管制员，这时也在心中这样叫道。刹那间，他的脑海里闪过了机长的身影。机长紧握着操纵杆，将四个阀门都开到最大，眼睛紧盯着从前方不断逼近的跑道终点。机长和副驾驶应该都觉察到了，机体异样地颤动了一下。一切都取决于他们这几秒钟的迅速判断。在这样想着的时候，几十米、几百米过去了，不能再回头的地点眼看着越来越逼近。

飞起来呀！管制员在心里这样叫道，一两秒间全身竟大汗淋漓——千万别停下来！把阀门再多打开些！拉动操纵杆！往空中逃吧。地上马上就会遭受一场可怕的破坏。

“成功了！”

有人叫了起来。管制员用满是汗水的眼睛，望了一下跑道的终端。在三千二百米的B跑道还剩下一点点的地方，客机前面的轮子离地，接着，其他十六个轮子也离开了跑道。

“机场内全体飞机请注意。这里是管制塔……”管制员用有些疼痛模糊的双眼，目送确认其高度已超过了十五米。然后，打开麦克风话筒的开关，用嘶哑的声音说道，“发生紧急事态！全体飞机关掉发动机……地震即将来临！”

刚说完这几句话，管制员“扑通”一声，从椅子上滑到了地上。“来换一下我……”他用沙哑的声音，对跑过来要拉自己起来的同事说道，“机场……最好关闭，别让上空的飞机着陆。快让大家避难，可怕的东西就要来了……”

初次波浪似的摇动，短暂地止住了一会儿。然而，此后马上又从大地深处，涌出了令人恐怖的地鸣声。整个管制塔，像在一个巨大的旋转盘上被转动着一样，来势凶猛的横向振动袭来了。管制员抓住话筒拼命呼叫上空飞机的声音，被轰鸣声、物体遭到破坏的声音以及人们的惊叫声，彻底地淹没了。

袭击近畿、四国、九州中央部，震级为七级的强烈地震，震源在伊势湾、纪伊半岛北山川上游、纪伊水道南部、土佐湾、丰后水道和宫崎县的小林附近。地震在好几个地方几乎同时发生，这一点在地震史上是未曾有过的。在最初解析气象台的记录时，工程师完全不知该如何是好。他们试图以地震波的性质和强度为依据，来推断震源，而震源图像却极度地模糊不清。到后来，他们才弄明白：似乎是由于从伊势湾到九州南部的六百公里直线上的某处发生的地震，像导火线一样直接诱发了处于上方震源的地震。不过，后来各地气象台所发表的内容，却是各不相同。

可是，将各地的报告综合整理，并将其震源进行排列，便会浮现出一个清楚的图像。

震源地从志摩半岛，横断纪伊半岛中央部，由东西方向通过四国的中央部，并从东北向西南方向，穿过九州的中央部，正好排列在那条明显的“中央结构线”的上面。另一方面，不用等待专家们的解析，“大变故”用谁的眼睛都能看得明明白白的形式，已经开始将其轮廓展现在人们的面前。

沿着纪伊半岛的纪之川和四国的吉野川，长达一百公里的范围内，两河川的北部和南部在地震之后发生了十多米的错位。同时，纪州山块和四国山块的南边部分，以此断层为界，往南移动了三米，向东边则移动了十几米。

在这里发生的大断层，甚至可以清楚地追踪到四国的新居滨附近和三重县的伊势市附近，规模非常巨大。在纪之川和吉野川上所修建的桥梁，几乎全被破坏和冲垮。在奈良、三重县境内的高见岭、国见山、四国山脉中的世之峰、大森山，这些地方还发生了山崩。有些地方的山，甚至裂成了两部分，连山的模样都完全改变了。

两河川的河流当然也发生了变化，既有河水干涸的地方，也有海水如洪水般地流进来的地方。由于塌方而自然形成水坝的地方，或者因为水坝被破坏，而致使其中下游遭受洪水袭击的地方不断出现。在鸣门海峡，似乎海底也发生了异常变化，旋涡几乎全部消失，海峡的宽度则增加了几百米。

伊势湾、纪伊水道、大阪湾、播磨滩、土佐湾、丰后水道一带，地震后马上袭来的海啸高达几米，有的地方甚至高达十几米，使沿岸的城市几乎全部受害，许多船只被冲到岸上，损害巨大。死亡和失踪的人数，在东海、近畿、九州等地，瞬间便达到了两百万名。特别是在大阪湾、土佐湾、宫崎海岸，许多正在乘船的人，因这突如其来的大地震而张皇失措，被受到破坏而倒塌的建筑物等堵住了逃离之路。于是，被跟着袭来的大规模海啸冲走。海啸受害最严重的，是纪伊水道两岸、淡水岛及丰后水道两岸，其次便是德岛县南部的阿南海岸、室户岬、土佐湾和日南海岸。

受灾更厉害的，是正值海啸冲击正面的淡路岛南岸、纪州的加太和四国的鸣门市。在这里，激起的海浪高达十四米。狂暴的浪头，冲过淡路岛南部的谕鹤羽山地的山麓，甚至袭击到了海拔三十四五米的地方。海啸退去后，在友之岛、加太、由良、福良、鸣门这些地区，地面上几乎什么都没有留下，可谓一片惨状。在和歌山和德川市，市区的一半都因为海啸而消亡。海啸退去后，全市被深达一米多的海水淹没，有田、吉备、由良、御坊、洲本、小松岛、阿南、高知、宫崎、日南……遭受灾害的城市不计其数，许多地方的交通网，也被毁坏得七零八落。而且，因为这次地震——更准确地说是地壳变动，几乎所有的港口和机场都不能使用了。

同时，这次“中央结构线大地震”，凑巧被处于日本上空一百几十公里的美国载人轨道卫星详细地摄入镜头，这一点也很特别。几天前，刚刚发射的载着四名研究员的 MOL-3 号卫星，那时刚好偶然地由东北向西南穿越日本上空。对日本列岛附近的地壳变动的调查，是其中一项大任务。灾情发生后，它与另外的无人气象卫星和测地卫星一起，继续对西北太平洋、欧亚大陆南部的地壳变动进行观测。

那时，MOL-3 号卫星正要离开已完全天明的北太平洋，朝着黑暗还未退去的东南亚飞行，在一百二十公里的高度通过日本上空。由于从日本海方面过来的移动中的锋面的作用，日本海沿岸西部，开始被厚厚的云层罩住，近畿、中部以北、中国地区、濑户内方面已经被云层遮住。而纪伊半岛南部、四国的室户、足摺岬，以及九州南部，刚好接近云团的尾部。机组人员中的值班员，将各种照相机和观测机械，对准眼下正通过的日本列岛，监视着按程序操作的这些观测机器的自动装置的动静。剩下的人中，两人在睡觉，另外一人则用双筒望远镜，从观测窗观察着因大爆炸而变形后依然不断冒烟的富士山，以及在中部山岳地带开始活动的火山那熊熊燃烧的红色火焰。当来到远州滩的上空时，由于朝霞沿切线方向罩着地表而变得难以看清，他便随手打开了带有超望远镜头的红外线暗视装置的开关。

当看到浮现在三原色显示器上的具有强大反差的图像时，那个研究员猛地拍了一下值班员的肩膀。

“喂！日本的西边要出事了！”

画面中呈现出的是从伊势湾到纪伊半岛南部的地形。

值班的研究员一回过头，便立刻隔着同事的肩，打开了变焦镜头的开关，让镜头在能反映出更广海域的同时，启动摄像。

“要发生什么事？”另一个人坐起身，用充满睡意的声音问道。

“不知道。不过，恐怕会发生某种变动。”值班员说，“把巴特也叫起来。都来帮忙。你看，海水颜色已变成那样了。”

已经醒来的那名研究员，正在调节夜视装置的彩色对比度。

在近乎黑色的暗绿色海面上，出现了颗粒般的深绿色斑点，并以惊人的速度向东西延伸。转眼间它已经越过了纪州海面，在向广角镜头末端位置的室户岬的海面行进的同时，又向太平洋一侧模糊地展开。而且，在蓝绿色的线条模糊扩展的地方，又开始出现了好些个接近蓝色的斑点。

“帮我看着十六毫米摄影机！”值班员一边启动连续拍摄照相机，一边对刚起来的同事叫道，“吉米，你从那个窗口观察。”

第四位机组人员也快速跳起来，将观测仪的开关一个一个地打开。虽然自动记录装置一直在记录，但待仪表启动直接看到指针的振动后，才发现其指针摆动得很厉害。

“这可不得了！”被叫作巴特的机组人员，一边急急忙忙地调节指针快到极限的仪表，一边叫道，“地磁气和重力的仪表指针，也在疯狂地摆动。比尔，海上监测站，调这个频率会出来吗？”

“应该可以，与阿格尔站联系。‘拉伐尔托号’应该在这正下方，刚才曾呼叫过。如果太靠近海岸，请提醒他们……”

“哇！”将双筒望远镜对着观测窗的机组人员，叫了起来，“不得了啦！日本要裂开了。”

比尔看了一眼三原色显示器，另外一人目不转睛地盯着安装在研究室下面的照相机取景器。打算将图像开关打开的研究员，抓起另一个双筒镜后，用力蹬了一下脚下，在无重力的室内，像游泳一样地凑近了观测窗。

在这几个人的视野中，可以看见靠近云团末端的四国和纪伊半岛南部的地形，其轮廓突然开始左右闪动并变得模糊不清了。在碧蓝的海面上，出现了很多淡淡的小斑点，逐渐增加并按东西排成一列。当如涟漪似的冲击，猛地呈圆弧状在海洋表面展开时，以几个斑点为中心的发黑的波纹，便令人吃惊地慢慢扩展开了。

“是海啸！”

盯着双筒望远镜的两个人同时叫道。冲过亚洲东部和东南亚的岛屿，甚至到达对岸新大陆上遥远的智利的海啸波纹，在眼下蓝色的大洋上，形成一个黑色的圆圈不断地扩大。

“呀……好像日本南部的地形变了。这可不像是错觉。”看着三十五毫米连续摄影机的望远取景器的人说。

“呼叫空间站，巴特。”值班员望着在三原色显示器上瞬息万变地变幻着的纹路色彩，用沙哑的声音说道，“向总站报告。说很快……日本要开始沉没了……”

在地面上，南部通过志摩半岛北部——纪之川，而由吉野川向爱媛方面走向的大断层地块，已经开始整体地慢慢往东南方向移动。由于海啸而完全灌满了水的二十条河流的河口部，随着时间的推移，也慢慢扩大了。

由于中小地震不断，巨大的山岭也为之颤动。四国南部和纪伊半岛南部，均以每小时一点五米或者两米的惊人速度开始向太平洋移动。实际上这时候，本土这边也正以时速十几厘米向东南方向移动着。可是，由于中央结构线以南的所谓外带地块变化异常迅速，所以断层彼此之间很快就裂开了。裂开的部分浸入海水后，吉野川和纪之川的河流的幅度，也随之慢慢变得宽阔了。

接着，在朝着东南滑行的地块前方，大陆架到大洋底的海底，也开始异样地急速下降……在长达儿百公里的地带，同时发生了一小时达几米的，甚至可以称作“收缩”的陷落！

地震发生后仅几个小时，尾鹫、熊野、新宫、潮之岬，便几乎全部沉入了海面以下，该处的海面则上升到了那智瀑布的正下方。崩溃后断裂破碎的室户岬和足摺岬，曾经露在水面上的部分，一半以上都沉入了海面。岬角的前端部分，成为几个孤立的岛屿后，继续往海底沉下去。中央结构线南部的外带地块，其西北一角被弹了出去，而东南部则深深地钻入海面以下，以刚好形成与内带侧面错开的格局，沿着东南部的海底倾斜并开始沉下去。

以中央结构线为界，在它南部和北部之间的“错位”，逐渐扩展到了中部地方。在西部日本发生大面积地震时，中部地方一带也感觉到了中等程度的地震。其后，在不断发出可怕地鸣的东海地方，终于在当天上午的十点四十七分，在发生震级同为六级的大地震的同时，又出现了大断层。断层从渥美半岛的根部通过浜名湖北部，在富士川附近向北边弯曲，上下幅度最大达二点四米，水平最大达五米。

在远州滩东方海面上发生的海啸，到达骏河湾后，海浪高达七米。海浪吞没了沿岸地带，几乎让沼津和富士两市全部毁灭，然后奔向了在大地沟带与中央结构线交错处产生的大断层和陷落的地面。汹涌的海水，终于进入了富士宫市南部附近的地方。

此时，在“古富士大喷火”之后，沿着爱鹰山的西部山麓线而产生的、处于活动中的喷火口深部，浸入了大量的海水，并发生了几处小的喷火。到下午两点时，爱鹰山终于发生了连山体模样都没能保留下来的大爆炸。

火终于与水相遇。火龙和水蛟，终于在本州中央部展开了激烈的厮杀。

2

“开始了！”

在“中央结构线地震”袭击日本的西部后，东京也感觉到了四级的中度地震。脸色苍白的撤离计划实施委员会委员，突然跑到人进人出乱哄哄的D计划总部。

“好像日本西部开始下沉了！一切都晚了！”

“下沉并不是现在开始的，老早以前就已经开始了！”中田不以为然地说。在观测总部的通信室里，他负责检查源源不断涌进来的报告和数据，然后再转给解析组。

“还来得及，到日本完全沉没，至少还有四五个月。”

“真的吗？真的有信心这样说吗？真不知道，你们的预言到底有多少是可信的。那场让西部日本整个断裂的大地震，不是也没能预测出来吗？”

“关于中央结构线地震，是发过警报的。”中田背对着委员站了起来，“不过，不幸的是，在精确度上出现了偏差。预报的是，在这三天的前后一周左右发生。谁知道从两天前开始，由于一部分观测网发生故障在调整，竟然没有能够把握到地震即将发生之前的变化。而且，撤离计划和地壳变动的观测结果还没有完全结合起来。你们实施委员会不是不分主次地，只顾拼命让国民从有装运能力的地方乘船乘机的吗？”

“那又怎么啦？除此之外还能怎么样？”

“关于实施委的各机构与观测总部的联系和交流能否再密切些的问题，已经提出过几十次了。我们所提供的情报，似乎并没有很好地发挥作用。希望执行撤离计划的负责人，至少能够在某种程度上理解我们观测部门所掌握的大致概念。”

“你说大致概念?”委员惊讶地叫道，“大致概念是什么意思?”

这时，电话铃响了。

“我是中田。是的，已经出来的全部放进去。观测机都出发了吗?观测浮标的数目不够吗?没有关系，先让飞机出发。”放下电话后，用手掌用力搓着胡子的中田，又把脸转向了委员那边。“是的。只能说是大概轮廓。你们没必要去理解详细的数值。不过，关于这场变故的根本性质，如果你们能有一个很正确的理解和定位的话，相信可以把观测总部提出的警报及数据，有效地利用到撤离计划中去。”

“你们这些观测总部的学者，希望自己的工作被承认。虽然可以理解，但是，现在并不是这样的时机。”委员说，“现在已经进入政治阶段了，你们只管提供更正确和确切的警报和预报就可以了。”

中田耐着性子说：“我说的是，为了把预报适当地用于撤离计划并使其发挥作用，希望你们能对这场变故的根本性质，有一个正确的认识。关于某个地点的变动，不可能提供百分之百正确的预报。提出那种要求，是因为对这样的现象缺乏根本性的了解。撤离计划委员会里都是些政治家，他们始终摆脱不了那种处事方式——在政党间协调的思维，以及考虑如何逃避最终责任之类的风格。政治性的考虑当然也是必需的，毕竟还有外交斡旋这些事……可是，当今的目标应该是，尽可能让更多的日本人不受伤害地从日本逃出去。所以，必须要更加清楚地好好理解这种现象的性质。如今的撤离计划，是在平时的，最多也只是通常可见的地震现象的前提下制订的。而这样的计划，既不可能指望把受害程度降到最低，也不可能适当地利用具有某种程度准确性的我们的预报。我们所提供的警报，几乎完全没被他们放在眼里，他们只是一味地推行一些不太可行的计划。到现在为止，他们还没有对我们所交的报告举办过像样的说明会，就直接进入了撤离计划环节。这样做，根本不能满足将灾害降低到最小的基本条件。”

“那么，到底要我们怎么做呢?”委员不耐烦地嘀咕道，“说明会嘛，应该是开过两次的。”

“是敷衍式地开过，大部分委员都只想知道结论。关于现象产生的过程，几乎是在不耐烦地敷衍，丝毫没有一点要去理解的意思。是左是右，是黑还是白，只追求结果。难道这是政治家的习惯吗？”

“在委员中也有学者……”

“是擅长政治性判断之类的学者吗……”

“你……”委员的表情僵住了，额头上的青筋剧烈地抽搐着，“你到底要干什么……”

“没有退路了。请再召开一次说明会……”中田盯着从电传机里出来的纸张说道，“与其说是说明会，还不如说是对委员会各位先生的特别训练。我们会不断地进行解说，直到你们明白为止。如果能把内阁官员、官厅的顶级人物和委员会的成员们都集中到某个地方的话，我想用三天时间，不，两天就能让大家理解，如何去把握即将发生的诸现象的本质。”

这位在国会也相当能言善辩的委员，涨红了脸大声吼道：“两天时间？你认为有这样的闲工夫吗？在如此危急存亡的关头……”

“正因为在危急存亡的关头，所以才有这样的必要。我知道大家都有很强的理解力，虽然草率地讲一讲，一段时间后，凭着自己的悟性，你们也能大致了解现象的性质。但是，在你们还未理解的期间，所造成的损失实在太大了。也许你们认为，只要完成了基本的工作，勉强保住体面，其他的会由经验丰富的官员来摆平。不过，至少就现在这个现象的性质来说，不管具有多么丰富的经验，都不可能有久经沙场的老手。我们只能阶段性地去理解……”

中田把刚才从电传机里吐出来的纸，递到委员的面前。

“你看看吧。今天早上发生的地震，所造成的死亡和失踪人数，初步统计结果出来了。已经确定的数目就达几十万人，这个数目若与东海以西的人数相加的话，会轻易地超过一百万吧。如果计划委的全体成员，对现象的性质理解得再透彻一些，并知道如何利用预报的话，这个数字至少会减少十万或二十万吧。不是完全地依赖预报，而是以它为参考，并在把预报里没有的现场的各种征兆考虑进去的前提下，来做到最大程度的适当判断。总之，综合计划的制订，不仅只是把必须撤退的人数与运送手段机械性地结合起来，而应该有更有效的做法。”

“那你说该怎么做？”委员表情生硬地盯着中田。

“两个人一起跳绳的游戏，您玩过吗？”

“你在嘲讽我吗？”

“我没开玩笑。如果对绳子挥动的周期，也就是对绳子的性质很了解的话，就不会被缠住脚或绊倒吧。大变动的道理，也与此相同。喂，请把图像调到这边显示装置的终端。”

中田把手伸向开关键盘，把由电脑室传送过来的图像显示在显示器上。

“我用放大投影装置把它投影到屏幕上，看看吧。瞧，能看明白吗？接下来，在东北的北上山断层带，将会产生大的水平断层。估计其影响会波及北海道的石狩平原。从三陆海岸到北上山地的东半部一带，则会沿大洋倾斜而开始滑动。日本海沿岸这边还比较安全，所以，现在应该适当地中止在札幌和仙台这些城市进行的装载工作，而让他们紧急避难。在最后的五天期限……”

“这一切真的很准确吗？今天早上的地震，可是比预报的日期提前了三天……”

“这次的准确度提高了，应该会达到发生时间前一周再加减二十四小时的程度吧。因为那个中央结构线地震的发生，预报精度大幅度提高了。它本身就属于具有这种性质的现象。你明白吗？另外，目前在中部地方，乘鞍山系发生火山爆发的危险正不断增大。今天早上的地震将成为诱因，在十二小时以内，也许会发生大的喷火吧……”

“在哪里发生？什么时候发生？会按怎样的日程发生？这些信息都没有吗？嗯？”委员为难地说，“只有掌握了这些数据，我才能尽可能安排避免危险的撤离日程。难道使用如此先进的计算机和设备，你们这些专业学者就只能做到这种程度吗？”

“您这样说，本身就证明您对这种现象的性质，对计算机的性质以及科学的性质并不了解。”中田略带揶揄地说道，“您了解‘象棋积木’这种小孩玩的游戏吧。就是把象棋棋子全部堆积到一块儿，然后一颗一颗地取走棋子，尽量不让‘棋山’倒塌的游戏。取走哪一颗棋子后，会发生什么情况？取走某一颗时，接下来的瞬间，‘棋山’是否会大大地垮掉，或者摇摇欲坠地保持均衡？这样的事情，您认为计算机能够很准确地预测吗？从最初一颗取走，到第几颗时最初的‘棋山’会倒塌下来？在一部分被破坏后，棋子的堆积状态会如何变化？到下一次倒塌为止，取走几颗是安全的？——这样的全过程，您认为计算机能把它算出来吗？虽说有观测网，但那也不过是像在鲸鱼身上爬着的跳蚤一样不足挂齿。”

“可是，有两点是可以确切地断言的，那就是，如果取走了一颗棋子没倒塌的话，那么取走下一颗棋子时，倒塌的概率便大大地提高了。相反，如果有了一次倒塌，或某种程度的大倒塌的话，至下一次倒塌到来为止，稳定将会持续一段时间……所以，我们有必要先基本地了解这种现象的性质，然后再来制订计划。”

“你要我们到现在这种时候，再来改变撤离计划和运送计划吗？哪里还有这样的余地。”

“看起来好像是在走弯路，但这却是唯一的近道。两天就够了。您能帮忙说服委员会吗？”

“把意见书提交委员会……”委员背着身子说，“还要附上所需的资料文件……”

“没有那么多空闲时间。”中田冷淡地说，“我们在这里一天工作十八个小时。请你们看看放在委员会事务局的资料文件吧。”

委员面红耳赤地回过头来，他带着怒容，久久地盯着忙碌工作的中田，准备回敬几句什么。可是，过了一会儿，他终于迈着重重的脚步走了出去。

正在往地方政府管辖地区发传真的通信官，刚好听到了两人的对话，扬了扬下巴说：“你让他生气了。他可是在野党的大人物。这样做，会弄得适得其反的。”

“要是因为我的顶撞，就生气地把该办的事置之不理的话，那他只能算是个小人物，顶多是个中等人物。”中田镇静地按了一下桌边的开关，让小型录音磁带跳了出来，“在这次直接呈交给委员长的绝密意见书里附上这盘磁带，让他听听刚才的对话。P-6 和 P-7，通信信号都还没有进来吗？”

“刚才 P-7 的信号已经来了。”从房间的一角传来回话，“接到喇叭上吗？”

“P-6 有信号的话，叫一下片冈。P-7 怎么样？图像能传送吗？”

“好像转播用的直升机出现了故障。哥伦比亚广播网要晚两个小时开始空中转播。他们似乎已经放弃地面转播了，听说那个叫霍金斯的新闻播音员，刚才坐进了直升机。NHK（日本广播协会）应该可以接收吧，要看那个转播吗？”

“要晚两个小时啊。在美国总部，正是黄金时段哪。”中田看了一下手表，皱着眉头喝了一口纸杯里已经变凉的咖啡，“西欧刚好是半夜，转播费浪费了。”

“会有几亿人收看吧……”通信官嘴里叼着烟低声说道，“简直成了世纪性的‘奇观’了。可这边地面上，却是生死线上的挣扎呀。”

“现在就是这样的时代……”中田摇晃着脑袋的同时，打了一个懒洋洋的哈欠，“我们自己过去在日本太平的时候，不也是这样袖手旁观吗？……给我一支烟。”

中田伸手抓过通信官刚放到嘴角边点上火的香烟，站起来把全身挠得沙沙地响。

“将观测机传来的数据全都输进去。如果片冈出来了的话，帮我接通一下……我去冲一下冷水，清醒一下。”

看着边伸懒腰边走出去的中田，被抢走香烟的通信官耸动了一下肩膀。

“他真是个了不起的人才，却不怎么像典型的学者。”

“听说他大学时是一名橄榄球运动员……”在房间的一角，不知是谁这样说道，“像他那样，就是当冷酷的私家侦探，可能也挺合适。”

当由观测机传来的数据开始输出时，通信室里一下子嘈杂起来，充满了同时响起来的电传打印机和磁带穿孔机的声音。虽然又发生了震级为三级的地震，可谁都没去注意，甚至没人注意到大震灾发生时在墙上留下的大裂口，慢慢地扩大了……

搭乘由反潜机改装成的地壳观测用的探测飞机，片冈飞过了由纪伊半岛中部向四国山脉蔓延的大断层的上空。因大地震而带来的倾盆大雨，一个半小时左右就变弱了，到达四国上空时，四国山脉上面的云层已开始消失。据说以一万米的高度飞到四国上空的 B–29 轰炸机，到了这里都只好掉头回去。由于强烈的气流，探测机刚一降低高度，便被颠簸得一塌糊涂，但现在这种状况已明显开始好转了。他们以接近四千米的高度飞行，往眼底下一望，便能从云层的缝隙，看见地壳破坏后留下的痕迹。

在四千米的高空，以吉野川为界的南北两边错开的大断层，只能隐约可见。不过，还是在一瞬间看见了闪着铅色光亮的海面。它流过大断层光秃秃的紫茶色地表，一直深深渗入到平原。比这些更让片冈吃惊的是，还有好几个蜿蜒的断层带，横跨四国山脉。它们由西北向东南，斜着并排呈现在那里。绿色的山地被如此凄惨地撕碎后，露出了茶色、红色和微黑的地表，其中还出现了黑黑的深不见底的地裂。那些并排的裂缝，就像把一根粗粗的黏土棒当成毛巾来拧干时，所形成的褶皱一样。许多地方都还在继续发生山崩，有几处地裂的地方，正往外喷发着浓烈的蒸汽。

“D1……D1……我是 P–7……图像清晰吗？请回答……”

中田一边交替地望着摄像机的监视器和观测窗，一边对着话筒说道。

“有点模糊……”喇叭里传来伴随着很重杂音的声音，“继续传送图像。马上又有一架转播直升机从滨松升空。到达九州南部后，在宫崎上空有‘吉野号’转播直升机等着，请与他们保持联系。P–8……P–8……我是 D–1，观测浮标的投放是否已经结束？请回答……”

“我是 P–8……还有两个就结束。现在位置在土佐湾南部……”

“D–1 呼叫 P–8……海洋上的浮标投放结束后，请返航。沿纪伊水道北上，与舞鹤基地警备队取得联系后，等待指令。请回答。”

“P–8明白……”

“D–1呼叫P–6……离开丰后水道后北上，向三保行进……呼叫P–7，到达宫崎后北进，从大分经濑户内海上空东进。请回答……”

片冈把应答飞行指令的事交给身边的机长，自己专注地在左右两边的观测窗之间来回忙碌着。从左边的窗口，可见往高知平原崩落的巨大斜坡正铺展在那里。在斜坡上，也有好多个像被蚯蚓翻爬过一样的红褐色的小断层。在前方，可以远远地望见高知平原，全面受到海啸的破坏后，因地壳下降而形成可怕的大范围浸水，让海岸线已完全变样。平原上所积的海水，在渐渐升起的太阳映照下，泛着粼粼波光。

“高知市几乎全被水淹没了……”在南边与P–7并排飞行的P–6机上观测员说话的声音，从收报机的底部传来。“在水面上，只剩下大楼、车站和高塔。海啸造成的受灾情况挺严重的。幸免于难的房屋，二楼也几乎都进了水……”

“哇！足摺岬要沉入海里了……”飞行在更南边一点的P–8机长说道。

“这种状况……乘船时，如果不使用登陆用船艇或其他什么的话，恐怕有些困难。”坐在片冈旁边的观测员，拍了一下他的肩，指了指左边的窗口。

顺着他所指方向望过去，只见在物部川沿岸的田地里，一艘客船因为海啸倾覆在那里。从这个高度，当然不可能看见人的影子。那艘搁浅在田地里的船只，红色的船腹，难看地暴露在5月晴朗的阳光下。想到那些曾乘坐在上面的人，片冈不由得心情黯淡。今天清晨五点刚过，尽管因为逼近脚下的恐怖和对前途的不安而紧张万分，但却又带着终于轮到了自己乘船的顺序的安心感，而集结到了浮桥码头和港口。那些因第二次关东大震灾时的海啸，而在一瞬间失去了亲人的人——那些年老的父母以及年幼的弟妹，他们的喊叫声，似乎猛地从被海水冲荡过的平原下传来，片冈不由得捂住了耳朵。

“怎么啦？”观测员望着他的脸大声说，“你不舒服吗？”

“换我一下……”片冈捂住脸，从监视器前站了起来，“我想吐……”

“我是 P-8……”D-1 总部的喇叭响了，“我们现在位于泉大津海面，很快就到大阪上空……”

“将高度降低到一千……”通信官对着话筒说，“尽可能低空低速飞过更广大的范围。应该没有问题，还有四十分钟，伊丹机场才能恢复使用。机场的塔台还在工作，请与他们取得联系……”

“明白，高度下降到一千。根据情况，还可以再下降吗？”

“不要下降得过低，以免图像模糊。”中田说，“请通过提高转播直升机的高度来弥补。”

“HR21……HR21……我是 D-1，高度上升到五千……保证 P-8 的电波。”

“HR21 明白……”

电视画面上，出现了一片浮着乌黑油层的海面。前方冒着红色火焰和黑烟的，大概是堺市联合企业的石油罐吧。人工填海地带已完全被水淹没，只有倾斜的或已坏掉的银色精馏塔、高炉和油罐群的顶部，还露在水面上。在此地，因为海啸的冲击曾经被纪淡海峡阻挡过，所以受到的破坏不及纪伊水道两岸和淡路岛南部那么严重。除了被冲倒之后浮在海面上的许多房屋的屋顶外，在堺市的街地上，还残留着大量被全部或部分毁坏的房屋。

这些也几乎全都浸泡在水里。超高层建筑群中的某栋恰好从中间断裂，摇摇欲坠。

“能看见画面吗？ D-1……”P-8 呼叫道，“画面里的，是岛屿吗？”

“笨蛋！”中田吼叫道，“那里不是仁德天皇陵吗？……”

在城市街地上延伸着的高速公路，路面坍塌，多处倾斜。汽车燃烧过的痕迹零星地残留着，看来是公共汽车与卡车撞成了一团。画面上一闪而过的红色物体，大概是乘客流出的鲜血吧？！因为那场地震，救护车也许来不了吧。高速公路要是再陷落几处的话，就会变成被堵住的“密室”了。那些受伤的人，究竟是如何处理的？他们也许还在某个地方，带着对临近死亡的恐惧而在痛苦地呻吟吧？

“伊丹控制塔传来消息……”P-8说，“地震发生后，大阪市内地面下降了三米……下降目前还在持续。据说地震两个小时后，会再下降一米半。关西国际机场已不能使用。伊丹机场B跑道，早先发生凸起的部分出现裂口，A跑道也出现裂口和下沉，目前正进行紧急维修……只有B跑道的两千八百米左右，似乎可以很快投入使用，能飞的飞机现在只有两架……”

“我是D-1……把镜头换成广角。”中田说。

画面被切换，在P-8的斜面前下方伸出的电视摄像机镜头中，大阪的市街迎面而来。P-8从堺市转入内陆，准备沿着通向大阪机场的普通着陆线飞行。

俯瞰下去，因六级的强烈地震而倒塌毁坏得惨不忍睹的市街，在眼前延伸。在南海、近铁两条铁道线上，脱轨翻倒的列车仍然躺在那里。大阪南部，遍地是倒塌的房屋，屋顶就像脚被折断了似的趴在那里。在市街中心部，有几股黑烟还在往上冒。而在东南部，警车、救护车、消防车、公共汽车、卡车、抢险车和吊车等，在宽阔的环形道路上川流不息。

然而，进入临近市街的中心部，画面上出现了更加凄惨的情景。

大阪市街中靠近海边而低于海平面的比花区、港区和大正区，几乎全部被水淹没了。似乎是由于海啸的冲击，大阪湾海底的淤泥涌了上来。墨汁一样浑浊不堪的污水不仅充溢在建筑物与建筑物之间，还形成旋涡往内陆流去。位于安治川、木津川、新淀川等河岸的工厂群落、石油罐和筒仓，受到地震和海啸的直接冲击，有的被破坏殆尽，有的倾覆翻倒。好不容易留下来的东西，也被眼前的浊流冲得横七竖八。巨大的浮动船坞，载着正在修理的船只，似乎是搁浅在了弁天码头上。弁天码头本身，除了货场的一部分外，也全部泡在了水中。在乱糟糟的街上，露出红色底部的大型船只，也翻倒在其中。从大型船只流出来的黑色原油，在一部分海面和市街里，冒着红色的火焰熊熊燃烧着。

在沿岸地带的福岛、浪速、西成等区，海水一直淹到建筑物的三楼至四楼。市内高速公路，许多地方出现了横梁垮塌、倾斜的惨状。在中之岛附近，高架桥墩被冲得向一侧倾倒，无力地垂落在浑浊的水面上。中之岛全部被水吞没，只能零星看见树木和建筑物的顶部。桥梁很多地方都塌落了，看上去还在航道上行进的平底货船，也被冲进了中之岛大楼的三楼里。

一瞬间，大阪市又恢复了“水都”的风貌。黑色的水流冲击着以大阪城和宫厅街为中心的上町台地的边缘。黑色流水卷着旋涡，往都岛、城东、东成、大东市和守口市方向的内河平原，不断地流去。从南边的大和川逆流而上的浑流，以及冲破北边的淀川河堤的一部分水流，已经涌到了生驹丘陵的山麓。

由于海啸和地震，以及随之发生的包括地裂在内的大范围地壳下沉，使这座拥有三百万市内人口、行政管辖七百万人口的现代化大都市——大阪市，似乎突然一下又恢复了远古的风貌。

三千年前的大阪，仅仅只是从南方天王寺往北延伸的上町台地。它延伸入海中，大阪湾的水流直接冲击着台地的边缘，从大和盆地向西流去。如今在堺市的北边注入大阪湾的大和川，在丰臣秀吉还没为修筑大阪城而把河道改成现在这个样子时，是由生驹丘陵和上町台地之间的内河平原，沿西北方向朝着淀川河口流去的，泛滥时也曾流进过堺市一带。淀川在内河平原形成很多的河床湖，涨潮时，海水从北边大量地往内河平原南部渗透。在生驹山麓，既有海洋性的贝冢，又有神武皇帝东征的传说，看来，过去坐船沿淀川逆流而上到生驹山麓，曾经是可能的。

后来大河川泛滥形成的浅滩，渐渐被河内的土沙所填埋，淀川在河口形成了许多沙洲。这些被称作“八十岛”的沙洲，不久便陆地化了。随后，它在秀吉时期又被填埋，这便构成了拥有许多水渠的近世（江户时代）以后大阪市街的雏形。

从这一漫长的积累过程来看，时间似乎突然后退了两千年。大阪的市街，只有上町台地露出水面，周围的平地都被涌进的黑水所淹没。在生玉神社森林的北边，是仁德皇帝建都的地方，据传，船还曾到达了旁边的高津神社下方。也许是被逆流的道顿川冲过来的吧，一艘有篷游船倾斜着搁浅在那里。平坦地区的街道，现在几乎全都被淹没了。在稍微高一点的地方，浊水淹到了二楼的窗户。在低一些的地方，水淹到了三楼、四楼。近些年，大阪有了越来越多的超高层大楼和高层公寓楼，在这些大楼的上层，聚集了很多幸免于难的人。他们不安地抬头望着空中，像在哀求似的向通过上空的飞机挥着手，口中大声地叫喊着什么。不过，也有一部分超高层大楼，因为地基塌陷而歪斜了。在楼房下流过的浊水中，混杂着箱子、垃圾和无数的尸体。被水冲出来的汽车，在许多地方堆积成了堤坝，浊水在这里像急流一样，翻卷着白色的泡沫。

只有高速公路、新干线和新御堂筋的高架部分，虽然多处受损，却还能勉强通行。

中田看着画面说："撤离的集合地点，恐怕只能换到千里丘陵一带了……与 D-3 联系一下，听听他的意见。如果是万国博览会会场旧址的话，大型直升机和短程飞机，应该是能降落的吧。不，等等，短程飞机如果不在西国街道的话，恐怕不行吧……问一下 D-3 的意见，并告诉他，把这些情况向委员会汇报一下。D-3 刚才报告的地震，受灾状况怎么样？"

通信官不断努力，尝试着和在伊丹的陆上自卫队中部地区总监部内的 D-3 取得联系。

由于微波传输线路已几乎不起作用，只好使用短波或转播直升机。而短波又因为电离层受到地壳变动的影响，状态并不理想，最终还是只好使用转播直升机。美国把太平洋上的一颗通信卫星，移动到了日本列岛南方海面的上空，供日本国内通信使用。然而，茨城县的鹿岛宇宙通信地面台因浸水而瘫痪，只好使用冒着危险在近海游弋的海上自卫队的两艘通信指挥舰，让它们用各自的移动台，为地面提供通信。

D-3 终于出现在画面上了，但似乎那边非常混乱，无法听清里面在说什么。因为地震造成的地裂，以昆阳池为代表的一部分池塘，也泛滥成灾。难民们纷纷拥到伊丹的总监部，一部分人甚至处于半疯狂状态。由舞鹤的海上自卫队飞来的一架直升机，遭到难民的肆意破坏。年轻的自卫队员见状，勃然大怒地开了枪。这些信息正断断续续地传过来。

“开枪？对着群众吗？”

中田猛地跳起来，往通信官身边探出身子。

“不，好像是朝天放的……”通信官一边移动身子，一边不住地拨弄着调音装置，“但是，自卫队员却遭到了群众的殴打，两人重伤……不，有一人死亡……”

“使劲打！”中田“咚”地敲了一下桌子，对通信官吼道，“叫他们使劲打！不是打群众，是打这些当兵的。就对长官这样说，为了让他们像个样子，就应该一个一个地使劲儿地揍……”

“别激动，中田……”幸长从背后把手搭到中田肩上，劝他坐下来，“没关系。交给他们……人家是专业的。”

在各种音频信号嘈杂的通信室里，紧急通信蜂鸣器突然急促地响了起来。平时蜂鸣器尖厉的鸣叫声总是把大家吓得跳起来，但这时听上去，却低沉得有些怪异。在彩色荧光板镶嵌出的日本列岛地图板上，中部偏北一带，出现了两三个红色的闪烁着的光点。

“从松本传来消息……乘鞍岳发生爆炸，烧岳和不动岳开始喷火……”打开了通信电话开关的工作人员报告道，“七点四十五分……接到长野报告，在高妻山方面发生爆炸……西侧山腰斜面开始喷发气体……八点零三分……”

“是高妻山吗？”幸长呆呆地低声问道。

“比预料的早了许多啊……”中田扫了一眼大键盘，咂嘴说道，“早就知道那里迟早会开始的……它毕竟位于糸鱼川大地沟的侧面。那一带的水平错位已达二十多米，往海岸部撤退移民的工作，也应该基本结束了吧。”

“可是……”幸长凝视着忽明忽暗的、闪动着红色火焰的地图板，神情呆滞地说，“说不定……那里……”

蜂鸣再次响起来，地图上的东北方也亮起了两个红点。

“盛冈—岩手山、驹之岳开始喷火……”通信官刻板的声音，在房间里回荡。

幸长默默地伫立在荧光板的前面。

他几乎不能集中视线，觉得眼前的荧光板上所绘出的日本列岛，仿佛变成了一条轮廓模糊的龙的形状。在成为背景的中央山脊的许多地方，显示喷火和地壳变动危险信号的橙色光斑，像丑陋的病灶一样闪烁着。海岸地带，到处都出现了表示已经被水淹没的蓝色区域，这些区域彻底改变了平常人们已经习惯了的海岸线形状。朱红色的线，纵横倾斜地在它上面穿过，那代表着一条一条的大地裂缝。在那天清早，沿着由纪伊半岛至四国的中央结构线新形成的大断层上，也闪动着鲜亮的红线。在九州、中国地区、中部山岳地带、关东山地、东北和北海道等地，表示喷火的红点，像鲜红的血滴一样，一滴滴地喷溅出来。关东地区南方海域的岛屿，几乎已被破坏殆尽。海洋方面，一直在喷火的伊豆列岛，红色的光点几乎连成了一片，宛如鲜血滴落一般。

“龙”生病了。

它身体各个部位的深层，都被“破坏组织的绝症”所侵蚀。它发烧、吐血、打滚，痛苦地挣扎着，等待身体被撕裂的最后时刻的来临。其长达两千公里、面积为三十七万平方公里的巨大躯体，体温越发升高，并且在反复猛烈地喘息和痉挛着。显示水淹地域的蓝色光斑，像死亡的阴影一样，从四周蚕食着它的轮廓。

然而，在幸长的眼里所映照的，并非那条龙的身姿。

他模糊的视线停留在正在中部地区的中心部和北部处闪动着的红色光点上面，心里一阵阵地感到空落落的。

3

户隐山北边的高妻山，位于长野县和新潟县交界的地方。它最初发生爆炸时，小野寺刚好在那里。

因为在大地沟带的东侧和西侧产生了十余米的错位，这里的公路和铁道被毁坏得七零八落，连糸鱼川沿岸的水系也变得一团糟。大町遭受到了木崎湖水的袭击，梁场以北则受到了青木湖水的冲刷。恰好由于地热升高，飞驒和筑摩两大山系的雪水，比常年水量有所增加。加上喷火和地震等原因，这个春季又比较多雨，从大町到北方的糸鱼川峡谷中的水流又因四处塌方而被堵住，洪水四溢，惨淡不堪。

富士山火山大爆发后，发生了地沟带地震。当此地沟带的东西地块在富士河口产生了一米的错位时，有关部门对这一地域发出了警报，居民们开始了经由大町而往松本、长野或日本海沿岸方向的撤离。自撤离开始后，已经过去了一个月，大家都认为这一地域没有一个人了。然而这天早上，供观测地磁气和重力变化用的陆上自卫队的小型直升机，在飞过这一地区的上空时，却发现在北日本阿尔卑斯山乘鞍岳的东边，天狗原的山上营房附近，居然还有一队人在挥着手，不禁大吃一惊。

降落下去询问后，才知道原来这是一支由学生、年轻的工薪族和女性白领组成的三组登山队，共有十三四名成员。

最初对糸鱼川峡谷一带的居民发出退避命令是在 3 月 15 日，随后，居民便开始撤走。由于公路、铁道损坏、塌方所造成的河水泛滥等原因，导致部分人员的撤离极其困难，待全体撤退完毕已是 4 月 2 日。随即，国道一四八号线的糸鱼川街道、大町的北边和木崎以北就禁止通行了。

可是，这些人却在禁止通行令发布后的 4 月 23 日前后，瞒过警戒的眼目，络绎不绝地从大町市南部汇集过来。他们抄近道经过通向黑四水库的大町收费站向西，然后再北上到达鹿岛枪之岳高原，最后靠近大冷泽，沿爷之岳、鹿岛枪岳、五龙山、缱之岳、白马山脊等一路走来。他们说，因为日本列岛要沉没了，所以想最后再看看日本阿尔卑斯山，于是就……虽然枪岳、乘鞍岳等北阿尔卑斯主峰地区警戒很严无法进入，但后立山连峰却几乎没什么障碍。这些看上去不过二十二三岁的年轻人，全都皮肤黝黑，疲惫不堪。从装备上来看，他们的家庭条件似乎都不错。看着这些在城市里长大的纤瘦青年，小野寺惊讶得张口结舌。

沿山脊从鹿岛枪岳到白马山脊的这条线路，虽然夏季时东斜面的大雪溪涧的景观非常不错，但中途必须要经过鹿岛枪岳和五龙山之间的山脊危崖。在如此紧急的关头，又是在气候变化多端的初春，这些年轻人，甚至在山岳天气预报都没有播报的情况下，孤军沿山脊行走，确实只能说是胡闹。况且，飞驒山系最近反复出现可怕的轰鸣，在山顶、山脊的斜面、断崖部的各处都发生了坍塌和喷气现象。

事实上，因为天气原因，第一组就在天狗营房里面被困了三天。另一组则被困在了唐松营房，最后一组刚过了八峰这个地方后，被卷进暴风雨和喷出的气体中，一名队员失踪。余下的人费尽周折，好不容易才到了五龙营房。就是在这种情况下，暴风雨过去后，他们依然继续往前走。第一组在通过铲之岳时，遇到了因突发性地震而造成的更像是地裂的雪崩，结果一人失踪。在后来追上的第二组的帮助下，第一组花了两个小时，终于挖出了被埋在雪下的同伴，此时，那个队员在跌跤和霜冻的折磨下，已经遍体鳞伤了。

这三组人，在了无人迹的白马山麓会合在了一起。他们发现，通往二股的下山的路，已因塌方变得面目全非了。被积雪覆盖着的松川上游，不知何时，被在小日向山的北部所发生的深不见底的断裂切断了。猿仓庄所在的区域已成了大悬崖，可怕的蒸汽从底下一个劲儿地往上涌。这里的天气再度变化，连续三四天都是猛烈的暴风雨，周围弥漫的气体让人伸手不见五指。虽然在山庄和旅馆里，很幸运地还剩有食物和燃料，也许是由于地震的缘故，这些建筑物都出现了歪斜。冷风肆无忌惮地吹进来，室内的温度非常低，甚至还致使其中一人患上了肺炎。另外，还有两名队员因跌倒和其他原因而骨折。他们原计划等暴风雪停止后继续往北走，便从天狗原来到了梅池营房，准备到大系铁道白马大池车站。不料他们的路再次被阻断了。鹎峰西南斜面产生巨大地裂，早大营房被断崖吞噬了。同时，北边的钵之岳、黄金汤温泉、莲华温泉等地的河边，积雪很深，而且不断发生地裂和剧烈的喷气，十分危险。

小野寺尽量掩饰着感情说："就算你们到了白马大池车站，也无法获救……"

对他们生气于事无补，责备也毫无意义。

"因塌方而河水被堵，那里已被淹没于水中……"

"一四八号公路全线都不通了吗？"

一个像是领头的人问。

小野寺说："你们知道为什么要封锁道路吗？糸鱼川的两岸已经错位十多米了，你们连这个消息都不知道，就不顾禁令地进山了吗？"

颧骨高高的年轻人气呼呼地说："电视只有两个频道，报纸也是隔天才有……对，我们都明白。大人的说教我们早就听惯了。可是，对我们来说，山就是生存的意义。这么美丽的日本阿尔卑斯山，就要从地球上消失了，我们和它做最后的告别，有什么不对吗？我们觉得在阿尔卑斯死而无憾……"

小野寺转过身，边向直升机走去边说："那么，你们是一定要这么干喽？如果你们这样的话，我们还能省点儿事，也挺好。你们的同伴，有两人不是已先去了吗？"

不知为什么，小野寺心里觉得非常别扭。他突然想起了很久以前……他被田所博士游说，而作为"海神号"的舵手刚开始工作时的事。有一次，外出工作一阵子，再回到很长时间都没住过的公寓时，发现竟有一群年轻人偷偷钻进自己的屋子在里面鬼混。他拳打脚踢地把他们轰了出去。那时候还会勃然大怒，而在把那些人赶出去后，对独自一人回来取鞋的那个无助的女孩，又变得出奇地和气。是啊，那件事感觉好像已经过去很久了……

然而，现在却比那时更加麻木。小野寺感觉自己的心和全身，似乎都被如大象皮一样干燥而厚实的皮肤给包裹住了。自己渐渐地变成一个讨厌的枯燥无味的人……他的内心深处感到悲哀。是太累了吧……好像自己很老了，而且……

玲子……当要想起这个名字的时候，他用一种要把人的头按进水里将其杀死的残忍之心，狠狠地把这个名字压制了下去。如果不让自己具有冷酷无情的杀人犯的情感，这两个字就会像海豚一样，或者像几乎以九十度的角度快速跃出水面的潜水艇一样，猛地从意识的深处蹿出来缠住他。如果那样的话，干燥的心的表面将会碎裂，所有热烈的呼唤，便会像火山喷发一样迸发出来……而他，又将会因此心如刀绞痛苦不堪……

在富士火山大喷发的那天，接到玲子从降落着灰渣和熔岩的真鹤公路打来的电话，小野寺不顾一切地跑到了外面。可是，这时道路拥挤，国营铁道停开，火山灰也开始降落到了东京。他虽然跑出来了，也只是从东京到了伊豆的入口处，并不能马上赶到玲子的身边去。

后来，他跑到了市之谷的自卫队基地，喊叫着要求无论如何都要派直升机，甚至还打倒了两名前来劝阻的军官，被人拽住后，又撞倒他们往外面冲去……再以后在哪里发生了什么事，他就不知道了。当他恢复意识醒过来时，发现自己坐在自卫队的水陆两用装甲车上，正渡过浮着小石子灰渣的酒匂川。可是，从小田原再往前，连自卫队的车辆也无法通行了。

看着眼前已成了灰色沙漠的小田原街道，小野寺两手不停地抓挠着地上夹杂着小石子和火山熔岩弹的火山灰，他发现自己在号啕大哭却没有一滴眼泪。不知为什么，戴着头盔的他，身上穿着满是灰和泥土、到处都裂着口子的陆上自卫队野战服。脸被擦伤了流着血，右手的手背和四根指头的第一节关节全蹭破了，满是鲜血，左手背上还有一道深深的斜着的伤痕。奇怪的是，身上的裤子和鞋还是自己的灰色法兰绒裤和短靴，只是到处都刮破了，有的地方被烧焦了还沾满了灰。

待他知道那不是喷火的当日而是第二天，是以后的事了。外观模样已改变了的富士山，发出红色的火焰光，还在默默地继续喷着烟雾，撒着火山灰。从小田原也能看见，箱根的新熔岩在发出红黑的光亮，滚动着流过山的表面，几乎要将睫毛烤焦的热风狂暴地吹过四周。等神志清醒以后，他好几次都冲动地，想要冲进那夹杂着火山灰的热风中去。想到玲子就被埋在这灼热而粗糙的火山灰下面，他便不由得想大叫着，把这些火山灰渣统统踢飞。

回到撤离计划总部后，中田和幸长说的话，他一句也听不进去。他吵闹着，逼总部次长让自己到救援队的第一线最危险的地方工作。然后，在不问可否的情况下，他就擅自跑到了第一线，临时任命书还是后来补发过去的。

曾被设置在群马县相马原的第十二师团司令部，由于关东山地的连续喷火而危险逼近，被迫转移到了熊谷教育队本部。从属于它的 D–2 也因此搬离环保部，移到了新潟县新发田的第三十普通科连队。小野寺独自一人跑到这里以后，去了越后高田的第二连队，帮助长野和松本地区的居民撤退。为了从事更危险的工作，他和 107 工程大队的工作人员一道，为救出因地震、塌方和熔岩，而受困于继续喷火和发出轰鸣的浅间山与鸟帽子山的町村居民，勤奋地工作着。那样的日子，真是可以用“废寝忘食”这几个字来形容。尽管周围的同伴都苦口劝他稍微休息一会儿，可他却总是一副充耳不闻的样子。虽说是废寝忘食，但偶尔也有入睡的时候。然而，究竟什么时候在哪里睡的却记不住了。有时猛然睁开眼，他会发现在工程队的帐篷里，有时在卡车的驾驶室，有时又在被遗弃的无人的破房屋里。当然，在这种状况下，无论喝什么吃什么都索然无味。

一个多月的时间里自己做了些什么，完全没有任何系统的记忆。有时候，握着有固定铁板顶棚的陆上自卫队吉普车的方向盘，躲开左右坠落的石块，疾驰在塌方的悬崖下；有时候，又木然地听着紧紧挤在后部车厢里的妇女儿童发出的惨叫，他们因害怕掉落在铁板上发出巨响的石头而尖声叫喊着；有时候，用推土机去排除淹没了道路的泥沙，刚做完又马上在巨大的岩石上套上钢绳，向后面的 61 式战车发送拖动石块的信号；或者小心地把炸药雷管，一根一根地往岩壁的孔穴里插进去。他也抱过脸上糊满泥水、哭个不停的幼儿，不时回头注意跟在身后、脸上充满恐惧的男男女女，走到桥已被冲垮的河岸边，蹚过打着旋涡的浑浊的河水。还有的时候，他突然毫无理由地，朝比自己高过一个头的苏联水兵长满胡子的脸打过去，那应该是发生在直江津港口的事，随即他就被另一名苏联水兵推到了海里。

那些记忆，只剩下些零星片段。如果说还有一点持续性的东西，就只是对灰色的风不断萧萧吹过凄凉的“心中的旷野”的记忆。有时，当那个名字从这个狂野中浮现出来，自己便会用职业杀手的机械性的动作，把那个名字深深地摁入黑暗冰冷的水底中，然后又用另一只手灭掉它。总是这样地不断重复。

偶尔也会突然想，自己究竟在干什么，只觉得自己已经是半死状态。不，是已经死了。心已经死了，但距肉体死亡还有点时间，于是自己不得不继续着寂寞痛苦和单调的“善后工作”。不过，这个也终于快要结束了。我就要和到现在为止不知已经几百次地让其淹死勒死并沉下去的那个名字一样，沉入又暗又冷的水底，在那里就什么都感觉不到了。

他在心中暗暗地想着。

“富田……”回到旋翼还在转个不停的直升机旁的小野寺，不紧不忙地朝驾驶席大声地喊道。

“能坐几个人？”

“两个人吧……”飞行员回头望了一眼背后，大声地回答道，“通常是有六个座的，但上面放着机器。没时间把它搬下去吧？”

小野寺慢慢摇了摇头。

“想办法装四个人怎么样？都是伤员和病人。”

“不行……”飞行员使劲摆了下手，“不管怎么腾地方，四个人都……”

“那我留下来……”小野寺说，“这样，你旁边坐一个人，后面想办法挤三个。还有一个是担架，可以解决吧。为了剩下的那些傻瓜，是不是能从松本的十三连调派运输直升机呢？”

“松本的特种连倒是配备了两架飞机，但却是比这个还小的H-3型，而且全都投入使用了，现在恐怕不在……”飞行员说，“那么多人的话，怎么也得要个大的……对啦，在松本机场有一架UH-IB型直升机。昨天在从伊那往长野运送病人的途中，因引擎故障而降落在了松本。病人昨天晚上已经用汽车运走了，如果那架飞机能飞的话……”

“那飞机能坐十三四个人吧……”小野寺边看着手表边说道。

“你跟他们联系一下。现在是七点十六分。拜托他们在今天的任务开始之前，花个把小时跑一趟。”

“很难说行不行，关键是燃料。松本也没什么储备了，补给又……”

“你说严重点吧。比如，有妇女儿童或者将军的儿子在里面之类的……”

“我试试。如果不行呢？”

“我就带着那帮笨蛋，想办法下山到小谷。我刚才去看了一下，从小谷往北的塌方并不怎么厉害，如果能越过左岸山腰到北小谷的话，应该可以想办法通过松本街道吧。”

“不抓紧的话……”富田中士一边将便携式无线电话递到小野寺伸出的手里，一边抬头隔着机舱盖望了一下天空，“天气预报说，气候还会变化，已经发布了强风警报。”

小野寺离开驾驶席，脸被上面直升机的旋翼吹得发紧。大概是害怕旋翼的旋转吧，稍微离得远些的四五个年轻人，这时有些担心地跑到了他跟前。

“你刚才说的，是开玩笑吧……”戴眼镜的长发青年很担心地问。

“飞机不会就这样走了吧？会载我们吗？”

“全载走是不可能的。这一点大家都明白……”小野寺边检查便携式无线电话的电源，边这样回答道，“先运病人和伤员，抓紧时间。只有四个人……”

“还有一个女人……”一名身体很健壮但脸上却带着孩子气的青年，不肯放弃地说，“她已经非常虚弱了，能想办法把她带走吗？”

“不行。原本只能装三个人的。就是我留下也……”

“那我们怎么办？”

“等着吧。运气好的话，三十分钟后，会有另一架飞机过来接我们，”小野寺按了一下无线电话的对话键，呼叫直升机里的飞行员，“富田中士……与松本联络上了吗？”

“通话状态……不怎么好……”飞行员的声音断断续续地传来，“起飞后……再试试……”

“这个无线电话的效果也不太好啊……”小野寺皱眉拍打了一下无线电话，“通话状态如何？请讲……”

“不太……也许……故障……破玩意儿……”

小野寺缩紧肩，迈开了脚步，还没走到山中营房，山上就发出了轰隆可怕的响声，被雪覆盖着的地面晃晃荡荡地振动起来。那群年轻人，大惊失色地挤到一起环顾着四周。只见在与白马相连的小莲华岳的山巅，夹着岩石的积雪，像电影里的慢镜头一样缓慢地往下崩塌。在已开始微微起风的晴朗无云的空中，淡淡地升起了一片像云彩一样的白白的东西。那些白雪般的烟雾，正缓缓地往西南方向移动。

“哎呀，快点！”小野寺吼叫道。

一走进光线昏暗的山中营房，就看见几个躺在睡袋里的人，接着，汗臭味和夹杂在其中的淡淡的血腥味也扑鼻而来。得了肺炎发着高烧的女孩已神志不清了。小野寺从系在腰上的急救袋里拿出注射器，迅速地为她注射了抗生素。再看到从雪崩中救起的那个全身冻伤、摔伤的青年，发现他的症状也很严重。虽然暂时给他打了一针强心剂，但外行根本没法做其他处理。骨折的两个人，一人是在锁骨、肋骨和手腕部位，另一个是脚。虽然他们很痛苦，但看样子，还能勉强坐在直升机的座位上。小野寺指挥着几个年轻人，用尼龙帐篷做成两个急救担架，让他们把伤病员抬了出去。等忙完这些后，他才终于注意到：在昏暗的屋子角落里，有个年轻女孩正脸紧贴着墙睡在那里。

他用下巴向身后的青年示意了一下，不料那个青年却皱着眉头说：“现在最好别叫醒她。她一直都处于半疯状态，可能是受到了很大的打击……”

小野寺没理会那个青年的话，走近那个角落，把手放到姑娘瘦瘦的肩上想摇醒她。

虽然头发和衣服上都沾满了泥，但女孩身上穿的裤子和防寒服看上去都是挺显眼的时髦款式。从她鞋带的系法上，就能看出她根本不习惯爬山。这支队伍竟然带着这样的女孩，选择走极其艰难的路线，小野寺真觉得不知说什么好。女孩沾有泥点的脸颊上留着泪痕，眉头紧锁地依靠着墙睡着，偶尔还抽泣似的吸口气和抽动一下身体。

“不要！”

小野寺的手刚碰到女孩的肩，她便猛地缩了下身子，凄惨地叫着。

“……我走不动了……别管我……妈妈！救救我……”

小野寺用巴掌轻轻地拍了两下姑娘抽泣着的脸。

“打起精神来。”他说，“直升机马上就要来救你们了。收拾一下，和大家一起等着。帮大家抬送病人。”

那个女孩闻声，用红肿的眼睛吃惊地看了他一眼。虽然睫毛油或眼睑膏已经被汗水和泪水冲掉，把她的脸弄得一塌糊涂。但是，当看到她在昏暗的角落里，像胆怯的小动物一样抬起脸庞时，小野寺的心中忽然感到了一丝震撼。不过，他并没有更多地在意，而是转身快步走出营房，去督促抬送病人了。

风好像比刚才更大些了。

尽管云团从白马山和缱之岳的山顶上快速地移动着，不过天空依然晴朗无比。在轰隆隆的旋翼声和风鸣声里，小野寺的背后传来了模糊的喊叫声。虽然眼睛的余光看见了一个从营房踉踉跄跄跑出来的瘦小身影，但他却毫不迟疑地继续大步往前走。青年们还在慢腾腾地抬担架。

“把那个全身摔伤的男生，横着放进后边座位的后面去！”小野寺一边跑近直升机，一边大声喊叫道，“在上面垫上毛巾，再把他放上去，然后用皮带牢牢地固定好。飞过峡谷上方时，会摇晃得很厉害。让那个得肺炎的女生，连同睡袋一起坐在后面的座位上，然后把胸部固定好。手腕骨折的坐后面，脚骨折的坐飞行员旁边。快点。”

忙完这些，他拍了一下正透过天窗望着天空的飞行员的肩膀，大声喊道：

“联系上了吗？”

飞行员说：“已经报告了这边的情况，已有回复，说是大型直升机的引擎已经修好了。那边的飞行员是被派到107特种队的空军上士，叫山口一，我跟他既是老乡，又是同一批入队的。他应该能想办法应付司令部，取得飞行许可吧。”

“你不会把闲在这里的这些人的事说出去吧？”

“你放心，我只说了好像是因塌方而被堵在山里的居民。”小野寺又拍拍飞行员的肩膀，离开驾驶席关上了门。在旋翼带来的狂风和噪声中，从后面又传来了尖厉的惨叫声。虽然听不清楚喊的是什么，但那时断时续的叫声好像让他想起了什么，他不由得回过头去。

一个穿着黄红蓝绿、色彩鲜艳衣服的身影，摇摇晃晃地往这边靠近。

“小野田……先生……”

听到这声叫喊，他着实吃了一惊，忙定睛望去。小野寺已经变得很遥远的像云母一样稀薄的记忆，如薄雾般飘荡游弋着，他努力要辨清走近眼前的这张妆容已经模糊得有些滑稽的脸。

“小野田……你是小野田先生吧……”

一个女孩边走过来边说。

“我是小野寺……”他茫然地看着女孩的脸，“你……怎么会在这儿……”

摩子，她的真名好像是叫摩耶子吧，应该曾经是银座的陪酒的女孩。和最初见到她时，以及第二次在宾馆最顶层的餐厅碰到她时相比，似乎没有一点儿变化。原来就是小个子带点孩子气，给人一种点心似的甜甜的感觉的她，现在看上去依然还像十七八岁，甚至更年轻的小姑娘一样。在旋翼卷起的强风中，摩子突然扑到小野寺的怀里，歇斯底里地哭了起来。

“我害怕极了……小野田……我累得走不动了……我害怕…… 你来救我太好啦……我以为自己快不行了……真的……又冷……又怕……”

小野寺心里有些不高兴：不知道这女孩儿什么时候才能记住我的名字。虽然如此，他依然还是安抚她似的，用手轻拍着她单薄的瘦骨嶙峋的肩。

“好啦好啦……”小野寺本来就不会应付这种场面，现在觉得更加不习惯这种场合了。他生硬地想把女孩的身体推开，“好啦……不要紧啦。快松开……直升机要起飞了……”

“你会让我上飞机吧？”摩子猛醒过来似的仰起泪水满面的脸，“这么可怕的山，一分钟都不想待了！我想早点到安全的地方去。我一步都走不动了。喂，现在你会让我坐上飞机吧？”

“不……”小野寺推开缠着自己的摩子，为了给飞机发起飞信号，他把身体转向了直升机那边，“那上面坐的是病人和伤员。”

“可以再坐一个人吧？喂，让我上去！求你了！你不是很有权力吗？”

“不行……”小野寺一边使劲地挥动着手，一边摇了一下头，“很快就有救你们出去的飞机要来……”

可是摩子的耳朵似乎根本听不进小野寺后面所说的话。她从小野寺的手腕里猛地挣脱出去，一边歇斯底里地叫喊着，一边要朝旋翼开始旋转的直升机冲过去。

小野寺条件反射地伸出手，抓住鲜艳的防寒服后衣领，把她拉了回来。本来是轻轻的一拉，可小巧的女孩轻得像纸，刚被拉回来就向后倒下，摔在了雪地的岩石上。

小野寺也顾不上她了，朝着直升机打出了一个升高的手语信号。直升机引擎开足马力，四片机翼刮起的狂风拍打着地面，起降用的两个雪橇离开了地面，当它完全离开地面后，小野寺便发出了出发的信号。OH-6J 型直升机的机顶，带着它那被涂成赤褐色的蛋形胴体升高到空中，大幅度旋转了一下后，便渐渐向东南方飞去。

压迫着周围的直升机的噪声一消失，四周便立即充满了呼啸而过的风声。小野寺把无线电话的天线高高地拉出来，赶紧与在视野中已变得豆粒般大小、正朝着松本方向远去的直升机联系。通话效果依然不好，但有一点还是听明白了，松本方面还没回信。

结束通话后，小野寺低头看着倒在雪地上、蜷曲着身子歇斯底里痛哭的女孩儿。

“谁是这女孩的熟人？”

他问留下来的青年们。年轻人你看看我，我看看你，面面相觑。

“没有……”过了片刻，一个头发剪得很短、鼻子下留着胡子的青年说。

小野寺眼睛直直地盯着那个青年。

“有个刚才已经被直升机运走了，就是遭遇雪崩的那个男生。另一个……已经去世了……”

“小组只有三个人吗？”

“不，我也是一块儿的……我是因雪崩受伤的那名男生的朋友，和她，还有她死去的叫相泽的男朋友，都是在这次旅行中才第一次见面认识的。”

小野寺把挎在肩上的无线电话甩到背后，走近痛哭着的摩子，抓住她的手腕把她拉了起来。

“不管怎么样，先回营房吧……”他搀着她软弱无力的身体说。

“以后……我们怎么办？”

“等啊……”他边看手表边说，“七点三十五分。”

“要等多久？”

“不知道。你知道的吧，今天早上关西发生了大地震和海啸，死了几十万人。航空工具奇缺，而且因为几百万升的燃料流进了海里，到处燃料都不够用。连苏联的远东舰队和美国的第一、第七舰队都遇到了燃料补给困难……下一架救助直升机能不能来，也只有百分之五十的把握……”

“那么，如果不来，该怎么办呢？”

“是啊，该怎么办呢……”他边推开营房的门，边仰望了一下山巅，“在风还不大的时候，飞机能来就好了……总之有四个人被救走，但你们又新添了一个伙伴。就算死，我也会和你们在一起的。”

“那……也太不负责任了！”刚才在山上说过死也无所谓的高颧骨

青年怒吼道，“应该想办法调直升机来！找到了我们，却要眼睁睁地看着我们死吗？对你们来说死是一种职责，也许觉得无所谓……”

小野寺把摩子放到床上，用冷峻的目光盯着那个青年的脸。那位青年不由得面色苍白，尴尬地往后退去。

“噢，”戴眼镜的青年扶住那位青年的肩说，“对不起……这家伙从昨天到现在太累了，有点儿激动……”

“我不会揍他的……至少现在不会……”小野寺叼上一支烟，一边说道，“申明一下，我可不是自卫队员，也不是登山爱好者。虽然一直同他们一道进行着救援活动。但我是民间人士，是喜欢大海的人……在观测深海的潜水艇上工作过……”

他忽然注意到周围的眼光，忙从口袋里摸索出一包没开封的香烟，并把它递给戴眼镜的青年。

“把地图给我……”小野寺一边递火柴过去一边说，“万不得已的情况下，还是只好走下山去。”

“但是，在发生地裂和塌方……”

“我们从松本出来后，顺着糸鱼川右岸先由小泷北上，然后再沿左岸南下来到这里……”小野寺边打开递来的地图边说，“山腰的悬崖崩塌和地裂，南边的比较厉害，而北边并不怎么严重。所以，要么绕过赤仓山的对面，尽量沿着山谷往下到小谷——这样的话，到小谷之后会非常困难。要么再一次从暴风雪的高原，沿山脊走到平岩。距离上虽然后者会远一些，但到了平岩后如果可以坐上自卫队的卡车的话……”

“如果风变大了的话，在暴风雪的山上，可是动都动不了的。”大个子青年说，“还是去小谷好一点……”

这时，无线电话“扑哧扑哧”地响了，里面传来富田中士模糊难辨的声音。

“这里是白马，我是小野寺……”小野寺赶紧把无线电话放在膝盖上，耳朵贴近听筒，“越洋八号，请讲……富田！听得见吗？”无线电话的电快没有了，通话效果非常糟糕。在反复询问过好几次后，小野寺锁紧的眉头舒展开了。

“大家高兴吧，直升机还有三十分钟左右就从松本出发了。”

结束通话后，小野寺这样说道。大家闻声，“哇”地一下发出了类似欢呼的叫声，小野寺用手势制止后，又继续说：“但是，直升机并不是直接过来，而是先飞回长野，然后从那里再到这边来。贝鲁 HUH-IB 型直升机有十三个座位，我们都能坐上去。”

“要等多久？”

“这架飞机的巡航速度可达两百多公里，从松本到长野只要二十分钟，然后从长野到这里，大概也要飞这么久吧。在长野停留多久虽然不知道，但它出发后一个小时左右应该会到这里。所以，大约还要等一个半小时……”

刚说到这儿，周围又突然响起了地鸣声，山中营房“咯吱咯吱”地像是要散架了。

不知何处传来了“咚咚”的钝响声，由一座山回荡到另一座山。大家吓得不由自主地站起身来，无线通话机里又传来了“扑哧扑哧”的通话音。小野寺站起来，想将通话机从地上拿起来。几乎就在那一瞬间，他被突如其来的振动绊住，摇晃了一下，身体随即碰到了旁边的男生，握在手上的无线电话机也掉到地板上，发出了重重的响声。在它快落地之前，从很大的杂音中，大家还是清楚地听到了从通话机里传出的慌张的声音：

“警报……紧急警报……乘鞍喷火逼近……请避难……”

大家屏气凝神地注视着声音的来源。小野寺赶紧捡起无线电话机，可那以后什么声音都没有了。在外面，像焰火的炸裂声，以及大炮的发射声一样的声音不断地传来，营房又剧烈地摇晃起来。

“是喷火！”有人尖叫道。

“要开始了，完了！”

“不……”小野寺仰起脸说，“乘鞍在南边挺远的……”

“你说什么呢！就在这里呀！就在这上面也有乘鞍岳！”

“啊？”小野寺深感意外地嘟哝了一声。的确，乘鞍岳是北阿尔卑斯山的高峰，在更南边的木曾山谷西边，上面有宇宙研究所、日冕观测所和京都大学天文台。由于乘公共汽车就几乎可到达山顶，所以一般人更熟悉那个乘鞍岳。可是，除此之外还有一个乘鞍岳。

耸立在这个后立山连峰白马岳的东北，紧挨着栂池营房。乘鞍岳是火山，因火山熔岩的关系，山巅上形成了白马大湖，海拔高度是两千四百三十六米。

发出警报的是哪一个乘鞍岳呢……小野寺心头升起一种从未有过的焦虑感，他无措地摆弄着无线电话机，不时匆忙地看着表。

七点四十分……

“轰隆”，一声似乎要震撼地轴的巨响，震动了营房。听到这个声音，一个人冲到了营房外面。

“是什么？什么声音？”

里面有人尖叫。

“是水！”惨叫般的回答，被轰隆声反射了回来，“山上有水流下来了！”

“是白马湖决堤了……”不知是哪组成员的高个青年，不知不觉间已被全体成员当成了领头者，他面色苍白地低声说道：

“要喷火了……”

“如果被水冲走了，怎么办？”有人这样叫，“往成城营房逃吧。”

“等一下……”小野寺一边往门口走，一边制止道，“水怎么样？”

“好像不要紧……”跑出去的青年，回来用力喘着粗气说，“朝栂池方向流去了……”

小野寺从窗口朝外面探查了一下，只见浊水正以瀑布之势，在比大家想象的更近的地方，轰隆隆地顺着斜坡往下倾泻而下。水雾和碎雪般的水花从浊水中升腾而出，飞溅着泡沫，有时还抛出一抱大小的岩石。奔流的水声，隆隆地回荡在四周的山野中，在逐渐被雾团团罩住的山谷中鸣响。一部分形成瀑布的水流，被因为地裂而张开的断崖吸了进去。流水的回荡声，因此正慢慢地变小。但从开始冒气的山脊地带传来的令人恐怖的炸裂声和地鸣，却完全没有减弱的趋势。

“待在这里很危险……是吧？”领头的那名青年，一边望着开始变窄而向下流去的浊流，一边用颤抖的声音说，“你能不能拜托直升机别去长野，直接到这里来？”

“不行啊，”已经叼上第二支烟的小野寺，摇了摇头，“这破通话机，刚才掉下去时已经完全摔坏了。毕竟太旧了，因为不够用，才把这个快扔进废品堆的玩意儿又拿出来用的……”

“没办法修好吗？”

“有会修收音机的人吗？”小野寺回头向背后问道，“有谁带修理工具了吗？”

没人回答。

“联系不上的话……”那个领头的青年说，“要在有喷火危险的地方待一个半小时吗？开始刮风了，云也出来了……”

小野寺划了好几根火柴才点着烟。尽管风大，但主要是因为手在发抖。他又机械性地看了一下手表，时间是七点四十五分。

他感到非常犹豫，虽然大地的轰鸣持续着，但究竟是否能断言这便是喷火的前兆，他觉得有些难以确定。刚才的地震似乎也是局部性结构地震，炸裂声和像在地下发射大炮一样的轰鸣声，在发生地裂和断层的时候也能听到。他靠在门口，边抽烟边抬头望着山巅。到底是乘鞍岳还是小莲华，只要爬到山顶上去看看地热和喷气就能弄明白，但也许没有这个时间了。如果能一直望见山顶部的话，也许还能更清楚一点地了解情况。可山顶已被从北边涌过来的铅色云团遮住了，那些云团正以奇快的速度，朝天狗原飞去。刚才还看得见的蓝天，转眼就被挤到了南方遥远的松本上空一带去了。风也正在逐渐变强，嘴里吐出的香烟的烟雾，立刻被风吹散，几乎不能在眼前作丝毫停留。风不时地变换方向，有时朝东北，有时又完全向东。窗户和门被敲打得“嗒嗒”作响，屋檐也同样不甘寂寞。在断断续续的地震声中，像要填补间隙似的，营房也“咯吱咯吱”地响着。

突然，小野寺猛地扔掉抽了一半的香烟，用脚踩灭它，抬头仰望空中。他的鼻子深深地吸了两下后，把头转向背后，用手招呼刚才那个大家在分香烟时没有吸烟的青年。

刚抓住走近的那个青年的手腕，小野寺就一把把他推向了风中。

“你没感冒吧？”小野寺说，“有什么气味吗？”

“不，什么也没有……”刚这样说到一半，那名文弱的圆脸青年突然又抽了一下鼻子，“有气味，是硫黄的味道。”

小野寺跳起来一把抓住无线电话机，对营房里的全体成员大吼道：“出发！碰碰运气，绕过赤仓北边下山到小谷。没多远的距离。只要刚才的地震没带来新的地裂，这条道是能走下去的。”

“有路吗？”

有人担心地问。

“我不知道。帮我看一下地图。无论如何，总比迎着强风去翻山越岭，或走过雪山去莲华温泉强吧。”

说完这些，小野寺马上跑到了风中。他在距离营房一段距离的平平的雪地上东奔西跑，用脚踢开地上的积雪画了一个大大的箭头，然后在旁边写上了“去小谷”几个字，但愿在直升机到来为止，它们没有被吹散。当然，这是考虑到在大风中，如果飞机还能来的话……

小野寺发现从营房出来的一群人里，穿鲜艳防寒服的那个摩子快要被风吹跑，就急忙倒回去搀住了她的胳膊。

“我……走不动了……”摩子边哭边说，“……我冷……要死了……直升机不来了吗？”

“快打起精神来，往前走。”小野寺说，“累了的话，我背着你走。”大家在从山上刮来的冷风和弥漫开来的云雾中越过天狗原，沿着山谷开始从东边斜坡下山。刚往下走没多久，周围硫黄的味道就越发浓烈了，谁的鼻子都能闻到。

“学长……”一个还不知小野寺名字的青年担心地说，“有气味，不会是赤仓山在喷火吧？”

走进山谷后，小野寺注意观察脚下的雪和岩石的同时，对山谷中突然变浓的硫黄味道，也感到了新的疑虑。他怀疑是不是在这山沟的某处有气体喷出，于是仔细观察了一下周围，并没有发现任何迹象。他又想，是不是上面喷出的气体积聚在这里，但那么大的风，气体应该是往南方去，而且应该在转眼间就被吹散的。

当他凭直觉选择这条绕过东北方的线路时，几乎是一种条件反射在起作用。假设是乘鞍喷火的话，这样大的风，火山灰会被吹向南边和西南边，降落到东北方向的将会很少。即便喷出熔岩，由于这一带酸性较强的花岗岩熔岩的黏性较高，也不会像大洋性火山熔岩一样，往山谷猛冲过来。最危险的应该算是山腰爆裂喷火，不过在这里根本不会发生，更何况在某种程度上，强风已被以东北走向横卧在紧靠山腰北边的积雪山岭挡住了。

可是，即便如此，在山谷中弥漫着如此浓烈的硫黄味道，到底是什么原因呢？小野寺皱着眉，一直思考着这个问题。他注意到，当风向转到东边时，由山谷下方吹上来的硫黄味儿便会变浓。意识到这一点，他猛地一惊，不由得停住脚向前方望去。

可是，糸鱼川山谷已被涌上来的浓雾隔断，对岸的户隐连峰连影子都看不见了。

“莫非是……”想到这里，他觉得一股凉气从心里掠过，“这个气味……”

他刚停下脚，用手扶着的摩子便膝盖一弯，软软地瘫倒在了他脚下。她的脸，甚至嘴唇都失去了血色，虽然在哭，却已没有眼泪了。

他扶着摩子，想催促她起来，可摩子却摇晃着把头靠在了他的胸口上。

“我不行了……”摩子用嘶哑的声音说，“别管我，我……要到相泽那儿去……”

小野寺抱起她，手碰到她的额头时，才发现她体温很高。小野寺把通话机从肩上拿下来放在石头上，又向紧跟在后面的人要了根拴行李的布带，像背婴儿一样，把摩子瘦弱的身体背在背上，在臀部和肩胛骨处固定住。

“走快点儿。”小野寺对后面喊道，“前面的当心。”

“学长……通话机扔在这里，不带走了吗？”

后面有人这么问，小野寺没回答，只是向在前面十米左右停住脚的领头的青年示意了一下，便又迈开了脚步。摩子的身体虽然又轻又瘦小，可还是有三十七八公斤吧。她的身体软软地耷拉着，感觉更沉重。不一会儿，小野寺的后背就感到了她滚烫的体温。

又走了不到两三分钟，前面的雾里就有一种使劲拍打脸的东西冲击过来，大家不由得站住了。脚下不断发出轰隆隆的可怕的声音，并逐渐高涨，像是要将带有硫黄味的雾的底部都撼动起来一样。也就是喘一两口气的工夫，就听到几百门枪炮齐鸣一样的声音，“呼”地一下向空中喷射出去。大家站着的山谷“扑通”地摇晃了一下，紧接着，植物和岩石“沙沙沙”地晃动，雪和岩石唰唰唰地掉落了下来。

“学长……”背后响起了紧迫的声音，“正面上方的雾里面有火！瞧……”

在遮住半空已变成了深灰色的浓雾深处，朱红色火焰，像渗出来的鲜血般“忽”地燃烧了起来。在持续不断的轰鸣声中，紧挨着最初那股火焰的下方，另外一股火焰又蹿了出来。

本来还微微泛着白光的天空，眼看着开始变得像被颜料抹过一般的暗淡。“哗啦啦”撒落下来的小石子，已经不是从两侧的崖上掉落的东西，而是还残留着余热的、已被烧得干巴巴的火山喷出物的碎片。

原来是这里呀……伫立在满是岩石的山谷，小野寺咬住嘴唇紧紧地盯着远处。在暗灰色黑雾里，像地狱之火一样蠕动着红色火焰——刚才的硫黄味，果然不是来自后立山连峰那边，而是从户隐山发出的……

“怎么办……学长！”在开始往下降落的热灰里，一个略带孩子气的声音急切地叫道。

4 月 30 日上午八点零三分，户隐连峰的高妻山山顶，因爆发性喷火而消失了。接着，从紧靠其南的地藏岳正下面的西斜坡开始，在沿着糸鱼川街道的北安云郡小谷村政府所在地，而一直往下的山腰部位，一共出现了十二个爆炸孔和喷发孔。户隐山西斜坡山腰，也在这一瞬间开始喷发了。

龙之死

りゅうのし

在占据了北半球一半的欧亚大陆的东端，一条“龙”正在死去。

它以“戏珠”之姿态，大幅度地翻滚着身体，翘着尾巴的身体，各部位都在喷出火焰和烟雾。因为痉挛，它全身都在不停地颤动着。它那曾经巍然耸立在荆棘间、繁茂地生长着翠绿的树木的坚硬后背，现在像网眼一样千疮百孔，热气腾腾的鲜血正从那些伤口源源不断地流出来。自太古以来，温暖的洋流黑潮，一直温柔地爱抚着这条“龙”柔软的下腹。可现在，冰冷的死亡之颜，从黑潮底浮出水面。它就像狰狞的鲨鱼群一样，不断地翻滚身体，一片一片地噬咬着受伤之龙的腹部之肉，并将其吞入深不可测的海洋底部的“胃腹”之中。

中央结构线的南侧，即九州、四国、纪伊半岛的南半部，已经从这条龙的身体上被切割下来，大部分已被海水吞噬。同时，在关东和东北，房总半岛也被宽阔的水面与本土分隔开，突出的部分已沉入海中十多米。陆中海岸，则在倾斜着沉入太平洋一侧的同时，移动了二十多米。在北海道，苫小牧和小樽被海水侵蚀，根室和知床也与本土分离并被水淹没。西南诸岛及冲绳，从一年以前就开始发生了同样的异常变化，有几个岛屿已经消失了。

在这条“龙”的背后，有一个不见身影的“巨人”。

四亿年前，当幼小的龙种被播撒在古老大陆的边缘时，一位盲目的巨人，也在龙与大陆之间的地底之下诞生了。在漫长的岁月中，它一直在地底，慢慢地把这条龙推向大洋。随着离开大陆母亲的怀抱，开始向汹涌的大洋游去，龙逐渐长大。它的身躯高高地耸立在汹涌的波涛中，雄浑伟岸，渐渐地呈现出成年人的英姿。

然而，那个曾推动龙的巨人的盲目力量，如今却突然变成了压断龙的背脊骨、翻转它的身体并要将其埋葬于大海的暴虐。在大变故开始以后，仅两三年的时间，日本列岛整体往东南偏南的方位移动了几十公里。来自日本海沿岸的推动力，在本州中央部，变得尤其强大。以大地沟带为界，往东南方向，西侧移动了三十公里，东侧移动了二十公里以上。在渥美湾西浦的丰川河口和骏河海湾大井川河口之间的地带，仅几个月时间，东西方向拉开了达两公里半的直线距离。被左右分裂开的远州滩沿岸的大地已经支离破碎。丰桥、滨松、挂川的诸城市，已完全沉入海面之下。冒着泡沫的浑浊的海水，直接冲击着南阿尔卑斯山和中央阿尔卑斯山山麓，逆流经过天龙市后，又倾泻而入伊那盆地，几乎要将那里改变成一个细长的湖泊。

也许是由于从地底不断喷出大量热能的缘故，还不到6月份，日本列岛就开始了长长的梅雨天气，使太平洋沿岸的冲积平原几乎全被水淹没了。关东平原成为一片浅海，到高崎、馆林、古河一带，吃水五米的两千吨级轮船都能航行了。浓尾平原到岐阜、大垣、丰田为止，大阪平原到京都南部一带，筑柴油平原的东部到福冈县的占井地带，还有福冈和久留米、大牟田，都被水连成一片。在仙台平原，仙台湾的水侵入到了遥远的北方一关以及平泉一带。而在北海道，太平洋的海水则侵入到了带广以及钏路平原的标茶周围，根钏台地呈现出了破碎得千疮百孔的里亚斯式海岸（又称三角湾海岸）的模样。

虽然龙在痛苦地挣扎，但它还是在继续搏斗，与背后推动着自己、从海洋底下拖拉住自己的大地底下的凶暴力量进行抗争。6月初，它身体的五分之四还在水波上面，似乎正在竭尽全力要摆脱从万丈海底伸出的冰冷的死亡之手。每当这条龙翻滚身体，咆哮着喷出火、烟雾，以及灼热的鲜血时，长年累月一直居住在它后背和鳞片上的小生物们，便会不计其数地死亡，或者离开长达几十万年一直居住着的宿主的身体，东奔西跑地朝海面外逃遁。

特别是到了新生代第四纪后，两只脚的寄生生物急速增长，最近遽然兴盛。它们踢打龙的背，穿孔吸它的血，龙的腹部、喉咙和皮肤上，开始结成溃疡和疮疤。它们正拼命像蜘蛛繁衍子孙一样，努力从正在死亡的宿主的身体逃离。在龙的身体的很多地方，形成了两只脚的寄生物的集群，无数像羽虫一样的小东西，从这些地方飞向空中，肚子里挤满了寄生生物的几万艘大小船只，正从海上向四处逃窜。

龙还活着。可是，从大洋底牵引它的力量，日渐增强。每当它滚动身体时，从空中和大海侵入的冰冷的水，和龙体内深处翻腾着的血液相遇后，激烈地沸腾而化作了高温高压的蒸汽，由张大的伤口，从内部将龙的身体破坏得伤痕累累。不久以后，当冰冷的死亡之手，触摸到其灼热的身体时，也许龙的身体就会被撕裂得支离破碎，变成无数的碎片而虚无地向空中四处飞散吧。又暗又冷的海沟，将会毫无表情地吞噬它那已停止脉动、不再有巨大力气抗争的、残存着奄奄一息的生命余烬的遗体，把它埋葬到不见天日的海底吧。这样的时刻已经临近，这一点任何人都看得很清楚。龙的咆哮、痉挛，以及对天吐出的火与烟雾，都只能被认为是其临终前的苟延残喘。

大陆这位年迈的母亲，曾经用自己的身体孕育出了龙。她似乎正用心疼的眼神，关注和守护着在痛苦地滚动着吐出体内之毒慢慢死去的龙。比陆地更古老也更加广阔的大洋，对就要被侵吞到自己底部的牺牲品，一直保持着一种冷漠而超然的态度。自太古以来的数十亿年中，海洋和陆地一直在这个星球的表面，进行着争夺各自所占地盘的较量。

从其体内产生了大陆，有时海水退去陆地现出，有时海水又吞没陆地。陆地在这个星球的表面，向着各种方向漂移，变化成各种形状，有时分裂成几块而沉入海中。在这永无休止的历史长河中，与从海中诞生又沉入海底的无数大陆相比，传说中的亚特兰蒂斯和姆大陆，简直不值一提。现在陆地要归还给海洋的这么一小块土地，即便在它上面生活着从海洋中诞生的生物，而且他们拥有足以让自己感到骄傲的“繁荣”，那又能怎么样？大海似乎在这样吼叫着……有时候，大海偶尔好像也对这片即将死亡的陆地，表现出冷淡的、看热闹似的好奇心。每当这时，若无其事的、沉重而冰冷的海水，便会越过暂定的大陆与海洋之间的界线，侵入到陆地的里面，对陆地上的一切不加区别地无情践踏，席卷而去。

全世界都关注着，在远东大洋的一角，现在正在发生的“龙之死”。

装有彩色摄像机的几十架观测飞机，在喷发着火和烟雾而逐渐下沉的列岛上飞来飞去。美国的“哥伦比亚广播网”、“国际广播公司”和“美国广播公司”这三大网络，欧广联、苏联东欧圈的电视网，甚至连亚洲广播联合会以及南美的LAM广联会等，都通过太平洋上的通信卫星，在进行转播。它们每周一次，以固定节目，播放这个巨大岛屿的“弥留之际”。其面积曾达到三十七万平方公里，上面有许多海拔超过三千米的高山。在全世界超过七亿台的电视机前，四十亿人类中的相当一部分，都一直注视着这样的画面。

对全世界的“人类”来说，虽然那些画面很残酷并令人同情，但同时也是能带来兴奋的一大奇观。在非现实的传说中被讲述的虚构的亚特兰蒂斯大陆灭亡的故事，如今成了现实，并正在同一时代同一个地球上的一角，被展现出来。不，就算亚特兰蒂斯曾经是一个大陆，上面的古代文明以古代的尺度来衡量是如何繁荣，都远远不能和如今正在下沉的远东那个岛上的居民，在那里所积累的财富和建立的繁荣相比。他们创造了近一兆美元的社会资产，以及以此为基础而每年列居世界第二的三千五百亿美元的GNP。被认为在二十一世纪，其经济必将成为世界第一位的这一亿一千万居民……在亚洲国家中唯一早早地实现了现代化，并在把它建设成大产业国家的同时，又保持着“日本式”的独特文化。这个岛国，就要连同它所积累的巨大财富和富于变化的美丽国土，被来自这个星球深处的肉眼看不见的巨大力量撕裂、冲散，揉捏成粉末，而沉入海底。

全世界的媒体，把这种兴奋煽动得更加火热。美国第七舰队的“福莱斯特号”航空母舰、英国远东舰队的“堡垒号”航空母舰和澳大利亚海军的“墨尔本号”航空母舰，当然是因为它们有救援活动而游弋在日本近海。但是，这三艘舰艇同时又成了全世界媒体的采访中心，被称为“太平洋新闻电视中心”。瞄准其应时性而在美国出版的《亚特兰蒂斯以及日本》这本平装书，可以说是地道的即时创作的应时作品，瞬间卖掉了七百万册。各种关于地球变动的占星术师和预言家的书也出现了，并成为非常流行的畅销书籍。

不用说，在全世界的人中，被卷入特别激烈，几乎是神魂颠倒的兴奋的旋涡中的，还是全世界的地质学者和地球物理学者。

在联合国教科文组织中，为此设立了专门的调查委员会，他们被允许使用美国、苏联、英国和法国的七颗大地测量和气象卫星，并且可以通过联合国救助委员会的观测调查机构，进行各种观测和调查。此外，由于美国、苏联、中国、印度尼西亚、澳大利亚、英国、法国、联邦德国、挪威等国，都成立了各自的军事方面或国家方面的专门调查机构，所以全世界与地球科学有关的专家，甚至连这个专业的学生，转眼间就被抢夺一空了。对科学工作者来说，这无疑是个千载难逢的大变化。如果仅仅是岛屿喷火并沉没的话，尽管其巨大规模是不曾有过的，但也并不能让专业学者们如此兴奋。造成这种状况的主要原因是，它是一种“稀有现象”。这一点很清楚，因为它为近年来终于被奠定了基础的形态地球学提供了价值难以估量的课题。地幔下降点的突然移动（虽然在理论上模型已经被提出来了），以及伴随着它的海沟最底部的速度惊人的移动，短短几年间，在坚硬的地下发生的由地裂性的流动现象所带来的急剧的平衡变化，随之而在地壳上发生的爆炸性能量释放……这类现象，究竟属于哪一种呢？是现在依然在陆地板块中留有痕迹，现代无法想象的曾经非常激烈的造山运动中也曾发生过的吗？又或者，是在地球这个星球进化的漫长历史中，过去从来不曾出现过的崭新的现象，它是标志着这个星球的进化正踏入一个“新阶段”的前兆之一呢？

对这些问题的解答，有待于以后的长期论证和检验。但无论如何，这样的现象，在最近这一个世纪左右开始的、近期才终于具有名副其实的“地球性规模”的、对地球这一星球所进行的科学探查和观测历史中，一次都不曾观测到和想象过。这一点是千真万确的。

在这样的兴奋状态下，作为古代人的空想和神话，过去几乎从未被认真考虑过的亚特兰蒂斯的急剧破坏和沉没，开始成为一部分学者认真讨论的对象。由于气象学者对地质学是外行的缘故，而曾经一度被埋葬的魏格纳的“大陆漂移说”，因为战后古地磁学的发展，而被重新提出来并完全复活了。正像曾经有过的这样的先例一样，曾被视为伪科学的“沉没的亚特兰蒂斯”，现在至少有了“日本沉没”这个旁证了，这才是出现地质学热潮的真正内因。在印度和澳大利亚的一部分学术界中，甚至出现了认为应该重新审视卡其瓦多的姆大陆神话的风潮，它比亚特兰蒂斯传说更为荒诞无稽。

全世界各个阶层的持各种立场的人，正带着各种各样复杂的心情，凝视着正时刻逼近的“龙之死”。“龙”的消亡，对这个行星上的陆地总面积，只会带来不到百分之零点三的损失而已。可是，在思考作为“人类的土地”的这一地域的消亡时，其影响对世界整体来说，则是非常巨大和复杂的。在这块土地上，居住着世界总人口的百分之二点六，他们过着人年均支出超过三千美元的世界最高水平的生活。在这块土地上，每年生产着接近世界总产量百分之七的商品，世界总贸易量的百分之十四以上，在这个岛国与世界之间进行。特别是日本作为“亚洲的工厂”，在成为石油、煤炭、铁矿石、铜、铝矿、铀、硅砂，以及原棉、羊毛、饲料、食品、水果等发展中地区的一次性产品的大市场。同时，又是向世界市场提供钢铁、机械、船舶、汽车、电子产品、家电、纤维制品、杂货、名牌产品等工业产品的重要供给国。而且这几年来，它又是世界资本市场的重要成员。对发展中国家来说，它还作为长期信用的提供国，正急速受到重视。日本在世界经济中所发挥的作用，已经非常巨大。如今，它那些巨大的积累将会消失，组织会遭受重大的打击，国民的生活将突然成为剩下的世界各国的巨大负担……而且，这场变动所带来的危害，估计还会扩大到日本海域附近非常广的范围。

全世界的人，通过电视机、新闻电影、报纸画报杂志的版面，正聚精会神地关注着往空中喷出浓烈的火与烟雾的同时，又不断下沉的这条龙的身影。

虽然“拯救日本”的呼声，已经成为国际机构、各国政府以各种团体的宣传口号而响遍世界，各国的街头也举行了募捐和集会，但大部分人的心中，却对遥远的远东一角正在发生的悲剧性奇观充满了第三者的好奇心。内心深处各种心情复杂地交织在一起，庆幸他们的灾难未在

“自己的土地”上，对异常“繁荣”的国家的灭亡，感到些微的幸灾乐祸，对自己国家不得不大量地接受这些难以理解的工作狂式的国民而不安，等等。

确切地说，真正拼命去面对这个问题的，只有悲剧的当事人他们自己。日本的救援组织，似乎对这场灾难也要创造“日本的奇迹”似的，夜以继日地连续工作着。随着最后时刻的逼近，日本救援组织本身的牺牲也直线上升。在各国救援队中，美国海军的规模最大，它与日本配合得最密切而且取得的成绩也最大，并已出现了超过两百人的牺牲。救援作战司令格兰德准将，在接受电视采访时，吃惊地这样说道：“日本的救援组织、官、民、军人都令人吃惊地勇敢。连经历过几次实战、久经沙场而经验丰富的海军士兵都会犹豫不前的危险地带，他们都能勇敢地冲上去。为了挽救同胞的生命，从某种意义上说，这是理所当然的。即便如此，我们有时也会议论，他们不会是因为国土行将消亡，而悲哀得发疯了吧……”

尽管在播放时这一段被删除了，但准将在这段话之后又补充说：

“我认为他们从本质上来看，是神风国民。或者也许可以说，他们个个都是勇敢的军人。即便是‘过于柔弱’的年轻一代，在组织中也同样如此……”

面对步步逼近的最后时刻，日本不断地进行着殊死的搏斗。从某种意义上来说，也许这一点已经做到了。在那年7月以前，六千五百万人在地震、喷火和海啸中，最终逃离了日本的本土。这可是月平均达一千六百万人的高速度。在维持如此奇迹般的高效率方面，世界上赫赫有名的日本综合商社，在大变故开始前便接受密令，全面展开活动，在情报处理、组织运作上发挥了很大的作用。然而，随着损坏和下陷的加剧，因为列岛内的交通隔断，港湾和机场遭到破坏，救助进入了艰难的阶段，主要采取把各地区少数零散、孤立的人们逐渐集中的形式。

到7月初为止，日本国内能够使用的国际机场，仅剩下北海道的千岁机场，而它的关闭也是迟早的事。剩下的就只有像青森机场那种地势较高的地方机场、军用机场了。当然，处于陆地中心区域的干燥、平坦的草原，也还可以用来进行航空运输。

救援的主力，现在已经由国际航线客机和客船，逐渐转变为直升机，具有不规范着陆性能和短距离起降功能的军用运输机，以及登陆用的舰艇了。在这方面，苏联陆军大型运输机的性能令人瞠目结舌。速度自不必说，其着陆装置尤其坚固，在装载返程燃料而内载重量非常大的情况下，它依然能够轻轻松松地，在杂草相当深的草原和凹凸不平的地方着陆。

日本的援救委员会，在国际救援队的帮助下，不断地苦战奋斗，希望在7月份能够使被救人数提高到七千万。变故开始后产生的死亡者和失踪者的数字，包括第二次关东大震灾在内的话，已经超过了一千二百万人——其中还包括好不容易已坐上飞机和船只，却在事故和海难中遇难的人。救援队的牺牲人数，也即将达到五千人。在不断振动、碎裂，并逐渐下沉的岛上，还有超过三千万人，或被孤立在盆地内，或临时藏身于海岸附近的丘陵。他们在恐惧中，颤抖着等待被营救。为了把三千万人全部救出去，日本政府的军、官、民联合援救组织三百万人，在夜以继日地拼命做最后的努力。

然而，随着时间推移，援救的成功率眼看着不断下降，救援队和难民的牺牲数字，也残酷地在实实在在上升。救援组织中，还开始出现了有人因过度劳累而倒下死亡的情况。火山灰从早到晚都飘落着，它掩埋了街道、田地和高山，侵入到屋里的地面和桌子上，最后甚至灌进了卧具、餐具及人们的口中。空气里总是弥漫着喷出的烟雾和飘浮着的灰尘，阴沉地散发着硫黄味儿。救援人员在小小的、不间断的、偶尔还非常激烈地振动着的大地上，东奔西跑，时而对通话机喊叫，时而又与同事互相吼叫。他们倾听群众的哀诉、感叹、责骂、惨叫；他们在日渐扩大的牺牲、接连出现的混乱起来的指令、不断发生的计划变更中忍受煎熬；不洗澡，没法刮胡子，有时甚至顾不上吃饭喝水；他们一天睡两三个小时，而且，那也几乎都只是在摇晃的交通工具上、硬邦邦的椅子上，或者在到处是石子的大地上，打个盹儿而已。日复一日地重复着这样的日子，援救委的全体成员逐渐筋疲力尽，开始怀疑自己是否正在挑战一种完全不可能的事。在狂暴而巨大的自然力量和不知所措的混乱之中，无论做什么，无论如何努力，结果也可能都是徒劳的。最终，他们自己也会和那些遗留在四处的人们一道，被火山灰埋葬，被昏暗凶暴的海洋吞噬。队员们的心中，充满了这种悲哀和绝望的情绪……

在茨城县水户市西以北海拔二百米左右的朝房山东麓，有个名字很怪的地方叫木叶下。当片冈和二三十人一起等待营救船的到来时，一直有股莫名的悲哀在他的心里涌动。水户市已被水完全淹没，铅色的海水将各处丘陵的山脊变成了海角，白色的海浪在直接吞噬着树林的枝叶。在遭到鹿岛滩地震和海啸的袭击后，水户市中心地带生存下来的市民，全部逃到背后的山上去了。片冈他们和这些在这里一筹莫展的人，偶然相遇了。那珂川上游和鬼怒川上游在市贝一带与海面连接，筑波山地已完全变成了岛屿。

片冈他们一行三人，并不是为了救援到这里来的。东海村的核发电站、研究所以及核燃料公用公司——已经沉没到海面几十米以下了——那一带，虽然在沉入海底前，是用几万吨的水泥将其密封后才废弃的，但不知是反应炉还是燃料再处理装置发生了泄漏。有情报报告，似乎有高放射的核分裂生成物，即有相当于核燃料“灰”一类的东西，流出并污染了海水，于是他们便乘坐在附近巡逻的 P2J 来这里调查。会器械潜水的片冈，和其他乘务员一起从飞机上下来，坐上橡皮筏加入了调查。污染似乎并不严重，并没有大量的泄漏，只是残留在管道或某处的东西在下沉后融入了海水中。可是，他们在结束调查坐上橡皮筏子时，遇到了海啸。

待在海面上的 P2J 机组人员，很快发现海啸要来，正准备要暂时离开水域时，谁知道过度使用的左发动机不幸出现了故障。飞机停止运转，只是在水面上打转。在挣扎的过程中，飞机受到侧面海浪的冲击而倾覆了。片冈乘坐的橡皮筏也像在冲浪一样，在海啸的浪峰上被冲到了好几里外的内陆，直到被卡在没入水中的森林树梢上，才终于停了下来。这时候，一名队员被冲来的浪头卷走了。幸存下来的他们，拖着精疲力竭的身体，在黄昏时分才勉强走到附近的陆地，也就是朝房山的山麓。

正在木叶下这个地方休息的疲惫不堪的难民们，看到片冈一行的身影，还以为是救援队员来了，全都欢呼着跑了过来。然而，当得知这一行人是遇难到了这里时，他们非常沮丧，脸上表现出来的绝望更加强烈了。

“你们有通信电话吗？”一个六十出头的木讷老人，像是难民的领头人，带着求助依赖的眼神这样问道，“我们一直烧着火，在用烽火发信号……也许是因为火山灰的关系很难看清吧，一直没有飞机发现我们。”

“通信电话倒是有……不过快没电了，被撞了好几次，又被泡水了……”片冈无力地坐在岩石上，耷拉着肩膀说，“反正我尽力试一试吧。”

“拜托了。我在这里求你们啦……”一位老太太，布满深深皱纹的脸上淌着泪水，合掌向片冈他们拜了一拜，“我们已经这样在山上走了十多天了，一个小孩生病了，救救他吧。老头老太婆怎么样都没关系，想办法救救年轻人和妇女儿童吧……”

“别提太过分的要求……”领头人似的老人，拍拍老太太的肩膀说，“他们也遭遇了今天早上的海啸，已经很累了……”

“试着呼叫一下……”片冈回头对旁边的同事说，“能接通吗？”

“很难说，从早上开关一直打开着，可能电池消耗得差不多了。”那位同事一边拿起便携式通信电话，一边这样说，“在近海有船只吗？”

“不知道。今天早上在空中看到下面有一两艘，现在不知道怎么样了……”另外一人说，“就算收到了呼救信号，船和飞机也不会直接来的。绕道来这里要很长的时间……而且……这个地方，从四五天前就结束了救援，应该已经成封锁地区了。”

“翻过山，到山那边去不行吗？”摆弄着通信电话的同伴说道，“那边的话，船只和直升机还有可能来。”

“就算要到那边去，现在立刻行动也不大可能。”片冈回头看了一眼那群人，不少妇女儿童夹杂其中。他们疲惫不堪、一声不响地坐在路边，婴儿有气无力的哭声传了过来，“我们恐怕也走不动了吧。不管怎么说，先用呼救频率呼叫一下，试试看吧。”

“咚咚咚”的声音，不断地从西北方向传来，山坡也猛烈地摇晃着。也许是那须火山带的男体山和释迦之岳喷火的声音吧，片冈有些恍惚地这样想。在这里，细细的火山灰也不停地降落下来，头上肩上都落满了灰。每隔两三分钟，就会发生一次轻度地震。大地在微微晃动，可是大家连脸都不抬一下。

“道路被坍塌下来的悬崖堵住了，我们在晚上摸黑往前赶的途中，村里的女人和孩子迷路，走进了山里……”老人皱着被阳光晒黑的脸，低声这样说道，“哎呀，当时可把大家给急坏了。原来他们走错了路，进了鸡足山。我们找他们花了好多时间，指定的上船地点沉到了水里……我们在四周转悠到处找寻，可已经没有人了。好在各村和町的人都是带着粮食和铺盖卷逃出来的，吃的东西没有问题，也没睡在地上。总之，连山的对岸，也差不多都被水淹没了。”

老人指了一下眼底下的海水，激起的泡沫上面，浮着许多灰和小石子。

“这边又担心海啸……今天早上的海啸，瞧，都到那里了。海啸停了以后，水面还在慢慢上涨。我待在这里才两天，它就升高了两米左右。”

“这一带正不断往下沉。”片冈回答道，“而且，整个八沟山地，已从北关东山地原来的基础上，往东移动了十八到二十公里……”

“那么，筑波山会沉入鹿岛滩吗？”

是的……片冈在口中这样低语道，而且还会沉入日本海沟。

一直在摆弄便携式通信电话的同事，反复在试着呼叫，他突然咂嘴说：“不行！电源越来越弱，用来装备用电池的箱子又被水冲走了……”

“还有几个手电筒用的干电池……”一个瘦瘦的中年男子在背后说道，“不能用吗？”

片冈说：“试试看吧，要是这个不行，就到附近还没沉到水里的杂货店找找，说不定会有。”

那个老人说：“不用到那儿去。从这里退回去两公里的地方，好像有自卫队的卡车扔在那里，那个蓄电池不能用吗？”

“嗯，也许电池已经被取出了吧？”

“可以试试……”片冈勉强拖着像铅一样沉重而无力的身体，“在哪儿？”

“等一下，我找人带你去……”老人回头看着蹲在离片冈他们稍微有一段距离的人们，“天黑了，可别迷了路。在路边山谷里一个奇怪的地方，不太好找。”

时间还不到晚上七点，可周围已开始变暗了。西边的天空被厚重的火山烟和灰笼罩着，所以天黑的时间和通常的8月份不一样，要早许多。火山烟就像墨汁流过一样遮住了上空，在东方的水平线上方，很难得地出现了细小的一片褪色的蓝天。如果彻底天黑了的话，不断爆发的火山的火焰，应该能够在西边的空中微弱地反射过来。山上冰凉的风开始呼呼地吹过。这个夏天，人们没能在天上看到发出耀眼光芒的盛夏的太阳，只是透过茶灰色的天空，望见了一个血一样鲜红的若隐若现的圆盘。尽管偶尔可以看到月亮，但几乎都是接近茶色的，而星星却始终没能在视野里出现。气温要比常年低六摄氏度左右的冷夏，像死亡的阴影一样，偷偷地来到了厚厚地覆盖在日本列岛上的火山灰云层中。被吹到平流层附近的几万吨细碎的灰粒，不久便会在北半球的上空盘旋撒落，两三年后，全世界将会遭遇冷夏和粮食歉收吧。

也许是不放心别人去，老人下了决心似的站了起来。

“船！”

就在这时候，那边响起一声近乎狂叫的喊声。

片冈忘记了全身的疼痛，不由自主地踮起脚尖往海上望去。他发现黑色的船桥和桅杆，滑过水平线上残留的白光，在意外靠近这里的地方移动。不知为什么，它既没有亮船舷灯，也没有悬挂照明灯。

“喂……”人们站起来，挥着手，齐声喊叫着，“我们在这儿，救救我们……”

片冈叫道："快点火！然后，留下两个光最强的手电筒，其余的全借给我们。"

老人大声嚷着什么，中年男子飞快地朝人群所在的地方奔去。周围响起了折断顺手抓到的树枝的声音，以及投扔可燃物品的声音。

"把能使用的干电池都利用起来。"片冈一个接一个地试着集中起来手电筒，同时把亮度最强的扔给拿通信电话的同事，"用这个来发呼救信号，没问题，只有四五公里的距离。"

那位同事借着另一束光亮，用带插座的软线把还装在手电筒里的干电池与通信电话连接起来了。他打开开关，刚一转动调音键，便叫了起来。

"糟糕，对方正在通话。"

片冈说："硬插进去。是自卫队吗？"

"不，好像是美国的船。"

这时候，比这里的通信信号更强的声音，从通信电话里传了出来。

"喂，"操作通信电话的男子抬起头来，"在离这里很近的地方，出现了非常强的电波。"

"也就是说，在这儿附近，除了我们以外还有其他人吗？"片冈不由得环顾了一下已经变得漆黑的周围，"里面在说什么？"

"不知道。有时虽然夹着英语，但全是用英语编成的暗语在对话……"

"别管它，硬插进去。"

"我在努力，可是还没有回音。"

在背后，鲜红的火焰熊熊燃烧起来。背对着火焰，男女老少挥着手拼命地叫喊着。

"没有反应啊。"用光发出呼救信号的男子说，"为什么那条船要灯火管制呢？"

"片冈……"负责通信电话的男子仰起脸，"在陆地和船之间，还有另外一处也在发出电波，他们进行的是二元通话。"

片冈急忙向黑暗的海面仔细望过去。在快要融入黑暗中的海面，船影与岸上之间，能隐隐地看见白色的浪头。那些白色波浪，拖着尾巴慢慢朝这边靠近。这时，在离这里很远的地方，突然响起了发动机的声音。从因山的起伏而反射过来的声音来判断，是三个发动机的声音。在弯曲的山路的对面，像前灯一样的光亮在山里若隐若现地移动着。

“大家注意!”片冈叫道，“快点！登陆艇马上就要到岸边了!”

“他们通信断了……”那位同事离开了通信电话，小声说道，“它根本不理睬我们……”

要在黑暗中寻找登陆艇的登陆地点，费了不少周折。但是，以一公里外水边的汽车前灯集中的地方为目标，被岩石和树枝弄伤了身体，顺着斜坡滑下去，大家最终还是到达了登陆艇的靠岸地点。那里是一片小块的田地，是用石头堆积在山的斜坡上垒成的，海水已经涨到石墙边儿了。小型的LC登陆艇，接近岸边后正在放下跳板。三辆大型的美军卡车，尾部对着登陆艇停在那里。他们使用跳板，卸下了好几个套着帆布、看上去很结实的箱子，然后又用木板和木棒，把箱子装进登陆艇。

“站住！”

黑暗中，一个尖锐的声音响了起来。两支枪对准了片冈。

“请带上我们！有女人和孩子！”片冈举起手，用英语喊道。一个身材高大、脸上带着点孩子气的军官走了过来，脸上带着很困惑的表情。

“是一般老百姓吗？”

“我们三个人不是，是救援队观测组的队员。但其他人是老百姓……”

“这一地区已经援助完毕，应该被封锁了……我们所得到的情报是这样的。”

“他们因为迷路，错过了逃离的时机。”

“有多少人？”

“二三十人。”

士兵们听到这边的对话时，停下了手里的工作，长官回头看见吼道：

“快点。”

那军官把头盔往上推了推，用带着同情但却很冷淡的口气说：

“我很同情你们。但我们是为了最高上级部门下达的绝密特殊任务，冒着危险来到这里的。援救不是我们的任务。”

“你们对那些母亲、儿童和老人见死不救吗？他们已经在这山里流浪了十多天了。”

“很遗憾，我没有办法。即便愿意带他们走，那条船非常小，也装不了。装上货物后，我们也只能勉强坐上去。”

“我不知道那是些怎样重要的东西，但它能换取人的生命吗？”

“真的深表同情。可我是军人，任务要求我要严格执行命令。现在这样和你们讲话，其实已经违反命令了。不能让你们上船……东西装完后，船马上就出发。”

“那么，至少请和你们的上司联系一下，呼叫他们马上来救援！”片冈几乎是哀求似的说道，“这一地区一天沉降三米多，而且每天都在加速。海水离最高处，只有不到一百米的距离了。如果发生海啸，那就太危险了。”

“没征求上司的意见，我也不能向你许诺什么。到安全地域为止，通信被封锁了……”

“妈的！见鬼！”在旁边听着两人对话的片冈的同事，用日语嚷道。

“你们……这样还是人吗！”

“等等，斯科特中尉……”

从卡车的背后，出来了一个身材矮小的人物。他用不太纯正的英语说道：

“要是留下一个货箱，可以坐几个人？”

“那……不行。”红脸中尉表情生硬地叫道，“这是违反命令的。”

“你认为命令到底是从哪里发出的呢？这项工作的责任，最终由我承担。你回答，能坐几个人？”

“五六个人……”

“那就只上妇女和儿童。”

“最多八九个人，再多不行。”

“那样的话……我很难办。”

“我不会让你为难的。给我纸和笔……”

那位身材矮小的人物，拿到纸和笔后马上飞快地写了起来，然后签上自己的名字。

“有几个妇女和孩子？”那位人物，依然用带口音的英语询问片冈。

“六个女的，三个孩子……”

“派一个男人跟着一道走，最好是懂英语的，哪怕会一点点也行。”

“剩下的货物……您打算怎么办？”

“我负责想办法。把倒数第二个箱子留下，里面装的东西我最清楚……”

“快点！”中尉对士兵吼道，“你们也抓紧点吧，超过时间了。”

片冈他们把那些一个劲儿放声大哭的妇女推进了船艇。她们正在和自己的丈夫道别。

“不要紧的！你们一定还会见面的！快上船。剩下的事由我负责。”那位身材矮小的人物，突然用日语说道。

片冈吃惊地回过头去看那位人物，可他的脸在暗处没能看清。一个踏上跳板的年轻女子，抱着婴儿喊着：“我不上去！我要留下来！我不要和丈夫分开。就是死，也要死在一起！”

“智子！”被留下的男人群里，传来了一声近乎哭声的喊叫，“智子！智子！”

穿军服的小个子人物，拦住了要跑过去的男人：“没关系！一定还会在美国重逢的。我会想办法让你们再见面的……”

跳板被收上去，在越来越响的马达声中，传来了妇女们的哭声和喊叫声。留在陆地上的男人们，喊叫着自己妻子和孩子的名字。然而，那艘船发出响亮的声音往黑暗中后退而去，很快从排列在田地上的卡车前的灯光里消失了。

马达的嗡嗡声在黑暗中远去，剩下的只有卡车的灯光，幽暗地照着击打海岸的波浪。夜晚吹过岸边的风声，突然变得很清晰。这一切，似乎都是在一瞬间发生的事。被留下的男人们，一直茫然地站在田地里。

没被运走而被留下的箱子旁的小个子人物，慢慢地摘下头盔回头望着大家。

“你……”片冈一看到他的脸，不由得大叫了起来。

“我们居然在这样一个奇怪的地方见面了……”邦枝露出了不好意思的微笑，“虽然国家的官僚为了国家有时候不得不变得无情，但在这种场合，我却很难做到，真没出息。原来负责这项工作的人因地震去世了，我代理了一个月左右……”

“你就一直跟着这些货箱吗？”

“从筑波把它们运到水户，在水户下沉之前，又运到这山里……”邦枝非常疲惫地打了一个强忍回去的哈欠，慢慢地小声说道，“一项很奇怪的任务。本来还以为要去美国，和老婆团聚的……”

“货箱里是什么？”

“这个，现在还不能说。恐怕从我的嘴里，一生都不能说出来吧……就这么回事。当官这玩意儿……”邦枝呆呆地盯着拿在手里的头盔，这样说道。

说完，他把有神的目光，转向围着箱子站在那边的男人们。

“我真想把那些箱子全卸下来，让你们都能坐上去。可是，我不能做到那种程度。请你们理解。我并不是不为你们考虑。但是，我所处的身份，必须为已经逃到国外，而且这以后不得不在海外生存下去的几千万同胞的将来着想。那些箱子，关乎到那些人的未来。而且……”说到这里，邦枝用无力的动作，慢腾腾地爬上了卡车的驾驶室，“我们也并不是就没有希望了。我悄悄要求驾驶员，把供野战使用的强力通信电话留下来了……”

周边的田地又轰响着晃荡起来。人们带着疲惫的神情，爬上了邦枝发动了马达的卡车的驾驶室和车厢。

8月中旬，在南方海上马里亚纳群岛附近发生了超大型台风。其中心气压达到九百一十百帕。它时时刻刻地往北逼近，正不断接近已下沉了一半多的日本列岛。接着，第二次、第三次大型台风，也已在海上生成。听到台风接近的消息，各国救援舰艇，很多都离开日本国土而去避难了，其中有的船舰一去就再没返回。

因为火山大喷发而带来的热对流，日本近海的气象状况，和往年的夏天完全不同。如果台风直接袭击到日本本土的话，日本将会在火、水和地壳变动的情况下，再受到“风”的打击。

8月以后，D–1撤离了陆地，转移到了海上自卫队拥有的最大护卫舰——四千七百吨的“春菜号”上。中田和幸长依然埋头在情报之中，过着不眠不休熬红双眼的日子。他们甚至连“春菜号”为了躲避台风，正以全速离开本土往东方海上行驶都不知道。

皇室成员于5月秘密转移到了瑞士，日本政府机构也于7月在巴黎购置了临时住所。

撤离计划委更名为救援对策总部，搬迁到了火奴鲁鲁岛上。“日本国”的大部分中枢机构，都已经离开了那个非常熟悉的远东一角而转移到——或者说散乱地分散到——逐渐沉没的列岛之外。在那里，还没有形成新“统筹管理”的任何征兆。但在六千五百万人的海外避难处，生活却已开始出现问题。在由露天帐篷搭成的难民营、临时木板房，以及与拘留所没什么分别的刚挖出来的营房里，正慢慢开始出现吃饭、行动自由及其他一些问题。

那些人几乎是只穿着身上的衣服逃出来的。即便是这样，他们也依然很庆幸，自己能在“不震动的大地”、“不下沉的干燥陆地”上落脚，而终于放下心来。在这些人的身后，还有近三千万人留在日本。在最后的痛苦中狂暴地挣扎的许多岛屿上，他们还在等待着援救之手的到来。6月和7月中救出的人，达四百五十万，终于快要接近七千万人的总数了。可是，在同一时间，被判明死亡或者说确定其死亡事实的人数，却在三百万以上。其中，也有因极度绝望或受到打击，而精神失常以至于自杀身亡的人。

在剩下来的两千万人里，也包括许多把被救出的机会让给他人，自己主动留下来的人。其中，七十岁以上的老人占多数。在这些日本老人里，有不少人半夜留下张字条，便独自离开家人从集结地失踪了。他们各自怀着不同的心思，有的说自己已经活得够长了，要把未来寄托给青壮年；有的说自己不愿成为累赘；有的说因为自己不愿离开日本；有的说要永远失去如此美丽和熟悉亲切的国土，自己已没有什么活下去的意义了。而且，这些老人中，以男性居多。

一个特别高龄的老人在府中街上一所豪宅的房间里躺着。豪宅的周围树木繁茂，而屋顶则被发红的灰厚厚地覆盖着。钢筋水泥建成的结实的府邸，经历了多次地震，却依然几乎保存完好。可是，镀金的走廊、室内以及所用的被褥上都撒满了不断飘进来的尘埃。从缝隙钻进来的灰，像给死去的人上妆一样，甚至在布满皱纹变得如骷髅般的老人的脸上，也抹上了薄薄的一层。

“是吗……”老人口中含混不清地说，“邦枝这个笨蛋……卸下一个箱子，而把妇女儿童难民装上了船吗……”

老人的嗓子发出了“嗬嗬”的响声——不知是在笑还是在咳嗽。

“那么……他本人怎么样？跟着那些箱子吗？”

“不……”端坐在老人旁边的光头壮年男子，把眼睛转到了长长的英文电报上。

“上面说他留在那里了……”老人干瘪的嘴唇，咕哝地动了动。他黯淡的眸子里，什么表情也没有。

“那傻瓜……年纪也不小了，却还没个人样……”老人似乎并不怎么生气地小声说道，“那么……上面是否有写他留下了哪只箱子呢？”

“有……说邦枝自己指定了箱子B……”

枕头边传来了“哈哈”的奇怪声音。壮年男子吃惊地抬起头，发现老人没牙的嘴，大大地张开着，他正喜笑颜开地滑稽地笑着。

老人喘着气说：“他原来知道啊……那家伙可够鬼的。可他什么时候发现的呢？那家伙自己是没有这样的鉴定眼光的，一定是在哪里发现的……照这样的话，那家伙肯定会好好地活下去的……你明白吗？吉村……”

“什么？”

“箱子B里的东西……几乎都是假的……是我……干的。在很久以前……谁都不知道……我早该……对波士顿美术馆奥肯内尔这家伙，敲他竹杠的……算了……见到奥肯内尔的话，向他问好。就说老人最后的恶作剧……因为有一个嗅觉灵敏的部下而泡汤了……对啦，迎接的来了吗？”

“是的，据说在降了这么多火山灰的情况下，直升机的引擎里会吸进烟灰，很危险。所以来的是大型吉普车。快到调布的时候，还要用水陆两用车……”

“好……你们走吧……花枝在干什么？”

“应该已准备好了吧……”

“早点带她走……”

叫吉村的壮年男子，踩着榻榻米地板匆忙地跑出了屋子，正好遇上躲在拉门后的身材高挑的年轻姑娘。

“怎么啦……”老人动了动眼睛，望了一下女孩，“你打算这身打扮去坐吉普车吗？”

女孩身穿传统染色的深紫色和服，系着印有古朴的牵牛花图案的绫罗腰带。女孩心绪复杂地注视着躺在那里的老人。突然，她优雅地踮着穿着布袜子的脚尖，走近老人身边，跪下来，俯下肩膀用手蒙住了脸。

女孩蒙着脸，用颤抖着的声音激动地说：“我……不走，我就这样……一直待在您身边……”

“不行……”老人不假思索地摇头，“你……还年轻……不能让你和我这样的老头子一起死……”

“不！不……我……如果要离开您的话，还不如……”

“说什么话……”老人严厉地说，“到了这种时候，还这么不懂事，我可没这样教过你……你呀……到那个国家以后……要好好地……活下去。我不要求你做这做那的，只要你活下去……能活得久，就比什么都强。有了喜欢的男人，就嫁给他。就像我说过好多次的那样，生活我已经给你安排好了，不用你操心。不过，花枝……我要给你说，不顾一切地活下去，可是件很不容易的事……”

女孩后来干脆趴在榻榻米的地板上，她瘦削的肩头抽动着，发出了呜咽声。看到壮年男子再次在门口探出头，老人强硬地说：

“给她拿件换身衣服来。不是喇叭裤……那个叫……牛仔裤什么的，那个好。”然后老人轻轻地咳了起来，“……净给我找麻烦……”

“轰”的一声，剧烈的地鸣传来，房间晃动起来，犹如转动的磨盘一般，吉村几乎摔倒。房间的拉门倒了下来，灰尘被掀起来，在满屋飞扬。空荡荡的房间里，回响着什么东西重重掉下去的声音。钢筋建成的房屋“咯吱咯吱”地可怕地响着，院子里传来了盆栽假石山倒塌的声音。

“快点……”老人说，“道路要不通了……”

吉村蹒跚着离开了还在摇晃并发出声音的屋子，老人突然想起什么似的说：

“花枝……”

“……”

女孩抬起了被泪水打湿的脸。

“能给我看看吗？”

女孩白白的脖子动了动，吸了口气。停顿了一小会儿后，女孩突然站了起来，她将衣带松开，和服从肩上滑落了下去。细微的衣服摩擦声响过后，在有些昏暗的荒凉的室内，一个发育得很好的、溜肩膀、身体的各处都柔和地透出丰满的圆润轮廓的雪白裸体，艳丽地伫立在那里。

老人轻轻地向女孩的裸体投去一瞥后，便闭上了眼睛。“这是日本的……女人啊……”老人小声叹息道，“花枝……生儿育女……”

“说什么？”

“你一定要生儿育女。以你的身体，一定能生出又大又健康的婴儿……找一个好男人……不是日本人也行……找到好男人了……就生一大群儿女……”

拿着衣服回来的吉村，看到姑娘的裸体后，在那里不知如何是好。老人看见他，用眼睛示意了一下，“带她走……”

吉村从女孩的背后为她披上雨衣，推了一下她的肩膀。

“吉村……花枝就拜托给你啦。”

“是的……”壮年男子静静地跪坐到榻榻米上，恭敬地鞠了一躬，“会长……再会了……”

“好了……”老人又闭上了眼睛，“快去吧……”

脚步声和呜咽声远去后，过了一阵，外面传来了发动机的声音。然后，那个声音也渐渐远去了。山的模样已完全改变了，关东山地不断发出喷火的轰隆声，以及随着大地的不断摇晃而产生的房屋的“嘎吱”声，房子垮掉的声音充满了四周。在房屋对面，飞过空中的飒飒的声音越来越响，过了一会儿，从庭园通过窗户已脱落的走廊边，一团风一下子吹了进来。风吹散了屋里堆积的灰，然后又让带进来的灰，重新积在了周围。

走廊边一个影子闪了进来，老人微微地动了一下眼睛。

“是田所吗？”

老人嘶哑的声音问道。

“好像台风已经接近了……”走廊边的影子，轻轻地拍打了一下顺手拿过来的布坐垫上的灰，把它放在过道上坐了下来。“花枝他们，应该还来得及吧……”

“你……到底还是没走啊……”老人又闭上了眼，痛苦地咳嗽着，“我估计你也许会这样……”

田所博士的眼睛深深地凹陷了，脸颊黑瘦得像被削去了一片一样，眼圈发黑，看上去好像一下子老了一二十岁似的。甚至连他那结实而宽阔的肩膀，也几乎能看见骨头。他有些秃顶的头上，周边的头发变得白白的，但并不是因为沾上了火山灰。这位学者的风貌已经被彻底地改变了，幸长他们如果看到了他现在的模样，一定会大吃一惊的。

田所博士背向屋里说：“如果有能开动的吉普的话……我本想爬上

山去看看的……”

老人眼睛一睁一闭地说：“到了这种地步，恐怕爬不了啦…… 快要沉了……吧？还有多久……”

“两个月左右吧……”田所博士轻轻地擦了一下眼，好像并不是进了灰，擦过后还是有几行泪水，清晰地淌在他增加了许多皱纹的脸上。“人能够生存的时间……已经只剩下半个月或三个星期了……”

老人好像想起了什么似的，稍稍提高了声音说：“田所……你多大年纪？”

“六十……五岁……”博士说，淌着泪的脸微笑了一下，“如果我老老实实地在大学里教书的话，今年正好该退休，搞一次最后纪念授课仪式，然后就 ……”

老人低声说：“六十五吗？还年轻嘛……你为什么要选择死呢……”

田所博士低着头小声说：“不知道。太伤心了……也许是……因为伤心吧。我已经……一把年纪了，可做人却还是很孩子气……”

“因为伤心……嗯……”

田所博士突然激动地大声说：“我本来是打算沉默不语的，当发现那个的时候……而且，很早以前，学术界就已经对我敬而远之了……最初也只是在我的直觉中看到了它。对啦，第一次在宾馆见到您时，您曾问过，对一个自然科学者来说，最重要的东西是什么。当时，我曾回答说是感觉。当我的直觉看见了那个时，我当然感觉到了全身都被冻僵了似的恐怖。但我又想：这件事反正无论告诉谁，我都没法证明。也肯定不可能让对方马上理解……所以，还是把这件事藏在我自己的心里吧……”

“可终究会被知道的呀……”

“但是，会晚许多。”田所博士的声音，像在忏悔似的颤抖着。“……对策计划的准备……最糟的是，因为对这场变故的认识晚了，所有的准备都晚了一年以上……不，应该是晚了两年左右吧……在当今的学术体系中，就算已经祸到临头了，还是会因存在对立意见而争论不休。因为科学这种东西，光凭直觉是得不到承认的，需要证明。需要由许多的语言、表格、数式、图表等所充实的文章资料。仅仅是在敞开的心灵上所反映出来的异常现象，谁都不会理睬。何况我……又被学术界所厌恶……”

“如果晚了……那又怎么样？”老人饶有兴趣地问道，“牺牲将会是现在的两三倍吗？准备……如果利用商社的力量，神不知鬼不觉地悄悄着手安排，拖延两年的话，恐怕就不能这样安排周密地救出大量日本人了吧。所以……你才忍受着一切……最后甚至不惜背上疯狂天才的骂名……而为大家粉身碎骨的吧……”

“那……倒也是……可是……本来……”田所博士的声音沉重地堵在喉咙处，“本来……我是想把我的那些直觉……我所看到的……以及，为了证实它们而拼命收集的情报和观测结果……给藏起来的……那样的话……就能够延后……让更多的人和日本……这个岛屿一道……一道灭亡……”

老人没说话，只轻轻地咳嗽了一下。

“很可笑吧。说实话……我本来想对所有的日本人这样呼吁的：诸位，日本——我们的这个岛屿、我们的国土——就要被破坏沉没而灭亡了。所有日本人，都与我们所热爱的这个岛一起灭亡吧……我现在有时候都还在想，要是这样做了就好了。我之所以这样说，是因为一想到……逃往海外的日本人……今后将要过辛酸的生活就……”

这时，一阵狂风，又猛烈地横扫过庭院。

细细的灰撒落在田所博士的脸上，他的脸一半都被染白了。风又带来了冷冷的湿气。

也许是因为心理作用吧，似乎能感觉到马上就要蔓延到附近的海水气息。

“田所……你是单身吗？”老人一边咳嗽，一边这样问道。

“是……”

“难怪。那我懂了。你……是恋着日本列岛的吧……”

“的确如此。”田所博士好像很高兴终于说出了这件事，使劲地点了点头，“是的……不只是爱慕，而是深深地迷恋……”

“在你无限热爱的‘恋人’的身体里，发现了不治之症的征候……所以，悲伤之余……”

“是的……”田所博士突然捂住脸，哭出声来，“就像您所说的那样……我……从发现那个的时刻开始……就已下定决心，要在这个岛国灭亡时，和它同归于尽……”

“就是一起殉情吧……”老人的喉中，发出了一点哼哼的声音。不是咳嗽，倒像是老人觉得自己说的话可笑，而在笑着，“日本人……真是奇怪的民族……”

“可是，曾经有一阵子脑子发热……觉得日本人一定都能理解，就想号召大家……”田所博士抽了一下鼻子低声说，“不过…… 最终还是觉得，没必要让那么多人和自己所钟情的恋人一起殉情……”

“你不会是想一个人独占吧？要是你号召的话，也许会出乎意料地，有许多人都愿意这样做呢……”

“我想应该能得到理解的……”田所博士将满是泪水的脸，向灰色的天空仰望，“日本人……并不仅仅是从某处移居到这个岛上来的民族。后来再来到这里的人，不久后也会被同化。……日本人，并不只是由人而构成的日本人，日本人……和这四个岛、这里的自然、这里的山河、这里的森林草木生物、这里的村庄以及前人所留下来的古迹是不可分的。日本人和富士山、日本阿尔卑斯山、利根川、足摺岬是不可分的。这个精致的自然……岛屿……如果被破坏消失了的话……日本人就已经不再是日本人了……”

“咚！”什么地方，又响起了爆炸声。过了一口气工夫，雷鸣般的炸裂声在天空中回响，似乎是哪里又发生了地块断裂。

“我……自认为并不是太偏执狭隘的人……”田所博士继续说道，“世界上我没去过的地方，只有南极的内陆。年轻的时候，我周游了天南海北的山川、大陆，观察了那里的土地和自然。当在地面上再也找不到地方可看之后，我又遍游了海底。当然也看到了许多国家和那些国家的生活……那都是作为一种被特定的自然环绕、被承载于特定地块上的东西来观赏的。怎么说呢，我确实喜欢地球。走过了千山万水之后，我陷入了对日本列岛的恋情。可能这里面，也存在着对自己所出生的土地的偏心吧。可是，孕育出无论是气候还是地形都这样富于变化、如此精致的自然，在上面生存的人们，又经历了如此幸运的历史。这样的岛屿，恐怕在世界上也找不到第二个了吧……对日本列岛的迷恋，对我来说，和迷恋最具有日本韵味的日本女性，没有什么分别。……所以……我一生都迷恋着的女人如果死了的话……我已经……没有什么活下去的意义了……到了这个年纪，也不想再找后妻或去爱别的女人……无论如何……在这个岛屿灭亡时……我得陪伴在她身旁……如果我都不一直陪伴到最后的最后……到底还有谁会守护着她呢？……应该不会再有像我这样专一、如我这样痴爱着这个岛屿的人了吧。这个岛消失的时候，如果不是我陪在这里……还有谁呢……”

后面的话，被他的抽泣声淹没了。

老人的咳嗽，一阵子变得很激烈，过了一会儿止住后，他用嘶哑的声音说：“日本人……是一个年轻的民族……”老人喘了口气，“你说自己孩子气……其实所有的日本人，到现在为止都是幸福的幼儿。在两千年的岁月里，被这四个既温暖又慈祥的岛屿所环抱……到外面去遭到了什么痛苦的事后，又逃回这四个岛上。……和孩子在外面打输了架，扑回到妈妈怀里没什么两样……于是……就有了像你这样的、迷恋母亲般迷恋这个岛国的人。可是……母亲是免不了要死去的。”

老人好像想起了很久以前的事，转动着眼睛。

“我……很小的时候就成了孤儿。明治三十一年，磐梯山喷火时，我同时失去了父母……当然在户口上没有记录……我那时候七岁。那时有个女人把我这个孤儿领到身边，像亲生母亲、亲姐姐一样仁慈地养大了我。她年轻，非常温柔，特别有日本女人味儿。可是……那个女人又在明治二十七年的庄内大地震中死去了。很奇怪，我和地震、火山喷发等总是扯上关系。……她受了重伤……被抬到好像是寺庙的正殿之类的什么地方……我趴在满身鲜血的那个女人身上哭啊哭啊……那时候我真的想，要是她死了的话，我就一起去死。临终时，她好像明白了我的心思，在快要断气时，对我说：‘要活下去。不管有多难都要活下去。一定要长大成人……’那个女人死后，我趴在她的尸体上整整哭了三天三夜……”

田所博士一直低着头听着老人的话，就像一个徒弟在聆听师父说话。

“日本人啊……以后可要吃苦喽……只要这四个岛屿还存在……便还有可以回的‘家’，有故乡，还不断有弟妹出生，还有像曾经呵护过我一样地宠着我们、养育着我们的母亲。……可是，在这个世界上，能够一直拥有这么幸福温暖的家园的民族并不多。在几千年的历史上，不得不长期过着流亡的生活、饱尝辛酸、失去故乡家园的民族太多了。你不一样……没办法，因为你是那么迷恋这位母亲。可是活着逃出去的为数众多的日本人，这以后将会面临考验。家沉没了，桥被烧了……他们已经没有了可回去的岛屿，必须渡过汹涌的波涛逃到外面的世界……这也许是日本民族别无选择地必须长成大人的一个机会吧……这以后，失去了可以返回的家园的日本民族，要面对世界上其他长年累月吃尽苦头、经历了千山万水的民族，或者什么都不懂的蒙昧民族。……日本民族是否会被外面的世界吞没，以至于实质性地消失呢？（当然这样的话也没关系……）还是，会向着未来孕育出一个真正全新的‘成人民族’呢？日本民族的血液、语言、风俗和习惯，会留存下来的，肯定还会在什么地方建立一个小小的‘国家’吧……或者，它是否会变成一个被辛酸击垮，抱住过去的辉煌不放，沉溺于回忆的哀伤里，感叹自己的不幸，而只把抱怨和诅咒留给下一代的无耻的民族呢？这都在于今后怎么做……这样看来，田所，你守候自己所迷恋的女性到最后，当然也很好……不过，还是要为从燃烧的家里逃出去的弟弟妹妹们的未来祝福吧。他们可能谁都不知道，大概在将来也不会察觉吧。可是田所，是你救了他们几千万人……我……承认这一点……我知道……这就够了……”

“嗯……”田所博士点了点头，“我明白……”

“好啊……”老人舒了口气，“你能明白……那就太好啦……仔细想来……你……是我最后的牵挂……说实话，真不想让你……带着那种心情……去死。……这才是我丢不下的事……刚才听了你的话，我似乎终于明白了，日本人到底是什么样的人……日本人……对我来说，真有些弄不懂的地方……”

“为什么？”

老人的话有些奇怪，田所博士就随口问了一句。

忽然，老人短短地出了口气。过了一小会儿，老人小声说：

“我，并不是纯粹的日本人……”喘了口气后，老人又说，“我父亲……是清朝的和尚……”

田所博士吃惊地回过头。他看着老人，等着老人的下一句话，而老人却再也不说话了。

“渡先生……”

田所博士猛醒过来，他这么喊了一声，跑到了走廊边。他跪到老人的枕边，仔细看着老人的脸，把花枝脱下来扔在旁边的深紫色和服轻轻地盖到他脸上。为了不让越来越强的风吹走，他到院子里，捡了两块石头，压在飘动着的和服衣袖上面。

然后，他坐到老人尸体的枕边，孤独地抱着双臂。

就像要压倒风声一样，尖厉的轰鸣声又在四周弥漫开来，大地开始猛烈地摇晃。钢筋混凝土房屋，发出横梁断裂的声音。

9 月份是劫难最后的一幕。

9 月下旬，由于救援队的四组人员在火山爆发中死亡，救出最后几百人的水陆两栖舰受到台风的袭击而沉没，在台风的间隙还依然疯狂进行的救援活动，终于完全终止了。

四国已经往南移动了一百公里，完全沉入了水面。九州分裂出来的南端，也同样往西南偏南移动了几十公里，被水淹没了。中九州的阿苏山和云仙山的一部分，虽然还露在水面上，却在不断地喷发。在西部日本，琵琶湖一带，像龙的头被砍掉了一样，东端向南、西端向北旋转式地移动着，被切割成碎片后还在继续下沉。东北的北上山地，也已经滑到了海面几百米以下，奥羽山脉四分五裂并在持续地爆炸。据说，北海道大概只剩下大雪山还露在海面上了。

日本列岛临终前最后的故事，在谁都已经不能接近的中部山岭、关东山脉继续着。或许是由于移动的能量，为地下不断地提供热能的缘故，在这里，海水侵入已经破碎的山中，并反复发生爆炸。山被炸成粉末，四处飞溅，大陆斜坡整体地不断向海底移去。

与此相反，有一阵子，日本海沿岸的地方，则发生了某种程度的隆升。然而，它就像转动着要沉入海中的船，在即将沉没前另一边船舷会被高高地推出水面一样，盲目巨人的力量，正在把这边船舷使劲儿地往深海里推下去。

“春菜号”的军官室，几乎全部改装成了 D-1 的房间。在波涛的颠簸和马达的轰鸣中，中田日复一日地不断处理着庞大的数据，可是，终于有一天，他意识到以后再也没有工作要做了。他茫然若失，依然欲罢不能地一会儿翻翻资料，一会儿又去摸摸计算机终端。可是，已经没有什么可做了。各种资料曾经堆积如山，但是现在只需要在报告上面写上“行动计划结束”几个字而已，再也没有来自各地关于撤离计划的新工作了。

猛地回过神来，中田才发现，经由通信卫星与救援总部连接的显示装置上，出现了“END = X、X = 09.30、0000J”的字样。

中田双手使劲地搓着油腻的脸和已经长到胸口的胡子。接着，他拿起烟缸上不知是谁刚抽过两口的香烟，想点火，却四处找不到火柴。

门开了，幸长走了进来。黝黑的脸瘦了一大圈，只有眼睛在滴溜溜地转着，他的相貌完全改变了。

幸长惊讶地小声说：“还在干吗？行动计划已在昨晚半夜终止了，要说多少遍你才明白呢？你这人，根本不听别人说的话……”

中田说：“借一下火。……那么，日本沉没了吗？”

幸长把打火机递过去，一边说：“刚才电视上转播了观测机的图像。三十分钟前，中部山块发生了最后的大爆炸……还剩下一部分，但由于下沉和移动还在继续……唉，剩下的部分，最终也会沉下去吧……”

“还没完全沉没嘛……定远呢？”中田吐出了烟雾，“是吗？行动计划是在昨天晚上停止的……”

“都已经过去八个小时了……你没事吧？”幸长靠在墙上，双臂抱着肩头说道，“结果有多少人获救呢？”

“不知道。8月下旬的统计结果，还没有出来……”幸长疲倦不堪地不住打着哈欠。

“接下来，电视上要播放联合国秘书长对全世界的呼吁和日本首相的演说，你去看吗？”

“不感兴趣……”中田说，“听了演说，又能怎么样？”

把烟头扔进烟灰缸后，中田站了起来。

“结束了……结束了，停止行动。不去甲板上看看吗？”

嘴里吹着“看不见雾也不见云”的曲调，中田迈着大步走过了通道。幸长吃惊地跟在他身后。

暴烈的阳光照在甲板上。拼命工作时，常常能在海面上看到的大量的小石子和灰不见了，海的颜色深得几乎变成了黑色。风瑟瑟地吹着，“春菜号”以每小时二十八海里的速度在航行。

天空还是蓝蓝的。不过，也许是心理作用吧，似乎深蓝的天空深处混进了些许白浊。

“好热啊……”在强烈的阳光下，中田因炫目的光而眯缝着眼说，“太阳都升这么高啦，还是早上吧？”

幸长说：“按日本时间的话，我们从十四个小时前就改变方向了，现在正往夏威夷开去……”

“那么，日本已经没再冒烟了？”

中田用手遮着阳光，往西北方的水平线眺望。在那边堆积着灰色的云团，朦朦胧胧地飘忽不定。中田不知道“春菜号”所在的位置，也就弄不清楚那究竟是云团，还是一直笼罩在日本列岛上空的烟雾。

“还没沉啊……”中田又用诙谐的口气，这样说道。

“休息一下吧。”幸长对同事的不严肃态度皱了皱眉，“你的脑子，好像有毛病了……”

“那么，这就完蛋啦……”中田靠在栏杆上，露出牙这样说道。

“日本列岛……完蛋了。拜拜……给我支烟吧。”

“对，结束了……”幸长边说边把香烟递过去，“我们的工作，也一样……”

中田把烟叼在嘴上却不点着，他注视着飞逝而去的海面，一直都没要火点烟。

“说起工作来……”幸长突然冒出这么一句，“昨天晚上……我梦见小野寺了。我老觉得，他还在什么地方活着……你说呢？”

没有回答。过了一阵后，才听见身边的中田干涩低沉的声音：

“简直……累死啦……”

幸长把视线从水平线收回来，转眼朝旁边看去。中田高大的身体无力地靠在栏杆上，香烟从他没精打采地张着的嘴里滑落了下来，掉在乱蓬蓬的胡须上。

“喂，中田……”

幸长吓了一跳，想要把手搭到肩上去扶住他，可中田的身体已从栏杆上滑落下来，重重地摔在了甲板上。

中田就那样躺成“大”字形，开始大声地打起呼噜来。强烈的阳光，从他那大张着的嘴，一直照进咽喉的深处。

“好热!”小野寺觉得自己喊了一声。太热了，空调……不，应该先来杯啤酒。

一睁开眼，昏暗中一张圆而秀气的少女的脸，浮现在自己面前。少女大大的眼睛，正担心地盯着他。

“疼吗？”

少女问道。

“不，只是觉得热。”小野寺的脸上缠满了绷带，只有嘴勉强地动了动，“已经快到亚热带了吗……”

“是啊……”少女眼中带着忧郁说。

“中田、幸长那里，有什么消息吗？”

“还没有……”

小野寺说：“是吗？很快就会有的吧。反正到了塔希提岛后，大家会会合的……塔希提可好啦……虽然比这儿更热……”

少女的脸从小野寺的视野里消失了。他刚要迷迷糊糊地睡去，却感到有什么凉悠悠的东西掉在了额头上。

“啊……这个舒服……”小野寺小声地说道，“这下凉快了……”

少女的脸又出现在了视野里。她那大大的眼睛里满含着泪水。

脸凉快后，记忆有些恢复了。火山……喷火……直升机……玲子……积雪……地震……坍塌的山……又是喷火……降落下来的灼热的灰和火山渣……熊熊燃烧着的东西……黏稠地从眼睛上面流淌下来的熔岩……

对啦！小野寺好像猛醒过来似的问道：

“日本已经沉没了吗？”

少女说：“不知道……”

“反正……是要沉的……”小野寺自言自语地说，“恐怕已经沉了吧……”

他闭上眼，似乎有什么痛苦的回忆涌上了心头，只见他眼里滚出的泪水，顺着脸颊往两侧流去。

“晚安……”少女轻轻伸出手擦掉他流到鬓角的泪水，说，“不睡可不行……”

“我会睡的……”小野寺像孩子一样乖乖地说道，“可是，好热，全身火辣辣的，受不了。而且，你是谁呢？”

“你忘了吗？”少女有些哀怨地微笑了一下，“我是你的妻子呀……”

是妻子？小野寺发胀的大脑拼命回想着。奇怪……弄错了吧。

我的妻子……应该被埋在火山灰里死了呀……唉，管他的呢……

“睡不着吗？”

“给我讲点什么好吗？”小野寺像小孩似的央求着说，“就那个好……不是催眠曲，讲故事好……我过去就是这样入睡的……”

“讲故事……”说着，少女为难地歪头想着，“什么样的？”

“什么样的都行……伤感的也可以……”

“那怎么行……”说着，少女轻轻地贴近了他，却是小心翼翼地，尽量不要触碰到他缠满绷带的身体。“我的祖母，出生在伊豆的八丈岛上。虽然后来结婚到了东京，但娘家还在八丈岛。……我祖母是一个手很巧的纺织能手，但却和人私奔了……不过，祖母一生都怀念着岛屿，所以死后她的骨灰埋在了八丈岛的墓里。我小时候，也去过几次八丈岛上坟。这样的故事，没意思吧？”

“不……”小野寺说，“讲下去……”

“在这个八丈岛上，有一个丹那婆的故事，是一个既可怕又让人伤心的传说。在很久以前，八丈岛遭受到了地震后的大海啸袭击，全体岛民几乎都死光了……只有一个叫丹那婆的姑娘抱着船桨得救了，她被冲进了岛上的洞里。那是在过去，当然没有从外面到八丈岛的船。……在全体岛民死绝了的八丈岛的洞穴里，丹那婆姑娘必须得一个人活下去……可是，那个丹那婆姑娘怀孕了。……她的肚子渐渐长大，不久后，她独自一人忍受着阵痛生下了婴儿。那个婴儿是一个男孩……然后，丹那婆就自己做了处理，给刚出生的男婴喂奶，开始养育他……现在有了婴儿，在岛上的丹那婆的生活比过去更艰辛了……可是，丹那婆还是想办法喂养着婴儿。……不久，婴儿长成了出色的少年。有一天晚上，母亲丹那婆把儿子叫到跟前，对他讲了这个岛屿的岛民过去因海啸而全部死掉，只有怀了孩子的丹那婆得救的往事，并说：‘我们两人必须代替岛上死去的人们，繁衍增加岛上的人。我和你要交欢，你要在我的体内播下孩子的种子。然后我会为你生一个妹妹。等妹妹出生后，你就和妹妹交欢，不断地生育孩子。’说完后她就和儿子交欢，后来生下了一个女孩。男孩和自己的妹妹结为夫妇，慢慢将子孙繁衍下去……据说那些后代，就是后来八丈岛的岛民……”

小野寺因为发烧而变得迷迷糊糊的脑子，开始恍惚地想象：丹那婆……八丈岛……小笠原……那又冷又暗的海底……

“是个可怕的故事吧。我小时候听到这个故事时，心里很难受。丹那婆的墓现在依然还在，不，直到前不久，还留在八丈岛的路边。圆圆的石头立放着，周围堆着在八丈岛海边能捡到的玉石……上面长着青苔……好像什么也没写。在明快的阳光照耀下，看上去挺可爱的，没有一点儿阴暗之处。可是，这个小小的不起眼的坟墓，在它的下面，却埋藏着这么悲惨可怕的故事……”

少女喘了口气，歪了歪头。

“我小时候听过这故事，但是有好长时间忘记了。可是，在发生了那件事后，突然回忆起来了。那以后，我一直都在想着丹那婆的事，我觉得她真了不起。……虽然是一个既可怕又让人伤心的故事，丹那婆的故事，却从那以后一直在心底支撑着我。是啊，我也是身体里流淌着那个岛上血液的女孩儿。就算大家都死了，只剩下我一个人，我也会活下去的。然后，不管跟谁都行，我会在体内孕育胎儿，生下婴儿后，一个人把他养大成人。如果那个孩子是男孩，丈夫又不知去向的话，我就会和那个男孩交欢，再生出更多的孩子……”

小野寺发出了均匀的呼吸声。

少女听到他的呼吸声后，就轻轻地离开了他的身边，从摇晃的床上下来。

当她放轻脚步，站到地板上时，小野寺忽然又说：

“在摇晃啊……”

“是……”少女吃惊地回过头去，“疼吗？”

“啊……我们正在野岛崎的南边横渡黑潮，所以才这么摇晃……”小野寺讲话有些迟钝，“到夏威夷，还要花很长时间吧……夏威夷，然后到塔希提岛……”

“是……”少女哽咽着说道，“你忍着，休息一会儿……”

小野寺稍微安静了一阵。

可是，接着他马上又用很清楚很急迫的口气问道：“日本已经沉没了吗？”

“不大清楚……”

“从那边的舷窗，帮我看看好吗？应该还能看见。”

少女犹豫着靠近窗子。

“看得见日本吗？”

“不……”

“已经沉下去了吗？看不见烟雾吗？”

“什么也看不见……”

过了一会儿，小野寺开始发出痛苦的呼吸声。

少女摩耶子，条件反射地抬起右腕，用缠在她被切断的手上的绷带，轻轻地擦去了眼泪。

……

车窗外，西伯利亚漆黑的夜空，连一颗星星也看不见。在临近初冬的寒冷夜色中，列车一路向前地往西边飞驰而去。